Fabio Genovesi

Der Sommer,
in dem wir das Leben
neu erfanden

Roman

Aus dem Italienischen
von Mirjam Bitter

Insel Verlag

Die Originalausgabe erschien 2015
unter dem Titel *Chi manda le onde* bei Mondadori, Mailand.

Erste Auflage 2016
© der deutschen Ausgabe Insel Verlag Berlin 2016
© 2015 Mondadori Libri S.p.A., Milano.
Satz: Satz-Offizin Hümmer GmbH, Waldbüttelbrunn
Druck: CPI – Ebner & Spiegel, Ulm
Printed in Germany
ISBN 978-3-458-17671-8

Meiner Mutter und meinem Vater

Mir selbst komme ich nur wie ein Junge vor, der am Strand spielt und sich damit vergnügt, hie und da ein noch glatteres Kieselsteinchen oder eine noch schönere Muschel als gewöhnlich zu finden, während das große Meer der Wahrheit gänzlich unerforscht vor mir liegt.

Isaac Newton

Erster Teil

Ein jeder strebt durchs Meer des Seins, das große,
Zu andren Häfen, wie sein inn'res Regen
Gebietet, das sein ewiger Genosse.

Dante, *Die göttliche Komödie*

Hallo, ich bin Tages, und du?

Da ist dieser etruskische Bauer, der Löcher in ein Feld gräbt, und das macht er, eben weil er Etrusker ist, vor dreitausend Jahren, ohne Maschinen und den ganzen Kram, und der Arme plagt sich fürchterlich ab.
Dann gräbt er ein Loch aus Versehen tiefer als die anderen, und die Erde da unten bewegt sich plötzlich. Erst guckt eine Hand heraus, dann ein Arm, und am Ende kommt ein ganzes Kind zum Vorschein, ein kleines Kind mit weißen Haaren. Es springt heraus, stellt sich vor den Bauern und sagt: »Hallo, ich bin Tages, und du?«
Er antwortet nicht, atmet nicht und zittert so sehr, dass man nicht sagen kann, ob er zittert oder tanzt. Er macht den Mund auf, aber das Einzige, was er hervorbringt, ist ein Angstschrei, so laut, dass das ganze etruskische Volk ihn hört und angerannt kommt, um zu sehen, was los ist. Und es ist eben dieses Verrückte da los, das die Etrusker wirklich gesehen haben und das mir mein Bruder Luca erzählt hat. Und ich weiß, dass es absurd und unglaublich klingt, und doch glaube ich ganz fest daran.
Nur dass ich nun mal an alles glaube. Ich heiße Luna und bin dreizehn Jahre alt, und bis letztes Jahr habe ich noch an den Weihnachtsmann geglaubt. Am Anfang hat er mir sogar Angst gemacht. Denn diese Geschichte, dass ein fremder Mann nachts heimlich in die Wohnung kommt und einem viele Geschenke bringt, fand ich doch seltsam. Also, wenn dir einer etwas schenkt, dann will er dabei doch gesehen werden, oder? Dann bedankst du dich bei ihm und sagst ihm, wie lieb er ist, und er

ist zufrieden. Der Weihnachtsmann dagegen kommt durch den Kamin, während die Leute schlafen, und dann haut er einfach wieder ab, und so verhält sich doch kein großzügiger Mensch, sondern ein Dieb. Also bin ich am nächsten Morgen, wenn alle anderen Kinder auf der Welt schnell nachschauen, was ihnen der Weihnachtsmann gebracht hat, immer die Zimmer abgegangen, um zu kontrollieren, ob er etwas geklaut hat.

Wie einmal, als ich mir von ganzem Herzen ein neues Fahrrad gewünscht hatte, ein blaues, das ich bei Santini im Schaufenster gesehen hatte, aber am Weihnachtsmorgen lag es nicht unter dem Baum. Stattdessen standen da Mama und Luca, sie waren ganz ernst und machten lange Gesichter, und Mama fing an zu erklären: »Tut mir wirklich sehr leid, Luna, aber dieses Jahr ist hart, und wir können uns kein ...« Ich unterbrach sie sofort und sagte, dass es nicht ihre Schuld ist, ich hatte sowieso schon gewusst, dass es der Weihnachtsmann früher oder später schaffen würde, die Geschenke zu klauen, und wer weiß, was er jetzt mit meinem Fahrrad am Nordpol anstellte.

Normalerweise hat er mir aber immer irgendein Geschenk gebracht, und am Ende hatte ich ihn doch ein wenig lieb gewonnen. Bis letztes Jahr, als ich in der sechsten Klasse war und die Lehrerin uns am Tag vor den Weihnachtsferien eine Erörterung als Hausaufgabe gegeben hat. Das Thema war: *Die großen und kleinen Enttäuschungen des Lebens: Was ich fühlte, als ich herausfand, dass es den Weihnachtsmann nicht gibt.*

Ich habe es in mein Heft geschrieben, habe es gelesen und noch einmal gelesen, dann habe ich mich umgeschaut, um herauszufinden, ob die anderen auch verwirrt waren oder nur ich. Aber nur ich war es.

»Entschuldigung, Frau Lehrerin, ich habe das nicht verstanden.«

»Was hast du nicht verstanden, Luna?«

»Na ja, also, wie meinen Sie das, dass es den Weihnachtsmann nicht gibt? Das stimmt doch gar nicht, tut mir leid, aber das ist nicht wahr. Oder?«

Die Lehrerin hat nichts gesagt, meine Mitschüler auch nicht. Es war einen Augenblick lang so still, dass man die Flüche der Hausmeisterin am Kaffeeautomaten auf dem Gang gehört hat, dann ist die ganze Klasse in schallendes Lachen ausgebrochen, und sie haben mir schlimme Worte an den Kopf geworfen. Die Lehrerin hat gesagt: »Seid ruhig, oder ich schreibe euch allen ein ›ungenügend‹ ins Klassenbuch«, aber niemand hat auf sie gehört, und sie haben sogar noch angefangen, mich mit Papierkügelchen, Radiergummis und Stiften zu bewerfen, worauf ich aber nicht geachtet habe, denn vor mir sah ich nur den Weihnachtsmann, der sich von mir verabschiedete und für immer fortging. Er verschwand zusammen mit seinen Wichtelfreunden, dem Häuschen am Nordpol und den acht Rentieren seines Schlittens, Comet, Blitzen, Donner und ... an die anderen Namen erinnere ich mich nicht mehr, aber wen juckt das schon, sie sind ja eh nicht echt, sondern Unsinn, der extra erfunden wurde, damit ich als Idiotin dastehe. Und das einzig Echte auf der Welt waren diese harten, kantigen Dinger, mit denen mich meine Mitschüler bewarfen.

Aber Tages ist ganz was anderes, Tages hat nichts mit dem Weihnachtsmann zu tun, denn ihn gab es tatsächlich. Sicher, die Geschichte von einem kleinen Kind mit weißen Haaren, das aus der Erde auf die Welt kommt, klingt vielleicht komisch, aber was heißt das schon, alles auf der Welt ist komisch. Ein Herr trifft eine Dame, steckt den Pimmel in sie, und neun Monate später wird aus ihrem Bauch ein Kind geboren: Ist so eine Geschichte etwa weniger komisch? Mir erscheint es ehrlich gesagt normaler, dass einer aus der Erde kommt, das machen Blumen und Pilze ja auch.

Und wenn jemand meint, dass die Sache mit dem Kind, das weiße Haare hat, unmöglich ist, dann würde das bedeuten, dass es
mich genauso wenig gibt, wo ich doch genauso auf die Welt gekommen bin. Ich habe weiße Haare, weiße Haut und fast durchsichtige Augen, ich muss mich vor der Sonne in Acht nehmen,
weil sie mich verbrennt, und das Wenige, das ich von der Welt
erkenne, sieht seltsam aus. Aber deswegen bin ich keine erfundene Geschichte, ich bin ein Albino-Mädchen. Das kommt vor. Es
gibt Albino-Vögel, Albino-Fische, Albino-Krokodile, Albino-Af-
fen, Albino-Walfische, Albino-Schildkröten. Sogar Pflanzen können Albinos sein, sogar Blumen, das ist die normalste Sache der
Welt. Wenn auch nicht für die Leute. Die beschweren sich immer, dass das Leben so gleichförmig und flach und langweilig
ist, aber wenn dann mal jemand vorbeikommt, der ein kleines
bisschen anders ist, dann erschrecken sie und regen sich auf.
Wie meine Mitschüler, die denken, dass ich die Tochter des Teufels bin, oder ein Vampir, dass ich sie mit einem Fluch belegen
kann oder sie mit diesem Zeug anstecke und sie plötzlich alle
so bleich werden wie ich. Ich bin mir nicht sicher, was genau
sie denken, ich weiß nur, dass es schlimm ist, wenn sie sich über
einen lustig machen, weil man anders ist, aber noch schlimmer
ist es, wenn sie Angst davor haben, sich über einen lustig zu machen, und sich fernhalten.

Kurz und gut, ich will mit alldem sagen, dass an der Geschichte
von Tages nichts Merkwürdiges ist, Tages war einfach ein Albino-
Junge, der eines Tages erschienen ist und die Etrusker angesprochen hat.

»Hallo Leute, ich bin gekommen, um euch beizubringen, wie
ihr euer Schicksal lesen könnt«, sagt er. Und ich bin mir sicher,
dass ihn alle anschauen, sich gegenseitig anschauen, dass sich
einer meldet: »Entschuldigung Tages, aber warum hast du weiße
Haare?«

Tages ist enttäuscht, er schlägt sich auf den Schenkel. »Verdammte Scheiße, ich komme bis hierher, um euch von eurem Schicksal zu erzählen, und ihr denkt über meine Haare nach?«

»Ja, weil die komisch sind.«

»Die sind überhaupt nicht komisch.«

»Doch. Die sind weiß. Das heißt, wenn du alt wärst, wäre das nicht komisch, aber so schon.«

Tages schüttelt den Kopf und antwortet nicht, aber zum Glück übernimmt das eine Frau in der Menge für ihn: »Wartet mal, Leute, ihr seid ungerecht. Meiner Meinung nach ist Tages nicht komisch. Er ist bloß ein Zwerg. Ein alter Zwerg, der aussieht wie ein Kind. Stimmt's?«

»Nein! Ich bin kein Zwerg, und ich bin nicht alt. Ich bin mit weißen Haaren auf die Welt gekommen, ist das ein Problem?«

»Nein, nein, wo denkst du hin. Aber, na ja, es ist schon sehr komisch.«

Tages senkt den Blick, er schaut auf das Loch im Feld, aus dem er gekommen ist. »Was für ein Volk von Dummköpfen, am liebsten würde ich wieder unter die Erde zurück und euch nichts beibringen. Ich hätte besser zu den Ägyptern oder den Babyloniern gehen sollen. Aber nun bin ich schon mal hier, also reicht es jetzt mit dem Quatsch, seid still, wir haben nicht viel Zeit. Das heißt, ich schon, weil ich unsterblich bin, aber ihr nicht, also hört mir gut zu.«

Tages holt tief Luft, dann beginnt er mit seinen Erklärungen. Und die Etrusker starren erst noch einen Moment weiter auf seine weißen Haare, doch dann sind seine Worte so interessant, dass sie anfangen, ihm wirklich zuzuhören, manche machen sich sogar Notizen. Tages spricht von Blitzen, Erdbeben und anderen seltsamen Dingen, die in der Welt geschehen, und er erklärt ihnen, dass das alles Zeichen sind, die der Himmel schickt. Er spricht vom Flug der Vögel, von Statuen, die Feuer fangen, und von Schafen, die ohne Beine geboren werden, und je mehr er erklärt, desto deutlicher wird, dass er den Durchblick hat. Und vielleicht hat er ja genau deshalb weiße Haare, weil er zwar ein Kind ist, aber weise wie ein alter Mann.

Allerdings einer von den Alten, die noch in Form sind, die mit dem Kopf dabei sind. Nicht wie mein Opa Rolando, der geglaubt hat, ein amerikanischer Soldat namens John zu sein. Mein Bruder Luca und ich haben ihn immer gefragt, warum er, wenn er Amerikaner ist, seine Sprache nicht kann, und er hat dann geantwortet, dass eine Bombe ganz in seiner Nähe explodiert ist und er davon noch unter Schock steht. Aber nicht mal das Wort Schock konnte er richtig amerikanisch aussprechen, er hat immer »Sok« gesagt. Und jeden Abend haben sich mein großer Bruder und ich dieselbe Geschichte angehört, von dem Tag, als er plötzlich allein gegen das gesamte deutsche Heer dastand und zu Fuß vor einem feindlichen Flugzeug floh, das ihn verfolgte. Irgendwann sah Opa dann einen riesigen Baum und als er sich dahinter verstecken wollte, fand er einen toten Soldaten mit einem Gewehr in der Hand. In dem Gewehr war nur noch ein Schuss, also wartete Opa, bis das Flugzeug ihm richtig nah war, zielte auf eine Bombe, die unter einem Flügel hing, und drückte im letzten Moment ab. Das Flugzeug ist explodiert.

Der deutsche Pilot konnte gerade noch rechtzeitig abspringen, ganz langsam segelte er mit dem Fallschirm herab und rannte dann sofort mit einer Pistole in der Hand auf Opa zu. Nur dass ihm der Deutsche, statt ihn zu erschießen, die Hand gab und ihm etwas sagte. Und hier, am Ende der Geschichte, die Opa uns jeden Abend erzählt hat, war der Satz des Deutschen immer anders.

Einmal sagte er: »Euer Zielen sein gleich wie Euer Mut, lieber John.« Ein anderes Mal dagegen: »Sie haben mich heute gelehrt, was Ehre ist, lieber John«, oder: »Mein Freund John, komm mit mir in die Bar, ich will einem Helden ein Bier ausgeben«.

Die Sätze waren jedes Mal neu und klangen wunderschön, aber dann habe ich mich immer gefragt, woher der Deutsche eigentlich wusste, dass Opa John heißt, und wo man mitten auf einem Schlachtfeld ein Bier herbekommen sollte ... da hat mich Luca immer fest umarmt und mir den Mund zugehalten. Und er hat gesagt: »Auf, John, es ist schon spät, geh jetzt auf dein Feldbett, um dich auszuruhen, wir bleiben hier und halten Wache.« Opa hat geantwortet, dass es an der Zeit ist, hat salutiert und ist ins Bett gegangen. Jeden Abend dasselbe, jahrelang haargenau gleich.

Dann ist Opa im September gestorben.

Einfach so, im Schlaf. Als er ins Bett gegangen ist, war er noch am Leben, und als er aufgewacht ist, nicht mehr. Da sind elegante Herren gekommen, die ihn in den Sarg gelegt haben, aber ohne Deckel, und ihn dann im Wohnzimmer hergerichtet haben, damit die Leute ihn besuchen kommen konnten. Nur ist keiner gekommen.

Mama ist ab und zu ein Weilchen hingegangen und ich auch, aber ich bin an der Tür stehen geblieben, weil ich Angst hatte, Opa ins Gesicht zu sehen, ich habe meinen Blick nach unten gerichtet und seine Hände angeschaut, die auf seinem Bauch lagen, was für mich, weil ich nicht gut sehe, wirkte, als seien sie ein einziges Ding, weiß, reglos und künstlich. Dann habe ich neben den Sarg geschaut, und dort stand Luca, der anders als ich den ganzen Tag und die ganze Nacht bei Opa geblieben ist.

Beim Abendessen bin ich an die Schwelle getreten, um zu fragen, ob er mit uns essen kommt. Er hat gesagt: »Ich komme«, aber dann ist er nie gekommen. Also hat die Mama mich geschickt, ihn nochmal zu rufen.

»Kommst du? Es gibt Fischstäbchen mit Erbsen.«

»Lecker. Ich verabschiede mich noch fertig, dann komme ich.«

»Du verabschiedest dich von Opa?«

»Nein, von dem habe ich mich schon verabschiedet. Jetzt verabschiede ich mich noch von John und dem deutschen Soldaten.«

»Ah, verstehe«, auch wenn ich nicht wirklich viel verstanden hatte.

»Worüber ich gerade nachdachte, weißt du eigentlich, wie der deutsche Soldat hieß?«

Ich schüttelte den Kopf.

»Ich auch nicht. Opa hat das nie erzählt. Warum haben wir ihn nicht danach gefragt?«

Ich dachte darüber nach, wusste aber nicht, was ich sagen sollte, und habe nichts gesagt.

»Schade, das wird ein Geheimnis bleiben«, hat Luca mit seiner ruhigen Stimme gesagt, dann plauderte er wieder leise mit allen Leuten, von denen er sich am Sarg verabschiedete.

Ich habe genickt, als ob mir diese Sache mit dem Deutschen schon von alleine durch den Kopf gegangen wäre. Aber eigentlich hatte ich vorher überhaupt nicht daran gedacht, und plötzlich sah ich all diese Menschen vor meinen Augen, die sich von mir verabschiedeten und für immer fortgingen. Opa, John, der namenlose Deutsche, alle sind dorthin verschwunden, wo schon der Weihnachtsmann und die Wichtel und die Rentiere abgeblieben waren, wo schon meine Oma hingegangen war und auch mein erster Goldfisch, der in Wirklichkeit fast schwarz war und Signor Vincenzo hieß. Ich sah sie, wie sie kreisten und immer schneller kreisten, in so einer Art Strudel, sie sind immer kleiner und dunkler geworden und am Ende sind sie ganz verschwunden.

Da habe ich um meine Augen irgendetwas prickeln gespürt, ich bin in die Küche gerannt, habe mein Gesicht in Mamas Pulli vergraben, die gerade noch den Tisch gedeckt hatte, und habe sie fest an mich gedrückt. Und sie hat gesagt: »Ach, Luna, das wird schon wieder, du musst doch nicht ...«, aber ihre verzerrte und brüchige Stimme verriet sofort, dass auch sie geweint hat.

Das ist aber normal, denke ich. Manchmal passieren einfach Dinge, da kann man nicht anders, da kann man nur anfangen zu weinen und weiterweinen und auf den Moment warten, wo man wieder etwas anderes machen kann. Wie die Etrusker, die am Ende jenes Nachmittags bestimmt ganz viel geweint haben, als Tages zu reden aufgehört und sich von ihnen verabschiedet hat, um zusammen mit der untergehenden Sonne wieder in der Erde zu versinken. Und danach sind sie bestimmt jeden Tag an dieser Stelle vorbeigegangen, und der Bauer, der Tages gefunden hatte, hat sein ganzes Leben lang weiter ganz tiefe Löcher gegraben, in der Hoffnung, ihn früher oder später darin wiederzufinden.

Denn er hatte ihnen so viel beigebracht: wie man aus dem, was auf der Erde passiert, den Willen des Himmels erkennen kann, wie man das Schicksal der Welt um uns herum liest. Ja, danke, Tages, aber warum gehst du jetzt weg? Was bringt es uns, das Schicksal zu kennen und zu wissen, was auf uns zukommt, wenn man dann dem Schlimmen nicht aus dem Weg gehen kann und das Schöne, obwohl man es ganz fest hält, im Strudel der Vergangenheit verschwindet? Wie du und deine etruskischen Freunde, die ihr alle gestorben seid und nur stinkige, staubige Gräber hinterlassen habt. Wie der Weihnachtsmann, wie Signor Vincenzo und wie Opa. Wie alles, was kommt, vorüberzieht und wieder geht, und wo es abbleibt, weiß ich nicht.

Der fröhliche Forscher

Es ist Samstagnachmittag, und ich versuche, nicht einzuschlafen, während Signor Marino vom Mysterium der Heiligen Dreifaltigkeit spricht, vom Mysterium der Messe und von vielen weiteren, die es im Glauben gibt. Doch das größte Mysterium von allen ist, warum Mama mich jeden Samstagnachmittag zwingt, hierherzukommen, zum Katechismus.

Denn von den normalen Eltern weiß ich ja, dass sie nun mal so sind: Sie jammern, dass sie sich um das Haus und die Arbeit kümmern müssen und keine Zeit für das haben, was ihnen Spaß macht. Und dabei zwingen sie ihre Kinder, so zu leben wie sie, mit der Schule und den Hausaufgaben die ganze Woche über. Und die Samstage und Sonntage, die frei sein sollten, sind in Wirklichkeit gar nicht frei, weil sie da zum Katechismus und in die Messe geschickt werden. Aber Mama nicht, die ist anders, manchmal sogar zu anders: Wenn die Sonne scheint, weckt sie mich zum Beispiel nicht, weil sie meint, dass der Tag zu schön ist, um sich in einer dunklen und stinkigen Schule einzusperren. Vielleicht habe ich genau an dem Tag eine Klassenarbeit, oder ein Lehrer wartet auf mich, um mich abzufragen. Stattdessen öffne ich die Augen, und es ist schon zehn. Ich rufe in dem Friseursalon an, wo Mama arbeitet, und sage ihr, dass ich jetzt ganz schön in der Patsche sitze und mich der Lehrer morgen in der Schule mindestens einen Kopf kürzer machen wird. Und sie, mitten im Lärm der Föne und der Kunden, die über ihre Angelegenheiten plaudern, antwortet mir ganz fröhlich: »Wo ist das Problem? Dann gehst du morgen auch nicht hin, und alles ist in Ordnung, oder?«

Aber im Gegenteil, bei uns ist überhaupt nichts in Ordnung. Vielleicht ist bei Luca alles in Ordnung, der jeden Morgen aufwacht, in seinen Surfanzug schlüpft und mit dem Brett unterm Arm zum Meer läuft. Zur Schule geht er nur ab und zu, wenn keine Wellen da sind, einfach, um mal was anderes zu machen. Er setzt sich an seine Bank, alle grüßen ihn aufgeregt und glücklich, ihn zu sehen, er bekommt seine sehr guten Noten, und dann bedankt er sich und tschüss, bis zum nächsten Mal.

Und damit nicht genug, Luca muss noch nicht mal zur Schule hingehen: Diese Woche hat er eine gute Note bekommen, obwohl er mit Freunden in Frankreich zum Surfen ist. Er hat uns erzählt, dass ihn gestern die Philosophielehrerin hätte abfragen sollen, aber weil er nicht da war, hat sie ihm einfach so 8 von 10 gegeben, im Vertrauen, schließlich bekommt Luca nie etwas Schlechteres als eine 8, er muss sich also keine Gedanken machen. So ist es gelaufen, ich schwör's, das hat er selbst in einer SMS geschrieben, Mama und ich haben uns kaputtgelacht.

Auch wenn das ehrlich gesagt nicht ganz gerecht ist. Das heißt, ich freue mich natürlich für Luca, weil ich zwar nicht genau weiß, was Philosophie ist, aber er weiß das ganz bestimmt, wie er alles auf der Welt weiß. Aber eigentlich ist es nicht gerecht, wenn sich die Lehrer so verhalten. Es ist auch nicht gerecht, wenn sie jemanden, der zu spät zur Schule kommt oder keine Hausaufgaben gemacht hat, ins Klassenbuch eintragen, und mich, wenn ich dasselbe tue, anlächeln und sagen, dass ich mir keine Sorgen zu machen brauche. Denn ihrer Meinung nach bin ich mit meiner weißen Haut empfindlich und schwach und nicht auf der Höhe der anderen, selbst wenn ich in einer normalen Klasse bin, und mache ich einen Fehler, ist es nicht schlimm, Hauptsache, ich habe es versucht.

Man wollte meinetwegen sogar einen Förderschullehrer in die Klasse holen, jedes Jahr schlagen sie mir das vor, und jedes Jahr antworte ich, dass ich keinen brauche. Manchmal sind sie hartnäckig, dann sagt Mama ihnen, dass ich mit der Förderung nichts anfangen kann und dass sie lieber jemanden einstellen sollen, der die Klos putzt, weil die nach Tierkadavern stinken. Und dann wollten sie mir einen Computer geben, weil die Bücher für mich zu klein geschrieben sind und es mir beim Anschauen der Seiten so vorkommt, als sehe ich viele Ameisen in geraden Reihen, eine neben der anderen. Aber ich benutze eine extra dafür gemachte Linse, ich fahre mit ihr über die Zeilen, und sie vergrößert sie. Auch wenn sie schwer zu verschieben ist und mir der Kopf ein bisschen davon schwirrt, schaffe ich es mit der Linse, eine halbe Stunde am Stück zu lesen, was vielleicht nicht viel ist, aber immer noch hunderttausendmal mehr als bei vielen meiner Klassenkameraden.

Kurz, es ist nicht gerecht, dass ich zum Lesen eine Linse brauche, es ist nicht gerecht, dass sie mich besser oder schlechter behandeln als die anderen, ganz und gar nichts ist gerecht. Aber vor allem ist es nicht gerecht, dass heute Samstag ist und das Meer nur zwei Minuten von hier entfernt und ich nicht dorthin kann, weil Mama mich aus irgendeinem mysteriösen Grund zwingt, zum Katechismus zu gehen.

Und hier sitze ich jetzt also in einem dunklen Zimmer, das nach Salzkartoffeln und Feuchtigkeit mieft, an einer Bank, die haargenau so aussieht wie die in der Schule. Der Katechet liest Geschichten aus der Bibel vor, und wir müssen sie danach zusammenfassen und schreiben, was wir davon halten, also praktisch das Gleiche machen wie bei einer Klassenarbeit in Italienisch, eben nur über Gott.

Die Geschichten in der Bibel erzählen vom Leben Jesu oder aber von Sachen, die sehr viel früher passiert sind. Die heißen deswegen Altes Testament und sind aufregender, weil Gott dauernd zornig wird und die Städte mit Feuerbällen zerstört oder Killerinsekten schickt, um die Leute zu fressen.

Mit Jesus dagegen gibt es nie Action. Er ist mir ja sogar sympathisch, aber manchmal ähnelt er mir zu sehr, und ich ärgere mich über ihn. Denn die Leute behandeln ihn schlecht, und er bleibt still und regungslos und reagiert nie.

Mama schaut immer Filme mit einem Chinesen, der Bruce Lee heißt, und die Geschichten von Bruce Lee fangen genauso an wie die von Jesus. Man sieht ihn, wie er auf einer Straße oder über einen Markt spaziert, plötzlich kommen irgendwelche Typen, die ihn provozieren, aber er geht seiner Wege, mit gesenktem Kopf. Dann übertreibt es einer, mal schubsen sie ihn oder beleidigen seine Mama, und dann rastet Bruce Lee aus. Er stößt einen seltsamen Schrei aus und bringt zwei Typen mit einem einzigen Tritt zu Boden, er nimmt einen anderen und wirft ihn auf die übrigen, dann klopft er sich den Staub von den Hosen und geht weiter, hinter sich die ganzen niedergestreckten Männer.

Bei Jesus dagegen läuft das anders. Er ist Gottes Sohn, und wenn er wollte, könnte er einen Feuerstrom vom Himmel herunterschießen lassen, er könnte die Haare seiner Feinde in viele Kobras oder Vipern verwandeln, die sie eine Million Mal in den Hals beißen, aber stattdessen bleibt er ruhig, nimmt alles hin und rastet nie aus, und am Ende ist das Einzige, was er macht, seine andere Wange hinzuhalten. Wie anstrengend! Und dann sagt der Katechet, dass wir nächstes Jahr gefirmt werden, und Firmung bedeutet, dass man in Christi Heer eintritt. Aber wozu braucht er ein Heer, wenn er nie kämpft?

Im Grunde könnte alles aber noch schlimmer laufen, noch viel schlimmer als jetzt: Statt Signor Marino als Katecheten hätten wir Madre Greta erwischen können. Die aus dem Trentino kommt und aussieht wie ein sehr hässlicher, uralter Mann, der sich als Nonne verkleidet hat. Sie hat einen riesigen Kiefer und ein Auge, das größer ist als das andere und das, wenn sie dich anschaut, ein bisschen weiter nach oben, über deinen Kopf hinweg sieht. Sie ist nicht die einzige Nonne des Konvents mit dieser Fehlstellung, davon gibt es mindestens drei. Vielleicht liegt es daran, dass die Nonnen immer ein Auge auf die irdischen Dinge und eines auf die heiligen dort oben haben.

Jedenfalls ist Madre Greta unser aller Schrecken, und nach dem Katechismus wartet sie draußen auf dem Spielplatz des Konvents auf uns. Der in Wirklichkeit eine Asphaltfläche mit einer einzigen Schaukel und einer schiefen Bank ist, und seit ein paar Wochen gibt es auch noch einen Haufen abgenutzter LKW-Reifen. Die Nonnen gebrauchen sie für ein neues Spiel, das sie selbst erfunden haben und das »Der fröhliche Forscher« heißt: Sie nehmen die Reifenmäntel und stellen sie dicht aneinander, sodass so etwas wie ein Tunnel entsteht, und das Spiel ist, dort hineinzuschlüpfen und bis zum Ausgang auf der anderen Seite durchzukriechen. Aber die Reifen sind ganz dreckig und hart und ungleichmäßig, und der Tunnel ist eng und stinkt nach Pipi, und auch wenn viele meiner Mitschüler gerne Fröhlicher Forscher spielen, frage ich mich, was es da drinnen denn zu erforschen gibt, und vor allem, wie man es anstellen soll, dabei fröhlich zu bleiben. Dazu kommt, dass mir enge Orte Angst machen, und deshalb sage ich immer, sobald ich sehe, wie die Nonnen die Reifenmäntel holen, dass ich Lust habe zu beten, und verschwinde in der Kapelle. Letzten Samstag hat mich aber Madre Greta erwischt, und bei ihr haben die Gebete nichts genutzt.

»Und du, wohin glaubst du verschwinden zu müssen?«, hat sie mich gefragt, als sie mich auf halbem Weg im Hof angehalten hat, mit dieser Reibeisenstimme, die aus ihrem Doppelkinn hervorkommt.

»Entschuldigung, Mutter, ich gehe in die Kapelle, um für die Madonna ein *Ave Maria* zu beten.«

»Das kannst du später noch tun, jetzt kommst du her und spielst Fröhlicher Forscher.«

»Eigentlich wollte ich sofort beten.«

»Und stattdessen betest du hinterher. Schließlich hat die Madonna keine Eile. Maria hat viele Tugenden, und eine davon ist ihre Geduld. Ich dagegen habe keine Geduld, also komm her und schlüpf in den Tunnel.«

Aber ich konnte da einfach nicht rein, und vor allem wollte ich nicht. Ich wollte nur, dass Gott mir helfen würde, dass er Feuer vom Himmel werfen oder Heuschrecken schicken würde, die Madre Greta fressen. Falls Gott keine Zeit gehabt hätte, wäre mir auch irgendein Heiliger recht gewesen. Hauptsache nicht Jesus, der bitte nicht, denn schließlich wusste ich schon, was er sagen würde:

»Luna, Liebes, na los, kriech schon in das Loch.«

»Aber Jesus, ich will nicht!«

»Ich weiß, aber kriech trotzdem ins Loch, und vergib ihnen.«

»Ach, vergeben soll ich ihnen auch noch?«

»Ja, denn sie wissen nicht, was sie tun.«

»Das ist nicht wahr, sie wissen nur zu gut, was sie tun, sie tun mir weh!«

Und Jesus würde mich anschauen, lächeln und die Augen zum Himmel heben, und dann würde er mit mir in das Loch kriechen, um mir Gesellschaft zu leisten und ein bisschen gemeinsam zu leiden.

»Los, Mädchen, beweg dich!«, hat Madre Greta gedrängt, wobei alle Kinder um sie herumgehüpft sind und mit ihr zusammen »Beweg dich« geschrien haben. Denn im Gegensatz zu mir konnten sie es gar nicht abwarten, endlich dort hineinzuschlüpfen.

»Merkst du nicht, dass du deinen Freunden das Spiel verdirbst? Wieso spielen sie und du nicht? Denkst du, du bist etwas Besonderes? Denkst du, du bist anders? Schau mal, du bist genauso wie alle anderen, weißt du? Auf Kinder, los, helft eurer Freundin Hasenfuß ein bisschen.«

Und auf nichts anderes hatten sie gewartet. Sie stürzten sich auf mich, nahmen mich an den Armen und der Kapuze meines Pullis und schubsten mich in die Reifen.

Ich war schon bis zur Hüfte im Tunnel, sie schoben mich weiter, und irgendwer machte mir auch noch die Schnürsenkel auf, und da sagte ich mir innerlich das vor, was ich immer denke, wenn mir eine Ungerechtigkeit widerfährt, und zwar, dass es mir auch noch schlechter gehen könnte, ich hätte ja in Afrika geboren werden können.

Denn schon als Albino, der sich vor der Sonne in Acht nehmen muss, sitzt man in Afrika in der Patsche. Und dann gibt es auch noch das Problem, dass Albinos da unten nur sehr kurz überleben: Gerade sind sie noch im Dorf und spazieren ruhig über die Straße, da kommt schon ein Jeep, und heraus springen Leute mit riesigen Messern, töten sie und nehmen ihre Körper mit. Denn die Medizinmänner machen aus den Beinen und den Händen und den Haaren und dem Blut der Albinos Zaubertränke. Alle Körperteile können sie gebrauchen, und deshalb muss, wenn ein Albino stirbt, seine Familie ihn unter der Erde einmauern, sonst gräbt ihn nachts jemand aus und klaut die Teile, die er braucht, und nach und nach ist nichts mehr übrig. Und wenn man wie ich ein Mädchen ist, dann ist es sogar noch schlimmer, weil die Männer, die Aids haben, glauben, dass sie gesund werden, wenn sie mit einer Albino-Frau ins Bett gehen. Also vergewaltigen sie dich, stecken dich mit Aids an und dann gute Nacht allerseits.

Kurz und gut, so viel dazu, dass es mir jetzt also gar nicht so schlecht ging: Ich war in die Reifen gekrochen, wo ich mir vielleicht irgendeinen Infekt zuziehen würde, mag sein, aber sicher kein Aids, und statt mir die Beine abzuschneiden, haben sie mir nur die Schnürsenkel gelöst. Und so sagte ich mir, während ich da drin war, immer wieder: »Du könntest auch in Afrika sein, du könntest auch in Afrika sein ...« Doch dann fingen sie an, mit voller Wucht gegen die Reifenmäntel zu boxen und zu treten. Von drinnen fühlte sich das an, als würden unzählige Bomben auf mir explodieren, wie diejenigen der Deutschen, die versucht haben, meinen Opa zu töten, als er der Soldat John war und unter den Bomben einen Schock erlitten hat. Und vielleicht würde ich ja dasselbe Ende nehmen, vielleicht würde ich aus diesem Loch herauskriechen und plötzlich verrückt sein, überzeugt, jemand anderes zu sein. Eigentlich erschien mir das gar nicht mal schlecht, da herauszukommen und nicht mehr ich zu sein. Denn als ich da drinnen so über mich nachdachte, eingeklemmt im Dunkeln und im Gestank dieser alten Reifen, widerte mich mein Leben wirklich an, und das einzig Gute an der Sache, da drinnen zu sein, war, dass mich niemand sah, als ich aufhörte zu kämpfen. Ich lehnte meinen Kopf an einen stinkenden Reifen und heulte los.

Und genau deshalb windet sich jetzt, wo die Glocke klingelt und der Katechismus zu Ende ist, dieses Geräusch wie eine teuflische Schlange meinen Rücken entlang, und ich fange an zu zittern. Ich verlasse als Letzte den Raum, komme in den Hof und bereite mich auf das vor, was zwangsläufig geschehen muss. Doch dann schaue ich mich um und begreife sofort, dass ich kein Problem mehr haben werde: Auf dem Vorplatz steht zum ersten Mal auch Zot, und ich bin gerettet.
Zot ist in meiner Klasse, letzten Monat ist er dazugekommen. Die Rektorin hat ihn eines Tages hereingebracht, hat gesagt, dass er Zot heißt und aus Tschernobyl kommt und dass er sich bei uns wie zu Hause fühlen soll. Ich habe ihn angeschaut, er hielt den Blick gesenkt, aber vielleicht hat er für einen Moment auch

mich angeschaut, und es war offensichtlich, dass für mich das Schlimmste nun vorbei war, dass Zot gekommen ist, um mich zu retten: klein und dürr, in einem Riesenpulli aus rosa Wolle, so lang wie ein Kleid, ganz weite, ausgetretene Mokassins, graue, karierte Altherrenjacke und ein Federhut, der ihm ganz schief auf einem pudelartigen Lockenteppich aus Haaren saß. Ich habe meine Sonnenbrille aufgesetzt, um ihn noch genauer betrachten zu können, und es war klar, dass ich von diesem Tag an würde ruhig zur Schule gehen können, denn wenn Beleidigungen, Spucke oder Ohrfeigen geflogen kämen, würden sie, so wie Insekten um das Licht schwirren, alle auf diesem Jungen da landen.

Nur hatte Zot sich bisher nicht beim Katechismus blicken lassen und ich hatte gedacht, dass er, weil er ja aus Russland kommt, ein religionsfeindlicher Kommunist ist. Aber jetzt ist er doch da und auch schon in den Fängen der Kinder, die ihn mit Gewalt in den Tunnel stecken. Er schreit: »Unglückselige, hört auf damit, so bringt ihr mich ins Schwitzen, ihr ruiniert meine Strickjacke! Mutter, ich beschwöre Sie, mir zu Hilfe zu kommen, bringen Sie diese Menschen wieder zur Vernunft!«, mit feinem Stimmchen und in seinem perfekten Altherrenitalienisch.

Sie schieben ihn weiter hinein und machen sich wegen der ausgetretenen Mokassins über ihn lustig, die jetzt sogar ich sehe, weil ich direkt danebenstehe. Ich rieche den Geruch der Reifenmäntel und spüre etwas Prickelndes in meinen Beinen und meiner Brust, wie eine Kraft, die sich ausdehnt und sich erhitzt und mich dazu drängt, mich in Bewegung zu setzen, sie aufzuhalten, oder das zumindest zu versuchen, zu schreien, dass sie widerlich sind und es verdienen, auf dem Grund der Hölle zu schmoren. Vielleicht ist es wahrhaftig Jesus, der mir das schickt, dieses Prickeln, um mich aufzurütteln, um mir zu sagen: »Auf Luna, hab keine Angst vor deiner Meinung, fürchte nicht, was sie dir tun werden, das ist die richtige Reaktion, tu es für mich ...«

Doch ich bleibe regungslos, schüttele den Kopf und sage: »Nein, Jesus, den Teufel werde ich für dich tun. Du bist Gottes Sohn und könntest sie in einer Sekunde aufhalten, du könntest die Heuschrecken schicken oder es Frösche regnen lassen oder den Vorplatz in einen Feuersee verwandeln und nur Zot und mich retten und uns weit weg fliegen lassen, bis zu einem Ort, wo man uns in Frieden lässt.«

Aber Jesus macht wie immer nichts, er lässt mir nur die Arme und die Brust prickeln und erinnert mich daran, was ich tun sollte, an dem einzigen Tag, an dem ich gut davongekommen bin und ohne große Probleme in Ruhe nach Hause gehen könnte.

Stattdessen stehe ich nun hier und merke, wie ich den Mund aufmache und spreche, wie ich versuche, irgendetwas zu tun.

Schließlich weiß ich ja: Wenn ich auf Jesus warte, dann gute Nacht.

Dependance

Sandro kommt nach Hause und wirft die Tasche auf den Küchentisch. Sie ist voller Bücher und wiegt eine Tonne, wenn sie ihm über der Schulter hängt, tut sein Kopf noch mehr weh. Aber auch Atmen verschlimmert seine Kopfschmerzen, und jeder Herzschlag ist ein Hammerschlag zwischen die Augen. Zum Glück ist die Schule montags schon um zwölf aus, sonst wäre er heute wirklich im Unterricht gestorben.

»Sandro«, rügt ihn seine Mama aus den undurchsichtigen Kochdämpfen heraus, »leg die Tasche nicht auf den Tisch, es gibt doch jetzt Essen.«

Wasser kocht in zwei Töpfen, einem für Reis und einem für Pasta. Es wäre praktischer, für alle dasselbe zu kochen, doch Sandro hat heute Morgen einen Zettel hinterlassen, dass er Reis wolle, und Papa will keinen Reis, weil er meint, dass die Chinesen uns überschwemmen und wir bald gezwungen sein würden, jeden Tag Reis zu essen, und darum schlägt er sich den Bauch mit Spaghetti voll, solange er noch kann.

»Wie war die Schule?«

»Das Übliche.«

»Was habt ihr gemacht?«

»Nichts.«

»Wie nichts, was soll das heißen, nichts?«

»Das übliche Zeugs halt, Mama, die Eier geschaukelt, was sollen wir schon gemacht haben!« Sandro schreit, und damit macht er einen Fehler. Denn wenn er schreit, platzt ihm der Kopf. Er zieht die Tasche mit einem Ruck vom Tisch und reißt dabei einen Teller mit, der von einem Stuhl abprallt, auf dem Boden aufschlägt und zerbricht. Der Krach gleicht hunderttausend winzigen spitzen Scherben, die in sein Ohr schlüpfen und sein Gehirn einritzen, eine nach der anderen.

Er lässt auch die Tasche fallen, verdammt, er drückt seine Hände gegen die Schläfen, rennt in sein Zimmer und wirft sich aufs Bett, das Gesicht im Kissen vergraben.

Als er aufgewacht ist, ist es ihm schon so gegangen, er weiß nicht einmal, ob er gefrühstückt hat, und er erinnert sich nicht mehr, wie er zur Schule gekommen ist. Er hat sich an seinen Platz gesetzt und kein Wort gesagt, er hat niemandem zugehört, irgendwann ist er sogar eingeschlafen, und das Gelächter der Schüler, deren Blicke alle auf ihn gerichtet waren, hat ihn aufgeweckt. Und das ist eine schlimme Sache, das ist eine schwerwiegende Sache, ein Schüler, der während des Unterrichts einschläft, kann einen Verweis bekommen. Da stelle man sich einmal vor, wie das dann bei Sandro aussieht, der der Lehrer ist.

Aber das ist alles seine Schuld, weil er weiter diesen Blödsinn macht und sonntagnachts groß ausgeht.

Früher war Samstag der große Abend, dann hat sich der Samstag mit kleinen Gymnasiasten gefüllt, und sie sind auf den Freitag ausgewichen. Mit der Zeit jedoch haben sich die kleinen Jungs ausgebreitet und auch den Freitag eingenommen, sodass seine Freunde und er sich in den Sonntagabend verkriechen mussten. Was eigentlich auch der richtige Abend ist: Samstag passt gut für die Abiturienten, weil sie sonntags nicht zur Schule gehen. Freitag ist für die von der Uni, weil sie samstags keine Seminare haben. Sonntag dagegen ist für diejenigen, die auch montags und die ganze Woche nichts zu tun haben, also ist das der perfekte Abend für sie.

Nur ist letzten Monat der absurde Fall eingetreten, dass Sandro doch etwas zu tun hat. Er ist Lehrer geworden. Besser gesagt, Vertretungslehrer. Noch besser gesagt, sogar weniger als ein Vertretungslehrer, wenn das möglich ist. Falls es am Ende der sozialen Skala noch eine Stufe unterhalb des Aushilfslehrers gibt, dann steht Sandro genau dort. Und wenn sich ein Lehrer schlecht fühlt, und der Vertretungslehrer ihn nicht vertreten kann, und der Vertretungslehrer des Vertretungslehrers auf dem Weg zur Schule mit dem Auto gegen einen Baum fährt, dann rufen sie ihn. Der nie ein richtiger Lehrer werden kann, weil er das Staatsexamen nicht gemacht hat und nicht mal die Spezialisierung für das Lehramt, einen Scheißdreck hat Sandro gemacht.

Er hat nicht einmal den Antrag ausgefüllt, um diese vermaledeiten Vertretungen zu machen, das war seine Mama. Heimlich. Die Schwester einer ihrer Freundinnen arbeitet im Schulamt, und die beiden haben alles eingefädelt, ohne ihm ein Wort davon zu sagen. Dann kam letzten Monat dieser Anruf, und nun unterrichtet Sandro seit Kurzem Englisch in einem Gymnasium.

Besser gesagt, in *dem* Gymnasium, dem einzigen, das es in Forte dei Marmi gibt, demselben, auf das er vor zwanzig Jahren gegangen ist. Es hat einen naturwissenschaftlichen Schwerpunkt, und er fand Mathe immer schrecklich und wartet bis heute darauf, zu verstehen, was Physik überhaupt ist, aber es gab eben keine anderen Gymnasien vor Ort, und um in größere Städte wie Viareggio zu fahren, hätte er eine halbe Stunde früher aufstehen müssen. Also hat er lieber fünf grausame Jahre voller Scheißfächer abgesessen, aber wenigstens hier. In dem Gymnasium, in dem er jetzt gewissermaßen unterrichtet.

Mama ist vor Glück ganz aus dem Häuschen, sie geht in den Supermarkt und sagt: »Hundert Gramm rohen Schinken, bitte, von dem guten, den soll mein Sohn essen, der ist Lehrer.« Sie spricht mit einer Freundin und dann: »O Gott, es ist ja schon so spät, gleich kommt mein Sohn nach Hause, der ist Lehrer.« Kurzum, jetzt weiß es der gesamte Ort, und allen erscheint es unmöglich. Doch noch unmöglicher erscheint es Sandro selbst, vor allem montagmorgens nach sonntagnachts.

»Sandro! Komm, das Essen ist fertig!«, ruft seine Mama aus der Küche. Sandro antwortet, dass er gleich komme, aber halblaut in sein Kissen. Er dreht sich auf den Rücken und versucht zu atmen, sein Kopf ist am Zerbersten, und eine saure Übelkeit steigt ihm vom Magen in den Hals hoch. Er schaut zur Decke, zu den Regalen, die das ganze Zimmer umlaufen und bis da oben aufsteigen, sich biegend unter tonnenweise Platten, CDs und Musikzeitschriften. Sobald er etwas Zeit hat, muss er die Zeitschriften nach Monat und Jahrgang sortieren und die Platten in alphabetischer Reihenfolge nach den Bandnamen. Wie früher, als er sechzehn und ihm die alphabetische Ordnung enorm wichtig war. Manchmal hat er eine Platte nur gekauft, weil der Name der Band mit einem Buchstaben anfing, der in seiner Sammlung noch fehlte. Dann kam er eines Tages mit einer neuen Platte nach Hause und ihm fiel auf, dass da schon eine andere lag, die er noch einordnen musste, und weil Marino draußen auf ihn wartete, legte Sandro die Platte auf die andere und sagte sich: »Na gut, die ordne ich morgen ein.« Doch dann wurde aus morgen übermorgen, und dann überübermorgen, und aus der einen noch einzusortierenden Platte drei, fünfzig, hundert, eine auf die andere gestapelt und auf Sandro gestapelt, warten sie auf den richtigen Tag, an dem er alles wieder in Ordnung bringen wird.

Das Problem ist, dass der richtige Tag nie kommt, weder für die Platten noch für den ganzen Rest: Eines Sommerabends, als Sandro den Pinienwald der Versiliana durchquerte, um mit den anderen ein Bier trinken zu gehen, entdeckte er etwas Rotes, das vom Zweig einer Pinie herunterhing, und griff danach. Es war ein zerrissenes Stück Gummi, an dem eine Schnur befestigt war und am Ende der Schnur eine Karte. Auf ihr stand: »Dieser Luftballon wurde in Reggio Emilia am 10. Mai von Ivan Cilloni, 2 B auf die Reise geschickt. Wenn du diese Nachricht liest, schreibe mir eine Karte aus deinem Ort. Als Belohnung gibt es eine Nashornzeichnung von mir, und Nashörner kann ich richtig gut. Ciao, Ivan.« Und dann die Adresse. Sandro ist geradezu gerührt gewesen, dieser Ballon ist von der Emilia bis hierher geflogen, ist bei ihm gelandet, und wer weiß, wie sehr sich dieser Junge freuen wird, wenn er eine Karte aus Forte dei Marmi erhalten wird. Also hat Sandro das Kärtchen mit nach Hause genommen und es auf die Kommode gelegt, damit er daran denkt, eine Postkarte zu kaufen, sie zu schreiben und abzuschicken. Und dort liegt die Nachricht noch immer und wartet auf den berühmten richtigen Tag, der nie kommt, seit neun Jahren. Verdammte Scheiße, neun Jahre.

Doch wo er gerade daran denkt, am nächsten Tag hat er schulfrei, morgens geht er mit Rambo und Marino Pilze suchen, aber nachmittags könnte der Augenblick gekommen sein, um endlich alles in Ordnung zu bringen. Sicher, genau, morgen macht Sandro sich daran und ordnet alles und schickt eine schöne Postkarte in die Emilia. Morgen, ja, morgen ...

»Sandrooo!«

»Ich komme.«

»Der Reis wird kalt.«

»Das interessiert doch keine Sau.«

»Aber kalt schmeckt er nicht.«

»Von wegen, im Sommer machst du immer kalten Reis.«

»Ja schon, aber der ist anders! Den mache ich mit Kapern, Pilzen, Oliven, Thunfisch, Schinkenstückchen, Stückchen von ...«

»Es reicht! Das interessiert mich einen Scheiß!«

Sandro schreit, und die Worte klingen schief, verzerrt von dem schmerzenden Stechen, das seinen ganzen Schädel bis hin zum Mund überzieht. Jedes Geräusch, jede Bewegung ist eine Klinge, die unbarmherzig zusticht. Auch das Knirschen des Lattenrosts und noch mehr dieses *Piep Piep*, das ihn aus dem Nichts anspringt.

Es ist sein Handy, in der Hosentasche. Es heißt, dass man es nicht dort in der Nähe der Eier herumtragen sollte, und man sollte es auch nicht in der Nähe des Herzens oder des Kopfes tragen, aber wo soll man es dann hintun? Sandro schaut darauf und sieht eine neue SMS, selbst das schwache Bildschirmlicht strahlt wie funkelnde Nadeln, die sich in seine Augen bohren. Doch dann liest er die Nachricht und muss lächeln.

(13:10) Großer Lehrer, hier ist alles der Wahnsinn!
Ich schaue alles an, nehme alles mit, lebe alles aus, wie Sie
es mir aufgetragen haben. Ich tue es auch für Sie. L.

Das L steht für Luca, Sandros Lieblingsschüler. Sandro weiß, dass Lehrer keine Lieblingsschüler haben sollten, aber dann sollten die Schüler auch nicht so unterschiedlich sein, dann sollte es keinen so intelligenten und gutaussehenden unter lauter unsympathischen Ärschen geben. Daher, ob nun gerecht oder ungerecht: Luca ist sein Lieblingsschüler, auch weil er wirklich genauso ist, wie Sandro selbst mit siebzehn war.
Hundertprozent derselbe. Vielleicht etwas intelligenter, aufgeweckter, sehr viel schöner und ... na ja, vielleicht nicht genau gleich, aber innerlich hat er dasselbe Gemüt, dieselbe Bombe voller Leidenschaften, die explodiert und die Welt ringsum auslöscht, diese kleine und gemeine Welt. Und das Provinznest, in dem wir geboren sind, kann uns mal, und die Eltern können uns mal, die Schule und die Noten und die Markenklamotten und der samstagnachmittägliche Spaziergang im Zentrum, um zu sehen und gesehen zu werden, können uns mal, und auch der ganze andere Scheiß, der einen umgibt und sich ganz allmählich nähert, ei-

nem immer mehr auf die Pelle rückt, bis zu dem Tag, an dem er einem um den Hals fällt, und, ohne dass man es merkt, wird man sein Sklave wie alle anderen auch.

»Sandro!«, mischt sich jetzt auch noch Papa mit vollem Mund ein. »He, hör mal, ich fange ohne dich an!«

»Ja, gut so, du wirst sehen, dass du es auch alleine schaffst.«

Eben, genau, Mittagessenszeit, die schwachsinnige Angst, dass das Essen kalt wird, Papa ohne ihn anfängt und dadurch die Welt zugrunde geht. Das ist einer von diesen tausend Scheißhaufen, die dich am Ende, einer auf dem anderen, zu Boden drücken. Und Sandro ist darauf hereingefallen, er hat sich vielleicht hereinlegen lassen. Aber Luca nicht, für Luca ist es noch nicht zu spät, er kann sich noch retten.

Jetzt ist er gerade in Frankreich, in Biarritz, für eine Woche im Bully unterwegs, um mit seinen Freunden zu surfen. Fantastisch, diese Reisen, auf denen man glücklich ist, weil es einem vorkommt, als werde sich von diesem Moment an das wahre Leben vor einem auftun, das nur noch einen Schritt entfernt ist und einen in all seinem Glanz erwartet. Dann jedoch vergeht die Zeit, und man merkt, dass das Leben nicht vor einem lag, sondern dass das Leben genau das war, genau diese Tage, die Nächte, man spürte es einen Schritt entfernt, und stattdessen steckte man mittendrin. Man glaubte, das sei nur ein Vorgeschmack, das Aufwärmen, bevor man jenes fantastische Alter erreicht, in dem man groß ist, niemandem mehr gehorchen muss und alles wunderbar ist. Man wartet, hofft und merkt nicht, dass das Wunderbare genau das hier ist, und wenn man es kapiert, hat es sich schon wieder vom Acker gemacht und es bleibt einem nur die Erinnerung.

Das ist der Grund, warum Luca unbedingt nach Biarritz zum Surfen sollte. Seine Mutter hatte ihn nicht fahren lassen wollen. Sie hat gesagt, dass das nicht in Frage komme, dass er noch minderjährig sei, dass sie ihm zwar vertraue, aber der Welt nicht. Und dann das Geld, man bräuchte Geld dafür, und im Moment habe niemand Geld ... Das waren die Einwände von Lucas Mutter, und das ist genau das Problem: Es gibt immer einen Haufen sehr guter Gründe, die falsche Wahl zu treffen. Man nimmt einen Jungen voller Talente und Fähigkeiten und Gelegenheiten am Horizont, einen jungen Adler, dessen Krallen bereit sind, das Leben zu packen, und rupft ihn, eine Feder nach der anderen, ganz allmählich, so tut es nicht weh, und er merkt es gar nicht. Bis der Adler schließlich ein Zuchthähnchen wird, bereit, am Spieß der Gesellschaft gebraten zu werden.

Das ist vielen passiert, vielleicht ist es auch Sandro passiert. Doch jetzt will er nicht darüber grübeln. Besser daran denken, dass er sie am Ende überzeugt hat, Lucas Mutter, Lucas wunderschöne Mutter. Sie ist zur Elternsprechstunde in die Schule gekommen, und er hat ihr gesagt, wie die Dinge stehen. Es ist sein Verdienst, wenn Luca nun gerade in Frankreich den Ozean erobert und die französischen Mädchen mit ihrer hellen Haut, ihren sinnlichen Rundungen und dem verlorenen Blick, der ziellos umherwandert, aber doch immer das Richtige sieht. Sandros Verdienst, wenn Luca heute Abend eine auf dem Strand flachlegt und über das Leben herfällt, indem er ihre Brüste umfasst, die weich und doch fest sind, prall an Möglichkeiten, üppig an Zukunft.

Aber noch schöner als jedes französische Mädchen ist Lucas Mutter, Serena, die großartigste Frau, die Sandro je lebendig vor sich gesehen hat – sogar auf Fotos oder in den schmutzigen Filmen, die er über die Jahre angeschaut hat, war keine schöner. Und es sind viele Jahre und sehr viele Filme. Eigentlich kennt er sie schon länger, sie ist auf dasselbe Gymnasium gegangen wie er, dann sind sie sich einige Zeit nicht mehr über den Weg gelaufen, und jetzt ist sie plötzlich wieder da, noch schöner als zuvor. Und das ist ein fantastisches Zeichen, es heißt, die Hoffnung besteht, dass wunderschöne Dinge auch noch passieren können, wenn man sie gar nicht mehr erwartet. Ja, Sandro, vielleicht gibt es immer schöne Dinge, die einen erwarten, vielleicht sind die Gelegenheiten noch nicht erschöpft, vielleicht springen die Überraschungen, selbst wenn dir der Horizont eintönig und öde erscheint und es deiner Meinung nach nichts mehr zu entdecken gibt, plötzlich aus dem Nichts hervor und wälzen dein Leben um ...

Doch ein ohrenbetäubendes Klingeln genau neben seinem Ohr zerquetscht diesen wunderbaren Gedanken, wie nachts ein Pantoffel eine Mücke zermalmt. Diesmal ist es nicht das Handy, sondern das Festnetztelefon da auf der Kommode, und es klingelt noch einmal, und noch einmal.

Sandro geht nie ans Festnetz, das sind ohnehin immer nur Leute, die irgendetwas verkaufen wollen, oder alte Nervensägen, die seine Mama sprechen wollen und ihn, wenn er rangeht, fragen, wie es ihm gehe, ob er Arbeit gefunden habe, ob er eine Freundin habe. Nur hört das Telefon hier neben ihm nicht auf zu klingeln und spaltet ihm den Schädel, also nimmt er ab und spuckt zwei Wörter aus.

»Was gibt's?«

»...«

»Hallo, also? Was gibt's?«

»Ja, hallo ...« Eine Frauenstimme, und eine schöne Stimme dazu. »Ich müsste mit Sandro Mancini sprechen.« Und er kann es nicht glauben, aber ein bisschen glaubt er es doch. Denn, verdammte Scheiße, manchmal passiert es wirklich, dass man an eine Person denkt und diese einen anruft. Und das ist sie tatsächlich, Lucas Mutter. Die sich bei ihm bedanken will, dass er sie überzeugt hat, ihren Sohn fahren zu lassen, denn das war das Richtige, denn ihr Problem ist, dass sie nie genau weiß, was sie machen soll, denn das Leben ist schwierig und sie unsicher, allein, ohne jemanden an ihrer Seite, der ihr einen Rat geben könnte, der ihr zur Seite stünde, und ...

»Ja, das bin ich. Ich bin Sandro, hallo Serena.«

»...«

»Serena, hörst du mich?«

»Nein, hören Sie, hier spricht die Rai.«

»Die Rai?«

»Ja, Radio e Televisione Italiana, die italienische Rundfunkanstalt. Ich rufe Sie wegen der Fernsehgebühren an, die bis heute nicht bezahlt wurden.«

»Das gibt's doch nicht, verdammt, immer noch diese Gebührengeschichte? So ein Quatsch, ich habe es Ihnen doch schon gesagt, ich muss nichts zahlen, meine Mutter hat schon bezahlt!«

»Sie müssen nicht gleich laut werden, Signor Mancini. Ich rufe sie quasi privat an, ich wäre nicht verpflichtet, das zu tun. Doch ich hatte Sie ja gebeten, ein Fax an mich zu schicken und ...«

»Und das habe ich auch geschickt.«

»Ja, allerdings benötigte ich eine Bescheinigung, in der sie erklären, dass Sie in der Wohnung Ihrer Eltern wohnhaft sind. Stattdessen haben Sie nur Vorschläge für neue Sendungen geschickt, und Beleidigungen.«

Sandro antwortet nicht sofort. Erst muss er versuchen sich zu erinnern, was er in jenem Fax geschrieben hat, doch da ist totale Finsternis. Er weiß nur noch, dass er an dem Tag sehr nervös war, er war mit Rambo und Marino losgezogen, um Werbebroschüren eines Supermarkts in die Briefkästen zu stecken, und ein Haufen Leute hatte sie aus den Wohnungen angeschrien, dass sie so was nicht haben wollten und sie ihnen den Briefkasten nicht mit Müll vollstopfen sollten. Er hatte eine Menge von ihnen zum Teufel geschickt. Und als er dann das Fax geschrieben hat, ist er stinksauer geworden, weil er in einer so alten und schimmligen Nation lebt, die noch Faxe benutzt, weil die Leute, die es über ihre Beziehungen in den öffentlichen Dienst geschafft haben, nicht einmal Mails lesen können, und wo soll das hinführen, wo verdammt soll das hinführen ...

»Sandrooo!«, wieder seine Mama aus der Küche, immer klagender. »Es wird kalt!«

Sandro beißt die Zähne fest zusammen, atmet tief durch, dann fährt er fort: »Hören Sie, ich erinnere mich nicht genau, was ich geschrieben habe, aber dass ich bei meinen Eltern wohne, habe ich bestimmt erwähnt.«

»Ja, es fehlt jedoch die Adresse, es fehlen die Personalien Ihrer Eltern. Ebenso fehlen Ihre Daten, Ihre Steueridentifikationsnummer, Ihre Rai-Kundennummer, alles fehlt.«

»Kontrollieren Sie das doch selbst, verdammt. Die Briefe, die Sie mir schicken, um Geld von mir zu fordern, wo schicken Sie die denn hin? Zu mir nach Hause, meine Adresse haben Sie also. Und sehen Sie nicht, dass das dieselbe Adresse ist wie die meiner Mama, die Ihnen die Gebühr schon seit einer Million Jahren zahlt?«

»Genau Signor Mancini, genau. Deswegen reicht es ja, wenn Sie mir ein Fax schicken, in dem Sie erklären, dass Sie bei Ihren Eltern wohnhaft sind, und schon kann ich alles in Ordnung bringen. Ich gehe über meine Pflicht hinaus, das versichere ich Ihnen, doch ich verstehe Sie und versuche, Ihnen zu helfen. Schicken Sie mir einfach dieses Fax, in dem Sie erklären, dass Sie bei Ihren Eltern wohnhaft sind, dass Sie keine eigene Wohnung haben, sondern noch in Ihrem Zimmerchen leben, und Sie werden sehen, dass ...«

»Also, nun übertreiben wir's mal nicht, so klingt es ja, als wäre ich erst zehn.«

»Entschuldigen Sie, das war nicht meine Absicht. Aber so ist doch der Stand, oder? Also, wenn Sie noch bei Ihren Eltern wohnen, dann haben Sie doch vermutlich ein Zimmer, nehme ich an.«

»Ja, aber Sie nennen das ›Zimmerchen‹, Menschenskind, das klingt, als sei ich ein dummer Junge.«

Und aus der Küche erneut seine Mama:»Sandro, der Reis ist kalt. Ich stelle ihn dir ins Wasserbad!«

»Nein! Lass gut sein, im Wasserbad finde ich ihn widerlich!«, ruft er und presst sich eine Hand gegen die Stirn, die gleich platzt.

Die Frau von der Rai am Telefon wiederholt:»Hallo? Hallo? Was haben Sie gesagt?«, und Sandro hat keine Kraft mehr, sich darum zu bemühen, eine anständige Figur zu machen, aber er versucht sich trotzdem zu retten:»Kurz, es ist kein Zimmerchen. Es ist ein abgeschiedenes Zimmer, mit eigenem Bad, getrennt vom Rest. Ich habe eine gewisse Unabhängigkeit.«

»Aha, interessant. Dann ist das also, sagen wir, als sei es eine andere Wohnwelt.«

»Ja, exakt, eine andere Welt, sehr gut.«

»Auweia, Signor Mancini, auweia. Das ändert die Lage. Deshalb haben wir Ihnen nämlich den Zahlschein für die Gebühr geschickt. Denn wenn Sie bei Ihren Eltern wohnen, ist das eine Sache. Aber wenn ich das richtig verstanden habe, wäre Ihre Unterkunft als eine Dependance einzuordnen. Haben Sie zufällig auch eine Kochzeile, Signor Mancini?«

»Nein, keine Kochzeile, aber ich könnte mir eine einbauen, wenn ich will.«

»Sehen Sie? Dann ist das eine einwandfreie Dependance, folglich müssen Sie eigenständige Fernsehgebühren zahlen.«

»Was? Was ist das denn für ein Scheißdreck, was macht das denn für einen Sinn?«

»Sie leben nicht bei Ihren Eltern, Signor Mancini. Sie leben im selben Gebäude, ja, doch im Inneren sind es zwei unterschiedliche Haushalte. Und folglich ergibt sich eine Gebühr für den Fernseher Ihrer Eltern und eine weitere für den, den Sie, wie ich annehme, in Ihrer Dependance haben.«

»Ich habe aber keinen Fernseher in meinem Zimmer.«

»Nein, aber vielleicht haben Sie einen auf Ihrer Kochzeile, oder in Ihrem persönlichen Bad ...«

»Wenn ich keinen Fernseher im Zimmer habe, dann habe ich dir zufolge einen im Klo? Und eine Kochzeile habe ich nicht, ich habe kein Geld, eine einzubauen, und ich werde nie welches haben, wenn ihr es mir mit einer ungerechten Scheißgebühr wegnehmt.«

»So ist das Gesetz, Signor Mancini, sie haben eine Dependance und folglich ...«

»Jetzt hör auf mit dieser Dependance, mir reicht's! Ich lebe bei meinen Eltern, in einem kleinen, einstöckigen Häuschen. Es gibt eine Küche, ein Bad, einen Flur und zwei Zimmer, in dem einen schlafen meine Eltern und in dem anderen ich. Es gibt nicht einmal ein Wohnzimmer, es gibt überhaupt nichts, bist du nun zufrieden? Und bring mich nicht zum Schreien, mir platzt gleich der Kopf.«

»Ich bin es, die Sie darum bittet, nicht zu schreien, und siezen Sie mich gefälligst. Ich bin Dottoressa Catapano.«

»Ah, Dottoressa, verdammt. Aber ich bin auch Akademiker, ob du's glaubst oder nicht. Ich bin nämlich Lehrer und damit Professore, stell dir das mal vor. Professore Mancini. Und was machen wir jetzt? Beeindruckt dich das, in deiner kleinen Welt aus Akademikern und Anwälten und Scheißtiteln?«

»In Ordnung, Professore, nun habe ich mich zu sehr verausgabt und verabschiede mich. Ich rate Ihnen, die Zahlkarte auszufüllen und damit zur Post zu gehen, um zu bezahlen, übrigens mit Verzugszinsen, weil sie seit einiger Zeit abgelaufen ist. Im Moment belaufen sich die Zinsen auf ...«

»Ja, schon klar. Ich gehe nicht zur Post, ich habe keine Zeit zu verschwenden.«

»Aber natürlich, Professore, ich nehme an, Sie sind ein vielbeschäftigter Mann. Nun gehen Sie aber erst einmal zu Tisch, denn der Reis wird kalt und Ihre Mama wütend.«

Genau so, diese Schlampe sagt das genau so. Sandro reißt die Augen auf, würgt den Telefonhörer, als sei es der Hals der Dottoressa Catapano, füllt seine Lungen bis zum Maximum, um genug Luft zu haben, diese dumme Gans mit Beleidigungen zu erschießen. Doch als er kurz davor ist, mit dem ersten »Leck mich am Arsch« loszulegen, erreicht sein Ohr trocken und erbarmungslos ein *Klick* in der Leitung: Das Flittchen hat aufgelegt.

Und da legt Sandro mit all der Luft und der Wut, die in seinem Atem verdichtet geblieben sind, und den Kopfschmerzen, die ihm die Augen zudrücken, das Telefon mit einem Donnerschlag auf, aber das reicht nicht. Er nimmt es noch einmal und legt noch heftiger auf. Er nimmt es noch einmal hoch und pflanzt es mit einem so fürchterlichen Schlag auf seinen Platz, dass er endlich eine Art Klingelton gemischt mit einem Krachen des Plastiks hört, und er braucht es nicht wieder ans Ohr zu führen, um zu merken, dass das Telefon kaputtgegangen ist.

Während seine Mama aus der Küche ruft: »Sandro, was ist passiert, hast du dir weh getan? Sandro, Sandrino!«

Du heißt Serena

Du heißt Serena, die Unbeschwerte, aber unbeschwert bist du ganz und gar nicht.

Deine Eltern haben dich so genannt, aber was konnten sie schon wissen? Deine Mutter ist gestorben, als du über dreißig warst, dein Vater letzten September, und sie hatten dich immer noch nicht verstanden. Wie sollten sie dann, als du gerade erst geboren warst?

Gewiss hätten sie einen weniger riskanten Namen wählen können, doch jetzt ist es so gelaufen, und du trägst ihn. Wie diejenigen, die Joy oder Hope heißen, wie deine Freundin Allegra, die Fröhliche, die schon ewig Depressionen hat, wie deine Cousine, die Angelica, die Engelsgleiche, heißt, aber die größte Hure der ganzen Küste von Genua bis Orbetello ist.

Aber das ist kein Problem. Nichts ist ein Problem an einem Sonnentag wie diesem. Es gibt Leute, denen das Wetter völlig egal ist, da kann die Sonne scheinen oder es schon seit einem Monat regnen, sie merken es nicht einmal, und ob sie ruhig oder nervös sind, liegt nur an ihnen selbst, sie lassen Regen wie auch viele andere Dinge, die vom Himmel kommen, einfach an sich abperlen.

Du nicht. Heute scheint die Sonne, und das reicht, dich zum Lächeln zu bringen. Und außerdem ist Dienstag, und dienstags arbeitest du nicht und holst Luca und Luna von der Schule ab. Alle anderen Friseure haben montags geschlossen. Vielleicht, weil sich die Damen die Haare machen lassen wollen, wenn sie einen wichtigen Abend vor sich haben, und in diesen Breitengraden

42

montagabends nie etwas los ist. Aber wenn man die beiden Sommermonate abzieht, ist hier auch dienstags und mittwochs und an keinem Wochentag etwas los, und deshalb kann Signora Gemma geschlossen haben, wann es ihr passt. In der Hoffnung, dass ihr Friseursalon durchhält, sonst entsteht anstelle des Gemma Hair Studio noch ein anderes dieser Löcher mit verdunkelten Fenstern, wo man Videopoker und an einarmigen Banditen spielt, und für dich, Serena, würde jeder Tag wie der Dienstag: die ganze Woche frei, um sie mit deinen Kindern zu verbringen, mit einer Ziehharmonika in der Hand und einem Hut um Almosen bettelnd auf einem Bürgersteig.

Doch im Moment ist dem nicht so, also macht es keinen Sinn, darüber nachzudenken. Das Einzige, was gerade Sinn macht, ist, sofort nach rechts abzubiegen, zu Lunas Schule, obwohl du aus Gewohnheit geradeaus zum Gymnasium fahren würdest, um wie jeden Dienstag Luca abzuholen. Aber heute ist Luca nicht da.

Luca ist in Frankreich. Wenn du daran denkst, fühlt es sich seltsam an. Du bist froh, weil es ihm gut geht, er schickt dir so fabelhafte SMS, dass du die Abende damit verbringst, sie wie eine Bekloppte wieder und wieder zu lesen, aber dann stellst du ihn dir da oben vor dem Ozean vor, besser noch mitten im Ozean, inmitten dieser riesigen, kalten Wellen, und dich packt die Angst. Er ist erst siebzehn, du hättest es ihm verbieten können. Aber wie könnte man Luca etwas verbieten? Alles, was er tut, ist immer so perfekt und natürlich, ihm etwas zu verbieten wäre, als würde man dem Frühling verbieten zu kommen. Du kannst dich da mitten auf die Straße stellen und sagen: »Halt Frühling, stopp, komm nicht«, und versuchen, jede Knospe aufzuhalten, die aus einem Zweig sprießt, jede Blume wieder zu schließen, die sich in den Gärten öffnet, aber der Frühling hört dich nicht einmal, er breitet sich mit einer Brise aus und erwärmt die Luft, und die

Farben explodieren, und die Tiere spielen verrückt, und innerhalb von fünf Minuten hat er auch dich ergriffen.

Also Schluss jetzt damit, Luca ist glücklich, und auch du solltest glücklich sein. Du holst jetzt Luna ab, ihr kauft euch Pizza und esst sie irgendwo draußen, besser gesagt am Meer. Luna will immer ans Meer gehen, wie ihr Bruder. Auch wenn sie das nicht sollte, auch wenn die Sonne ihr überhaupt nicht guttut und sie einen Kapuzenpulli und eine riesige Sonnenbrille tragen und sich mit mehr als einem Liter Sonnencreme einschmieren muss ... die du offenbar zu Hause gelassen hast. Du hattest sie auf den Küchentisch gelegt, um sie nicht zu vergessen, und hast sie dort vergessen.

Wie bekloppt, wie dumm, wie kann es sein, dass du immer so viel nachdenkst und dich nie an irgendetwas erinnerst? Bekloppt und dumm, dumm und bekloppt ... Unterdessen bist du vor der Schule angekommen, doch du bist zu sehr damit beschäftigt, dich zu beschimpfen, und merkst deshalb nicht sofort, dass irgendetwas nicht stimmt: Hier draußen ist niemand, der Hof ist still und leer, das Tor dahinten ist geschlossen.

Oje, vielleicht ist heute einer dieser bescheuerten Nationalfeiertage, vielleicht haben sie die Schule wegen eines Alarms evakuiert, oder sie haben sie in den letzten Tagen gar woandershin verlegt, und Luna hat es dir erzählt, aber du hast es vergessen. Alles ist möglich, auf der Welt passieren jeden Tag absurdere Dinge. Doch dann schaust du auf deine Uhr und merkst, dass etwas noch Unglaublicheres passiert ist: Du bist zu früh.

Gute zehn Minuten, fast eine Viertelstunde, du bist völlig verwirrt. Da drinnen sind die Lehrer noch bei ihren Erklärungen, das Gittertor ist geschlossen. Genau in diesem Moment kommt die Hausmeisterin, um es zu öffnen, sieht dich im Wagen und winkt dir grüßend zu. Sie ist nicht ganz normal, sie lacht starr mit einem Mundwinkel und hat immer einen rosa Rucksack auf dem Rücken, von dem niemand weiß, was darin ist. Sie winkt dir immer noch zu, berührt ihre Stirn und macht ein Okay-Zeichen, um dir zu sagen, dass dir der Pony gut steht. Du lächelst und bedankst dich, du rufst ihr zu: »Auch du bist wunderschön!« Sie bricht in Lachen aus, bedeckt ihr Gesicht mit den Händen und schüttelt den Kopf, sie streicht ihre Haare hinter die Ohren und öffnet das Tor.

Wer weiß, warum sie so begeistert von deinem Pony ist, schon ewig macht sie dir Komplimente für diesen Haarschnitt, schon als Luca in die Mittelstufe gekommen war und du ihn immer hier abgeholt hast. Es werden zwanzig Jahre sein, dass du den Pony trägst, und dir ist nie der Gedanke gekommen, etwas daran zu ändern. Denn du arbeitest mit Haaren, und jeden Tag siehst du all diese Mädchen und Frauen, die gerne ihr Leben ändern würden und damit anfangen wollen, indem sie sich einen anderen Schnitt, eine andere Haarfarbe, eine andere Frisur zulegen. Sie tragen keine glatten oder gelockten Haare mehr, sie hören auf, sich Strähnchen zu färben, und sie meinen, dass sie auf dieselbe Weise damit aufhören könnten, immer allen zu vertrauen, immer zu versuchen, alle glücklich zu machen, ohne an das eigene Glück zu denken, immer vorzugeben, dass Situationen für sie in Ordnung sind, obwohl sie überhaupt nicht in Ordnung für sie sind. »Aber ab heute reicht es damit, Serena, ja, ab heute ändert sich das«, sagen sie zu dir und schauen sich dabei im Spiegel an, während die Strähnen hierhin und dorthin fallen. Doch am Ende ändert sich absolut nichts, außer dem Haarschnitt. Eine Weile fühlen sie sich seltsam damit, aber mit der Zeit gewöhnen sie sich an ihn, so wie sie sich an einen Haufen anderer Dinge gewöhnt haben, die ihnen in ihrem Leben nicht gefallen, ihnen mittlerweile aber weder schön noch hässlich erscheinen, sondern einfach normal.

Inzwischen kommen andere Autos mit anderen Müttern vor der

Schule an. Jede bleibt verschlossen in ihrem gigantischen Wagen sitzen und wartet, wobei sie ihr Handy studiert oder geradeaus ins Leere jenseits der Windschutzscheibe starrt. Da öffnest du die Wagentür und trittst ins Freie, denn wenn traurige Menschen einen Nutzen haben, dann den, dich daran zu erinnern, wie du nie werden darfst. Du zündest dir eine Zigarette an und lehnst dich mit dem Rücken gegen das Auto, verschränkst die Arme und betrachtest den gedrungenen, rechteckigen Gebäudeklotz der Schule vor dir.

Sie haben ihn neu angestrichen, aber es ist noch derselbe wie damals, als du klein warst und hier zur Schule gegangen bist. Nur war es zu der Zeit eine Grundschule, und immer, wenn du ihn siehst, kommt dir dein erster Schultag in den Sinn, der nur eine halbe Stunde gedauert hat. Und in deinen Augen war es gar nicht der erste Schultag, in deinen Augen war es der einzige: Du hattest nicht verstanden, dass das eine andauernde Angelegenheit werden würde, du hast gedacht, es wäre nur ein seltsamer Vormittag, deine Mama habe zu tun und dich in diesem großen, alten Raum mit Rissen an den Wänden sitzen lassen, zusammen mit vielen anderen Kindern, die du nie zuvor gesehen hattest. Ihr habt euch mit verlorenen Blicken angesehen und gespielt, dass jeder an einem grauen Tischchen sitzen bleiben muss, mit einer rosa oder blauen Schürze an und einer Alten vor euch, die euch die Regeln dieses bekloppten Spiels erklärt hat.

Was im Übrigen todlangweilig ist, immer still zu sitzen und dieser Frau zuzuhören, die von Füllern, Heften und den anderen Dingen spricht, die ihr mitbringen sollt. Du hörst nicht zu, stützt deinen Kopf in die Hände und die Ellbogen auf das Tischchen, das die Frau Bank nennt. Und so willst du bleiben, bis deine Mama endlich zurückkommt und dich abholt.

Nur dass du dringend Pipi musst.

Schon seit einer Weile, aber zuerst nur ganz leicht. Inzwischen musst du sehr dringend. Du fängst an, mit den Beinen zu tänzeln, du schaust dich um, du presst die Beine fest zusammen, damit das Pipi wieder umkehrt, aber du wirst es nicht mehr lange anhalten können. Und was jetzt? Du musst aufs Klo, aber wo ist das? Gibt es überhaupt ein Klo an diesem hässlichen Ort?

Die Frau erklärt, dass dieser Raum euer Klassenzimmer ist, dass ihr die 1 B seid. Aber vom Klo sagt sie nichts. Vielleicht hat sie es schon erwähnt, und du hast gerade nicht zugehört. Du zappelst immer mehr mit den Beinen, fängst an zu schwitzen und spürst das Pipi, das nun wirklich angekommen ist und rauswill. Es drückt und ruft: »Aufmachen, aufmachen!« Aber hier vor allen anderen kannst du das auf keinen Fall tun, also öffnest du den Mund und rufst: »Signora, ich muss mal Pipi!«

Die Frau hält inne, schließt den Mund und starrt dich mit weit aufgerissenen Augen an, als ob du sie, statt sie anzusprechen, mit einem Stein beworfen hättest.

»Serena, bevor du etwas sagst, musst du die Hand heben.«

Du nickst und denkst, dass dieses Spiel wirklich superlangweilig und voller absurder Regeln ist. Du hebst eine Hand, dann auch noch die andere.

»Eine Hand reicht, Serena.«

»Entschuldigen Sie, Signora, die andere habe ich gehoben, um das erste Mal gutzumachen, als ich sie nicht gehoben hatte.«

»Ah, ich verstehe.« Sie muss lachen, wer weiß, warum. »Aber nenn mich nicht Signora, ich bin deine Lehrerin.«

»In Ordnung, Lehrerin. Ich muss mal Pipi«, sagst du, und vielleicht hat das Pipi gehört, dass du es rufst, denn jetzt drückt es noch mehr.

»So sagt man das aber nicht, man fragt, ob man zur Toilette gehen dürfe.«

»Darf ich zur Toilette gehen?«

»Kannst du nicht die Pause abwarten?«

Nein, kannst du nicht. Du weißt zwar nicht genau, was es mit dieser Pause auf sich hat, was du aber weißt, ist, dass du nicht darauf warten kannst. »Nein, Lehrerin, ich muss sofort, sonst mache ich mir in die Hose.«

Die anderen Kinder fangen an zu lachen, als ob sie nie pieseln müssten. Aber alle müssen mal Pipi, deshalb gibt es doch überall Toiletten, im Restaurant, im Kino, in den Cafés. Und hoffentlich auch hier.

»Na gut, geh ruhig, aber beeile dich.«

Du nickst und stehst ruckartig auf. Und wenn du vorher schon sehr dringend musstest, dann musst du jetzt im Stehen sehr, sehr, sehr dringend. Es kommt sogar ein kleines bisschen raus, du fühlst etwas Warmes in deiner Unterhose, aber du presst und hältst an. Du bleibst dort neben deiner Bank stehen, während die Lehrerin dich ansieht.

»Was ist, Serena, gehst du nicht?«

»Ich ... ich weiß nicht, wo die Toilette ist.«

»Ach, entschuldige! Daran hatte ich gar nicht gedacht. Dann bleib noch eine Sekunde hier, bis ich diese wichtige Sache zu Ende erklärt habe, und dann bringe ich dich hin ... oder nein, warte mal.« Die Lehrerin geht zur Tür, öffnet sie und ruft mit lauter Stimme einen komisch klingenden Namen, so was wie Derna oder Terna, dann kommt sie wieder herein. »Gleich kommt die Hausmeisterin und begleitet dich, ja?«

Sie setzt sich und fängt wieder an, von unnützem Zeug zu sprechen, von linierten und karierten Heften, aber du musst zu sehr Pipi, dein Bauch ist voll Pipi und vielleicht auch schon dein Hirn, denn du kannst nur noch daran denken. Und ein bisschen an die Derna oder Terna, die einfach nicht kommt.

Du setzt dich wieder hin, weil du das Gefühl hattest, im Sitzen etwas weniger dringend zu müssen. Aber dem ist nicht so, im Gegenteil, jetzt gelingt es dir nicht einmal mehr zu atmen, jedes Mal, wenn du Luft zur Nase herein lässt, kommt ein Tröpfchen Pipi heraus, du spürst, wie es dir die Beine hinunterläuft. Es ist warm und breitet sich in den Hosen deines Overalls aus. Und je mehr du es spürst, umso weniger kannst du es zurückhalten, und das, was noch drin ist, sagt: »Ja wie, das andere Pipi hast du rausgelassen und mich nicht?«, und kommt auch raus, und irgendwann fühlt es sich auch in den Kniekehlen nass an, wie ein Kitzeln, und du denkst, dass es nicht mehr nasser werden kann. Also hörst du auf anzuhalten und lässt alles laufen.

Du atmest durch, und einen Moment lang fühlst du dich gut, dann senkst du den Blick und möchtest sterben: Auf dem Boden ist ein See, ein riesiger See um dich herum, der immer größer und größer wird und schon fast die Füße des Mädchens an der Nachbarbank erreicht hat. Sie dreht sich zu dir, senkt den Blick und bemerkt ihn, da steht sie so ruckartig auf, dass ihr Stuhl nach hinten kippt und sich alle dir zuwenden. Sie zeigt mit aufgerissenen Augen zuerst auf den See, dann auf dich.

Die Lehrerin hört auf zu plappern und eilt zu dir, von draußen kommt eine pummelige Frau, wahrscheinlich diese Derna oder Terna, hereingelaufen, und die Kinder stehen alle auf und rufen: »Pisserin, Pisserin!« Aber die Lehrerin ruft noch lauter: »Es reicht! Setzt euch wieder hin und seid brav, oder ich erteile euch eine solche Lektion, dass ihr ein Jahrhundert braucht, um damit fertig zu werden.« Aber niemand weiß, was eine Lektion ist, und genauso wenig, was ein Jahrhundert ist, und so toben alle weiter herum. Und du weinst und kneifst die Augen zusammen und öffnest sie nicht einmal, als die speckigen Arme von Derna oder Terna dich langsam hochheben und dich aus der Klasse tragen, wohin sie dich schon vor langer Zeit hätte bringen sollen.

Sie sagt dir, dass du ruhig bleiben sollst, dass doch gar nichts passiert sei, also öffnest du die Augen ein klein wenig und siehst neben ihr einen stark behaarten Mann mit schwarzer Schürze, der dich anschaut. Derna oder Terna sagt zu ihm, dass er Sägespäne holen soll, und da fängst du wieder an zu weinen.

»Nein, bitte keine Sägespäne«, sagst du, denn du weißt zwar nicht, was das ist, aber der Name ähnelt dem der Säge so sehr, dass du Angst hast, sie wollten dir jetzt als Strafe die Beine oder irgendeinen anderen Körperteil absägen.

»Nein, nein, bleib ruhig. Sägespäne sind kleine Holzstückchen, weißt du? Damit kann man den Boden unter deiner Bank wieder trocken kriegen«, meint die Hausmeisterin und bringt dich zur Toilette. Dort gibt sie dir eine riesige Papierrolle und ruft dann in der Zwischenzeit deine Mama an, die dich sofort abholen kommt.

Und so endet dein erster Schultag, der in Wirklichkeit nur eine halbe Stunde gedauert hat, an dem du aber trotzdem zwei wichtige Lektionen gelernt hast: Du weißt jetzt, was Sägespäne sind, aber vor allem hast du verstanden, dass, wenn du etwas wirklich tun musst, du niemanden um Erlaubnis bitten darfst, sondern einfach aufstehst und gehst.

Da klingelt endlich die Schulglocke, ohrenbetäubend laut, sie dringt bis zu dir auf die Straße und bringt dich wieder ins Hier und Jetzt. Zu diesem Dienstag, an dem du fast vierzig Jahre alt bist, zwei Kinder hast und gekommen bist, die Jüngere abzuholen, und du musst zugeben, dass du das Großwerden alles in allem nicht so schlecht auf die Reihe bekommen hast.

Denn so ein Trauma hätte irgendwelche Schäden hinterlassen können, bei schwächeren Menschen hätte es den Kopf durcheinandergebracht. Wegen solcher Traumata sind Serienkiller zu Serienkillern geworden, die Leute umbringen und sie auffressen. Es braucht wirklich nicht viel, um einem das Hirn durcheinanderzuwirbeln. Die Lunte des Wahnsinns ist kurz und lautlos, und wenn sie anfängt zu brennen, dann gute Nacht allerseits.

Die Eingangstüren öffnen sich schlagartig, die Hausmeisterin ruft: »Macht langsam!«, aber niemand hört auf sie, die Kinder sprudeln hervor, ein leuchtender Schwarm von Pullis, Rucksäcken und Igelfrisuren, Schreien, Schimpfwörtern und Handyklingeltönen, brodelnd vor der Energie, die den ganzen Morgen hinter einer Bank zusammengepfercht wurde und jetzt wild explodiert. Der Schwarm breitet sich im Hof aus, dann verdichtet er sich noch einmal, um durch das Gittertor zu gelangen, und der Kampf, wer zuerst hinauskommt, entscheidet sich über Ohrfeigen und Beinstellen.

Und da, hinter allen anderen, ganz allein an eine Hofmauer gelehnt, steht Luna.

Die dich sieht und den Kopf hebt, lächelt und dich begrüßt.

Sie behauptet, dass sie sich dahin stellt, weil du sie so sofort findest und keine Zeit damit verlierst, sie in dem ganzen Durcheinander zu suchen. Jedes Mal sagst du ihr, dass das nicht nötig sei, dass du sie auch inmitten von hundert Millionen Kindern finden würdest. Sie meint: »Weil ich die Einzige mit weißen Haaren bin?« Du antwortest: »Nein, weil du die Einzige bist, Schluss, aus!« Luna sagt: »Danke, dann bleibe ich beim nächsten Mal bei den anderen.« Doch das tut sie nie.

Sie ist so anders als Luca, der, wenn er aus der Schule herauskommt, immer im Mittelpunkt von allem ist. Auch wenn er das gar nicht absichtlich tut, nein, Luca ist der Mittelpunkt, der Rest gruppiert sich um ihn herum. Die Mitschüler folgen ihm, sogar die Lehrer, die Mädchen halten einige Schritte Abstand, starren ihn aber an und zupfen sich ständig die Haare zurecht. Und Luca merkt es nicht einmal. Er schaut geradeaus und lächelt ruhig über irgendeinen seiner glänzenden, geheimnisvollen Gedanken, dann sieht er dich dort beim Auto und lächelt noch breiter, läuft noch schneller, kommt zu dir und küsst dich auf die Wange, dann faltet er seinen ganzen Körper zusammen, denn der Panda ist klein und er fast zwei Meter groß, steigt ein, und du lässt den Motor an, schließt die Wagentür und lässt die Welt draußen, die armselig und leer zurückbleibt und euch beim Abfahren zusieht.

Heute jedoch ist es anders, heute ist nur Luna da, die immer noch hinten im Hof steht, weil sich das Durcheinander der Kinder am Gittertor nicht beruhigt, sondern vielmehr immer brodelnder wird und sich um ein Kind ballt. Es versucht, abzuhauen, holt sich aber bei jedem Schritt einen Schubser, bekommt ein Bein gestellt oder einen Tritt in den Hintern.

Du hoffst, dass nicht er es ist, aber wer sollte es sonst sein? So klein und mit dem Riesenstrohhut auf dem Kopf, das muss dieser Pechvogel sein, der mit dem Hilfsprojekt für Kinder aus Tschernobyl hierher, in die Versilia, gekommen ist. Plötzlich packen sie ihn am Mantel und heben ihn sogar vom Boden hoch. Sie werfen ihn wie einen Müllsack nach vorne, und er fällt mit den Knien auf die Straße, so heftig, dass es dir beim Zuschauen weh tut. Er aber sagt nichts, verteidigt sich nicht, hält sich nur seinen Hut mit den Händen fest auf dem Kopf.

Doch alles wird noch schlimmer, als dieses Riesenkind kommt, Damiano, der Sohn eines bescheuerten Zahnarztes, der mit dir aufs Gymnasium gegangen ist und unsterblich in dich verknallt war. Damiano ist mit dem russischen Jungen und Luna in einer Klasse, hat aber einen Schnurrbart und einen Bauch. Mit einem Toupet auf dem Kopf könnte er genauso gut sechzig sein. Er geht zu dem russischen Jungen, und nach einigen Ohrfeigen und Tritten reißt er ihm den Hut vom Kopf. Und da reagiert der Junge endlich. Nur dass seine Reaktion darin besteht, »Rüpel!« zu schreien, während er mit den Händen wedelt, um sich den Hut zurückzuholen.

Alle lachen darüber und schreien, während Damiano den Hut an seinem Hintern reibt, ihn dort zerdrückt und wiederholt »Scheißhut, Scheißhut!« ruft. Dann wringt er ihn wie einen Lappen aus, spuckt hinein, packt ihn schließlich wie eine Frisbeescheibe und tut so, als würde er ihn davonwerfen.

»Es reicht, gib ihn mir zurück, das ist ein äußerst kostbarer Hut, behandle ihn mit Bedacht, Frevler!«

»Du nennst mich Frevler? Das traust du dich, du Arschgesicht?« Damiano holt aus, um den Hut wirklich davonzuschleudern, wobei er auf die hohe Brombeerhecke zielt, die die Straße und die Schule vom Grundstück nebenan trennt. Dort gab es früher mal ein Pinienwäldchen, das abgeholzt worden ist, um dort Villen zu bauen. Weil es aber Probleme mit der Genehmigung gibt, sind die Bauarbeiten im Moment gestoppt, und einstweilen ist dort nur eine Schlammfläche mit Zementsäcken und Mäusen.

»Gib mir meinen Panamahut zurück, ich bitte dich darum, er gehört meinem Opa und hat einen beträchtlichen emotionalen Wert!«

Damiano hört nicht einmal zu, er lacht und bringt alle anderen zum Lachen. Ein Lehrer und eine Lehrerin kommen vorbei und sehen alles, sie schüttelt den Kopf, beide gehen weiter. Aber du, Serena, du näherst dich. Anfangs hattest du dich nur in Bewegung gesetzt, um zu Luna zu gehen, die immer noch regungslos dahinten steht und dieser Szene zusieht, und du hattest wirklich nicht vor, dich in diese Angelegenheit einzumischen. Doch als du dort vorbeikommst, schlagen deine Füße von alleine den Weg ein, und einen Augenblick später findest du dich zwischen Damiano und dem russischen Jungen wieder.

Und du sagst: »Gib ihm den Hut zurück.«

»Ach? Was willst du denn?«

»Gib ihm sofort den Hut zurück, oder ich sage es deinem Vater.«

»Mir doch egal, mein Papa ist ein Trottel.«

»Stimmt, aber gib ihm trotzdem den Hut zurück.«

»Und warum? Was machst du, wenn ich's nicht tue?« Damiano starrt dich an und lächelt mit diesem fetten Mund, die Lippen feucht und die Zähne in dieser Zahnspange, die sein Trottel-Vater ihm eingesetzt hat. Und er holt erneut aus, um den Hut zu werfen.

Die Kinder ringsum gehen zur Seite, um ihm Platz zu machen, und auch wenn es niemand ausspricht, ist klar, dass sich alle wie verrückt wünschen, dass Damiano ihn tatsächlich wirft, um zu sehen, was dann geschieht. Und du hoffst aus demselben Grund, dass er es nicht tut.

»Gehorche der Signora, ungezogener Flegel!«, sagt der Junge. Der sich hinter dir versteckt und sich zum Sprechen nur ein klein wenig hinausgelehnt hat. Er reicht dir bis zum Bauch-nabel.

»Du sei still«, sagst du zu ihm, und dann wendest du dich wieder Damiano zu. »Und du, gib ihm den Hut zurück.«

»Und wenn nicht, was machst du dann?«

»Wenn nicht, wird es dir noch leidtun.«

Alle werden ernst, außer Damiano. Der weiter lacht, mit dem Arm ausholt, Anstalten macht, den Hut zu werfen, dann aber in-nehält. Und als du gerade denkst, dass er nur so tut und nicht den Mut hat, da lässt er den Hut mit einem grunzenden Schrei los und wirft ihn davon.

Der Hut fliegt, dreht sich um sich, fliegt, steigt in die vom Grun-zen und dem aufgeregten Geschrei der Mitschüler geschwän-gerte Luft, überwindet die Hecke und verschwindet für immer dahinter, im unerreichbaren Schlamm der geschlossenen Bau-stelle.

Nun schaut Damiano dich an, wirft dir einen Luftkuss zu und holt seine Zunge heraus. Aber das ist kein Kind, dass dir die Zunge herausstreckt, es ist sehr viel schlüpfriger und widerlicher. Er leckt über seine fetten Lippen, über die spärlichen Haare seines Schnurrbarts und zwinkert dir auch noch zu.

»Und was tust du mir jetzt, Signora? Wenn du mich anfasst, zeige ich dich sowieso an.«

Du beißt fest die Zähne zusammen, holst Luft und schüttelst den Kopf. Die Hände hebend trittst du einen Schritt zurück, um ihm und den ersten Müttern, die sich langsam nähern, zu verdeutlichen, dass Gewalt nicht deine Welt ist, Gewalt existiert für dich nicht. Und dann noch gegenüber einem kleinen Jungen ... wo sind wir denn, im Mittelalter? Keinesfalls kann man alles mit Ohrfeigen und Hieben lösen, nicht wahr?

Damiano beobachtet dich, lacht und berührt deine Schulter mit diesen fetten, schmierigen Fingern.

»Braves Mädchen, bleib artig, das ist besser für dich. Denn wenn du mich anfasst, landest du im Gefängnis, und deine Tochter geht zurück in den Monsterzirkus, wo du sie gefunden hast.«

Das sagt er und lacht, und alle lachen, während er ein Monster imitiert, indem er die Arme nach vorne streckt, die Augen aufreißt und einen kehligen Laut ausstößt: »Arrrrr, Arrrrr«. Dann ändert er plötzlich seine Haltung, er klappt zusammen und ihm entfährt ein drittes »Arrrrr«, aber viel tiefer und leidender: Mit einem nüchternen, präzisen Stoß hast du dein Schienbein zwischen seine Beine gepflanzt, so heftig, dass er seine Eier, wenn sie bei diesem Jüngelchen überhaupt schon gewachsen waren, eine Weile nicht mehr wiedersehen wird. Hoffen wir, dass er sie sich vorher gründlich angeschaut hat.

Alle laufen weg, nur Damiano bleibt auf dem Boden knien. Er hat vergessen, wie man atmet, und versucht es neu zu lernen. Und auch der russische Junge ist noch da, starrt dich mit Kugelaugen an und rückt ein bisschen von dir ab. Und in schnellem Lauf kommt endlich auch Luna zu dir. Du siehst sie an, und obwohl sie ihre Riesensonnenbrille trägt, kannst du in ihrem Blick sehen, was für einen gigantischen Bockmist du da gerade fabriziert hast.

Du siehst sie weiter an und weißt nicht, was du sagen sollst. Du würdest ihr gerne erklären, dass du es für sie getan hast, weil dieser Bastard etwas Fürchterliches gesagt hat und weil das keine unschuldigen Kinder sind, sondern kleinere Ausgaben der Scheißkerle, die sie in einigen Jahren sein werden. Außerdem bist du so nervös, weil Luca nicht da ist, morgen ist sein Geburtstag, er wird achtzehn, und es wäre schön gewesen, das zu dritt zu feiern. Und dann ist dir der Tag mit dem Pipi in der Schule wieder in den Sinn gekommen, und diese Erinnerung macht dich immer beklommen. Kurz: Du warst ganz durcheinander und hast deshalb hier mit diesem abscheulichen, fetten Jungen Mist gebaut.

Aber all das nur mit einem Blick zu sagen, ist nicht so einfach, umso mehr, wenn Luna dich schon gar nicht mehr anschaut. Sie hat ein wenig den Kopf gehoben und starrt auf irgendetwas hinter deinem Rücken. Als du dich umschaust, siehst du außer einer Lehrerin und der Hausmeisterin Damianos Mama, die gerade angekommen ist und versucht aus dem SUV zu steigen, aber es gelingt ihr nicht, den Sicherheitsgurt zu lösen, also kämpft sie wie gegen die Tentakel eines gigantischen Kraken und schwitzt und zieht und schreit: »Dreckige Schlampe! Schlampe!«

»Lauft weg, Kinder, schnell!«, sagst du zu Luna und dem Russen.

»Mein Hut, Signora ...«

»Nenn mich nicht Signora. Und der Hut ist verloren. Er war ohnehin scheußlich. Jetzt geh zu deiner Mama.«

»Ich habe keine Mama, ich bin auf den Schulbus angewiesen.«

»Ach ja, entschuldige. Also nimm den Schulbus.«

»Üblicherweise ziehe ich es vor, ihn zu meiden und zu Fuß zu gehen. Eine Dreiviertelstunde und ich bin zu Hause.«

»Sieh mal einer an, du gehst wohl gern spazieren, was?«

»Nicht allzu sehr, doch wenn ich den Bus nehme, erwarten mich zehn Minuten voller Schläge, also ziehe ich es vor zu laufen.«

Das Schlimme ist, dass er dir das einfach so erzählt, wie die normalste Sache der Welt. Der arme Junge, Schläge in der Schule, Schläge im Bus, vielleicht auch noch Schläge, wenn er nach Hause kommt, was soll er denken? Diese fünfundvierzig Minuten zu Fuß sind vielleicht die schönsten seines Tages.

Doch du hast keine Zeit, ihn lange zu bedauern, Damianos Mama hat sich von ihrem Gurt befreit und rennt in deine Richtung, mit ihrem Doppelkinn und den großen schlaffen Brüsten, die hin und her baumeln.

»Geh mit Luna ins Auto, ich bringe dich nach Hause. Schnell!«

»Es liegt mir fern, Sie beleidigen zu wollen, Signora, doch ich kenne Sie nicht, ich weiß nicht, ob ich Ihnen trauen kann.«

»Was kümmert dich das denn? Im schlimmsten Fall schlage ich dich, aber dich schlagen sowieso alle, was ändert das für dich? Geh mit Luna zum Auto und wartet dort auf mich.«

»Ja, aber das scheint mir keine wohlüberlegte Wahl, keine …«

»Jetzt geh schon, verdammt!« Du nimmst ihn beim Arm und schubst ihn an. Luna ruft ihn, er schließt zu ihr auf, und endlich laufen sie Richtung Auto, während Damianos Mama mit ihren enormen Knöcheln und den Haaren in diesem Wasserstoffblond ankommt, das in einem seriösen Land verboten wäre. Sie schiebt eine Lehrerin beiseite, einem anderen Lehrer, der versucht, sie zur Vernunft zu bringen, ruft sie zu, dass sie ihn einbuchten lassen, wenn er sie anfasse. Sie baut sich vor dir auf, breitet ihre Arme aus und stürzt mit all ihrem Gewicht auf dich zu.

Und du, Serena, platzierst dich günstig, einen Fuß vor den anderen, schnaubst den Pony aus den Augen und verengst sie zu

Schlitzen, um Zeitpunkt und Ziel zu berechnen und präzise zu treffen.

Du heißt Serena, die Unbeschwerte. Und den Dienstag nennst du Ruhetag.

Der König der Steinpilze

»Brèk, brèk, nichts gefunden? Brèk.«

»Hallo, Rambo, mit wem redest du denn?«

»Mit allen. Habt ihr noch nichts gefunden? Brèk.«

»Ich nicht«, meint Sandro.

»Wieso denn nicht, nicht mal einen? Brèk.«

»Nein. Warum, wie viele hast du denn gefunden?«

»Keinen. Brèk. Und Marino? Marino, hörst du mich?«

»...«

»Sandro, ich mache mir Sorgen, wieso hören wir ihn nicht, wieso antwortest nur du? Brèk.«

»Weil ich blöd bin. Und hör auf mit diesem ›brèk‹.«

»Das geht nicht, das ist der internationale Code der Amateurfunker. Wenn einer aufhört zu reden, sagt er ›brèk‹, sonst redet man dem anderen rein und die Anarchie bricht aus. Eigentlich müsstest du, wenn du meine Meldung bekommen hast, mit ›roger‹ antworten, so gehen wir sicher, dass ...«

Rambos Worte verlieren sich in einem elektrischen Schnalzen, als Sandro das Walkie-Talkie ausschaltet, es sich in die Tasche steckt und suchend weiter durch den Wald läuft, ohne Rambos krächzende Stimme um ihn herum.

Die Walkie-Talkies sind neu, sie haben sie gestern gekauft. Wenn sich wie beim letzten Mal jemand verirrt, müssen sie ihn so nicht bis in die Nacht hinein suchen. Das hoffen sie zumindest. Wie sie auch hoffen, viele Steinpilze zu finden, die sie für dreißig Euro pro Kilo verkaufen und die ihnen ein hübsches Sümmchen einbringen würden. Auch wenn sie bisher nur Geld ausgegeben haben, für die Walkie-Talkies, und bisher keine Steinpilze in Sicht sind. Notgedrungen. Man müsste sich darauf verstehen, ein Pilzkenner sein, der die guten Stellen und die richtigen Tage kennt. Sie dagegen sind weder Kenner noch auf irgendetwas spezialisiert, sie sind bloß drei Freunde, die einen Traum haben: genug verdienen, um den Eltern Lebewohl zu sagen und endlich allein in eine eigene Wohnung zu ziehen. Das heißt, statt allein würden sie alle zusammen wohnen, wie eine Studenten-WG, was mit vierzig ein bisschen traurig wäre, aber immer noch ein Schritt nach vorne im Vergleich dazu, bei Mama und Papa zu wohnen.

Marino besitzt eine baufällige Bruchbude in Vaiana, dem am wenigsten namhaften und am weitesten vom Meer entfernten Ortsteil von Forte dei Marmi, aber das Ansehen ist ihnen scheißegal, sie wären schon zufrieden damit, das Haus auszubessern und dort wohnen zu können. Diesen Traum verfolgen sie schon seit dem Gymnasium, doch heute, zwanzig Jahre später, sehen sie ihn in noch weitere Ferne gerückt. Aber das kann einfach nicht sein, bestimmt ist es eine optische Täuschung, Sandro, Rambo und Marino müssen mit zum Angriff gesenktem und zugleich hocherhobenem Kopf auf ihrem Traum beharren, durchhalten, daran glauben und immer neue Wege finden, etwas zu verdienen. Rambo arbeitet theoretisch im Zeitungskiosk seiner Eltern, Marino nehmen sie immer mal wieder als Hilfspolizisten, Sandro macht jetzt Vertretungen am Gymnasium ... aber diese Jobs reichen nicht, und andere gibt es nicht, vor ihnen tun sich keine Wege auf, die frei und geradlinig in die Zukunft führen. Also versuchen sie, welche zu erfinden, neue Pfade in den geheimnisvollen Dschungel des Schicksals zu schlagen, alle krumm und ohne klare Richtung, und sie drei, die sie beschreiten, sind dazu verdammt, für immer Gelegenheitsarbeiter zu sein, Nichtsnutze auf Ewigkeit.

Wie heute, wo sie noch keinen einzigen Pilz gesehen haben und Marino vielleicht in irgendeiner Schlucht gelandet ist, und tschüss. Doch Sandro freut sich trotzdem über diesen Ausflug in die Berge. Immer noch besser, als die Vormittage in der Schule zu verbringen, stundenlang am Pult zu sitzen und sich irgendetwas auszudenken, um bis ein Uhr die Zeit totzuschlagen. Die beste Technik ist, Sätze übersetzen zu lassen: Er diktiert einen Satz auf Italienisch, die Schüler schreiben ihn in ihr Heft und müssen ihn dann ins Englische übersetzen. Wenn sie fertig sind, ruft man nach dem Zufallsprinzip irgendjemanden auf und lässt ihn laut vorlesen, dann diktiert man einen weiteren und so weiter, bis es klingelt. Doch der wahre Trick liegt in der Zeit, die er der Klasse für das Übersetzen jedes Satzes lässt: mindestens zehn Minuten, besser noch eine Viertelstunde, so kritzeln die Schüler in Windeseile ihre vollkommen fehlerhaften Übersetzungen hin und bleiben dann mehr oder weniger brav, kümmern sich um ihre eigenen Angelegenheiten, während er Zeitung liest, SMS schreibt oder einfach für ein leichtes Nickerchen die Augen schließt.

Dabei war Sandro, als sie ihm telefonisch mitgeteilt haben, dass er ab sofort unterrichten dürfe, zwar stinksauer auf seine Mama, aber doch ein bisschen zufrieden. Am ersten Tag ist er auf seiner Vespa zur Schule gedüst, mit zehn Minuten Verspätung, zwischen den Beinen die Ledertasche, die ihm seine Onkel und Tanten zum Uniabschluss geschenkt hatten und die noch ganz unbenutzt war, und im Kopf einen Film: Der begann damit, wie er die Klasse betritt und den Schülern der Mund offen stehenbleibt, als sie diesen Lehrer erblicken, so anders und so cool. Er wirft die Tasche auf den Boden, setzt sich auf das Pult und erklärt ihnen sofort die Lage: »Hi, ich bin Sandro Mancini, ich unterrichte englische Sprache und Literatur. Und Daten, Noten und der Lehrplan sind mir scheißegal. *I only care about the heart,* nur das Herz interessiert mich. Schenkt mir euer Herz, Kinder, und ich schenke euch meins.«

Ja, genau so. Und vielleicht war die eisige Luft schuld, die ihm ins Gesicht schlug, zu einer Morgenstunde, die ihn schon ewig nicht auf den Beinen gesehen hatte, doch Sandro fuhr zur Schule und glaubte wirklich daran. Er würde die Klasse betreten und es entstünde sofort eine besondere Beziehung zu den Jugendlichen, er würde zum älteren Bruder der Jungs und zur verbotenen Sehnsucht der Mädchen, eine Art bezaubernder Guru, der sich mit einer Arschbombe in ihr Leben werfen und es für immer durcheinanderwirbeln würde. Und so, während er die Jugendlichen aus ihrer Trägheit aufrütteln, während er ihnen beibringen würde, die Zügel ihres Lebens selbst in die Hand zu nehmen und sich nach niemandem zu richten, würde Sandro seine wahre große Berufung entdecken.

Die nicht das Gitarrenspiel war, nicht die Poesie und auch nicht die Verschmelzung beider Talente als Lo-Fi-Singersongwriter, als der er sich Buio Totale, »Totale Finsternis«, rufen ließ. Doch in Wirklichkeit hat ihn nie jemand gerufen, er hat Demos an Plattenfirmen, Musikzeitschriften und Lokale geschickt, in denen sie sogar Coverbands der Toto auftreten ließen. Aber nichts, nicht einmal eine Antwort. Und Sandro hatte Italien die Schuld gegeben, diesem kleinen und bigotten Land, und der Tatsache, dass man nichts zustande bringt, wenn man hier nicht die richtigen Leute kennt, dass wahres Talent nie anerkannt wird und weiter nur der übliche Mist gepusht wird. Doch die Wahrheit ist eine ganz andere, die Wahrheit ist, dass nicht die Musik seine Berufung ist: Sandro Mancini ist zum Unterrichten geboren.

So hat er gedacht, während er mit seiner Vespa volle Pulle über die Landstraße bretterte, zwischen einer im Bau befindlichen Lagerhalle und einer, die gerade wegen Konkurs dichtgemacht hatte, und je mehr er sich der Schule näherte, desto mehr glaubte er daran.

Dann hat ihm der Empfang durch den Hausmeister gereicht (»Das da ist deine Klasse, beeil dich, es ist spät«) und der Blick der wenigen Schüler, die sich dazu herabgelassen haben, überhaupt hochzuschauen, als er hereingekommen ist, und der chemische Gestank der voll aufgedrehten Heizkörper, um zu begreifen, dass er sich geirrt hatte. Dass er als Singersongwriter vielleicht fürchterlich war, aber auch als Lehrer war er die »Totale Finsternis«.

Den Stoff kennt er gut, Sandro spricht hundertmal besser Englisch als die regulären Lehrer, verblödete Alte, die einen Monat lang den Unterschied zwischen den englischen Wörtern für Armbanduhr und Wanduhr oder Kuckucksuhr erklären, damit die Kids dann ins Ausland gehen und sich nicht einmal ein Brötchen kaufen können. Doch er ist nicht in der Lage, anderen sein Wissen zu vermitteln. Und selbst in den seltenen Fällen, in denen jemand dank ihm etwas lernt, nun, es nützt nichts, um den heißen Brei herumzureden, ist Sandro das scheißegal. Er wird höchstens einen Monat in dieser Klasse bleiben und dann tschüss, das weiß er, und das wissen die Schüler. Sie sind wie zwei Reisende, die in einen Zug einsteigen, und einer bereitet sich darauf vor, beim ersten Halt auszusteigen.

Und in der Tat, wenn jetzt, wo er gerade im Wald Steinpilze sucht, hinter einem Baum ein Kobold oder Zauberzwerg oder Ähnliches hervorkäme und ihm hundert Euro für jeden Namen seiner Schüler böte, an den er sich erinnert, würde Sandro leer ausgehen. Manche Gesichter hat er im Kopf, vor allem von den Mädchen, aber wirklich keinen einzigen Namen. Bei einigen könnte er nicht einmal sagen, ob sie Italiener sind, und bei einem hat er noch nicht herausgefunden, ob er männlich oder weiblich ist. Wie soll er sich da an die Namen erinnern?

Außer an den von Luca, klar, aber Luca zählt nicht.

Mit ihm hat er gleich am ersten Tag geplaudert, in der Pause, als Sandro allein in einem Gang an der Wand lehnte, wo weder Schüler noch Lehrer vorbeikommen. Er streichelte über die Zigarettenschachtel in seiner Jeanstasche und suchte nach einer Möglichkeit, zum Rauchen rauszugehen, ohne gesehen zu werden.

»Wir rauchen in den Toiletten, aber die Lehrer verstecken sich dafür im Lehrerzimmer«, hat dieser Junge zu ihm gesagt, der aus dem Nichts gekommen war. Groß, lange blonde Haare, bloß ein verwaschenes, blaues T-Shirt mit Palmenaufdruck an. Der Typ Junge, bei dem die Frauen unter Psychopharmaka enden, und den Männern ihre Angst mit vierzehn wieder hochkommt, als ein Klassenkamerad ihnen schön erschien, zu schön, und sie sich deshalb die ganze Nacht im Bett gewälzt haben, in der Angst, schwul zu sein, und jahrelang ihre Eltern anlügen, sich dumme Kommentare anhören und sich vielleicht sogar von Nazibanden aus den Vorstädten verprügeln lassen zu müssen.

»Vielen Dank für die Information«, hat Sandro ihm geantwortet und musste sich zwingen, nicht zu lächeln. »Und das Lehrerzimmer ist ...?«

»Oben. Es ist das einzige mit einer ganzen Tür. Wie lange müssen Sie hier bleiben?«

»Wo hier?«

»In dieser Schule. Wie lange müssen Sie hier bleiben?«

»Es ist nicht so, dass ich *muss*«, und Sandro war kurz davor, eine Rede über die Schlüsselrolle des Lehrers in der Gesellschaft, über die Bedeutung seines Wirkens für die Zukunft der Nation zu halten. Doch er hatte keine Lust auf diesen Mist, und der ruhige Blick des Jungen hat ihm zu verstehen gegeben, dass es nicht nötig war. Also haben sie angefangen über Musik zu sprechen, über die großen Bands, die Sandro live gesehen hatte, und Luca geriet bei jedem Namen ganz aus dem Häuschen und konnte kaum glauben, dass Sandro sie wirklich gesehen hatte, und Sandro hat sich zugleich supercool und uralt gefühlt.

Dann sind sie zu anderen Konzerten übergegangen, die diesen Sommer auf dem Plan stehen, für die Luca nicht genügend Geld habe, die er aber trotzdem gerne besuchen würde. Wie er auch gerne nach Biarritz fahren würde, zum Surfen mit seinen Freunden, die sich nächste Woche im Bully auf den Weg machen würden. Nur dass ihm seine Mutter vielleicht nicht die Erlaubnis geben würde.

Und dieser Ausdruck, »die Erlaubnis geben«, hat Sandro ausrasten lassen. Wie kann man nur einen solchen Sohn so ersticken, ihn mit der Ausrede, dass es noch zu früh sei, in einen Käfig sperren, mit der widerlichen Lüge, dass er eines Tages machen könne, was er wolle, aber immer ist dieser Tag erst der nächste Tag und kommt nie. Und so hat er ihm erklärt, er der Lehrer seinem Schüler, wie die Dinge wirklich laufen. Wie er, mit vierzig, zum Unterrichten hier sei, weil ihn seine Mutter geschickt habe. Was furchtbar ist, ja, und noch furchtbarer ist, es einem Jungen zu gestehen, der einen als Bezugsperson betrachten sollte. Doch Luca hat so aufmerksam zugehört, es wirkte, als wäre es ihm wichtig, als verstehe er ihn sogar, also hat Sandro weitergeredet. Er erzählte ihm, wie seine Mutter ihn besorgt anruft, weil sie einen Krankenwagen hat vorbeifahren hören, wie sie den Gemüseauflauf mit seinem Namen und Herzchen aus Schmelzkäsestückchen verziert. Er war sogar kurz davor, ihm anzuvertrauen, dass, wenn er nachts nach Hause kommt, Mama ihm seinen Schlafanzug zum Anwärmen über die Heizung gehängt hat ... doch da klingelte es glücklicherweise, wie eine Metallexplosion über ihren Köpfen, und Sandro erinnerte sich daran, wo er war und was er zu tun hatte, unterbrach seine Reden, und beide kehrten eilig an ihre Plätze zurück.

Und dasselbe passiert jetzt, im Dickicht des Waldes: Ein lautes Geräusch bringt Sandro in die Wirklichkeit zurück. Ein spitzer Schrei vom Himmel, ein Bussard, der auf der Suche nach Beute seine Kreise zieht. Sandro hört ihn und schüttelt sich, ihm fällt auf, dass er seit einer ganzen Weile aufs Geratewohl durch den Wald spaziert, den Blick in die Luft gerichtet, was nicht gerade das Klügste ist, wenn man Pilze finden will.

Er schaut sich um und sieht nur Bäume und Steine, Steine und Bäume. Er könnte noch ein bisschen weitergehen, um zu sehen, was passiert, oder dahin umkehren, von wo er gekommen ist, doch er ist sich gar nicht sicher, wo vorne und wo hinten ist, und je mehr er darüber nachdenkt, desto weniger weiß er es, und das Einzige, was zwischen all diesen Steinen und Zweigen klar ist, verdammte Scheiße, ist, dass Sandro sich verlaufen hat.

Er schaut auf sein Handy, aber er hat kein Netz, man hat hier in den Bergen nie Netz, sonst hätten sie ja wohl kaum die Walkie-Talkies gekauft. Er schaltet seins ein und sagt: »Hilfe, Jungs, ich weiß nicht, wo ich bin, wo seid ihr denn?« Ihm antwortet nur ein konfuses Geräusch, wie ein Nest voller Wespen, die sich darum schlagen, aus dem Kleinempfänger rauszukommen. »Hört ihr mich? Rambo, hörst du mich? Wenn du mich hörst, antworte bitte ... brèk.«

Doch keine Reaktion, nicht einmal das funktioniert, also hört Sandro auf weiterzulaufen und bleibt unter einem gigantischen Baum stehen, der sehr viel breiter und höher ist als die anderen. Er setzt sich hin und bleibt dort, denn in einer solchen Lage muss man einen Bezugspunkt finden und sich daran klammern. Wenn man weiter seinen Ort wechselt, verschlimmert das die Sache nur. Viele Leute denken ja, dass sich verirren wie schwarz oder weiß, an oder aus sei: Entweder weiß man, wo man ist, oder nicht. Stattdessen gibt es beim Verirren aber tausend Abstufungen, wir verirren uns alle immer mal ein bisschen, aber wenn man es nicht bemerkt und weiter aufs Geratewohl herumläuft, riskiert man, sich zu sehr zu verirren und am Ende ganz allein in der dunklen Nacht zu stehen, rundum sieht man nichts und hört nur ein leises Geräusch, sabbernde Wolfsmäuler, die näher kommen.

Doch Sandro macht diesen Fehler nicht. Von Pilzen mag er vielleicht nichts verstehen, aber im Verirren ist er Experte. Er lehnt sich mit dem Rücken gegen den Baumstamm, schließt die Augen und versucht sich zu entspannen. Aber beim zweifachen Piepen seines Handys, das in der Stille des Waldes wie ein Geräusch vom Mars klingt, springt er auf. Also gibt es doch Netz, also ist er gerettet! Vielleicht ist es ja genau dieser riesige Baum, der als eine Art Antenne funktioniert, er sammelt die wenigen Wellen in der Luft zusammen und leitet sie hierher.

Doch dem ist nicht so, Sandro schaut auf sein Handy, immer noch kein Netz, wirklich gar keins. Dann schaut er, wer ihm die SMS geschickt hat, und begreift alles: Sie ist von Luca. Sandro hat an diesen magischen Jungen und seine fabelhafte Reise nach Biarritz gedacht, und auch Luca hat in dem Moment an seinen großen Lehrer gedacht und ihm eine SMS geschrieben, die ohne Netz bei ihm angekommen ist. Denn wenn die Dinge geschehen sollen, sind sie so gewaltig, dass sie auf das Unmögliche und das Absurde pfeifen, ungebremst machen sie sich auf den Weg und geschehen einfach.

(14:07) Hallo Professore, hier alles super, du hattest wie immer recht. Und du, hast du gefunden, was du gesucht hast? Bleib dran, denn du bist fast da. L.

Sandro liest und lächelt und schüttelt den Kopf, als wäre Luca anwesend: Nein, er hat nicht gefunden, was er gesucht hat, er weiß nicht einmal, was er eigentlich gesucht hat, und zudem hat er sich auch noch verlaufen. Aber das ist schon in Ordnung, ab und zu müssen wir alle mal etwas Dummes sagen, sogar Luca.

Der in Frankreich ist und sich mit seinen Freunden vergnügt, tagsüber ist er auf den Wellen und nachts, wer weiß, welche Mädchen er abschleppt. Hier laufen ihm so viele nach, dass er ihnen ausweichen muss: Die Hemmungslosesten bereiten in der Schule Hinterhalte vor, sie warten neben der Mädchentoilette, bis Luca vorbeikommt, und eines Tages, wenn er nicht aufpasst, überwältigen sie ihn, zerren ihn rein, und es geschieht, was geschieht ...

Doch der Bussard schreit erneut, da oben am Himmel, und der Schrei lässt Sandro nicht einmal die Zeit, sich diese Szene auszumalen, mit all den Mädchen im Waschraum und ihm anstelle von Luca. Jener Ruf bringt ihn in die reale Welt zurück, voller Bäume und Steine, die alle gleich aussehen, karg an Gruppensex.

Sandro hebt den Kopf und sieht ihn da oben, wie er kreist und kreist und die Erde studiert, um Beute zu finden, die er packen kann, um einen weiteren Tag zu überleben. Darin ist der Bussard ihm und seinen Freunden nicht unähnlich. Nur dass der Bussard hoch am Himmel fliegt und nie still steht, und er dagegen verloren hier herumsitzt und einen Scheißdreck macht.

Also klammert er sich an den Stamm der Kastanie und zieht sich wieder hoch: Er kann zwar nicht fliegen, aber auf irgendeine Weise muss er lebend aus dieser Stein- und Blätterhölle herauskommen. Zuerst jedoch zielt er mit seinem Handy auf den Bussard und versucht ihn auf einem Foto einzufangen, das er dann Luca schicken und dazu schreiben will: »Nein, noch habe ich nicht gefunden, was ich gesucht habe, aber, verdammte Scheiße, ich suche mehr denn je.«

Ja, schöner Satz, großartig. Wenn man ihn an der richtigen Stelle in einen Song einbaut, würde er dort wunderbar klingen, er sollte mal wieder ein neues Stück schreiben und es *Bussard* nennen. Doch jetzt muss er es erst einmal schaffen, diesen verdammten Vogel zu fotografieren, der nie still steht. Beim ersten Versuch erwischt er nur einen Flügel, beim zweiten den Himmel und sonst nichts, beim dritten fällt ihm das Handy aus der Hand, schlägt auf dem Boden auf, rollt ein paar Meter den Hang hinunter und verschwindet unter einem Felsen im hohen Gras.

Scheiße. Sandro schlägt sich mit der Faust auf seinen Schenkel, worauf ihm sowohl das Bein als auch die Hand sauweh tun, dann steigt er den Hang eilig ab und bückt sich beim Felsblock, streckt die Hand aus, die immer noch schmerzt, und will gerade mitten ins Gras greifen. Doch da kommt von dort ein kurzes trockenes Geräusch, eine Art Zischen, also zieht er sie ruckartig zurück. Na super, dieser Trottel von Marino hat ihn mit seiner Angst vor Schlangen angesteckt. Heute Morgen hat er sich die ganze Fahrt über beschwert, dass es bescheuert sei, ohne Schlangenserum, hochgeschlossene Schuhe und Stöcke in die Berge zu gehen, denn ihm zufolge wimmelt es in diesen Bergen nur so von Schlangen.

Doch würde man auf Marino hören, könnte man im Leben gar nichts mehr tun, und sie drei könnten nie arbeiten: Wenn sie Miesmuscheln an den Pfählen der Landungsstege sammeln gehen, hat Marino Angst, dass ihn das Hafenamt erwischt oder er einen Blutstau bekommt. Wenn sie Wertstoffcontainer nach altem Zeug durchsuchen, hat er Angst, dass ihn Mäuse beißen und mit Leptospirose anstecken. Wenn sie in den Wäldern der Gemeinde Pinienzapfen stehlen gehen, hat er Angst, dass ihn die Polizei sieht und sie ihn nicht mehr als Hilfspolizisten anheuern ... nein, so kann man nicht leben, das ist nicht leben, das ist in Zeitlupe sterben.

Also darf sich Sandro nicht von Marinos dummen Ängsten packen lassen, Sandro muss sich wehren. Er hört wieder dieses trockene Geräusch zwischen den Blättern, aber er ignoriert es. Er atmet tief ein, hebt die Hand und greift mit einem Mal da mitten hinein, in das feuchte Dunkel dieses Geheimnisses. Er spürt die Frische des Grases, die Kälte der Erde, dann die Plastikhärte des Telefons. Er will es gerade hervorziehen, da spürt er daneben noch etwas anderes. Etwas Pralles und Glattes, sehr viel Größeres. Er schiebt das Gras weg, legt die Steine beiseite, steckt den Kopf unter den Felsblock und erschrickt fast vor diesem überwältigenden und aufsehenerregenden Spektakel: der gigantischste Steinpilz der Welt. Noch nie in seinem Leben hat er einen so großen gesehen, weder in echt noch im Kino, auch wenn er im Kino vielleicht noch nie einen Steinpilz gesehen hat. Er ist riesig, er ist so perfekt, dass er künstlich wirkt. Aber er ist echt, er ist riesengroß, er ist der König der Steinpilze.

»Der König der Steinpilze! Der König der Steinpilze!«, ruft Sandro, als er ihn vom Boden löst, erst sanft und dann mit einem Ruck, weil der König nicht nachgibt. Doch er muss sich ihm ergeben, der ihn gefunden hat und an sich nimmt. Ja, er hat ihn gefunden, Sandro hat ihn gefunden! Er muss es den anderen sagen, er muss es auch Luca sagen, dass er recht gehabt hat, verdammt, er hat ihm gesagt, dass er kurz davor sei, zu finden, was er gesucht hat, und, verdammte Scheiße, hier ist es, hier ist es!

Er hebt den König auf, hält ihn hoch und begutachtet das perfekte und riesige Profil gegen den Himmel, mit dem Bussard im Hintergrund, der fliegt und fliegt, aber noch nichts gefunden hat.

Er wedelt mit dem König in der Luft, in der Hoffnung, dass der Vogel ihn sehen und sich vor ihm und seinem Können verbeugen möge. »Hallo Bussard, sieh mal hier, verdammt!«

Er winkt dem Tier zu und zeigt ihm dann den Mittelfinger, nimmt den Pilz wie einen neugeborenen Sohn in den Arm und rennt dann mit langen und leichten Schritten den Hang hinunter. Denn wenn man sich verirrt hat und nicht weiß, wohin man gehen soll, ist das Schöne daran, dass man wenigstens frei ist, sich umzuschauen und den leichtesten Weg zu wählen.

Die Geschenke des Meeres

In den letzten Tagen war das Meer aufgewühlt, ganz schwarz und dickflüssig, und es hat so laut geschrien, dass ich es nachts aus meinem Zimmer gehört habe. Warum es so nervös war, weiß ich nicht, das Meer ist groß, und vielleicht hat es sich über irgendetwas aufgeregt, das auf der anderen Seite des Horizonts passiert ist, in Korsika oder in Spanien oder auch noch weiter weg. Doch heute Morgen ist alles vorbei, es hat sich beruhigt und glitzert unter der Sonne mit vielen leuchtenden kleinen Vierecken, die ich durch meine große, dunkle Sonnenbrille anschaue und die mir trotzdem den Kopf schwirren lassen.

Und zugleich lächele ich, denn ich mag die Sonne so sehr, ich könnte für sie sterben. Aber in echt jetzt, ich sollte nämlich wirklich überhaupt nicht in die Sonne gehen, sonst kriege ich Sonnenbrand und richtige Verbrennungen und riskiere auszutrocknen. Ich sollte immer im Schatten bleiben, besser noch im Haus, und erst bei Sonnenuntergang hinausgehen, aber wie dem auch sei, ich schütze mich mit Kapuzenpulli, Sonnenbrille und einem Liter Creme, und dann gehe ich raus. Lieber draußen den Tod riskieren, als im Haus bleiben und sich vor Trostlosigkeit umbringen.

Außerdem ist es hier einfach zu schön, ich höre den Wellen zu, die über den Sand rollen, und vergesse, mein Stück Pizza zu essen. Die Pizza ist gut, aber der Geschmack mischt sich mit dem Geruch der Creme, die ich im Gesicht und auf dem Hals, auf den Händen und den Armen und überall habe. Bevor wir zur Pizzeria gegangen sind, haben Mama und ich bei der Apotheke haltgemacht, um sie zu kaufen, dann sind wir hier zum Meer gekommen, haben uns in den Schatten der Badekabinen gesetzt und Luca eine SMS geschrieben, um ihm zu sagen, dass er den Dienstag mit Pizza am Meer verpasst und dass er sich sputen soll zurückzukommen. Er hat aber noch nicht geantwortet. Er wird im Meer auf diesen hohen Riesenwellen sein und die Welt von da oben betrachten, was wirklich wunderbar sein muss, und wenn er zurückkommt und mir nicht allesallesalles erzählt, was er gesehen hat, dann schlage ich ihn, ich schwör's.

Aber Luca sagt mir immer alles, was er sieht, auch wenn wir zusammen spazieren gehen, erzählt er mir, was es ringsum zu sehen gibt, denn es ist nicht so, als würde ich besonders gut sehen, und vor allem die Sachen, die ein bisschen weiter weg sind, sind für mich nur eine Art farbiger Nebel. Vielleicht sehe ich einen grünen oder blauen Dunst, und er sagt mir, dass es ein Wald ist mit Bäumen, fliegenden Vögeln und Brombeerhecken, und dann sage ich: »Lass uns da hingehen«, und wir gehen da hin. Wenn ich nah dran bin, sehe ich dunklere, runde Dinge, strecke meine Hand aus, nehme eines, stecke es in den Mund, und es schmeckt wirklich nach Brombeere. Dann sage ich zu ihm, dass sie superlecker ist, und Luca lacht und meint: »Mensch, was für eine Nachricht, Luna, die Brombeeren sind lecker! Lass mich bei der Zeitungsredaktion von Il Tirreno anrufen, die setzen das gleich auf das Titelblatt.« Ich lache und gebe ihm einen leichten Schubs, er lacht und tut so, als würde er mir eine Kopfnuss geben. Kurz, ich erzähle das alles, bloß um zu sagen, dass es schön wäre, wenn heute, am Pizza-Dienstag, mein großer Bruder hier bei uns wäre.

Doch an seiner Stelle ist Zot hier.

Wir hätten ihn eigentlich nach Hause begleiten sollen, dann hat Mama im Auto gefragt, was es bei ihm zum Mittagessen geben würde, und ich habe Zots Blick zwar nicht gesehen, Mama durch den Rückspiegel aber bestimmt, denn sie hat eine Kehrtwende gemacht, und wir sind alle zusammen Pizza holen gegangen.

»Hat Luca geantwortet?«, frage ich. Mama schaut noch einmal auf ihr Handy und schüttelt den Kopf.

»Er wird im Wasser sein, du wirst sehen, danach antwortet er.«

»Können wir ihn nicht anrufen?«

»Schön wär's, Luna. Ich würde ihn am liebsten jede Minute anrufen, aber wir haben versprochen ...«

Stimmt, wir haben ihm versprochen, ihn nicht anzurufen. Es ist ja schon hart gewesen, ihn zu überzeugen, dass er das Handy mitnimmt, das wir ihm zu Weihnachten geschenkt haben, das er aber nie benutzt. »Aber keine Anrufe, nur ab und zu eine SMS. Was soll ich euch sonst erzählen, wenn ich zurückkomme?«

»Ja, Mama, aber meiner Meinung nach müssen wir ihn anrufen. Das ist ein Notfall.«

»Ein Notfall?«

»Ja. Das heißt, wenn du ins Gefängnis kommst, ist das ein Notfall.«

»Entschuldige, wieso sollte ich denn ins Gefängnis kommen?«

»Wegen eben vor der Schule.«

»Du übertreibst, wegen eines Tritts kommt man nicht ins Gefängnis«, sagt sie. Sie isst die letzte Ecke ihrer Pizza auf und wischt sich ihre Finger am blauen Holz der Badekabinen ab. Dann nimmt sie ihr Militärhemd und breitet es auf dem Sand aus, legt sich darauf und sagt nichts mehr.

Zot und ich dagegen bleiben sitzen, er auf einem weißen Stofftaschentuch, wie alte Leute es benutzen. Er hat es aus der Tasche seines Mantels geholt, der weit, grau und schwer ist, genauso altherrenmäßig.

»Wieso isst du deine Pizza nicht?«, frage ich ihn, denn er kaut schon seit einer halben Stunde auf demselben Stückchen herum.

»Ich genieße sie in Ruhe.«

»Das stimmt nicht, sie schmeckt dir nicht.«

»Im Gegenteil, ich mag sie sehr gerne, aber so habe ich länger etwas davon.«

»Schau mal, wenn sie dir nicht schmeckt, musst du sie nicht unbedingt essen, lass sie einfach liegen. Schließlich hast du eine Napoli genommen, mit diesen supersalzigen Sardellen.«

»Es handelt sich um meine Lieblingspizza.«

»Das stimmt doch nicht, ich weiß schon, warum du die ausgesucht hast.«

»Ach ja? Warum denn?«

»Weil du da rumgestanden hast und dich nicht entscheiden konntest und der Herr von der Pizzeria zu dir gesagt hat: ›Ansonsten gibt es noch Pizza Napoli, ein alter Klassiker‹, und da dir ja alle alten Sachen gefallen, hast du die genommen.«

»Das ist absurd.«

»Aber wahr.«

»Das ist überhaupt nicht wahr!« Zot schreit fast, mit einem seltsamen Laut, der wie das Quietschen einer Maus klingt, wenn man sie nimmt und heftig drückt.

»Sprich leise, sonst weckst du Mama! Sie muss sich so gut sie kann ausruhen, schließlich wird sie jede Menge um die Ohren haben, wenn sie ins Gefängnis kommt!«

Als ich das sage, schnellt Mama wie eine Sprungfeder hoch. »Ich komme nicht ins Gefängnis, es reicht jetzt mit diesem Quatsch, ich komme da nicht hin! Schaut doch mal hier, was für ein Paradies, seid still und genießt diesen Tag.« Dann wühlt sie in ihrer Hemdtasche, holt ein Päckchen Zigaretten hervor und zündet sich eine an.

Ich kann nicht mehr warten, stehe auf und sage ihr, dass ich am Ufer mein Geschenk holen gehe.

»Was für ein Geschenk?«, fragt Zot, aber niemand antwortet ihm.

Mama sagt mir wie jeden Dienstag, dass ich mir die Kapuze gut aufsetzen, die Sonnenbrille nicht abnehmen und nicht zu lange brauchen soll, um das Geschenk auszuwählen, weil die Creme nach einer Weile nicht mehr wirkt.

»Signora, wenn das nicht unhöflich ist, würde auch ich gerne zum Ufer gehen, um dieses Geschenk zu sehen«, sagt Zot. Ruckartig drehe ich mich noch einmal zu ihnen um, aber zum Glück weiß Mama, dass das etwas ist, was ich alleine machen muss, und sie antwortet:»Nenn mich nicht Signora, und außerdem ist das sehr wohl unhöflich. Erst musst du deine Pizza aufessen, und du musst mir auch deine Geschichte erzählen. Wer du bist, woher du kommst, alles.«

Zot sagt nichts, macht nur den Mund auf, schiebt ein weiteres Stück Pizza hinein und bleibt sitzen, während ich in Richtung Wasser aufbreche.

Mit jedem Schritt glitzert das Meer stärker und die Brise wird kräftiger. Schon werden meine Schritte schneller und länger, und ohne es zu wollen, renne ich.

Am Ufer ist der Sand dunkel und frisch, die Füße sinken nur ganz leicht ein, und erst in diesem Moment kann ich glauben, dass er aus ganz vielen winzigen Steinchen besteht, die mir nun zwischen die Zehen rollen und mich kitzeln. Ich lächele, teilweise deswegen und teilweise wegen der sanften Wellen, die ab und zu meine Füße berühren, und auch wenn die Luft sommerlich warm ist, ist das Wasser wirklich kalt. Ich laufe am Ufer entlang.

Fast jeden Tag komme ich hierher, schließlich sind es von zu Hause aus nur fünf Minuten. Aber mir vergeht das Lächeln, wenn ich daran denke, dass das bald nicht mehr so sein wird. An dem Tag von Opas Beerdigung sind nämlich Verwandte gekommen, die ich noch nie gesehen hatte, erst haben sie nur gesagt, dass es ihnen sehr leidtut, doch dann haben sie irgendetwas anderes gesagt, und Mama hat aufgehört zu nicken, sie fingen sogar an zu streiten, und als sie von ihr weggingen, hat sie ihnen hinterhergerufen: »Das könnt ihr doch nicht machen!« Aber wie es aussieht, konnten sie doch, denn an der Gittertür unseres Hauses ist ein Schild mit einer Nummer aufgetaucht, auf dem stand, wer das Haus kaufen will, soll diese Nummer anrufen. Auf Italienisch und auch in einer komischen Schrift, die mittlerweile überall im Ort zu sehen ist, denn so schreiben die Russen.

Es gefällt mir gar nicht, dass wir ihnen das Haus geben, denn es ist in einem schönen, engen Sträßchen, einer Sackgasse, früher haben da viele Leute gewohnt, die das ganze Jahr über da waren, doch dann haben sie nach und nach alles verkauft, und jetzt ist unser Haus das einzig normale, in dem jemand wohnt. Die anderen sind gigantische Villen, deren Besitzer nur für einen Monat im Jahr kommen, und wenn sie auch unser Haus kaufen, werden sie es abreißen und so wie die anderen wiederaufbauen, und wir werden an einen Ort ziehen, der weit vom Meer entfernt ist, und wenn mir mein Zuhause fehlt, werde ich nicht mal kommen und es von außen wiedersehen können, denn mein Zuhause wird es nicht mehr geben.

Ich bin tatsächlich sehr wütend geworden und habe mich beschwert. Luca dagegen hat nichts gesagt, gar nichts, aber von dem Tag an, als sie das Schild vor unser Haus gehängt haben, ist er nicht mehr zum Mittagessen gekommen. Er geht morgens zum Meer und bleibt dort, bis Abendessenszeit ist.

Und er tut gut daran, auch ich würde heute am liebsten bis zum Abend hierbleiben.

Ich schlendere nah am Meer entlang, das sich nach Tagen des Zorns beruhigt hat, und es schickt mir letzte sanfte, durchsichtige Wellen, die ein Geräusch machen, als hätten sie auf ihrer Kuppe Blätter, die in der Luft erzittern. Die Wellen kommen langsam und streichen über den Sand, und bevor sie zurückkehren, lassen sie etwas zurück, lassen sie am Ufer ihre Geschenke zurück.

Das sind Millionen, vielleicht Milliarden Dinge, die das Meer auf seinem Grund aufbewahrt, unter all dem Blau, und ab und zu sucht es eines aus und schickt es an Land. Viele Leute sehen sie gar nicht, vielleicht, weil sie alles andere rundherum sehen können und sich darin verlieren, den Horizont zu betrachten, die Segelschiffe, die fischenden Möwen und die Küste und die Berge da oben, die bis ins Wasser reichen und darin verschwinden. Ich dagegen, die ich diese Dinge nicht sehe und geblendet bin, wenn ich meine Augen in die Luft richte, laufe mit Kapuze auf dem Kopf und dem Blick nach unten herum und musste zwangsläufig das wundersame Zeugs bemerken, das das Meer am Ufer hinterlässt. All die Dinge, die im Meer gelandet sind, seit die Welt begonnen hat, seit es Dinosaurier gegeben hat, bis heute Morgen, im Wasser geboren oder von den Schiffen gefallen oder von Hochwasser führenden Flüssen dem Land entrissen, liegen sie auf dem Meeresgrund und tanzen hierhin und dorthin, und ab und zu wird eines von einer Strömung erfasst, klammert sich an die richtige Welle und kommt so hier an den Strand, bereit, mich in Erstaunen zu versetzen.

Denn klar, wenn ich Krabben, Einsiedlerkrebse und Muscheln finde, ist das normal, es ist normal, wenn da dürre Zweige und leider auch Plastiktüten liegen, aber was macht eine Zahnbürste am Meeresufer? Welche Reise hat ein hundeförmiger Pantoffel hinter sich, um bis hierher zu gelangen, oder eine Fernbedienung? Und Schuhe, Nummernschilder, Puppenköpfe mit verwuschelten Haaren voller Muscheln und einem offenen, einem geschlossenen Auge, Bonbonschachteln und Pflaster und Getränkedosen mit den wundersamsten Schriftzügen, die vielleicht aus Indien oder Japan kommen oder direkt aus einer anderen Welt.

Ich weiß es nicht, aber ich verbringe Tage damit, diese Schätze zu begutachten, die schönen Sachen verzeichne ich in einem Heft, und die wirklich wunderschönen nehme ich mit nach Hause. Aber nicht zu viele, Mama hat gesagt, dass ich eines pro Tag auswählen darf. Ich nehme es und stelle es in mein Zimmer. Einmal ist Luca hereingekommen und hat mich gefragt: »Was hat dir das Meer heute geschenkt?«, und seitdem nennen wir sie so, die Geschenke des Meeres. Mein Zimmer ist mittlerweile randvoll, auf den Möbeln, unter meinem Bett, auf der Fensterbank, in den Ecken und sogar auf dem Boden, überall Geschenke.

Auch heute frage ich mich bei allem, woher es wohl kommt, wie es das angestellt hat und wie lange es gebraucht hat, hierherzukommen. Und ich spüre die Sonne nicht, die langsam durch meinen Pulli dringt und meine Haut findet, ich spüre die Augen nicht, die zu prickeln anfangen, und die Tränen, die hinter der Sonnenbrille herunterrinnen und sich mit der Creme mischen, die sich nach und nach auflöst.

Mamas schrillen Pfiff aber höre ich, mit zwei Fingern im Mund, wie ein Hirte, der seine Schafe ruft. Ich drehe mich zu den Badekabinen um und sehe ein aufrechtes blaues Etwas, das sie sein muss, und sie ruft mir zu, dass ich wieder zu ihnen nach oben kommen soll. Jetzt schon? Ich bin doch erst so kurz hier ... vielleicht ist irgendetwas passiert, vielleicht ist Zot bei dem Versuch erstickt, die Pizza herunterzubekommen, vielleicht wird Mama abgeholt und ins Gefängnis gebracht. Ich weiß es nicht, aber auf die Schnelle sammele ich einen gekrümmten Zweig auf, der wie ein Entenkopf aussieht, bedanke mich beim Meer und gehe mit meinem Geschenk in der Hand nachsehen, was los ist.

»Luna, komm hierher, entschuldige bitte, aber alleine habe ich es nicht mehr ausgehalten«, sagt Mama zu mir. Sie drückt sich die Hände an den Hals, als wollte sie sich erwürgen. »Sieh doch, es drückt mir die Lungen ab, mir bleibt die Luft weg. Dein Freund Zot hat mir seine Lebensgeschichte erzählt, und so was Trauriges habe ich noch nie gehört.«

Zot sitzt da auf der Holzbank der Badekabine, immer noch mit diesem Stück Pizza Napoli in der Hand, das mir sogar größer scheint als vorher.

»Entschuldigung, Signora, das tut mir leid. Aber Sie haben mich darum gebeten, zu erzählen.«

»Nenn mich nicht Signora, und außerdem, wie konnte ich ahnen, dass es so schrecklich sein würde?«

»Warum denn?«, frage ich. »Was ist das für eine Geschichte?«

»Lass gut sein, Luna, frag ihn das nie, rette wenigstens du dich, ich bitte dich, das glaubt man gar nicht.«

»So traurig finde ich es gar nicht«, meint Zot. »Es ist mir auch gut gegangen.«

»Nein, hör auf mich, mein Kind, ich wünsche dir, dass es dir ab heute an allen Tagen deines Lebens gut gehen wird, doch bis jetzt ist es dir kein bisschen gut gegangen. Wenn ich wieder an diese Sache mit Weihnachten denke, und an das Hündchen mit dem Fleck auf einem Auge, wenn ich an die Geschichte mit den Schuhen, in denen ... es reicht, lass mich nicht wieder daran denken!«

»Gott sei Dank, Mama, ich dachte schon, dass du mich rufst, weil sie dich ins Gefängnis bringen ...«

»Schon wieder diese Geschichte mit dem Gefängnis? Ich habe dir gesagt, dass ich da nicht hingehe, auf gar keinen Fall!«

»Ich hoffe es sehr, aber du hast Damiano verprügelt, und auch seine Mama.«

»Du übertreibst, ich habe sie nicht verprügelt. Ein kleiner Tritt für jeden, was ist das schon.«

Das stimmt, ein Tritt für jeden, und das war's. Derselbe präzise Tritt an dieselbe Stelle, und beide sind sofort umgefallen. Dann ist sie zum Auto gerannt, und während sie eilig das Auto anließ, hat sie mich angeschaut und mir gesagt, dass ich mir etwas Wichtiges merken soll, dass ein Tritt zwischen die Beine nicht nur bei Männern funktioniert, wenn man gut zutrete, haue er auch Frauen um. »Verstanden, Luna, hast du das verstanden?« Ich habe genickt, und vielleicht wird mir das eines Tages tatsächlich nützlich sein, aber ich hoffe nicht.

»Wenn du doch ins Gefängnis kommst, kann ich dann mit Luca zu Hause bleiben?«

»Ich schätze nicht«, antwortet Zot mir. »Es ist wahrscheinlich, dass sie dich in ein Waisenheim stecken, doch vielleicht suchen sie ja eines in der Nähe des Gefängnisses aus.«

»Jetzt reicht's!«, schreit Mama. Sie steht plötzlich auf, nimmt ihre Tasche und holt ihr Handy heraus, wählt eine Nummer und klemmt es zwischen Wange und Schulter, während sie noch eine Zigarette aus ihrem Militärhemd fischt, das einmal Luca gehört hat, ihm aber jetzt zu kurz und deshalb ihres geworden ist. Und auch wenn es für Männer ist, steht es ihr gut. Mama steht alles gut.

»Ihr geht mir auf den Sack, jetzt lösen wir sofort dieses Problem, ich kann es nicht mehr hören … Ja, hallo«, sie wechselt mit einem Mal ihren Tonfall. »Ich muss mit dem Doktor sprechen. Nein, sofort, sagen Sie ihm, er möge kurz unterbrechen. Sagen Sie ihm, es ist dringend. Oder nein, sagen Sie ihm, dass Serena ihn sprechen will.«

Sie schaut mich an und zwinkert mir zu. Nach nicht einmal zehn Sekunden fängt sie wieder an zu sprechen, mit einer weichen und tiefen Stimme, die ich bei ihr noch nie gehört habe.

»Ja, Giancarlo, hallo, wie geht es dir? Ah, du weißt schon alles, umso besser. Ich weiß, das heißt, deshalb rufe ich dich ja an, nur um dir zu sagen, dass es mir furchtbar leidtut. Ich habe einen Fehler gemacht, ich bin dumm gewesen, es tut mir extrem leid für das Kind. Für deine Frau nicht, das war Notwehr, sie ist auf mich losgegangen, und wenn man so eine Dicke auf sich zu hechten sieht, was soll man da tun? Ich weiß, ich weiß, und du hast recht, mich anzuzeigen, das ist richtig so. Denn sie hat es zwar verdient, aber Damiano nicht. Er ist zwar nicht das sympathischste Kind, aber er kann nichts dafür. Die Sache ist die ... sieh mal, Giancarlo, ich weiß nicht, wie ich es dir sagen soll, und vielleicht sollte ich es dir lieber nicht sagen, aber wenn ich diesen kleinen Jungen sehe, also, dann ist das, als hätte ich das Symbol deines Lebens mit einer anderen vor Augen, und mir wird klar, dass du mit ihr etwas Wichtiges aufgebaut hast, dass es mittlerweile wirklich zu spät für ... kurz, ich weiß nicht, ich dachte, es wäre mir egal, aber heute früh habe ich ihn gesehen, und es bedeutet mir doch noch etwas, in mir ist etwas hochgekommen, Wut, Enttäuschung, Schmerz ... ich bin dumm, ich bin dämlich. Nein, nein, Giancarlo, so ist es aber, ich habe einen Fehler gemacht, und ich weiß es, und gerade mache ich einen Fehler, indem ich dir das alles erzähle, vielleicht sollte ich jetzt besser die Klappe halten. Ja, ja, ich weiß, dass du mich verstehst ... wir beide müssen nicht alles in Worte fassen, wir sind geistesverwandt, du weißt das. Aber sieh mal, ich muss dir nicht sagen, dass du dein Leben und eine Familie hast, und es ist nicht richtig, dass ... vergiss alles, Giancarlo, ich bitte dich. Mein Leben ist ohnehin immer noch das reinste Chaos, und ich möchte nicht auch noch deins durcheinanderbringen. Und jetzt erst recht, wer weiß, was passiert, zwischen Gericht und Anwälten. Außerdem kann ich mir gar keinen Anwalt leisten, ich weiß nicht, was ich tun soll. Aber es ist gerecht so, ich habe einen Fehler gemacht, und es ist richtig, dafür zu bezahlen. Nein, nein, Giancarlo, es ist gerecht, und vielleicht helfen mir diese Gedanken, dieses Durcheinander sogar, nicht zu sehr daran zu denken, daran, was ich wirklich für dich fühle. Vielleicht ist es besser so, weißt du? Nein, nein, tu nichts, versuche es nicht einmal. Fang keinen Krach mit deiner Frau an, wirklich, das will ich nicht, das kann ich nicht von dir verlangen, nein ... geh zurück zu deinem Patienten, Giancarlo, du tust Menschen Gutes, das ist wunderbar, das ist eine Mission. Ich verdiene deine Aufmerksamkeit nicht, ich verdiene dich nicht. Vergiss mich, Giancarlo, mein Giancarlo. Lebewohl. Küsschen ...«

Mama nimmt das Handy vom Ohr und steckt es zurück in die Tasche. »Problem gelöst. Bist du jetzt beruhigt?«

Ich habe nicht genau verstanden, was passiert ist, besser gesagt, habe ich überhaupt nichts verstanden, aber dem Tonfall ihrer Stimme nach, der Rauchwolke nach, die sie ausstößt, muss ich Ja sagen.

Mama raucht ihre Zigarette zu Ende und zündet sich mit dem letzten Stummel noch eine an, dann legt sie sich wieder auf ihr Hemd.

Ich lege mich neben sie, wie nachts im Bett, denn zu Hause gibt es nur zwei Zimmer, eines für Luca, und in dem anderen schlafen wir beide.

»Zot, legst du dich nicht auch ein bisschen hin?«, fragt Mama ihn.

»Nein, ich danke Ihnen, aber ich esse noch.«

»Du musst sie dir doch nicht reinwürgen, ich hab dir gesagt, dass du sie wegschmeißen sollst.«

»Nein, nein, sie schmeckt mir doch ... und außerdem, wenn ich mich mit Essen im Magen hinlege, verdaue ich nicht gut. Einmal, als ich noch im Institut war, habe ich ...«

»Oh nein, bitte nicht, es reicht mit den Geschichten aus dem Institut, ich kann nicht mehr.«

»Das ist aber gar keine traurige Geschichte, das ist ...«

»Nein, nein, mich legst du nicht herein, ich bin sicher, dass sie todtraurig ist.«

Und Zot sagt Nein, und vielleicht machen sie so weiter, oder sie wechseln das Thema, oder sie sind still. Ich weiß es nicht, denn ich schlafe ein. Die Worte hören auf zu existieren, sie werden eins mit dem Meeresrauschen, das kommt und geht, kommt und geht, und alles ist nur ein Rauschen, dann wird dieses Rauschen ein helles und flimmerndes Licht, dann verschwindet auch das zusammen mit mir.

Die Rentner machen, was sie wollen

Der Vormittag in den Pilzen dauert länger als geplant, es ist fast zehn Uhr abends, und sie sind immer noch auf der Rückfahrt, außerhalb des Wagens ist es bereits dunkel, und man sieht nichts. Vor allem sieht man nicht das Ende dieser engen Straßen voller Kurven, die ansteigen und abfallen und sich ins Dickicht der Bäume schlängeln wie in einem Horrorfilm, den Sandro mit sechs Jahren gesehen hat und niemals vergessen wird: Da ist einer im Auto, der mitten auf dem Land am Steuer sitzt und irgendwo hinfahren will, vielleicht eine Dienstfahrt, doch er landet aus Versehen in einem isolierten Dörfchen, wo die Leute nett und gastfreundlich sind, bis herauskommt, dass sie Menschen fressen. Und tatsächlich versuchen sie ihn aufzufressen, es gelingt ihm aber zu fliehen, er hechtet ins Auto, im ersten Moment springt es natürlich nicht an, doch dann schon, also düst er mit quietschenden Reifen los über diese Bergsträßchen. Und er fährt und fährt herum, weiß aber nicht mehr, wohin er soll, und nach langem Herumfahren landet er wieder in demselben Dörfchen, wo die Kannibalen schon auf ihn warten, über ihn herfallen und ihn auffressen.

Na gut, von Kannibalen in den Apuanischen Alpen hat man nie irgendetwas gehört, allerdings ist es wahr, dass man auf den Friedhöfen einiger Dörfer hier oben höchstens drei verschiedene Nachnamen auf den Grabsteinen findet, und wer weiß, welche Scherze ihnen der Kopf nach so vielen Paarungen unter Cousinen und Cousins spielt. Im Zweifel ist es besser, sich hier nur tagsüber aufzuhalten und nach Hause zurückzufahren, bevor es dunkel wird. Nur dass es eben spät geworden ist im Wald, sie haben sich bei dem Versuch, sich wiederzufinden, stundenlang im Kreis gedreht, und jetzt sind sie echt im Eimer.

Sobald er den König der Steinpilze gefunden hatte, hat Sandro sein Walkie-Talkie genommen und hineingeschrien: »Ein Monster! Er ist gigantisch!«, und nach einer Weile ist Rambos Stimme bei ihm angekommen und dann auch Marinos, die ihm sagten, er solle schnell zu ihnen kommen, weil sie ihn sofort sehen wollten. Er hat geantwortet, sie sollten ihm lieber entgegenkommen, weil er nicht genau wisse, wo er sei. Doch sie auch nicht. Sie hatten sich alle drei verlaufen.

Eine Weile hat Sandro nur das Rauschen des Walkie-Talkies gehört, und dann haben alle drei auf einmal losgesprudelt, um sich gegenseitig zu beleidigen. Sie sind aufs Geratewohl durch den Wald spaziert, haben einander zum Teufel geschickt und gestritten, wobei sie zu rekonstruieren versuchten, wem die geniale Idee mit den Walkie-Talkies gekommen war, die vielleicht nützlich sein können, wenn sich einer verirrt, wenn sich aber alle verlaufen, dienen diese beschissenen Plastikdinger nur dazu, sich gegenseitig zu beschimpfen, während man zwischen den Bäumen umherirrt, den Raubtieren entgegen, die nur auf den Sonnenuntergang warten, um sie lebend zu zerfleischen.

Am Ende ist aber niemand umgekommen, und um die Abendessenszeit sind alle wieder beim Auto gewesen. Rambo erzählt, er habe sich anhand der Sterne orientieren können, die zu leuchten begannen. Marino ist zwei Rentnern über den Weg gelaufen, wahren Pilzkennern, die ihn bis zum Wagen begleitet und ihm praktisch das Leben gerettet haben. Als Letzter ist Sandro angekommen, der der Musik eines Karaoke-Lokals bis zur Straße gefolgt war: Zum ersten Mal in seinem Leben hat er sich gefreut, ein Lied der Schlagerband *Pooh* zu hören.

Und als die beiden Rentner ihn mit dem König der Steinpilze im Arm haben ankommen sehen, konnten sie es kaum glauben. So etwas hatten noch nicht einmal sie je gesehen, ein aufsehenerregender Gigant, eine Trophäe, die einen zur Legende werden lässt.

Sandro hat mit dem Kopf genickt und sogar versucht, gelangweilt zu wirken, als ob eine Beute dieses Kalibers für ihn normal wäre, während Rambo Marino und ihn umarmt hat, sie gedrückt und dabei wiederholt hat: »Wir sind aus demselben Holz geschnitzt, Brüder, wir sind gerettet, die Natur hat uns stärker gemacht, ohne Probleme, ohne Angst, ohne Frauen.« Unterdessen haben sich die beiden Rentner den Megasteinpilz genau angeschaut, dann haben sie einen Blick gewechselt und nicht einmal gefragt, ob Sandro ihn verkaufen würde und wie viel er verlange. Nein, sie haben bloß einen Hunderteuroschein herausgezogen, einhundert, und dabei ihre verdorrten Hände nach dem König ausgestreckt.

Sandro hat ihn im ersten Moment an seine Brust gedrückt und einen Schritt zurück gemacht. Um ihn zu finden, hatte er geschuftet wie ein Tier, er hatte auf viele verschiedene Arten zu sterben riskiert, und jetzt wollte er nach Hause zurückfahren und dieses Monster seinem Papa zeigen. Der sich gestern Abend eine halbe Stunde lang über ihn lustig gemacht hatte: »Wo wollt ihr denn hingehen, so unvorbereitet? Kennt ihr etwa die guten Stellen? Habt ihr eine Erlaubnis? Und Bergstiefel? Und einen Korb? Wo wollt ihr denn hingehen ...« Denn für Papa, wie für alle Papas der Welt, ist jegliche Unternehmung, von Reisen zum Mond bis zum Anbringen eines Wandbretts, ein Unterfangen, das lange und sorgfältige Vorbereitung, kaiserliche Organisation und allerlei Ausrüstung erfordert.

Doch das wahre Leben ist nicht so, oft muss man im Leben nur an etwas glauben, so stark, dass einem die Dinge einfach gehorchen müssen und zwangsläufig geschehen. Ohne allzu große Vorbereitungen, ohne Vorsichtsmaßnahmen, es braucht bloß die elektrische Entladung, die dir hilft, den Arsch vom Sessel hochzukriegen, die dem Reden den Atem nimmt und die Handlung auslöst. Ja, so ist es, und heute hat es Sandro mit dem König der Steinpilze gezeigt, den er ohne Landkarte, ohne Bergstiefel, ohne alles gefunden hat, und jetzt würde er nach Hause fahren und ihn seinem Papa mit einem überwältigenden Triumphgefühl unter die Nase halten.

Nur dass die Rentner den König gesehen und beschlossen haben, dass sie ihn haben wollen, und gegen Rentner kommt man einfach nicht an. Sie haben viele Jahre lang gearbeitet, in einer Zeit, als man sich noch scherzhaft mit Geld anstelle von Konfetti bewarf, und jetzt, wo sie nicht mehr arbeiten, kommt das Geld weiterhin jeden Monat zu ihnen nach Hause. Rentner sind eine wirtschaftliche Macht, und sie laufen unter den Jüngeren herum wie Westler, die Ferien in der Dritten Welt machen. Wenn sie die Preise sehen, lachen sie und geben aufs Geratewohl Geld aus, nur um ein bisschen Kleingeld loszuwerden. Wenn sie etwas wollen, kann man es den Rentnern nicht versagen. Und tatsächlich, nach einem Augenblick der Gegenwehr lockerte Sandro den Griff, steckte die hundert Euro ein und ließ den König der Steinpilze ziehen.

Dann stürzte er in den Wagen und rief Rambo zu, er möge sofort losfahren.

Er hat keinen Moment länger bei diesen reichen alten Säcken bleiben wollen, die den König schon im Gras abgelegt hatten, einige Blätter darüber warfen, um eine authentischere Szene zu kreieren, und dann mit dem neusten iPhone-Modell tausend Fotos in erstaunter und ruhmreicher Pose machten. Fotos, die in fünf Minuten unter Freunden und Bekannten kreisen werden, und da es sich um zwei technologisch begabte Rentner handelt, werden sie bald auch im Netz landen, in den Pilzkennerforen, die Sandro noch nie besucht hat, die es aber bestimmt gibt, und so wird weltweit offiziell sein, dass den König der Steinpilze nicht er gefunden hat, sondern diese zwei Alten mit ihren Taschen voll Geld.

Sandro denkt jetzt noch einmal darüber nach, um zehn Uhr abends, schief auf den Vordersitz von Rambos Militärjeep geworfen, während sie immer noch versuchen, den Weg nach Hause zu finden.

Er schaut aus dem Fenster und sieht, wie die Baumstämme aufleuchten, wenn ihr Auto vorbeifährt, und wie sie dann wieder zu einer einzigen schwarzen Wand werden. Und er fühlt sich müde. Ja, er ist den ganzen Tag die Berge hoch und runter gelaufen, aber es ist nicht die Anstrengung, es ist eine andere Müdigkeit. Es ist die Müdigkeit eines weiteren Tages, den er damit vergeudet hat, sich zu verlaufen. Diesmal in den Bergen, aber wenn es nicht in den Bergen ist, dann ist es in den Wäldern, wenn sie Pinienzapfen stehlen gehen, oder auf den Parkplätzen der Einkaufszentren oder auf den immer gleich aussehenden Straßen, wenn sie Telefonbücher verteilen oder Flyer mit Schlussverkaufsangeboten oder den Speisen beim Volksfest, oder in den unnützen Kreiseln in namenlosen Landstrichen, die einen in tausend verschiedene Richtungen schicken, aber am Ende nur ins Nichts führen. Wie schafft man es eigentlich, sich so oft zu verirren, wenn man nicht einmal weiß, wohin man eigentlich unterwegs ist?

Tja, Sandro weiß es nicht, und er möchte eigentlich nicht einmal darüber nachdenken. Er schließt die Augen, lehnt seine Schläfe an die feuchte Scheibe und hofft, dass ihm das Geruckel des Autos etwas Schlaf einflößt. Wie als er klein war und die Rückfahrten immer wie im Flug vergangen sind, er ist in Mamas Arm auf dem schmalen Weg zu ihrem Haus aufgewacht, und alles war schon geschafft, alles war in Ordnung. Einmal hat er fünf Stunden lang geschlafen, von Madonna di Campiglio bis in die Toskana, im geschichtsträchtigen Jahr 1985, als seine Eltern sich erfolgreich eingeredet hatten, reich zu sein. Oder wenigstens nicht mehr die Letzten auf der Liste. Oder, wenn sie vielleicht doch noch die Letzten sein sollten, dann hätte sich zumindest die gesamte Liste zum Besseren hin verschoben und auch die Familie eines Gärtners konnte es sich erlauben, in den Skiurlaub zu fahren.

»Zum Kuckuck«, hatte sein Papa gesagt, »ich habe mich mein ganzes Leben abgemüht, diese Belohnung gönn ich mir.« Mama und er mit Skianzügen von Tante und Onkel, für Sandro hatten sie sogar einen neuen gekauft, zusammen mit einem Paar roter Moon Boots, während ihn seine Mama noch zwei Jahre zuvor, als in Forte dei Marmi unglaublicherweise etwas Schnee gefallen war, mit zwei Plastiktüten um die Schuhe, gehalten von Gummibändern um die Knöchel, hinausgeschickt hatte.

Keiner von ihnen konnte Ski fahren, seine Mama ist die ganze Zeit in der Pension geblieben, um sich warmzuhalten, sein Papa hatte einen kleinen Schlitten geliehen und ist den Hang eines Parkplatzes hoch und runter, Sandro aber hatten sie einen Lehrer bezahlt: »Du hast noch viele Jahre zum Skifahren vor dir, bei dir ist es eine Investition«, hatte ihm sein Papa erklärt, der nun zum Unternehmer geworden war, einem, der klar und weit in die Zukunft blickt, in einer Epoche, in der alles möglich schien und man die soziale Leiter wie die sanften verschneiten Berge bei Madonna di Campiglio erklimmen konnte.

Und auf der Rückreise von dieser fabelhaften Woche hatte Sandro ruhig geschlafen, in einen Traum versunken, an den er sich noch genau erinnert: Er war superreich und lebte in einer Villa auf dem Gipfel eines Berges, und dauernd bat ihn jemand um Hilfe, und er löste aller Leute Probleme mit Geld. Doch dann wurden diese Leute zu viele, und sie gönnten ihm nicht einen

Moment des Friedens, also nahm Sandro seinen Privathubschrauber und floh zum Nordpol, und während er von diesem arktischen Flug träumte, spürte er richtig die Bewegung der Propeller da oben, die ihn durchschüttelten, und am Ende wurden die Propeller zu Papas Händen, im Auto, die ihn schüttelten, weil sie zu Hause angekommen waren. Fünf Stunden Fahrt aufgelöst in einem Traum.

Jetzt dagegen, auf dem harten Sitz und in dem Durcheinander von Rambos Militärjeep, kann er nicht einmal eine Sekunde lang schlafen. Er denkt wieder an Madonna di Campiglio, daran, dass sie nach jenem Jahr nie wieder dorthin gefahren sind, er sich nie wieder ein Paar Skier untergeschnallt, keine Berge und auch keine sozialen Leitern erklommen hat. 1985 ist ein überwältigender und unwiederholbarer Moment geblieben, der für immer in der Vergangenheit verschwunden ist, genau wie der König der Steinpilze, die größte Genugtuung der letzten so dunklen Zeit, den er gerade für hundert Euro verkauft hat.

Doch auch wenn er nicht diese ganzen Gedanken im Kopf hätte, die sein Hirn durchkneten, wäre es schwierig, neben Rambo zu schlafen, der Marino mit seinem Geschrei quält.

»Bist du bescheuert? Das Gesetz legt bestimmte Grenzen fest, und diese Grenzen sind klar und gehören respektiert. Aber wenn das Gesetz die Grenze bei achtzehn zieht, heißt das, dass du, wenn du eine Achtzehnjährige triffst, das volle Recht hast, sie zu ficken.«

»Ja, und wann bitte geht eine Achtzehnjährige mit einem von uns?«

»Also gut, ich spreche fiktiv, das ist klar!«, meint Rambo.

Und in der Tat ist es immer Science-Fiction, wenn sie von Frauen sprechen: Weder Rambo noch Marino haben es je geschafft, eine zu befummeln, noch nie. Und Sandro, der an der Uni zwei Monate mit einer Studentin aus Kalabrien und dann drei Monate mit einer anderen zusammen gewesen ist und der einmal am Meer von einer Schweizer Touristin fast mit Gewalt genommen wurde, siehe da, im Vergleich zu ihnen, ist er ein internationaler Playboy.

»Aber das war ja nicht, worauf ich hinauswollte«, fährt Rambo fort. »Was ich sagen wollte, ist, dass unser Freund Sandro jetzt, wo er durch die Schulen zieht, Riesenchancen hat. Er ist inmitten dieser frischen, aufgeweckten und bereits erwachsenen Mädchen, und wenn er seine Karten gut ausspielt, kann er meiner Meinung nach welche flachlegen. Das Gesetz ist auf seiner Seite.«

»Ich weiß, Rambo«, sagt Marino von hinten, mit diesem Stimmchen, das sich im Autolärm fast verliert, »aber ich, also, mit einer Achtzehnjährigen zu gehen, fände ich komisch.«

»Und da sind wir wieder! Warum denn!?«

»Weil sie zu jung ist, oder weil wir zu alt sind, Menschenskind, wir sind mehr als doppelt so alt. Achtzehn ist zu jung.«

»Und ab wann ist es dann nicht mehr zu jung?«

»Keine Ahnung. Dreiundzwanzig? Das ist immer noch jung, aber irgendwie ist dreiundzwanzig schon besser.«

»Dreiundzwanzig? Bist du aber bescheuert! Das italienische Gesetz sagt achtzehn, woher nimmst du bloß diese dreiundzwanzig? Wenn du Auto fährst, und das Schild ...«

»Er fährt kein Auto«, meint Sandro trocken, ohne seine Stirn von der Scheibe zu heben und ohne die Augen zu öffnen. »Marino hat keinen Führerschein.«

»Ach, traurig, traurig, das hatte ich wohl verdrängt. Aber wie auch immer, auch ohne Führerschein kann man doch trotzdem ... also, du bist auf der Straße und fährst, und das Schild gibt als Höchstgeschwindigkeit fünfzig Kilometer pro Stunde an. Und was machst du? Fährst du nur zwanzig, weil dir fünfzig zu viel scheint?«

»Was hat das damit zu tun, das ist was anderes.«

»Nein, gar nicht, das ist überhaupt nichts anderes, das ist Gesetz, und vor dem Gesetz sind alle gleich. Du am Steuer, wenn du zu Recht fünfzig fährst, und Sandro, wenn er, falls sich die Gelegenheit ergibt, eine Achtzehnjährige fickt. Wir sind alle rechtschaffene und ehrliche Leute. Und dann heißt es, hier in Italien wird man nie erwachsen, geht ja auch nicht anders, wenn sie einen mit achtzehn immer noch wie ein Mädchen behandeln, was soll man da machen? Und außerdem hauen dich die Achtzehnjährigen von heute um, lieber Marino. Frag mal Sandro hier, der jeden Tag welche um sich hat. Na, Sandro? Sandro, he, Sandro ...«

Rambo streckt eine Hand aus und schlägt sie ihm zwei, drei, fünfzig Mal auf die Schulter, doch Sandro antwortet nicht. Er schaut weiter auf die dunkle Straße, die so eng ist, dass die Zweige an den Fensterscheiben entlangstreifen.

»Ach, Sandro, komm schon, sag's ihm doch. Wie sind die Schülerinnen so, kleine Schlampen, oder? Wie sind sie, hä, wie sind sie? Na los, sag was, komm schon ...«

»Na ja, eher als Schülerinnen«, sagt er schließlich, »gibt es Mütter, die wirklich umwerfend sind.«

Er hat wie ein Roboter geantwortet, ohne Intonation, bloß, damit Rambo endlich aufhört. Der stattdessen noch lauter schreit und ihn zum Teufel schickt, weil es überall Mütter gebe, im Supermarkt, beim Arzt ... Was kümmern einen dann die Mütter, wenn man in einer Schule arbeitet? Und darauf meint Marino, dass wenn eine Frau Mutter ist, sie höchstwahrscheinlich verheiratet und es also auch nicht richtig ist, mit ihr etwas anzufangen. Worauf Rambo schreit: »Marino, du magst keine Mütter, du magst keine Töchter, meiner Meinung nach magst du Muschis im Allgemeinen nicht!«

Und bestimmt antwortet Marino, dass er sie mag, und Rambo meint dagegen, dass nicht, und doch wohl, und keineswegs ...

aber Sandro hört sie nicht mehr, er ist mittlerweile woanders: Es hat gereicht, von schönen Müttern zu sprechen, sofort sind seine Gedanken zu jenem wunderbaren Nachmittag der vergangenen Woche zurückgekehrt, als in der Schule Elternsprechtag war. Ein wunderbarer Moment, ein so leuchtendes Lebensfragment, dass es ihm, wenn er daran zurückdenkt, nicht einmal wie ein Stück seiner eigenen Sammlung erscheint. Und doch ist es das, und schon bei der bloßen Erinnerung spürt er etwas Warmes im Hals, in der Brust, sogar auf der Stirn, die an der beschlagenen Autoscheibe klebt.

Und wie um sich an jenem wunderbaren Feuer zu wärmen, nähert Sandro sich ihm und wirft sich am Ende hinein, in die Flammen des Lebens und der Gefühle und ja, warum nicht, in die Flammen der Liebe.

Und er erinnert sich nach und nach an alles, genau so, wie es geschehen ist.

Einstein konnte sich nicht die Schuhe binden

Dabei hatte er an jenem Nachmittag nicht mal hingehen wollen zur Schule. Er hat der Rektorin klargemacht, dass er gerade erst angefangen habe und die Schüler praktisch nicht kenne, was für einen Sinn habe es da, mit den Eltern zu sprechen? Und die Rektorin hat ihm geantwortet: »Machen Sie sich keine Sorgen, sagen Sie, was Sie können, lehnen Sie sich nicht zu weit aus dem Fenster, bleiben Sie im Vagen, und Sie werden sehen, dass es problemlos verlaufen wird.«

Ein Problem gibt es aber, und zwar, dass er vage Aussagen nicht erträgt. Und noch weniger erträgt er es, die enttäuschten Gesichter der Mütter zu sehen, die sich fast alle zu diesem Anlass frisiert und schick gemacht haben, die einen Nachmittag erwartet haben, der sich von den anderen unterscheidet, einen besonderen Moment in ihrem immer gleichen Lebenstrott voller starrer Zeitpläne und Unzufriedenheit überall, und stattdessen gähnt ihm eine nach der anderen ins Gesicht, während er ihnen die unnützesten Sätze der Welt hinwirft: Ihr Sohn ist nicht wirklich schlecht, aber auch nicht wirklich gut. Ihre Tochter engagiert sich ziemlich, aber sie könnte sich noch mehr engagieren ...

Sandro spricht, und sie hören mit nur einem Ohr zu, schauen auf die Uhr, dann gehen sie wieder, mit Langeweile in den Augen wegen dieses unfähigen und faden Lehrers, der ihrem Gedächtnis in fünf Minuten schon wieder entglitten sein wird.

Und das akzeptiert Sandro nicht. Er will nicht verschwinden, er will diesen Müttern gefallen, er will durch ihre Köpfe zu ihrem Herzen gelangen und sich von dort mit dem Blut im ganzen Kör-

per ausbreiten. Er will, dass sie ganz bewegt nach Hause zurückkommen und ihren Ehemännern von diesem fabelhaften jungen Lehrer erzählen, der die Jugendlichen in zwei Wochen besser verstanden hat, als es ihre Eltern können. Er will, dass in
einem geheimen Winkel ihres Kopfes der Gedanke brennt, dass
dieser so sensible Lehrer vielleicht auch sie verstehen könnte, ihre Zweifel, ihre Bedürfnisse, all das, was der Rest der Welt nie erkannt hat. Wären sie doch nicht verheiratet, wäre er doch nicht
der Lehrer ihrer Kinder ...

Ja, das will Sandro, das muss jeder ernsthafte Lehrer wollen.
Sonst, wenn diese Leidenschaft fehlt, stiehlt man dem Staat bloß
Geld. Und als dann die nächste Mutter mit gesenktem Kopf hereingekommen ist, bereits gedemütigt von den vorherigen Ge-
sprächen und schicksalsergeben, noch eines hinzunehmen, und
zu ihm sagte:»Entschuldigung, ich bin die Mutter von Erik Conti, Entschuldigung«, hat Sandro es nicht mehr ausgehalten und
ist aufgesprungen, ist um seinen Schreibtisch herumgelaufen und
hat ihr die Hand geschüttelt.

»Oh! Eriks Mama, endlich! Was für ein fantastischer Junge, Signora.«

Sie hat die Augen vom Boden gelöst und hat ihn von da unten
angeschaut, verwirrt, wie jemand, der eine Ohrfeige erwartet
und stattdessen einen Kuss auf den Mund bekommen hat.»Aber ...
meinen Sie meinen Erik, Erik Conti?«

»Sicher. Was für eine Intelligenz! Sehr speziell, aber äußerst leb-
haft.«

»Eigentlich hat mir die Mathematiklehrerin gerade gesagt, dass
die Klasse nur seinetwegen hinterherhinkt.«

»Ach, das ist die typische Ausrede von Lehrern, die nicht in der
Lage sind, ihren Stoff durchzubringen, und es auf die Schüler
schieben. Außerdem, unter uns, was soll eine, die Mathematik
unterrichtet, schon vom Leben verstehen?« Sandro zwinkert

ihr zu, und der Dame entwischt ein halbes Lächeln, das sie erfolglos zu verbergen versucht.

Und er sollte es dabei belassen, er hat bereits heftig übertrieben, aber dieses Lächeln, dieser Blick ... zum ersten Mal fühlt Sandro sich in dieser Schule wohl, mehr noch, zum ersten Mal seit Monaten fühlt er sich überhaupt wohl. Also plappert sein Mund von alleine weiter: »Machen Sie sich keine Sorgen, Signora, Sie werden sehen, welch Glück die Zukunft bringen wird. Jetzt schlucken Sie diese bitteren Pillen, aber eines Tages werden alle ihre Gemeinheiten zurücknehmen müssen, wenn Sie Ihnen mit Ihrem Sohn auf der Straße begegnen.«

»Sind Sie denn sicher, Professore? Ich habe meinen Erik ja wirklich lieb, aber diese ganze Intelligenz sehe ich in ihm nicht.«

»Aber klar, es ist eine originelle Intelligenz, eine geniale, keine klassische. Van Gogh war ein Genie, aber ich erinnere Sie daran, dass er sich ein Ohr abgeschnitten hat, einfach so, um den Tag rumzubringen.«

»Das ist wahr, ja, ich habe davon gehört.«

»Und Einstein? Wissen Sie, dass Einstein sich nicht die Schuhe binden konnte?«

»Wirklich?«

»Ja, seine Schwester band sie ihm. Und wenn die Schwester nicht da war, ging Einstein in Pantoffeln aus dem Haus.« Nun ist er in Fahrt und weiß nicht mehr, wie er sich bremsen soll. Wie er auch nicht weiß, ob Einstein wirklich eine Schwester hatte, aber das ist unwichtig. Wichtig ist, dass Erik Conti eine Mutter hat und diese Mutter jetzt glücklich ist. Und sie hört Professore Mancini zu, die Hände auf der Brust und im Hals einen leidenschaftlichen Seufzer, sie versucht sich zurückzuhalten, aber es ist klar, dass sie ihn am liebsten nur noch fest umarmen würde und ihn lieben, bis es schmerzt.

»Das kann mein Erik auch nicht, Professore! Er kann sich auch nicht die Schuhe binden!«

»Entschuldigung, wie bitte?«

»Und er kann sich seine Hosen nicht anziehen und sich nicht alleine die Zähne putzen!«, sagt sie, nun mit einer Art Stolz in der Stimme.

Sandro nickt und lächelt, aber immer schwächer. Denn er versteht langsam, wer Erik Conti ist. Es ist der Schüler »mit Problemen«, der Förderung absolut nötig hatte, doch als es dann Kürzungen gegeben hat, wurde beschlossen, dass er wunderbar alleine klarkäme. Und während Sandro der Klasse etwas erklärt, verbringt er die Stunde damit, sich mit dem Zeigefinger an die Stirn zu tippen, mit den Augen zu zwinkern und irgendetwas vor sich hin zu murmeln, das wie »Stadtrat« klingt, aber vielleicht – hoffentlich – nicht Stadtrat meint.

Das also ist Erik Conti. Doch jetzt hat Sandro schon geplappert, er hat sich aus dem Fenster gelehnt, jetzt hat sich in dieser Mutter eine Glückseligkeit entzündet, wie sie sie seit Jahren nicht gespürt hat. Sie lächelt, lacht immer wieder unkontrolliert auf, nimmt die Hand des Lehrers und lässt sie nicht mehr los. Vielleicht glaubt sie nicht wirklich an all diese wunderbaren Geschichten über ihren Sohn, aber es war schön, sie zu hören, und es wird ihr gelingen, sich wenigstens für die Strecke zwischen der Schule und ihrem Zuhause daran festzuklammern. Wenn ein Traum entsteht, zählt es nicht, ob er ein Leben lang oder nur fünf Minuten dauern wird: Ein Traum entsteht immer, um ewig zu bleiben.

Eriks Mama verabschiedet sich von Sandro und geht Richtung Tür, aber rückwärts, so kann sie ihn weiter anschauen und ihm danken. Und als sie fort ist und keine andere nach ihr hereinkommt, findet Sandro das ziemlich bedauerlich.

Er würde am liebsten bis morgen weitermachen, er wünscht

sich, dass das ganze Leben so wäre. Und in der Tat bleibt er da, setzt sich wieder ans Pult und wartet. Doch nichts geschieht. Also nimmt er die Stifte und Blätter, die er benutzt hat, um beim Sprechen Kreise und Linien zu malen, als ob diese Zeichen irgendeinem seiner wertvollen Gedanken folgen würden, und räumt sie in seine Tasche. Er nimmt andere Kugelschreiber, die eigentlich der Schule gehören, die aber ohnehin niemand benutzt, und steckt auch die in seine Tasche, steht auf und geht zur Tür.

Und genau dort, als er gerade hinausgehen will, wird er von einer Welle voll erwischt, sie reißt ihn fort und schleudert ihn wie einen nassen Socken zu Boden. Sandro schließt gerade noch rechtzeitig die Augen, er weiß nicht mehr, wo der Boden und wo die Decke ist, alles dreht sich und er noch mehr als der Rest, und als er diesen dumpfen Schlag hört, denkt er, dass irgendetwas weit Entferntes in lauter kleine Splitter zerbricht, doch dann begreift er, dass es sein Kreuzbein ist.

Er massiert es sich dort auf dem Boden, während eine Stimme von oben wiederholt: »Entschuldigung, Entschuldigung, Entschuldigung, oje, entschuldige, entschuldige vielmals!« Sandro schüttelt den Kopf, steht irgendwie wieder auf und erinnert sich langsam daran, wie man atmet. Dann hebt er den Blick und sieht, was ihn da fast umgebracht hat, und es verschlägt ihm ein weiteres Mal den Atem. Denn vor Sandro steht die schönste Frau der Welt.

»Entschuldigung! Ich bin zu spät, ich weiß, aber da war eine Alte, die sich ohne Termin die Haare legen lassen wollte, dann habe ich die Autoschlüssel nicht gefunden, dann habe ich das richtige Klassenzimmer nicht gefunden, dann bin ich zu schnell hereingekommen und habe dich umgestoßen. Es tut mir furchtbar leid. Aber hör mal, zu den Elternsprechtagen gehe ich sonst nie, es ist das erste Mal, und ich bin deinetwegen gekommen, also, kurz und gut, auch wenn du fast umgekommen wärst, na ja, kannst du das als Kompliment nehmen, denke ich. Oder?«

Er antwortet nicht, er nickt auch nicht oder schüttelt den Kopf. Er kann nicht. Seine Augen starren in ihre, groß und schwarz und ungewöhnlich ungeniert unter einem Pony irgendwo zwischen Braun und Dunkelblond, und wenn man Sandro eine Minute zuvor gefragt hätte, hätte er gesagt, dass Ponys beschissen aussehen, dass sie etwas für dumme Kinder oder Heavy-Metall hörende Mittelalterfreaks sind. Doch jetzt ist ihm klar geworden, dass es der wunderschönste Haarschnitt des Universums ist, perfekt über einem solchen Gesicht und einem solchen Körper, der auch in Jeans und Militärhemd fantastisch aussieht, über zwei ungeschminkten und nach einem Arbeitstag noch wunderschönen Augen, die allein der gesamten Kosmetik- und Modeindustrie den Hosenboden strammziehen.

»Professore, hör zu, du bist der Experte, und ich nehme mir nicht heraus, dir deinen Beruf beizubringen. Aber können wir uns vielleicht setzen?«, fragt sie mit einem leichten Lächeln, das sich in den Mundwinkeln wie eine Locke kringelt.

»Ja, klar!« Sandro schnellt zum Pult, deutet auf einen Stuhl, setzt sich auf einen anderen und steht dann wieder auf, wartet, bis sie sich niedergelassen hat, und setzt sich dann selbst auch wieder hin. Und er schaut sie an. Er weiß, dass er jetzt irgendetwas Intelligentes sagen sollte, oder auch nur irgendetwas, aber wie soll er das machen? Sie sind sich so nahe, und sie lächelt weiter auf diese Art, hat weiter diese Augen. Augen, die, wie Sandro sich bewusst wird, er schon kennt: die Augen von Serena, der Schönsten der ganzen Schule, denn er hat die gesamte Gymnasialzeit damit verbracht, an sie zu denken, und hat es nie geschafft, sich mit ihr zu unterhalten. Und verdammt, gelingt es ihm etwa jetzt, zwanzig Jahre später?

»Hör zu, ich bin gekommen, weil mein Sohn mir die Ohren abgeschwatzt hat, weil er dauernd von dir redet. Der Englischlehrer hat dies gemacht, der Englischlehrer hat das gesagt ... also bin ich gekommen, um diesen berühmten Professore Mancini persönlich kennenzulernen. Aber, na ja, wenn es zu spät ist und du nicht mit mir reden möchtest, sag es mir einfach.«

In ihrer Stimme liegt Bedauern, vielleicht ist sie enttäuscht, und doch verschwindet dieses leichte Lächeln nicht aus ihrem Gesicht. Und da begreift Sandro diese erstaunliche und zugleich erschreckende Tatsache, nämlich, dass das kein Lächeln ist, sondern wirklich ihr natürlicher Gesichtsausdruck, nicht das Wunder eines Augenblicks, der gleich vergeht, sondern eine märchenhafte Wirklichkeit, die für immer andauert. Der Mann, der diese Frau lieben darf, kann es sein ganzes Leben lang vor sich haben, es wird ausreichen, sich ihr zuzuwenden, und er wird es dort vorfinden, auch wenn die Tage schwierig sind, auch wenn die Dinge nicht so laufen, wie sie sollten, und es wird ihn daran erinnern, dass er trotzdem einen gigantischen Grund hat, glücklich zu sein.

Und Sandro beneidet ihn, diesen Mann, der aber bestimmt verdammt viel geschuftet hat, um mit so einer zusammen zu sein. Denn solchen Frauen muss man seine gesamte Existenz widmen: keine Ausflüge mit Freunden, keine eigenen Hobbys, keine Konzerttouren und solchen Quatsch, das ganze Leben daran verpfändet, mit ihr zusammen zu sein, dafür zu sorgen, dass sie nicht abhaut. Verflucht nochmal, wie gerne er doch dieser Mann wäre.

Und dieser mit Hoffnung und Verzweiflung vermischte Gedanke verblödet ihn so sehr, dass er, als es ihm endlich gelingt zu sprechen, statt etwas Schönes und Tiefgründiges oder wenigstens Sinnvolles zu sagen, ihr die unnützeste und offensichtlichste Frage stellt, die es gibt: »Entschuldigen Sie bitte, wessen Mutter sind Sie denn?«

Und sie öffnet natürlich diesen wunderschönen Mund und antwortet: »Hallo, sehr angenehm, ich bin Serena, die Mutter von Luca.«

Aber sicher, klar, wer sollte sonst von der schönsten Frau der Welt geboren worden sein, wenn nicht der außergewöhnlichste Junge der Welt? Sandro ist drauf und dran, sie um Verzeihung zu bitten, dass er das überhaupt gefragt hat. Dann holt er Luft und lässt einen Wasserfall an Komplimenten los. Das ist keine Kunst, er hat gerade noch Erik gepriesen, der sich nicht einmal die Schuhe binden kann, was er da erst alles über Luca sagen kann. Doch noch während er Serena erklärt, wie wunderbar und intelligent und zauberhaft ihr Sohn ist, bemerkt Sandro selbst, dass das keinen Sinn macht. Er hört es seiner eigenen Stimme an, sieht es in ihren Augen, dass sie diese Komplimente bestimmt jeden Tag bekommt und sich mittlerweile fast dabei langweilt. Und da, nachdem er die tausend wunderbaren Dinge aufgezählt hat, die Luca tut, und die Millionen noch wunderbareren Dinge, die er eines Tages noch tun wird, landet Sandro bei dem Einzigen, was Luca nicht tun kann: nach Biarritz reisen, wo sie ihn nicht hinfahren lassen will. Denn das ist wirklich ungerecht, und ihm liegt viel daran, Luca zu helfen, und nur zufällig hilft ihm diese Predigt auch dabei, bei Serena einen guten Eindruck zu machen, ihr zu zeigen, dass er ein Lehrer ist, ja, aber auch ein Mann, ein echter Mann, der das Leben lebt, der es in die Hand nimmt und Entscheidungen trifft und der weiß, was das Beste für sich und für andere ist.

»Serena, ich weiß, dass mich das nichts angeht, dass Luca noch minderjährig ist und du ihn also nach Biarritz fahren lassen kannst oder auch nicht. Kurz, die Entscheidung liegt bei dir. Und doch frage ich dich, bist du sicher, dass du wirklich eine Wahl hast?«

»Wie meinst du das?«

»Ich meine, dass du keine Wahl hast. Ich meine, dass du nicht für

Luca entscheiden kannst. Diesen Jungen kannst du weder bremsen noch antreiben. Er reist auf einem anderen Level, er ist da oben auf dem Gipfel und läuft von allein. Ich weiß nicht, wie ich das erklären soll, es ist, als ob ... hm, ich weiß es nicht.«

»Ich weiß es auch nicht, aber so ist es.«

»Na also, dann kannst du also dein ganzes Leben lang darüber nachdenken, ob du ihn da hinfahren lässt oder nicht, aber eigentlich kannst du nicht wirklich für Luca entscheiden. Es geht dabei eher um dich, darum, dass du irgendetwas tust, wie mit dem Schirmchen von Karl dem Koyoten.«

»Hä?«

»Kennst du diesen Trickfilm, Karl der Koyote, der Road Runner fangen will?«

»Ja, klar.«

»Eines hat der Kojote fast jedes Mal gemacht. Er ist auf dem Grund einer Schlucht oder eines Canyons oder von irgend so etwas gelandet, hat den Kopf gehoben und gesehen, dass vom Himmel ein riesiger Felsblock auf ihn zu fällt. Und er hat, statt sich da wegzubewegen, jedes Mal seinen Schirm herausgeholt, erinnerst du dich? Einen winzigen Schirm, er hat ihn geöffnet und sich daran festgehalten. Dann ist der Felsblock auf ihn gefallen und hat ihn zerquetscht.«

»Ja, und?«

»Ja, und ich glaube, wenn du Luca bremsen willst, tust du dasselbe wie der Kojote mit dem riesigen Felsblock. Du kannst dein Schirmchen aufspannen, aber es wird nicht viel bringen.«

Serena schaut ihn an, versenkt ihre wunderbaren, glänzenden Augen in seinen. »Kurz, Prof, du meinst, dass ich ihn fahren lassen soll, was?«

Und Sandro nickt, stark, schließlich ist er ein starker Mann, stark und weise, einer, der weiß, was im Leben das Beste ist, und glücklich die Frau, die ihn an seiner Seite hat.

Einen Augenblick lang sagt Serena nichts. Sie erhebt sich, schickt sich an zu gehen, doch sie dreht sich noch einmal zu ihm um: »Jedenfalls hat mich dieser Trickfilm immer wütend gemacht.«

»Mich auch«, sagt Sandro.

Serena schnaubt und verzieht den Mund, sie will es nicht, aber sie lächelt, und dieses Lächeln bleibt bei Sandro, auch als sie aus dem Raum verschwindet, auch als er ebenfalls hinaus- und nach Hause geht.

Auch jetzt, als er wieder daran denkt und sein Herz ein paar Schläge aussetzt.

Wohl kaum werde ich sie Luna nennen

»Serena hat ihre beiden Kinder ganz allein gemacht, denn Männer mag sie ja nicht, also ist sie in eine Schweizer Klinik gegangen und hat sich den Vater in einem Katalog ausgesucht.«
»Serena hat ihre beiden Kinder Zigeunern abgekauft, die sie auf einem Markt geraubt hatten. Die Zweite haben sie ihr zum halben Preis gegeben.«
Aber am besten gefällt dir: »Serena hat ihre beiden Kinder mit einem Priester gezeugt, einem jungen, wunderschönen Priester, der aus dem Priesterstand austreten wollte, um mit ihr zusammen zu sein, aber dann, als das zweite Kind so weiß auf die Welt kam, hat er gedacht, das sei ein Zeichen des Himmels, hat bereut und lebt nun zurückgezogen in einem Kloster hoch in den Bergen.«

Im Ort gehen diese und tausend andere, noch schlimmere Gerüchte über dich um, jeden Tag entstehen welche, und früher oder später kommen sie alle Signora Gemma zu Ohr, die sie dir weitererzählt, und du lachst herzhaft darüber. Denn sie haben nichts mit Bosheit zu tun, sie sprießen wie Schimmel von der Feuchtigkeit des Winters, wenn in Forte dei Marmi niemand ist und man Dinge erfinden muss, damit irgendetwas passiert. Die Jugendlichen dröhnen sich zu oder haben einfallsreichere Ideen, sich der Welt zu entziehen, die Männer gehen zur Jagd und zum Fischen und verbringen die Nacht mit Videopoker oder – wenn sie sparen wollen – mit Transen. Die Frauen dagegen, die keine Hobbys mögen, bei denen man sich die Hände

schmutzig macht, und nicht genau wissen, wo man Drogen her-
bekommt, fangen, wenn sie anständig sind, irgendeine heimli-
che Geschichte an, andernfalls verbringen sie die Zeit damit, welche über die anderen Leute des Orts zu erfinden.

So ist es eben, das ist normal, und eine junge Frau mit zwei Kindern, die nie jemanden an ihrer Seite hat, ist quasi eine Provoka-
tion, zwangsläufig kreisen tausende absurder Gerüchte darüber,
wer der Vater von Luca und Luna ist. Das Einzige, was nicht um-
geht, ist die Wahrheit, denn die weißt nur du, Serena.

Und sie ist sehr viel absurder als jedes Gerücht.

Frühling 1996, du bist zweiundzwanzig, hast das Gymnasium abgeschlossen, ohne je sitzengeblieben zu sein, und hast dich dann
wie alle deine Freundinnen für Jura eingeschrieben. Und ein
paar Jahre bist du irgendwie durchgekommen, morgens in der
Uni, nachmittags lernen, aber ab und zu hebst du den Kopf von
diesen tausend winzig kleinen Gesetzen, die winzig kleine Fragen regeln, und denkst, dass du dich bei den Stunden entschuldigen musst, die du in Arztwartezimmern und in der Schlange
bei der Post verbracht hast, bei den Sonntagen, an denen du
mit Fieber im Haus geblieben bist, bei den Nachmittagen, an denen dich deine Mama unbedingt zum Flötenunterricht schicken
musste und du da im Wohnzimmer eines blinden Lehrers her-
umhingst, der nach Pisse stank. Du musst dich bei all den
schlimmsten Stunden deines Lebens entschuldigen, denn jetzt,
wo du Jura studierst, ist dir klar geworden, dass sie gar nicht
die schlimmsten waren: Das Schlimmste ist das hier. Und so weitermachen ist nicht möglich, das schaffst du nicht. Das sagt dir
deine Mama auch immer, dass du im Leben nie etwas zustande
bringen wirst, weil du nicht in der Lage bist, etwas bis zum Ende
durchzuziehen. Das ist deine Schuld, klar, aber das ist auch die
Schuld all der unerträglichen Dinge, die du, statt sie zu Ende zu

bringen, nur noch in die Ecke treten willst. Oder du machst es wieder wie sonst und gibst nicht einfach ganz auf: Vielmehr legst du etwas einen Augenblick ab, rückst ein kleines Stückchen beiseite, schaust in die Luft und machst einen Schritt, dann zwei, dann drei und entfernst dich für immer, während es allein am Wegrand verendet.

Mit der Uni machst du es genauso. Du gibst sie nicht auf, du exmatrikulierst dich nicht etwa oder triffst andere schwerwiegende Entscheidungen. Du überlegst dir nur, dass du dir für den Sommer einen Job suchen solltest, bloß, um die Gebühren und Bücher bezahlen zu können, und da macht dir ein Freund deines Papas diesen seltsamen Vorschlag mit den Messen.

Dein Papa ist Metzger, und der, der ihm die Schneidemaschine und die Waagen in Ordnung bringt, hat auch noch andere seltsame Geräte, die er auf Messen in der Toskana und der Emilia verkauft. Er braucht jemand Junges, der nicht müde wird, wenn er den ganzen Tag auf den Beinen ist, und der mit Worten umgehen kann, um die Leute anzuziehen und ihnen begreiflich zu machen, dass die Super Mondial 2000, dieses fabelhafte Produkt, das Knoblauchzehen zerdrückt, Fische entschuppt, Oliven entkernt und Gurken in Scheiben schneidet, ihr Leben verändern wird.

Und da ziehst du also los durch die Dörfer, immer unterwegs, jeden Tag an einem anderen Ort wie die Stars auf Tour. Gewiss, statt von New York nach Tokio führt deine Tour durch Settignano, Ponte a Egola, La Rosa di Terricciola, Terranuova Bracciolini und andere seltsame Namen, die sich an zwei sich kreuzende Straßen quetschen, manch schiefes Haus, eine halbe Kirche und eine Bar mit Spielothek. Orte, die schon am großen Tag der Messe fürchterlich sind, mit dem ganzen Durcheinander an Leuten, Kindern und der Musikkapelle, du willst gar nicht darüber nachdenken, wie die Tage danach wohl sein werden, mit leeren Straßen, Altpapier, kaputten Plastiktüten und den Hülsen der Lupinensamen, die still durchs Nichts rollen. Zum Glück bist du am Tag darauf nicht mehr da, am Tag darauf bist du schon auf der Messe in einem anderen Dorf, um einem anderen und doch absolut identischen Publikum von den Wundern dieses Edelstahlgerätes zu erzählen.

Alten Frauen, die von den Kapazitäten der Knoblauchpresse angezogen werden, quengelnden Kindern und Männern, die sich für das eng anliegende und tief ausgeschnittene Shirt interessieren, das du unbedingt tragen musst (ein Rock wäre auch nicht schlecht, aber der ist nicht obligatorisch, weil du hinter einem Verkaufstisch stehst und man deine Schenkel kaum sieht). Und damit du sie nicht anschauen musst, senkst du deinen Blick auf die Super Mondial 2000, holst Luft und legst los:

»Meine Damen, meine Herren, hier in meinen Händen halte ich etwas, das Sie als Knoblauchpresse bezeichnen könnten oder als Fleischklopfer oder Fischentschupper oder Olivenentkerner oder nach einer anderen seiner unzähligen Funktionen, doch in Wirklichkeit ist es etwas viel Einfacheres und Wichtigeres, denn hier, sehr verehrtes Publikum, haben wir die große Zukunft vor uns. Die Zukunft, die es Ihnen erlauben wird, sich sehr viel weniger abzumühen, Zeit zu sparen und sich von tausend unnützen Geräten zu befreien.«

Unterdessen steckst du zwei oder drei Knoblauchzehen in die dafür vorgesehene Vertiefung (vier passen nicht hinein), zerdrückst sie und zeigst den stinkenden Brei herum, der vorne aus sechs Löchern kommt, dann öffnest du das Gerät erneut und führst zwischen zwei Fingern die leeren Schalen vor.

»Wie oft, meine Damen, standen Sie schon da und mussten viele Knoblauchzehen pressen und währenddessen Oliven entkernen und einen Fisch entschuppen? Und was für ein Durcheinander mit all den Geräten, die man dafür braucht, und wer macht die

am Ende alle wieder sauber? Sie natürlich. Denn wenn Sie hoffen, dass Ihr Ehemann sich darum kümmert ...«
Die Frauen schütteln den Kopf, lächeln bitter, fügen Kommentare hinzu wie:»Das will ich meinen«,»Aber klar«,»Wohl kaum«.
»Und dann noch der praktische Fleischklopfer, meine Damen, hier vorne, robust und kräftig. Äußerst nützlich für Koteletts und Kalbsschnitzel, aber auch, wenn Ihr Ehemann mal nicht auf Sie hört.«
An dieser Stelle lachen die Leute, und irgendwer nimmt, hoffentlich, diesen großen Edelstahlquatsch mit nach Hause.
Und immer so weiter, jeden Tag, es ändert sich der Name des Dorfs und der Messe, aber der Rest bleibt immer gleich. Dieselben Worte, dieselben Gesten, mit den Spanferkel- und Bratwurstdünsten anstelle der Luft und diesem Gemisch aus Knoblauch und Fisch, das man von seinen Händen nicht mehr abbekommt. Tag um Tag um Tag, alle identisch. Du sprichst, präsentierst, zerdrückst, entschuppst, entkernst, hoffst.
Und da, an einem Mittwoch im Juni in San Vincenzo, kommt er.

Er steht da, etwas abseits von den etwa zehn Personen vor deinem Verkaufstisch, doch auch er schaut dich an. Was du da verkaufst, interessiert ihn nicht die Bohne, er starrt direkt in deine Augen. Die Arme über der Brust verschränkt, in einem leichten Hemd, wohl aus Leinen, zerrissenen Jeans, barfuß. Er trägt keine Flipflops oder Sandalen oder so, er ist wirklich barfuß. Und wie er es schafft, so auf der Straße zu laufen, weißt du nicht, du, Serena, weißt nur, dass sich deine Augen nicht von seinen losreißen können.
Sein Blick dringt in dich ein, so tief, dass du einen Augenblick lang beim Sprechen innehältst. Das ist nicht der Blick von jemandem, der eine Person anstarrt, es ist der Blick von jemandem, der den Horizont betrachtet. Nur dass du der Horizont bist.

Dir zittern die Knie, wie es dir deine Freundinnen immer erzählen, diese Dummchen, die dich immer um Rat fragen, wenn sie in Schwierigkeiten stecken, weil sie wissen, dass sie in dir eine finden, die ihnen sagt: »Schick ihn zum Teufel, scher dich nicht um ihn, mit dem solltest du nicht eine Sekunde deiner Zeit verschwenden.« Es ist so einfach, bestimmte Ratschläge zu erteilen, so schnell und so wahr. Aber jetzt ist es nicht wahr. Du stellst die Super Mondial 2000 ab und schaust ihn weiter an, und vielleicht ist es all dieses Gerede unter der hochstehenden Sonne gewesen, vielleicht ist es die Müdigkeit, weil du um fünf aufgestanden bist, kurz, du bist nicht mehr du selbst. Du bist eine andere, eine, die du nicht kennst und von der du nicht weißt, was sie für eine ist. Du weißt nur, dass sie alle Fische, Knoblauchzehen, Oliven und alten Leute, die weiter nachfragen, wie viel dieses verdammte Gerät kostet und warum die letzte Olive nicht gut entkernt ist, zum Teufel schicken will. Sie will nur noch den Verkaufstisch umtreten und zu ihm gehen.

Doch das ist gar nicht nötig, denn er kommt zu dir. Er überwindet das Publikum, das nach und nach unbefriedigt abzieht. Du willst dir die Hände an einem Lappen abwischen, aber er nimmt sie in seine. Er ist größer als du, aber nicht allzu viel, er lächelt, aber es ist kein selbstgefälliges Lächeln, es ist das Lächeln von jemandem, dem du gefällst. Er streichelt deine Haut und deinen Hals, die Lungen, die Wirbel, einen nach dem anderen, gleitet zwischen deine Rippen und gelangt natürlich zum Herzen.

Das rast, doch ihr lauft noch schneller. Ihr habt nicht einmal miteinander gesprochen, und schon seid ihr im Pinienwäldchen hinter der Piazza, da kommen Leute vorbei, die zum Meer wollen, und Kinder, die einander schreiend hinterherrennen, aber es gibt auch einen Haufen Büsche, die euch verdecken, und ihr liegt angezogen auf dem Boden, er über dir, er in dir. Und ihr redet weiterhin kein Wort miteinander, du weißt nicht einmal, wie seine Stimme klingt. Doch sprechen ist nicht möglich. Am Anfang hast du es versucht, du hast gesagt: »Aber ich, ich …«, und er hat seinen Mund auf deinen Mund gepresst, und ihr habt angefangen euch zu küssen, er küsst dich und leckt deine Zunge, beißt in deine Lippen, greift in deine Haare, um dich an sich zu drücken, und vergräbt sich immer tiefer in dir, bis zu einem Punkt, von dem du gar nicht wusstest, dass er existiert, doch als er dort ankommt, erwacht dieser Punkt aus seinem ewigen Schlaf, zittert und löst sich, und du spürst diese meterhohe Welle, so stark wie jene, in die du als Kind am Meer gesprungen bist: Sie wirbelten dich herum, bis du nicht mehr wusstest, wo oben und wo unten ist, und für einen Moment das Gefühl hattest zu ertrinken, dann bist du am Ende atemlos wieder aufgetaucht, bereit, die nächste Welle zu nehmen.

Es vergeht eine Zeitspanne, die du nicht bestimmen könntest. Eine Stunde, ein Jahrhundert, eine Sekunde. Und du bleibst liegen, auf dem Rücken, er auf dir, sein warmer, salziger Atem in deinen Haaren, auf der Haut zwischen Hals und Ohr. Du könntest für immer so liegen bleiben, Pilze könnten auf euch wachsen und Insekten ihr Nest zwischen euch bauen, kein Problem, im Gegenteil, ein Hoch auf sie, Hauptsache, für immer so liegen bleiben können.

Stattdessen rückt er nach fünf Minuten von dir ab, steht auf, zieht seine Hosen hoch und starrt dich mit seinen grünen und leicht wässrigen Augen an. Und du hörst seine Stimme, eine raue, tiefe Stimme, die bloß sagt: »Nenn ihn Luca.«

Er nimmt eine Zigarette aus seiner Tasche und geht, verschwindet zwischen den Pinien wie der Rauch in der Luft. Und du würdest am liebsten aufstehen und ihm hinterherlaufen, doch du musst dich erst wieder anziehen, suchst nach einem Schuh, und als du ihn gefunden hast, weißt du schon nicht mehr, wohin er gegangen ist, oder vielleicht doch, aber du weißt nicht, was du ihm sagen sollst.

Du verstehst nicht einmal, was diese drei absurden Worte heißen sollen. »Nenn ihn Luca.« Wen sollst du Luca nennen? Vielleicht hast du dich verhört, und er hat gesagt: »Nenn mich Luca«, denn vielleicht ist das sein Name, schließlich hast du gerade mit einem Mann in einem Pinienwäldchen mitten auf einer Messe Liebe gemacht und weißt nicht einmal, wie er heißt, und verstehst überhaupt gar nichts.

Dann aber, einen Monat später, verstehst du es. Und du nennst ihn Luca.

Das ist also die wahre Geschichte, wie dein Sohn geboren wurde, und wenn es auf der Welt eine absurdere Geschichte gibt, ist sie dir noch nicht zu Ohr gekommen. Obwohl, doch, es gibt eine noch verrücktere, und das ist die Geschichte, wie Luna geboren wurde, fünf Jahre später.

Fünf Jahre, die sogar schön gewesen wären, wenn du nicht jeden Tag in den Augen deiner Mutter gesehen hättest, welche Schande und welchen Skandal ihr diese Tochter mit dem vaterlosen Sohn macht. Aber es hilft nichts, dass du es schon in ihrem Blick liest, deiner Mama ist es wichtig, es dir auch noch zu sagen, mit einer Hand auf dem Herzen und Entsetzen in der Stimme.

Doch eines Abends, fünf Jahre später, lässt du, statt dich mit ihr zu streiten, Luca bei ihr und gehst mit deinen Freundinnen aus. Manch eine versucht noch ihren Uniabschluss zu machen, andere machen Referendariate bei irgendeinem Anwalt oder haben sich an andere Jobs geklammert. Wie du, die du nicht mehr über die Messen ziehst, sondern bei einer Friseurin Haare wäschst und färbst und gerade mit den ersten Haarschnitten anfängst. Die Kundinnen des Friseursalons sagen dir, dass du gut bist, während dir die Männer überall sagen, dass du schön bist. Um sie zu verscheuchen, erzählst du ihnen, dass du einen Sohn hast, aber das bringt nichts. Erst reagieren sie so, als hätte sie ein Stockhieb erwischt, dann kommen sie wieder an. Also erzählst du ihnen, dass du auf Frauen stehst, doch viele lassen sich nicht einmal dadurch aufhalten, im Gegenteil, es macht sie an. Also erzählst du ihnen, dass du Aids hast, was nicht die feine Art sein mag, im Gegenteil, sogar schrecklich von dir ist, aber, zum Kuckuck nochmal, es funktioniert, und um dich herum wird es endlich leer.

Und das ist gut so, denn der einzige Mann, den du brauchst, ist immer bei dir: Luca ist fünf Jahre alt und hat noch nie geweint, nie eine Laune gezeigt. Dich hat die Tatsache immer angeödet, dass jede Mutter ihr Kind für das einzigartigste der Welt hält, und es bloß »Ich muss mal Kacka« sagen muss, schon denkt sie, sie habe ein Genie zur Welt gebracht, aber Luca sagt manchmal wirklich so intelligentes Zeug, dass es dir fast Angst macht. Wie gestern, als du von der Arbeit gekommen bist und es dir nicht gelingen wollte, das Fahrrad auf den Ständer zu stellen, während er im Garten im Gras saß, den Rücken an eine Platane gelehnt, und vor sich in die Luft geschaut hat. Er ist aufgestanden, zu dir gekommen und hat gesagt: »Du musst mal einen Abend ausgehen, Mama. Du bist jung, es gehört sich, dass du mit deinen Freundinnen ausgehst. Auf Oma und Opa passe ich auf.«

Also gehst du an jenem Samstag wirklich aus, deine Freundinnen konnten es kaum glauben, als du sie angerufen hast. Sie sind zu glücklich, ihr seid aufgedreht und freut euch auf das ganze Programm: Aperitif, Essen, dann geht ihr in einer Disko hinter Viareggio tanzen, am Meer, in einer Gegend, die Costa dei Barbari heißt und aus einer Reihe von Bars und Lokalen, Lokalen und Bars besteht. Und ihr feiert, ihr feiert Serena, das sagen deine Freundinnen und das sagst auch du, ihr stoßt mit euren Gläsern voller Eiswürfel und Cocktails an, und alles ist wunderbar, die

Scherze, das Gelächter und die Geschichten von Männern, die der einen gefallen, die sie aber nicht wollen oder nicht genug wollen, oder die sie wollen, aber sie will einen anderen. Da ist dieser Abendgeruch, wenn sich der Sommer mit einem Glas in der Hand und Musik um sich nähert. Da ist eine Brise, die wer weiß wo Jasminduft auftreibt und ihn mitten in eine Bar voller verschwitzter Leute trägt.

Und dann ist da auf der Straße draußen auch er.

Ihr wollt gerade die Disko betreten, und er steht alleine beim Eingang und raucht. Er sieht dich, du siehst ihn. Seit fünf Jahren hast du dir diesen Moment ausgemalt und gehofft, dass er nie kommen würde. Anfangs dachtest du noch, falls du das Pech haben solltest und er doch eintritt, würde dieser Mistkerl es sich gemütlich machen müssen und sich stundenlang anhören, was du ihm zu sagen hast, reines Gift, verheerende Urteile, die du aus deinem Hals und deiner Brust ausstoßen würdest, wo dein ganzer Hass die ganze Zeit gegoren hat, all der Groll gegen diesen Mann, der kommt, nimmt und verschwindet und dich allein lässt zwischen dem Gewicht eines Riesenbauches, der gleich zu platzen scheint, und den Scherben eines Lebens, von dem du nicht mehr weißt, welche Form es hat. Dann aber ist Luca geboren, Luca fing an zu laufen, zu sprechen, dich auf diese Art anzuschauen, dass du dich fühlst, als stündest du auf dem Kopf, als ob sich die ganze Welt irren würde und ihr beide, nur ihr beide, recht hättet. Und da hast du gedacht, dass du ihn nicht mehr schlagen würdest, wenn du ihn träfest, nicht einmal beleidigen würdest du ihn. Im Gegenteil, du würdest so tun, als ob du ihn nicht sähest, du würdest so tun, als wärst du nicht du. Hauptsache, er bleibt für immer auf Abstand, von dir und von diesem Wunder, das dein Sohn ist, *dein Sohn*, von dem er nicht einmal weiß, dass es ihn gibt, geschweige denn versteht, wie wunderbar er ist.

Dann jedoch gehst du an ihm vorbei und sagst zu den anderen:

»Geht schon mal rein, ich komme gleich nach«, und du weißt nicht, was du tun willst. Vielleicht bist du wieder bei dem ersten Gedanken gelandet: Es ist in Ordnung, über den Dingen zu stehen, aber man hat nie etwas davon, also gehst du zu ihm, wenn auch nur für eine Minute, und sagst irgendetwas, und jedes Wort wird sein, als spucktest du ihn an, und jedes Anspucken wird sein, als verpasstest du ihm einen Fausthieb. Du erreichst ihn mit so langen Schritten, dass dein Rock Mühe hat, sich über deinen Beinen zu halten, mit gesenktem Kopf und wütenden, zu schmalen Schlitzen verengten Augen, doch er lächelt dich an. Er lächelt ruhig, hat eine Zigarette im Mund, nimmt einen Zug und wirft sie weg, und während du auf ihn losgehst, breitet er die Arme aus, und du landest in dieser Umarmung. Du weißt nicht wie, du weißt nicht warum. Wenn du es wüsstest, hättest du vielleicht immerhin eine Idee davon, was in den fünf Minuten (nur fünf Minuten) passiert, die vergehen, bevor ihr euch auf den Strand legt, hinter den Liegen eines Strandbads, die der Feuchtigkeit der Nacht überlassen wurden, mit den Lichtern von ein paar Fischern am Ufer und einigen Pärchen, die hergekommen sind, um zu kuscheln und ein bisschen zu knutschen. Bei euch dagegen ist nichts mit Kuscheln, ihr kommt an, und schon nimmt er dir mit einem Kuss alles, was du an Bitterkeit in dir hattest, er nimmt dein Gesicht in seine Hände und schaut dich auf eine Art an, die du nicht verstehst, die dir aber den Atem nimmt, kurz darauf spürst du seine Hand, die in deine Haare greift, dich umdreht und dir den Rock hochschiebt, bis er fast zerreißt, während er die andere Hand fest um deine Hüfte schließt und dich an sich presst. Ein Augenblick und er ist auf dir, in dir, überall. Und da sind Leute, die euch hören können, es gibt Millionen Gründe, warum du nicht hier sein solltest, und doch hast du den Impuls zu schreien, ohne zu wissen, was du eigentlich schreien willst, und zum Glück wirst du es nie erfahren, denn er steckt alle Finger einer Hand in deinen Mund, und du hast den Impuls, sie zu beißen, leckst dann an ihnen, sie schmecken nach Zigarette und irgendetwas anderem, das du magst, aber du weißt nicht, was es ist, du weißt überhaupt nichts mehr. Jeder Stoß ist stärker und tiefer, ein Schritt weiter hin zu einer Welt, wo es keine Bedeutung mehr hat, wer du bist, was du willst, was richtig ist und was nicht. Und immer so weiter, und wieder und wieder, für die zeitlose Zeit jener Dinge, die allem Sinn geben, und man wacht jeden Tag auf, zieht sich an, kämmt sich und verlässt das Haus, weil man weiß, dass sich ab und zu überraschend ein Fetzen dieser Zeit hier in die immer gleichen Tage einschleicht, der den ganzen Rest rechtfertigt.

Und alles Übrige ist der Strand, der Sand unter den Knien, der an einer Seite etwas eingerissene Rock, sein Atem an deinem Hals, der nach Rauch riecht und vielleicht auch nach Kiefern, nach diesem durchsichtigen klebrigen und zuckersüßen Harz, das nicht mehr weggeht, wenn es einmal auf deiner Haut klebt.

Er erhebt sich, schaut dich an, und du würdest dich lieber nicht so zeigen, verstrubbelt, verschwitzt, überall voller Sand, mit verrutschtem Shirt und rotem Gesicht. Vor allem würdest du ihm die Welle der Lust lieber nicht zeigen, die über dich gerollt ist und die du noch mit kleinen, kurzen Beben in dir nachschwingen spürst, ohne sie stoppen zu können.

Plötzlich macht er einen Schritt zur Seite, und du erblickst am Himmel diesen riesigen runden Mond, der deiner Meinung nach vorher nicht da war, denn sonst hättest du ihn ja bemerkt, fast wie eine blasse Sonne, niedrig und nah. Der Mond erleuchtet den Strand, während er sich den Sand aus seinen Hosenbeinen schüttelt, sich noch einmal zu dir herunterbeugt, dir einen leichten Kuss aufs Ohr gibt und mit dieser rauen Stimme, dieser Stimme aus Kiefernharz sagt: »Nenn sie Luna.«

Und du hast im ersten Augenblick nicht etwa gedacht: »Du wirst mich wohl kaum schon wieder geschwängert haben«, du hast auch nicht gedacht, dass du dir diese Pille besorgen solltest, die du im Zweifel nehmen kannst und die alles wieder auf null setzt.

Nein, du, Serena, hast gedacht: »Wohl kaum werde ich sie Luna nennen.«

Was für ein beschissener Name, der ist was für Siebziger-Jahre-Freaks, du würdest sie auf keinen Fall so nennen. Vor allem, als herauskommt, dass Susy, eine deiner Freundinnen, ihn kennt. Vom Sehen, versteht sich. Er war ein Freund eines Freundes ihres Freundes, den der aber schon seit Ewigkeiten nicht mehr gesehen hat. Seit er, Lucas Vater, im Gefängnis gelandet ist, Drogengeschichten, irgendwas mit Leuten, die windelweich geprügelt wurden. Er heißt Stefano, aber alle nennen ihn Guillotine, wegen des Tattoos auf seiner Brust, eine schwarze Guillotine, deren Klinge bereit ist, herabzufallen und ihre Arbeit zu erledigen. Während sie dir das erzählt, nickst du wissend, aber in Wirklichkeit hast du keine Ahnung, du hast die Brust des Mannes nie gesehen, der der Vater deines Sohnes ist und eines weiteren Kindes, das bald kommt und von dem du noch nicht weißt, ob Junge oder Mädchen, und nicht einmal, ob du es behalten willst oder nicht. Du weißt nur eines: dass du es nicht Luna nennen wirst.

Oder nein, du weißt noch etwas anderes: dass du das mit den Männern sein lassen solltest. Du bist intelligent, erfahren und aufgeweckt, dir ist immer klar, wie sich deine Freundinnen Männern gegenüber verhalten sollten. Aber wenn du an die Männer in deinem eigenen Leben denkst, ach, was für ein Horrorkabinett. Wenn du wenigstens eine wärst, die für alle die Beine breit macht, eine, die jede Nacht einem anderen nachgibt, oder zweien oder dreien. Dann wäre es bei dieser großen Anzahl ja normal und verständlich, dass darunter ein Bekloppter, ein Bastard, ein geistig Zurückgebliebener ist: Zwischenfälle vieler freizügiger Nächte voller Action. Doch du, Serena, machst überhaupt nie die Beine breit, dann passiert es aus irgendeinem geheimnisvollen Grund an einem Abend alle tausend Jahre mal, und du gerätst an die Schlimmsten überhaupt. Männer mit Komplexen, Männer, denen ihre Mamas mit vierzig noch die Kleider für den nächsten Tag aufs Bett legen, damit sie nicht durcheinanderkommen und wissen, was sie anziehen sollen. Männer, die dir bis ins Detail von dem Wochenende erzählen, das sie mit dir im Thermalbad verbringen wollen, aber keine Zeit finden, dich darüber zu informieren, dass sie Frau und Kinder haben. Männer, die keine Arbeit haben, sondern ihren Traum verfolgen, große Künstler zu werden, und ihre Tage am Strand damit verbringen, einen Baumstumpf in eine Form zu bringen, die für sie das Unendliche darstellt ... die Sammlung ist furchterregend, und jetzt ist sie vielleicht vollständig, denn dir fehlte gerade noch ein Krimineller, der dealt und im Knast gesessen hat und sich wahrscheinlich schon nicht mehr an dich erinnert.

Und das ist gut so, er erinnert sich nicht, und du willst vergessen. Er existiert nicht, nichts so Hässliches darf für euch existieren, es gibt nur dich und Luca, und dieses Mädchen (ja, ein Mädchen), das bald bei euch sein wird, aber einstweilen ein so riesiger Bauch ist, dass man dir locker letzten Monat die Füße geklaut haben könnte und du es nicht einmal gemerkt hättest.

Dann schlägst du eines Tages die Zeitung auf, aus Langeweile, um deine Mutter nicht mehr zu hören und um nicht mehr zu sehen, wie sie mit dem Kopf schüttelt und sich die Hände über dem Herzen zusammenschlägt, das sie nicht hat, und in der Zeitung ist sein Gesicht abgebildet, das von Stefano, genannt Guillotine. Zusammen mit denen eines anderen, älteren Mannes und einer Frau mit ernsten Augen und einem osteuropäisch klingenden Namen. Sie sind von der Auffahrtsrampe geflogen, als sie auf die Autobahn Richtung Lucca fahren wollten, hinunter in die Schlucht. Zeugen berichten, dass ein anderer Wagen hinter ihnen hergerast sei, die Polizei ermittelt, es gibt einen Verdacht, und mehr willst du gar nicht wissen. Du schneidest das Foto von Guillotine aus und legst es in eine Schublade, dann nimmst du es eines Nachts wieder heraus, verbrennst es im Garten und lässt zu, dass der Seewind die Asche fortträgt und dass das Leben dich fortträgt, auf seine Art, zufällig und so weit weg wie möglich.

Und du hast sie Luna genannt.

Ihr Alten, gebt nie auf, ihr Jungen, nehmt keine Drogen

RIESENSTEINPILZ IN DER GARFAGNANA
Dorffest für die beiden Rekord-Rentner

SERAVEZZA. Unglaublicher Coup für Gualtiero Stagi und Walter Francesconi, zwei Rentner und Pilzkenner aus Seravezza, die gestern an einem natürlich geheim gehaltenen Ort einen enormen Steinpilz (*Boletus aereus*) gefunden haben, welcher den Zeiger der Waage auf 3200 g schnellen ließ. Der Rekord-Pilz hat Pilzliebhaber und Wissenschaftler aus ganz Italien mobilisiert, die Italienische Gesellschaft für Mykologie hat einen Vertreter geschickt, und die Universität Pisa hat darum gebeten, das großartige Exemplar studieren zu dürfen. Verständlicherweise glücklich sind die beiden Helden der Tat: »Wir wollten nach einem wenig fruchtbaren Tag gerade wieder nach Hause gehen«, erzählt der 65-jährige ehemalige Marmorschleifer Stagi, »als wir einen seltsamen Blätterhaufen erblickten. Den Pilz sah man nicht, aber nach so vielen Jahren Erfahrung war uns klar, dass wir nachschauen müssen. Das war das schönste Gefühl meines Lebens.« Francesconi hingegen, 70-jähriger ehemaliger Baureferent des Städtchens in der Versilia, hofft, dass ihre Leistung zugleich als Botschaft aufgefasst werde: »Wir haben den Rekord-Steinpilz gefunden, und am selben Tag haben wir ›Opis‹ drei jungen Männern das Leben gerettet, die sich in den Bergen verlaufen hatten, wahrscheinlich nach einer exzessiven Nacht. Den Alten möchte ich deshalb

120

sagen: Gebt nie auf!, und den Jungen: Nehmt keine Drogen!«

Wer mehr darüber erfahren möchte: Heute Abend um 21 Uhr im Ratssaal des Rathauses erzählen die beiden Pilzsucher der Stadtbevölkerung von ihrem Abenteuer. *(Teresa Bartolaccini)*

»Hurensöhne«, kommentiert Sandro. Aber das hat Rambo schon tausendmal gesagt, und sogar Marino, der nie Schimpfwörter benutzt, weil er Angst hat, dass ihm sonst auch beim Katechismus vor den Kindern welche herausrutschen.

»Heute Abend gehen wir da hin und reißen ihnen den Arsch auf«, meint Rambo, an ein Fenster des Zeitungskiosks gelehnt. Der Riesensteinpilz ist die Hauptmeldung auf dem Plakat der Zeitung Il Tirreno, und auf dem der Nazione steht sie gleich hinter fünf Stellenausschreibungen eines großen Haushaltswarengeschäfts.

Als Rambo das entdeckt hat, hat er die anderen angerufen. Marino ist sofort gekommen, weil er mit dem Fahrrad und seiner Hilfspolizistenuniform unterwegs war, Sandro dagegen hatte eine Lehrerkonferenz, bei der er weder gesprochen noch zugehört hat, doch jetzt ist auch er beim Zeitungskiosk angelangt.

Und sie schauen sich das riesige Foto der beiden verdammten Alten an, die mit einer Hand den König der Steinpilze festhalten und den Daumen der anderen hochstrecken. »Hurensöhne, Hurensöhne!«, vor Wut pressen sie die Seiten des Tirreno zusammen, als seien sie der Hals dieser verdammten Alten.

»Lasst das, Jungs, so zerknittert ihr sie mir, und dann kann ich sie nicht mehr verkaufen!«, sagt die Frau vom Kiosk. Und Rambo antwortet, dass sie ihnen nicht auf die Eier gehen solle.

Denn die Frau ist seine Mutter, und der Zeitungskiosk gehört ihm. Den haben ihm sein Vater und seine Mutter mit dem Geld erstanden, das ihnen der Verkauf ihres Grillhähnchenstands im Supermarkt *Esselunga* eingebracht hatte. Rambos Schwester Cristina ist sieben Jahre jünger als er und lebt in Boston, sie forscht an irgendwelchem medizinischen Zeug, und ihre Eltern sind stolz auf sie. Ihr einziger unerfreulicher Gedanke galt diesem älteren Sohn, der etwas eigen ist, immer gekleidet, als lebe er im Schützengraben. Also haben sie ihm mit dem Geld des Hähnchenstands den Zeitungskiosk und einen Standort gekauft. Und was für einen Standort, mitten im Zentrum von Forte dei Marmi, an einer Stelle mit Durchgangsverkehr, wo man sich auch in der winterlichen Ödnis verteidigt, und im Sommer würde man sogar etwas verkaufen, wenn man den Kunden ins Gesicht spuckte.

Und Rambo spuckt sie vielleicht nicht direkt an, aber er kommt dem doch recht nahe. So ist er halt, er regt sich leicht auf. Er schwillt an vor Wut, weil einige die Zeitung schon im Morgengrauen wollen, wenn sie noch nicht geliefert wurde, andere wollen abends eine, wenn sie schon ausverkauft ist, manch einer fragt nach dem Corriere della Sera, aber dem von vor zwei Tagen, oder nach der Repubblica, aber ohne Beilage, oder nur nach der Beilage ohne die Repubblica ... und schließlich platzt Rambo der Kragen. Und wenn ein Feriengast eine Yacht-Zeitschrift will, schickt er ihn weg, ihn anschreiend, er solle gefälligst Steuern zahlen, und als ein Anwalt aus Florenz die Architektur- und Designzeitschrift Casabella kaufen wollte und einen Preisnachlass von zehn Cent verlangt hat, hat Rambo ihm geantwortet, dass seine Frau auf der Straße Preisnachlässe gebe.

Seit diesem Tag verkaufen nur noch seine Eltern die Zeitungen, vormittags sein Papa und nachmittags seine Mama. Nach einem ganzen Arbeitsleben hatten sie, als sie ihrem Sohn den Kiosk gekauft haben, gehofft, dass sie sich endlich ausruhen könnten, stattdessen mühen sie sich jetzt noch mehr ab als früher. Und Rambos einzige Aufgabe ist, einen möglichst großen Bogen um den Kiosk zu machen. Eine Aufgabe, die er immer sehr gut erfüllt, außer heute, wo er auf dem Weg zum Schießplatz vorbeilief und nur wegen des Königs der Steinpilze und dieser alten Bastarde stehen geblieben ist.

»Wir gehen da hin und schlagen Krawall«, sagt er.

»Ich kann nicht, ich bin im Dienst«, meint Marino in dieser blauen Uniform, die so riesig ist, dass sie wie ein Bademantel aussieht.

»Und ich muss Klassenarbeiten korrigieren.«

»Ich meine doch nicht jetzt, ich meine heute Abend bei dem Treffen, vor allen Leuten! Wir gehen da hin und erzählen, wie es wirklich gelaufen ist.«

»Und wer wird uns das glauben? Wir haben keine Beweise«, jammert Marino.

»Na ja, fotografiert habe ich den Pilz«, sagt Sandro. Denn es stimmt, er hat gleich ein Foto gemacht, als er ihn gefunden hatte, um es Luca zu schicken. »Man erkennt den Pilz schlecht, aber man erkennt ihn.«

»Großartig, Sandro! Das ist ein klasse Beweis, damit gehen wir nach Seravezza und reißen ihnen den Arsch auf. Wir lassen es drucken, los, ganz groß, wie ein Poster, und …«

»Aber ich bin im Dienst.«

»Und ich muss Arbeiten korrigieren.«

»So ein Mist, ihr seid echt Schluffis!«, meint Rambo und wirft die Zeitung auf den Boden. Genau in dem Moment, als aus dem Kiosk eine Alte herauskommt, ihren Fuß schlecht setzt und stolpert. Rambo schnellt sofort zu ihr, fängt sie mit seinen Armen im Sturz auf und bringt sie wieder in die Senkrechte.

»Oh Gott, danke Kindchen, danke. Mein Knie hat mich nicht getragen.«

»Keine Ursache, Signora, das kommt vor.«

»Ja, das kommt vor, wenn man so alt ist wie ich. Kinder, Kinder, wie unschön das Alter ist. Vergnügt euch jetzt, wo ihr noch jung seid und keine Probleme habt, denn später vergeht euch der Spaß.«

»Na ja, Signora, wir versuchen es.«

»Obwohl, oh ja, habt ihr diese beiden Rentner aus Seravezza gesehen? Mag schon sein, dass wir ziemlich alt sind, aber wir sind immer noch mehr auf Zack als die junge Generation.«

Die Dame sagt das und nickt, um sich selbst recht zu geben, da die drei Jungs es nicht tun. Einige etwas taumelnde Schritte, dann klammert sie sich an ein dreirädriges Fahrrad mit Körbchen hinten und steigt mühevoll auf.

Sie tritt in die Pedalen und gelangt zum Straßenrand, hält an, um zu kontrollieren, ob jemand kommt, obwohl Nebensaison ist und sie die Straße mit geschlossenen Augen überqueren könnte. Mehr noch, sie könnte mitten auf der Straße anrichten und dort zu Mittag essen. Doch ausgerechnet, als sie sich endlich dazu entschließt, es zu wagen, kommt von der Strandallee ein Jeep mit voller Geschwindigkeit, hupt und versucht in die Eisen zu treten, zieht auf die andere Fahrbahn, streift sie, als er an ihr vorbeifährt, dann setzt er seine Fahrt fort, wobei er sie mit der Hupe zum Teufel schickt.

Die Dame merkt es nicht einmal, sie schaut nach unten und kontrolliert, ob die Reifen noch Luft haben, dann fährt sie ruhig wieder los und entfernt sich.

Rambo hebt Il Tirreno vom Boden auf, streicht die Zeitung mit den Händen glatt und kommentiert: »Schade.«

Bruder Tintenfisch und Schwester Fliege

Die Reifen des Graziella-Fahrrads sind platt. Wie üblich. Die Schläuche haben Löcher und müssen gewechselt werden, aber ihr Mann meint Nein, die seien nur alt und verlieren ein bisschen Luft, aber solange er sie jeden Morgen aufpumpe, sei das kein Problem.

Mag sein. Nun sind sie aber schon wieder platt, und Ines kann nur mit Mühe radeln, sie ist spät dran für die Messe um fünf und muss dazu noch den weiten Bogen fahren. Normalerweise fährt sie über den kleinen Platz mit dem Lebensmittelgeschäft und dem Handyladen, aber wenn sie zur Kirche fährt, kann sie das nicht. Denn früher gab es anstelle des Ladens eine Bäckerei, und wenn sie da vorbeifährt, kommt ihr jener Sommer 1952 in den Sinn, als sie zwanzig und ihr Mann noch ihr Verlobter und in die Nachbarregion Emilia-Romagna gegangen war, um für eine Firma zu arbeiten, die Fliesen herstellt. So würde er dann mit einem hübschen Sümmchen Geld zurückkommen und sie könnten heiraten.

Sie war zu Hause geblieben, um auf ihn zu warten, und half unterdessen ihrer Mama mit deren Schneiderarbeiten, und jeden Tag jenes Sommers – wirklich jeden Tag, ohne einen auszulassen – ist Ines sofort nach dem Mittagessen zur Bäckerei gegangen, hat leise an den heruntergelassenen Rollladen geklopft, und der junge Bäckersgehilfe hat sie am Arm genommen, sie hinters Haus geführt, und sie haben Liebe gemacht.

Er hieß Luigi, war spindeldürr und kam aus Ligurien, er sprach wenig, gefiel ihr aber wahnsinnig gut. Am ersten Tag war sie Brot kaufen gegangen, aber es war schon spät, und in der Bäckerei waren nur sie beide. Er gab ihr das Brot und das Wechselgeld, und während Ines es von der Theke auflas, hat Luigi ihre Hand genommen und zu ihr gesagt: »Komm um zwei, ich besorge es dir gut.« Einfach so. Ines erinnert sich noch an jedes Wort, erinnert sich an sein ernstes Gesicht, die an einer Seite leicht hochgezogenen Lippen, als er zu Ende gesprochen hatte. Und sie erinnert sich auch an die Antwort, die sie ihm gab, kurz und atemlos und unmöglich: »In Ordnung, bis später.«

Den ganzen Sommer ging das so, jeden Tag um zwei, sogar am Sonntag. Dann ist Luigi nach Ligurien zurückgegangen, ihr Verlobter wiedergekommen und im Oktober ihr Mann geworden, und sechzig Jahre lang ist in Ines' Leben nichts so Intensives mehr passiert, mehr noch, vielleicht ist überhaupt nichts mehr passiert. In der Tat kommen ihr jetzt immer noch, wenn sie mit dem Fahrrad über jenen kleinen Platz fährt, jene glühend heißen und verschwitzten frühen Nachmittage wieder in den Sinn, und sie spürt seine Hände auf ihrer Haut, wie sie sie umschlossen haben, wie sie sie entgleiten ließen. Und das missfällt ihr nicht, im Gegenteil, an manchen Tagen fährt sie absichtlich dort vorbei, an manchen Tagen radelt sie ganz langsam, um ein wenig länger dort zu verweilen.

Aber nie, wenn sie zur Messe fährt, also, das nicht. Und so nimmt Ines trotz der platten Reifen und trotz ihrer Verspätung die Allee und macht den großen Bogen bis zur Kirche, schließt ihr Rad an einem Baum an und tritt ein.

Und sie hofft, dass das Dunkel und die Frische in der Kirche ihr helfen mögen, die Hitze jener Hände zu vergessen, dass der Geruch von Kerzenwachs und altem Holz jenen von nassem Mehl, Schweiß und all dessen wegtragen möge, was so falsch und so wunderschön war.

»Oh nein, mein HERR, warum willst du mich strafen?«
Padre Ermete hatte sich schon richtig gefreut, dass niemand in
der Kirche war, die Fünf-Uhr-Messe ausfiele und er in die Sakristei
zurückgehen könnte. Dann haben wir dieses harte Klackern gehört, die Schritte einer sich nähernden Dame, der Pater hat den
Kopf zum Himmel gehoben und mit dem HERRN gesprochen und
danach mit mir: »Auf Luna, zieh das Gewand an, wir fangen an.«
Und ich habe so heftig genickt, dass mir einen Augenblick lang
der Kopf geschwirrt hat, denn so wie den Pater die Ankunft
der Dame traurig gemacht hat, so superglücklich bin ich deswegen geworden. Seit einem Jahr schon frage ich, warum Frauen
nicht ministrieren können, und eine Weile habe ich als Antwort
nur »Weil sie es nicht dürfen« bekommen. Dann haben sie kapiert, dass das für mich nicht als Antwort durchgeht, also hat
Padre Ermete mir erklärt, dass Frauen das nicht dürfen, weil
es im Evangelium so steht. Nur dass das gar nicht stimmt, Luca
und ich haben uns das Evangelium aufgeteilt und haben alles gelesen, wobei wir nur die Abschnitte übersprungen haben, bei denen klar war, dass sie nichts damit zu tun haben, wie zum Beispiel am Ende, wenn sie Jesus ans Kreuz nageln, also, er wird
ja wohl kaum zwischen einer Geißelung und einer Lanze in die
Brust gesagt haben: »Ah, fast hätte ich es vergessen, tut mir den
Gefallen, keine Frauen als Messdiener, okay?« Jedenfalls hat Jesus das weder am Kreuz noch sonst irgendwann gesagt.
»Seid ihr sicher?«, hat Padre Ermete uns gefragt.
»Ja.«
»Ah, komisch, vielleicht steht es im Alten Testament.«
Also haben wir auch das angefangen zu lesen, und während wir
lasen, ministrierten jeden Sonntag lauter Jungs am Altar, die
sich darum geschlagen haben, denn wer an Weihnachten bei den
meisten Messen mitgeholfen hat, würde einen »wunderschönen Preis« bekommen. Dann ist Padre Ermete kürzlich heraus-

gerutscht, dass der Preis eine kleine Madonnenstatue mit aufgeklebten Muscheln ist, und bei der nächsten Messe stand er plötzlich alleine da. Bei der danach genauso und so weiter bis heute,
als ich auf dem Weg zum Meer war und ihn auf dem Kirchplatz
getroffen habe und er zu mir gesagt hat: »Luna, ich bin immer
noch der Meinung, dass Frauen nicht ministrieren sollten, und
Jesus auch. Aber wenn du heute um fünf zur Messe kommst, drücken wir beide ein Auge zu.«

Und ich bin so glücklich, dass ich ein wenig zittere. Es ist keine
von den wichtigen Messen, das ist wohl wahr, aber es ist ein Anfang. Und da ich alleine bin, kann ich alles selbst machen: Kelch,
Tellerchen, Glocke, Tablett, Wasser- und Weinkrug. Sogar die Kol-
lekte einsammeln, die sicherlich nicht reichlich ausfallen wird,
denn ich sehe zwar von weitem nicht gut und die Kirche ist dunkel, aber alle Bänke scheinen mir leer zu sein und auch die Sitze
an den Seiten und ganz hinten. Da ist nur diese eine Dame, ein
dunkler Fleck mit einem Stückchen Weiß oben, und ich möchte
mich bei ihr bedanken, ich möchte wissen, wie sie heißt, und ihr
sagen, dass das ein wunderschöner Name ist, selbst wenn er eigentlich hässlich sein sollte, denn nur ihretwegen darf ich ministrieren.

Eigentlich sollte auch meine Mama kommen, ich habe sie sofort
angerufen, und sie hat gesagt, dass sie den Friseursalon früher
verlassen und kommen würde, um mich zu sehen, aber vielleicht
sind zu viele Kunden da, und sie kann nicht, vielleicht hat sie es
vergessen. Ich weiß es nicht, wichtig ist gerade nur, dass diese
Dame gekommen ist, denn sonst wäre die Kirche leer gewesen,
und Padre Ermete wäre ins Pfarrhaus geflüchtet, um Dokumentarfilme zu gucken.

Die sind seine Leidenschaft, er schaut sie an, und dann spricht er
die ganze Zeit darüber. Denn Dokumentarfilme erzählen vom
Leben von Millionen Tieren und Pflanzen, aber in Wirklichkeit

sagen sie ihm zufolge nur eines, nämlich, dass es Gott gibt. Biber fällen Bäume und bauen damit perfekte Dämme, also gibt es Gott. Zugvögel haben einen Kompass im Hirn, der sie von einem Kontinent zum anderen leitet, also gibt es Gott. Walfische unterhalten sich untereinander mit Gesängen, die so laut sind, dass man sie von einem Ende des Ozeans bis zum anderen hört. Also gibt es Gott.

Und wirklich fängt Padre Ermete auch heute, wie in allen Messen, mit den normalen Gebeten und Psalmen an, aber nach fünf Minuten legt er mit seinem Lieblingsthema los.

»Ihr bewundert die Paläste, ihr bewundert die Hochhäuser«, sagt er, auch wenn er eigentlich nur zu einer einzigen Person spricht, »ihr bewundert Gemälde und Skulpturen und findet sie erstaunlich, aber das sind alles ganz einfache Schöpfungen. Wenn ihr dagegen über die Straße lauft, achtet ihr nicht auf die himmlische Perfektion, die in ... in einem Blatt steckt, zum Beispiel. Ihr müsst wissen, dass eigentlich die Natur der stattlichste Palast, das bewundernswerteste Gemälde ist. Es ist kein Zufall, dass sich der heilige Franz in die Natur verliebt hat. Im Gegenteil, ich möchte euch eines sagen: Zu seiner Zeit gab es kein Fernsehen, doch wenn es schon welches gegeben hätte, wäre der heilige Franz sicherlich ein großer Liebhaber von Dokumentarfilmen gewesen. Wisst ihr denn, dass die Glühwürmchen ihr Licht dazu benutzen, die anderen Glühwürmchen verliebt zu machen? Und die Bienen, also, die Bienen sind mindestens zehn oder zwanzig Wunder auf einmal. Und gestern Abend habe ich eine Dokumentation über Fliegen gesehen, liebe Brüder und Schwestern, die Fliegen! Ihr steht da herum und bewundert eine Skulptur, und dabei erschlagt ihr zerstreut eine Fliege, die euch auf die Nerven geht. Ohne euch klarzumachen, dass keine Skulptur der Welt es auch nur im Entferntesten mit dem Wunderwerk einer Fliege aufnehmen kann. Um nicht von den Libellen zu sprechen, und von den ...«

Und so weiter, ohne Gebete, ohne Schriftlesungen, ohne all das, was die Liturgie für die Messe vorsieht. Aber bald kommt der wichtigste Moment, der, wo ich ganz allein in die Sakristei gehen muss, um die Kelche für den Wein und die Hostien zu holen, und wenn ich hierher zurückkomme, hoffe ich sehr, dass Mama eingetroffen ist.

Vielleicht kämmt sie gerade noch eine Kundin, vielleicht muss sie irgendeine Bestellung für Signora Gemma machen, aber noch ist ja Zeit: Padre Ermete ist von den Fliegen zu Tintenfischen übergegangen, und wenn er mit den Tintenfischen anfängt, braucht er mindestens noch eine halbe Stunde.

»Wisst ihr, dass die Tintenfische Dosen öffnen können, wisst ihr, dass Tintenfische ihre Farbe hundert Mal schneller wechseln als Chamäleons, wisst ihr, dass sich die Tintenfische an Netze klammern und so tun, als seien sie tot, und wenn ein Fisch vorbeischwimmt ... Zack!, fallen sie über ihn her.«

Also gibt es Gott.

Von wegen

(13:59) Ciao, wunderschöne Mutter, wie geht's?
Und meiner Schwester? Heute früh ist es kälter, aber
die Wellen sind perfekt. Kaufst du mir die Zeitung
von heute? Arbeite nicht zu viel, reg dich nicht auf,
sag Luna, dass sie bekloppt ist, und dann, dass das
ein Witz war. Vergiss die Zeitung nicht, L.

Fünf Minuten, es hätte gereicht, wenn du Lucas SMS fünf Minuten früher bekommen hättest, und du hättest ihm die Zeitung in der Mittagspause kaufen können. So war es aber nicht, du hast ein Stück Focaccia mit rohem Schinken gegessen, einen Espresso getrunken, dir dann eine Zigarette gegönnt und noch einen Espresso, und die SMS hat dein Handy klingeln lassen, als schon die Signora Minetti in den Friseursalon gekommen ist, um sich die Haare färben und legen zu lassen, und losgeplaudert hat, wie sehr sie ihre Schwägerin hasst.

Du hast gerade noch die Zeit gehabt, ihr zu sagen, dass du nochmal pinkeln gehst, bist ins Bad verschwunden, hast das Heft aus deiner Tasche geholt und Lucas Worte hineingeschrieben.

Das machst du, seit er abgereist ist. Jedes Mal, wenn er dir eine SMS aus Frankreich schickt, schreibst du sie in dieses Heft, mit Datum und Uhrzeit. Das tust du vielleicht für ihn, denn wenn man sie hintereinander liest, kommt eine Art Tagebuch heraus, und wohl nicht jetzt, aber in ein paar Jahren wird es ihm gefallen, wieder zu lesen, was er dir aus seinem ersten Urlaub mit Freunden geschrieben hat.

Und wenn es ihm doch nicht gefällt, dann behältst du diese Nachrichten eben für dich. Du hast sie schon so oft gelesen, dass du sie auswendig kannst. Manche sind wirklich wunderschön, andere sind etwas praktischerer Natur, wie diese hier, wo er dich bittet, ihm die Zeitung zu besorgen. Was äußerst seltsam ist, Luca liest nie Zeitung, nicht einmal die Fernsehnachrichten interessieren ihn. Ab und zu, wenn er den Jingle nach dem Wetterbericht hört, kommt er zu dir und fragt: »Ist irgendwo irgendetwas passiert?« Du schüttelst den Kopf, und er kehrt zu den geheimnisvollen Dingen zurück, die er in seinem Zimmer anstellt. Wenn er dich also heute darum bittet, ihm die Zeitung zu besorgen, musst du es unbedingt tun.

Doch das ist nicht so einfach. Um die Mittagszeit vielleicht schon, aber jetzt ist es fünf, und der Zeitungskiosk in der Nähe des Friseursalons hat schon nichts mehr. Im Sommer kommen ein Haufen Exemplare und sogar die Regionalzeitungen aus ganz Nord- und Mittelitalien, weil die Feriengäste, wenn sie hier sind, gerne wissen möchten, was bei ihnen zu Hause passiert. Mit dem Winter dann liefern die Zeitungsvertriebe überhaupt nichts mehr, weil sie denken, dass in Forte dei Marmi niemand mehr ist, und falls irgendein Wilder dort bleibt, der in den Pinienwäldchen oder unter der Brücke lebt, na, diese Tiere können bestimmt nicht lesen.

Beim Zeitungskiosk im Zentrum aber, dem größten des Ortes, ist vielleicht noch irgendetwas übrig. Und deshalb machst du einen kleinen Umweg und fährst dort vorbei, auch wenn Luna heute zum ersten Mal die Messdienerin macht und du schon spät dran bist. Schließlich kannst du Luca nie etwas versagen, schon gar nicht heute, wo doch sein Geburtstag ist.

Heute wird er volljährig. Dein Sohn wird achtzehn Jahre alt, und wie bei allen Müttern kommt dir das komisch vor. Nur dass es bei dir gegenteilige Gründe hat: Die meisten Mütter sind von der Tatsache getroffen, dass ihr Junge ein Mann wird, weil er in ihrem Kopf für immer ein Kind bleiben wird. Du hingegen wunderst dich, dass Luca erst jetzt offiziell zu den Erwachsenen zählt. Denn Luca ist erwachsen auf die Welt gekommen, achtzehn war er schon, als er fünf war, und jetzt, wo er achtzehn wird, könnte er dir gut den Vater ersetzen.

Jedenfalls, da braucht man nicht lange drum herum zu reden, wird Luca heute achtzehn, und es fühlt sich für dich so komisch an, ihn zu seinem Geburtstag nicht umarmen zu können. Na gut, er kommt morgen zurück, aber das ist nicht dasselbe. Deshalb bist du froh, dass es ihm gut geht und er sich wahnsinnig amüsiert, aber wenn er zurück ist, wird er keinen Ausweg haben: Nach dieser Woche mit seinen Freunden muss er eine weitere ganz mit dir und Luna verbringen, um euch allesallesalles zu erzählen, von morgens bis spät in die Nacht, bis er vom vielen Reden keine Stimme mehr hat.

Aber jetzt musst du dich erst einmal beeilen, die Messe hat schon angefangen, und du willst deine Tochter am Altar sehen, und sie will dich von da oben sehen.

Du bist fast am Kiosk, und das Schöne an diesem Ort außerhalb der Saison ist, dass du keine Sekunde verlieren wirst, um einen Parkplatz zu finden, und niemand wird vor dir in der Schlange stehen, um Zeitungen zu kaufen. Doch noch hält dich eine rote Ampel auf, und die schert sich nicht darum, was um sie herum geschieht, unwichtig, ob die Kreuzung ruhig ist und seit einer Woche niemand vorbeifährt: Sie ist für eine bestimmte Anzahl an Minuten rot, und du musst dort herumstehen. Die Menschheit hat Berge abgetragen, fliegen gelernt und den Mond erobert, warum kapituliert sie vor einem roten Licht, das ihr befiehlt, sich nicht zu bewegen? Du weißt es nicht, aber du kannst nicht weiterfahren, du solltest es nicht tun. Da hängen beschissene Kameras, die dich überwachen und ausspionieren, und schon mit den normalen Rechnungen und Ausgaben kommst du mehr schlecht als recht bis zum Ende des Monats, ein weiteres Bußgeld geht wirklich nicht mehr. Deshalb nimmst du, um dich zu beruhigen, das Heft mit Lucas Nachrichten und liest eine deiner Lieblings-SMS noch einmal.

(21:19) Ciao, wunderschöne Mutter, heute scheint die Sonne,
es ist windstill und das Meer ruhig. Statt surfen
gehe ich heute schwimmen. Am Strand steht eine riesige
Hütte aus Holz, bedeckt mit Palmzweigen. Die würde
dir echt gefallen, und Luna könnte sich dort wunderbar
im Schatten aufhalten, man kann es da gut von morgens
bis abends zu dritt aushalten. Wäre schön, wenn wir
eines Tages, wenn wir das Geld haben, zusammen her-
kommen. Meiner Meinung nach kann m...

Klingeling!
Dich unterbricht ein schwacher Ton, zittrig, als wäre er nicht von dieser Welt. Eine Fahrradklingel, sie kommt von der Straße vor dir. Das erkennst du daran, dass kurz darauf diese schrille Stimme ruft: »Bahn frei!«
Ein dreirädriges Fahrrad, das dir entgegenkommt und zwischen deinem Auto und dem Gehweg durchfahren will, obwohl da kein Platz ist. Das ist Ines, eine Freundin deiner Mutter, und wirklich genauso blöd, wie die es war: Auf der anderen Straßenseite würde sie sehr gut durchpassen, aber sie fährt immer auf der falschen Straßenseite und besteht darauf, sich unbedingt hier durchzuschlängeln. Du umfährst sie, schickst sie mit einer Geste zum Teufel, lässt den Wagen mit zwei Reifen auf dem Bürgersteig stehen und läufst zum Zeitungskiosk.
Du kommst an drei Typen vorbei, die diskutieren. Einer trägt eine Hilfspolizistenuniform, es fehlte nur, dass du jetzt einen

Strafzettel bekommst. Du rufst ihm zu: »Achte nicht auf meinen Wagen, er ist schlecht geparkt, aber ich fahre gleich wieder los, spiel mir keinen Streich, sonst werde ich wütend!«

Die Dame vom Kiosk begrüßt dich, lächelt dir zu und möchte wissen, was du haben willst, und erst jetzt fällt dir auf, dass du das gar nicht weißt. Luca hat dir nicht gesagt, welche Zeitung du ihm besorgen sollst. Aber das ist kein Problem, denn es sind ohnehin alle ausverkauft bis auf ein Exemplar der Gazzetta di Parma, das aus Versehen außerhalb der Saison eingetroffen ist.

Du kaufst es und dankst dem Hilfspolizisten, der sich nicht von dort wegbewegt hat, mit einem Lächeln. Und erst jetzt siehst du ihn. Erst jetzt bemerkst du, dass einer der Typen Professore Mancini ist, der vom Elternsprechtag, der Englischlehrer, den Luca so mag.

Der darüber hinaus auch dir nicht wirklich missfallen hat, und jetzt scheint er dir sogar noch attraktiver, mit Jeans, einem alten Hemd und einer Miene, als habe er auf der ganzen Welt wirklich nichts zu tun. Du lächelst ihn an und er lächelt dich an, und er winkt dir grüßend zu, als ob du nicht nur ein paar Schritte von ihm entfernt wärst, sondern auf einem Schiff, das für immer aus einem nächtlichen Hafen hinein ins dunkle Meer fährt.

Du schaust ihn an und versuchst zu verstehen, wieso dir der da gefällt. Schön ist er nicht, attraktiv ist er nicht, und falls er zufällig interessant sein sollte, ist er sehr gut darin, das hinter dieser verwirrten und verlorenen Miene zu verstecken. Doch die Antwort ist einfach, er gefällt dir, weil du eine Idiotin bist. Und eigentlich wäre es besser, wenn du dir die Männer ganz vom Leib halten würdest, Serena, denn mag sein, dass es einem alleine schlecht geht, aber zu zweit kann es einem doppelt so schlecht gehen. Viele Frauen stopfen einen Mann in ihre Tagesabläufe, weil ihnen ihr Leben, so wie es ist, nicht gefällt, aber um sich das Leben zu verschönern, reicht es nicht aus, irgendetwas Neues hinzuzufügen, man muss etwas Schönes hinzufügen. Deine Mutter zum Beispiel hat überall Öl hinzugefügt, und du findest Öl zum Kotzen. Sie hat gegarte Karotten gemacht und sie in Öl ertränkt. Du bist stinkwütend geworden, und sie hat gesagt: »Aber wonach sollen die Karotten denn schmecken, ganz ohne Öl?« Und du hast versucht ihr zu erklären, dass gegarte Karotten vielleicht nicht viel Geschmack haben, es aber keinen Sinn hat, das verbessern zu wollen, indem man einen anderen Geschmack, den du eklig findest, darüberkippt. Doch du hast immer mittendrin aufgehört, da deine Mama dir ohnehin nicht zugehört hat und zum Aufpeppen der faden Karotten weiterhin ihr ekliges Öl drübergegossen hat, wie die Frauen ihr Leben weiter mit Schwachköpfen vollstopfen.

Du dagegen hältst stand, du musst standhalten. Und auch wenn dieser Professore Mancini dir gefällt, was soll's, jeder an seinem Platz, jeder in Frieden.

Aber ein Lächeln entwischt dir trotzdem, als du beim Verlassen des Kiosks an ihm vorbeiläufst. Der Lehrer antwortet, er kommt dir einen Schritt entgegen, streckt seine Hand aus, dann zieht er sie zurück, dann weiß er nicht, was er tun soll, und steckt beide Hände in seine Taschen.

»Guten Abend«, sagt er, »wieso die Gazzetta di Parma?«

Er zeigt auf die Zeitung, du hebst sie hoch und schaust sie an, sagst, dass sie nicht für dich ist.

»Ist dein Mann aus der Emilia-Romagna?«

»Nein, wieso?«

»Nichts, nur so. Ich habe Freunde in Parma, ich war neugierig.«

»Warst du neugierig, ob vielleicht einer deiner Freunde mein Mann ist?«

»Nein, nein, nein ...«

»Jedenfalls habe ich keinen Mann, weder aus Parma noch einen normalen, falls du das zufällig wissen wolltest.«

Er hebt die Hände und schüttelt den Kopf, als wollte er Nein sagen, dann jedoch lächelst du, und da biegt sich sein Mund zu etwas, das ein Lächeln sein könnte, aber auch eine Gesichtslähmung. Er schaut auf den Boden, dann wieder auf dich, und die Verwirrung, die in seinen Augen zittert, so braun und normal, dringt in dich ein und hat eine Wirkung auf dich, welche die Tatsache bestätigt, dass du, Serena, dich von Männern so fern wie möglich halten solltest. Denn die Selbstsicheren, die die Lage immer unter Kontrolle haben, interessieren dich nicht die Bohne, und der Tonfall von Männern, die immer wissen, was das Beste ist, und drohen, dir das Leben leichter zu machen, lässt dich traurig werden. Der hier dagegen, dieser tollpatschige und verloren wirkende Typ, der vor dir steht und nicht mehr weiß, wohin mit seinen Armen, als ob er sie gerade erst geschenkt bekommen und keinen Platz dafür hätte, dieser Typ, dessen Leben so offensichtlich voller Chaos ist, dass es für ihn ein Leichtes sein wird, eine hübsche Portion davon in deines auszulagern, ach, aus irgendeinem fürchterlichen Grund gefällt er dir, und sogar ziemlich gut.

Vielleicht, weil du so bescheuert bist wie er. Besser: ohne vielleicht. Schließlich bist du immer noch hier, statt zum Auto zu huschen und in die Kirche zu deiner Tochter, die auf dich wartet. Aber was dein Hirn nicht schafft, schafft zum Glück dein Handy. Das klingelt. Es ist Gemma. Vielleicht musst du zurück in den Friseursalon, vielleicht ist irgendeine Nervensäge gekommen, eine von den Kundinnen, die sich die Haare nur von dir färben lassen.

»Entschuldige mich einen Augenblick«, sagst du, als hätte das Klingeln ein Gespräch unterbrochen. »Ja?«

»Hallo Serena, wo bist du?«

»Ich bin auf dem Weg zur Kirche, zu Luna. Warum? Brauchst du irgendetwas?«

»Nein, nein, aber hör zu, wenn du nach Hause kommst, sobald du kannst, also ... ich bin hier vor deinem Haus und warte auf dich.«

»Bei mir zu Hause? Warum denn, was ist passiert?«

»Nichts, wo denkst du hin?«, aber ihre Stimme klingt seltsam schief. »Aber komm, sobald du kannst.«

»Hast du dich mit Vincenzo gestritten?« Wie letzten Monat, als ihr Mann wieder angefangen hat Videopoker zu spielen und Gemma bei euch übernachtet hat. »Was hat er diesmal gemacht, dieser Blödmann?«

»Nein, nein, nichts.«

»Na, warum bist du dann bei mir zu Hause?«

»...«

»Gemma?«

»Nein, nichts. Ja, ich habe doch ein bisschen mit Vincenzo gestritten.«

»Na, wusste ich's doch! Aber bleib ruhig, das Tor ist offen. Die Schlüssel sind unter dem Blumentopf neben der Küchentür. Geh ruhig schon rein, ich komme gleich.«

Du steckst das Handy weg, dabei fällt dir die Zeitung runter, der Lehrer schnellt los, um sie aufzuheben. Du dankst ihm, schaust ihn an, und es braucht keine Worte. Es ist klar, dass du abhauen musst, so klar, dass sogar er es kapiert hat.

»Gut, dann bis bald, hoffe ich«, sagt er.

»Ja, das hoffe ich auch.« Und du sagst das, weil du es so fühlst, weil es wahr ist. Du sagst es, weil du wirklich bescheuert bist.

Aber jetzt kannst du nicht viel darüber nachdenken. Jetzt gilt es, jemandem aus der Patsche zu helfen, und darin bist du die Beste, solange du nicht selbst in der Patsche sitzt. Wenn du vor einer

Minute mit dem Lehrer nicht gewusst hast, was du tun sollst, hast du jetzt für Gemma schon einen genauen Plan. Du eilst nach Hause, machst ihr einen Tee und tröstest sie. Du könntest das beruflich machen, alle deine Freundinnen wenden sich an dich, wenn sie so einen Moment haben. Den Tee hast du nur ihretwegen im Haus, da das für dich und deine Kinder bloß schwarzes, bitteres Wasser ist.

Und unterdessen kreuzen sich die Straßen und ziehen gähnend leer an dir vorüber, während du schnell zur Kirche und zu Luna fährst. Du lässt den Wagen auf dem Vorplatz, an einer Stelle, wo man nicht parken darf, aber was soll's. Du trittst ein, und die Kirche ist leer, vielleicht ist die Messe schon zu Ende, verdammte Scheiße.

Doch nein, der Priester spricht noch, es sind nur keine Gläubigen da, bis auf diesen blauen Kopf einer Alten dort oben. Und da ist auch Luna, ein bisschen verdeckt vom Priester, neben ihm am Altar. Du hast den Impuls, ihr zuzuwinken, aber vielleicht macht man das nicht, und außerdem ist sie so weit weg, dass sie dich bestimmt nicht sieht.

Sie hat die Haare hinten zusammengebunden, ihre Gesichtshaut wirkt über dem schwarzen Gewand, das sie trägt, noch weißer, aber es geht ihr ausgezeichnet, sie ist ganz ernst und antwortet auf die Gebete des Priesters, kniet sich im richtigen Moment hin, sie ist ein Profi-Messdiener. Es tut dir so leid, sie nicht von Anfang an gesehen zu haben. Und während der Priester das Lamm-Gottes-Gebet beendet und anfängt, von wahren Lämmern zu sprechen, von Schafen, die intelligente Tiere seien, von einem Dokumentarfilm, der das Wunder der Wolle erzähle, hörst du auf zuzuhören und fixierst dich auf deine Tochter.

Und im Dunkel, das vom künstlichen Licht der elektrischen Kerzen kaum zittert, in der Wärme der Heizpilze, im Geruch nach altem Holz, geschieht etwas äußerst Seltsames. Es geschieht, dass plötzlich all deine Gedanken verschwinden, all deine Unruhe. Plötzlich fühlst du dich einfach nur wohl.

Gemma hat Probleme, ja, aber es sind ihre, und gleich ist die Messe zu Ende, und du wirst zu Luna gehen, und ihr werdet euch fest umarmen und nach Hause fahren, und Gemma wird euch dann davon erzählen, aber jetzt nicht. Jetzt atmest du durch und setzt dich besser hin, du fühlst dich sehr behaglich auf diesen unbequemen, harten Bänken und lässt zu, dass die geschlossenen Klänge der Messe zwischen den Wänden und in dir widerhallen, als ob alles Übrige nicht existierte, als ob die Welt da draußen ein Film wäre, von dem alle sprechen und den du vielleicht an einem der nächsten Abende wirklich anschauen gehst, aber nicht jetzt. Jetzt nicht.

»Ab wann hast du mich gesehen? Wann bist du gekommen?«

»Ich hab doch schon gesagt, von Anfang an. Das heißt, nicht wirklich ganz von Anfang, aber fast«, sagst du, als ihr schnell nach Hause fahrt.

»Warum bist du denn ganz hinten geblieben? Du hättest nach vorne kommen können.«

»Ich wollte nicht, dass du dich aufregst, ich wollte nicht, dass du ins Schleudern gerätst.«

»Ich bin nicht ins Schleudern geraten.«

»Ich weiß, du warst super, das müssen wir eigentlich feiern. Tut mir leid, dass Gemma auf uns wartet und getröstet werden muss. Hilfst du mir? Trösten wir sie zusammen?«

»Ich weiß nicht, ob ich gut im Trösten bin.«

»Du bist meine Tochter, du bist zwangsläufig gut. Und das ist ein Pech, Luna, merk dir das.«

»Wieso Pech? Ist das nicht was Schönes?«

»Ja, klar, wunderschön. Aber dann kommt es, dass alle mit ihren

Problemen getröstet werden wollen, und um deine eigenen kümmert sich niemand, nicht einmal du selbst.«

»Aha, dann versuche ich also, möglichst wenig Leute zu trösten.«

»Sehr gut, versuch das.«

Eine Weile sagt ihr nichts weiter. Und dieses Gefühl in der Kirche, dieses plötzliche Wohlbefinden, hast du immer noch in dir, und es hält während der Fahrt auf der sonnenbeschienenen, von den Pinien gestreiften Straße an.

»Warum ist Signora Gemma denn traurig?«

»Sie hat sich mit ihrem Mann gestritten.«

»Schon wieder? Wieso sind sie denn zusammen, wenn sie dann dauernd streiten?«

»Hm, das weiß ich auch nicht.«

»Und warum haben sie sich diesmal gestritten?«

Du antwortest nicht. Du weißt es nicht. Es ist dir auch nicht besonders wichtig. Ihr seid ja ohnehin gleich zu Hause, und Gemma wird euch alles erzählen. Und auch wenn sie traurig sein wird, müsst ihr heute Abend trotzdem feiern, denn Luna hat es sich verdient, und auch du ein bisschen, und morgen kommt dann Luca zurück, übermorgen feiert ihr alle zusammen. Um wie viel Uhr er kommt, weißt du nicht, wahrscheinlich weiß er es auch nicht. Und doch würdest du es jetzt gerne wissen, es ist absurd, aber du würdest gerne auf die Minute genau seine Ankunftszeit wissen.

Und stattdessen beginnst du etwas anderes zu ahnen, etwas Seltsames, das in dich eindringt, ohne durch den Kopf zu gehen. Es geht durch den Hals, das Herz, die unsichtbaren Löcher in der Haut und auf geheimnisvollen Umwegen erreicht es dein Blut. Du atmest immer stärker, du schwitzt, Luna fragt dich irgendetwas, aber du hörst sie nicht. Du spürst nur dieses Etwas, das sich innen an dich klammert und sich aufbläht und allem Übrigen keinen Raum mehr lässt, auch deinem Atem nicht, der sich nur mit Mühe Zugang verschafft und immer kürzer wird. Es drückt dir den Hals zu, löscht deine Stimme aus.

Ihr biegt in euer Sträßchen ein, eine Sackgasse, in der nie jemand ist. Doch jetzt sind da drei Autos. Nein, sogar vier. Zu viele. Und Leute draußen, ein Jeep der Carabinieri und ein Krankenwagen. Und Gemma, die euch sieht und euch entgegenkommt, und ...

Und du hörst auf zu fahren. Du nimmst den Fuß vom Gas, nimmst die Hand vom Schaltknüppel und umklammerst mit beiden Händen das Lenkrad, das Auto hinkt kurz und kommt mit ein paar Schluchzern noch ein wenig voran, dann hält es an und bleibt still. Und von da hinten kommen Gemma, eine andere Dame, die hier in der Nähe wohnt, und die Carabinieri.

»Mama, was ist los, bringen sie dich wirklich ins Gefängnis?«

Luna fragt dich das mit zitternder Stimme, sie erschauert und weint dann.

Du dagegen lächelst. Lachst vielmehr. Und nickst ihr zu. Ja, genau, das ist es! Sie bringen dich ins Gefängnis wegen dieses Tritts in der Schule. Vielmehr zwei Tritte, einer davon sogar gegen einen minderjährigen kleinen Jungen. Klar kommst du ins Gefängnis, deshalb suchen sie dich. Das ist gerecht, ja, das ist richtig so.

Sie sind jetzt bei euch angekommen, und du lässt die Fensterscheiben hoch, verriegelst die Türen. Luna schaut sich um, und du weißt nicht, ob sie da draußen etwas erkennen kann, die Gesichter, die euch bedeuten, aufzumachen und auszusteigen, die finsteren Carabinieri, die sagen: »Ganz weit draußen«. Du weißt nur, dass deine Tochter weint, vor einem Augenblick war sie noch in der Messe neben dem Priester, und du hast ihr dabei zugeschaut und warst glücklich, und jetzt weint sie, und das ist überhaupt nicht gerecht, und du schüttelst den Kopf und rufst:

»Geht weg! Geht weg! Seid still und geht weg! Geht weg, es ist nichts passiert, es ist nichts passiert.«

Von wegen.

Zweiter Teil

Vielleicht wird es die Musik des Meeres sein,
die in der Erwartung mein Herz erzittern lässt.
Jedes Segel kommt zurück und du willst nicht heim,
welch bittere Tränen vergieß ich um dich.

Nicola Nisa Salerno, *Tango del mare*

Hätte man dich vorher gefragt, was Schmerz ist

Hätte man dich vorher gefragt, was Schmerz ist, hättest du gesagt, dass er eine Unheil stiftende Bestie ist, die einen anfällt und zerkratzt, beißt, zerreißt. Und du hättest Mist erzählt.

Denn so ist der Schmerz nicht, Serena, so ist höchstens das Monster aus einem Horrorfilm. Aber was konntest du schon davon wissen. Filme hast du eine Menge gesehen, wahren Schmerz dagegen hattest du noch nie gespürt.

Jetzt hat er dein Leben ausgefüllt. Nein, ein Leben hast du gar nicht mehr, jetzt ist der Schmerz dein Leben, und du hast gemerkt, dass er dich nicht wie eine Bestie anfällt, der Schmerz hat es nicht eilig. Er kommt langsam, so langsam, dass du dich eine Weile umschaust und dich wunderst, du fragst dich schon: »Ja, wo ist er denn?« Und in der Zwischenzeit nähert er sich, er nähert sich und nimmt zu, und wenn er bei dir ist, ist er so riesig, dass du nicht weglaufen kannst. Das Monster im Film kommt durch ein Fenster herein, lugt unter dem Bett hervor oder aus einem Grab, und du kannst versuchen in die entgegengesetzte Richtung zu fliehen, in den Wald zu entschlüpfen und, solange du kannst, geradeaus zu rennen, du schaust nach hinten, ob es sich nähert, stolperst und fällst hin, aber du stehst wieder auf, rennst humpelnd weiter, wer weiß wohin, und du rennst und schreist, weil es immer näher kommt, immer näher, bis zum letzten ohrenbetäubenden Schrei, wenn es dich packt und in einem Moment alles vorbei ist.

Der wahre Schmerz hingegen kommt nicht von einem bestimmten Ort, er umspült dich ganz, wie das Meer, wenn es bewegt ist, ein tiefes, dunkles Meer voll meterhoher Wellen, die von allen Seiten kommen. Die Strömung trägt dich hierhin und dorthin, dann kommt eine höhere Welle und reißt dich fort, reißt deinen Kopf unter Wasser, du atmest nicht und weißt nicht mehr, wo du bist, wo der Grund ist und wo die Wasseroberfläche, und was diese weichen, glitschigen Dinger sind, die sich an deine Handgelenke und deine Beine hängen und dich nach unten ziehen. Also lässt du es geschehen und gehst für immer unter, und alles dreht sich stärker und zugleich langsamer, du hörst dein Herz langsam in deinen Ohren schlagen und hörst, wie der Atem versiegt, und als du gerade dabei bist zu ertrinken, da ist die Welle vorübergezogen, und du findest dich mit dem Kopf über Wasser wieder, du atmest und bist immer noch da, aber wo, weißt du nicht. Du schaust dich um, suchst irgendetwas, woran du dich festhalten kannst, aber es ist unmöglich, etwas zu sehen, denn der Buckel einer weiteren dunklen Welle steigt an, um alles zu verdecken, und bald wirst du wieder unter Wasser sein, im Meer, das dich in seine Arme schließt und dir den Hals abschnürt, dir auf der Brust lastet, dich runterzieht.

Es ist dasselbe Meer, das Luca mitgenommen hat, genau dieselbe dunkle Wasserwelt, die deinen Sohn ergriffen hat und hat verschwinden lassen, so groß, dass seine Freunde es nicht gemerkt haben. Erst nach einer Weile sahen sie sein Brett, sein halb rotes, halb blaues Surfbrett, sie sind hingeschwommen, und am Brett war immer noch die Schnur, die an seinem Knöchel befestigt war, nur dass Luca sich unter dem Brett befand. Die Ärzte haben nichts gefunden, keinen Schlag, keine Wunde, keine Drogen, keinen Alkohol, sie haben gesagt, dass es ein natürlicher Tod gewesen sei. Ein achtzehnjähriger Junge – besser gesagt: achtzehn genau an jenem Tag –, groß, stark und mit perfektem Körper, wie zum Teufel kann man das einen natürlichen Tod nennen? Nie ein Problem, nie eine Krankheit. Sodass, wenn Luna und du euch eine Erkältung eingefangen hattet, und Luna hat im Winter eine Dauererkältung, Luca euch gefragt hat, was das genau bedeutet, dass ihr die Nase verstopft habt, wie es sich anfühlt, wenn man sie sich putzt und spürt, wie der Rotz da durchläuft, denn er hat nie eine Erkältung gehabt. Wie soll man sich also vorstellen, dass Luca sich eben noch im Meer mit seinen Freunden vergnügt hat und es dann auf einen Schlag vorbei ist, er auf einen Schlag stirbt und sie ihn an sein Surfbrett gebunden finden, aber unter Wasser, die grünen Augen geöffnet, zum Himmel da oben gerichtet. Wie kann man behaupten, dass so etwas natürlich sei. Das ist das Gegenteil von natürlich. Es ist, als ob … als ob … du suchst gedanklich etwas Ähnliches, etwas ebenso Absurdes und Schreckliches, und dir fällt nichts ein, du spürst nur das Meer, das langsam wieder ansteigt und dich runterzieht, immer tiefer.

Du versuchst aufzustehen, aber auch heute Morgen sind die Decken zu schwer und erdrücken dich, du liegst ausgestreckt, starrst die Zimmerdecke an. Du weißt nicht, wie spät es ist, aber nach den Lichtstreifen zu urteilen, die zwischen den Lamellen der Fensterläden hindurchkommen, ist es mindestens elf. Es ist besser, wenn es regnet, wenn du die Regentropfen auf das Dach trommeln hörst, dann ist es einfacher, im Bett zu bleiben, um ihnen zuzuhören und auf morgen zu warten. Du hebst den Oberkörper, ziehst die Beine unter der Decke hervor und versuchst den Boden mit den Füßen zu berühren, aber es erscheint dir ein unmöglicher Sprung, dir ist schwindelig, und du legst dich wieder hin. Es wird der niedrige Blutdruck sein, es werden all die Tropfen und Pillen sein, die du zur Beruhigung nimmst, oder die zur Aufmunterung, du weißt es nicht, und es interessiert dich nicht einmal.

Es reicht schon, dich wieder hinzulegen, die Augen zu schließen und zu warten, dass das Licht da hinter dem Fensterladen verschwinden und eine weitere Nacht kommen möge, die dein Lieblingsabschnitt des Tages geworden ist, denn nachts wundert sich niemand, wenn du im Bett liegst. Doch jetzt ist Morgen und der Rest der Welt der Meinung, dass du aufstehen solltest.

Aber was zum Teufel kümmert es dich, was der Rest der Welt denkt? Das heißt, ein winziges bisschen interessiert es dich, ein kleines und ganz weißes bisschen, das Luna heißt, und wenn sie nicht da wäre, könntest du wahrlich ... du könntest auch etwas nehmen und ... hm, du weißt es nicht, du weißt nichts. Jedenfalls ist Luna da, und deshalb hat es keinen Sinn, darüber nachzudenken, was du ohne sie tätest.

Es hätte nur Sinn, aufzustehen, dich anzuziehen und einkaufen zu gehen, die Leute auf der Straße zu grüßen und dich nicht um die betrübten Blicke zu scheren, wenn sie dich fragen, wie es dir geht, irgendetwas zu essen zu kaufen, hierher zurückzukehren und für Luna, die aus der Schule kommt, Mittagessen zu machen.

Ja, heute hat die Schule wieder angefangen. Das hast du nicht gewusst. Luna ist früh aufgestanden, sie hat dir das Frühstück und die Medikamente ans Bett gebracht. Du hast sie gefragt, wieso sie schon aufgestanden und angezogen sei, und sie hat geantwortet, dass sie in die Schule gehe, und dir ist das völlig absurd erschienen. Wie ist es möglich, dass Luca tot ist und die Schule wieder anfängt? Wie ist es möglich, dass der Schulbus umherfährt, um ein Kind nach dem anderen einzusammeln, dass sie einsteigen, die Streber vorne und die Chaoten hinten, und die Fahrt damit verbringen, zu lachen, sich gegenseitig auf den Arm zu nehmen und zu bewerfen, wenn Luca tot ist? Sind denn wirklich die Lehrer da und öffnen die Klassenbücher, rufen die Schüler auf und beginnen ein neues Schuljahr, obwohl Luca tot ist?

Nein, das ist nicht möglich.

Und tatsächlich ist es genau das, was am Anfang den Schmerz fernhält, die Tatsache, dass es einfach nicht möglich ist.

An jenem Nachmittag im März, dem letzten Tag, an dem die Welt existiert hat, bist du mit Luna nach Hause gefahren, alle sind euch entgegengekommen, und Gemma hat dir das von Luca erzählt, der mit seinen Freunden im Meer war, wie sie ihn dann nicht mehr gesehen haben, nur das herumtreibende Surfbrett und … und da hast du dein Gesicht in den Händen vergraben, hast einen Augenblick so verharrt, sie dann wieder heruntergenommen, alle angeschaut, die dir stumm entgegenstarrten, und bist in Lachen ausgebrochen.

Ja, in Lachen. Und sie dachten bestimmt, dass du verrückt geworden bist oder dass du nichts verstanden hättest. Aber nicht du hattest nicht verstanden, sie waren es, die Luca nicht kannten. Und tatsächlich hat auch Luna gelacht, ein klein wenig, als du sie fest in den Arm genommen hast. »Luna! Alles ist gut, Luna, mach dir keine Sorgen. Erinnerst du dich an das eine Mal, als diese Yacht auf dem offenen Meer war, Luca ist bis da hinausgeschwommen, und sie haben mit ihm einen Ausflug auf die Insel Giglio gemacht? Erinnerst du dich an den Tag, als er Eis kaufen gegangen ist, aber den Schnee auf den Bergen gesehen hat und deshalb zu Fuß bis auf den Gipfel des Pania gestiegen ist? Er hat Schnee gegessen und ist dann wieder nach Hause gekommen, um … wie spät wird es gewesen sein? Mitternacht? Eins?«

»Sogar noch später, Mama, sogar noch später!«

Und du hast genickt und gelacht. Denn bestimmt war auch diesmal so etwas in der Art passiert, es war unmöglich, dass es anders wäre.

Die Typen vom Krankenwagen mit ihren bescheuerten orangenen Anzügen standen um dich herum, Gemma hielt deine Hand, und du hast dir Luca vorgestellt, wie er da im Meer die Wellen reitet, und vielleicht hat ihn ein französisches Mädchen beobachtet, sich in ihn verliebt und ihn später angesprochen. Das passiert Luca auch hier ständig, wie dann erst in Frankreich, wo sie freigeistiger sind. Sie gefielen sich, sie fragte ihn, ob er mit zu ihr nach Hause kommen wolle, und Luca ließ sein Surfbrett liegen und ging mit ihr. Oder nein, während er surfte, traf er auf einen Delfinschwarm und stieg bei einem auf, der brachte ihn auf eine verwunschene Insel, an einen geheimen und prächtigen Ort, und bald schreibt er euch, dass ihr nachkommen sollt, und ihr werdet alle zusammen dort leben.

Das ist der Grund, warum du, als sie dir das alles erzählten, zu lachen anfingst und Luna umarmtest. Alle schauten dich wie eine Verrückte an, und da hast du zu ihnen gesagt, dass es dir leidtue, aber sie seien umsonst gekommen, es sei nichts passiert. Du hast ihnen einen schönen Abend gewünscht und bist mit deiner Tochter und Gemma ins Haus gegangen. Dort bist du in dein Zimmer geeilt und aufs Bett gestiegen, hast den Koffer vom Schrank heruntergeholt und angefangen, Zeug hineinzuwerfen.

»Na los, Luna, hilf mir, was nimmst du mit? Leichte Sachen, ja, und auch einen Badeanzug, den brauchen wir natürlich.«

»Wohin fahren wir denn?«

»Zu Luca, nicht? Aber du wirst sehen, die Sonne ist dort sehr stark, hol die Creme, hol die Kapuzenpullis.«

Und Luna hat genickt und ebenfalls angefangen, die Schubladen zu öffnen, aber langsam und ohne etwas herauszuholen, während Gemma versucht hat, dich aufzuhalten, sie hat deine Arme umschlossen, hat dich gebeten, dich nur einen Augenblick hinzusetzen.

»Gemma, ich habe jetzt keine Zeit. Wenn wir zurückkommen, können wir über alles reden, worüber du willst. Und du erklärst mir, was Vincenzo diesmal angestellt hat, okay? Willst du in der Zwischenzeit einen Tee? Luna, mach Gemma einen Tee.«

»Nein, Serena, danke, ich möchte keinen. Aber halt doch mal

eine Sekunde inne, ich bitte dich darum, und hör mir zu. Luca ist nicht verschwunden. Er war da neben dem Surfbrett. Es tut mir schrecklich leid, Serena, aber sie haben ihn gefunden. Verstehst du? Sie haben ihn gefunden.«

»Gemma, immer mit der Ruhe, ich kann jetzt nicht hierbleiben, um mir deine Probleme anzuhören, wir müssen los. Luna, tu mir den Gefallen, holst du auch ein Paar Jeans und einen Pulli für Luca? Er hat fast nichts mitgenommen, ich glaube, er kann das noch gebrauchen.«

Alles, was du gefunden hast, hast du auf den Koffer geworfen, der mittlerweile unter einem Berg von Zeugs verschwunden war. Unterwäsche, Strümpfe, Hemden, Mottenkugelschachteln, alte Taschentücher, von deiner Mutter bestickt und völlig verschimmelt. Und du hättest so weitergemacht, bis du das ganze Haus ausgeräumt hättest, und wer weiß, was dir danach zu tun eingefallen wäre. Doch auf einen Schlag wurden deine Arme schwer, du bist zusammengefallen, hast ein Lärmen im Kopf gehört wie von einem Wespenschwarm, der gegen den Wind fliegt, einen sehr starken Wind, der dich gepackt und dich zu Boden geschleudert hat. Und bestimmt haben Luna und Gemma gesehen, wie du fielst, und rannten herbei, um dich aufzufangen, bevor du aufkämst. Aber du warst schneller.

Dein Kopf schlug auf dem Boden auf, aber du erinnerst dich nicht daran, du hast keinen Schmerz gespürt. Genauso wenig, als sie dich mit dem Rettungswagen ins Krankenhaus brachten und du das weiße Dach anstarrtest, das von der Straße durchgerüttelt wurde. Der Schmerz kam immer noch nicht. Vielleicht war er so riesig, dass er enorm viel Raum brauchte und dein Inneres deshalb erst einmal entleerte: Da verschwand das französische Mädchen, das Luca zu sich nach Hause einlud, da verschwanden die Delfine und die geheimnisvolle Insel, da verschwand das Fest zu Lucas achtzehntem Geburtstag, das nur ihr drei feiern wolltet. Da verschwanden seine grünen Augen, sein Lächeln, seine Art, dir zu sagen: »Mach dir keine Sorgen, Mama, wo liegt das Problem, mach dir nie wegen irgendetwas Sorgen.«

Von da an fühlte es sich wie ein riesiges Loch an, in das alles hineinfällt und sich verliert. Tag und Nacht, das Verstreichen der Stunden, Mittagessen und Abendessen und dieses unnütze Licht zwischen den Lamellen der Fensterläden. Es hat nicht einmal Sinn, dass du aufstehst und Luna etwas zu essen machst. Schließlich wird sie ohnehin gleich zurückkommen und sagen, dass sie sich geirrt habe, die Schule habe nicht wieder angefangen, sie sei hingegangen und das Tor geschlossen gewesen und auf einem Schild habe gestanden, dass die Schule aus sei und nie wieder anfange.

Denn nichts fängt wieder an, nichts geht weiter, nichts hat mehr Sinn. Und du bleibst hier, ausgestreckt im Dunkeln, um irgendwie zu atmen zwischen einer Welle und der nächsten.

Die Doppelhalsgitarre von Jimmy Page

Der verzerrte Klang einer E-Gitarre auf voller Lautstärke ist die große Trennlinie, der Axthieb, der die Menschheit in zwei Teile spaltet. Reichliche sechs Milliarden Menschen, tausend Farben und tausend Sprachen und tausend verschiedene Frisuren können sich blitzschnell in nur zwei Gruppen unterscheiden lassen: jene, die den Klang einer verzerrten E-Gitarre lieben, und jene, die ihn hassen. Da gibt es keine Zwischenstufen, es gibt niemanden, der ein feuriges Solo hört und dabei gleichgültig und kühl bleibt. Und falls es solche Leute doch gibt, interessieren sie Sandro einen Scheißdreck.

Er liebt E-Gitarren, den Sound des Lebens, so stark und so seltsam, voller Melodien und Pfeiftöne zugleich, magnetisches Zeug, das sich um die Töne wickelt, und Lust und Zorn und Fluchten, Fehler und Sprünge und viel Durcheinander, alles zusammengemischt und mit Gewalt in ein mit sechs Seiten bespanntes Stück Holz gestopft und mit Vollkaracho in die Luft geschossen.

Und doch wird ihm bei diesem Klang heute schlecht.

Es wird daran liegen, dass es drei Uhr nachmittags und er gerade erst aufgewacht ist. Besser gesagt, ist er nicht von alleine aufgewacht, er hat jemanden »Herr Lehrer, Herr Lehrer« sagen hören, hat ein Auge geöffnet, und da war dieser kleine Junge mit halblangen Haaren und einer Gitarre in der Hand. Sandro hat eine Sekunde gebraucht, um zu kapieren, wo er war und in welcher Epoche, dann hat er sich einen Pulli über den Schlafanzug gezogen, hat sich aufs Bett gesetzt, und sie haben mit dem Unterricht begonnen.

Und jetzt ist er gezwungen, sich hier dieselbe pentatonische Tonleiter eine Million Mal anzuhören, dieselben spitzen und knirschenden Töne, die sich einer nach dem anderen in den Nebel seines Hirns bohren und sich dort verlieren, nach einer Nacht, die er halb schlafend, halb an die weiße Zimmerdecke starrend verbracht hat, und die Hälfte mit der Zimmerdecke ist die bessere gewesen, denn wenn er schläft, träumt Sandro von Luca.

Seit sechs Monaten geht das so. Das heißt, die ersten Tage nicht, die ersten Tage hat er überhaupt nicht geschlafen. Da hat er sich nicht einmal hinlegen können, weil er sich dann gefühlt hat, als ob er ertrinke, also ist er sitzen geblieben und hat alle Artikel der Lokalzeitungen gelesen, alle Abschiedsworte von Lucas Freunden und Bekannten, in Blogs und auf Facebook und in all diesen digitalen Müllcontainern, in die die Leute ihre Gedanken werfen.

Sie veröffentlichen weiter ihre Erinnerungen an Luca, mit einem Haufen Fotos von ihm, wie er über die Straße läuft, sich am Meer den Taucheranzug an- oder auszieht, wie er schwimmt, wie er eine Muschel am Strand aufhebt. Und unter den Fotos eine Flut von Kommentaren wie: »Luca, seit du nicht mehr da bist, ist die Welt weniger schön«, »Luca, ab heute scheint ein leuchtenderer Stern am Himmel«, und anderer Mist, den die Leute aus diesem ekelhaften Instinkt heraus schreiben, immer und unbedingt die Hauptperson zu sein.

Dummes Zeug, das man schon tausend Mal gehört hat und das alles so gleich ist in seiner Anstrengung, einzigartig zu sein. Und doch liest Sandro sofort alles, sobald etwas Neues auftaucht, und studiert es stundenlang. Er weiß nicht, wieso er das tut, vielleicht nur aus der Lust heraus, sich weh zu tun, aber auch, weil er in einem winzigen Eckchen seines Hirns hofft, irgendein wertvolles Detail zu finden, etwa, dass Luca nach Biarritz gefahren ist, weil er ein Mädchen wiedersehen wollte, das ihm sehr gefiel, oder weil er hier irgendeinen Mist gebaut hatte und sich eine Weile fernhalten wollte, oder vielleicht, dass seine Freunde so sehr insistierten, dass sie ihn am Ende fast mit Gewalt mitgenommen haben. Alles ist Sandro recht, alles, außer der Wahrheit. Denn die Wahrheit ist, dass er ihn umgebracht hat.

Es gibt wenige Arten, das auszudrücken, vielleicht gibt es sogar nur diese eine. Er hat ihn umgebracht, und vielleicht wäre es mit Gewehr, Messer oder Motorsäge schneller gegangen, aber es gibt andere Wege zu töten, bei denen man sich nicht die Hände schmutzig macht und das Ergebnis dasselbe ist. Und so hat es Sandro getan, der Luca ermutigt, ihn gedrängt, ja quasi in diese verdammte Reise geschubst hat.

»Nach Biarritz musst du unbedingt fahren, Luca, wenn das Geld das Problem ist, leihe ich dir welches, und wenn dich deine Mutter nicht gehen lassen will, also, ich würde trotzdem fahren. Mamas sind die erste Angriffslinie der Gesellschaft, und die Gesellschaft hat nur ein Ziel: Sie will dich für immer als Gefangenen halten. Du bemerkst es nicht, weil es schleichend passiert. Erst ist es ein weiter Zaun, so weit, dass du ihn gar nicht siehst, dann wird er immer enger, bis er sich zu einem Käfig schließt, und wenn du ihn bemerkst, ist es zu spät, auf Nimmerwiedersehen. Deshalb musst du jetzt, wo du diesen Zaun siehst, der sich zuzieht, auf ihn zielen und laden und ihn niederschießen. Stoß ihn um, Luca, durchbrich den Zaun und geh!«

So hat er zu ihm gesprochen, Wort für Wort. Schon wenn das ein Abenteurer, ein Draufgänger, ein Rebell gesagt hätte, der immer am Limit lebt und das Leben mit großen Bissen nimmt, wäre es dummes Zeugs gewesen. Aber noch schlimmer, wenn es aus Sandros Mund kommt, der mit vierzig immer noch bei seinen Eltern wohnt und im Leben noch nie auch nur irgendetwas gewagt hat.

»Na los, Luca, spürst du, dass es das Richtige ist? Dann geh, keine Angst, nur Mut!«

Aber Mut zu haben ist kinderleicht, wenn ein anderer an deiner Stelle das Risiko eingeht. Das ist kein Mut, das ist ein Arschloch sein, Schluss, aus. Und weitere Widerlichkeiten sind hinzugekommen, als Sandro Serena traf und den Impuls hatte, den Philosophen zu spielen, mit all dem Mist über die Kraft, die man nicht aufhalten kann, die glänzende Zukunft dieses Jungen, das Schirmchen von Karl dem Kojoten ... wenn Sandro daran zurückdenkt, möchte er am liebsten im Boden versinken. Denn er ist ein Schwachkopf, ein Idiot. Nein, vielmehr ist Sandro ein Mörder.

»Herr Lehrer, entschuldigen Sie, soll ich weitermachen?«, fragt ihn sein Schüler, nimmt für einen Moment die Finger von den Seiten und pustet darauf, weil sie ihm weh tun. Der Miniverstärker neben dem Bett gibt nur ein knisterndes Geräusch von sich, wie ein elektrisches Frittieren, der Schüler schlürft die Spucke von seiner Zahnspange runter. Es wird eine Viertelstunde sein, dass er dieselbe Tonleiter spielt, Sandro hatte ihm gesagt, dass er weitermachen solle, bis er Stopp sage, das aber längst vergessen.

»Das reicht. Jetzt spielst du sie mir mal umgekehrt vor.«

»Ich habe sie doch schon umgekehrt gespielt.«

»Sicher? Na, dann fang wieder normal an. Aber mit mehr Elan, mehr Klang, Leidenschaft.«

Die dürren und krummen Finger des kleinen Jungen gleiten wieder über den Gitarrenhals. Und Sandro denkt wieder an sie, an Serena, in den letzten Monaten hat er versucht sie zu sehen, aber es war unmöglich. Sie arbeitet bei einer Friseurin, aber im Friseursalon ist sie nie, man sagt, sie verlasse das Haus nicht mehr, das letzte Mal hat er sie bei der Beerdigung gesehen. Aber an dem Tag hat Sandro nicht den Mut gehabt, zu ihr zu gehen. Er hat sie nur von weitem beobachtet, es waren so viele Leute da, dass es die leichteste Sache der Welt gewesen ist, sich zu verstecken. Er hat sich hinter eine Gruppe Mädchen mit einem Spruchband gestellt, auf dem stand »Du wirst für immer auf den Wellen unseres Herzens reiten«, und hat sie hinter dem Sarg gehen sehen, den Blick auf den Boden geheftet und die Haare ungekämmt, eine Frau neben sich, die sie mit einem Arm um die Taille gestützt und ihr leise ins Ohr gesprochen hat, und auf der anderen Seite ein blasses kleines Mädchen mit riesiger Sonnenbrille und einem schwarzen Kapuzenpulli.

Sandro hat sie kommen sehen und hätte sie gerne ebenfalls umarmt, er hätte ihr gerne irgendetwas gesagt. Stattdessen ist er mit seinem großen Mut einen Schritt zurückgetreten, als sie an ihm vorbeigekommen ist, und hat sich von der Menge verschlingen lassen. Denn was kann man in einem so schmerzhaften Moment schon sagen? Nichts hat Sinn, jeder Satz ist dumm wie dieses Spruchband mit den Wellen des Herzens. Aber darüber hinaus hat Sandro in Wahrheit auch Angst gehabt. Angst, dass in den verloschenen Blick jener wunderbaren Frau plötzlich wieder ein Lebenslicht zurückkehren würde, ein Licht aus Hass, und dass sie es ihm in die Augen stoßen und ihn anspringen würde, um sie ihm auszureißen, oder noch schlimmer, dass sie den Mund aufmachen und zu ihm sagen würde, wie die Dinge wirklich stehen, nämlich: »Hallo Professore, du hast meinen Sohn umgebracht, bist du nun zufrieden?«

Also blieb Sandro da verborgen, betrachtete den Sarg zwischen all den sich über die Ungerechtigkeit schüttelnden Hinterköpfen hindurch und stellte sich Lucas perfekten Körper da drin vor, die langen Haare rund um sein Gesicht, die geschlossenen Augen und die Dunkelheit. Sandro hatte ihm gesagt, dass er gehen solle, keine Zäune akzeptieren, die ihn einengen, und jetzt engt ihn eine Holzkiste ein. Er hatte zu ihm gesagt, dass er sich dem Leben in die Arme werfen solle, und er hat ihn in den Tod geschickt.

Wenn er es überhaupt schafft, sich hinzulegen, denkt Sandro seit diesem Augenblick jedes Mal an Luca, ausgestreckt im Sarg, und wenn er hin und wieder aus Versehen einschläft, träumt er von ihm.

Aber er träumt nicht so von ihm, unter der Erde oder wie er leblos zwischen den Wellen treibt. Nein, das wäre einfacher zu ertragen. Sandros Träume dagegen sind schreckenerregend und zerstörerisch, denn mal sieht er Luca, wie er glücklich umherrennt, mal, wie er nachts betrunken mit seinen Freunden wegen jeder Kleinigkeit lacht oder am Strand hinter einem kleinen Ruderboot mit einem Mädchen zusammen ist, das er zehn Minuten vorher noch nicht gekannt hat. Er träumt von ihm, wie er mit einer, zwei, drei Frauen gleichzeitig im Bett ist, einer Braunhaarigen, einer Blonden und einer Rothaarigen. Er träumt von ihm mit einem Notizblock und einem Stift in der Hand, auf einer einsamen staubigen Straße mitten in Mexiko an ein Motorrad gelehnt, unter einem Wahnsinnshimmel, wo im Nachtblau die Sterne vor Licht platzen wie Popcorn. Er träumt von ihm, wie er jemandem die Hand schüttelt, während er ein Abschlusszeugnis überreicht bekommt, dann wird dieses Zeugnis ein Pokal, dann ein neugeborenes Kind, und so weiter, mit all den wunderbaren Dingen, die Luca sicherlich gemacht hätte und die ihn nur einen Schritt weiter auf seinem glänzenden Lebensweg erwartet haben. Dann jedoch stieß er auf diesem Weg plötzlich auf eine Bahnschranke, und diese Schranke war ein beschissener Aushilfslehrer, der Lucas Weg dort hat enden lassen, und Luca mit ihm.

Sandro wacht verschwitzt aus diesen schrecklichen Träumen auf, das Herz in tausend Stücken, er zieht sich hoch und schaut sich um, ohne zu wissen, wo er ist, und sieht die Wände voller

Platten und Zeitschriften, sieht die Gitarre in einer Ecke, sieht die Karte des kleinen Ivan, die mit einem Ballon aus der Emilia-Romagna gekommen ist, seit neun Jahren reglos am selben Platz in der Erwartung einer Antwort, und er möchte am liebsten im Boden versinken und sterben. Aber natürlich stirbt er nicht, Sandro ist immer noch da, sein widerliches Leben geht ungerechterweise weiter.

»Herr Lehrer, können wir eine andere Tonleiter drannehmen?«
»Was?«
»Ob Sie mir eine andere Tonleiter beibringen können, die hier kann ich schon gut genug.«
Sandro schaut seinen Schüler an, versucht ihn scharf zu stellen. Dann dreht er sich zur Tür und ruft: »Kaffee!« Er wartet einen Augenblick, dann ruft er es noch einmal. Seine Mama dort drüben antwortet nicht, aber aus der Küche kommt das Klappern von Sachen, die umhergerückt werden, also hat sie ihn gehört.
»Nein, es ist zu früh«, sagt er zu dem Jungen. »Die pentatonischen Tonleitern sind extrem wichtig. Wir nehmen die nächste dran, wenn die erste perfekt ist. Los, mach weiter.«
Der Junge nickt, schlürft seine Spucke runter und senkt die Augen wieder auf das Instrument. Doch bevor er loslegt, schaut er einen Moment hoch und beäugt Sandro. Von unten und nur für eine Sekunde, aber Sandro erkennt unter seiner pickeligen Stirn jenen Blick wieder und versteht, dass auch für diesen kleinen Jungen der Moment gekommen ist. Der Moment kommt immer, früher oder später. Es hängt davon ab, wie aufgeweckt der Schüler ist, wie viel musikalisches Talent er hat, aber es ist nur eine Frage der Zeit. Auch wenn bei Sandro die Zeit einen Scheißdreck gebracht hat.

Er spielt seit siebenundzwanzig Jahren Gitarre, siebenundzwanzig, und doch ist sein Spiel bedauernswert. Er fing in der achten Klasse an, als sein Onkel Roberto ihm von Jimmy Page erzählt hat. Onkel Roberto trug eine Lederjacke, die Haare etwas länger und Shirts voller Totenköpfe, die er immer in Florenz kaufen ging, in einem Laden, der »Hölle« oder »Selbstmord« hieß. Er war achtzehn und wollte Rock-Fotograf werden, damit er mit den Bands herumziehen und in der Welt der Musik leben könnte, die ihm wahnsinnig gefiel, und so hat er sich außer Totenkopfshirts auch einen Haufen Platten besorgt. Und hätte er darauf gespart und sich einen Fotoapparat geleistet, hätte er es vielleicht wirklich schaffen und Fotograf werden können. Doch schließlich hat er zusammen mit seinem Papa als Gärtner gearbeitet, er ist in die Wipfel der Pinien geklettert, um die Zapfen abzunehmen, und eines Tages ist er von einem Ast gefallen, ohne Sicherheitsseil. Seitdem sitzt er im Rollstuhl und macht zwei Mal im Jahr einen Ausflug nach Medjugorje, wo er die Madonna zwar nie gesehen, aber eine Frau aus Antignano mit nur einem Bein kennengelernt hat, und jetzt leben sie zusammen und bauen riesige Krippen, mit Wasserfällen und Bergen und Figuren, die sich mechanisch bewegen, das ganze Jahr über.

Doch zu der Zeit damals war Onkel Roberto noch wild und ausgeflippt, an jenem Abend waren sie zum Abendessen bei der Oma, weil sie Geburtstag hatte, und er hat Sandro ein Foto von Led Zeppelin gezeigt, das er im Portemonnaie hatte, auf dem eben Jimmy Page mit einer wahnsinnigen, doppelhalsigen Gitarre zu sehen war.

»Jimmy Page ist echt geil. Jimmy Page ist so geil, dass er jeden Abend im Hotelzimmer zwanzig, dreißig Mädels vorfindet, die mit ihm schlafen wollen, weil sie wissen, dass, wenn sie mit ihm schlafen, Jimmy Page ihnen beim nächsten Konzert einen Song widmet. Und Jimmy Page schläft mit allen, in Dreier-, Fünfer- oder Siebenergruppen, nie eine gerade Zahl, denn das bringt ihm Unglück, und die anderen warten solange am Boden auf ihn und befriedigen sich gegenseitig. Aber hinterher, beim Konzert, spielt Jimmy Page nicht genügend Songs, um jeder heißen Frau einen zu widmen, die Led Zeppelin-Songs sind lang, und sie werden nur so zehn, zwölf pro Abend spielen, die Bräute dagegen waren mindestens dreißig, und Jimmy Page ist ein Mann, der sein Wort hält und Wert darauf legt, jeder ein Stück zu widmen. Was macht Jimmy Page also? Jimmy Page benutzt eine Doppelhalsgitarre und spielt ein bisschen auf dem einen, ein bisschen auf dem anderen Gitarrenhals, so zählt jeder Song doppelt und er kann ihn zwei Mädels auf einmal widmen. Kapierst du, Sandro, dass Jimmy Page es echt drauf hat?«

Sandro hatte nicht geantwortet, es hatte ihm die Sprache verschlagen, aber kapiert hatte er es schon: Er sollte Gitarre spielen lernen.

Er hat mit einer gebrauchten akustischen Eko angefangen, jeden Tag hat er geübt und geübt, und auch wenn das am Anfang nur brennende Finger erzeugt hat und Töne, so verschlissen wie das Instrument, aus dem sie herauskamen, hat Sandro gelächelt und durchgehalten, denn er wusste, dass er nach und nach besser, das Haar lang wachsen und die Akustik- einer E-Gitarre weichen würde, und schließlich käme der Moment der Doppelhalsgitarre, um mit all den heißen Bräuten mitzuhalten, die in seinen Armen würden sterben wollen.

Nur, dass es nicht so gelaufen ist. Hier haben wir es nicht mit Mathematik zu tun, jener trügerischen Lügenwelt, wo eins plus eins immer zwei ergibt und man nach zehn Jahren Üben zehn Mal besser als am Anfang ist. Nein, denn außer Üben, außer Eifer und Entschlossenheit schleust sich ein unheilvolles, ungerechtes Element in diese Angelegenheiten ein, dem Zeit und Eifer egal sind. Dieses Element nennt sich Talent, und Sandro, verdammte Scheiße, hat keins. Im Gegenteil, er ist absolut unbegabt. Die Jahre sind verstrichen, die Haare haben es pünktlich geschafft, länger zu werden, wieder kürzer zu werden und auszufallen, aber die Doppelhalsgitarre von Jimmy Page ist nie gekommen: Sandros langsame und unsaubere Finger haben Mühe, die richtige Position auf einem einzigen Hals zu finden, wie dann erst auf zweien.

Doch das dürfen seine Schüler nicht wissen. Seit er auf der Uni war, gibt er Gitarrenunterricht, alle kleinen Jungs der Gegend fangen mit Lehrer Sandro an, hier in seinem Zimmer. So lässt er sich nennen, Herr Lehrer, und er weiß, dass das pathetisch und technisch gesehen nicht einmal wahr ist, aber es ist eine Art, die Jungs niedrig zu halten. Wie wenn er ihnen von seinen Konzerten in London erzählt, vor langer Zeit, obwohl er nie in London gewesen ist, weil er Flugangst hat. Ja, genau, ein Englischlehrer, der nie in London gewesen ist, ein Gitarrenlehrer, der nicht Gitarre spielen kann. Aber diesen Blödsinn muss er anwenden, das ist nötig, denn wenn die Jungs den Kopf heben, wenn sie es wagen, den Fakten auch nur einen Augenblick ins Gesicht zu sehen, bemerken sie sofort, wie dürftig ihr Lehrer ist. Denn diesem kleinen Junge hier, der letzten Monat angefangen hat zu spielen und endlos dieselbe pentatonische Tonleiter wiederholt, darf nicht einmal der leiseste Verdacht kommen, dass Sandro sie nach mehr als einem Vierteljahrhundert schwerlich so präzise und sauber spielen könnte.

Aber da kann man nichts machen, es ist nur eine Frage der Zeit, früher oder später ist der Moment da. Der schreckliche Moment, in dem der Junge die Augen hebt und ihn anschaut, wie ihn gerade dieser hier angeschaut hat. Er schlürft die Spucke von seiner Zahnspange und meint: »Herr Lehrer, entschuldigen Sie, zu Hause habe ich auf eigene Faust ein paar Sachen probiert. Ich weiß, Sie hatten mir gesagt, dass ich das nicht soll, aber im Internet wird erklärt, wie man das Solo von *Master of Puppets* spielt. Ich habe versucht mitzukommen, aber ich weiß nicht, ob es so gut ist. Kann ich es Ihnen kurz vorspielen?«

Sandro sagt nicht einmal Ja, er tut gar nichts, lehnt sich nur an die Wand am Bettende und bereitet sich vor. Schließlich ist es immer so. Und wenn es nicht *Master of Puppets* von Metallica ist, ist es *Miracle Man* von Ozzy Osbourne oder *Rust in Peace* von Megadeath oder ein anderes der tausend fabelhaften Stücke, die Sandro jahrelang zu spielen versucht hat, bevor er sie schließlich in die Kategorie des Menschenunmöglichen verbannt hat.

Aber es ist überhaupt nicht unmöglich, das beweist ihm gerade dieser kleine Junge. Der seit zwei Monaten mit einem äußerst kläglichen Lehrer spielt und doch zu dem Solo ansetzt und seine Finger über die Seiten fliegen lässt. Bis auf wenige kleine Fehler spielt er alles perfekt und schnell, wie im Original. Am Ende wird Sandro »Sehr gut« sagen, ihm aber erklären, dass dieser Stil nicht zu seinem passe, dass er nicht der richtige Lehrer für ihn sei, er wird ihm die Nummer eines gewissen Manuel geben, der in Viareggio unterrichtet und für jeden Schüler, den Sandro ihm weiterreicht, ihm ein Bier ausgibt.

So hat er es tausend Male gemacht, noch einmal mehr sollte nicht schwer sein. Doch das ist es, denn diesmal muss er an Luca denken. Der ihn viel zu wenig gekannt und nicht die Zeit gehabt hat, zu dem Punkt zu kommen, wo er ihn so anschauen würde, wie es jetzt dieser kleine Junge getan hat. Oder vielleicht doch. Vielleicht hat Luca einen Moment vor seinem Fall, bevor er in die Tiefe gesunken ist, bevor er unter dem Gewicht des Meeres für immer die Augen geschlossen hat, an ihn gedacht, hat im dunklen Wasser eine Widerspiegelung von ihm gesehen und hat kapiert, wer Sandro Mancini wirklich ist, wie er beschaffen ist und wie trist sein Leben. Und wenn auch in tausenden Kilometern Entfernung, hat für einen Augenblick auch er ihn auf diese Weise angeschaut, die Augen voller Salzwasser, Meeresschaum und Enttäuschung.

Das Geisterhaus

Heute ist eine Affenhitze. Es war der erste Schultag, und alle sind kurzärmlig gekommen, außer mir, weil ich die Arme wegen der Sonne besser bedecke, und Zot, der einen pelzgefütterten Hut und ein bis zum Hals zugeknöpftes Wolljäckchen trug. Der zudem ja eigentlich aus Russland kommt und meiner Meinung nach hier vor Hitze sterben müsste, aber vielleicht ist der Ort, von dem er kommt, ein besonderer und hat nichts mit Russland zu tun. Tatsächlich hat ihn einmal eine Mutter gefragt, woher er kommt, und er hat geantwortet, dass er Ukrainer ist, woraufhin sie gelächelt hat: »Ach ja, Russland«, doch dann hat er hinzugefügt, dass er aus Tschernobyl kommt, und da hat sie sich die Nase und den Mund zugehalten, ihn ganz erschrocken angeschaut und ist langsam rückwärts vor ihm zurückgewichen, wobei sie ihre Tochter am Arm mit sich gezogen hat. Tschernobyl ist also, glaube ich, ein komischer Ort, und Zot ist sogar noch komischer, aber auch die anderen Leute scheinen mir nicht besonders normal. Mittlerweile ist ohnehin nichts mehr normal, seit sechs Monaten passiert nichts Normales mehr, wie etwas Normales ist, weiß ich schon kaum mehr.

Inzwischen machen wir uns zusammen auf den Heimweg, zu Fuß, weil der Schulbus für uns zu gefährlich ist. Auf dem Hinweg nicht, da sind alle noch schläfrig und lassen uns in Ruhe, aber auf dem Rückweg laufen wir besser. Ganz gemütlich gehen wir zu mir nach Hause, weil Zot Mama Hallo sagen will. Er ist diesen Sommer schon einmal gekommen, hat »Guten Tag Signora« zu ihr gesagt, und sie hat ihn angelächelt, aber nur mit dem Mund, ohne ihn anzuschauen, und hat nicht einmal geantwortet, dass sie ihm den Schädel einschlägt, wenn er sie Signora nennt. Und doch will er wiederkommen.

»Hör mal, sie ist immer noch genauso wie beim letzten Mal, als du sie gesehen hast.«

»Das macht nichts, Luna.«

»Aber hör mal, vielleicht grüßt sich dich nicht einmal.«

»Kein Problem, ich grüße sie. Ich freue mich, sie zu sehen, und meiner Meinung nach freut sie sich auch.«

»Da bin ich mir nicht sicher.«

»Oh doch, ja, bestimmt! Warst du heute Morgen etwa nicht froh, mich zu sehen?«

Das fragt er, und ich antworte nicht. Denn eigentlich war ich das schon ein bisschen, aber dass ich froh bin, kann ich nicht mehr sagen, ich weiß auch nicht, ob es richtig ist, froh zu sein. Also bin ich still und laufe einfach weiter. Schließlich ist das jetzt so, in diesen letzten furchtbaren Monaten weiß ich wirklich gar nichts mehr, alles passiert zufällig und ich verstehe es nicht, ich schaue nur zu, wie es passiert.

Sechs Monate sind viel, das sind vierundzwanzig Wochen, fast zweihundert Tage, an denen die Leute auf der Welt aufgestanden und zur Arbeit gegangen sind oder auf Ausflüge oder wohin sie wollten, dann sind sie nach Hause zurückgekommen, haben zu Abend gegessen und ferngesehen und sind dann eingeschlafen, sodass sie am nächsten Morgen wieder von vorne anfangen konnten. Die Flugzeuge haben abgehoben, die Schiffe sind zu vielen seltsamen Orten geschippert, der Frühling ist zu Ende gegangen, die Schule ist zu Ende gegangen, und irgendwie haben sie mich sogar versetzt, dann ist der Sommer gekommen, und jetzt ist auch der bald zu Ende, denn heute hat ja die Schule wieder angefangen. Richtig viel ist in diesen sechs Monaten passiert.

Nur bei Mama und mir nicht.

Bei uns ist nichts mehr passiert, für uns existiert nichts mehr, nicht einmal die Tage existieren. Wir essen ab und zu etwas, wenn wir daran denken, wir schlafen ein, wenn es so passiert, ohne zu sagen: »Ich gehe jetzt ins Bett.« Einen Augenblick zuvor sind wir noch wach, einen später nicht mehr. Und vom Bett aus höre ich das Meer brausen, wenn es wütend ist, es scheint mir fast, als würde es mich rufen und mich fragen: »Luna, warum kommst du nicht mehr zu mir? Willst du meine Geschenke nicht mehr?« Und ich will sie wirklich nicht mehr, diese Stöcke und das ganze dreckige und kaputte Zeug, das zu nichts mehr taugt: Statt mir den ganzen Mist zu bringen, hätte das Meer meinen Bruder retten sollen.

Aber ich habe nicht nur aufgehört, ans Meer zu gehen, ich gehe auch sonst nirgendwo mehr hin. In sechs Monaten habe ich drei Mal den Garten verlassen, und das war's, für Kontrolluntersuchungen im Krankenhaus, zu denen mich die Signora Gemma gebracht hat. Nach der Kontrolle fragt sie mich immer, ob ich ein Eis will oder ob wir ein bisschen bummeln gehen, aber ich will nur nach Hause zu Mama und mich neben sie ins Dunkle setzen und ins Nichts starren.

Doch heute Morgen bin ich rausgegangen, die Schule hat wieder angefangen, und ich bin hingegangen wie alle anderen. Nicht, dass ich das beschlossen hätte, ich bin aufgewacht und los, auch wenn ich keine Bücher habe, auch wenn ich diese Leute, die laut sprechend an mir vorbeilaufen, nicht mehr gewöhnt bin, und all das Licht, sehr helles Licht, überall Licht. Außer jetzt, wo Zot links in eine enge, dunkle Gasse abbiegt, durch die ich sonst nie gehe. Und auch heute will ich nicht da durch.

»Nein, lass uns hier langgehen, Zot, komm schon.«

»Warum?«

»Weil das besser ist, dann sind wir schneller da.«

»Aber ich muss kurz zu Hause vorbei, ich sage Opa Bescheid, dass ich zu dir gehe, und dann gehen wir weiter.«

»Na gut, aber wir gehen nicht durch diese Straße.«

»Warum?«

»Weil da dieses Haus steht, du weißt schon«, sage ich. Und ich denke an das Haus, das da hinten mitten in einer Art Wald steht. Es wird Geisterhaus genannt, und allein der Name lässt meinen Atem erzittern. Doch Zot hört mir nicht zu, er nimmt die dunkle Gasse, ohne sich umzudrehen, und ich folge ihm, aber mit einigen Schritten Abstand. Und schon sieht man da unten all diese hohen, dunklen Bäume voller krummer Äste, die das Haus verbergen.

Einmal hat mir mein Opa erzählt, wie er eines Abends im Zweiten Weltkrieg fünf Personen dort hat baumeln sehen, die an einer Pinie erhängt waren. Ich habe ihn gefragt, ob sie sich selbst umgebracht hatten oder ob sie jemand erhängt hat, und Opa hat gesagt, dass das die Deutschen waren, dass man im Krieg jeden Tag ums Überleben kämpft und dabei wohl kaum Zeit hat, sich umzubringen.

Ein andermal hat mir dagegen eine Frau, der Mama die Haare geschnitten hat, erzählt, dass sie um die Abendessenszeit dort vorbeikam, ein Geräusch hörte und sich zum Wald hin umdrehte, wo sie einen alten Mann mit einer Schaufel entdeckte, der irgendetwas vergrub, oder irgendjemanden, da mittendrin.

Doch auch ohne diese Geschichten ist das Geisterhaus schon furchterregend, wenn man es nur anschaut. Die Häuser in der Nähe sind alle neu, riesig und cremefarben, die Eigentümer sind nur im August da, und trotzdem sind sie immer sauber, der Rasen ist tipptopp, und Bäume gibt es keine, höchstens ein paar Palmen, weil Palmen keinen Dreck machen. Das Geisterhaus dagegen verschwindet hinter einem Dickicht aus krummen Bäumen, die so aussehen, als würden sie jeden Moment umfallen, aber vielleicht bleiben sie stehen, weil sie sich gegenseitig stützen, sie sind ineinander verschlungen und miteinander verwachsen, und darunter stehen Brombeersträucher und Dornbüsche, und es ist immer dunkel, auch jetzt, wo es Mittagessenszeit ist und ich schnell vorbeieilen möchte und erst wieder anhalten, wenn ich zu Hause angekommen bin.

Doch Zot beeilt sich nicht, im Gegenteil, er bleibt sogar vor dem Haus stehen. Er wendet sich dem rostigen Gittertor zu und schaut hindurch, einen Moment später öffnet er es, und ich schwöre, er tritt da wirklich durch und macht einige langsame Schritte in den Geisterwald.

»Zot, was machst du denn da? Bist du bescheuert? Komm da raus, lauf!«

»Ich hab dir doch gesagt, ich muss Opa Bescheid geben, dass ich mit zu dir gehe!«

Und ich starre ihn wortlos an: Nein, das ist nicht wahr, Zot wohnt ausgerechnet hier, im Geisterhaus! Ich bleibe wie angewurzelt mitten auf der Straße stehen und kann es nicht glauben.

»Luna, nun komm schon!«, ruft er von dort drinnen. Ich schüttele heftig den Kopf und bleibe am Gittertor. Darüber steht klar und deutlich und schön groß auf einem Stück Holz:

DIE KLINGEL IST KAPUTT, KLINGELT NICHT, VERSCHWINDET EINFACH.

»Komm schon, Luna, hast du Angst?«

»Nein. Aber ich bleibe trotzdem hier.«

»Ach so, denn solltest du doch Angst haben, möchte ich klarstellen, dass das Gittertor der gefährlichste Ort ist. Das Gewehr ist immer darauf gerichtet«, sagt er. Dann läuft er weiter und verschwindet tief im Wald.

Ich schaue mich um, ich sehe fast nichts, höre aber viele seltsame Geräusche und ein trockenes Knacken, vielleicht von einem

Zweig, der unter Zots Füßen zerbricht, aber vielleicht auch von einem Gewehr, das entsichert wird, um auf mich zu schießen. Also umfasse ich die Gitterstäbe des Tors für einen Moment mit beiden Hände, atme tief ein und wage mich dann hinein. Und ich kann es kaum glauben, aber hier bin ich, im Wald des Geisterhauses, mit Zweigen, die sich rund um mich kreuzen, und nach vorn gestreckten Händen, um zu erspüren, wohin ich gehe.

»Zot! Gibt es hier gefährliche Tiere?«

»Nein«, sagt er aus dem Dunkel da unten. »Nur Spinnen und Schlangen.«

Ich schwöre, er sagt das genauso, Spinnen und Schlangen. Ich bleibe stehen und schiebe langsam mit nur zwei Fingern die Zweige zur Seite, und ich habe große Angst. Genauso wie ich welche hatte, als ich eben hier eingetreten bin, und wie heute früh, als ich das Haus verlassen habe und mir die Straße, die Schule und die Lehrer Angst gemacht haben, die vielleicht nach den Ferienaufgaben fragen würden, und ich habe nicht einmal Ferien gemacht, geschweige denn Hausaufgaben. Und jetzt habe ich Angst, nach Hause zu kommen und Mama immer noch im Dunkeln im Bett vorzufinden, oder im Bad auf dem Klo sitzend und leise weinend, und wenn ich komme, begrüße ich sie, und sie schreckt auf, als wäre ich eine Einbrecherin.

So war es heute früh, als ich den Rucksack genommen und zu ihr gesagt habe, dass ich zur Schule gehe. Sie hat nicht geantwortet, aber ich weiß, dass es für sie das Absurdeste der Welt war: Luca ist tot, welchen Sinn hat es da, zur Schule zu gehen, welchen Sinn hat es, rauszugehen und Angst vor Spinnen und Schlangen zu haben?

Aber vielleicht liegt das Problem bei mir, weil ich blöd bin, oder böse, denn manchmal sind mir andere Dinge wichtiger, es gibt Sachen, die mir Angst machen, und andere, die mir immer noch gefallen. Und ich zittere weiter, als ich die Zweige mit den Fingern nehme und ein Spinnennetz mein Gesicht streift. Aber so richtig in die Luft springe ich, als sich die Bäume lichten und mir aus dem Nichts dieser schleimhustende Schrei entgegenkommt: »Hände hoch, ihr Bastarde! Hände hoch und bereitet euch darauf vor zu sterben!«

Ich höre auf zu atmen, kneife die Augen zusammen und sehe Weiß mit lauter dunklen Flecken – die Hauswand, das Geisterhaus – und ein schwarzes Loch, das vielleicht ein offenes Fenster ist. Ich verberge mein Gesicht hinter den Händen, dann erinnere ich mich daran, was die Stimme gesagt hat, also hebe ich die Hände zum Himmel, so hoch ich kann. Und auch wenn ich nicht weiß, wie man das macht, bereite ich mich darauf vor zu sterben.

»Halt ein, Opa, ich bin's«, sagt Zot, aber auch er hat erst mal die Hände gehoben.

»Ah. Und diese Alte da, wer ist die?«

»Das ist keine Alte, sie ist in meiner Klasse.«

»Und warum hat sie weiße Haare?«

»Sie ist so auf die Welt gekommen, Opa, sie heißt Luna, ich habe sie gebeten mitzukommen.«

»Das war eine schlechte Idee.«

»Entschuldige, Opa.«

»Ich bin nicht dein Opa. Und ich entschuldige einen Scheißdreck.«

Zot nickt, dann dreht er sich zu mir um: »Lass dich bloß nicht von der Herbheit seiner Worte irreführen, Luna, in Wirklichkeit ist mein Opa ein feiner Kerl.«

Das mag sein, aber fürs Erste bleibe ich mit erhobenen Händen stehen, regungslos, abgesehen von meinem Herzen, das mir bis in den Hals schlägt. Dann kommen von drinnen Geräusche von Holz und Eisen, Beleidigungen gegen die Madonna und knallende Laute, in etwa *klock, klack,* noch einmal *klock,* und schließlich öffnet sich die Tür, aber nur einen kleinen Spalt, die schleimhustende Stimme sagt: »Kommt rein, schnell.«

Zot eilt hinein, aber ich will wirklich nicht. Ich bleibe einen Augenblick so stehen und weiß nicht, was ich machen soll, dann packt mich jemand und zieht mich hinein. In das Geisterhaus.

Das nach alten Teppichen riecht, nach Kleidern, die jahrelang in einer Schublade gelegen haben, es riecht nach nassem Hund und Regen, der vor zwei oder drei Wintern gefallen ist. Ich nehme meine dunkle Brille ab und sehe ein Tischchen mit zwei Tellern darauf, vielleicht kaputt, einen Kühlschrank ohne Tür und in der Ecke, am Fenster, Zots Opa, der noch einen Blick nach draußen wirft.

Er trägt Plastikpantoffeln, eine Schlafanzughose und ein Hemd, das so alt und ausgeleiert ist, dass er praktisch oben ohne dasteht. Und auf dem Kopf hat er eine blaue Kappe mit einem Schriftzug, den ich nicht lesen kann. Ach, und ein Gewehr in der Hand.

Er schließt das Fenster und schaut uns an. Vielmehr schaut er vermutlich nur mich an, aus diesem Gesicht voller tiefer Falten, die aussehen wie Kratzer, den Mund nach unten verzogen wie jemand, der gerade in eine Zitrone gebissen hat.

»Und du, Schneeweißchen, wo kommst du her, bist du etwa auch radioaktiv?«

»Wie bitte?«

»Ich fragte: Bist du auch aus Tschernobyl?«

»Nein, Signore, ich bin von hier. Aber ich bin ein Albino-Mädchen. Das ist genetisch, es bedeutet ...«

»Ich weiß, ich weiß. Früher gab es in den Bergen über Sillano einen Albino-Fasan, ganz weiß, sogar der Schnabel. Den ganzen Winter haben wir versucht ihn mitgehen zu lassen, aber er war genauso weiß wie der Schnee, man sah ihn immer kurz, dann war er wieder verschwunden. Die normalen Fasanen haben wir nach und nach umgelegt, der Albino-Fasan dagegen ist ohne Probleme bis zum Ende des Winters durchgekommen.« Dann lehnt er das Gewehr an die Wand und dreht sich zu mir um. Und ich nicke und lächele auch ein bisschen, denn diese Geschichte mit dem weißen Fasan ist wirklich schön.

»Vor wie vielen Jahren ist das passiert, Signore? Ob er wohl immer noch da oben in den Bergen ist?«

»Was?«

»Der weiße Fasan, ob er wohl immer noch dort ist, wo Sie gesagt haben?«

»Nein, ach was! Als der Winter zu Ende war, ist der Schnee geschmolzen, und im Wald leuchtete der weiße Fasan wie eine Glühbirne. Wir haben ihn auf einer Ebene angetroffen, er hat versucht wegzufliegen, und wir haben auf ihn geschossen. Beim zweiten Schuss ist ihm schon der Kopf abgeflogen, aber er hat sechs Schüsse einstecken müssen, einen nach dem anderen. Er war so übel zugerichtet, dass man ihn nicht mehr essen konnte, da war nichts zu machen. Eigentlich ist er praktisch gar nicht mehr zu Boden gefallen. Er ist in der Luft zerborsten und amen.«

Mein Kopf hört auf zu nicken, ich versuche noch ein bisschen weiterzulächeln, schaffe es aber nicht.

»Was seid ihr beiden eigentlich, ein Paar?«, fragt plötzlich Zots Opa, der jetzt mit dem Rücken an die Wand gelehnt dasteht, das Gewehr wie einen Stock auf den Boden gestützt.

»Nein!«, sage ich sofort. »Wir sind Klassenkameraden.«

»Also gut, aber hört mir mal zu, ich muss euch etwas Wichtiges sagen. Die Leute behaupten, dass das Zusammenleben ein Reinfall ist, dass es nur am Anfang schön ist, die ersten zwei oder drei Monate sind wunderbar, aber danach wird es die Hölle. Doch das ist nicht wahr, das dürft ihr nicht glauben ... nicht einmal die erste Zeit ist schön, wenn ihr zusammenlebt, geht ihr euch immer und überall gehörig auf den Sack, von Anfang an und bis zum Ende, verstanden?«

»Ja«, antworte ich, »aber wir gehen nur zusammen zur Schule.«

»Habt ihr das verstanden, ja oder nein?«

»Ja, Opa.«

»Na also, mehr ist dazu nicht zu sagen. Und jetzt reicht es mit dieser Opa-Geschichte, ich bin nicht dein Opa, ich heiße Ferruccio. Für Freunde Ferro, für dich also Ferruccio. Und eigentlich ist das ja dieselbe Geschichte. Mir ging es so gut hier alleine, ich habe mein Ding gemacht, und niemand ist mir auf die Eier gegangen. Dann kommt eines Tages meine bekloppte Tochter, die unbedingt ein Kind aus dem Tschernobyl-Projekt aufnehmen will. Tschernobyl? Nie im Leben, hab ich zu ihr gesagt. Nie im Leben bringst du mir einen Russen ins Haus, und noch dazu einen radioaktiven! Und sie meint zu mir: ›Aber nein, Papa, das ist ein ganz netter und lieber kleiner Junge, ich schwöre, dass ich ganz allein nach ihm schaue.‹ Für diese Bekloppte war der wie ein Hündchen, kapiert? Und dann haben sie diesen kleinen Jungen am Ende wirklich geschickt, nur dass sie es schon wieder vergessen hatte und nach Spanien gegangen ist, um mit einer noch bekloppteren Freundin in einer Bar zu arbeiten. Und wer kriegt den radioaktiven Jungen ab?«, fragt Signor Ferro. »Den kriegt dieser Trottel hier ab, der kriegt ihn ab«, und er macht eine ganz krumme Bewegung mit seinem Arm, die vielleicht dazu dienen soll, auf ihn selbst zu deuten.

»Das tut mir sehr, sehr leid, Opa. Aber ich bin nicht radioaktiv.«

»Das sagst du, in jedem Fall bist du eine Nervensäge, das ist sicher. Und außerdem ein Russe, verdammt. Ich wache hier Tag und Nacht, um sie fernzuhalten, und sie schicken mir hinterrücks einen ins Haus. Ihr seid wirklich teuflisch. Jahrelang habt ihr uns mit diesem enormen Scheiß der Sowjetunion übers Ohr gehauen, ich habe daran geglaubt, alle haben daran geglaubt, Himmel, Arsch und Zwirn. Dass es euch gut gehen würde, dass ihr glücklich und alle gleich wärt, der Arbeiter zusammen mit dem Doktor, und dass Geld euch nicht wichtig wäre, Geld wäre etwas, das nur uns hier durchdrehen lässt, weil wir unter dem Drogeneinfluss des Kapitalismus stehen. Wir haben Demos veranstaltet, jedes Jahr das Fest der Einheit gefeiert, um die Parteizeitung der Kommunisten zu unterstützen, und was haben wir zustande gebracht? Einen Scheißdreck, einen schlappschwänzigen Scheiß haben wir zustande gebracht. Und ihr habt derweil auf den richtigen Moment gewartet, und als es uns wirklich dreckig geht, da kommt ihr plötzlich und habt die Taschen voller Geld, mit goldenen Schuhen und Hubschraubern. Ihr habt uns das Dorf weggenommen, und wir Schwachköpfe verkaufen es euch. Aber ich nicht, bei mir seid ihr an der falschen Adresse, ich gebe euch mein Land nicht, verstanden, mein Land gebe ich nicht her!«

Signor Ferro gibt diesen Worten mit seinem herumfuchtelnden Finger Nachdruck, und dann sagt er nichts mehr. Niemand sagt mehr was. Es setzt nur ein kränkliches Geräusch von der Rückseite des Kühlschranks ein. Eigentlich hatte ich vermutet, dass er nicht funktioniert, weil ihm die Tür fehlt, und tatsächlich erstirbt das Geräusch sofort wieder. Ferro streckt eine Hand aus und zieht sich einen Stuhl vom Tisch heran, dreht ihn um und setzt sich so darauf, mit der Brust an der Lehne. Dann schaut er uns an.

»Was wollt ihr eigentlich, verdammt?«

»Nichts, Opa, ich wollte dir nur Bescheid sagen, dass ich mit zu Luna gehe, mach dir keine Sorgen meinetwegen.«

»Sorgen machen?«

»Ja, wenn du mich vielleicht vergeblich von der Schule zurückerwartet hättest. Oder du hättest vielleicht etwas zum Mittagessen gemacht, und ich wäre nicht ...«

»Was zum Teufel geht mich das an! Und zu essen gibt es nichts. Heute früh bist du nicht einmal einkaufen gegangen, und ich konnte ja nicht, wer hätte sonst das Haus bewacht?«

»Ich war in der Schule. Heute hat die Schule wieder angefangen. Aber Opa, ein kleines bisschen Hunger hätte ich schon.«

»Ich etwa nicht? Nur gibt's halt nichts. Aber was kümmert dich das, du gehst ja jetzt eh zum Essen zu deiner Verlobten.«

»Wir sind kein Paar!«, werfe ich sofort ein. »Und auch bei mir gibt es nichts, glaube ich. Vielleicht irgendetwas fürs Frühstück, Kekse und Zwieback. Wenn es nichts zum Mittagessen gibt, können wir ein zweites Frühstück essen.«

Zot hebt den Kopf und schaut mich an, und an all dem Weiß in seinem Gesicht erkenne ich, dass er lächelt wie ein Honigkuchenpferd, man sieht alle Zähne.

»Na also, sehr gut, aber los jetzt!«, sagt Ferro. »Und wo du ohnehin rausgehst, halte doch beim Lebensmittelladen und kauf etwas, dann können wir vielleicht später etwas zu Abend essen.«

»Ja, hurra! Was soll ich kaufen, Opa? Schreibst du mir einen Einkaufszettel?«

»Brot, Mortadella, Spaghetti. Und Pecorino.«

»Können wir auch Kekse kaufen?«

»Brot, Mortadella, Spaghetti, Pecorino.«

»Und Zwieback?«

Signor Ferro antwortet nicht, stattdessen spricht er mich an: »Kleine, tu mir den Gefallen, antwortest du dieser Nervensäge?«

Ich drehe mich zu Zot um und sage: »Brot, Mortadella, Spaghetti, Pecorino.«

»Oh wie gut, dass deine Verlobte aufgeweckter ist als du. Und jetzt geht mir wirklich aus den Beinen, ich muss aufs Klo.« Er klatscht einmal in die Hände, reibt sie an seiner Schlafanzughose und erhebt sich mit schleimhustendem Stöhnen vom Stuhl, er nimmt das Gewehr und verzieht sich gebeugt, mit einer Hand auf dem Bauch.

»Gehen wir?«, frage ich und gehe zur Tür.

»Ja, einen Augenblick, ich warte, bis Opa zurückkommt, damit ich mich verabschieden kann, sonst würde ich das bedauern.«

»Was kümmert dich das? Er ist froh, wenn wir nicht mehr hier sind.«

»Nein, du kennst ihn nicht. Er ist ein bisschen schroff, aber im Grunde ist er liebevoll.«

»Im Grunde von was denn?«

Zot antwortet nicht, und ich sage nichts weiter, das Bad muss direkt da hinter der Küchenwand sein, und die Wand aus Pappe, denn man hört alles, als wäre man mit ihm da drin. Wie sich der Klodeckel hebt, wie er an der Rückwand anstößt, dann dasselbe Stöhnen, das Ferro beim Aufstehen vom Stuhl ausgestoßen hat. Mir kommt es sogar so vor, als würde ich den Gestank riechen, ich ersticke gleich, hier drinnen kann ich keine Sekunde länger bleiben, sonst wird mir übel.

»Zot, wir sind schon seit einer halben Stunde hier, lass uns gehen!«

»Gedulde dich nur einen Augenblick, wir verabschieden uns, und los geht's.«

»Ach, Zot, warum bin ich bloß mit hierhergekommen, warum treibe ich mich überhaupt mit dir herum?«

Und er sagt im ersten Moment nichts, nähert sich nur der Tür, dann meint er: »Luna, so schmerzhaft das für mich ist, es ist klar, dass du dich mit mir herumtreibst, weil du eine Außenseiterin bist und niemand anderes dir Gesellschaft leisten will.«

Das sagt er so, in einem ganz normalen Tonfall, als sei es etwas Offensichtliches und allen bekannt.

»Oh, du aber genauso, weißt du?«, sage ich. »Hör mal, du bist mindestens so ein Außenseiter wie ich.«

»Ich weiß, das ist wahr. Aber ich bin glücklich, mit dir etwas zu unternehmen, das ist der große Unterschied.«

Ich drehe mich um und schaue ihn an, dann öffnet er zum Glück die Tür, und das Licht von draußen fällt mich an und lässt mich nichts mehr sehen, nichts mehr denken.

Die drei Gesichter einer Samstagnacht

Ade, Junggesellinnendasein, ade

Es ist Samstagnacht, und Cristina tanzt und lacht, und wenn sie das Lied kennt, singt sie aus vollem Halse mit, fällt ihren Freundinnen um den Hals und trinkt jedes Mal einen Schluck, wenn der DJ sagt: »Leute, einen großen Applaus für Cristina, diese Nacht ist ihre Nacht!« Sie hebt das Glas und tanzt, singt, trinkt, schreit. Denn der DJ hat recht, diese Nacht ist ihre Nacht. Ihre letzte Nacht.

Morgen heiratet Cristina. In dem kleinen Kirchlein ihres Dorfes, das Madonna dell'Acqua heißt. Dort ist sie geboren, und dort lebt sie, und nach der Hochzeit werden Gianluca und sie zweihundert Meter weiter wohnen, im Haus seiner Eltern, das zu einem Zweifamilienhaus umgebaut worden ist. Gianluca ist der Mann ihres Lebens, sie haben sich kennengelernt, als sie achtzehn waren, er arbeitet in dem Elektroladen seines Onkels und Cristina in einem Schuhgeschäft in der Innenstadt von Pisa, das sie mittlerweile leitet. In zwölf Jahren Beziehung, zwölf, haben sie keinen Tag verbracht, ohne einander zu sehen, von einem Wochenende abgesehen, an dem er für eine Rallye nach Sardinien gefahren und sie mit ihrer Mutter in die Terme di Saturnia gegangen ist. Und morgen treten sie vor den Altar, und Don Aldo, der sie schon getauft und gefirmt hat, wird Cristina anschauen und wird sie fragen, ob sie für immer mit Gianluca zusammen sein möchte, und sie wird sagen: »Ja, bis dass der Tod uns scheidet.«

Ihre Freundinnen dagegen werden ihr sagen, dass sie dumm ist. Das sagen sie ihr ständig, aber heute Abend, während sie für den Junggesellinnenabschied in die Versilia gefahren sind, besonders oft.

»Mensch, wie machst du das bloß, wie ist das möglich, bist du nicht neugierig?«

Denn Cristina war außer mit Gianluca noch mit keinem Mann zusammen.

Aber was soll's, was ist daran so schlimm? Früher war das die normalste Sache der Welt: Die Mädchen heirateten den Ersten, der sie geküsst hatte, und sind damit wunderbar klargekommen, und die Welt mit ihnen. Cristina ist ein bisschen so wie ihre Mama und vor allem wie ihre Oma Miria, die sie aufgezogen hat und die für sie der liebenswerteste Mensch auf der Welt ist. Sie liebt sie fast mehr als Gianluca. Sicher wäre es interessant zu sehen, wie ein anderer da unten rum aussieht, um herauszufinden, ob es große Unterschiede gibt. Aber sie hat nun mal mit achtzehn den Mann ihres Lebens kennengelernt, einen Mann, der sie liebt und der sie nie hat leiden lassen. Hat jemand den Mut, das Pech zu nennen?

Ja, ihre Freundinnen. Sie spielen die Modernen und Überlegenen, dabei prallen sie nun schon seit Jahren verzweifelt von einem Deppen ab, nur um beim nächsten zu landen, und jedes Mal geht es ihnen schlecht, und sie sagen, jetzt reicht's, darauf falle ich nicht noch einmal herein, und während sie das sagen, haben sie schon wieder das Telefon in der Hand und warten zitternd auf eine SMS oder ein »Gefällt mir« für das letzte Foto ihrer zum Sonnenbaden ausgestreckten Beine. Sagen ihre Freundinnen also, dass sie einen Fehler macht, wenn sie darauf verzichtet, all das erlebt zu haben, kann Cristina nur müde lächeln.

Nur, dass ihr das heute Abend auch ihre Oma gesagt hat. Cristina war gerade im Bad, um sich für den Abend zu schminken. Sie hatte gar keinen Junggesellinnenabschied feiern wollen, aber ihre Freundinnen haben so darauf bestanden, und dann erzählte ihr gestern Gianluca, dass er heute Abend zum Essen ins Caprice ausgeführt wird, einem Ort in den Hügeln, wo man Fleisch isst, wo aber vor allem Nutten aus dem Osten tanzen und sich ausziehen. »Nur so, zum Spaß«, hat er gesagt. Also hat auch Cristina zum Spaß Ja gesagt und sich im Bad in diesem kurzen, enganliegenden, roten Kleidchen im Spiegel betrachtet, das ihre Freundinnen für sie gekauft haben, um alle im gleichen Outfit in die Versilia zu fahren und zu schauen, was passiert.

Sie hat sich zum Spiegel vorgebeugt, ein paar Schritte rückwärts gemacht, um sich ganz zu sehen, und vielleicht sollte sie sich das nicht selbst sagen, aber sie hat wirklich einen großartigen Körper. Und wunderschöne blaue Augen und sinnliche Lippen, über die ihre Freunde einen Haufen anzügliche Sprüche machen. Doch dieser Mund hat ein Problem, ein großes Problem, das direkt darüber liegt, und zwar die Nase. Zu lang und mit einer Art Buckel. Sie sitzt da mitten im Gesicht, wirft Schatten über ihren Mund und löscht ihr Lächeln aus, Cristina muss sie immer wieder betrachten und denkt sehr oft an sie.

Und zuweilen denkt auch Gianluca daran, der ihr in letzter Zeit wiederholt gesagt hat: »Wusstest du eigentlich, dass diese schöne Nachrichtensprecherin vom TG1 sich die Nase hat richten lassen? Wusstest du eigentlich, dass sich die Frau von dem Fußballspieler da die Nase hat richten lassen? Rate mal, was sich Giannis Schwester hat richten lassen? Die Nase!«

Bis Cristina irgendwann meinte, dass sie ihre vielleicht auch richten lassen könnte. Aber das sagte sie nur so, und Gianluca hätte sofort antworten sollen, dass sie verrückt sei, dass sie wunderschön sei, dass sie eine natürliche Schönheit habe und er alles an ihr liebe, auch ihre Nase. Stattdessen ist er eine Sekunde still geblieben, dann sagte er, dass das vielleicht eine gute Idee wäre.

Eine gute Idee.

Und heute Abend studiert Cristina ihr Profil im Spiegel, erst normal und dann mit einer Hand vor der Nase, und vielleicht sähe es mit gerichteter Nase wirklich besser aus, aber vielleicht ist Gianluca auch ein Arsch und es gibt tiefgründigere Männer auf der Welt, die Cristinas Nase lieben würden, wie sie ist ...

Und genau in dem Moment ist ihre Oma hereingekommen, ohne anzuklopfen. Sie hat sie angeschaut, von den hochhackigen Schuhen bis zu den Schenkeln, von dort weiter über das Stückchen Körper, das vom Kleid bedeckt war, bis zu den Augen. Und sie sagte zu ihr: »Cristina, du bist wunderschön.«

»Danke, Oma, ich hab dich lieb!«, und von der Höhe ihrer Absätze hat sie sich herabgebeugt, um ihre Omi zu umarmen. Die am Ende dieser Umarmung hinzufügte: »Du bist wunderschön und dumm.«

»Oma! Warum denn?«

»Darum. Wenn du hässlich wärst, würde ich dich ja verstehen. Aber so nicht. Ich komme morgen zur Hochzeit, weil ich dich wahnsinnig lieb habe, aber ich muss dir sagen, frohen Herzens komme ich nicht.«

»Wieso denn nicht? Willst du nicht, dass ich heirate? Magst du Gianluca nicht?«

»Nein, das ist nicht das Problem. Mir könnte er ja sogar gefallen, aber dir nicht.«

»Machst du Scherze? Ich liebe ihn, er ist der Mann meines Lebens.«

»Sei doch still, was weißt du schon? Hast du es je mit einem anderen ausprobiert?«

»Nein, ach, fang du nicht auch noch damit an, Oma, ich bitte dich. Ich verstehe ja, wenn meine Freundinnen das tun, aber bei dir verstehe ich es nicht.«

»Und warum nicht?«

»Weil auch Mama und du euer ganzes Leben mit nur einem Mann verbracht habt.«

»Ja, wie auch nicht!«, gab ihre Oma zurück. Dann hat sie sich umgeschaut, aber da war niemand. »Deine Mama vielleicht nicht, aber ich habe mir meinen Spaß gegönnt.«

»Oma! Aber du hast doch mit sechzehn geheiratet!«

»Ja, aber dann kam der Krieg. Und was Krieg heißt, meine Kleine, kannst du nicht wissen.« Sie griff nach der Klinke, schloss die Badezimmertür und sprach leise weiter. »Opa ist an die Front gegangen, als ich achtzehn war. Drei Jahre habe ich auf ihn gewartet. Er hat nicht einmal geschrieben. Und ich war schön, ich war jung … ich wusste nicht, ob er noch lebte, ich wusste nicht einmal, ob ich noch lebte, und nachts fühlte ich, wie ich Feuer fing.«

»Also hattest du etwas mit einem anderen!«

»Sprich leise!«, und sie nickte mit dem Kopf.

»Und wer war es?«

»Männer, die du nicht kennst.«

»Männer? Wie viele waren es denn?«

»Genau weiß ich es nicht mehr. Zehn. Elf. Sagen wir zehneinhalb.«

Cristina stand wie versteinert, ans Waschbecken geklammert, im Kopf diese entsetzliche Szene von ihrer Oma, wie sie jetzt war, mit kurzen bläulichen Haaren, dicken Röhrenbeinen und einer Haut, die einem frisch aus der Waschmaschine entnommenen Laken glich, im Bett mit wer weiß wie vielen Männern, die sie von allen Seiten packen.

Und stattdessen packt ihre Oma sie, drückt sie fest und flüstert ihr ins Ohr: »Denk drüber nach, meine Kleine, denk gut darüber nach, aber wirklich gut. Ich meine ja nicht tausend andere, nicht hundert andere, aber einen schon, nur einen, um zu begreifen. Sonst wird dich das immer wurmen.«

Sie hat ihr einen Kuss auf die Wange gegeben und ihr gesagt, dass sie sie lieb hat. Dann ist sie gegangen, und das Bad ist plötzlich still und eng geworden, sehr eng um Cristina.

Die jetzt mitten unter den Leuten auf der Tanzfläche dieses Schuppens tanzt, trinkt und schwitzt, sie hebt die Augen zur Decke, und da oben lehnen Männer an der Balustrade und schauen herunter, beobachten sie. Und Cristina lacht und winkt ihnen zu, und nur hin und wieder verdeckt sie stattdessen mit dieser Hand ihre Nase, dann umarmt sie der Reihe nach ihre Freundinnen.

Die haben ihr einen gigantischen Vibrator geschenkt, in Schwarz, so groß, dass Cristina im ersten Moment gedacht hat, es wäre ein Knüppel, und da sie mit Gianluca am Ende einer dunklen Gasse leben wird, mag es vielleicht nützlich sein, dieses Gerät in der Handtasche zu haben, wenn sie abends von der Arbeit nach Hause kommt. Wobei es in eine Handtasche gar nicht reinpasst. Das passt nirgendwo rein. Und in Wirklichkeit gibt es ja auch gar kein so dickes Ding. Oder vielleicht doch. Hm. Was weiß sie schon davon? Vielleicht ist das Teil nicht einmal übertrieben, vielleicht denkt sie, dass Gianluca normal sei, weil sie nur seinen gesehen hat, und eigentlich hat er einen Minipimmel, Cristina ist dabei, einen mit Minipimmel zu heiraten, und tut das nur, weil sie so blöd ist, keine anderen gesehen zu haben. Was weiß sie denn schon davon?

Nichts weiß sie davon, überhaupt nichts. Und lauter als die Musik und die Schreie sind die Worte ihrer Oma, die in ihrem Kopf widerhallen: »Ich meine ja nicht tausend andere, nicht hundert andere, aber einen schon ...«

Also ruft Cristina, dass sie noch ein Glas Champagner will. Chiara eilt los, um eines zu holen, doch sie läuft nicht Richtung Theke, sie läuft nach oben oder unten, oder ist das bloß Cristina, die nichts mehr versteht. Ihr schwirrt der Kopf, und auch all diese unbekannten Männer sind um sie herum, aber auch über und unter ihr und quasi auf ihr.

Da sind ein paar Afrikaner, wie werden die wohl sein? Ob es stimmt, dass die untenrum sehr gut bestückt sind? Wie wäre es wohl, etwas mit einem Blonden zu haben, oder mit einem, der deine Sprache nicht spricht? Sie weiß es nicht. Cristina weiß gar nichts. Sie weiß nicht, wie sich der Atem eines anderen Mannes auf der Haut anfühlt, wie er schmeckt, wie seine Augen werden, wenn er in dich eindringt, und was er zu dir sagt, und ...

Und wenn sie es jetzt nicht erfährt, wird es übermorgen hunderttausendmal schwieriger, das herauszufinden. Denn morgen heiratet sie, und die Ehe ist heilig, wenn man geheiratet hat, wird alles anders, ernsthaft und unantastbar. Aber eben erst danach. Heute Nacht nicht.

Also tanzt Cristina, tanzt und lacht, ihr schwirrt der Kopf, aber sie fühlt sich nicht schlecht. Im Gegenteil, sie fühlt sich sehr gut. Der DJ sagt noch einmal, dass das ihre Nacht sei, dann legt er ein Lied auf, das ihr besonders gut gefällt, weil sie es als junges Mädchen immer im Fernsehen gehört hat, am Ende der Sendung mit der versteckten Kamera, und sie kann den Text immer noch auswendig, vor allem den doppeldeutigen Refrain mit diesem Spanisch-Italienisch-Mischmasch, und der geht so:

Que te la pongo, que te la pongo
Que te la pongo te la pongo già.
Que te la pongo, que te la pongo
Se te la spiego ti divertirà.
Que te la pongo, que te la pongo,
Se te la pongo si deciderà.
Que te la pongo, que te la pongo
Se te la spiego poi ti piacerà.

Zieh dir diesen Hit rein, zieh dir diesen Hit rein,
zieh dir diesen Hit rein, ich schieb ihn dir schon rein.
Zieh dir diesen Hit rein, zieh dir diesen Hit rein,
wenn ich's dir zeige, dann hast du Spaß.
Zieh dir diesen Hit rein, zieh dir diesen Hit rein,
wenn ich ihn dir reinschiebe, dann steht es fest.
Zieh dir diesen Hit rein, zieh dir diesen Hit rein,
wenn ich's dir zeige, dann geht's dir gut.

Cristina hebt die Arme und schüttelt sich so stark sie kann, und
ihre Freundinnen zeigen auf sie, sie können es kaum glauben
und rufen ihr zu, dass sie großartig sei, dass sie sagenhaft sei,
dass sie die Beste von allen sei! Und es stimmt, tatsächlich um-
kreisen sie die Männer, applaudieren, tanzen immer näher an
sie heran und probieren seltsame Bewegungen aus, um ihre Aufmerksamkeit zu erregen. Aber am seltsamsten von allen ist dieser Typ mit dem weißen Hemd, etwas jünger als sie, der auf
den Füßen hüpft und sich wellenförmig bewegt, eine Hand auf
dem Herzen und eine an der Hüfte. Sie schaut ihm zu und lächelt, applaudiert ihm, da macht er eine Drehung um sich selbst,
nähert sich, rückt ihr richtig auf den Leib, legt sein Gesicht an
ihres, seinen Mund an ihr Ohr und sagt zu ihr, leise und in
dem ganzen Chaos doch so klar, die wunderbarsten Worte, die
Cristina je gehört hat.
Ganz heiß und glatt schlüpfen sie in ihr Ohr und streicheln ihre
Schläfen, sinken in den Hals hinab und gelangen von der Brust
zum Herzen, dann rinnen sie brodelnd bis zum Bauch, bis dahin,
wo sich Cristinas Schenkel treffen und es so sehr und so schnell
feucht wird, dass sie sich erst einmal für einen Augenblick von
diesem wunderbaren Typen löst, um dann seine Hüften mit beiden Armen zu umfassen und sich ganz an ihn zu schmiegen, an
den neuen Duft seiner Haut, mit diesem immer tiefer gehenden

Zittern, das seine gerade ausgesprochenen fabelhaften Worte in ihr entfachen:

»Hallo, ich finde deine Nase klasse.«

El Aperitivo de l'Amor

Verflixt und zugenäht, und ob das funktioniert, zum Teufel nochmal!

Seine Freunde haben ihn den ganzen Sommer über aufgezogen, er würde sein Geld zum Fenster rauswerfen und seine Abende in einer stinkenden Sporthalle vergeuden, Tanzen sei wirklich was für Schwuchteln. Dabei funktioniert es, und wie, zum Teufel nochmal, eine todsichere Methode, Daniele hat alles richtig damit gemacht, den Karibiktanzkurs in der Sporthalle von Fivizzano zu besuchen, den der große Meister Diego Raso gehalten hat. Dessen Name mag den meisten Leuten vielleicht nichts sagen, aber wenn man auf einen Fan von ihm trifft, haut man ihn echt um. Als ob man sagen würde, dass man beim Großmeister Bocelli singen gelernt hat, dass man beim Großmeister Cracco kochen gelernt hat. Und tatsächlich hat Daniele diese halbnackte junge Frau gesehen, die ganz wild losgetanzt hat, als ein Salsa aufgelegt wurde, er hat gemerkt, dass sie etwas davon versteht, und ihr deshalb zwei oder drei anständige Bewegungen gezeigt, dann hat er seinen Mund ihrem Ohr genähert und hat ihr jene magischen Worte hineingesprochen: »Hallo, ich war in Diego Rasos Klasse.«

Und zum Teufel nochmal, da ist sie wirklich ausgeflippt.

Vielmehr hat sie im ersten Moment innegehalten, hat ihn mit aufgerissenen Augen angestarrt und ihm zugerufen: »Willst du mich verarschen?«, und er hat nicht gewusst, was er antworten sollte: Sie hat nicht nur von der Klasse gehört, sie kennt nicht nur Diego »El Suave« Raso, sondern sie ist sogar so sehr Fan, dass sie es nicht glauben kann, einen Schüler von ihm vor sich zu haben. Schon einen Augenblick später fiel sie ihm um den Hals und umklammerte ihn fest, und Daniele hat dank der Lehren seines Meisters die Lage sofort in die Hand genommen, hat sie sich an die Brust gedrückt und wieder angefangen zu tanzen.

Una ragazza da sola, come me piangeva un po',
le ho detto che la magia per guarirla io ce l'ho.
Balla straballa che passa, e lei con gli altri ballò,
la sua pressione era bassa, e d'incanto si rialzò.
Balla straballa che passa, e la festa incominciò.
Que te la pongo, que te la pongo ...

Ein einsames Mädchen war wie ich den Tränen nah,
da sagte ich zu ihr, dass ich den Heilungszauber hab.
Tanze, tanz es weg, und sie tanzte mit den anderen los,
ihre Spannkraft war niedrig, kam wie von Zauberhand
                                            wieder hoch.
Tanze, tanz es weg, und das Fest ging los.
Zieh dir diesen Hit rein, zieh dir diesen Hit rein ...

Sie ist voll dabei, und dazu sieht sie noch super aus. Schöner Arsch, schöne Titten, schade nur, dass sie diese riesige Nase hat, als hätte sie eine Karnevalsnase aufgesetzt. Aber das passt schon, Daniele hält sie schön eng im Arm und sieht die Nase nicht, außerdem ist es eine wissenschaftliche Tatsache, dass Frauen mit großen Nasen körperlich super ausgestattet sind. Und diesen Körper spürt er gerade überall, er wogt hin und her und dann nach vorne und nach hinten, je mehr er sie erforscht, desto mehr geht sie ab.

Zum Teufel nochmal, wie recht doch sein Meister Raso hatte:

»Eine *chica* ändert ihre Meinung tausendmal *en un segundo*, sie glaubt, sie will eine Sache, dann will sie eine andere, und dann fällt ihr ein, dass sie etwas ganz anderes will. Aber in Wahrheit will eine *chica* nur eines, einen sicheren und präsenten Mann, der sie an den Haaren packt *y la hace bailar*.«

Und heute Nacht ist Daniele dieser Mann, und ein spontaner Tanzabend mit seinen Freunden entwickelt sich gerade zu einer spektakulären Belohnung für einen Sommer voller Unterrichts-stunden und Training.

Und wenn er daran denkt, dass er gar nicht mit in die Versilia hatte kommen wollen. Er hatte das Auto organisiert und wäre lieber bis nach Montecatini gefahren, wo alles voller aufgedon-nerter älterer Frauen ist, die man früher heimlich auflesen und hinterher so tun musste, als erinnere man sich an nichts mehr, aber jetzt, wo sie nicht mehr späte Mädchen heißen, sondern *milf*, kann man sich am Tag darauf sogar vor seinen Freunden brüsten. Tja, seine Freunde, die wollten aber nicht nach Monte-catini und meinten, heute Abend fahren wir in die Versilia, Schluss, aus.

Zum Glück. Denn jetzt sind sie hier, und da ist diese Frau mit der Riesennase, die ansonsten aber echt geil ist, sich an ihm reibt und die er nun schon überall betatscht hat, sodass der Mo-ment des wichtigsten Schritts gekommen ist, desjenigen, den sein Meister Diego Raso nur ihm beigebracht hat, in der letzten Stunde, als er als Einziger der Kursteilnehmer übrig geblieben war.

»Daniele, lass die *chica* ausflippen, lass sie tanzen, *bailar*. Aber dann, wenn sie wirklich heiß ist, hebst du dein Bein und schiebst es zwischen ihre Schenkel, mit Druck, und da lässt du es. Du hältst es fix, fest, *entiendes*? Du musst sie deine *presencia* spüren lassen. Eine *chica* zappelt immer herum, sie weiß nie, wohin sie gehen soll, läuft hierhin und dahin und wünscht sich nur einen *hombre*, der sie packt und festhält, mit etwas Starkem und Hartem, genau zwischen den Schenkeln. Lass sie deine *presencia* spüren. Das ist der wichtigste Schritt, *el más importante*, Daniele, er heißt *El Aperitivo de l'Amor*. Wenn du ihr diesen Aperitif gut servierst, kannst du sicher sein, dass es danach das gesamte Abendessen gibt, *seguramente. Entiendes?*«

Daniele versteht, sehr gut sogar, und diese Frau hier hat er tanzen lassen, hat sie hierhin und dahin hüpfen lassen, und sie lacht und stößt kleine Schreie aus und zittert, aber dann hört sie plötzlich mit allem auf und wird ernst, wie gelähmt, als er sein Bein zwischen ihre schiebt und es zusammen mit ihrem Rock bis nach da oben rutschen lässt, in die Wärme jener magischen Stelle, wo sich die Schenkel treffen. Daniele setzt ihr den Aperitivo de l'Amor vor und küsst dabei ihren Hals. Sie wirft ihren Kopf nach hinten, hält den Atem an, und Daniele ebenfalls, er versucht nur herauszufinden, ob sie ihm jetzt eine Ohrfeige gibt oder ob sie ihn vielleicht gar anzeigt. Und stattdessen sieht er, wie ihr Kopf wieder hochkommt, sie ihn mit ihren zu Schlitzen zusammengepressten Augen hinter dieser Riesennase anstarrt, und dann schiebt sie ihm ihre komplette Zunge in den Hals. So machen sie für mindestens fünf Minuten weiter, sie küssen sich, während er sie von der Tanzfläche weglotst, zu den etwas ruhiger gelegenen kleinen Sofas.

Sie setzen sich, und dort fragt sich Daniele, ob er ihr vielleicht anbieten sollte, etwas zu trinken zu holen. Er löst seine Lippen von ihren und fragt: »Was möchtest du jetzt tun?«

Und sie antwortet mit einem warmen Hauch: »Kann ich sehen, wie deiner aussieht?«

»Hä?«

»Kann ich deinen Pimmel sehen?«

Einfach so. Geradeheraus, präzise. Nur ein bisschen lallend vom Alkohol. Dann schließt sie die Augen und fängt wieder an, seinen Hals zu küssen. Und da hält Daniele es nicht mehr aus. Er nimmt sie hoch und trägt sie zum Frauenklo. Und Gott sei Dank, Dank sei dem Herrn, der heute Nacht beschlossen hat, ihm einen unvergesslichen Abend zu bescheren, ist dort nur eine Frau, die gerade herauskommt, als sie beide eintreten. Daniele lehnt die junge Frau an die Wand, öffnet seinen Pythongürtel, lässt seine Jeans herunter und holt ihn raus.

Sie bleibt regungslos, die Augen weit aufgerissen, eine Hand vor dem Mund, wodurch ihre Stimme ein wenig gedämpft wird, doch man versteht es trotzdem, als sie sagt: »Aber ... aber ist das normal?«

Daniele weiß nicht, was er antworten soll. Okay, er ist nicht riesig, aber so klein, dass sie diese Szene machen muss, ist er nun auch nicht.

»Na gut«, sagt er mit einer Stimme, die zwischen aufwallenden Hormonen und Demütigung schwankt, »er ist zwar nicht riesig, aber er ist genau richtig so. Er ist im Durchschnitt, also, nicht ...«

»Das heißt, es gibt sogar noch größere als deinen?«

Daniele schaut sie an, sieht das Erstaunen und die Aufregung in ihren Augen und kapiert, dass er sich nicht verteidigen muss: Er muss angreifen. Also antwortet er: »Nein, noch größere nicht, das hier ist das Beste, was du finden kannst.«

Und sie nickt, beißt sich auf die Lippen und starrt ihn dann wieder da unten an. Sie hebt eine Hand, legt sie ihm darauf, streichelt ihn langsam, als hätte sie Angst, gebissen zu werden, dann ...

Dann plötzlich Türknallen, näher kommende Frauenstimmen, die singen, rufen. Sie schnellt wie eine Sprungfeder von ihm weg, fällt fast nach hinten, er macht seine Jeans wieder zu. Sie umarmen sich erneut, damit ihnen diese Nervensägen nicht ins Gesicht sehen können. Und während er sie in den Armen hält, versucht Daniele sein Gehirn an einer Lösung arbeiten zu lassen, einen ungestörten Ort ...

»Ist das Meer in der Nähe?«, fragt sie ihn.

Daniele versteht nicht: »Hm. Das heißt, ja, es ist da hinter dem Lokal, ja.«

»Weißt du, wie man da hinkommt?«

»Nein. Ich bin nicht von hier, ich komme nie hierher«, und er schaut sie an. Was für einen Trottel er hier abgibt, einen, der nicht einmal weiß, wie man zum Meer kommt. Er wartet darauf, dass ihr jetzt die Lust vergeht und diese Mordserektion, die ihm fast die Jeans durchlöchert, kein Ventil findet, Meister Diego Raso es erfährt und ihm sagt, dass er nicht mehr würdig sei, sein Schüler zu sein.

Doch sie schaut ihn weiter mit diesen halbgeschlossenen Augen an und fragt ihn: »Hast du vielleicht ein Auto?«

Ja, zum Teufel nochmal, ja! Sein Auto!

Er umfängt sie mit einem Arm und führt sie hinaus, sie klammern sich aneinander und torkeln beide etwas, sie wegen des Alkohols, er wegen der engen Unterhosen. Aber das ist schon okay, Daniele weiß ja, dass diese Unbequemlichkeit in Kürze bequem wird, ja wunderbar wird sie. Und mit den Herzen, die lauter schlagen als der Rhythmus der Musik und Blut in jeden Millimeter ihrer Körper pumpen, verlassen Cristina und Daniele das Lokal und laufen der feuchtwarmen Nacht voller Versprechungen in die Arme.

Senffarbene Hosen, blaues, kurzärmeliges Hemd, orange Weste und Mütze mit einem Haufen reflektierender Streifen: Marino radelt im Dunkeln über die Strandallee, betrachtet sich in den Autoscheiben und erzittert, denn in dieser Samstagnacht im September lässt ihn die Uniform wie einen Weihnachtsbaum leuchten, und das ist für einen Hilfspolizisten ein Todesurteil.

Das Absurde ist, dass die von der Kommune sie zu ihrer Sicherheit so einkleiden, denn zumindest sehen die Autos sie so gut und überfahren sie nicht. Aber es ist, als würde man einem Taucher einen Stein um den Hals binden, damit er früher am Grund ankommt. Es ist, als würde man den Treibstoff eines Flugzeugs im Flug ablassen, damit es nicht Gefahr läuft, Feuer zu fangen. Wenn die Kommune wirklich Wert auf die Hilfspolizisten legen würde, würde sie sie in schwarzen Overalls und Sturmmasken losschicken, sie wären die Parkplatz-Ninjas, die sich wie Schatten mit Strafzettelblock bewegen, dir einen auf die Windschutzscheibe werfen und gleich wieder in der Dunkelheit verschwinden. Denn die wahre Gefahr für einen Hilfspolizisten ist nicht, aus Versehen überfahren zu werden, sondern von den Autofahrern entdeckt zu werden, die ihn totprügeln wollen.

Um das zu begreifen, würde es reichen, den Kriegsbericht des gerade zu Ende gegangenen Sommers zu lesen, aus dem kein einziger angefahrener Hilfspolizist hervorgeht, aber vier, die mit Prellungen und Knochenbrüchen in der Notaufnahme gelandet sind, und einer, der letzte Woche mit Verbrennungen dritten Grades eingeliefert wurde, nachdem ein Tourist ihm ein Feuerzeug an die orangene Synthetikweste gehalten hatte, die beim kleinsten Funken zum Scheiterhaufen wird.

Kurz, das Leben als Hilfspolizist ist hart und immer gefährdet, er ist ein verzweifelter Söldner, der für wenige Euros am Tag sein Leben riskiert und der Kommune einen Haufen Geld einbringt. Wie die Verkehrspolizisten, vielmehr, hundertmal schlimmer als bei den Verkehrspolizisten, denn die werden gut bezahlt und haben eine etwas ernsthaftere Uniform, mit einem Funkgerät, falls sie Hilfe rufen müssen, und einer Pistole um die Hüfte, falls sie die Hilfe sofort brauchen: Sie mögen keine echten Polizisten sein, aber bevor man bei einem Verkehrspolizisten handgreiflich wird, denkt man zweimal darüber nach.

Ein Hilfspolizist dagegen ist Kanonenfutter. Nur mit Stift und Strafzettelblock bewaffnet und gezwungen, wie ein Clown gekleidet herumzulaufen, in einem Restemischmasch aus dem Lager: Die Hosen sind die der Buskontrolleure, das Hemd ist von den Hydraulikern im Wasserwerk, die Mütze mit dem riesigen Schirm wird beim jährlichen Fest für die Rentner des Orts verschenkt. Aus der eigentlichen Aufschrift OPA AUS FORTE DEI MARMI macht ein Flicken, der OPA verdeckt, HILFSPOLIZIST AUS FORTE DEI MARMI. Und da es sich um zusammengesammelte Reste handelt, gibt es alles nur in zwei Größen, XS oder XL, weshalb Marino heute Nacht durch die Straßen der Innenstadt mit zu engen Hosen und riesigem, sich im Wind blähendem Hemd radelt, sodass er aussieht wie ein strumpfhosentragender Papierdrachen auf Pedalen.

Und das Bild seines in der Nacht angezündeten Kollegen quält ihn weiter. In Brand gesetzt wie ein Lagerfeuer, wie ein Haufen trockener Blätter, und brennend liegen gelassen. Wo soll das enden, wo soll das enden ... Marino schüttelt den Kopf und versucht sich Mut zu machen, er umklammert seinen Lenker und radelt weiter über die Strandallee und entlang der Automeere auf den Bezahlparkplätzen vor den Diskotheken. Jeder Schrei, jede Hupe, jeder blendende Scheinwerfer, der die Dunkelheit peitscht, lässt ihm den Atem stocken.

Außerdem, falls wirklich etwas Schreckliches geschehen sollte, wäre es nicht gerecht, wenn es ihn träfe, der ein Katechet ist und seine Jugendlichen noch bis zur Firmung geleiten muss. Gott muss ihn beschützen, wenigstens ein bisschen. Aber Gott muss an so vieles denken, und vielleicht kann nicht einmal er einen retten, wenn man in so einer funkelnden Uniform herumfährt.

Genau deshalb gibt Marino vor, nichts zu hören, als dieser Schrei vom Bürgersteig kommt. Er radelt weiter, beschleunigt sogar ein bisschen, als ob der Wind in den Ohren die Worte des Bürgers am Straßenrand überdecken würde: »Komm hierher, Unglücksrabe, halt an.«

Doch Marino hört diese Worte und auch die Tritte der Schuhe auf dem Bürgersteig, die ihn verfolgen. Also stellt er sich ruckartig auf seine Pedale und düst mit voller Kraft davon, um zu fliehen, nur dass seine engen Hosen ihn blockieren, das Hemd sich bläht und ihn wie ein blauer Fallschirm bremst, und an diesen Fallschirm klammert sich eine Hand, die ihn zurückhält und seinen Fluchtversuch unterbindet.

Marino setzt einen Fuß auf den Boden, versucht, aufrecht zu stehen und einen ruhigen und professionellen Tonfall anzuschlagen, doch sein Herz klopft ihm bis zum Hals, als er sagt: »Ja? Kann ich Ihnen helfen?«

»Wo zum Teufel ist mein Auto?«

Ein junger Mann um die dreißig, nicht breit, aber groß, und stinkwütend. Hinter ihm eine blonde Frau, die den Blick gesenkt hält und in ein kurzes und enganliegendes rotes Kleid gezwängt ist, bei dem man alles durchsieht. Sie ist sehr hübsch. Bis auf diese Riesennase.

»Oh, ich rede mit dir, zum Teufel nochmal, wo ist mein Auto?«

»Aber ich ... ich weiß es nicht, entschuldigen Sie, aber ich bin kein Parkwächter«, siezt Marino ihn, denn schließlich schlägt man doch niemanden, der einen siezt, oder? Dafür fehlt es an Vertrautheit. »Haben Sie vergessen, wo sie es abgestellt haben?«

»Nein, ich weiß sehr gut, wo ich geparkt habe.«

»Und wo ist dann bitte das Problem?«

»Das Problem ist, dass es nicht mehr da steht, du Arschloch!«

Auf der Strandallee staut sich eine unendliche Autoschlange, alle versuchen die Diskotheken zu erreichen, es wuselt vor Fußgängern, die reingehen oder rauskommen, und dieser Schrei zieht das Samstagabendvolk an, das in Ermangelung von Liebe, Sex und wahrem Vergnügen wenigstens auf ein bisschen Gewalt hofft.

Nur Marino nicht, Marino hofft nur, lebend nach Hause zu kommen, und er versucht so demütig zu sein wie ein Page aus dem Mittelalter, wie ein Hufschmied vor dem Herrn zu Pferd mit Reitgerte in der Hand. Er nimmt seine Mütze ab, hält sie mit beiden Händen vor seine Brust und sagt: »Es tut mir wirklich sehr leid. Doch ich weiß nicht, wie ich Ihnen helfen kann.«

»Das will ich aber meinen! Sollt ihr hier nicht auf die Autos aufpassen?«

»Nein, das sind die Parkwächter. Oder höchstens noch die Verkehrspolizisten. Ich bin nur ein Hilfspolizist.«

Und er versucht ein Lächeln, aber es ist zu offensichtlich, dass es nichts zu lachen gibt. Also sagt er noch zwei-, dreimal, dass es ihm leidtue und dass es ein Skandal sei, und vielleicht gelingt es ihm, wenn er so weitermacht, diesen Typen ein wenig zu beruhigen. Die Frau im roten Kleid tippt ihm währenddessen auf die Schulter und sagt ihm, er solle es bleiben lassen, es sei nicht wichtig.

»Erklär mir das mal genauer, du Arschloch«, sagt der Typ, »ich reiße mir die ganze Woche den Arsch auf, ich arbeite, zum Teufel nochmal, ich bin Italiener«, die ersten Leute klatschen, manche rufen: »Bravo«, die Andeutung eines Chors ruft: »Italia-Italia«. »Dann komme ich samstagabends hierher zu euch und lasse all das Geld, das ich verdient habe, hier, und wenn ich fünf Minuten zu spät komme, schreibst du mir einen Strafzettel. Wenn aber ein albanischer oder rumänischer Dieb kommt und mir mein Auto klaut, siehe da, dem tust du nichts, stimmt's?«

»Nein, ich wiederhole, ich bin kein Verkehrspolizist. Ich kann nicht einschreiten. Außerdem habe ich überhaupt nichts gesehen, ich habe gerade erst meinen Dienst angetreten.«

»Na klar, du hast nichts gesehen, aber natürlich! Das Auto war genau da, zum Teufel nochmal, wie ist es möglich, dass es keiner gesehen hat?«

»Wo denn da, bitte?«

»Da, du Arsch, wie oft soll ich dir das noch sagen, da!«

Der junge Mann zeigt auf den einzigen leeren Platz in der Reihe von Autos, die die Strandallee säumen. Genau vor dem großen schmiedeeisernen Tor einer Villa.

»Ah, okay«, meint Marino und dreht weiter die Mütze in seinen Händen, »aber dort ist ein Tor, das ist eine Einfahrt.«

»Na und?«

»Na, ich glaube, dass Ihr Auto nicht gestohlen, sondern entfernt wurde.«

»Wie entfernt?«

»Na, mit dem Abschleppwagen.«

Der junge Mann wiederholt: »Mit dem Abschleppwagen«, und man sieht, dass er eine Reihe weiterer Dinge zu sagen hätte, vielleicht mit irgendeinem Sinn, vielleicht nur Beleidigungen gegen Marino, aber sie bleiben ihm im Halse stecken und verstopfen ihn. Und er bleibt so, mit offenem Mund, die Augen wie zwei Flipperbälle, die zufällig zwischen tausend hässlichen Dingen hin und her prallen, während die Autos auf der Allee die Menschenansammlung anhupen, weil sie vorbeifahren wollen.

Die Frau mit der großen Nase nähert sich noch einmal, sagt leise, dass ihr kalt sei, dass es vielleicht besser wäre, wenn sie wieder rein zu ihren Freundinnen gehe. Er dreht sich ruckartig um, schaut sie an und ruft: »Nein! Warte! Nein, nicht ...«, er knöpft sein schneeweißes Hemd auf, zieht es aus und legt es ihr um die Schultern. Er fragt sie, ob es so besser sei. Sie verzieht den Mund, antwortet, geht so, starrt auf den Boden. Er schaut noch einen Augenblick zu ihr, dann stiert er mit nacktem Oberkörper wieder Marino an.

Die Leute ringsum fangen an zu klatschen, als ob es ein weiterer Schritt hin zur Gewalt wäre, sein Hemd auszuziehen.

»Du Bastard, hast du mein Auto abschleppen lassen, was?«

»Ich? Aber ich habe doch gar nichts damit zu tun, Abschleppen steht mir nicht zu ...«

»Ach, das war ja eh klar!«, ruft jemand aus dem Publikum, denn das ist es mittlerweile geworden: ein wahres Publikum, das eine Vorstellung erwartet. Beifall, einer wirft eine Flasche, die neben Marinos Füßen zerschellt.

Ein anderer ruft: »Gib diesem Mistkerl einen Arschtritt!«

Die Rufe werden lauter und zahlreicher, es sind so viele, dass sie sich verflechten und vermischen, und ein Chaos bilden, das immer größer wird und aus dem ab und zu ein etwas lauteres »Scheiße« oder »Arsch« oder »Schwachkopf« hervorsticht. Die Frau mit der Riesennase hebt erneut den Blick, und vielleicht bemerkt sie erst jetzt, wie viele Leute da um sie herum sind, besoffene Männer, Jungs mit abstehenden Haaren, viele junge Frauen wie sie, die gaffen, die *sie* angaffen und abschätzen. Sie zieht ihren Rock so weit herunter, wie sie kann, knöpft das Hemd bis oben hin zu, dann sagt sie leise: »Ich gehe wieder zu meinen Freundinnen, entschuldige«, und flieht, auf ihren Absätzen taumelnd.

»Nein, warte! Nur einen Moment! Ich hole jetzt meinen Wagen zurück, nur einen Moment, komm schon!«, doch sie eilt schon davon und antwortet nicht. »Oder wir nehmen uns ein Zimmer, es gibt viele Hotels!« Doch sie dreht sich nicht um und bleibt nicht stehen, und der Typ mit nacktem Oberkörper sieht sie verschwinden, noch schöner von hinten: dieser schlanke, aber runde Hintern, die schmale Taille, die weich fallenden Haare, die im Rhythmus ihrer Schritte wogen. Außerdem sieht man von hinten diese riesige Nase nicht.

Die junge Frau wackelt mit dem Hintern und ist davon, und mit ihr die sensationelle Gelegenheit dieser Nacht, die aus dem Nichts gekommen war und ins Nichts verschwindet. Das ist echt nicht gerecht, zum Teufel nochmal, das ist überhaupt nicht gerecht. In einem Augenblick ist ihm sein Auto abhanden gekommen, eine heiße Braut durch die Lappen gegangen, und langsam dämmert ihm, dass auch noch sein Hemd weg ist. Nein, nichts ist gerecht in seinem Leben, lauter Sachen, die gut laufen könnten, aber alle schiefgehen. Wenn dann also auch die anderen mal ein wenig Ungerechtigkeit trifft, ihr Problem. Marinos Problem.

»Na, bist du jetzt zufrieden, du Bastard?« Der Typ mit nacktem Oberkörper blickt Marino starr in die Augen, und von da an passiert alles schnell und präzise wie bei diesen chemischen Formeln, wo man das zusammenmischt, was sie vorschreiben, und es dann reagiert. Nimm die späte Stunde und die Müdigkeit, nimm Alkohol in übermäßiger Dosis gegen Ende des Abends, wenn der Euphorieeffekt nachlässt und nur der bittere Nachgeschmack bleibt, nimm die erregten, aber nicht abreagierten Hormone, nimm die Leute ringsum, die zuschauen und irgendetwas Großes erwarten, nimm die Freunde von dem da, die genau jetzt hinzukommen, ihn oben ohne vorfinden und merken, dass sie für den Heimweg kein Auto mehr haben ... und wenn du nicht sehen willst, was aus all diesen widerlichen Zutaten wird, musst du wirklich fest die Augen zukneifen und sie so lange geschlossen halten, bis du den ersten Schlag abbekommst.

Der aber nicht kommt. Marino spürt keine Fausthiebe, er spürt keine Tritte. Nur Hände, die ihn packen, die der Freunde des Typen, sie nehmen Marino und lösen ihn von seinem Rad. Er versucht, sich an den Lenker zu klammern, aber das Fahrrad fällt um, einer springt darauf, und die Räder verbiegen sich, ein Schutzblech geht kaputt.

»Langsam Jungs, jetzt übertreibt ihr aber«, sagt Marino und versucht einen professionellen Tonfall beizubehalten, auch wenn ihn vier oder fünf Typen gepackt haben und wie einen alten Teppich behandeln, der reif ist für die Mülltonne. »Das Fahrrad ist Eigentum der Gemeinde, es ist öffentliches Gut.«

Unterdessen halten die Freunde von Oben Ohne Marino fest, er bekommt ein paar Tritte ab, jemand aus dem Publikum klaut ihm die Mütze vom Kopf.

»Noch könnt ihr rechtzeitig aufhören. Ihr seid nur einen Millimeter von einer nicht wiedergutzumachenden Situation entfernt, doch wenn ihr jetzt aufhört, gibt es kein Problem«, sagt er. Doch man versteht ihn schlecht, denn schon reißen sie ihm die phosphoreszierende Weste runter, peitschen ihn damit, und Marino muss versuchen, die Schläge abzuwehren. »Jungs! Nein! Die Weste ist Teil der Uniform, ruiniert sie mir nicht, das ist Beamtenbeleidigung!«

Oben Ohne bricht in Lachen aus, und da er nur eine Handbreit von seinem Gesicht entfernt ist, wird Marino mit diesem Lachen zugleich bespuckt. Er riecht den Alkohol, spürt die sauren Spuckekügelchen in den Augen. Dann ein Stoß, der ihn zu Boden wirft wie zuvor das Fahrrad, und nun sind es seine Knochen, die dasselbe Geräusch von sich geben: etwas, das rasselt und sich verbiegt.

Ringsum steigt das Geschrei an, jemand sagt, man solle ihm einen Tritt geben, ein anderer ruft ein allgemeines »Prügel, Prügel!« Dann mischt sich eine spitze und fast sanfte Mädchenstimme darunter, die ruft: »Pinkel ihn an! Pinkel ihn an, diese Schwuchtel!«

Stille, alle schweigen, sogar die Straße, sogar die Welt ringsum, die einen Augenblick aufhört, sich zu drehen, und sich zusammen mit dem Publikum zu der Stelle umdreht, von der jene Stimme gekommen ist. Und da steht ein junges Mädchen, klein und mit einem rosagrauen Kleidchen am Leib, die Haare zusammengebunden und mit einem Lächeln, das ihr auf den Lippen erstirbt.

Und Oben Ohne schaut seine Freunde an, schaut das Publikum an, das mit aufgerissenen roten Augen wieder losklatscht. Sie packen Marino am Hemd und halten ihn am Boden, auf dem Rücken liegend mitten auf der Straße unter dem Gehupe der Autos, die vorbeifahren wollen, Steinchen und Glasscherben unter dem Rücken und über ihm Oben Ohne, mit einem Bein hier und einem dort. Der seinen Hosenstall öffnet.

Die Leute schreien, und nach so vielen Beleidigungen und so vielen verschiedenen Worten, die gleichzeitig in das Chaos der Nacht geschleudert wurden, rufen nun alle dasselbe. Deutlich, einfach, drängend. »Pinkel ihn an! Pinkel ihn an!«

Marino hört es von da unten und versteht es nicht, ihm tut der Kopf weh, und er kann sich nur ein kleines Stückchen erheben, denn die Freunde von Oben Ohne halten ihn an Armen und Beinen fest. Und er denkt nicht darüber nach zu sprechen, er beschließt es nicht, es muss der Autopilot sein, den wir in uns haben, der, wenn er sieht, dass wir gleich zerschellen und nicht mehr wissen, was wir tun sollen, das Kommando übernimmt, ohne um Erlaubnis zu bitten. Er öffnet Marinos Mund und lässt ihn sagen: »Jungs, ich bitte euch, ich habe nichts damit zu tun! Ich verdiene fast nichts! Ihr vergnügt euch, und derweil mache ich hier draußen diesen beschissenen Job! Und ich bin sogar gutmütig, wenn ich einen abgelaufenen Parkschein sehe, warte ich, mache meine Runde weiter und schaue erst nach einer halben

Stunde wieder vorbei, ich schwör's! Andere dagegen genießen das geradezu, die schreiben Strafzettel, noch bevor die Zeit abgelaufen ist, und fälschen die Uhrzeit! Wenn ihr wollt, nenne ich euch Namen, die sind auch gerade auf Tour, einer heißt Roberbluuuurrgrrgrrgrgrrgh …«

Und dann nichts mehr, nur gurgelnde Laute aus der Magengegend, unter diesem heißen Schwall, der auf seinem Hals landet, dann auf seinem Kinn und dann ekelhafterweise in seinem Mund, igitt.

Er verschluckt sich, wie wenn beim Schwimmen im Meer eine Welle kommt und Wasser in den Mund schwappt. Doch gerade schwimmt Marino nicht, und es ist zwar salzig, aber kein Meerwasser, es ist Pisse, die in seinen Hals und seine Lungen eindringt. Er versucht sich zu erheben, um zu husten, aber diese Typen halten ihn weiter am Boden, auch wenn sie etwas abgerückt sind, um keine Spritzer abzubekommen.

Und ringsum das irrsinnige Gekreische des Publikums, Leute, die schreien, in die Luft springen und sich in die Arme fallen, als hätte Italien bei der Weltmeisterschaft ein Tor gegen die Deutschen geschossen. Das Geschrei ist so laut, dass es im ersten Augenblick das wütende Gehupe der Autos übertönt, die sich mitten auf der Straße stauen. Leute, die nach Hause zurückfahren oder noch in die Disko wollen, bevor sie schließt, oder was auch immer tun wollen und nur eine springende und schreiende Menschenmenge sehen und nicht wissen, dass da jemand am Boden liegt, eine Ladung Pisse abbekommt und fast ertrinkt.

Statt zu ertrinken, beugt Marino seinen Kopf zu einer Seite und übergibt sich. Warmes und Saures, das zuvor in ihn hineingelaufen ist, kommt nun aus ihm heraus. Alles ist grauenvoll, schrecklich.

»Bäh, wie eklig!«, ruft einer von denen, die ihn festgehalten haben, und schnellt von ihm weg, hat aber schon einen Fleck auf dem Ärmel abbekommen. Er flucht und entfernt sich, und auch die anderen rücken von ihm ab. Marino bleibt da auf dem Asphalt, seine Augen brennen, er sieht nichts, und er will sich nicht bewegen. Er will nur da liegen bleiben, auf dass alle gehen mögen und ihn noch etwas kotzen lassen.

Und so geschieht es tatsächlich, nur ein langes, zufriedenes »Aaahhh« von Oben Ohne, wie von einem, der es seit geraumer Zeit zurückgehalten hat. Das Publikum lacht, klatscht und zieht sich langsam von der Straße zurück, jeder für sich, nun sind sie kein Publikum mehr, sondern viele Personen, die sich für einen Augenblick zu einem einzigen Wesen zusammengeschlossen hatten und eine einzige Sache sehen wollten, und jetzt, wo sie sie gesehen haben, ziehen sie zufrieden ab. Und zufrieden sind auch die Autos, die ein letztes Hupen von sich geben und mit quietschenden Reifen wieder losfahren und über die Straße brettern, die in die Zukunft führt.

Aber diese Straße ist nie eben. Schon das erste Auto, das wie eine Rakete abgeht, flitzt nicht gerade dahin, sondern fährt über irgendetwas und holpert. Eine Erhebung, ein Zweig, ein Müllsack, der von einem Müllcontainer heruntergerollt ist.

Oder Marino.

Wie ein Katechet geboren wird

»Luna, schenke diesem Schurken bitte kein Vertrauen«, sagt Zot, während er die Fahrräder an einem Laternenpfahl festschließt. Der Schurke ist ein schwarzer Mann, ein Afrikaner, wie die, die gefälschte Markenhandtaschen am Strand verkaufen. Dieser hier ist aber nicht am Strand, sondern auf dem Krankenhausparkplatz. Wenn ein Auto kommt, zeigt er ihm einen freien Parkplatz und grüßt dann, und wenn man ihm ein bisschen Kleingeld gibt, bedankt er sich. Er grüßt auch uns beide, die wir direkt von der Schule mit dem Rad gekommen sind, ich habe nur einen Euro in der Tasche und gebe ihm den.

»Auch noch Geld? Muss ich dich daran erinnern, was diese Menschen solchen wie dir antun?«

Der schwarze Herr schaut Zot an, schaut mich an, bedankt sich für den Euro und versteht nichts. Doch ich leider schon, ich habe Zot erzählt, was Albinos in Afrika passiert, und seitdem hat er sich darauf versteift, dass wir das Problem lösen müssen. Er und ich.

Ich sage ihm, er soll die Klappe halten, und gehe zum Krankenhauseingang. Von der Schule bis hierher ist es ein langer Weg, noch dazu unter der Sonne, ohne Zot wäre es hart gewesen, mit dem Rad zu kommen, aber im Krankenhaus finde ich mich wegen all der Kontrollen und Untersuchungen, zu denen ich immer muss, wie im Schlaf zurecht und lege einen Zahn zu, in der Hoffnung, ihn abzuschütteln. Zot versucht mit mir Schritt zu halten, und obwohl er völlig außer Atem ist, bleibt er hartnäckig: »Das Geld hättest du ihm nicht geben sollen. Du hast bloß

Glück, dass dieser Ganove kein Beil dabeihatte, wer weiß, was er dir sonst angetan hätte, wer weiß, ob du immer noch deine Beine hättest, um so schnell zu laufen.«

Wir kommen zu der riesigen Drehtür, die stillsteht und sich erst bewegt, wenn man sich direkt davor befindet. Und wie immer hat sich dort eine Gruppe älterer Herrschaften gesammelt, die wie angewurzelt herumstehen und verängstigt den richtigen Moment abwarten, um sich hineinzuwagen, und jedem, der in der Zwischenzeit hindurchgeht, mit Bewunderung zuschauen. An der Infotheke begrüßt mich Signora Franca. Ich frage sie, wie es ihr geht, und dann, in welchem Zimmer Signor Marino ist, den Nachnamen kenne ich nicht. »Das ist der, der Samstagabend auf der Strandallee von einem Auto überfahren wurde«, und da versteht Franca, denn Samstagabend kamen drei, die von Autos überfahren wurden, aber darunter ein Mädchen und einer, dessen Beerdigung heute Nachmittag stattfindet.

Also erster Stock, Zimmer 153, wir nehmen die Rolltreppe und laufen zwei Krankenschwestern über den Weg, die mich grüßen und fragen, ob Zot mein Freund ist. Gleich dreimal sage ich Nein, sie lachen und erwidern: »Wir sehen uns bald.« Und ich freue mich, obwohl es ja eigentlich nichts sonderlich Schönes ist, sich in einem Krankenhaus so zu Hause zu fühlen. Im Gegenteil, je verlorener man in den Gängen ist, je weniger man von Stationen und Krankensälen versteht, desto sorgloser ist das Leben.

Luca zum Beispiel war nur im Krankenhaus, als er geboren wurde. Ich bin immer mit Mama zu den Kontrollen gegangen, und er hat mich dann abends gefragt, wie es gelaufen ist, hat mir einen Kuss gegeben und »Starke Luna« gesagt. Nur einmal hat er mich zum Augenarzt begleitet, ich erinnere mich nicht mehr, warum. Ich erinnere mich nur noch, dass der Doktor mich untersucht hat und mir ein Rezept über noch stärkere Brillengläser ausgestellt hat, und weil wir die Letzten waren, hat er auch Lucas Sehschärfe getestet und ihm gesagt, dass er 110 Prozent habe. Hundertzehn. Von hundert Prozent hatte er hundertzehn. Ich wusste nicht einmal, dass das möglich ist. »Ich auch nicht«, hat Luca gesagt, dann hat er losgelacht, und wir sind gegangen. Und obwohl er so gut sehen konnte, ein Krankenhaus hat Luca seit diesem Tag nie mehr gesehen.

Nicht einmal an seinem letzten Tag. Mein großer Bruder ist nicht in einem rundum weißen Zimmer gestorben, mit voll aufgedrehter Heizung, Alkoholgeruch und dem Gepiepse der Maschinen ringsum, wie von Handys, deren Akku alle ist. Luca ist im Wasser gestorben, mitten in den Wellen. Und obwohl ich es nicht möchte, stelle ich ihn mir oft so vor, wie er auf dem Wasser treibt, mit dem Gesicht nach oben, mit den langen Haaren, die sich langsam um seinen Kopf bewegen. Dann werden sie plötzlich zu Algen, dunklen Algen, die ihn umwickeln, ihm ins Gesicht klettern und in seinen Mund, seine Ohren und seine Augen eindringen. Seine wunderschönen grünen Augen mit der super Sehschärfe von hundertzehn Prozent, und …

Und zum Glück kommen wir im ersten Stock an, vor dem Zimmer 153.

»Luna, warte, wo gehst du hin?«

»Wir gehen rein, oder?«

»Ja, aber warte, erst brauchen wir ein Präsent.«

»Ein was?«

»Eine Ehrerbietung, eine kleine Aufmerksamkeit für unseren Katecheten. Einen Blumenstrauß, eine Schachtel Pralinen, wenigstens irgendeine Zeitung. Gibt es hier drinnen einen Kiosk?«

»Ja, unten, aber meiner Meinung nach brauchen wir so was nicht.«

»Wir brauchen es nicht, aber es ist eine feine Geste. Ich schäme mich, ohne eine kleine Aufmerksamkeit zu erscheinen.«

Ich schaue ihn an, Zot, wie er im immer zu hellen und zu starken Neonlicht des Krankenhauses wankt. Ich weiß, dass sie dieses Licht nie dimmen werden, wie ich auch weiß, dass Zot nie ohne sein Geschenk eintreten wird, also schnaube ich und mache mich schnell wieder auf den Weg zur Rolltreppe und zum Kiosk.

»Warte auf mich, Luna, warte!«

»Los, beeil dich.«

»Aber in Krankenhäusern ist Rennen doch verboten!«

»Warum?«

»Keine Ahnung, aber es ist verboten. Vielleicht, weil die Kranken nicht rennen können, und es deshalb unhöflich wäre, ihnen zu zeigen, dass wir es sehr wohl können.«

Sandro kehrt mit einem Satz ins Zimmer zurück und schlägt die Tür hinter sich zu. Er wollte gerade zum Rauchen rausgehen, die nun zerbrochene Zigarette in der Hand, Tabakhärchen zwischen den Fingern.

»Gehst du doch nicht?«, fragt Rambo, der neben dem Bett sitzt. Auch Marino versucht ihn anzuschauen, aber der Gips bedeckt seinen gesamten Oberkörper, er sieht aus wie eine umgekippte Schildkröte, und wie eine solche kann er den Kopf nur ganz leicht heben und starr und steif und unnütz dort liegen.

»Ich habe keine Lust mehr«, sagt Sandro. Aber das stimmt nicht. Es stimmt schon eher, dass er aus dem Zimmer herausgekommen ist und sie gesehen hat, dort vor sich im Gang, das Mädchen mit den weißen Haaren, das bei der Beerdigung neben Serena stand, die kleine Schwester von Luca.

Wenn Luca wenigstens Einzelkind gewesen wäre oder immerhin eine ältere Schwester gehabt hätte, die schon erwachsen wäre, gerüstet gegen den Schmerz. Doch stattdessen hat er ein kleines, ganz weißes Schwesterchen, das ja schon keinen Papa hat:

was für eine blöde, ja beschissene Lage. Sandro fühlt sich wahnsinnig schuldig und würde gerne etwas für sie tun, das würde er wirklich gerne, doch jetzt, wo sie plötzlich vor ihm stand, konnte er nur fliehen. Er war rausgegangen, um zu rauchen, und stattdessen ist er zurück ins Zimmer gekommen und hat aufgehört zu atmen.

Rambo starrt ihn an, Marino versucht es, und zum Glück ist es ein Einzelzimmer und außer ihnen niemand da. Das kostet einen Batzen Geld, denn Marino muss mit seinem gebrochenen Becken eine ganze Weile hierbleiben, aber er kann einfach nicht mit anderen Leuten in einem Zimmer schlafen.

»Sandro, was ist los?«, fragt er ihn vom Kissen aus. »Du hast einen Doktor getroffen, stimmt's? Hat er dir irgendetwas gesagt, irgendetwas, was ich nicht weiß? Sag es mir, Sandro, du musst es mir sagen!«

»Nein, es ist nichts passiert. Ich wollte rausgehen, aber ich habe doch keine Lust, ich bin zu müde.«

Aber das stimmt nicht, er ist nicht müde, Sandro ist bloß ein Feigling. Er hatte sie da vor sich, er hätte zu ihr hingehen können, sich vorstellen, ein bisschen mit ihr reden. Statt jeden Tag und jede Nacht darüber nachzudenken, hätte er sie fragen können, wie es ihr geht, ob sie etwas braucht, ob in der Schule alles in Ordnung sei oder ob sie Hilfe bei den Hausaufgaben brauche oder wegen irgendeines Mitschülers, der ihr auf die Nerven gehe. Vielleicht hätte er sie auch um Entschuldigung bitten können.

Eine so schlichte, so natürliche Gelegenheit wird sich ihm nicht noch einmal bieten. Gewiss, wenn er es ein wenig früher gewusst hätte, hätte er sich darauf vorbereiten können, so war es wirklich ein Schlag, aber Fliehen war in jedem Fall ein wirklich trister Zug – und doch normal für ihn, Sandro ist trist, er ist schäbig, Sandro ist ein Feigling. Und er hat es verdient, so weiterzuleben, seine Tage voller Gewissensbisse und die Nächte voller schlimmer Träume, mit diesem Schuldgefühl, das ihn zerbricht, wie er die Zigarette zerbrochen hat, als er mit einem Satz zurück hier ins Zimmer gehechtet ist.

Jetzt bräuchte er aber wirklich eine Zigarette. Zu viel Stress, zu viel Unruhe. Er nimmt eine aus der Schachtel, will gerade aus dem Zimmer gehen, da hört er wieder geräuschvolle Schritte auf dem Gang. Er öffnet die Tür, und es passiert etwas, das seinem Vater zufolge im Leben nie passiert: Die Gelegenheit bietet sich ihm ein zweites Mal.

Das Mädchen mit den weißen Haaren kommt zurück, zusammen mit einem Jungen, der etwas kleiner ist. Und Sandro verharrt so, vor dieser neuen Gelegenheit, ein anständiger Mensch zu sein. Er starrt sie an, stützt sich an der Wand ab und atmet, atmet schwer, atmet nicht mehr ... Er stürzt erneut in Marinos Zimmer und schlägt die Tür mit einem noch lauteren Knall als vorher zu.

Rambo springt auf: »Was machst du denn bloß, verdammt?«

»Sandro, was ist los?«, fragt Marino. »Du bist komisch, du weißt doch irgendetwas. Du musst es mir sagen, Sandro, was weißt du? Ich bleibe gelähmt, stimmt's, ich bleibe im Rollstuhl!«

Er antwortet nicht, steht nur steif und unbeweglich da. Schwitzend hört er die Schritte da draußen immer näher kommen, und er hofft, dass die Schritte das tun mögen, was sie tun sollen, nämlich schnell vorübergehen. Doch da halten sie an, genau hier vor dem Zimmer, und das Klopfen an der Tür ist eine Bombe, die seine Nerven zerstört.

»Entschuldigung? Signor Marino, dürfen wir hereinkommen?«

Die so feine und zittrige Stimme gehört vielleicht dem Mädchen, vielleicht dem Jungen, oder einem Rotkehlchen, das langsam im Schnee verendet: »Dürfen wir eintreten?«

Sandro schaut sich um, starrt in Rambos aufgerissene Augen und schnellt dann zu dem kleinen Bad, springt hinein und schließt die Tür hinter sich. Auf dem Klo bleibt er sitzen, um zuzuhören.

»Wir sind's.«

»Wer wir?«, fragt Rambo.

»Wir sind zwei … zwei Jünger von Signor Marino.«

»Jünger? Okay, kommt rein, Jünger, euer Messias liegt hier auf dem Bett.«

Sandro hört die leichten Schritte, die Begrüßungen.

»Oh, Kinder, liebe Kinder«, sagt Marino in einem neuen Tonfall, voller Schmerz und Weisheit zugleich, wie ein Zen-Meister, der bei einer Schlägerei eine Flasche auf den Kopf bekommen hat. »Seid ihr gekommen, um mich zu besuchen? Vielen Dank, wie geht es euch? Hallo Luna, hallo Zot.«

Luna, sie heißt Luna. Und in Sandros Kopf wirbeln tausend Sätze herum und verheddern sich ineinander. »Hallo Luna, ich wollte das nicht, Luna, vergib mir, Luna, ich bitte dich …«

»Entschuldigen Sie uns, Signor Marino«, sagt die Stimme des kleinen Jungen. »Ich bin konsterniert, aber wir sind gezwungen, mit leeren Händen vor Ihnen zu erscheinen. Wir wollten Ihnen wenigstens eine Zeitung mitbringen, aber dann haben wir gemerkt, dass wir kein Geld haben.«

»Mach dir keine Sorgen, Zot. Und sag doch du zu mir.«

»Oh nein, das können Sie nicht von mir verlangen. Insbesondere jetzt, wo ich beschämt bin, Ihnen kein Präsent mitgebracht zu haben. Aber sehen Sie, wir kommen direkt von der Schule, und in die Schule kann ich kein Geld mitnehmen.«

»Warum denn nicht?«, fragt Rambo ihn. »Ist das verboten?«

»Nein, doch jeden Tag in der Pause erleide ich eine Leibesvisitation seitens meiner Mitschüler, Geld bei mir zu haben wäre gleichbedeutend damit, es ihnen zu schenken.«

»Diese Bastarde, ich komme demnächst mal in die Schule und jage ihnen Angst ein, okay?«

»Ich danke Ihnen, Signore. Das hat Lunas Mama auch schon gemacht, und es hat funktioniert. Doch jetzt verlässt sie das Haus nicht mehr, also ...«

Serena! Serena ist Lunas Mama! Sandro steht vom Klo auf, achtet aber darauf, keinen Lärm zu machen. Er bückt sich und guckt durchs Schlüsselloch, aber er sieht nur etwas Helles und Starres, vermutlich die Wand. Es gibt ja auch gar nichts zu sehen, Serena ist nicht hier, der Kleine hat es gerade gesagt, Serena verlässt das Haus nicht mehr. Weil es ihr schlecht geht und sie nirgendwo mehr hingeht, nicht einmal zur Schule, sie hat sich zu Hause eingeschlossen, und niemand verteidigt diese Kinder. Alles seinetwegen.

»Darf ich Sie etwas fragen?«, hört er jetzt Luna sagen. »Und zwar, hat der Wagen Sie wirklich überfahren?«

»Ja, genau das ist passiert.«

»Aber wer hat den gefahren? Wer war das?«, fragt sie. Und Sandro hat das Gefühl zu sterben. Denn das ist es, was sie interessiert, das ist es, was zählt: wer *die Schuld* trägt, wer schuldig ist.

»Samstagabendvolk«, antwortet Marino nach einem Seufzer. »Weißt du, es war tief in der Nacht, vor den Diskotheken.«

»Was für ein Skandal!«, meint der Junge. »Billige Flegel. Asoziale, Gauner ohne Ideale. Diesen Faulenzern würde ein bisschen Krieg mal ganz guttun!«

Rambo lacht und sagt: »Langsam Opa, reg dich nicht auf«, dann knackende und schleifende Geräusche, die vermutlich von Marino kommen, während er eine bequeme Position sucht, als ob es eine bequeme Position geben könnte, wenn man so zugerichtet ist.

»Wie lange müssen Sie denn im Krankenhaus bleiben?«, fragt Luna.

»Oh, genau weiß man es nicht. Aber eine Weile schon. Dann kommt noch die Reha, immer in der Hoffnung, dass es keine bleibenden Schäden gibt.«

»Schäden?«

»Ja«, meint Marino, »es gibt tausend Szenarien. Ein Hüftbruch ist eine Lotterie, es kann alles dabei herauskommen. Es braucht Zeit, Kinder, Zeit und Vertrauen. Wir sind in Gottes Händen.«

»Apropos Gott«, fragt der Junge, »Sie kommen nicht mehr zu uns für den Katechismus?«

»Leider nicht, Zot. Zumindest für eine Weile.«

»Für wie lange?«

»Wer weiß das schon. Ich hab euch ja gesagt, wir sind in Gottes Händen.«

Und dann nach einem Augenblick des Schweigens ist es wieder Luna, die eine Frage stellt. Mit einer anderen, schmerzerfüllten Stimme, als ob sie die Antwort nicht wirklich hören will: »Aber wenn Sie nicht kommen, wer macht den Katechismus dann an Ihrer Stelle?«

Marino antwortet erst nach einer Weile. »Nun, genau weiß ich es nicht. Doch ihr müsst bedenken, dass es nicht für allzu lange sein wird … Kommt schon, ihr werdet es nicht einmal merken, Kinder.«

Und je länger Marino nicht antwortet, desto klarer ist die Antwort. Tatsächlich sagt Luna nach kurzem Schweigen: »Oh nein, ich wusste es, Madre Greta kommt. Madre Greta kommt, stimmt's?«

»Kinder, was soll ich euch sagen? Ich treffe die Wahl nicht. Außerdem gibt es in diesen Zeiten nicht wirklich eine Wahl, andere Katecheten gibt es nicht.«

»Das ist aber nicht gerecht!«, meint Luna. »Können wir nicht hierherkommen? Wir kommen zu Ihnen, samstagnachmittags, sie halten den Katechismus hier im Krankenhaus!«

»Das stimmt, so können wir es machen«, begeistert sich der Junge. »Im Konvent, im Krankenhaus, was ändert das schon? Gottes Stimme gelangt überallhin. Sonst ist es eine Ungerechtigkeit, diese Diskothekenflegel begehen ein Verbrechen, und Luna und ich müssen dafür büßen.«

»Nun«, meint Rambo, »ehrlich gesagt, hat dieser Lump hier im Bett am meisten dafür gebüßt.«

»Ja, das ist wahr, ich bitte um Entschuldigung. Ich habe unüberlegt gesprochen. Gewiss, Signor Marino hat mehr als alle gebüßt. Ein Auto über sich hinwegfahren zu spüren, muss eine grauenhafte Erfahrung sein. Und noch schlimmer muss es sein, angepinkelt zu werden«, sagt der Junge. Stille.

Eine Stille, so groß, so absolut, dass Sandro auf seinem Klo den Eindruck hat, dass das Zimmer dort nicht mehr existiert. Und es mag an der Aufregung liegen oder an diesen starken Desinfektionsmitteln, die sie zum Badputzen benutzen, für einen Augenblick hat er wirklich Zweifel, ob vielleicht alles verschwunden ist, seine Freunde und die Kinder und das Bett und der Fernseher, der an der Decke hängt, und fast streckt er eine Hand aus, um die Tür zu öffnen und herauszufinden, was dahinter ist. Doch dann bricht Rambo in lautes Gelächter aus, und durch sein Gelächter schlängelt sich verzweifelt Marinos klagende Stimme und versucht, sich Gehör zu verschaffen: »Nein, das ist nicht wahr! Das ist nicht wahr, Kinder, aber woher, aber ... wer hat euch denn das erzählt?«

»Die in der Schule, Signor Marino, wieso?«

»Weil es nicht wahr ist! Das ist gelogen, eine Boshaftigkeit, von boshaften Leuten in Umlauf gebracht, die sich im Unglück anderer suhlen! Glaubt ihnen nicht, es ist nicht wahr, sagt allen, dass das überhaupt nicht wahr ist!«

»In Ordnung, Signor Marino«, meint Luna. »In Ordnung. Aber eigentlich wäre es nicht mal was Schlimmes. Schließlich ist es ja wohl keineswegs Ihre Schuld, wenn Sie jemand anpinkelt.«

»Stimmt«, fügt der Junge hinzu, »ich werde jeden Morgen angespuckt, und sie kleben mir Popel an meinen Mantel. Und ich glaube, Pipi fände ich weniger eklig als Popel, weil es vielleicht weniger klebrig ist. Ist Pipi weniger klebrig, Signor Marino?«

»Nein, ich ... ich weiß es nicht! Warum fragst du mich das, ich habe dir doch gesagt, dass das nicht stimmt, niemand hat mich angepinkelt!«

Rambo erstickt fast vor Lachen, die Kinder versuchen sich auf viele verschiedene Arten zu entschuldigen, reiten dabei aber ständig auf der Geschichte mit dem Pipi herum, sodass Marino irgendwann einfach aufhört zu sprechen. Dann hört Sandro nur noch Satzfetzen der Verabschiedung, Luna sagt zu Marino, dass sie ihn bald wieder beim Katechismus erwartet, sehr bald sogar, dann das Geräusch der Tür, die sich schließt, und auf Wiedersehen.

Sandro wartet einen Augenblick, dann noch einen, dann öffnet er die Tür einen kleinen Spalt, schaut hindurch und kommt heraus. Rambos Augen sind tränennass und Marino hat in der Zwischenzeit vergessen, dass Sandro da im Bad eingeschlossen war, sodass ihn fast der Schlag trifft und er aufschreit, als er Sandro sieht.

Sandro geht geradewegs zu ihm und packt ihn am Arm, und vielleicht sollte er ihn nicht so durchschütteln, und vielleicht sollte er nicht so laut schreien, aber er kann ja nichts dafür, dass ihm in diesem dunklen Klo aus dem Nichts eine glänzende und geniale Idee gekommen ist: »Marino, hör zu, zum Teufel mit Madre Greta, der neue Katechet bin ich!«

Metalldetektoren

Heute ist Montag, und montags ist niemand am Meer.
Wie im Januar keine Schwalben da sind, wie im Schnee keine
Blumen blühen. Die Natur hat ihre Rhythmen, und nach diesen
Rhythmen tanzt jede Spezies auf der Erde ihr Lied. Deshalb sind
die ernsthaften Leute, die normalen Leute also am Wochenende
ans Meer gegangen. Ein Stückchen vom Freitag, den ganzen
Samstag und den Sonntag bis zum späten Nachmittag, dann haben sie sich bei der Zahlstelle an der Autobahn wieder in die
Schlange gereiht, um nach Mailand, Parma, Florenz oder anders-
wohin zurückzukehren, wo sie eine Arbeit und ein Leben mit genauen und klaren Zeitplänen und Terminen haben.
Der Sommer ist vorbei, die Ferien sind um, aber es ist noch heiß,
und es ist nur richtig, dass am Wochenende alle so lange sonnenbaden, wie sie können, bevor der Winter einbricht und die Dunkelheit um fünf, wenn sie aus dem Büro kommen und es schon
Zeit ist, ins Bett zu gehen. Deshalb holen diese ernsthaften Menschen, Frauen und Männer, die arbeiten und vielleicht verheiratet sind oder zusammen leben und Kinder haben oder wenigstens Hunde, freitags ihren SUV aus der Garage und kommen
übers Wochenende nach Forte dei Marmi. Um sich in die Sonne
zu legen, am Ufer entlangzuspazieren, ihren Namen in den Sand
zu schreiben und darunter das Datum dieser heiteren Tage und
es mit dem Handy zu fotografieren, um dann dort zu bleiben bis
zum magischen Moment des Sonnenuntergangs, der jeden Tag
kommt, seit das Universum entstanden ist, und der doch immer
wieder ein Wunder ist, das den Touristen betäubt und ihn

zwingt, weitere tausend Fotos von dieser roten und überwältigenden Erhabenheit zu schießen, die den Himmel beherrscht und das Wasser des Meeres beruhigt. Auf dem Bildschirm des Handys wird nur eine Art leuchtender kleiner Ball übrig bleiben, aber es wird sofort an Verwandte, Freunde und Bekannte geschickt, die zu Hause geblieben sind, um sie wissen zu lassen, dass sie nicht zu Hause geblieben sind, sie sind in Forte dei Marmi, wo die Sonne jeden Abend für sie untergeht.

Jeden Abend bis zum Sonntag, dann fahren die ernsthaften Leute wieder nach Hause, und die Sonne geht am Strand nur noch für die Krabben und die Krähen unter, die auf der Suche nach Resten über die Strandlinie trippeln. Und für Sandro und Rambo, die wie die Krabben und die Krähen Reste auflesen, aber mit Metalldetektoren im Arm.

»Meiner Meinung nach funktionieren die nicht«, schnaubt Sandro. Denn sie schwenken nun schon seit einer Stunde diese Dinger über den Sand, ohne dass etwas passiert.

»Von wegen, sie funktionieren einwandfrei, hör mal hier«, sagt Rambo und hebt seinen hoch, nähert ihn seinem Handgelenk mit der stählernen Uhr, wie sie die Angriffskommandos der Marine tragen, und der Metalldetektor gibt einen lauten und zitternden Pfeifton von sich. »Hast du gesehen? Er funktioniert ausgezeichnet«, und er wedelt ihn wieder über dem Sand hin und her, voller Stolz. Denn diese beiden Gerätschaften hat er gebaut. Eigentlich wären sie zu dritt, aber Marino ist im Krankenhaus, deshalb werden für eine Weile nur sie beide montags den Strand abklopfen.

Alles hat im Frühling angefangen, an einem Tag, an dem Marino Murmeln mit Fotos von Radfahrern darin wiedergefunden hatte und sie sich begeistert daran erinnert haben, wie vergnüglich es war, am Meer damit zu spielen, Pisten mit Kurven und Steilkurven und Fallen zu bauen. Plötzlich sind sie stinkwütend auf das Leben geworden, das einen irgendwann vor zu große Veränderungen stellt und einen mit dem Spielen aufhören lässt. Sie haben sich gefragt, wann bei ihnen dieser Moment war und welche Veränderungen ihnen das Leben gebracht hat, und sie haben festgestellt, dass sie sehr gut weiter mit Murmeln spielen könnten. So haben sie wieder angefangen, sich montagnachmittags auf dem verlassenen Strand gegenseitig herauszufordern, zusammen mit den Brüdern Graziani, von denen einer in den Neunzigern auf Ecstasy hängengeblieben ist und eine kleine Rente bekommt, von der beide leben.

Eine Art Meisterschaft mit Tabelle, die Marino montagabends immer aktualisiert und allen per Mail geschickt hat. Doch in der dritten Woche, als sie Marino gerade über den Sand gezogen haben, um mit seinem Hintern die Piste zu formen, hat er geschrien, ihn hätte etwas gepiekt. Er ist mit einer Hand auf seinem Bein losgerannt und hat geschrien: »Aids! Aids! Ich habe mich an einer Spritze gestochen und mich mit Aids angesteckt!«

Was dann gar keine Spritze war, sondern eine Brosche, die irgendeine dieser ernsthaften und gerechten Frauen im Sand verloren hatte, während sie hier ihre goldenen Wochenendtage verbracht hatte. Und golden war auch die Brosche, genauer gesagt war sie aus echtem Gold.

Marino hat sie behalten, als Trost für seine große Angst. Er hat eine Kerze für die Madonna di Montenero angezündet, hat die Brosche seiner Mutter geschenkt, und es wurde nicht mehr darüber gesprochen. Zumindest bis zur Woche darauf, als sie erneut spielten und Sandro dran war mit Schießen, er hat sich hingekniet und dabei etwas Hartes, Flaches unter seinem Schienbein gespürt, was sich als silbernes Armband entpuppte. Er hob es auf, blies den Sand weg und betrachtete es von Nahem. Dann hat er den Blick davon gelöst und Marino und Rambo in die Augen geschaut, und von diesem Tag an hieß es Murmeln Ade und Brüder Graziani Ade, jetzt verbringen sie die Montage damit, den Sand mit den Metalldetektoren durchzusieben.

Die Rambo wirklich ganz allein zusammengebaut hat. Er fand in einem Überlebenshandbuch eine Anleitung, trieb drei Besenstiele auf und klebte an ihre Enden je ein altes Transistorradio und einen Werbegeschenk-Rechner aus dem Supermarkt: Es mag absurd erscheinen, doch wenn unter dem Sand irgendetwas Metallisches ist, fängt das Transistorradio an zu pfeifen. Und dann halten sie an, legen die Metalldetektoren beiseite und graben. Es ist leicht, kostet nichts und funktioniert.

Nur, dass das Transistorradio nie pfeift.

»Verdammte Scheiße aber auch!«, platzt Sandro heraus. Denn weil er die ganze Zeit dieses Ding in der Hand hält, tut ihm schon der gesamte Arm und auch der Rücken weh, und sie finden einen Scheißdreck. »Ist es denn möglich, dass von den ganzen Leuten, die gestern hier waren, niemand irgendetwas verloren hat? Verdammte Scheiße, Gott ...«, und er hält ein, denn ein hübscher Fluch würde jetzt zwar sehr gut passen, aber er muss langsam anfangen, sich besser unter Kontrolle zu haben.

»Oh, du bist noch kein Katechet, und schon hast du aufgehört zu fluchen?«, zieht Rambo ihn auf.

Sandro antwortet nicht, er schwenkt weiter den Besenstiel und beobachtet Rambo, der dasselbe tut, aber mit mehr Vertrauen und Glaubwürdigkeit, so in Camouflage gekleidet und mit wasserdichten Militärstiefeln.

»Du weißt, dass das mit dem Katechismus Mist ist«, bleibt Rambo hartnäckig. »Das weißt du, oder?«

Und wieder bleibt Sandro still. Denn es mag stimmen, dass das Mist ist, aber was soll er sonst tun? Es ist wie in jener Nacht, als er klein war und sein Papa ihn mitgenommen hat, um mit der

Harpune Hornhechte zu fischen. Oben vom Landungssteg hat Sandro eine sehr starke Taschenlampe aufs Wasser gerichtet, und in kürzester Zeit sind die Hornhechte neugierig angekommen und um das Licht herumgeschwommen, und da hat sein Papa auf einen gezielt und mit voller Wucht die Harpune geworfen. Es ist nun aber so, dass der Hornhecht klein ist, ein langer Fisch, so dünn wie ein Finger, während die Harpune spitz war und mit einem Stamm als Holzgriff, also hat sie den Fisch nicht aufgespießt, sondern ihn regelrecht in zwei Teile geschnitten, auf einer Seite der Kopf, auf der anderen der Rest. Und Sandro war ganz mitgenommen, dieses silberne Ding anzuleuchten, vielmehr diese zwei Dinger mittlerweile, von denen eines langsam im dunklen Wasser versank und das andere, der Schwanz, sich unglaublicherweise noch bewegte und hierhin und dorthin zu fliehen versuchte. »Warum macht er das denn?«, hat er seinen Papa gefragt, mit der Taschenlampe in der Hand, die ihm fast vom Steg gefallen ist. Und sein Papa hat gelacht und geantwortet: »Was soll er sonst tun, Sandro, hast du eine bessere Idee?«

Nein, in jener Nacht auf dem Landungssteg hatte Sandro keine bessere Idee, und auch jetzt hat er keine. Also ist es richtig, dass der Schwanz des Hornhechts versucht hatte irgendwohin zu fliehen und dass er jetzt der neue Katechet dieses weißen Mädchens namens Luna wird.

Er muss sie kennenlernen, muss mit ihr sprechen, muss erfahren, wie es ihr geht und wie es ihrer wunderschönen Mama geht. Er weiß nicht, was er zu ihr sagen wird, er weiß nicht einmal, ob er in der Lage sein wird, ihr ins Gesicht zu sehen, er weiß nur, dass es so nicht weitergehen kann. Auch weil schon seit sechs Monaten nichts wirklich weitergeht.

Gerade steht sein Leben still, steckt fest. Seit Luca tot ist, kommt jeder Tag und endet, und statt auf die anderen zu folgen, legt er sich über sie, alle Tage sind gleich, aufeinandergehäuft und leer.

Sandro ist verwirrt durch die dunkle Nacht geschwommen, bis ihn von oben eine Harpune getroffen und seinen Kopf abgetrennt hat, und jetzt ist das Einzige, was er tun kann, hierhin und dorthin zu fliehen. Nicht weil es funktionieren würde oder weil es einen Ort gäbe, zu dem er schwimmen könnte, sondern weil es nichts Besseres zu tun gibt. Er kann nur Katechet werden und sehen, was passiert.

»Jedenfalls ist das meiner Meinung nach nicht schwierig«, sagt er.

»Was?«, fragt Rambo, der an einer Stelle stehen geblieben ist, wo das Radio zwar nicht pfeift, aber ein Geräusch macht wie Regen auf einem Blechdach.

»Es ist nicht schwierig, Katechet zu sein. Das sind schließlich Kinder. Ich weiß zwar nichts von diesen Dingen, aber sie ja noch weniger. Außerdem, wenn Marino das schafft ...«

»Hm, ich weiß nicht, Marino ist besser aufgestellt als du.«

»Warum denn?«

»Weil er zum Beispiel in die Kirche geht?«

»Na gut.«

»Weil er zum Beispiel an Gott glaubt?«

»Na gut, was hat das damit zu tun, auch ich glaube an Gott.«

»Ja?«

»Aber ja doch. Das heißt, es könnte sein, warum nicht?«

Rambo antwortet mit einem Lachen, das alles durchschüttelt, dann lässt er das Gespräch auf sich beruhen, ebenso wie die Stelle, wo das Radio ein paar Geräusche gemacht hat, und fährt fort, den Metalldetektor herumzuschwenken.

Richtung Ufer, wo sich eine quietschbunte Gruppe Kinder versammelt hat, bestimmt Ausländer. Deutschland, Holland oder noch weiter oben, von so eisigen Orten, dass ein Tag wie dieser, an dem die Leute aus Forte dei Marmi schon mit Jacke aus dem Haus gehen, für sie total sommerlich ist und sie ins Wasser springen und dann wieder rauskommen und im Badezeug bleiben und lachen und klatschnass durch den Wind rennen.

»Was zum Teufel haben die denn zu lachen?«, fragt Rambo.

»Warum? Was ist daran schlimm, sie sind fröhlich und lachen.«

»Sie werden ja wohl nicht über uns lachen, was?«

»Was kümmern wir die schon. Es geht ihnen gut, und sie lachen, das ist doch normal, oder?«, sagt Sandro, hört dann aber auf zu sprechen. Teilweise, weil ihm, wie immer, Luca wieder in den Sinn kommt und die Tatsache, dass Luca nie mehr wird lachen können, und teilweise, weil sein Transistorradio, während er sprach, endlich einen lauten Pfeifton von sich gegeben hat.

Rambo läuft sofort zu ihm, sie werfen sich zu Boden und fangen an mit den Händen im Sand zu graben. Sie finden nichts, machen aber weiter, denn das Transistorradio pfeift immer noch, es brüllt sie an, daran zu glauben, dass das ihre Gelegenheit ist.

Das Pfeifen ruft die holländischen Kinder herbei, die, noch klatschnass, gucken kommen und sich ordentlich um sie herum aufstellen, um herauszufinden, was da passiert. Sandro und Rambo graben und versuchen dabei eine würdevolle Haltung einzunehmen, aber die Lust, etwas zu finden, ist zu groß, deshalb schreien und fluchen sie und feuern sich gegenseitig an.

»Komm schon, Sandro, du wirst sehen, dass ist ein dickes Ding, ich spüre es, komm schon, verdammt, das ist fett!«

Sandro nickt, der Sand setzt sich unter seinen Fingernägeln fest und tut langsam weh, aber er macht weiter, die Transistorradios pfeifen weiter, und die ausländischen Kinder schauen weiter zu.

Und endlich spürt Sandro etwas Hartes da unten, einen nahe am Ufer vergrabenen Schatz. Er schnappt mit seiner Hand zu, packt es und holt es mit einem atemlosen Lächeln, das auf seinen Lippen zittert, ans Licht.

Aber es ist ein Nagel, einer dieser großen Nägel, die man in Holz-
balken oder den Rumpf von Booten schlägt. Und er ist ganz bedeckt von etwas Weichem, Klebrigem, Dunklem. Sandro legt ihn
auf den Sand, reibt seine Finger aneinander, schließt die Augen
und hält sie sich unter die Nase.
Hundescheiße.

Missbrauchte Engel

Ich sitze wie die anderen auf einem dieser niedrigen Stühlchen, die im Kreis aufgestellt und alle besetzt sind, nur der einzige normale Stuhl ist noch frei, und tatsächlich hat gerade Madre Melanie ihren Kopf ins Zimmer gesteckt und gesagt, dass wir schön brav sein sollen, der Katechet komme gleich. Aber Lügen soll man nicht, sie hätte sagen müssen die Katechetin, schließlich wissen wir schon, dass in dieser Tür da gleich das böse Gesicht von Madre Greta auftauchen wird. Deshalb wollte ich ja gar nicht kommen.

Ich bin mit Zot von der Schule heimgelaufen. Früher ist Mama samstags immer für fünf Minuten von der Arbeit gekommen, weil der Friseursalon durchgehend geöffnet ist, hat Luca und mir Toasts und je ein Glas Milch gemacht und ist wieder abgehauen, wir haben gegessen, und dann ist Luca surfen gegangen und ich zum Katechismus. Doch das war früher, jetzt läuft das nicht mehr so. Jetzt läuft gar nichts mehr.

Doch heute habe ich bei Teresas Lebensmittelladen angehalten, habe Toastbrot, gekochten Schinken und Scheiblettenkäse gekauft und sie auf Opas Konto anschreiben lassen, der zwar nicht mehr lebt, sein Konto bei Teresa aber schon noch, nur dass Mama es bezahlt. Das heißt, sie hat es früher immer bezahlt, jetzt, tja. Und obwohl ich mich gezwungen habe, nur an die Toasts zu denken, wie lecker die sind, wenn man zwei Scheibletten daraufiegt und sie gut toastet, mit dem Dunklen außen, das verbrannt aussieht, aber nicht so schmeckt, hatte ich doch den Kopf voll von Madre Greta, von ihrem schielenden Blick und ihrem riesigen, behaarten Kiefer, beim Radeln haben meine Beine vor Angst gezittert.

Denn sie meint, dass wir Kinder des Teufels sind, und hasst uns alle. Aber mich am meisten, wegen dem, was bei Lucas Beerdigung passiert ist: Wir sind aus der dunklen Kirche herausgekommen und langsam hinter dem Sarg mit meinem Bruder hergelaufen. Eine Million Menschen standen da in einer so langen Schlange, dass sie immer noch bis zum Vorplatz der Kirche gereicht hat, als wir schon auf halbem Weg zum Friedhof waren. Doch Madre Greta hat sich bis an die Spitze durchgeboxt, wo Mama und ich waren, und hat zur Signora Gemma gesagt, sie möge ein Stück rücken, sonst könne sie nicht neben uns laufen. Aber in Wirklichkeit wollte sie nur ganz vorne sein, vom ganzen Ort gesehen werden und diejenige abgeben, die betet und tröstet und alle lieb hat, und sie hat mit extra lauter Stimme wiederholt: »Was für ein Goldjunge, er wird uns fehlen, aber wir müssen stark sein, das Leben geht weiter.« Falsch wie Judas. Irgendwann habe ich mich umgedreht und gesehen, dass sie Mama an den Schultern gepackt hatte und darauf bestand, dass sie das *Requiem aeternam* betet, auch wenn Mama sich nicht daran erinnern konnte, sie wusste nicht einmal, wo diese »ewige Ruhe« denn sein sollte, und Madre Greta hat gesagt: »Los, los, Herr, gib ihnen die ewige Ruhe, los!« Da habe ich in mir etwas gespürt, was ich vorher nie gespürt hatte, etwas Heißes, Aufgeblähtes und ganz Starkes auf Atemhöhe, das an meinem Fleisch und meinen Knochen gekratzt hat, um rauszukommen, und am Ende hat es den Weg zum Mund gefunden, ist zwischen den Zähnen aus mir herausgespritzt und hat mich Madre Greta anschreien lassen, dass sie weggehen soll, dass wir sie nicht dahaben wollen: »Ich hasse dich, und Luca hat dich gehasst, und die ganze Welt hasst dich, geh weg, geh weg!« Das habe ich geschrien, ich schwör's, und alle haben mich gehört.

Die Signora Gemma hat ihren Arm um mich gelegt, hat mich dann fest an sich gedrückt und mit ihrem Mund in meinen Haaren gesagt: »Luna, Luna, Luna, es reicht, ganz ruhig, es reicht.« Aber ich habe ihr nicht zugehört, ich habe nur Madre Greta gehört, die sich umgeschaut und zu den Leuten gesagt hat: »Das ist nicht ihre Schuld, das arme Kind, sie weiß nicht, was sie sagt.« Aber seit diesem Tag bin ich sicher, dass sie nur auf einen günstigen Moment wartet, um es mir heimzuzahlen.

Und dieser Moment ist jetzt, beim Katechismus, zu dem ich wirklich nicht gehen wollte. Ich hatte mir schon einen Plan zurechtgelegt. Ich würde Mama sagen, dass ich hierherkäme, aber stattdessen würde ich zu Zot gehen, auch er würde den Katechismus schwänzen, und wir würden uns im Wald vom Geisterhaus verstecken. Der mir zwar Angst macht, aber weniger als Madre Greta.

Eigentlich hätte ich gar nicht wirklich einen Plan gebraucht: Als ich ihr gesagt habe, dass ich zum Katechismus gehe, hat mich Mama nur kurz angeschaut, ganz seltsam, wie morgens, wenn ich ihr Bescheid gebe, dass ich zur Schule gehe. Für sie ist es schon absurd, dass ich überhaupt das Haus verlasse, also hätte ich heute genauso gut die Toasts essen und ohne Ausreden in meinem Zimmer bleiben und nie mehr zum Katechismus gehen können.

Was mein Traum war. Wäre das letztes Jahr passiert, hätte ich einen so hohen Freudensprung gemacht, dass ich mit dem Kopf gegen die Zimmerdecke gestoßen wäre. Heute dagegen, also heute wäre es nicht richtig, Mensch. Seit ich klein war, zwingen sie mich, jeden Samstag hierherzukommen, sie haben mich die Zehn Gebote auswendig lernen lassen, die Sieben Todsünden, die drei Göttlichen Tugenden und hunderttausend andere Sachen, die man tun und vor allem lassen soll. Ich bin getauft worden, war bei der Erstkommunion, und im Mai folge ich immer den Stationen des Kreuzwegs. Und ausgerechnet dieses Jahr, dem letzten, in dem die Firmung stattfindet und ich danach für immer ausgesorgt habe, ausgerechnet jetzt kümmert es niemanden mehr, ob ich komme oder nicht?

Nein, verflixt, jetzt sind wir schon bis hier gekommen, welchen Sinn hat es, jetzt aufzuhören? Wie bei diesem Witz, den mir Zot heute Morgen erzählt hat, von einem Verrückten, der nachts versucht aus dem Irrenhaus abzuhauen, nur dass er um abzuhauen über hundert richtig hohe Gittertore klettern muss, er wird immer müder, klettert aber weiter, und als er das neunundneunzigste Tor überwunden hat, steht er vor dem letzten, schaut es ganz außer Atem an, schüttelt den Kopf und sagt: »Nein, es reicht, das schaffe ich nicht mehr«, dann dreht er sich um und klettert nochmal über alle neunundneunzig.

Deshalb habe ich die Toasts gegessen, habe mich von Mama verabschiedet und bin hierhergekommen, und ich bin still und starre auf den leeren Stuhl da vorne und warte darauf, zu sehen, wie er von Madre Gretas Riesenhintern ausgefüllt wird. Denn ich stehe am neunundneunzigsten Gittertor, sich jetzt umzudrehen wäre was für Verrückte. Und ich bin nicht verrückt, glaube ich.

Ich schüttele den Kopf und nicke und zwicke mit meinen Händen in meine Knie, noch stärker jetzt, wo ich von draußen näher kommende Schritte höre, jemanden, der eintritt, eine Stimme, die uns begrüßt. Und auf einen Schlag ändert sich alles.

»Guten Tag, Kinder«, sagt Sandro, als er den Raum betritt. »Friede sei mit euch.«

Er hat darüber nachgedacht, und das schien ihm der richtige Satz, der Priester hat ihn damals immer gesprochen, als er noch in die Messe gegangen ist, also als er in ihrem Alter war. Doch diese Jugendlichen schauen ihn mit überraschten und wachen Augen an, statt Augen sind das eher Röntgengeräte, die ihn durchleuchten, von den kaputten Sportschuhen bis zum Gesicht, und während er versucht sein Lächeln aufrechtzuerhalten, hört Sandro einen fragenden Ton in ihren Stimmen, als sie im Chor antworten: »Und mit deinem Geiste?«

Es sind etwa zwanzig, die da im Kreis sitzen und ihn anstarren. Blonde und dunkelhaarige Jugendliche und zwei mit Kappen, die ihre Haare bedecken. Dann findet Sandro da zur Rechten den einzigen Grund, der ihn in diese absurde Lage gebracht hat, ein ganz weißer Grund, der ihn durch eine riesige Sonnenbrille und mit offenem Mund anstarrt.

Luna. Ihretwegen hat Marino ihm diesen Gefallen getan. Er hat mit dem Pfarrer telefoniert und zu ihm gesagt, dass er sich Sorgen um die Kinder mache, dass er für sie einen Weg menschlichen und spirituellen Wachstums im Sinn habe, jetzt jedoch dieser blöde Unfall drohe ihn zu unterbrechen. Er habe aber einen Freund, einen sehr lieben und gottesfürchtigen Menschen, mit dem Marino lange Abende christlicher Meditation teile. Er sei in der Gemeinde nicht sonderlich aktiv, sei aber ein Mann des Glaubens, Marino würde seinen Schmerzen mit größerer Heiterkeit entgegentreten, wenn er wüsste, dass die Kinder in seinen Händen seien. Und mit seinen meinte er Sandros Hände.

Eine schöne und bewegende Rede, aber nicht deswegen hat der Pfarrer zugestimmt. Das verdankt Sandro der Tatsache, dass er, seit er sechzehn ist, nur noch vor dem laufenden Fernseher einschlafen kann. Er macht den Doku-Kanal an und döst ein, während auf dem Bildschirm diese Dokumentarfilme über Naturphänomene, Geschichte oder Wissenschaft laufen, und seiner Meinung nach hat das die gleiche Wirkung wie diese Kurse auf Kassetten, die früher als Zeitschriftenbeilage verkauft wurden und die man über Kopfhörer im Schlaf hörte, um so Englisch, Quantenphysik oder sonst was zu lernen, ohne es zu merken.

Sandro überrascht entsprechend oft mit absurdem Wissen über Papageien und Giraffen oder Hitlers Leidenschaft für Automobile, Zeug, von dem er nicht sagen kann, wo er das herhat, und das doch ganz klar da in seinem Kopf ist. Und genau so war es, als er den Pfarrer kennengelernt hat. Zunächst hatte Sandro einen schlechten Start, weil der Pfarrer ihn fragte, wieso er nicht in die Kirche gehe, was sein Lieblingsevangelium sei, welches Gebot ihm am besten gefalle ... aber dann ist das Gespräch zu Bibern abgeglitten, und sein Triumph hat begonnen: Padre Ermete sagte, dass die Zehn Gebote grundlegend seien, sie seien wie das kostbare frische Holz, das die Biber benutzen, um ihre Dämme zu bauen, und die Biber seien die Kinder, und den Damm müssten sie gegen das Umsichgreifen des Sittenverfalls errichten.

»Du musst wissen, dass die Biber bewundernswerte Tiere sind«, wurde Padre Ermete langsam warm. »Sie sind überzeugte Monogame, ein Paar bleibt sein ganzes Leben zusammen. Sie haben ein treues, liebevolles Wesen und sind der Arbeit ergeben.«

Und Sandro nickte, denn ohne zu ahnen, woher, wusste auch er diese Dinge und fügte hinzu, dass Biber dicker sind, als man so glaubt, dass sie bis zu zwanzig Kilo wiegen können, und in der Urgeschichte gab es Biber, die so groß waren wie Bären, und ...

Und Padre Ermete starrte ihn an, ist ganz aufgeregt aufgestanden, und sie haben weiter über Biber geredet und dann über das Leben in den Wäldern und an den Flüssen, bis sie irgendwie zu den wunderbaren Tugenden der Tintenfische gekommen sind, dieser äußerst klugen Tiere, denen gegenüber Fische geradezu zurückgeblieben sind.

Deshalb ist Sandro genau der richtige Mann, um die Jugendlichen zu leiten, denn die Evangelien zu kennen ist zwar wichtig, aber nur ein Verrückter kann Gottes Präsenz in den Tintenfischen, den Bibern, in den zahlreichen Wundern der Natur übersehen. Ein Verrückter wie Madre Greta, zum Beispiel, die sich sage und schreibe schon zweimal beim Bischof beschwert hat, weil Padre Ermete in seinen Predigten nur von Tieren spreche. »Die Messe wirkt wie ein Dokumentarfilm, Eure Eminenz, die Gläubigen könnten genauso gut zu Hause auf dem Sofa vor dem Fernseher hocken bleiben, statt in die Kirche zu gehen«, so der Wortlaut dieser unheilstiftenden Schwester, die nichts von Religion verstanden hat und auch nichts davon, wie das Leben so spielt. Denn der Bischof hat alles Padre Ermete erzählt, als er aus seinen Händen zwei Kisten Weißwein entgegennahm, einen vorzüglichen Tropfen, den Padre Ermetes Bruder auf seinem kleinen Weinberg in den Hügeln von Candia herstellt, und sie haben gelacht und angestoßen.

Und auch Sandro kann anstoßen, denn er ist offiziell der neue Katechet. Und obwohl es ihm absurd erscheint, hier zu sein, um in diesem dunklen, mit Jesusbildchen tapezierten Raum Religion zu unterrichten, schaut Sandro sich um, atmet tief ein und wird die Jugendlichen nun also gen Paradies geleiten oder zu irgendeinem Ort da in der Nähe.

»Also, ich heiße Sandro. Sagt mir nicht, wie ihr heißt, denn das vergesse ich sowieso sofort wieder. Machen wir es so: Wenn ich mit einem von euch spreche, zeige ich mit dem Finger auf ihn, okay?«

Alle nicken, und da neben Luna meldet sich sofort jemand. Es ist der komisch angezogene Junge, der mit ihr im Krankenhaus war. Er trägt einen viel zu weiten karierten Wollpulli und darüber eine ebenfalls karierte Weste.

»Entschuldigen Sie, Signor Sandro, wieso ist Madre Greta nicht hier?«

Und schon beim letzten Wort bekommt er einen entschiedenen Schlag auf den Hinterkopf, von einem doppelt so breiten Jungen mit einer Art Schimmel auf den Wangen, der kaum als Bart durchgeht.

»Ganz einfach, Madre Greta ist nicht da, weil ich hier bin. Aber wieso denn, bitte, hättet ihr lieber die Nazi-Nonne?«

Alle lachen und schütteln den Kopf. Und Sandro lächelt ebenfalls, schlägt die Beine übereinander und spürt, dass er sie für sich eingenommen hat. Eigentlich ist es gar nicht so schwierig, Katechet zu sein, vielleicht ist sogar genau das sein Talent. Bestimmt, Sandro spürt, dass es so ist, er hebt die Augen zu der Zimmerdecke mit zwei Wasserflecken, die aussehen wie Sardinien und Korsika, aber in Wirklichkeit richtet er seinen Blick zum Himmel dahinter, und redet weiter.

»Also wenn ihr lieber diese Alte hättet, müsst ihr mir das nur sagen, dann gehe ich sie holen.« Sie lachen wieder, zwei Mädchen umarmen sich, und der dicke Junge gibt dem Altherrenkind einen weiteren Schlag auf den Hinterkopf, einfach so, um die Freude rauszulassen. Aber vor allem ist da Luna, die mit einer weißen Hand vor dem Mund lächelt. Sandro schaut sie an, und sie schaut schnell zu Boden und versucht ihr Lächeln zu unterdrücken, schafft es aber nicht.

»Also Kinder, lasst uns anfangen. Marino sagte mir, dass ihr beim letzten Mal ein Stück aus dem Evangelium gelesen und es kommentiert habt. Lasst uns das heute auch so machen, okay?«

Sie nicken, nehmen ihre Bibeln. Ein blonder Junge mit Dolce & Gabbana-Shirt und Sonnenbrille in den Haaren sagt, dass Marino schon die Lektüre für heute ausgesucht habe.

»Ach ja? Sehr gut, was ist es?«

»Genesis 19.«

Genesis 19, wo zum Teufel steht das? Wäre es nicht bequemer, die Seitenzahl zu sagen? Auch wenn die Bibel ja tausende von Seiten hat, seine ist ein kleiner Würfel, der bei seiner Mama schon seit einer Ewigkeit auf der Kommode steht und den er noch nie aufgeschlagen hat. Darauf steht *Taschenbibel*, und darin ist der Text so winzig, dass die Zeilen aussehen wie lauter untereinandergereihte, kleine schwarze Streifen. Sandro hebt den Blick und linst bei den Jugendlichen, die auf den ersten Seiten des Buchs sind. Richtig, die Genesis müsste am Anfang der Geschichte stehen. Und in der Tat, da ist sie ja, und da gibt es sogar eine etwas größer geschriebene 16. Dann eine 17, eine 18: Da haben wir's.

»Also Kinder, wer liest?«
Derselbe blonde Junge informiert ihn, dass beim letzten Mal der Katechet gelesen habe.
»Aha, okay. Also seid schön ruhig und hört zu, denn hinterher frage ich euch, was passiert ist, und wir kommentieren es, okay?«
Sandro hüstelt kurz, holt Luft und legt los.

Die beiden Engel kamen am Abend nach Sodom. Lot saß im Stadttor von Sodom. Als er sie sah, erhob er sich, trat auf sie zu, warf sich mit dem Gesicht zur Erde nieder und sagte: Meine Herren, kehrt doch im Haus eures Knechtes ein, bleibt über Nacht und wascht euch die Füße! Am Morgen könnt ihr euren Weg fortsetzen. Nein, sagten sie, wir wollen im Freien übernachten. Er redete ihnen aber so lange zu, bis sie mitgingen und bei ihm einkehrten. Er bereitete ihnen ein Mahl, ließ Matzen backen und sie aßen …

Jemand meldet sich, Sandro hat den Blick starr auf die winzige Buchseite gerichtet, sieht die Hand aber trotzdem, es ist wieder der Junge mit der Weste neben Luna.
»Entschuldigen Sie, Signor Sandro, was sind Matzen?«
»Das sind … na, das ist doch einfach, das müsstet ihr selbst wissen. Weiß es jemand?«
Stille, während alle zu verschwinden versuchen. Hinter ihrer Bibel, hinter dem Rücken eines Mitschülers. Auch Luna ist beklommen, sie starrt auf den Boden und beißt sich auf die Lippen.

Sandro möchte sie nicht in Verlegenheit bringen, aber das Problem ist, dass niemand in diesem Raum weiß, was Matzen sind, er noch weniger als alle anderen. Also muss er sich etwas ausdenken.

»Das ist Getreide, antikes Getreide, das sie zu der Zeit gegessen haben. So wie Bohnen.«

»Aber Bohnen sind doch Gemüse, oder?«, fragt wieder der Junge mit der Weste.

»Ich habe gesagt *wie* Bohnen, *wie*! Jetzt reicht es aber mit den Unterbrechungen, sonst verliert man den Sinn der Geschichte aus dem Blick«, sagt Sandro, und der Dicke mit dem Bart gibt dem Altherrenjungen einen weiteren Schlag auf den Hinterkopf. Der bittet um Entschuldigung und senkt den Blick wieder auf seine Bibel.

»Seht Kinder, der Sinn dieser wunderbaren Passage liegt im Wert der Gastfreundschaft. Zwei Unbekannte klopfen an die Tür, und was macht Lot? Er eilt herbei, um sie willkommen zu heißen, lädt sie in sein Haus ein. Was für eine wunderbare Geste. Denkt mal kurz darüber nach: Wenn das euch oder euren Eltern passiert wäre, hättet ihr euch dann auch so großzügig verhalten?«

»Das waren aber andere Zeiten damals«, sagt ein Mädchen, das angezogen ist wie eine Erwachsene, mit Rock und weißem Hemd, wie eine Anwältin, die der Welt feindlich entgegenblickt. »Heutzutage laufen echt schlimme Leute draußen rum. Bei uns zu Hause haben sie in zwei Monaten dreimal eingebrochen, obwohl Papa Gitterstäbe vor den Fenstern hat anbringen lassen. Außerdem waren das Engel, kein Wunder, dass man da freundlich ist. Zwei Engel würde auch mein Papa ins Haus lassen. Ich möchte sehen, was da stehen würde, wenn es zwei Zigeuner gewesen wären.«

»Also gut, verlieren wir den Kern der Geschichte nicht aus dem

Blick, die großartige Gastfreundschaft. Zwei Engel kommen an, und Lot bittet sie in sein Haus, nun schauen wir, wie es weitergeht ...«

Sie waren noch nicht schlafen gegangen, da umstellten die Einwohner der Stadt das Haus, die Männer von Sodom, Jung und Alt, alles Volk von weit und breit. Sie riefen nach Lot und fragten ihn: Wo sind die Männer, die heute Abend zu dir gekommen sind? Heraus mit ihnen, wir wollen sie missbrauchen!

Und Sandro hält schlagartig inne. Er schaut sich die Stelle noch einmal an, aber das steht da genau so. Er starrt auf die Worte wie die Kinder auf ihn, aufmerksam und still. Alle, bis auf den Altherrenjungen mit der Weste, der sich natürlich schon wieder meldet.
»Signor Sandro, entschuldigen Sie, in welchem Sinne missbrauchen?«
»In keinem Sinne. Sie wollten die Engel missbrauchen, das ist alles. Aber das ist nicht wichtig, lesen wir weiter.«
»Aber was heißt denn missbrauchen?«
»Nichts. Das heißt, stell dir vor, du bekommst gesagt, dass du etwas gebrauchen, aber nicht missbrauchen darfst.«
»Dann heißt das aber, dass Missbrauchen nicht in Ordnung ist, durften diese Herren die Engel denn gebrauchen? Und wie gebraucht man einen Engel?«
»Nein, einen Engel gebraucht man nicht, also ... kurzum, lasst uns weiterlesen, ich habe doch gesagt, es reicht jetzt mit den Unterbrechungen!«
Denn das Einzige, was man tun kann, ist weiterlesen, vor dieser Geschichte mit den perversen Nachbarn und den missbrauchten Engeln fliehen und zur finalen Lektion gelangen, die es auf

jeden Fall geben muss und die gerecht und religiös sein muss, denn das ist schließlich die Bibel, verdammte Scheiße.

> Da ging Lot zu ihnen hinaus vor die Tür, schloss sie hinter sich zu und sagte: Aber meine Brüder, begeht doch nicht ein solches Verbrechen! Seht, ich habe zwei Töchter, die noch keinen Mann erkannt haben. Ich will sie euch herausbringen. Dann tut mit ihnen, was euch gefällt.

Sandro hält erneut inne. Was zum Teufel steht denn hier drin? Ist das etwa die heilige Schrift, die man lesen soll, um ins Paradies zu kommen? Wo sind die Brote und die Fische, die sich vermehren, um die Leute satt zu bekommen, wo sind die Samariter, die ihrem Nächsten helfen? Hier wird der Nächste nur vergewaltigt und misshandelt, wie soll er Minderjährigen dieses Zeug vorlesen?

Sandro weiß es nicht, er schließt das winzige und entsetzliche Büchlein und hebt seine Augen zu den weit aufgerissenen der Jugendlichen. Auch sie ganz starr, außer dem Blondschopf, der ihn diesen Abschnitt hat lesen lassen. Dieser schamlose kleine Hurensohn lacht sich eins.

Dann fangen auch die anderen an zu lachen, sich gegenseitig zu hauen und Sachen zu rufen wie: »Ich missbrauche dich gleich, jetzt missbrauche ich dich!« Das als Anwältin verkleidete Mädchen zeigt ausgerechnet auf Luna und sagt: »Sie! Sie hat noch keinen Mann erkannt, die können wir diesen Leuten da geben!« Luna schaut sie an: »Warum denn, hast du etwa schon einen Mann erkannt?« Und sie antwortet: »Immer noch mehr als du!« Und Luna zeigt ihr den Mittelfinger, da stellt sich der Altherrenjunge zwischen die beiden, hebt beide Hände und sagt: »Meine Damen, ich bitte euch, lasst uns doch Ruhe bewahren, lasst uns doch nicht vulgär werden, erinnern wir uns daran, dass der Stil gewahrt werd…«, und dann nichts mehr, denn in der allgemeinen Erregung entlädt sich über ihm eine Wolke an Ohrfeigen, Kniffen und Hieben und allem, was sich menschliche Hände ausdenken können, um jemandem weh zu tun.

»Ruhe!«, ruft Sandro. »Hört auf und seid still, oder ich rufe Madre Greta!«

Aber sie glauben ihm nicht, oder vielleicht hören sie ihn gar nicht in diesem Chaos aus Geschrei, Gelächter, umfallenden Stühlen und dem blonden Jungen, der die Hand des Mädchens neben sich nimmt und versucht sie auf sein Ding in der Markenjeans zu legen, wobei er sagt: »Oh ja, missbrauchen wir uns gegenseitig, Monika!«

Sandro ruft, sie sollten die Klappe halten, trennt die Kinder und beißt dabei die Zähne zusammen, ballt die Fäuste, die Wut steigt in seinen Kopf und langsam in seine wenigen übriggebliebenen Haare. Aber die sind fein und licht und kurz, und vielleicht dreht die Wut deshalb wieder um und fließt nach unten in den Hals, wo sie ohne sein Zutun heraussprudelt, und nach einem kurzen Augenblick hört Sandro seinem Mund diesen Schrei entfahren, der zwischen den Wänden und Kinderköpfen und Buntstiftzeichnungen von Jesus umherschießt, bis er zu ihm zurückprallt, ein Schrei, der lautet: »Genug, hört auf damit, Gott ver…«.

Genau so, geradeheraus und vollständig, hat Sandro gleich in seiner ersten Katechismusstunde im Konvent geflucht. Und danach herrscht endlich Ruhe, eine Ruhe, die das Gegenteil von Frieden ist. Wie die Stille nach einem Schuss, wie nach einem ganz nahen Donnerschlag, bei dem es einem den Atem und die Stimme verschlägt und man anschließend überprüfen muss, ob man noch lebt.

Die Jugendlichen schauen ihn sprachlos an, der Altherrenjunge mit der Weste ist bestürzt, er hält sich die Ohren zu, als ob diese Beleidigung noch auf der Lauer liege, bereit, ihn anzufallen.

Und dadurch fühlt Sandro sich noch schmutziger, noch hässlicher, noch schuldiger. Er würde gerne irgendetwas sagen, versuchen, es wieder gutzumachen, aber nun vertraut er dem, was da aus seinem Mund herauskommt, nicht mehr, also hält er besser die Klappe. Er weicht den Blicken aus, schaut auf die Wände, zum Fenster, das den mit Wolken befleckten Himmel da draußen einrahmt, und Sandro denkt, dass er gerne eine von diesen Wolken wäre, ohne klare Form und zügig in eine Richtung unterwegs, über die sie nicht selbst entscheidet, sondern der Wind, und sie zieht nur vorüber und löst sich vielleicht in Regen auf, fällt auf die Erde hinab, und in der Erde verschwindet Tropfen um Tropfen, ohne Spuren zu hinterlassen, und …

»Amen.«

Ja, »amen«, genau dieses Wort bricht die ohrenbetäubende Stille im Raum nach seinem Fluch. »Amen«, und das hat ausgerechnet Luna gesagt. Sie hat ihre Sonnenbrille abgenommen, ihre Augen sind ganz hell, fast durchsichtig, das Gesicht ist ernst, aber der Mund zittert, am Ende gibt er nach, und ihr entwischt ein Lächeln.

Also was soll's, er ist ja gar nicht hier, um die Jugend zu evangelisieren, die interessiert ihn einen Scheiß, sie können ruhig alle Zeugen Jehovas oder Satanisten werden. Ihm ist nur wichtig, dass ihn Luna jetzt anschaut und lächelt.

Also lächelt auch Sandro. Er lächelt wirklich. Zum ersten Mal nach sechs Monaten.

Das geht ganz einfach, wenn es nicht unmöglich ist.

Erinnerungstsunami

Es war ein normales Fußballspiel bei der Ü40-Meisterschaft des Breitensportverbands Unione Italiana Sport Per Tutti, als der Himmel Hauptperson des Matchs wurde: durch Schneefall, der das Feld des Clubs Versilia 2000 weiß färbte. Ungläubig musste der Schiedsrichter Marchetti die Feindseligkeiten unterbrechen. »Wir machten gerade ein großartiges Spiel«, erzählt Cantini, Torjäger der VersilFungo-Ristorante Mamma Rosa, »wir hatten mehr Klasse und mehr Puste als die von Mastro Chiavaio, aber mit dem Schnee war es unmöglich, auf den Beinen zu bleiben. Schade, denn meiner Meinung nach ...«

Und du blätterst um. Schließlich sagt dieser Torjäger Cantini ohnehin, dass sie ganz sicher gewonnen hätten, wenn sie das Spiel nicht hätten unterbrechen müssen, und darunter sagt der Torwart der anderen Mannschaft dasselbe, nur umgekehrt.
Auf der nächsten Seite geht es um die Krise des Marmors aus Carrara. Früher wurde der in die ganze Welt verkauft und brachte einen Haufen Geld ein. Dann haben sie eines Tages außer Marmor auch die Gerätschaften verkauft, mit denen man ihn aus den Bergen rausholt, und tschüss.
Du blätterst weiter und weißt schon, welche Titel du vorfinden wirst, welche Fotos, kennst jedes Wort jedes Artikels deiner Zeitungssammlung. Denn es gibt Leute, die sich damit brüsten, zwei oder drei Tageszeitungen am Tag zu lesen, aber du, Serena, liest fünfzehn. Der einzige Unterschied ist, dass die anderen jeden

Morgen zum Kiosk gehen und die von heute kaufen, während du dich im Haus verschanzt und immer dieselben durchblätterst, die Zeitungen vom 23. März, dem Tag, an dem alles endete.

Gemma hat sie dir aus der Bibliothek besorgt, die Frau, die dort arbeitet, lässt sich bei ihr die Haare schneiden und hat sie ihr mitgebracht, schließlich will die ohnehin nie jemand. Außer dir, die du gesagt hast, dass du sie als Erinnerung haben willst. Als ob das ein zu erinnernder Tag wäre, als ob es möglich wäre, ihn zu vergessen.

Du hast sie nach und nach von oben bis unten durchgelesen, jeden Artikel, jede Ankündigung und Anzeige, und du machst auch jetzt nach sechs Monaten noch damit weiter. Mittlerweile kennst du alle Seiten auswendig, was eine beachtliche Leistung ist, aber das interessiert dich nicht. Was du willst, ist noch viel unmöglicher, du willst verstehen, warum genau an diesem Tag, an diesem verfluchten Tag, den man aus allen Kalendern der Welt herausreißen sollte, ihn verbrennen und auf die übrigbleibende Asche spucken, warum an diesem Tag Luca dich darum gebeten hat, ihm die Zeitung zu kaufen.

Er hat nie Zeitung gelesen, nicht einmal zufällig eine durchgeblättert, was war an jenem Tag nur so wichtig? Wollte er etwas über den Schnee auf dem Fußballfeld erfahren, über die Marmorkrise, über den Jagdhund, der auf der Autobahn ausgesetzt wurde und nach einem Monat den Weg nach Hause gefunden und sein Herrchen gebissen hat? Du weißt es nicht, du kannst es nicht wissen, vielleicht wollte Luca einfach nur die Zeitung von dem Tag, an dem er volljährig wurde, und du machst hier tausend Gedankenreisen. Deshalb reicht es jetzt, du sammelst die Zeitungen zusammen und wirfst sie auf das Nachtschränkchen. Doch dann nimmst du das blaue Heft.

Darin hast du alle SMS aufgeschrieben, die Luca dir aus Biarritz geschickt hat, von diesem verfluchten Ort da oben an der Spitze des Ozeans. So würdest du sie alle zusammen aufbewahren, und sie würden zu einer Erinnerung werden, für dich, für ihn. Denn Erinnerungen sind schön, man sieht, wie man einmal war, und muss lächeln, Erinnerungen erwärmen das Leben. Doch dann ist passiert, was passiert ist, das Leben gibt es nicht mehr, und die Erinnerungen sind das Einzige, was geblieben ist, sie haben nichts mehr, was sie erwärmen könnten, also verbrennen sie alles, sie ersticken dich mit ihrem Rauch, und du hast jede Orientierung verloren. Und je mehr du vor ihnen zu fliehen versuchst, desto weiter rennst du ihnen entgegen.

Wir sind auf dem Rückweg vom Katechismus, und die Luft ist seltsam. Ich radele hinter Zot her, und der Wind bläst in die Kapuze meines Pullis und durch meine Haare, er ist nicht kalt, aber ich spüre ihn, wie er um meine Brille herumweht, meine Wimpern streift, hinten am Hals hineinschlüpft und mich kitzelt, mag sein, dass ich deshalb lachen muss.
Oder weil ich ein bisschen froh bin.
Ich hatte Madre Greta erwartet, mit ihrem Riesenkiefer und dem bösen Blick, und dann war sie gar nicht da. Sie war nicht einmal hinterher im Hof, stattdessen sind wir runtergegangen, und der neue Katechet ist bei Zot und mir geblieben und hat uns gefragt, was für Musik wir hören. Seiner Meinung nach ist es unnötig, erst eine Stunde zu fragen, wie man heißt, was man im Leben so macht und welches Sternzeichen man ist, es reicht zu wissen, welche Lieblingsbands jemand hat, schon kapiert man alles.
Ich habe aber nicht geantwortet, weil ich von Musik nicht viel verstehe und Angst hatte, etwas Dummes zu sagen. Signor Sandro ist hartnäckig geblieben: »Nur Mut, eine Band, die du magst, ein Sänger, es gibt keine falsche Antwort, es ist, wie wenn ich dich nach deiner Lieblingsfarbe frage, das ist einfach dein Geschmack.« Und ich war kurz davor, ihm zu erzählen, dass mir

Michael Jackson ziemlich gut gefällt, aber Zot hat mit einem Schwall ganz komischer Namen von Sängern losgelegt, die er mag, und jetzt erinnere ich mich nicht mehr an die Namen, außer an zwei, Claudio Villa und Beniamino Gigli. Signor Sandro hat ihn angestarrt und ist dann in Lachen ausgebrochen, darauf hat er mich angeschaut und gefragt: »Luna, entschuldige bitte, aber wieso treibst du dich denn mit deinem Opa herum? Lass ihn zu Hause am Kamin, da gehört er hin!«

Und obwohl ich nicht wollte, habe auch ich gelacht, und zwar richtig laut. Während Zot nicht aufhörte, zu wiederholen, dass das die Ursprünge der großen italienischen Musik seien, das sei ein Schatz, auf den wir Italiener stolz sein sollten, und stattdessen hören wir diesen neuen Schund, und dass er einen Rapper von heute sehen wolle, der versucht *Violino Tzigano* oder *Scapricciatiello* zu singen.

Jetzt kommen wir aber vor meinem Haus an, und da gibt es nichts mehr zu lachen. Es ist still, und die Fensterläden sind geschlossen, als wäre es Nacht. Zot will mich bis zur Tür begleiten, ich sage, dass ich es alleine schaffe, er besteht darauf, und ich erinnere ihn daran, dass ich zwar wenig sehe, aber nicht blöd bin. Er nickt, dreht sein Fahrrad um und fährt los zu sich nach Hause. Und ich gehe rein.

In der Küche ist alles dunkel und ausgeschaltet und steht still, die einzigen Geräusche kommen vom Kühlschrank und von der Kaffeemaschine, die vor sich hin schnaubt. Luca und ich haben Mama immer wieder gesagt, dass die Maschine einen Haufen Strom verbraucht und sie die als Erstes ausschalten soll, sobald der Espresso fertig ist. Aber sie hat geantwortet, dass sie als Erstes den Espresso trinkt, sobald er fertig ist, und danach hat sie es immer vergessen und ist zur Arbeit gegangen, und die Kaffeemaschine ist den ganzen Tag angeblieben, obwohl niemand im Haus war.

Jetzt wirkt es genauso wie damals. Und vielleicht ist ja wirklich niemand im Haus. Ich habe den Impuls, die Kaffeemaschine auszumachen, aber ich warte noch kurz, um sie erneut in der leeren Wohnung schnauben zu hören, denn offenbar ist Mama endlich wieder zur Arbeit gegangen oder hat jedenfalls das Haus verlassen. Sie ist in ihre Schuhe geschlüpft, hat sich angezogen, vielleicht sogar gekämmt und dann los.

Hier ist sie nämlich nicht. Und auch nicht im Bett in unserem Zimmer, auch nicht im Bad. Also ist es vielleicht wirklich so, ich bin heute brav gewesen, ich hätte zu Hause bleiben können und bin stattdessen trotzdem zum Katechismus gegangen, und der Herr hat mir dieses Geschenk gemacht: Er hat Mama die Kraft gegeben, die, während ich im Konvent war, aufgestanden ist, sich einen Espresso gemacht hat und rausgegangen ist, und jetzt ist sie vielleicht im Friseursalon von Gemma oder einkaufen oder wo es ihr gefällt.

Doch während ich über alle Orte nachdenke, an denen sie sein könnte, höre ich außer dem Brummen des Kühlschranks und dem Schnauben der Kaffeemaschine noch etwas. Schwächer, ein Rascheln, aus Lucas Zimmer. Das immer noch genauso aussieht wie vor sechs Monaten. Da hängt sogar ein Socken am Heizkörper, den er da hingeworfen hatte, bevor er losgefahren ist. Draußen stand der hupende Bully seiner Freunde, also hat Luca den Socken einfach hinter sich geworfen, und er ist da hängengeblieben. Letzten Monat ist er heruntergefallen, als Mama daran vorbeigelaufen ist, sie hat ihn sofort aufgehoben und versucht ihn wieder dahinzuhängen, wo er vorher war, aber sie hat sich nicht an die genaue Stelle erinnert, also hat sie ihn auf der Heizung hin und her geschoben, den Kopf geschüttelt und geweint.

Ich gehe zu Lucas Zimmer, die Tür ist halb geschlossen, und ich würde sie am liebsten so lassen, ich will sie nicht öffnen und

nachschauen, ich möchte noch ein bisschen im Zweifel bleiben.
Bevor ich da im Dunkeln Mama auf dem Boden sitzend vorfinde,
am Fuß des Bettes, und obwohl ich sie nicht gut sehe, weiß ich
schon, was sie tut, sie blättert in dem blauen Heft.

Dem mit Lucas SMS, Mama liest dauernd darin. Und sie hört
nicht einmal jetzt damit auf, als ich ins Zimmer komme und sie
begrüße, mit schiefer Stimme, weil meine Nase prickelt, und
mein Hals und auch ein wenig die Augen. Gut, dass ich auf dem
Heimweg froh war, denn jetzt ist es schon vorbei.

Ich rufe sie noch einmal, aber Mama bleibt da mit ihrem Kopf in
den Seiten versunken. Erst nach einer Weile dreht sie sich aus
dem Nichts plötzlich erschrocken zu mir um. Sie sieht mich,
sagt Hallo und wendet sich dann wieder Lucas SMS zu.

Was gar nicht so viele sind, es werden so fünfzehn, maximal
zwanzig sein, sie stehen auf fünf oder sechs Seiten. Mama liest
sie von der ersten bis zur letzten, von der letzten bis zur ersten.
Manchmal lächelt sie, ihr entfährt sogar ein kleines Lachen, als
ob es SMS wären, die gerade erst angekommen sind, die sie noch
nie gelesen hat. Dann fängt sie wieder von vorne an und immer
so weiter bis zum Ende. Besser gesagt, ohne Ende.

»Hallo Mama, ich war beim Katechismus.«

»Ja, ist gut, Luna. Wann kommst du zurück?«

»Nein, ich war schon da, Mama, ich bin gerade zurückgekommen.«

»Ah, gut.« Und sie fängt wieder an, im Dunkeln diese fünf oder
sechs kleinen Seiten durchzublättern, und es ist so dunkel, dass
sie sie vielleicht nicht einmal wirklich lesen kann, aber mittlerweile kennt sie die SMS sowieso auswendig und erkennt sie an
ihrer Position oder auch schon allein an ihrer Form.

»Da war ein neuer Katechet, denn unserer ist im Krankenhaus
gelandet.«

»Ach ja?«

»Ja, ein Auto hat ihn überfahren. Hast du das verstanden, Mama? Hörst du mir zu?«

»Ja, ich habe verstanden. Wie alt war dein Freund?«

»Er ist nicht mein Freund, es ist der Katechet. Und er ist nicht tot.«

»Aha«, sagt sie und blättert um.

Und nachdem sie schon eine Weile geprickelt haben, spüre ich jetzt etwas Warmes hinter meinen Augen, dann darin, aber ich will nicht weinen. Ich versuche, tief einzuatmen, aber es gelingt mir nicht, das Zimmer wird ganz eng, und wenn ich wieder an das Lächeln denke, das mich vorhin auf dem Fahrrad so froh gemacht hat, fühle ich mich jetzt nur noch sehr dumm.

»Doch dann ist auch Madre Greta gekommen«, füge ich hinzu. Ich weiß nicht warum, ich sage das einfach bloß so, und Schluss. Vielmehr, nicht Schluss: »Sie ist mit einem Stock gekommen und hat uns alle geschlagen.«

»Ach ja?«, meint Mama.

»Ja. Und danach hat sie uns befohlen, uns nackt auszuziehen.«

»Ach ja?«

»Und dann hat sie lauter Fotos von uns gemacht, die sie jetzt im Internet an Perverse verkauft.«

Früher wäre Mama wegen so was, ja schon beim Bruchteil eines Bruchteils von so was hochgeschossen und in kürzester Zeit im Konvent gewesen, hätte das Tor eingeschlagen und Madre Greta in Brand gesetzt, und um das Feuer zu schüren, hätte sie die Reifen aus dem Hof und die anderen Nonnen benutzt, die da herumlaufen. Und das will ich ja gar nicht. Mir würde ja schon ein wütender Blick genügen, oder wenigstens ein Blick. Aber nichts. Mama starrt weiter auf die Seiten im Heft, denn sie hört mir nicht zu, es ist ihr nicht wichtig.

Ich beiße die Zähne zusammen, balle die Fäuste, spüre, wie sich meine Fingernägel in die Handflächen bohren. Sie tun mir weh, aber nicht genug. Ich bräuchte einen superstarken Schmerz, einen, bei dem die ganze Aufmerksamkeit an genau der Stelle landet, sich die Gedanken auslöschen und man nur noch daran denken kann, wie weh es einem tut. Aber es passiert nichts, es fließt nicht einmal Blut, dabei hätte ich gerne viel Blut, ganz viel Blut, das mir wie Springbrunnen aus den Händen spritzt, zwei Blutfontänen, die Mama anspritzen und das Zimmer füllen, sodass wir darin treiben, bis das Zimmer voll ist und es fast keine Luft mehr gibt und Mama schließlich die Augen öffnet, mich verzweifelt anschaut und mit letztem Atem zu mir sagt: »Luna, ich bitte dich, es reicht, hör auf zu bluten!«

Aber Mama sitzt immer noch da und liest in ihrem blauen Heft und kümmert sich nicht darum, ob ihre Tochter von einer Nonne verprügelt wurde, ob Nacktfotos von ihr gemacht wurden und jetzt Millionen alte Schweine sie sich an den Computern der ganzen Welt anschauen. Und wenn ich an diese Alten denke, glaube ich fast wirklich an diese Geschichte, die ich mir gerade ausgedacht habe, und spüre Übelkeit, spüre, wie ich gleich kotzen muss. Ich mache den Mund auf, aber es kommt keine Kotze, sondern Worte. Ganz viele bittere und brodelnde Worte, die vom Hirn, von den Knochen, vom Fleisch heruntergerollt sind, sich im Mund anhäufen und drücken und schieben und schließlich hervorbrechen, und ich schreie so laut, dass es mir selbst in den Ohren weh tut: »Dir ist es egal, Mama, dir ist das alles egal, stimmt's?«

Und da hört sie auf zu lesen, hebt den Kopf, und im Dunkeln scheint es mir so, als erkenne ich ihr Gesicht, das immer müde ist, obwohl sie nie irgendetwas tut.

»Luna, hör zu, es tut mir leid, dass es dir im Katechismus schlecht ging. Aber was wolltest du da überhaupt?«

»Ich ... ich bin da hingegangen, weil ... weil Samstag ist, und samstags ist Katechismus, und dieses Jahr ist die Firmung.«

»Die Firmung?«, wiederholt Mama, als ob das ein lustiges Wort wäre, das sie noch nie zuvor gehört hat. Und tatsächlich lacht sie fast, dann aber nicht mehr. Sie macht den Mund auf, und jedes Wort ist ein Tritt, und wenn man diese Tritte der Reihe nach aufstellt, einen hinter dem anderen, dann klingen sie so: »Firmung? Katechismus? Was redest du denn da Luna? Nach all dem, was passiert ist, glaubst du immer noch, dass es Gott gibt?«

So sagt sie das, ich schwör's. Dann wendet sie ihre Augen wieder ihrem Heft zu, als ob ich nicht mehr da wäre.

Aber vielleicht ist es ja genau so, Mama hat das zu mir gesagt, und ich höre wirklich auf zu sein. Der Boden bricht ein, die Mauern zerbröseln, die Decke fällt mir auf den Kopf, zerquetscht mich, und ich sterbe und komme nicht ins Paradies und genauso wenig in die Hölle, denn das sind beides erfundene Orte, und alles endet hier. Ich atme ein, oder ich versuche es zumindest, aber die Luft geht nicht in mich hinein, sondern kommt aus mir heraus: »Leck mich am Arsch, Mama, ich hasse dich, zum Teufel mit dir!«

Ich fühle mich schlecht, das zu sagen, ich bin über mich selbst erschrocken. Doch Mama reagiert nicht. Sie blättert weiter in diesem Heft, diesem beschissenen blauen Heft. Und wie ich gesprochen habe, ohne zu wissen, was ich sage, bewege ich mich jetzt, ohne zu wissen, was ich tue. Ich bücke mich, nehme das Heft und reiße es ihr aus den Händen. Ich wollte es ihr nur wegnehmen, um zu sehen, ob sie so aufwachen würde, ob sie mir eine Sekunde lang zuhören würde. Doch jetzt, wo ich es in den Fingern habe, so klein und dünn, verspüre ich eine schreckliche Lust, es kaputt zu machen, die Blätter herauszureißen und es für immer aus der Welt zu schaffen. Ich hebe es hoch und ziehe an einer Seite. Und da schaut Mama mich plötzlich an, springt auf und schreit irgendetwas.

Aber ich verstehe sie nicht, mein Herz schlägt so laut, dass ich sie nicht höre, ich höre nur ihre Schreie, spüre nur ihre Hände, die mich packen. Ich höre Papier, das Geräusch eines Blatts, das anreißt.

Und sofort darauf ein anderes Geräusch, hunderttausendmal lauter, mitten im Gesicht. Das Heft fliegt mir aus den Händen, und weg fliegt auch die Sonnenbrille.

Eine Ohrfeige.

Mama hat mir eine Ohrfeige gegeben, eine Ohrfeige voll auf die Wange, und ich begreife es nicht sofort. Es hätte ein Blitz sein können, es hätte ein Tsunami sein können, was mich da an den Boden drückt. Ich begreife es erst nach einer Weile, als ein Brennen meine Wange und mein halbes Gesicht erfasst und mein Ohr zu pfeifen anfängt.

Mama hat mir eine Ohrfeige gegeben, aber vielleicht hat sie es schon wieder vergessen und sitzt auf dem Boden mit ihrem geliebten Heft in der Hand, weit weg von mir. Oder nein, ich bin es, die sich entfernt, Richtung Tür, raus aus Lucas Zimmer. Ich laufe rückwärts, eine Hand auf meiner Wange, und von der anderen weiß ich nicht einmal, ob ich sie noch habe. Ich stoße mit dem Rücken gegen eine Ecke des Küchentischs, dann finde ich die Tür und verlasse das Haus, komme im Garten an, und hier draußen scheint die Sonne und überfällt mich. Ohne Sonnenbrille aus der Dunkelheit zu kommen, ist wie Messerstiche ins Gehirn zu kriegen, ich bin kurz davor zu fallen, aber ich halte mich an irgendetwas fest, ich müsste einen Augenblick hier stehen bleiben, aber ich kann nicht, mit der Hand finde ich mein Fahrrad, springe auf und radele schnell los. Und ich weiß nicht, was da vor mir ist, aber vielleicht ist da wirklich nichts, nirgendwo ist irgendetwas. Ich weiß nicht einmal, ob Autos auf der Straße fahren, und weiß nicht, ob dieses Geräusch, das ich höre, ein Lastwagen ist, der von weit her kommt, oder ob es die Bruchstü-

cke der Welt sind, die zerbricht und einstürzt und für immer zu
Ende geht. Ich weiß einzig und allein, wo ich hingehe.
Ich gehe weg.

Luna auf dem Meeresgrund

Ich radele so schnell, dass ich es nicht spüre, aber es ist kalt. Dieser schräge Wind ist aufgekommen, der aus dem Nichts hervorbricht, Luca hat sein Aufziehen immer sofort bemerkt, ist aufgesprungen und hat »Da sind wir also!« gerufen, lächelnd ist er sein Surfbrett holen gegangen und dann los. Denn dieser Südwestwind heißt Libeccio, wenn er weht, wird das Meer unruhig, und auf seinem Rücken stellen sich lauter meterhohe Wellen voller Schaum auf.

Wenn der Libeccio kommt, wird die Luft kalt, und die Wolken verstreuen sich vor der Sonne, sodass es Licht und Dunkel, Licht und Dunkel gibt, was für mich das Schlechteste überhaupt ist, denn da sehe ich gar nichts, ich lasse die Augen bloß auf, weil ich auf dem Fahrrad bin und mir danach ist, aber wenn ich mit geschlossenen Augen radeln würde, wäre es dasselbe. Außerdem schütteln sich die Bäume, und die Blätter fallen, verteilen sich auf dem Boden und sind rutschig, und wenn ich nicht aufpasse, falle ich mit ihnen zusammen zu Boden.

Ich bin einfach so abgehauen, ohne Sonnenbrille, ohne Kapuze, ohne Creme. Und es ist mir egal, ich spüre die Kälte nicht und genauso wenig die Sonne. Ich spüre nur den Wind, der auf meiner Wange prickelt, genau unter dem Auge, wo Mamas Ohrfeige sitzt.

Mama hat mich geschlagen. Nicht sonderlich stark, nicht so, dass wenn ich ins Fernsehen gehe und es erzähle, das Publikum »Was für ein Monster!« ruft und man ein Foto von Mama einblendet, auf dem sie schlecht getroffen ist, auch wenn Mama auf

Fotos immer wunderschön ist, und sie am Telefon zu weinen anfängt und mir sagt, dass sie mich lieb hat, und die Moderatorin sagt: »Das fällt Ihnen spät ein, Signora, zu spät.«

Nein, so hat sie mich nicht geschlagen, aber sie hat doch Hand an mich gelegt. So was ist bei uns zu Hause noch nie vorgekommen, auch Luca wäre sprachlos, wenn er hier wäre. Aber das ist ja genau der Punkt, wenn Luca noch hier wäre, wäre das nie passiert.

Denn als Luca da war, waren alle glücklich, die Leute haben ihn getroffen und waren froh, ihn zu sehen, haben ihn gegrüßt und ihm mit offenem Mund und aufgerissenen Augen zugehört, um so viel wie möglich von ihm aufnehmen zu können, solange sie konnten. Mama hat gelächelt und ich daneben ebenfalls, und manchmal haben sie auch mich gefragt, wie es mir geht, und ich habe geantwortet, dass es mir gut geht, aber sie haben mir ohnehin schon nicht mehr zugehört, sie waren mit ihrem Blick längst wieder bei Luca.

Und vielleicht ging es mir in Wirklichkeit gar nicht so gut, aber jetzt geht es mir noch hundertmal schlechter, und vor meinen Augen habe ich beim Radeln nur diese Hand, diesen Schlag, Mamas böses Gesicht direkt danach. Und warum? Weil ich ihr das blaue Heftchen weggenommen hatte. Weil ich sie darum gebeten hatte, sich eine Sekunde meine Probleme anzuhören. Meine Probleme, die für sie keinen Sinn haben, meine Probleme, die nicht mehr existieren, genau wie Gott.

Der Wind wird stärker, und die Blätter auf der Straße sind rutschig, in jeder Kurve schlittert das Hinterrad und fährt, wohin es will.

So geht es immer, der Herbst kommt, und die Blätter fallen, der Baum bleibt nackt zurück und wartet, dann geht der Winter zu Ende, die Blätter werden frisch und neu wiedergeboren und nehmen ihre unterbrochene Arbeit auf, das Licht einzufangen und es bis ins Holz zu schicken. Warum ist es bei uns dann so, dass wir, wenn wir sterben, sterben und Schluss? Ist das nicht absurd? Mir scheint das wirklich total absurd. Wäre es nicht richtiger, wenn Luca im März zurückkäme? Ich sage ja nicht sofort, aber wenigstens im März, da werden dann die Blätter wiedergeboren und mein Bruder mit ihnen. Aber vielleicht ist es auch gar nicht absurd, vielleicht ist es bloß, wie Mama sagt, Gott gibt es nicht, und es gibt nichts Richtiges oder Falsches, und deshalb ist es normal, dass alles zufällig passiert.

Wie ich jetzt zufällig die Straßen nehme, alle eng und alle gleich kreuzt eine die andere, ich sehe nur die Hecken an ihren Seiten entlanggleiten, und ein paar Mal war ich kurz davor, mit dem Rad in einer zu landen, aber dann habe ich den Lenker herumgerissen, und ich radele weiter, der Wind steigt an, und Licht und Dunkel lassen mir den Kopf schwirren, und das ist schon die dritte Hupe, die mich erschreckt, aber die Autos sehe ich nicht, ich sehe nicht, ob ich rechts oder links oder Zickzack fahre, was das Wahrscheinlichste ist. Aber auch so halte ich genau auf das einzig Wichtige zu, ich sehe es nicht, aber ich höre es sehr gut. Ich halte auf das Meeresrauschen da hinten zu.

Seit jenem Tag, Lucas Tag, bin ich nicht mehr hierhergekommen. Nicht einmal diesen Sommer. Ich weiß nicht, warum, oder doch, Luca ist zwar ganz weit weg von hier gestorben, das stimmt schon, aber er ist dennoch im Meer gestorben, und das Meer ist immer dasselbe. In gewissem Sinne ist es, als wäre er ein bisschen hier vor mir gestorben.

Und in den letzten Monaten kam es mir gar nicht komisch vor, nicht hierherzukommen. Vielleicht, weil so viel Seltsames passiert ist, dass ich mich am Ende daran gewöhnt habe. Doch jetzt, wo ich auf diese gerade, glitzernde Chaussee komme und der ganze Himmel offen steht, ohne von irgendetwas verschlossen zu werden, scheint es mir geradezu unmöglich, so lange Zeit dem Meer ferngeblieben zu sein.

Noch sehe ich es nicht, die Reihe der hölzernen Badekabinen verdeckt es noch, aber ich habe den Geruch von Sand und Salz in der Nase und höre, wie das Wasser sich am Ufer über den Sand ausbreitet, und das leicht andere Rauschen, wenn es sich über den Sand schleifend wieder zurückzieht.

Ich schlüpfe den engen Gang zwischen den Badekabinen hindurch, dann endet der Schatten, und das Licht trifft mich vom Himmel und reflektiert vom Wasser. Mein Kopf schwirrt, und meine Augen brennen, aber obwohl ich sie zukneifen muss, spüre ich um mich den ganzen offenen Horizont, die ganze Welt ohne Deckel vor mir und um mich herum, die sich schlagartig ohne Hindernisse öffnet, keine Bäume, keine Werbetafeln, keine Häuserwände. Hier am Meer ist alles offen, alles meins.

Das heißt, nicht nur meins. Ich höre Rufe und sehe irgendetwas da unten am Wasser rennen, Menschen, Kinder, den Stimmen nach zu urteilen haben sie mein Alter oder sind nur wenig älter, und man braucht nicht erst ihre Sprache zu hören, um zu wissen, dass es Ausländer sind, von irgendwo da oben, wo es immer kalt ist. Denn bei diesem eisigen Wind, den schwarzen Wolken und dem bitterkalten Wasser spielen sie und springen ins Meer, als ob Mitte August wäre.

Das sind härtere Völker, hat Opa immer gesagt. Sie leben an Orten, wo die Natur unbarmherzig ist, sie werden geboren und gewöhnen sich sofort daran zu leiden, deshalb lastet der Schmerz auf ihnen weniger als auf uns. Und vielleicht hat Opa dabei an den deutschen Piloten gedacht, der ihm die Hand gegeben hatte, statt ihn umzubringen, nur dass es diesen Soldaten nie gegeben hat. Wie es Opa nicht mehr gibt, Luca nicht mehr gibt und seit diesem Tag da nicht einmal mehr Gott. Es existiert überhaupt gar nichts mehr.

Und wenn mir das so grässlich vorkommt, ist das nur meine Schuld, weil ich egoistisch bin und nur an mich selbst denke. Es sollte mir komplett egal sein, ich sollte bei Mama im Bett bleiben und zulassen, dass alle Tage gleich vorübergehen, alle ohne Sinn. Stattdessen bin ich hier am Meer, und das Meer erscheint mir wunderbar. Ich gehe zum Wasser und zu diesen Kindern, die spielen und lachen, und obwohl die Welt zu Ende ist und nichts mehr Sinn hat, würde ich so gerne wie sie sein.

Schließlich ähnele ich ihnen sogar ein wenig. Sie haben weiße Haut, helle Haare und auch helle Augen, ich bin ihnen viel ähnlicher als meinen Klassenkameraden. Wie kommt es dann, dass ich vor Kälte zittere, jetzt, wo ich mich dem Wasser nähere? Aber ich muss das aushalten, ich ziehe mir die Schuhe aus, und das Wasser fühlt sich so eisig an, dass ich nicht weiß, ob es ganz kalt oder kochend heiß ist, ob ich meinen Fuß in Eis oder in Lava gesteckt habe. Ich weiß es nicht, und es sollte mir auch nicht weiter wichtig sein.

Wie mir die Schule nicht mehr wichtig sein sollte, genauso wie der Katechismus, meine Mitschüler, die mich schlecht behandeln, Gott, der gar nicht existiert, diese ausländischen Kinder, die lachen und Spaß haben und mich nicht einmal grüßen.

Nur, dass es mir doch wichtig ist und ich darüber nachdenke, weil ich egoistisch bin, weil ich böse bin. Mama hatte recht, mir eine Ohrfeige zu geben. Sie ist gut, ich nicht, mir ist alles egal, und ich denke nur an mich. Aber muss ich ja, verflixt, wenn ich nicht selbst an mich denke, denkt niemand an mich. Es ist absurd, als Luca noch da war, hat es mich kaum gegeben, und jetzt, wo mein Bruder nicht mehr da ist, ist es, als gebe es nur ihn. Wie gut also, dass das Wasser so eisig ist, das hilft mir, nicht daran zu denken, an nichts mehr zu denken. Es sagt mir nur, ich möge eintreten und immer weitergehen. Eine höhere Welle macht meinen Bauch unter dem Pullover nass, mir läuft ein Schauder den Rücken hoch bis in die Ohrenspitzen. Aber das ist in Ordnung so, es ist mir nicht wichtig, ich denke nicht, ich laufe, und das war's. Das Wasser geht mir bis zum Bauchnabel, ich höre auf zu atmen, ich sehe nichts bei all diesen kleinen Lichtvierecken, die auf dem Meer tanzen und mir in die Augen springen, ich spüre nur das Eis, das bis zur Brust steigt, wo viele meiner Mitschülerinnen schon Brüste haben und ich nicht, und Mama hat immer gesagt, dass es zu früh ist und auch sie in meinem Alter flach war wie ein Waschbrett: »Ich habe erst im Gymnasium welche bekommen, und schau mal, was für wunderbare Brüste ich jetzt habe. Mach dir keine Sorgen, Luna, es ist zu früh, es ist einfach noch zu früh.« Das hat Mama immer gesagt, und jetzt sagt sie nichts mehr. Erst war es zu früh, jetzt ist es zu spät.

Das Wasser geht mir bis zum Hals, das Meer nimmt mich, hebt mich hoch, bringt mich, wohin es will. Ich spüre ein Stück Holz unter einem Fuß, ein weiches Büschel Algen schwimmt an mir vorbei, und ich weiß nicht, ob ich es in die Hand nehme oder es mich an der Hand nimmt. Ich habe keinen Sand mehr unter den Füßen, alles ist nur noch Wasser, in den Haaren, auf dem Gesicht, es brennt überall ganz kalt, aber am meisten, wo Mama mir die Ohrfeige gegeben hat. Und vielleicht wird der Abdruck ihrer Hand für immer dort bleiben, auch wenn ich nicht mehr da bin. Auch wenn ich auf den Meeresgrund sinke, wo das Meer all seine wunderschönen, geheimnisvollen Dinge aufbewahrt und ab und zu eines ausgewählt und es mir als Geschenk ans Ufer geschickt hat. Jetzt gehe ich zu ihnen, ich versinke, und es scheint mir, als schlafe ich ein, aber dabei sehe ich sie alle um mich herum, wie sie beiseiterücken, um mir Platz zu machen, und sich wälzen und gehen und zurückkommen und für immer auf dem Meeresgrund tanzen.

Und ich mit ihnen.

Das Wildschwein und der Wal

»Musste sie denn ausgerechnet zu dieser Alten gelegt werden?«,
fragst du. Die Krankenschwester meint zu dir: »Leise, Signora.«
Leise? Ist doch egal, ob leise oder nicht, die Alte liegt da hinten
mit dem Gesicht zur Wand, ihr seid seit einer Stunde hier, und
sie hat sich noch kein einziges Mal bewegt. Wahrscheinlich ist
sie tot, und wenn sie doch noch lebt, wird sie in jedem Fall drei-
hundert Jahre alt sein und weiß selbst, dass sie alt ist. Aber dann
begreifst du, dass du nicht wegen der Alten leise sprechen sollst,
es ist wegen Luna, die schläft, und die Ärzte meinen, je mehr sie
schlafe, desto besser. Das helfe, damit das Fieber und die anderen Sachen weggehen, die du nicht wirklich verstanden hast.
Aber du verstehst ja gar nichts. Es mag an den ganzen Pillen
und Tropfen liegen, die du nimmst, oder daran, dass du blöd
bist. Sie haben dich aus dem Krankenhaus angerufen, und du
hast ein Jahrhundert gebraucht, um zu verstehen, dass deine
Tochter dort ist, dann hast du aufgelegt und hast dich bei dem
Versuch, dich in Bewegung zu setzen, zu Hause im Kreis gedreht.
Sechs Monate hattest du dich eingeschlossen, und plötzlich
machst du eine Million dieser absurden Dinge. Wie zum Beispiel
die Schuhe anziehen, die so eng und fest sind, dass es fast unmöglich ist, die Füße da hineinzustecken. Dann hast du das Haus verlassen und bist über den schmalen Weg getaumelt, das Gras unter
deinen Sohlen ist dir wie eine weiche Rutschbahn vorgekommen,
und darüberzulaufen war schwierig, deine Beine haben gezittert
wie auch dein Rücken bis zum Kopf und zu den Spitzen deiner
Haare, die ganz ungekämmt waren und zerzaust wurden von et-

was anderem noch Absurderem, nämlich dem Wind, einem schrägen, starken Blasen, das nach Blättern, faulem Holz und vielleicht nach Pilzen roch.

Du bist zum Auto gegangen, hast dich auf den Sitz geworfen und die Wagentür zugezogen, und für einen Augenblick ging es dir besser.

Dann ist dir eingefallen, dass du einen Schlüssel brauchst.

Du hast dich abgetastet, die Trainingshose, das Schlafanzugoberteil, die Daunenjacke. Dann das Armaturenbrett, die staubigen Fußmatten, den Sitz unter deinem Hintern und den daneben, aber nichts. Und wie alle hast du dich zu erinnern versucht, wo du die Schlüssel hingetan hattest, als du zum letzten Mal das Auto genommen hast. Nur dass das letzte Mal sechs Monate her war, genau an jenem Tag, als du auf dem Weg nach Hause Luna in der Kirche abgeholt hattest und hier vor der Tür Gemma, die Carabinieri und der Krankenwagen standen. Jener Tag war für vieles der letzte. Du hast aufgehört, den Schlüssel zu suchen, hast dich ans Lenkrad geklammert, den Kopf daraufgelegt und losgeheult.

Und bei all dem Weinen bist du mit der Stirn auf der Hupe gelandet, der Ton war so laut wie eine Bombe, du bist erschrocken hochgeschnellt, und dein Blick ist auf den Schlüssel gefallen. Der schon an seinem Platz im Zündschloss steckte und nur darauf wartete, benutzt zu werden. Das hattest du nicht gewusst, du hattest nicht einmal nachgeschaut.

Du hast ihn gedreht, aber nichts ist passiert, es gab nur ein Geräusch wie von einem sehr kleinen Tier, das stirbt. Du hast es noch einmal probiert, wieder dieses Geräusch und mehr nicht. Der Wagen hatte zu lange gestanden, und die Batterie war alle, oder irgendetwas anderes in diesem geheimnisvollen Ding, das sich Motor nennt, funktionierte nicht. Du konntest nicht die Motorhaube öffnen und nachschauen, denn du hättest nicht gewusst, wo du hinschauen sollst, also hast du nur den Schlüssel gepackt und ihn noch einmal gedreht, als wäre er das Ohr von jemandem, der dir nicht gehorchen will. Und der Wagen hat kapiert, dass er lieber nachgeben sollte, ist angesprungen und los.

Schilder, Ampeln, Leute, die die Straße überqueren, wackelige Alte auf Fahrrädern, Hunde, schlecht geparkte Autos. Das Leben, das weitergeht, Leute, die aufstehen, aus dem Haus gehen und darauf bestehen, etwas zu tun. Alles absurd, alles verrückt. Und unterdessen fragtest du dich wieder, warum Luna zum Meer gegangen, wie sie im Wasser gelandet, ob sie gefallen ist oder wirklich baden wollte ...

Aber du wusstest es nicht, du weißt nichts davon, was Luna heute gemacht hat noch in den letzten sechs Monaten. Keine gemeinsamen Mittagessen mehr, keine Dienstags-Pizza am Meer, keine Wettrennen, wer morgens als Erste am Tor ankommt, Beinstellen und Schubsen erlaubt. Ihr habt nicht mehr die marokkanischen Fernsehprogramme geschaut, die ihr mysteriöserweise zu Hause empfangt, und dabei den Moderatoren zugehört und euch ausgedacht, was sie sagen. Ihr habt abends keinen Einschlafwettbewerb mehr darum gemacht, wer am längsten aushält, ohne einzuschlafen, bis eine einschläft und die andere als Preis der anderen ganz laut »Aufgewacht!!!« ins Ohr schreien darf. Du hast sie nicht einmal umarmt, ihr einen Kuss gegeben, sie gestreichelt. Nichts.

Nein, noch schlimmer als nichts: Du hast ihr eine Ohrfeige gegeben. Das ist dir an der letzten roten Ampel wieder eingefallen, als man jenseits der Pinien schon diese weiße Riesenschachtel gesehen hat, in der das Krankenhaus ist. Du hast regungslos verharrt und hast es da in der Ferne angestarrt, der Wagen hinter dir hat gehupt, weil es grün war, du hast ihm den Stinkefinger gezeigt und dann in Gedanken auch dir selbst.

Du hast deiner Tochter eine Ohrfeige gegeben. Du hast ihr eine

Ohrfeige gegeben, und sie ist abgehauen, sie ist ins Meer gesprungen, und jetzt ist sie im Krankenhaus. Was hast du getan, Serena. Was zum Teufel hast du getan.

Beim Parkplatz angelangt, bist du sofort ausgestiegen, ohne einen Gedanken daran zu verschwenden, den Wagen abzuschließen.

Du bist durch die Drehtür gelaufen und dann in die riesige Halle, die Stimmen aus den Lautsprechern, die Stimmen der Leute, die dich hier und da gestreift haben, die Huster, die ganzen unterschiedlichen Gesichter, die schrecklichen Frisuren, die widerlichen Gerüche nach Schweiß, nach altem Mann, nach Schimmel, nach Rauch, nach Essen, all das Zeug, das du nicht mehr kanntest, ist dir wieder nah gerückt, und dir ist übel geworden, zusammen mit dem Gedanken an die Ohrfeige, die du deiner Tochter gegeben hast, an die du dich im ersten Moment nicht einmal erinnert hattest und die dir jetzt dagegen so klar und deutlich und fürchterlich vor Augen steht.

Und jetzt in diesem Zimmer vor ihrem Bett denkst du weiter daran und ballst die Fäuste und beißt die Zähne zusammen.

Sie schläft noch, mit dem Laken unter dem Kinn, weiß wie ihre Haare und wie das Kissen darunter, wie ihre Haut, die allerdings von der Unterkühlung, die sie sich im Wasser geholt hat, einige dunklere Flecken aufweist. Und auch auf ihrer Wange hat sie einen seltsamen Umriss, und vielleicht ist das gar nicht möglich, aber in deinen Augen ist das der Abdruck der Ohrfeige, deshalb senkst du den Blick und schließt die Augen. Du spürst Wut, die sich mit Schuld vermischt, mit Gewissensbissen und einem Haufen anderer Dinge, die dir das Atmen schwer machen, und wenn du nicht sofort eine Zigarette rauchst, erstickst du.

Du nimmst eine, steckst sie dir in den Mund und willst gerade hinausgehen, aber zuerst drehst du dich einen Moment zu Luna um und verabschiedest dich von ihr, auch wenn sie schläft. Und wenn deine Tochter sich mit dem Aufwachen nicht beeilt, dann wirst du sie aufwecken, denn du willst sie umarmen und ihr sagen, dass du sie lieb hast und eine Million andere Dinge, die du jetzt erst einmal mit dir nimmst, als du rausgehst.

Sandro steigt die Treppe hoch und streicht dabei mit seinen Fingern über dieses flache, glatte, ganz weiße Ding in seiner Hand. Es ist ein Knochen, ein Wildschweinknochen. Er hat in diesem Vieh gesteckt und hat es jahrelang gut funktionieren lassen, und doch hat er, wenn man ihn so anschaut, nichts mit jenem dunklen, wilden Tier voller drahtiger Borsten zu tun.

So ist der Tod, er kommt und nimmt alles mit. Nein, das stimmt nicht, er nimmt nicht restlos alles mit, der Tod lässt immer irgendetwas da, nur hat, was er übrig lässt, nichts mehr mit dem zu tun, was vorher da war. Und doch bleibt nichts anderes, also muss man sich daran klammern.

Sandro klammert sich in der Tat an den Knochen, während er in den zweiten Stock zu Lunas Zimmer hochsteigt, in der Hoffnung, dass dieses Geschenk sie wie zuvor beim Katechismus zum Lächeln bringen möge.

Bekommen hat er ihn von Rambo, der Teil einer Truppe selbsternannter »Freunde des Wildschweins« ist, ein Grüppchen von Männern, die immer in Camouflage gekleidet sind und ihrer Freundschaft zu diesem Tier Ausdruck verleihen, indem sie in die Apuanischen Alpen gehen und schießen, sobald ihnen eines über den Weg läuft. Dann laden sie die Beute auf, bringen sie ins Tal und teilen sie untereinander auf, und weil Rambo keine Frau und keine Kinder hat und nicht der Typ ist, der Freundschaften hält, außer zu Sandro und Marino, ist seine Kühltruhe immer überfüllt mit Wildschweinteilen. Um sie aufzubrauchen, lädt er sie beide ab und zu ein, und seine Mama macht dann Wildschwein-Crostini, Wildschwein-Pappardelle, Wildschweinragout und zum Abschluss Wildschwein mit Schokolade, was ein berühmtes Rezept ist, und wenn man es so hört, mag es vielleicht eklig klingen, aber wenn man es dann probiert, findet man heraus, dass es tatsächlich eklig schmeckt.

Und genau am Ende eines solchen Essens, als sie die übrig gebliebenen Knochen auf den Tellern angeschaut haben, hat Rambo einen gefunden, der seiner Meinung nach die Form eines Haifischzahns hatte. Und da ist ihnen dreien, vielleicht wegen des Weins und weil das Blut ganz mit Verdauen beschäftigt und weit weg vom Hirn war, eine geniale Idee gekommen, wie sie im Sektor »indigenes Kunsthandwerk« etwas Geld verdienen könnten: Die ausländischen Touristen würden nach diesen handbearbeiteten Knochen sicher verrückt sein, am besten mit eingeschnitzten lateinischen Sätzen über das Meer und Bildern von Schiffen und Fischen. Na gut, es konnte zwar niemand von ihnen schnitzen, aber das war sogar besser so: Je schlechter die Bilder, desto eher würden sie als primitiv durchgehen. Dann würden sie sich barfuß und zerrissen neben den Landungssteg stellen, hinter sich kaputte Netze, und sie als Hai- oder Walfischknochen verkaufen. »Die Touristen werden sich darum schlagen, welche zu kaufen, echt jetzt!«

Sie haben einige ausgewählt und sie mit nach Hause genommen, um sie versuchsweise zu bearbeiten. Und Sandro erinnert sich nicht mehr, ob dann herauskam, dass es zu schwierig war, oder ob sich vielleicht jemand mit dem Messer verletzt hat, jedenfalls ist nichts dabei rumgekommen, und sie haben es fallenlassen.

Aber alles ist ihm wieder in den Sinn gekommen, als Luca ihn eines Morgens in der Schule gefragt hat: »Prof, meinst du, ich finde da oben einen Walfischknochen?«

»Hä?«

»Einen Walfischknochen, in Biarritz, finde ich da einen?«

»Hm. Vielleicht ja, ich weiß es nicht. Was willst du denn damit?«

Er wollte ihn, weil seine kleine Schwester ihn jeden Tag mehrmals gefragt hat: »Bringst du mir bitte, bitte einen Walfischknochen von da oben mit?« Sie hatte gelesen, dass Biarritz früher ein wichtiger Ort war, von dem aus die Walfangschiffe losfuhren, deshalb hatte sie sich das in den Kopf gesetzt. »Einen Buckelwalknochen. Oder nein, lieber von einem Pottwal. Oder nein, doch lieber von einem Buckelwal, ja. Oder was für einen du halt findest, ist egal.«

Und Luca hatte es ihr zugesagt. Aber Walfangschiffe gab es vor hundert Jahren, jetzt hat man weniger Probleme, wenn man einen Menschen statt eines Wals umbringt, und Walfischknochen findet man bestimmt kaum, oder sie sind sogar verboten, wer weiß.

Also hatte Sandro zu ihm gesagt: »Mach dir keine Sorgen, du gehst nach Biarritz, vergnügst dich und schaust dich dabei um, ob du einen findest. Aber wenn es da nichts gibt, kümmere ich mich darum, ich gebe dir einen fabelhaften weißen, flachen Knochen, der von einem Wildschwein ist, aber problemlos als Buckelwalknochen oder Pottwalknochen oder was du willst durchgeht.«

Und tatsächlich wird Sandro nun gleich bei Luna ankommen und bereitet sich darauf vor, ihr zu erzählen, dass dieser Knochen wirklich von einem Wal sei: Er habe gewusst, dass sie sich so einen gewünscht hat, Luca habe ihr keinen mehr mitbringen können, also habe er sich darum gekümmert, ein Geschenk mit den besten Wünschen, dass sie schnell wieder auf die Beine kommen möge.

Sandro spaziert durch den Gang zwischen Patienten und Verwandten und fühlt sich fast wohl, denn er hat sich eine schöne Rede zurechtgelegt, hat ein schönes Geschenk und kein Problem in Sicht. Oder vielmehr nur ein einziges, und das lässt seine Beine zittern, als er die richtige Zimmernummer an der Tür sieht: Ob er da drinnen zusammen mit der Kleinen auch Serena antreffen wird? Seit jenem Tag am Kiosk haben sie nicht mehr miteinander gesprochen, das war im Frühling, danach ist viel passiert und dann dieses Schreckliche, das sie alle hinweggefegt hat, und er trägt die Schuld.

Doch ist es ja auch wahr, dass gewisse Tragödien leider geschehen und niemand etwas dagegen tun kann, Serena ist intelligent, sie weiß das und hat kein Interesse daran, zu verurteilen und Schuld zuzuweisen. Bei so etwas Schrecklichem gibt es keinen Raum für Anschuldigungen, und es hat keinen Sinn zu hassen, diejenigen, die übrig bleiben, sollten sich nur gegenseitig in den Arm nehmen und sich Mut machen. Ja, so ist es, so muss es sein.

Sandro gelangt zur Tür, holt ein letztes Mal Luft, als würde er statt einzutreten gleich untertauchen, und dann springt er ins Wasser.

Aber im Zimmer ist niemand.

Das heißt, außer einer Alten da hinten in der Ecke, die unter mindestens drei Decken mit dem Gesicht zur Wand schläft. Und Luna, die ebenfalls schläft, im Bett hier vorne.

Sandro macht einen Schritt und schaut sie an: Das ganze Weiß, das von ihr, dem Bett und der Wand ringsum, wirkt seltsam auf ihn. Wie ein Gespenst, und er bekommt Angst. Wovor, weiß er nicht. Vor Gespenstern vielleicht.

Oder vor etwas Wirklicherem, wie den Geräuschen vom Flur, die jedes Mal die Schritte von jemandem sein könnten, der hierherkommt, es könnte Serena sein, und Sandro will, dass sie es ist, und zugleich will er es nicht.

Denn das Weiß dieses Zimmers, der Geruch nach Desinfektionsmitteln und das Neonlicht ersticken ihn, und wenn es einen falschen Ort gibt, um sie wiederzusehen, ist es genau dieser hier. Vielleicht kommt sie jetzt, und er steht hier mit diesem Knochen in der Hand, und da liegt die Kleine im Bett, die schläft, aber aussieht wie tot, und alles ist Trauer und Furcht, und tschüss.

Also nähert sich Sandro Luna, legt den Knochen auf die Decke in die Nähe des Kopfkissens und will gerade abhauen. Sie werden das nächste Mal beim Katechismus darüber sprechen, sie wird sich bei ihm für sein Geschenk bedanken, dann wird sie vielleicht ihrer Mama erzählen, wie gut und nett der neue Katechet ist. Ja, sicher, jetzt muss er nicht darüber nachdenken, jetzt muss er bloß verschwinden. Er schaut Luna noch eine Sekunde an, dann hört er von draußen Schritte, Stimmen, *ihre* Stimme. Da ist sie also, sie ist es, was soll Sandro jetzt tun, warum ist er nur hergekommen, warum zum Teufel ist er hergekommen?

Das denkt er und bewegt sich nicht, er bleibt bloß neben Luna stehen, mit dem Gesicht zur Tür, regungslos, als erwarte er ein Foto, das gleich sein Schicksal festhält.

»Nicht so, du musst das von der Wurzel zur Spitze machen, von der Wurzel zur Spitze, du wirst sehen, dass das dann etwas ganz anderes ist«, sagst du. Die Krankenschwester dankt dir und geht ihrer Wege.

Du hast sie unten getroffen, wo auch sie eine geraucht hat, und sie hat dich sofort um Ratschläge wegen ihrer Haare gebeten. Du hast sie ihr gegeben und dich dabei gewundert, dass du dich immer noch an so vieles erinnerst. Dann hat sie dich auf einen Espresso an der Bar eingeladen, und jetzt gehst du ins Zimmer zurück und hast noch mehr Lust zu rauchen als vorher, als du rausgegangen bist. Und dir kommt in den Sinn, dass du deiner Tochter irgendetwas kaufen könntest, einen Snack, Kekse, irgendetwas wäre schon gut, irgendetwas ist besser als das Nichts, das du ihr mitgebracht hast, als das Nichts, das du ihr in den letzten Monaten gegeben hast. Vielleicht hast du wirklich verlernt, Mama zu sein, vielleicht ist das wie eine Batterie, die, wenn sie alle ist, nicht mehr funktioniert, und man kann nichts daran ändern. Du betrittst das Zimmer mit diesem Gemisch aus Sorge,

Wut, Schuld und Scham, das sich an deine Haut klebt wie Spinnweben, und du bist kurz davor, dir eine der tausend Decken der Alten zu schnappen, die im anderen Bett schläft, und zu versuchen, dir damit dieses Zeug vom Gesicht zu reiben.

Aber im Zimmer ist jemand, genau da neben Luna, du siehst ihn und bleibst wie angewurzelt stehen, regungslos wie er.

Er schaut dich an, und du schaust ihn an, und alles kehrt zurück. Die Schule, die Sprechstunde, der Lehrer Mancini, von dem Luca jeden Tag gesprochen hat, der Vertretungslehrer für Englisch, der dir auch noch gefiel. Es ist seine Schuld, dass dein Rekord, zehn Jahre mit niemandem auszugehen, kurz davor war einzubrechen, es ist seine Schuld, dass du Luca nach Biarritz hast fahren lassen. Er hatte darauf bestanden, mit der Geschichte von Karl dem Kojoten, dem Schirmchen, dem Felsblock, der da gerade auf dich zu falle.

In Wirklichkeit weißt du nicht, wie sehr es wirklich seine Schuld ist, doch du willst nicht darüber nachdenken. Du hast am Anfang viel darüber nachgedacht, und im ersten Moment warst du echt stinkwütend, dann war er dir nicht mehr wichtig, wie alles Übrige, und du hast es sein lassen. Aber jetzt haben wir ihn hier, diesen Scheißkerl, er hat Luca Englisch unterrichtet, und Luca ist nicht mehr da, und jetzt steht er neben deiner Tochter im Krankenhaus. Und was zum Teufel er da will, weißt du nicht, und was du tust, genauso wenig, du löst dich nur vom Boden und fliegst. Im Flug überwindest du das ganze Zimmer, landest auf ihm und schleuderst ihn gegen die Wand.

Du schlägst ihn dagegen, dann ziehst du ihn hoch und schlägst ihn noch einmal dagegen. Er starrt dich mit runden Augen an, öffnet den Mund und würde gerne irgendetwas sagen, aber deine eng um seinen Hals gelegten Hände lösen sich nur, um ihn zu schlagen, und würgen ihm dann wieder den Atem ab. Und auch wenn es ihm durch ein Wunder gelänge, irgendein Wort herauszubekommen, würde es sich in deinem kratzigen und tiefen Schrei verlieren, der durch dein Fleisch, deine Eingeweide, dein Blut und diese Orte da drinnen, die alles erhitzen und um dein Leben pumpen, geschossen ist, bevor er aus deinem Mund kommt. Und es klingt gar nicht wie deine Stimme, Serena, es klingt wie alle Wut der Welt, die in einen Körper eingezwängt war und jetzt Richtung Himmel herausplatzt: »Willst du sie mir beide umbringen, du Hurensohn? Willst du sie mir beide umbringen?« Du sagst es wieder und wieder, und mit jedem Schrei ein Schlag gegen die Wand, immer stärker, und du willst nie mehr aufhören.

Und doch hört einen Moment später alles auf. Diese Hölle aus Schreien und Gewalt wird durch ein einziges Wort unterbrochen, ganz schwach und weit entfernt, das du wer weiß wie überhaupt gehört hast. Es kommt vom Bett hier neben dir und lautet »Mama«, und es hat die Stimme von Luna.

Die wach ist und dich anschaut und etwas in der Hand hält.

»Wer hat das gebracht, Mama! Ich … hast du mir das mitgebracht?«

»Liebes! Wie geht es dir!« Du lässt den bescheuerten Lehrer los, der an der Wand hängen bleibt wie ein schiefes Bild.

»Hast du mir das mitgebracht, Mama?« Luna schüttelt dieses weiße Etwas, weiß wie sie, wie ihre wunderschönen Haare, in denen es noch verfangen ist.

»Nein, Luna, was ist das denn?«

Du nimmst sie in den Arm und drückst sie ganz fest. Sie schaut über deine Schulter auf den Lehrer.

»Es ist ein Knochen. Ein Walfischknochen. Haben Sie mir den mitgebracht?«, fragt deine Kleine den Schwachkopf da an der Wand. Du drehst dich auch zu ihm um und siehst ihn, wie er die Hand unter seine Nase hält, um das Blut zu stoppen, im ersten Moment antwortet er nicht.

»Hör zu, du Arschloch«, sagst du. »Hast du jetzt dieses Ding mitgebracht oder nicht?«

Er fügt noch einen Augenblick Nichts hinzu, dann schüttelt er den Kopf.

Und auch du schüttelst ihn, während du wieder deine Tochter anschaust, die dagegen den Knochen anstarrt, dann löst sie ihn aus den letzten Haaren, die sich daran klammern, legt sich wieder hin, drückt ihn an ihre Brust und drückt dich. Und sie sagt: »Wusste ich's doch, wusste ich's doch!«, mit einer ganz schiefen Stimme vom Liegen, von den Lachern und von den Tränen, die ihr alle gleichzeitig kommen.

Luna weint und lacht und wiederholt: »Ja, wusste ich's doch, danke, wusste ich's doch!«

Die Glückliche, denn du, Serena, weißt wirklich überhaupt nichts.

Save Our Souls

Endlich haben die Ärzte gesagt, dass ich nach Hause darf, und wir sind auf dem Weg dahin, wir, das sind Mama, ich und die Regentropfen, die auf die Scheiben trommeln und auf der Straße zerquetscht werden, und beim Drüberfahren machen die Reifen ein Geräusch, wie wenn man Tesafilm irgendwo ablöst.

»Luna, ich gehe jetzt Geld holen, und dann gehen wir einkaufen. Oder möchtest du lieber zu Hause bleiben, und den Einkauf mache ich? Womit wärst du glücklicher?«

Ich antworte nicht, ich lächele bloß. Ich bin einfach so glücklich, ganz allgemein. Denn nach sechs zombiemäßigen Monaten ist Mama mit mir draußen und fragt mich, was mir lieber ist, und ihre Stimme ist nicht mehr flach, sie ist lebendig und geht beim Sprechen rauf und runter, und da bleibe ich jetzt bestimmt nicht zu Hause, während sie einkaufen geht.

Aber wir müssen trotzdem kurz dort vorbei. Mama lässt den Motor laufen und steigt aus, fragt mich, ob ich aufs Klo müsse, aber ich muss nicht, und jetzt bleibe ich alleine hier, mit dem Motor im Leerlauf, der mich ganz leicht durchschüttelt, das Motorengeräusch mischt sich mit dem des Regens, und das schläfert mich leicht ein. Ich schließe die Augen, stecke wieder meine Hand in die Tasche meines Pullovers und streichele wieder meinen wunderbaren Knochen. Der ganz glatt ist, mit einigen Stellen, an denen er sich etwas rauer anfühlt, wie kleine benachbarte Löcher, weil ihn vielleicht das Meer abgenutzt hat, oder er ist genau so gewachsen, und nur die Natur weiß, wozu diese Löchelchen dienen. Ich streichele meinen Walfischknochen, und er lässt mich ruhig werden, ja, er beruhigt mich wirklich. Dann denke ich wieder daran, wie er zu mir gelangt ist, da werde ich ganz aufgeregt, und mein Herz schlägt laut.

Ich habe Mama gefragt, ich habe die Pfleger vom Rettungsdienst gefragt, niemand hatte ihn gesehen. Kein Wunder, ich war ja ohnmächtig, da durften sie keine Zeit verlieren. Sie haben mir erzählt, dass Algen an mir klebten und sich zwei Äste in meinem Hemd verfangen hatten, aber wer sieht schon einen so weißen Knochen mitten in meinen ganz weißen Haaren? Mein großer Bruder hat ihn da gut versteckt. Er hatte es ja versprochen, dass er mir einen mitbringen würde.

In der Nacht, in der er gestorben ist, bin ich bei Mama und der Signora Gemma auf einem Stuhl sitzen geblieben, hin und wieder habe ich geschlafen, hin und wieder nicht, und unter all den verwickelten, schlimmen Dingen, die mir durch den Kopf gegangen sind, über Luca, ob er wohl bemerkt hat, was los war, ob er gelitten hat, wo er jetzt wohl ist, ob er überhaupt irgendwo ist … also, mitten unter diesen Gedanken ist mir plötzlich eingefallen, was meine letzten Worte an ihn waren, als er mit dem Rucksack aus dem Haus zu seinen Freunden im Bully geeilt ist. Er hat angehalten, hat kehrtgemacht und Mama auf eine Wange und mich auf die Stirn geküsst. Zu Mama hat er gesagt: »Danke«, und zu mir, dass er mich lieb hat, und ich schäme mich in Grund und Boden, weil ich nicht geantwortet habe: »Ja, ich dich auch, ich hab dich total lieb, Luca.« Nein, ich habe nur zu ihm gesagt: »Findest du denn echt einen und bringst ihn mir mit?« Ich sprach von dem Walfischknochen. Und er hat gelacht: »Klar, finde ich einen. Hör zu, Luna, solange ich den für dich nicht gefunden habe, komme ich nicht nach Hause, verstanden?«

Und tatsächlich ist er dann nicht mehr zurückgekommen. Aber

den Knochen hatte er gefunden, und er hat ihn mir geschickt. Aber wie hat er das gemacht, was ist passiert, wie ...

Ich weiß es nicht, ich weiß gar nichts. Das heißt, ich weiß, dass ich diesen herrlichen Knochen streichele, und es ist, wie wenn Luca mich immer umarmt hat und ich immer gesagt habe: »Es reicht! Es reicht!« Aber eigentlich wollte ich gar nicht, dass er aufhört, seine Haut im Gesicht war an manchen Stellen glatt und an anderen Stellen rauer wegen des Barts, genau wie dieser Knochen hier. Ich streiche mit den Fingern darüber, und es kommt mir vor, als rieche ich seinen Duft, für einen Moment sehe ich ihn wieder vor mir, höre wieder seine Stimme.

Doch nur für einen Moment, denn jetzt übertönen Mamas Flüche alles, als sie pudelnass vom Regen zurückkommt.

Sie steigt ein, Tropfen spritzen auf meine Hände und in mein Gesicht.

»Was ist los, Mama, ist etwas passiert?«

Sie antwortet nicht sofort, faltet ein ganz durchnässtes Blatt Papier auseinander, drückt es an ihre Brust, um es glatt zu streichen, und liest es noch einmal.

»Mama, was ist los, ist im Haus irgendetwas passiert?«

»Nein, Luna. Ich weiß es nicht. Es ... es ist zu. Ich bin nicht reingekommen«, und ihre Stimme ist wieder so robotermäßig flach, wie bei diesen Automaten, wo man Geld reinwirft, um etwas zu bezahlen, worauf sie »Danke und auf Wiedersehen« zu dir sagen.

»Wie, es ist zu? Hast du keinen Schlüssel?«

»Doch, aber der funktioniert nicht ...« Ihr Rücken fängt an komisch zu zittern, als ob sie Schluckauf hätte. Doch ich glaube, das ist kein Schluckauf, in Wirklichkeit weint sie.

Ich schaue sie an, streiche mit den Fingern über meinen Knochen und würde so gerne irgendetwas machen, oder wenigstens irgendetwas sagen, das Richtige, wodurch es ihr besser geht. Aber das ist schwer, denn ich weiß ja nicht einmal, was los ist, ich verstehe gar nichts. Ich versuche es trotzdem und sage, dass sie sich keine Sorgen zu machen braucht, wenn ihr nicht danach ist, einkaufen zu gehen. Dass ich vielleicht wirklich müde bin und wir deshalb auch ins Haus gehen und uns ein bisschen hinlegen können. Als ich das sage, weint Mama aber noch mehr, also bleibe ich still und sage und tue nichts mehr.

Außer einen Augenblick später vor Schreck in die Luft zu springen. Als von draußen aus dem immer stärkeren Regen ein Schlag die Scheibe trifft und ein Schrei ertönt, eine fast erstickte Stimme, die um Hilfe ruft.

Mama klammert sich an die Autotür, lässt das Fenster herunter, und zusammen mit dem Regen kommt Zots Gesicht hinein.

»Was ist los, Junge, was ist?«

»O mein Gott, zu Hilfe! SOS, SOS!«

»Zot, beruhige dich, was ist los?! Atme durch und sag, was los ist.«

»SOS, SOS!«

»Was soll SOS denn heißen?«, frage ich.

Zot hält seinen Brustkorb und antwortet mir mit dem wenigen Atem, den er übrig hat. »SOS ... ist das universelle No... Notsignal ... es bedeutet Save Our Souls ... oder auch ... Save Our Ship ... im Morsecode ... es geht drei kurz ... drei lang und ...«

Ich will gerade fragen, was der Morsecode ist, aber Mama packt ihn am Arm: »Hör auf mit dem Quatsch! Was ist los?!«

»Der Opa ... der Opa ... SOS.«

»Ferro?«, frage ich. Zot antwortet Ja.

»Der Opa ... der Herbe Tod ... zu Hilfe!«

»Was erzählt ihr denn da für einen Mist?«, meint Mama.

Zot antwortet nicht, er bleibt im Regen und hält sich bloß die Brust. Mama steigt aus, nimmt ihn und wirft ihn wie ein Paket auf die Rückbank, dann fahren wir mit Vollgas zu ihm nach Hause. Ich frage mich, wenn es ein Notfall ist, warum hat er dann nicht die Nachbarn gerufen, statt bis hierher zu kommen? Dann denke ich kurz darüber nach, über die Häuser, die zwischen uns und dem Geisterhaus stehen, eins ist von einem Mailänder, eins von einer Frau aus Parma, drei gehören den Russen, und wem die anderen gehören, weiß niemand, weil sie immer leer sind. Die Fenster öffnen sich einen Monat im Jahr, im August, den Rest der Zeit sind sie still und verschlossen. Auch wenn zwischen uns und dem Geisterhaus zwei Straßen voller Villen und kleiner Häuschen verlaufen, sind deshalb die wahren Nachbarn von Zot wirklich Mama und ich.

Die jetzt bis zu seinem Haus fahren, aus dem Auto springen und den Wald durchqueren, wo es ein bisschen weniger regnet und ganz intensiv nach tausend verschiedenen Sachen gleichzeitig riecht. Dann betreten wir das Haus, und es ist alles genau wie beim letzten Mal, nur dass auf dem Boden Ferro liegt, reglos ausgestreckt, das Gesicht zum Fußboden, ein Arm so verbogen, als wäre er nicht echt. Und ein Gewehr neben sich.

Der Herbe Tod

»Opa! Mein heiß geliebtes Großväterchen!«
Zot wirft sich direkt neben dem Signor Ferro auf die Knie, bekreuzigt sich und versucht ihn zu umarmen, aber so auf dem Boden ausgestreckt ist das schwierig. »Opa, sprich mit mir, ich bitte dich, Großväterchen mein!«
Ferros Füße stecken barfuß in zwei riesigen Holzschuhen, der neben dem Gewehr liegende Arm ist weich und weißlich wie die Tentakel von Tintenfischen, wenn man sie tot im Fischgeschäft sieht.
Dann weiß ich nicht mehr, was passiert, weil Mama mir die Augen zuhält.
»Das ist nicht gerecht!«, sagt Zot mit ganz zittriger Stimme. »Er war so gut. Er wirkte nicht so, aber er war gut, ein goldenes Herz. Opa, bestes Großväterchen, warum bloß? Oh Herr, der du bist im Himmel, heiliger Felix von Afrika, heilige Katharina von Siena ...«
Mama nimmt ihre Hände von meinen Augen, denn sie braucht sie, um Zot beiseitezuschieben und sich über Ferro zu beugen. Sie legt das Gewehr weg, nimmt den Alten bei diesem weichen, toten Tentakel und kriegt ihn durch starkes Ziehen auf den Rücken gedreht. Dann legt sie zwei Finger auf seinen Hals, legt ihr Ohr auf sein Herz. Doch vielleicht hört sie nicht gut, denn erst verschiebt sie ihren Kopf weiter nach oben, dann weiter nach unten, und sie hört erst auf, als diese donnernde, schleimhustende Stimme fast wie ein Dröhnen aus dem Jenseits sagt: »Oh, ja, braves Mädchen, geh noch ein Stückchen weiter runter, da findest du ein schönes Geschenk.«

Mama springt auf, Zot dagegen wirft sich auf Signor Ferro.

»Opa! Du lebst! Herzliebster Jesus, danke, danke, o Herr. Großväterchen mein!«

»Zieh Leine! Lass mich mit dieser geilen Braut alleine!«

Ferro versucht sich hochzuziehen, da er es nicht schafft, dreht er
sich auf die Seite. Sein weißes Unterhemd ist ganz hochgerutscht,
und man sieht seinen Bauch, der so groß ist, dass er zum Glück
seine Unterhosen verdeckt, und darunter hat er zwei ganz dürre
Beinchen, die nicht zu ihm passen, als wären da unten mit Gewalt zwei Stöcke reingesteckt worden.

»Und du, meine Schöne, wer sollst du sein, eine Altenpflegerin?«

»Ich … ich, nichts, Zot hat mich gerufen und …«

»Aha, du bist also eine Freundin von dem da, was? Klar, ihr Russen seid ja wirklich teuflisch. Dein Freund tut so, als wäre er eine
Waise aus Tschernobyl, und was machst du, bist du Altenpflegerin oder Nutte?«

»Weder noch, ich bin bloß gekommen, um nachzusehen, ob Sie
tot sind, und leider sind Sie es nicht.«

Ferro macht ein Geräusch, von dem ich nicht weiß, was es bedeuten soll, ich weiß nicht einmal, woher es kommt, aber es klingt
wie ein Huster gemischt mit einem Stein, der in einem Rasenmä-
her landet und ihn kaputt macht.

»Erzähl keinen Scheiß, du bist eine Eingeschleuste wie der da.
Man hat ihn mir ins Haus gesetzt und gesagt, er sei ein Waisenkind voller radioaktiver Strahlung, aber wer glaubt das schon?
Hast du gehört, wie er Italienisch spricht? Besser als ich, verdammt.«

»Das ist doch eine einfache Sprache, Opa, außerdem gefällt sie
mir, ich habe Italienisch gelernt, indem ich eure fabelhaftesten
Sänger gehört habe, Claudio Villa, das Quartetto Cetra, Gino Latilla … Schwester Anna war Italienerin, wir haben immer zusammen ihre Lieder gesungen.«

»Ja ja, klar, eine italienische Schwester in Tschernobyl ... Eine Spionin, nennen wir es beim Namen ... Kurz nach diesem Unheil stiftenden Kind kommst du und tust unter der Maske der nuttigen Altenpflegerin so, als wolltest du dich um mich kümmern, dabei vergiftest du mich ganz langsam und bringst mich um. Das ist der Plan, stimmt's? Aber mich legst du nicht rein, geh zurück nach Moskau und sag ihnen, dass Ferruccio Marrai sich hier nicht wegbewegt, das Haus gehört mir, und hier bleibe ich.«

Niemand sagt etwas, also spreche ich. »Signor Ferro, Mama ist keine Russin, sie ist meine Mama.«

»Ach ja? Und warum ist die Mama von Schneeweißchen dann nicht ebenfalls weiß?«

»Hör gut zu, du Arschloch«, sagt Mama und geht dabei zum Waschbecken, nimmt zwei Küchentücher, die nicht gerade sauber, aber auch nicht besonders dreckig sind, gibt mir eins, und wir trocknen uns damit langsam vom Regen. »Über Zot kannst du sagen, was du willst, aber wenn du meine Tochter anfasst, trete ich dir so heftig in die Eier, dass du blond wirst. Wir sind gekommen, um nachzusehen, ob du lebst, aber von mir aus kannst du sofort platzen, die Hausschlüssel bringe ich den Russen dann gerne persönlich. Besser die als ein Arschloch wie dich.«

Für einen Augenblick nur Stille, Signor Ferro schaut sie an, er muss erneut husten. »Dann bist du also Italienerin, Kleine.«

»Nein, ich bin keine Italienerin, ich bin aus Forte dei Marmi.«

»Ei der Daus!«, sagt Ferro nur und versucht sich hochzuziehen, er hält sich am Herd fest, fällt wieder zu Boden. »Na helft mir doch!«

Mama packt ihn an einem Arm, Zot und ich am anderen. Aber Zot zieht überhaupt nicht, er hat keine Kraft, eigentlich legt er nur seine Hand auf meine. Am Ende steht Ferro aber, dreht sich zum Waschbecken und spuckt hinein. Er zeigt auf das Gewehr,

Zot nimmt es und gibt es ihm, Ferro stützt sich darauf wie auf einen Stock.

»Bist du wirklich aus Forte dei Marmi oder verarschst du mich?«

»Ich bin aus Forte, und frag ja nicht nochmal, du gehst mir auf den Sack.«

Ferro denkt einen Moment darüber nach, dann meint er: »Ja, der Stil passt. Aber wessen Tochter bist du denn dann?«

»Ich bin Laris Tochter.«

»Ach was, Stelio Lari, Pinienkernkopf?«

Mama nickt, nur einmal.

»Deinen Papa kenne ich schon ewig, wir waren zusammen jung. In den letzten Jahren hatte er einen Dachschaden, stimmt's?«

»Ja, einen leichten.«

»Soll keine Beleidigung sein, Kleine, aber er ist schon immer ein bisschen doof gewesen. Sonst hätte er deine Mutter ja nicht geheiratet. Was für eine Nervensäge, diese Frau, immer am Jammern, mit diesem Stimmchen, das dich echt fertig gemacht hat. Da muss man ja durchdrehen. Wie hat dein Papa das nur hingekriegt, sie zu ertragen?«

»Na, hast du doch gerade gesagt, er war halt ein bisschen doof.«

»Oh, meine Kleine!«, meint Ferro zu Mama, plötzlich ganz ernst. »Nimm dir ja nicht heraus, Stelio zu beleidigen, klar? Bevor du von Pinienkernkopf sprichst, musst du dir den Mund ausspülen. Er war etwas eigen, aber im Vergleich zu euch war er ein ganz Großer. Eine andere Generation, wir haben das Leben wirklich gelebt. Ihr habt Essen im Kühlschrank, wenn nicht, geht ihr einkaufen oder ins Restaurant ... Wir haben uns abgemüht, haben uns den Arsch aufgerissen und dieses Land aufgebaut. Und ihr habt es für 'nen Appel und 'n Ei verkauft.«

»Ehrlich gesagt, habe ich dich immer am Meer herumhängen und nichts tun sehen«, sagt Mama. »Du hast unter dem Sonnenschirm gelegen und geschlafen.«

»Ich habe nicht geschlafen, ich habe auf das Meer aufgepasst. Das muss ein Bademeister tun, auf das Meer aufpassen und es nie aus den Augen verlieren.«

»Schon klar. Du warst so aufmerksam, dass du geschnarcht hast.«

»Ach was, geschnarcht! Manchmal habe ich mich hingelegt, um mich zu entspannen, schließlich ist die Arbeit als Bademeister ziemlich erschöpfend, aber ich hatte meinen Blick dabei immer wachsam aufs Meer gerichtet.«

»Lagst du also deshalb vorhin auf dem Boden, Opa?«, fragt Zot.

»Um dich zu entspannen?«

Ferro stützt sich auf das Gewehr, er schüttelt den Kopf. »Nein. Vorhin habe ich wirklich geschlafen. Was ist denn schon dabei?«

»Hier auf dem Boden hast du geschlafen?«

»Ja, und es ging mir dort großartig.«

»Aber hast du dich da hingelegt oder ...«

»Oder?«

»Oder bist du hingefallen, wie beim letzten Mal?«

»Nein, ich habe mich da hingelegt. Ich habe den Fußboden gesehen, gesagt, Madonna, wie bequem der ist, und habe mich hingelegt. Alles in Ordnung?«

»Eigentlich nicht, Opa.«

»Und wieso nicht?«

»Weil ich es rieche, Opa, dieser Geruch. Es war wieder der Herbe Tod.«

Ich schaue Zot an und brauche gar nicht zu fragen, er zeigt mir schon etwas da unten. »Unter dem Tisch«, sagt er. Ich gehe hin und bücke mich, und unter dem Tisch steht ein riesiger Ballon aus dunklem Glas, eine Korbflasche voll von etwas, das wie Wasser aussieht, aber kein Wasser ist, und obwohl der Korken steckt, brennt es mir in den Augen und nimmt mir den Atem.

»Ist das etwa Gift?«, frage ich, während ich mich wieder aufrichte. Mein Kopf schwirrt etwas.

»Von wegen Gift!«, meint Ferro. Er lacht los, und sein Bauch wackelt unter dem Unterhemd auf und ab. »Das ist der beste Grappa der Welt.«

»Er heißt Herber Tod«, sagt Zot ganz ernst, als ob er einen Menschen vorstellen würde, den er allerdings so gar nicht leiden kann.

»Am Anfang hieß er nur Der Herbe und das war's«, sagt Ferro. »Weil wir ihn schön trocken und schön stark machen wollten. Wir hatten alles hinter Ginos Haus aufgebaut, sodass man von der Straße aus nichts gesehen hat. Denn selbst Grappa herstellen ist illegal, wisst ihr? Aber was ist das denn für ein beschissenes Land, wenn man sich zu Hause nicht mal Grappa machen darf, was soll der schon Schlimmes anrichten?«

»Und warum habt ihr ihn dann Herber Tod genannt?«, frage ich.

»Weil es Tote gab, als wir ihn herstellten.«

»Tote?«

»Ja, zwei. Wir sind eine Woche dort geblieben und haben genug für ein ganzes Heer gemacht. Wir hatten verfaultes Obst, etwas Trester und auch Kartoffelschalen, für Grappa kann man alles verwenden, Hauptsache es hat schön viel Saft. Dung geht auch, zu Kriegszeiten machte man welchen aus dem Schmutz der Kanalisation. Man sagt, der sei sehr besonders gewesen, ausgezeichnet. Wir haben aber verfaultes Obst genommen. Und Gino hat wie üblich den Meister gespielt, er dachte immer, dass nur er es drauf hat, und hat zu einem gesagt: ›Geh mir aus dem Weg, ich mach das schon, Platz da, ich mache das ...‹, und am Ende hat er es wirklich gemacht, die große Gasflasche ist explodiert, und er ist zusammen mit dem armen Mauro tot umgefallen. Mögen sie in Frieden ruhen. Und tschüss, Destillierkolben, tschüss, Gasflaschen, alles für immer zerstört. Aber vom Herben Tod hatten wir schon ziemlich viel hergestellt, wir haben uns jeder eine große Flasche genommen und amen.«

Inzwischen ist er zum Tisch gekommen, lehnt das Gewehr an die Wand und setzt sich mit einem »Ahhhhhhhhhh«, das klingt wie ein Seufzer und ein Rülpser zugleich, ganz langsam hin.

»Und wieso hast du dann statt einer großen Flasche einen ganzen Ballon?«, fragt Mama. Sie bückt sich zu der Riesenkorbflasche, öffnet den Korken und kommt mit zusammengekniffenen Augen wieder hoch.

»Wenn einer stirbt, überlässt er seinen Anteil den Freunden, deshalb. Wir gehen zur Beerdigung, dann nehmen wir die Flasche des Toten und teilen sie auf. So haben wir das immer gemacht. Und jetzt ...«, Ferro hält kurz inne. »Und jetzt bin nur noch ich übrig geblieben, und ich habe alles hier bei mir. Wir sind nur noch zu zweit, der Herbe Tod und ich.«

Für eine Weile sagt niemand etwas, nur Zot macht ein leises Geräusch mit seinem Mund, vielleicht um zu sagen, na hör mal, also, er sei ja auch noch da. Aber er spricht nicht, Mama spricht: »Ferro, darf ich ein Schlückchen Herber Tod probieren?«

»Ei der Daus!«, sagt er ganz erfreut und versucht aufzustehen, wobei er sich mit dem Gewehr aufrecht hält. Aber es rutscht ihm aus der Hand und fällt zu Boden, genau auf mich gerichtet. Mama nimmt es und sagt: »Vielleicht schaffen wir das lieber aus dem Weg.«

Aber Zot erklärt ihr, dass das nichts bringt, weil es noch eins im Bad gibt.

»Wirklich? Was machst du denn mit zwei Gewehren?«

»Mit zweien nichts. Zum Glück habe ich elf.«

»Elf Gewehre?«

»Ja. Das ist wie mit dem Herben Tod. Wer stirbt, hinterlässt seinen Freunden seinen Grappa und auch seine Waffen. Ich habe für jedes Fenster ein Gewehr und einen Grappa-Vorrat für hundert Jahre. Jetzt sag den Russen ruhig, dass sie kommen sollen, sag diesen Hurensöhnen von den Agenturen, dass sie kommen sollen, um mir zu drohen, ich müsse zwangsläufig verkaufen. Ich bin zwar allein, ja, aber meine Freunde kämpfen immer noch hier an meiner Seite«, und mit einem Arm deutet er in der Küche des Geisterhauses um sich. »Wir bleiben hier, und wir gehen nicht weg.«

So verharrt er, in die Leere vor sich starrend und mit dem Kopf nickend, während Mama das Glas nimmt, sich den Herben Tod eingießt und sich ebenfalls setzt. Am liebsten würde ich mich auch hinsetzen. Meine Beine tun weh, die Ärzte haben gesagt, dass ich mich ausruhen soll, dass ich für eine Weile Ruhe brauche, aber seit wir vom Krankenhaus zurückgekommen sind, war bisher von Ruhe keine Spur.

Mama führt ihr Glas zum Mund, holt Luft und trinkt es auf ex. Sie hustet, schnaubt, hustet noch einmal.

Als sie aufhört und es mir scheint, als atme sie wieder, frage ich sie, ob wir jetzt einkaufen gehen, denn es ist ja schon spät, und ich bin etwas müde.

»Wir gehen nicht einkaufen, Luna, wir gehen nicht, denke ich.«

»Aber zu Hause gibt es nichts zu essen, was dann?«

Mama antwortet nicht sofort. Vielleicht, weil ihr der Herbe Tod wieder hochkommt, vielleicht, weil das, was sie mir zu sagen hat, zu den Dingen gehört, die einem nur schwer über die Lippen gehen.

»Luna, hör zu, es gibt nicht einmal mehr unser Zuhause, wir haben kein Haus mehr.«

Flucht vor der Zukunft

»Heutzutage ist das Leben eines Menschen nichts mehr wert«, sagt Rambo. »Wie kann man bloß einen Menschen wie einen Hund behandeln? Mir fehlen die Worte, Sandro, mir fehlen echt die Worte.«

Das wiederholt er ständig, dass ihm die Worte fehlen, dabei hat er ganz viele Worte, und Sandro hört ihm zu und nickt, aber Rambo spricht so laut, dass ihn auch die beiden Alten auf der Bank hören, die Pino und Der Mäuserich heißen. Sie sitzen starr da auf dem Landungssteg mit ihren Angeln und schauen ins Wasser, ob die Fische anbeißen, hoffen aber, dass nicht, denn sonst müssten sie ja aufstehen.

Und sogar Mojito hört es, der Hund der Nachbarn, mit dem Rambo hin und wieder Gassi geht, heute angebunden an einen Rollstuhl mit einer steifen, regungslosen Alten, die in eine Decke gewickelt ist, wie eine kälteempfindliche ägyptische Mumie.

»Wo sind wir nur hingekommen, heutzutage sind ein Hund und ein Mensch das Gleiche. Das habe ich ihnen auch gesagt: ›Seid ihr denn verrückt geworden? Habt ihr gar kein Gewissen? Für weniger als zehn Euro nehme ich die Alte nicht.‹«

Man spricht von ihr, aber die in die Decke gewickelte Dame bemerkt es nicht. Sie ist hier und gleichzeitig nicht da. Über dem Deckenklumpen ist ihr Gesicht in einer ewigen Fratze aus Überraschung und Angst erstarrt, ein Auge immer geschlossen, das andere weit aufgerissen und ins Nichts gerichtet, der Mund verkrampft und nach links verzogen. Seit einem Schlaganfall schaut sie so, und je länger Sandro sie betrachtet, desto mehr erinnert sie ihn an diese armen Teufel aus Pompeji, über die der Vesuv hergefallen ist, als sie schliefen, die Lava hat sie bedeckt, und sie sind zu einer Art Statue geworden, noch heute so erschrocken und verloren, wie die Lava sie in jener Nacht vor zweitausend Jahren vorgefunden hat.

Genau so sieht die Alte aus, und wenn es so scheint, als ob sie zittert, liegt das nur an Mojito, der ab und zu an der Leine zieht und dadurch den Rollstuhl zum Wackeln bringt.

Mojito ist ein fetter Beagle mit schwacher Stimme, und üblicherweise führt Rambo ihn zusammen mit Rimmel aus, der jünger ist und weniger einem Müllcontainer mit Beinen ähnelt. Nur dass heute die Tochter der Herrchen aus Mailand gekommen ist und sie alle einen Ausflug machen, wozu sie den Hund, der besser in Form ist, mitgenommen haben.

»Und weil ich also nur auf einen Hund aufpassen musste, haben sie gesagt, dass ich die Alte an die Luft bringen könnte. Zum selben Preis. Stell dir das mal vor! Ich habe zu ihnen gesagt: ›Nie im Leben, für die Alte will ich zehn Euro, mindestens.‹«

»Wieso, wie viel bekommst du denn sonst?«

»Sieben Euro, aber für zwei Hunde. Ein Mensch ist ja schließlich kein Hund. Und weißt du, was sie mir geantwortet haben? Dass die Alte *weniger* als ein Hund sei. Sie macht keinen Mucks, haut nicht ab und macht ihr Geschäft in Windeln. ›Wir müssten dir weniger bezahlen‹, haben sie gesagt, ›nicht mehr ...‹ Was für Scheißtypen, stell dir das mal vor, Sandro, stell dir das mal vor!«

Sandro nickt, aber ohne groß zuzuhören. »Okay, und wie habt ihr euch am Ende geeinigt?«

»Ich bin hartnäckig geblieben, das war eine Frage des Prinzips. Ich habe gesagt: ›Nie im Leben, mindestens müsst ihr mir die übliche Summe zahlen.‹« Dann legt er eine Hand auf Mojitos Kopf, der Hund schließt die Augen, hebt die Schnauze und bekommt eine volle Streicheleinheit. »An einer Alten sparen, die die eigene

Mutter ist, was für ein schreckliches Tier muss man da sein? Und außerdem, legen wir die Karten mal auf den Tisch, die leben von dieser Alten, wenn sie stirbt, ist für alle Schluss mit lustig, weißt du?«

Sandro nickt, fragt aber nicht, wieso dann Schluss mit lustig ist. Denn er hat andere Probleme, und es ist ihm egal. Denn der Mistral zieht gerade auf, und obwohl er nicht stark ist, reicht es, dass seine Nase davon weh tut, die noch geschwollen und wärmer als das restliche Gesicht ist. Außerdem hat es keinen Sinn nachzufragen, Rambo erklärt es sowieso gleich von alleine.

»Na, sie hat nie irgendetwas gemacht, und er arbeitet in einem Sägewerk, aber wegen der Marmorkrise ist er fast immer zu Hause, und sie haben diese blöde Tochter, die zum Studieren in Mailand ist, da aber vermutlich vor allem Piepmätze sammelt. Aber weißt du, wo sie heute hingegangen sind? Ins Thermalbad in Montecatini, um sich zu erholen ... wovon denn erholen, wenn sie einen Scheißdreck tun?! Und was meinst du, von wessen Geld?« Rambo zeigt mit einem Finger auf die Alte, verdammt nah an ihrem Gesicht, sein Zeigefinger berührt fast das immer offene, verloren blickende Auge. »Der Mann von der hier war im Hafenamt, eine Spitzenrente jeden Monat. Aber wenn ihnen die Alte irgendwann wegstirbt, dann tschüss, Geld, tschüss, Therme, tschüss, alles andere. Die hier ist ihr Reichtum, diese Alte ist ihre Zukunft, und sie stellen sich hin und feilschen wegen zwei oder drei Euro um den Preis. Was für eine widerliche Welt«, kommentiert Rambo, gibt einen Laut voller Abscheu von sich, richtet sich seine Camouflage-Jagdmütze, dreht sich zum Meer um und spuckt hinein, dann verliert er sich für eine Weile in jener glitzernden Unendlichkeit. Die den Blick der Menschen fängt und ihnen immer eine seltsame Verwirrtheit schenkt, eine große Lust, nichts zu tun, und eine gefährliche Neigung zur Philosophie.

Tatsächlich dreht sich Rambo wieder zu Sandro um, aber mit anderer Stimme, weise und tiefgründig. »Schau hierher, Sandro, schau genau hin«, sagt er, wobei er auf die Alte zeigt, wieder mit seinem Finger nur einen Zentimeter von ihrer gelähmten Fratze entfernt. »Was für ein Trauerspiel, nicht wahr? Aber weißt du, was das Problem ist? Dass wir sagen: ›So ist das Leben, wir werden alle so enden, damit müssen wir uns abfinden.‹ Das stimmt aber gar nicht. Das ist keine Angelegenheit, mit der man sich abfinden sollte, das hier ist gar nicht das Schlimmste, das ist *das Beste*, was uns passieren kann. Wir leben alle ganz bewusst, passen auf, was wir machen und essen, hoffen, nicht krank zu werden und nicht unter einen Laster zu kommen, und wozu? In der Hoffnung, eines Tages so zu sein. Das hier ist unser Ziel, verdammt. Stell dir das mal vor! Diese Alte ist unsere Zukunft, wenn wir Schwein haben. Die bestmögliche Zukunft. Hast du das kapiert oder nicht?«

Sandro nickt, aber nur einmal, und er spürt, wie ihm das Atmen schwerfällt. Seine Nase tut weh, sein Kopf tut weh. So ist das seit Samstag, seit die Frau, die er liebt, ihn gegen die Wand geschlagen hat wie einen Tintenfisch gegen die Felsen. Als er aus dem Zimmer gegangen ist, war ihm sogar schwindelig, und er hat deshalb darüber nachgedacht, ob er ein CT machen sollte. Das war gar keine absurde Idee, schließlich war er ja schon im Krankenhaus, es würde kaum Mühe kosten. Er ist ins Radiografie-Stockwerk gegangen und hat um ein CT seines Gehirns gebeten. Die Krankenschwester hat geantwortet, dass er dafür einen Termin ausmachen müsse und erst in drei Monaten einer frei sei. Drei Monate? Aber ist das nicht etwas, was man bei Notfällen macht? »Ja, klar«, hat sie gesagt, »wenn es Notfälle sind, schon.« »Und woher weiß man, ob es Notfälle sind?« Und sie hat geantwortet, dass die Notfälle im Liegen ankommen. Dann hat sie seine Nase begutachtet, eine Schublade geöffnet und ihm einen Beutel Trockeneis gegeben.

Sandro hat das Krankenhaus mit dem Eis teils auf der Nase, teils auf dem Kopf verlassen, und die Kälte hat ihn beruhigt. Klar, auf dem Weg nach Hause hat er ab und zu seine Pupillen im Rückspiegel betrachtet, um zu kontrollieren, ob sie erweitert sind, ob eine größer als die andere ist, ob seine Augen in der Lage sind, dem Finger zu folgen, der sich vor ihnen hin und her bewegt. Doch es war schwierig, gleichzeitig auf den Verkehr zu achten, den Finger anzustarren und zu kontrollieren, ob die Pupillen ihm gut folgen. Davon ist ihm nach einer Weile übel geworden, und Übelkeit ist ja ein weiteres Zeichen für eine Gehirnerschütterung, deshalb war er kurz davor, eine Kehrtwende zu machen und zurück ins Krankenhaus zu fahren. Aber mittlerweile war er zu Hause angekommen, und der Anblick der Hauswand, der Tür, des Vordachs aus Plastik und Eisen, das sein Papa alleine mit Hammerschlägen und der Schweißmaschine gebaut hatte, vermittelte ihm einen Sinn von Wirklichkeit und Härte, vom Leben als Mann, und er hat Nein gesagt.

All diese Konkretheit, diese ganze konstruktive Energie muss auch irgendwo in Sandro stecken. Dieser Geist eines Mannes, der die Dinge mit Gewalt nimmt und sie verändert, um andere Dinge daraus zu bauen, um die Welt mit Hammerschlägen so zu formen, wie er sie haben will. Das muss auch er im Blut haben, man nennt es DNA, das ist Naturwissenschaft, und mit der Naturwissenschaft diskutiert man nicht.

Also hat er Schluss jetzt gesagt. Schluss mit dem Katechismus, Schluss mit Wildschweinknochen, Schluss mit Versuchen, Eindruck bei einer zu machen, die lieber Krankenhauswände mit Eindrücken deines Kopfes versieht. Er hat es versucht, er hat sogar ein bisschen Hoffnung gehabt, aber nur Beleidigungen, eine fast gebrochene Nase, eine Klasse religiöser, kleiner Nervensägen und eine halbe Gehirnerschütterung geerntet. Es reicht wirklich. Einmal hat Sandro einen Satz von einem Sportstar gelesen, er erinnert sich nicht einmal mehr, von welcher Sportart, aber der Satz war in etwa, dass der wahre Champion derjenige ist, der etwas ganz Einfaches im richtigen Moment tut. Wunderbare und sehr wahre Worte, und von jetzt an würde auch er sich wie ein Champion verhalten, und die einfachste Handlung ist, es nicht weiter zu versuchen, und der richtige Moment ist jetzt. Er hat der Tür vor sich zugenickt, hat die Arme hochgerissen und »Champion, Champion!« gerufen.

Aber die Tür ist plötzlich aufgegangen, und seine Mutter hat ihn so vorgefunden, mit erhobenen Händen und geschwollener Nase, und angefangen zu wimmern: »Oh Jesus, Maria und Josef, was ist passiert, Sandro, ach Herrgott, was ist passiert, Sandrino?« Und er hat das Übliche gesagt, was er ihr seit der Grundschule erzählt, nämlich, dass er gefallen sei, als er mit seinen Freunden gespielt habe, und er ist stehen geblieben und hat ihr zugesehen, wie sie, heute wie damals, losrannte, um Wasserstoffperoxid und einen Wattebausch zu holen, um ihn zu desinfizieren. Er hörte die Ultraschallstimme seiner Mutter, spürte das leichte Brennen des Desinfektionsmittels auf der Nase, die eindringenden Dämpfe, die ihm weh taten, und ließ sich von dieser Stimme und diesen Dämpfen forttragen.

Genau so, wie er sich jetzt am liebsten von der Brise und dem salzigen Duft des Meeres forttragen lassen würde, nur dass er nicht aufhören kann, weiter die Alte anzustarren, ihre ewige, zu Tode erschrockene Fratze.

Denn leider hat Rambo recht: Dieser widerliche Anblick ist das Höchste, was wir erwarten können, das Ziel derjenigen, die achtsam sind, sich gut halten und danach streben, hundert Jahre alt zu werden. Das ist die fabelhafteste Zukunft, die auf uns wartet, und da macht er nicht mit, verdammt. Wenn das das Beste ist, was ihn in der Zukunft erwartet, will Sandro wenigstens für eine etwas weniger scheußliche Gegenwart kämpfen.

Wenn er sich von irgendeinem Schlag, einer geschwollenen Nase und einer leichten Gehirnerschütterung aufhalten lässt, also dann kann Sandro nicht behaupten, es versucht zu haben. Er hat es ein wenig versucht, aber ein wenig zählt einen Scheißdreck. Hat er Prügel bezogen? Dann muss er doppelt so viele beziehen. Und jeden Hieb, jeden Schlag, der auf ihn donnert, muss er als Ansporn nehmen, der ihn noch stärker dahin treibt, wohin er will. Ohne sich zu fragen, was es eigentlich ist, was er will, ohne dauernd dieses vermaledeite Hirn zu benutzen, das nur dafür gut ist, Gründe fürs Nichtstun zu finden.

Und wenn ihn dann einer dieser Hiebe wirklich zu Boden streckt und Sandro die Kurve kratzt, na ja, dann ist es auch ein bisschen gerecht: Schließlich ist das auch Luca passiert, seinetwegen, also wird Sandro schlimmstenfalls dafür bezahlen, was er getan hat.

Er beißt die Zähne zusammen und schaut immer noch die Alte an, und für einen Augenblick scheint es ihm, als ob sie lächelt, als ob sie diesen verkrampften, starren Mund verzieht, wie um ihm zu sagen: »Du hast recht, mein Sohn, du hast recht, zerschlage, renne, brenne!«

Aber ihn blendet bloß die Sonne, vielleicht ist es Mojito, der an der Leine zieht und sie schüttelt, vielleicht ist es eine Halluzination wegen der Gehirnerschütterung, die Sandro wirklich hat, die ohne CT nicht entdeckt wurde und ihn bald ins Paradies oder in die Hölle bringen wird, falls Orte dieser Art existieren. Ach, und wie die existieren, klar existieren die, denn nun ist er Katechet und glaubt daran, er muss daran glauben. Denn Sandro ist einer, der kämpft, Sandro gibt nicht auf, und wenn die Zukunft so zum Kotzen ist, dann ist es verdammt nochmal besser, sich kopfüber in alles Gegenwärtige zu stürzen, was man nur finden kann.

Du bist romantisch

»Bambina bellaaa
sono l'ultimo poeta che si ispira ad una stellaaa.
Bambina miaaa
sono l'ultimo inguaribile malato di poesiaaa.
E voglio bene a te, perché sei come mee
romanticaaa«

Schönes Mädcheeen
Ich bin der letzte Dichter, inspiriert von einem Steeern.
O mein Mädcheeen
Ich bin der letzte unheilbar Erkrankte an Poesieee.
Und ich hab dich liiieb, denn du bist wie iiich
Romaaantiiisch ...

So wache ich auf, nach einer Nacht, in der ich ganz viel geträumt habe. Tages und ich waren im Meer, der Traum hat die ganze Nacht gedauert, aber wir haben kein Wort miteinander gesprochen, wir sind bloß geschwommen. Dann plötzlich diese geschrienen Worte im Ohr, zusammen mit einer Art klapprigem Akkordeon.

Vor Schreck setze ich mich auf und stoße mit meinem Kopf gegen den von Mama, die ebenfalls zu Tode erschrocken hochgeschnellt ist, dann werfen wir uns wieder auf die Matratze, und Mama versteckt ihren Kopf unter dem Kissen, aber ich höre sie von da unten sagen: »Ich bringe ihn um, ich bringe ihn um.« Denn morgens aufzuwachen ist zwar immer hart, aber

Zots singende Stimme und das wirre Akkordeonspiel sind wirklich unmöglich zu ertragen, da würde man immer noch lieber im schlimmsten Albtraum stecken, wo einen Werwölfe Stück für Stück auffressen, und wenn im Albtraum die ersten unglückseligen Noten seines Lieds ertönen, schaut man die Werwölfe an und fleht: »Fresst zuerst meine Ohren, bitte die Ohren zuerst!«

Aber wir können machen, was wir wollen, schon seit Montag ist das unser Wecker, seit wir ins Geisterhaus gezogen sind. Ich hatte Angst, Kettenrasseln, Türenknarren und Gespenstergeheul zu hören, aber Zots Serenaden am Morgen sind viel, viel schlimmer.

Am ersten Abend, als wir hergekommen sind und Signor Ferro wegen des Herben Todes ohnmächtig dalag, hatte ich gar nicht kapiert, dass wir hierbleiben. Wir sind bei Teresa einkaufen gegangen und haben ziemlich viel Zeug mitgenommen, dann sind wir zum Geisterhaus zurückgegangen, und Mama hat gefüllte Nudeln, Tordelli, zubereitet. Sie ähneln den Tortelli aus der Emilia, nur mit einem D anstelle des T und Fleisch anstelle jeglicher anderer Füllungen.

Hier in der Gegend sind Tordelli was für Feiertage, Weihnachten, Ostern und leider auch Mariä Himmelfahrt, denn da treffen sich die Bademeister am Meer, und jeder isst einen ganzen Topf davon. Ausgerechnet an Mariä Himmelfahrt, wenn das Meer so voller Leute ist, dass man Angst bekommt, das Wasser könnte wie in der Badewanne überlaufen und das Dorf überschwemmen, ausgerechnet an Mariä Himmelfahrt, wo die Touristen unbedingt ins Wasser springen müssen, egal, ob sie schwimmen wie Steine. Das wissen die Bademeister zwar, aber den Topf Tordelli essen sie trotzdem, weil es Tradition ist. Sie spülen sie mit einer Korbflasche Rotwein herunter, und danach sitzen sie da herum, schauen aufs Meer und kriegen schlecht Luft, und wenn sie erhobene Hände sehen, die um Hilfe rufen, braucht es ein Weilchen, bis sie sich daran erinnern, was sie zu tun haben.

Und tatsächlich stirbt an Mariä Himmelfahrt immer jemand, es gibt ein Sprichwort, das lautet: »Alle Jahre wieder wird einer geholt von Santa Maria.« Und mir hat das immer Angst eingeflößt, als kleines Kind habe ich mir die Madonna vorgestellt, wie sie aus dem Paradies herabsteigt und sich die ganzen fröhlichen Leute in Badeanzügen anschaut, Frauen und Papas und Kinder, und auswählt, wen sie dieses Jahr mit sich nimmt. Dann habe ich genauer darüber nachgedacht und verstanden, dass das nur eine Ausrede ist, mit der man der Madonna eine Schuld zuschiebt, die eigentlich die der Bademeister und ihres überfressenen Magens voller Tordelli ist.

Die bei unserem Essen wirklich lecker waren. Ich wusste gar nicht, dass Mama welche kochen kann, ihr kompliziertestes Gericht waren mit Scheibletten überbackene Fischstäbchen, und auch die hat sie meistens anbrennen lassen. Die Tordelli dagegen waren köstlich, Signor Ferro hat drei Mal nachgenommen, und danach hat er sich auf seinem Platz ausgestreckt. Er hat sich den Bauch gehalten, und am Ende hat er einen so lauten Rülpser losgelassen, dass ich ihn in meinem Magen gespürt habe, dann hat er Zot angeschaut und gesagt: »Kleiner, was sind denn das für Manieren, schäm dich!«, und Zot: »Das war ich nicht, das ist eine Verleumdung! Luna, du weißt, dass ich das nicht war, stimmt's?«

Signor Ferro ist aufgestanden und hat Anstalten gemacht, in sein Zimmer zu gehen, dann hat er in der Tür innegehalten, bei Mama, die die Teller abgeräumt hat.

»Also hast auch du dein Haus verkauft, wie alle anderen, was?«

»Nein, ich habe überhaupt nichts verkauft. Das waren die Brüder meiner Mama, diese Scheißkerle.«

»Sind die nicht in Mailand? Was zum Teufel wollen die?«

»Geld wollen sie. Sie haben abgewartet, bis Papa stirbt, und jetzt wurde verkauft, denn sonst hätte ich ihnen ihren Anteil auszahlen müssen.«

»Hurensöhne.«

»Genau. Und stell dir mal vor, dass sie, seit Mama gestorben ist, sogar Miete von mir verlangt haben, jeden Monat.«

»Was für Scheißkerle. Und wie viel hast du ihnen bezahlt?«

»Ich habe ihnen nie auch nur eine Lira gegeben, aber es war ein Haufen Kohle. Und jetzt sagen sie, dass ich es ihnen schulde, und sie behalten meinen Anteil am Verkauf ein, also bekomme ich fast nichts.«

All das hörte ich zum ersten Mal, aber ich habe sofort kapiert, dass es nichts Gutes hieß. Ich bin aufgestanden, habe die leere Suppenschüssel aus Plastik genommen, in der vorher die Tordelli waren, und habe sie zur Spüle gebracht. Zot machte das Gleiche mit den Gläsern, dann sagte er: »Das ist ja eine regelrechte Ungerechtigkeit, kann man da nichts tun? Also, das Gesetz muss euch doch beschützen.«

Ferro war kurz davor zu antworten, aber Mama war schneller: »Welches Gesetz denn, Kleiner? Die Gesetze werden von beschissenen Leuten gemacht, um andere beschissene Leute zu beschützen.«

Mama hat einen Teller gespült und ihm den zusammen mit dieser herben Wahrheit rübergereicht. Zot hat ihn entgegengenommen und abgetrocknet, dann hat er ihn mir gegeben, damit ich ihn an seinen Platz räume. Aber ich wusste gar nicht, wo die Teller hingehören. Ich wusste ja nicht einmal, wo ich hingehöre. Wir waren nicht bei uns, und vielleicht hatten wir gar kein Zuhause mehr.

Mama hatte schon die Signora Gemma angerufen, und als die rangegangen war, hatte Mama im Hintergrund deren Tochter laut weinen gehört, weil sie mit ihrem Freund gestritten hatte und vorige Nacht wieder zu ihrer Mutter gezogen war. Und deshalb hat Mama sie um überhaupt nichts gebeten. Und vielleicht würden wir auf der Straße schlafen oder im riesigen Garten irgendeiner leeren Villa, wer weiß.

»Aber das ist doch nicht möglich«, hat Zot erwidert. »Das Gesetz wird euch zwangsläufig helfen, das Gesetz ist dazu da, die Übeltäter zu bestrafen.«

»Ja, Kleiner, das Gesetz bestraft die Übeltäter«, hat Mama gesagt. »Aber das Problem ist, dass die hier für das Gesetz gar keine Übeltäter sind. Man lässt sie ihre Schweinereien machen, mehr noch, sie werden sogar geschützt. Doch wenn ich eine Schaufel nehme, hingehe und sie ihnen ins Hirn bohre, siehe da, dann findet das Gesetz sofort seinen Übeltäter, und ich lande geradewegs im Knast. Bist du zufrieden, Gesetzesfreund?«

»Du sagst es«, gab Signor Ferro ihr recht, immer noch da in der Tür. Dann hat er aus vollem Herzen wiederholt: »Genau so ist es, goldene Worte.«

Zot dagegen hat nichts mehr hinzugefügt. Das heißt, er hat einen Teller abgetrocknet und ihn mir weitergereicht, und zwischen den Lippen hat er etwas gezischelt, das klang wie »Nein, ich bin nicht zufrieden, wirklich nicht.«

»Für mich geht es jetzt ab ins Bett«, hat Ferro schließlich gesagt. »Macht keinen Unsinn und verstopft das Klo nicht. Euer Zimmer ist da hinten, die Decken sind im Schrank, das Gewehr steht am Fenster.«

Ich habe mich ruckartig zu Mama umgedreht. Bis zu diesem Moment hatte ich wirklich nicht verstanden, dass wir hier im Geisterhaus bleiben würden. Aber das Licht war schwach, so konnte ich nicht sehen, ob sie zufrieden war oder nicht, sie hat nur die Suppenschüssel aus Plastik gespült und vielleicht genickt. Dann habe ich Zot angeschaut, und er hatte ein so breites Lächeln im Gesicht, dass ich das Weiß seiner kleinen, schiefen Zähne gesehen habe, die zufällig im Mund verteilt sind.

Und die sehe ich jetzt wieder, während er aus vollem Halse seine Serenade von heute Morgen singt.

»Tu sei romanticaaa
amarti è un po' rivivereee
nella semplicità, nell'irrealtà
di un'altra etààà.
Tu sei romantica
amica delle nuvoleee
che cercano lassù
un po' di sol, come fai tuuu ...«

Du bist romaaantiiisch
dich zu lieben heißt neu lebeeen
in der Bescheidenheit, in der Unwirklichkeit
einer andren Zeit.
Du bist romaaantiiisch
Freundin der Wooolkeeen
die da oben immerzu
ein bisschen Sonne suchen, wie duuu ...

Ich habe ihm schon vorgeschlagen, dass er vielleicht einfach nur singen könnte, und gut ist, ohne Akkordeon, aber er war ganz enttäuscht, denn er hat ganz allein Akkordeon spielen gelernt, wie er sagt, sein Talent habe er von seinem Papa, der Geiger war, musizierend durch ganz Russland und diese anderen Länder da gezogen ist und um Almosen gebeten hat. Nach langem Herumziehen habe er eine junge und wunderschöne Baronin getroffen, sie haben eine Nacht zusammen verbracht, und Zot wurde geboren. Aber er hat keinen der beiden je kennengelernt, das alles hat ihm eine Nonne, Madre Anna, erzählt, die einzig Gute im Waisenhaus. Sie hat zu ihm gesagt, dass sein Papa und seine Mama sich nie mehr wiedergesehen hätten, er musizierte am nächsten Tag schon in einem anderen Ort, und für sie war ein Sohn so aus dem Nichts ein Skandal, also hätten ihre erzbösen Angehörigen ihn zu den Nonnen gebracht. Sein Papa wusste nicht einmal, dass er einen Sohn hat, er hat nie mit ihm spielen können und hat ihm nicht die Dinge des Lebens beigebracht. Doch er hat ihm dieses große musikalische Talent vererbt, sagt Zot.

Mir schien das wirklich eine Ungerechtigkeit, Sohn einer Baronin zu sein und im Waisenhaus zu landen. »Kann man denn nicht wenigstens sie wiederfinden?«, habe ich Mama und Ferro gefragt, als Zot gerade im Bad war. »Ist das so schwer? Wie viele Baroninnen wird es in Tschernobyl schon geben?«

»Keine, Luna«, hat Mama gesagt. »Keine.«

»Wie keine? Mit wem hat denn sein Geiger-Papa dann Zot gezeugt?«

Mama hat nicht geantwortet, Ferro auch nicht, und manchmal ist nicht zu antworten wirklich die beste Art, jemandem etwas klarzumachen. So steht man da und wartet, in der Stille denkt man darüber nach, was man gefragt hat, und kommt nach und nach von alleine darauf. Und tatsächlich habe ich langsam verstanden. Doch ich wollte nicht. Ich will, dass die Baronin alle Nächte damit verbringt, an ihren Jungen zu denken, wo immer er auch ist. Ich will, dass in der Musik des Geiger-Papas immer noch etwas mehr Traurigkeit als üblich ist, wegen dieses Sohns, von dem er gar nicht weiß, dass er ihn hat.

Doch was ich will, zählt nichts, und deshalb bleibe ich im Bett und zwinge mich, Zots Singen bis zum Ende zuzuhören, auch noch, als Mama ihr Kissen vom Kopf nimmt, aufsteht und ins Bad rennt und er einen Moment aufhört, um sie im engen Labyrinth der Kartons, die unser Zimmer füllen, vorbeizulassen.

Die haben wir von zu Hause mitgebracht, darin sind praktisch nur Sachen von Luca. Alles, was in seinem Zimmer war, haben wir in die Kartons gepackt, den Rest haben wir zu Hause gelassen. Wir haben so getan, als wäre es wie wenn wir es auf den Dachboden bringen, als würden die Sachen dort auf uns warten, aber am Ende wird ein Laster vorbeikommen und alles zur Müllkippe bringen.

Am ersten Abend bin ich aus dem Bad gekommen und habe Mama vorgefunden, wie sie die Kartons angeschaut hat. Sie hat auf dem Bett gesessen und sie im Dunkeln angestarrt, dann hat sie gemerkt, dass ich da bin, und hat zu mir gesagt: »Vielleicht hat es auch etwas Gutes, dass wir nicht mehr zu Hause sind, weißt du?« »Meinst du, Mama?«, und sie: »Ja, meine ich«, ganz zittrig, dann hat sie angefangen zu weinen. Und ich weiß, warum sie geweint hat. Weil sie Lucas Sachen um sich hatte, aber nicht die Wände seines Zimmers und auch nicht die Küche, in der wir immer zusammen gegessen haben, den Garten, wo er sein Surfbrett aufbewahrt hat. Seit Luca nicht mehr da ist, sind uns nur Bruchstücke übrig geblieben, und von diesen Bruchstücken haben wir nur noch kleinere Bruchstücke in die Kartons packen können: Wenn wir so weitermachen, wird uns bald gar nichts mehr übrig bleiben. Das hat Mama wohl an jenem Abend gedacht, oder wenigstens habe ich das gedacht.

Und auch jetzt denke ich wieder daran und es packt mich ein wenig die Lust zu weinen. Doch jetzt weiß ich, was ich tun muss, jedes Mal, wenn das passiert: Ich drehe mich zu dem Karton um, der dem Bett am nächsten ist und als Nachttisch dient, strecke meine Hand aus und streichele meinen Walfischknochen. So erinnere ich mich an diese verrückte Tatsache, dass ich zwar vieles von meinem Bruder verliere, ja, aber dass gerade erst etwas Neues und Wunderbares zu mir gelangt ist.

Ich hatte ihn so sehr darum gebeten, dass er es mir trotzdem gebracht hat, obwohl er nicht aus Biarritz zurückgekommen ist, ich war ohnmächtig im Meer, und er hat es in meinen Haaren versteckt. Und deshalb gehe ich heute, wo Samstag ist, vielleicht vor dem Katechismus noch an den Strand, um am Wasser entlangzuspazieren und den Sand unter meinen Füßen zu spüren, aber auch, weil ich diese absurde und streng geheime Idee im Kopf habe, dass mir mein Bruder vielleicht noch etwas schenken könnte.

»Tu sei la musica
che ispira l'anima,
sei tu il mio angolo di Paradiso,
per meee.
Ed io che accanto a te
son ritornato a vivere
a te racconterò, affideròòò
i sogni miei.
Perché romanticaaa
tu seeee...«

Ja du bist die Musik,
die als Muse die Seele küsst,
du bist meine Wiese des Paradieses,
für mich.
Und ich bin neben dir
nun wieder am Leben hier
dir erzähle ich, dir vertraue ich
meine Träume an.
Denn so romaaantiiisch
biiist d...

Zots Lied bricht so ab, zusammen mit seiner Stimme, als Signor Ferro hereingerannt kommt, ihm das Akkordeon aus den Händen reißt und es aus dem Fenster wirft. Dann tritt er ans Fenster, schaut es da im Gras an, nimmt das Gewehr und schießt darauf.

Die Mama kommt aus dem Bad, sieht aber, dass es die üblichen morgendlichen Gewehrschüsse auf das Akkordeon sind, und verschwindet wieder. Denn so ist es jeden Tag. Im Zimmer riecht es sofort verbrannt, Ferro stellt das Gewehr ab, sagt: »Beim nächsten Mal nehme ich nicht das Akkordeon ins Visier«, und geht.

Aber das stimmt nicht. Dasselbe hat er schon gestern und vorgestern gesagt. Dann geht Zot es sich wiederholen, überklebt die Löcher mit Isolierband, und nichts ändert sich. Vielmehr wird es nur noch schlimmer, weil das Akkordeon einen immer fürchterlicheren, schieferen Klang hat, aber Zot gibt nicht auf.

Nicht einmal jetzt, wo ihm der letzte Liedfetzen im Halse steckengeblieben ist. Er holt Luft, breitet die Arme aus und bringt es zu Ende.

»Perché romanticaaa, tu seeeiiiiii ...«

Ich bleibe hier, mit dem Kopf auf dem Kissen, und schaue ihn an. Aber das Licht ist schwach, und das Einzige, was ich erkennen kann, ist Zots volles Lächeln, so breit, dass es alles Übrige überdeckt. Wie ein riesiges Werbeplakat, das dich auffordert, glücklich zu sein. Aber das Plakat hängt in einem ganz zerstörten und kaputten Dorf, voller kaputter Sachen, Trümmer, Staub und vertrockneter Bäume, wo glücklich sein wirklich schwierig ist. Und doch ist das Plakat bunt und beharrt darauf, da genau vor dir zu hängen, und ein bisschen fröhlich stimmt es dich wirklich.

»Hat dir das heutige Lied gefallen, Luna?«

Ich antworte nicht sofort. Ich suche eine Antwort, die ein bisschen Wahrheit enthält, aber Zot gleichzeitig nicht weh tut. Ich finde nichts, also bleibe ich still. Ich nicke nur mit dem Kopf.

»Hurra! Ich war unentschieden zwischen *Romantica* von Tony Dallara und *Sapore di sale* von Gino Paoli. Aber das mit dem Salzgeschmack passt besser zum Meer, das singe ich dir lieber heute Nachmittag dort vor.«

»Aber heute ist doch Samstag, da haben wir Katechismus.«
»Ja, sicher. Aber vorher gehen wir ans Meer, so sehen wir, ob
dein Bruder dir noch etwas schenkt.«

Was die Töpfe dir sagen

»Ist das denn wirklich ein Segel?«, fragt Zot mich. Ich antworte Ja. Ein durchsichtiges Segel, das sie auf dem Rücken haben. Deshalb heißen sie Segelquallen.

»Es sind ganz kleine, platte, blaue Quallen. Wie Kontaktlinsen sehen sie aus. Sie schwimmen auf der Wasseroberfläche, und dieses dünne Ding da oben dient ihnen als Segel, und der Seewind bewegt sie hin und her. Schließlich bringen die Wellen sie ans Ufer, und sie landen auf dem Strand, und an dem Tag wird dann das ganze Ufer blau, eine lange blaue Straße aus Segelquallen«, sage ich, und zeige auf sie, auch wenn jetzt nur Zot und ich hier sind, die wir über den Strand spazieren.

»Und woher kommen diese Wunderwesen?«

»Ich weiß es nicht.«

»Wieso kommen sie denn alle genau gleichzeitig an, wenn sie sich doch zufällig bewegen?«

»Ich weiß es nicht. Ich weiß bloß, dass sie dieses Segel haben und sich mit dem Wind bewegen. Das hat mir mein Bruder erzählt.«

»Alarm! Alarmstufe rot!«, ruft Zot plötzlich, nimmt mich am Arm und macht Anstalten, mich vom Meer wegzuziehen. Denn er hat eine etwas größere Welle gesehen, aber es ist schon das dritte Mal, dass er »Alarm« schreit, wenn das Wasser unsere Knöchel erreicht. Was für mich gar kein Problem ist, im Gegenteil, ich mag es, ich habe meine Schuhe ausgezogen und laufe barfuß. Er dagegen besteht darauf, seine Lederhalbstiefel anzubehalten, die durchnässt sind und bei jedem Schritt das Geräusch einer am Grund eines Brunnenschachts zerschellenden Ente machen.

Schon als wir auf dem Weg zum Meer waren, ist Zot vor mir her geradelt und hat in einer Tour »Alarm, Huckel! Alarm, tückische Kurve! Alarm, besonders kornreicher Asphalt!« gerufen.

Meine Schuld, wo ich ihm doch von dem einen Mal erzählt habe, als ich einen Laternenpfahl gesehen hatte, an dem ich mein Rad festschließen wollte, er schien mir weit entfernt, und ich bin schnell gelaufen, er war aber eigentlich ganz nah, und nach zwei Schritten bin ich dagegengestoßen und hingefallen. Seitdem radelt Zot immer vor mir her und kündigt mir den Streckenverlauf an, ich rufe ihm zu, dass er still sein soll, und er nickt, hebt die Hand und bittet mich um Entschuldigung, aber kurz darauf fängt er wieder damit an.

Wie jetzt am Strand mit den etwas höheren Wellen.

»Pass auf, Luna, du wirst nass!«

»Aber ich bin doch barfuß, da passiert nichts, ich mag das.«

»Das Wasser ist kalt, so außerhalb der Saison tut das nicht gut, nachher hast du dann Gelenkschmerzen.«

»Was denn für Gelenkschmerzen.«

»Ach, hübsches Mädchen, in deinem Alter hast du leicht reden, aber an dem Tag, an dem du Arthritis bekommst, wirst du die Augen zum Himmel heben und sagen: ›Wie recht doch mein armer Zot hatte, möge er in Frieden ruhen.‹«

»Und woher willst du wissen, dass du vor mir stirbst?«

»Das ist normal, das ist die Natur, der Wechsel der Generationen.«

»Zot, wir sind gleich alt, vielleicht sterbe ich zuerst.«

»Oh nein, Luna, sag das nicht mal im Scherz. Außer im Waisenhaus wurde mir schon mehrfach erklärt, dass ich nicht sehr alt werde, da ich im Gebiet des Atomunglücks geboren bin. Außerdem, wenn du stirbst, sterbe ich auch sofort vor Schmerz. Also werden wir allerhöchstens punktgleich sterben.«

Ich bleibe still, denn das mit dem Atomunglück tut mir leid.

Aber ich würde Zot gerne sagen, dass man nicht vor Schmerz stirbt, das weiß ich. Sonst wäre ich schon tot, und die Mama wäre mausetot. Vor Schmerz stirbt man nicht, Schluss, aus.

Zot bleibt stehen, weil er schlecht laufen kann, und ich nutze die Gelegenheit, um mir die Sonnenbrille und die Kapuze meines Pullis zu richten, aber da kann man nicht viel machen, ein bisschen Licht kommt trotzdem durch. Er zieht inzwischen einen Halbstiefel aus und dreht ihn um, Wasser und Algenteile fallen auf den Sand. Dann schlüpft er wieder hinein, aber sein nasser Socken ist voller Sand und gleitet nicht. Er verliert das Gleichgewicht, ich versuche ihn am Arm festzuhalten, aber ich ziele schlecht und fasse ins Leere, während Zot vornüberfällt. Er zieht sich so den Stiefel fertig an, er schiebt und drückt, und ihm entfährt eine Art Schrei. Dann steht er wieder auf, bringt seinen totemausgrauen Regenmantel in Ordnung, und wir spazieren weiter am Ufer entlang, die Augen starr auf den Boden gerichtet.

Nach wenigen Schritten hält er schon wieder an. »Das ist nicht möglich!«, und er nimmt ein rundes, silbernes Etwas aus dem Sand. »Luna, noch ein Topf, ich glaube es nicht!«

Es werden zehn Minuten sein, die wir schon am Ufer laufen, um zu sehen, ob die Wellen irgendetwas Interessantes angespült haben, und das ist der fünfte Topf, den wir finden. Zot dreht und wendet ihn, das Metall glänzt noch ein bisschen, obwohl es vom Salz zerfressen und von Löwenzahn bedeckt ist.

»Was hältst du davon?«, fragt er mich und hält ihn mir unters Gesicht. Ich rieche den bittersüßen Geruch der Algen. »Könnte das interessant sein?«

Ich versuche ihn anzuschauen, aber die Sonne prallt vom Wasser ab und bricht in tausend hüpfende Teilchen, die mich überall anspringen. Es gelingt mir nicht, die Augen offen zu halten, den

Topf sehe ich nicht einmal, ich sehe nur die Funken meines Kopfwehs.

»Nein, das ist bloß Müll.«

»Bist du sicher? Schau ihn dir genauer an, fass ihn an.«

»Warum sollte ich, das ist ein Topf. Meinst du etwa, Luca schickt mir einen Topf? Was soll ich damit anfangen?«

»Ich weiß nicht. Aber wir haben fünf Töpfe und drei Deckel gefunden ... vielleicht ist er dabei, uns ein komplettes Set zu schicken.«

»Klar, aber natürlich! Mein Bruder schenkt mir aus dem Jenseits ein Topfset. Was soll das für einen Sinn haben?«

Zot antwortet nicht sofort, er senkt den Kopf zum Sand. »Ich weiß es nicht. Vielleicht will er, dass du kochen lernst, für eine gute Hausfrau ist das wichtig«, sagt er. Dann kommt zum Glück noch eine Bö des Libeccio und weht diese bescheuerten Worte fort. Es bläst stark und pfeift unter meine Windjacke, die sich ganz aufbläht und mich fast vom Boden abhebt. Sie ist sehr weit, weil es Lucas Jacke ist.

Heute früh habe ich meine in den Kartons gesucht, ich war spät dran für die Schule, also hat Mama zu mir gesagt: »Nimm die hier«, hat sie mir angezogen und den Reißverschluss vorne zugemacht, und ein Windstoß hat mir den Geruch meines Bruders in die Nase geweht. Im ersten Moment habe ich gedacht, dass das vielleicht nur Einbildung, dass es gar nicht wahr ist. Aber Mama hat auch innegehalten, regungslos wie ich, mit dem Reißverschluss in der Hand. Wir haben uns umarmt, haben uns fest gedrückt, ich habe gespürt, wie meine Augen prickeln, aber Mama hat zu mir gesagt: »Luna, lass uns nicht weinen, okay? Weinen wir jetzt nicht, ja? Es ist eine wunderschöne Jacke, und sie steht dir gut, und wir weinen nicht.«

Doch jetzt rieche ich Lucas Duft nicht mehr. Im Gegenteil, plötzlich erreicht mich ein bitterer Gestank, wie von faulem

Holz. Ich drehe mich um, und Zot wedelt mit einem dunklen Etwas vor meinem Gesicht herum, mit einem Stück faulem Holz eben.

»Und das, Luna? Schau dir das an, meiner Meinung nach ist das interessant, oder?«

»Nein. Das ist ein Stück Holz, wirf es weg.«

»Aber schau es dir doch mal genau an, siehst du, was es für eine komische Form hat?«

»Das ist bloß ein Stück Holz, weg damit.«

»Aber schau es dir doch mal genau an, meinst du nicht, dass ...«

»Nein! Ich sehe es nicht, Zot! Mit dieser Sonne heute sehe ich gar nichts! Seit drei Stunden fragst du mich, was ich sehe, aber du bist derjenige, der sehen kann, ich sehe nichts!«

Einen Augenblick bleiben wir still, nur das Geräusch der Wellen, die sich über den Sand ausbreiten und sich unseren Füßen nähern. Es tut mir leid, geschrien zu haben. Aber es stimmt nun einmal, dass ich fast nichts sehe, und manchmal ärgert mich das wirklich.

»Entschuldige, Luna, das wollte ich nicht. Das heißt, ich wollte nicht, dass du schaust, ich wollte, dass du deinen Riecher benutzt.«

»Ich rieche nur den Gestank von faulem Holz.«

»Doch nicht mit der Nase. Ich meine deine Fähigkeiten.«

»Fähigkeiten?«

Zot macht noch einen Schritt, in seinen Stiefeln stirbt zerschellend eine letzte Ente, dann halten wir an. »Ja«, sagt er. »Du hast übernatürliche Fähigkeiten, Luna, das ist klar. Wie dein Freund Tages.«

Das sagt er so, und ich hebe den Kopf und schaue ihn an. Ich sehe nichts, denn dahinter sind Sonne und Meer, aber irgendwie starre ich ihn trotzdem an.

»Hast du wieder von ihm geträumt?«

Ich reagiere nicht, sage nichts, nicke weder, noch schüttele ich den Kopf.

»Du hast von ihm geträumt, stimmt's?«

»Zweimal.«

»Siehst du. Und was ist passiert?«

»An den einen Traum erinnere ich mich nicht. Doch gestern waren wir zusammen im Meer.«

»Aha!«, macht Zot, die Augen so rund, dass ich sie sehen kann, zwei direkt auf mich gerichtete weiße Kreise wie Ping-Pong-Bälle, die zufällig hierhin und dahin prallen. »Und das sagst du mir so?«

»Wie sollte ich es dir denn sonst sagen?«

»Aber das ist doch sensationell! Ausgerechnet im Meer. Siehst du, dass ich recht habe?«

»Recht womit denn?«, frage ich. Auch wenn ich glaube, dass ich es schon weiß. Ich weiß alles. »Du glaubst, dass Tages mir etwas sagen will, stimmt's?«

»Nein, Luna. Ich glaube, dass du Tages bist.«

Tages bin ich? Was für eine blödsinnige Idee, was für ein Quatsch, so was konnte nur Zot in den Sinn kommen. Nur Zot und mir, die ich auch schon darüber nachgedacht hatte, aber ich wollte nicht im Irrenhaus landen, deshalb habe ich es nie jemandem erzählt, nicht einmal mir selbst gegenüber habe ich es wirklich ausgesprochen. Doch jetzt, wo ich es aus einem anderen Mund höre, klingt es gar nicht so absurd.

»Denk mal darüber nach, Luna. Du hast weiße Haare wie er, ihr seid beide Kinder mit weißen Haaren.«

»Ich bin aber ein Mädchen.«

»Sicher, ein wunderschönes Mädchen, die Schönste von allen. Aber jedenfalls hast du weiße Haare, außerdem bist du hier geboren, also hast du etruskisches Blut in den Adern.«

»Was hat das damit zu tun?«

»Das hat deswegen etwas damit zu tun, weil die mit Blitzen, dem Vogelflug und solchen Sachen gesprochen haben, richtig? Na, und du sprichst halt mit den Dingen des Meeres.«

»Du bist verrückt«, sage ich. Aber das Problem ist, dass wir beide verrückt sind, denn ich möchte, dass er aufhört, von solchen absurden Sachen zu sprechen, und gleichzeitig warte ich nur darauf, dass er weitererzählt, auch wenn ich selbst schon alles weiß.

»Denk doch mal nach. Das ganze Zeug, das du am Meer aufgelesen hast, warum hast du das genommen, weil es schön war?«

»Ja, genau, weil es schön war.«

»Ich widerspreche dir nicht gerne, aber komm schon, Hölzer, leere Blechdosen, kaputtes Spielzeug ... sind das schöne Sachen?«

»Sie sind besonders.«

»Genau, sie sind besonders, aber für dich! In meinen Augen sehen sie auf dem Strand alle gleich aus, aber du spürst, dass manche Dinge etwas Besonderes sind. Stimmt das oder nicht?«

Nein. Ich will Nein sagen. Aber eben doch Ja. Also bleibe ich still und sage nichts. Zot spricht ja ohnehin für uns beide.

»Auch das mit dem Walfischknochen, ist das deiner Meinung nach kein Zeichen?«

»Nein. Ja. Ich weiß es nicht. Aber damit habe ich ja gar nichts zu tun, ich bin aufgewacht und hatte ihn auf mir liegen, was habe ich damit zu tun?«

»Sehr viel! Genau an jenem Tag bist du nach vielen Monaten erstmals wieder ans Meer gegangen, richtig?«

Ich nicke.

»Es war kalt und windig, und trotzdem hast du dich ins Wasser gestürzt. Richtig?«

Ich nicke wieder.

»Und wieso?«

Ich denke darüber nach, schüttele den Kopf, ich weiß es nicht. Das heißt, ich dachte, ich wüsste es schon ein wenig, aber eigentlich weiß ich es nicht.

»Klar, dass du das nicht weißt, denn du wolltest ja gar nicht, du hast es nur getan, weil du *gespürt* hast, dass du es tun musstest. Und wenn du nicht ans Meer gekommen wärst, wenn du nicht ins Wasser gegangen wärst, hättest du den Knochen von deinem Bruder nie gefunden. Aber du solltest ihn finden. Und tatsächlich hast du dich ins Wasser gestürzt. Und heute sollst du meiner Meinung nach irgendetwas anderes finden.«

»Du meinst also, ich soll mich noch einmal ins Wasser stürzen?«

»Nein, wir suchen hier am Strand. Und mach dir keine Sorgen, wenn du nichts siehst, ich leihe dir meine Augen, ich sehe die Sachen für dich. Du musst dich nur konzentrieren und hinspüren. Außer du würdest spüren, dass du dich ins Wasser stürzen sollst, denn in diesem Falle, solltest du sofort ins Wasser!«

Ich schüttele den Kopf, schaue auf das Wasser mit den Lichtteilchen, die darauf tanzen, schaue auf den Sand und würde gerne sagen, dass das alles Quatsch ist. Dass das überhaupt nicht stimmt, dass ich an so was nicht glaube und nicht einmal daran denke, weil ich ein normaler Mensch bin, der nur an normale Sachen glaubt.

Nur, dass es hier halt schon seit langem keine normalen Sachen mehr gibt. Und normale Sachen müssten ja eigentlich immer passieren, dagegen ist hier alles absurd. Also schaue ich auf den Strand und die Hölzer und die Töpfe, die das Meer dort hinterlassen hat, schaue auf Zot, der ganz sandig ist, und schaue an mir hinab. Was ist hier ringsum schon wirklich normal? Wir ganz sicher nicht.

Der Geruch deines Zuhauses

Du gehst langsam und schaust dich um, gelangst zur Kreuzung, und bevor du links in die Via Donati einbiegst, denkst du eine Weile darüber nach. Dein einziges Glück ist, dass hier sonst niemand unterwegs ist. Die Häuser alle leer und verschlossen, die Gärten still, und auf der Straße nur die Blätter, die geräuschlos fallen. Das ist ein Glück, denn sonst würdest du fragen: »Entschuldigen Sie, können Sie mir sagen, wo wir hier sind, ich habe mich verlaufen?« Und der andere würde denken, dass du ihn auf den Arm nimmst, hier in dem Viertel, wo du dein ganzes Leben verbracht hast.

Aber es ist nicht deine Schuld. Du weißt schon, wo das Geisterhaus ist, und du weißt, wie du da hinkommst, es ist, dass es sich zu komisch anfühlt, dorthin zurückzukehren, nachdem du einen Nachmittag in deinem Haus verbracht hast. Das jetzt nicht mehr deins ist. Um reinzukommen, musstest du die Tussi von der Makleragentur anrufen, weil sie das Schloss ausgewechselt haben und deine Schlüssel nicht mehr passen. Du hast ihr erzählt, dass du ein paar Sachen im Haus vergessen hättest, ob sie wüsste, ob die noch da seien? Sie hat Ja geantwortet, dass »wegen der Sachen Montag jemand vorbeikommt«, und sie meinte damit, dass Montag welche von der Müllabfuhr kommen, alles zur Müllkippe bringen und die Erinnerungsstücke deines Lebens nur noch ein Problem der Entsorgung für die Gemeinde sein werden.

Und doch bist du nicht nach Hause zurückgekehrt, um noch ein paar Sachen zu retten. Du bist nur hingegangen und weiter nichts, denn du hattest das Bedürfnis, das Haus ein letztes Mal zu betreten. Du hattest dir vorgenommen, dem zu widerstehen, dann hast du gedacht, dass sie das Haus bald leer räumen, es abreißen werden und dann nichts mehr da sein wird, wohin du zurückkehren könntest, und dann wird es leicht sein zu widerstehen.

Kurz, du bist mit der Tussi von der Agentur hergekommen und hast sie darum gebeten, dir eine Stunde Zeit zu geben, mit einem Blick, von dem du selbst nicht wusstest, ob er wirken würde, aber er hat funktioniert, denn sie hat die Hände gehoben, ist verschwunden und hat dich mit deinem Zuhause alleine gelassen.

Du bist eingetreten, und im Dunkel der Zimmer, in der Stille zwischen den Wänden hat dich vor allem der Geruch eingenommen. Jedes Haus hat seinen Geruch. Doch der deines Zuhauses ist der einzigartigste von allen.

Er ist die Frucht vieler Jahre, vieler verschiedener Leben und dessen, was jedes davon hier hineingetragen hat. Die Urgroßeltern, die das Haus mit eigenen Händen gebaut haben, am Ende eines verlorenen Stücks Land, das niemandem gehörte, mit dem Geld, das sie in der Pulverkammer verdient hatten, die etwas weiter oben stand. Die Pulverkammer versorgte das gesamte italienische Heer. Sie stellten immer wieder Leute ein, denn ein paar Mal pro Jahr flog sie in die Luft, die Arbeiter starben und man brauchte neue, und die Wirtschaft lief gut. Außerdem war es ein Rätsel, wieso es so leicht war, in der Pulverkammer zu sterben, während die Granaten, die dort hergestellt wurden, niemandem weh taten: Die deutschen, die amerikanischen, die waren schon schrecklich. Bei den italienischen Granaten dagegen reichte es, wie Opa immer gesagt hat, einen Mantel zu tragen, wenn man eine abbekam, und es passierte einem nichts. Aus diesem Grund lief der Krieg im Winter immer schlecht.

Kurz, zum Geruch deines Zuhauses gehört auch das Schießpulver deiner Urgroßeltern, der Mist und das Heu deiner Großeltern, der Pelz der Wildtiere, einst das typische Abendessen in dieser

Gegend. Denn hier mögen jetzt all diese kleineren und größeren Villen stehen, damals war das alles aber noch ein Dschungel, und tatsächlich nahm noch dein Papa, wenn er abends hinausging, immer ein Gewehr mit oder – wenn seine Brüder das Gewehr brauchten – einen Stock, an dessen Spitze ein Nagel hervorschaute. Dann sind die Bäume gefallen, Mauern wurden hochgezogen, und viele Leben sind hier durchgegangen, die alle etwas zu diesem Geruch beigetragen haben. Pinienharz, Salzkartoffeln, Werg, Motorfett, Öl und anderes, das du nicht erkennst, von Leben, die du nur leicht gestreift hast, die aber für immer in deiner Nase bleiben werden, zusammen mit dem Wachs, das Luca immer auf sein Surfbrett geschmiert hat, zusammen mit Lunas Sonnencreme, zusammen mit dem, was du zu diesem Geruch beigetragen hast, und was das ist, weißt du gar nicht, aber du hast es zusammen mit dem Übrigen gerochen, als du dort eingeatmet hast, regungslos im Flur deines Hauses.

Nur, dass dieser Geruch in Kürze verschwinden wird, wie die Küche, das Bad, das Zimmer von Luna und dir und das von Luca. Der Bagger wird alles mit einer Liebkosung abreißen, Stück für Stück, nur kaputte Ziegel und Bauschutt. Der Geruch wird sich für immer verlieren, indem er sich mit dem Motorengestank der Bagger, den Zigaretten der Arbeiter und der Erde vermischt, die umgegraben wird, um dort, wo jetzt der schmale Weg ist, einen Swimmingpool auszuheben.

Nein, so sollte es nicht sein, es durfte nicht. Also bist du zum Fenster gegangen, zu allen Fenstern, hast die Vorhänge und die Fenster geöffnet, und das Licht ist hereingefallen, zusammen mit der Luft, dann bist du zurück in den Flur, hast dich auf den Boden gelegt und bist dort liegen geblieben, das Gesicht zur Decke, und hast dir in dem Luftzug, der nun durch die Zimmer zu streifen begann, eine Zigarette angezündet.

Denn wenn euer Geruch schon verschwinden musste, dann wolltest wenigstens du ihn hinauslassen, ohne Durcheinander, ohne einstürzendes Zeug, ruhig gen Himmel. So werden die Bagger kommen und nichts mehr finden, was sie zerstören könnten, nur Ziegelsteine und Holz und Dachziegel, nichts Wahres mehr, nichts von euch.

Du bist da auf dem Boden liegen geblieben und hast darüber nachgedacht, und du hast geraucht, der Rauch ist ein wenig aufgestiegen, und sofort hat ihn ein Luftzug erfasst und in alle Richtungen getrieben, hat ihn mitgenommen, sodass du ihn nicht mehr gesehen hast. Der Wind hatte seinen Spaß daran, zu den Fenstern hereinzukommen, er hat sich in den Zimmern verteilt und sich wieder dort in der Mitte getroffen, hat den Geruch des Hauses genommen, euren Geruch, ihn fortgetragen und ihn mit dem Rest der Welt vermischt, und zusammen mit diesem wurde er am Ende nichts, oder, wer weiß, vielleicht auch alles.

Nein, nein, er wurde nichts.

Jetzt bist du jedenfalls angekommen, stehst im Dunkeln zwischen den verschlungenen Zweigen der Bäume, die sich wie Finger ineinander verschränken und das Licht und den Rest der Welt ausschließen, hier im Wald rund um das Geisterhaus.

Beim Gehen hältst du den Blick nach oben gerichtet, zu den Kronen dieser schiefen, knotigen, krummen Bäume. Es scheint, als könnten sie wirklich nicht normal wachsen, als sei es hier drinnen die Regel, seltsam zu sein. Und in der Tat funktioniert es, denn der Wald wächst, der Wind bewegt sie hin und her, aber diese krummen Bäume stützen sich gegenseitig und stehen alle noch, auch nach den Spätsommerunwettern und Windhosen, die die Gärten der Gegend gerupft und die geraden und akkurat beschnittenen Pinien und Steineichen umgeworfen haben.

Also machst du die letzten Schritte mit dem Gesicht nach oben und einer Grimasse wegen der Sonnenfetzen, die ab und zu durchkommen, und wegen der Harztropfen auf deiner Haut und dieser verschlungenen Bäume fühlst du dich fast wohl. Das heißt, wohlfühlen ist zu viel gesagt. Sagen wir, du fühlst dich nicht schlecht, ja, oder jedenfalls etwas weniger schlecht als vorher, was ja auch schon etwas ist.

»Haltda, werda!«, ein Schrei vom Ende des Waldes. Ferros donnernde Stimme, da draußen vor dem Haus.

»Ruhig, Ferro, ich bin's!«

»Wer ich!«

»Ich, Serena.«

»Aha, man kennt sich gerade mal zwei Minuten, und du antwortest ›Ich bin's‹, es läuft gut mit uns beiden.« Mehr sagt Ferro nicht, aber du hörst ein Schnappen, wohl vom Gewehr, das wieder gesichert wird, seine Art, dich willkommen zu heißen.

Der Wald endet, du näherst dich dem Haus, Ferro steht da mit einem alten, rostigen Boiler, der in zwei Teile auseinandergenommen ist, und einem riesigen Hammer in der Hand. Er studiert den Boiler, dreht und wendet ihn auf dem Gras, dann wählt er eine Stelle und fängt an, sie mit Hammerschlägen zu übersäen.

»Was machst du da?«, fragst du. Das heißt, du versuchst es. Beim dritten Mal gelingt es dir, die Frage zwischen einen Hammerschlag und den nächsten einzuschieben, und da hört Ferro dich. Er steht auf, schaut dich außer Atem an.

»Ich baue ein Bartenu«, sagt er. Und ein weiterer Hammerschlag saust herab.

»Ein was?«

»Ein Bardegu, Barbenu, einen Fleischgrill. Wie ihr das zum Teufel halt nennt!«

»Ah, ein Barbecue!«

»Ja, genau, das«, und ein weiterer Hammerschlag auf den Boiler. Du betrachtest dieses zerschlagene Ding, die rostigen Teile am

Boden und verstehst nicht, wie aus dem, was du dir da anschaust, ein Barbecue werden soll. Vor allem, wenn Ferros einzige Behandlung darin besteht, das Ding mit Hammerschlägen zu versehen.

»Ich habe Lust auf gegrilltes Fleisch. Als ich das gestern gesagt habe, waren die Kinder sofort ganz aus dem Häuschen. ›O ja, lasst uns grillen! Wir kaufen einen Grill und grillen!‹ Das ist das Übel von heute, wenn die Leute irgendetwas brauchen, denken sie sofort, dass sie Geld auftreiben müssen, um es zu kaufen, sie denken gar nicht daran, dass man es auch selbst machen könnte. Aber schau gut zu, was für eine Hochleistung das hier wird, hierbei kommt ein besseres Barbescu heraus als die, die man kaufen kann, Ferruccios Wort.« Er erhebt sich und wischt sich mit einem Ärmel seines weißen Hemds mit der Aufschrift »Schnellimbiss Pizzeria zum Fasan – Mittagstisch und Snacks« den Schweiß von der Stirn.

Du nickst und denkst darüber nach, was er gerade gesagt hat: »Ferruccios Wort«. Das klingt wirklich gut, du musst fast lächeln.

»Was lachst du? Denkst du, dass ich das nicht hinkriege?«

»Nein, nein, es ist nur ... ich dachte, dass Ferruccio als Name wirklich schön ist.«

»Ja klar, wen nimmt's wunder, es ist der schönste Name der Welt. Schließlich hat meine Mama mich so genannt, und als mein Bruder geboren wurde, hat sie auch ihn so genannt.«

»Wie, beide mit demselben Namen? War das nicht total verwirrend?«

»Nein. Sechs Jahre lang hat Mama uns Ferro und Ferrino genannt.«

»Schön, Ferrino«, sagst du und musst schon wieder lächeln. »Aber warum nur sechs Jahre lang?«

»Weil Ferrino dann gestorben ist.«

»Gestorben?«

»Ja. Er war zu sehr in Traktoren vernarrt. Immer ist er um sie herumgelaufen, drauf geklettert, und am Ende ist er überfahren worden«, sagt er. Dann hämmert er wieder weiter. Du spürst die Hammerschläge im Kopf, in den Knochen. Für einen Moment fragst du nichts weiter.

Dann: »Und ihr?«

»Und wir was?«

»Ich weiß nicht, deine Mutter? Was hat sie getan, als Ferrino gestorben ist?«

»Nichts. Sie hat mich Ferro genannt und das war's.«

»Das heißt, sie hat nichts gemacht, hat sie nicht ...«

»Sie hatte keine Zeit, Kleine, der Mais musste ausgesät werden, man musste auf Trab bleiben. Ich war immer noch da und auch meine Schwestern. Dann wurde noch eine geboren, das war bei der Ernte, Mama war in den Weinstöcken, sie ist für einen Moment ins Haus gegangen, hat sie auf die Welt gebracht und ist wieder den Wein ernten gegangen. Das waren andere Zeiten, das waren noch anständige Leute. Nicht wie heute, wo die Frauen zum Gebären ins Krankenhaus gehen, als ob das eine Krankheit wäre. Man wird geboren, und das Erste, was man sieht, ist ein Zimmer im Krankenhaus, diese Betten, und man riecht diesen Medizingestank. Es reicht doch schon, wenn man in einem Krankenhaus stirbt, da sollte man wenigstens an einem schönen Ort zur Welt kommen, oder nicht?«, und er gibt einen mit Schleimhusten vermischten Laut von sich. »Das Leben geht weiter, Kleine, was passiert, passiert. Es geht immer weiter und kümmert sich nicht darum, ob du woanderslang willst oder ob du für deinen Teil stehen bleiben willst. Das Leben bringt dich, wohin es ihm gefällt.«

Ferro schaut dich einen Moment an, starrt dich an, kneift in einem Ausdruck die Augen zusammen, der vielleicht ganz ernst ist, vielleicht aber auch nur von dem Schweiß herrührt, der in seinen Augen brennt.

Dann hebt er wieder den Hammer und legt mit seinen Schlägen los. Diesmal ist klar, dass er nicht eher aufhören wird, als bis er fertig ist, bis diese rostige Riesenflasche ein Barbecue sein wird. Du betrachtest den Boiler und verstehst immer noch nicht, wie der je eines werden soll. Doch bei jedem Schlag ändert er seine Form, bei jedem Hammerschlag von Ferro wird der Boiler zu etwas Neuem. Also, wer weiß, vielleicht wird er irgendwann wirklich ein Barbecue, mit Rost und allem Drum und Dran.

Man kann nur weitermachen und sehen, was passiert.

Wo bist du hin, Checco

»Eine Ringeltaube?«, frage ich und verziehe vor Ekel meinen Mund. »Ringeltauben esse ich nicht.«

»Und warum nicht?«, fragt Ferro.

»Weil ich das nicht mag.«

»Hast du überhaupt schon mal welche probiert?«

Ich schaue ihn an, wir sitzen nebeneinander, er am Tischende mit einer Art grüner Decke auf dem Bauch, die ihm als Serviette dient. Dann drehe ich mich zu Mama um, die am Herd steht, im Neonlicht sehe ich sie schlecht, aber mir scheint, sie schüttelt den Kopf.

»Nein«, sage ich, »ich habe so was noch nie probiert, aber ich habe ja auch noch nie ... noch nie ein Stachelschwein gegessen, und trotzdem esse ich deswegen nicht gleich ein Stachelschwein.«

»Was sagst du da? Also Stachelschwein schmeckt ausgezeichnet!«, meint Ferro. »Ach, wenn wir doch jetzt ein schönes Stachelschwein hätten. Aber auch Ringeltaube schmeckt gut, du weißt nicht, was du verpasst.«

Ich schüttele den Kopf, verschränke meine Arme und mache meinen Mund ganz fest zu, ein klares Zeichen dafür, dass ich nicht mehr rede und keinen Bissen toten Vogel hineinlasse. Auch weil ich, bevor ich mich hingesetzt habe, am Herd vorbeigekommen bin und das mausetote, nackte Tier im Topf gesehen habe, dessen Brust und dürre Beinchen aus der brodelnden Tomatensoße rausgeschaut haben. Ich kann nicht gut kochen, aber wenn ich eines weiß, dann dass das Essen umso bitterer schmeckt, je dunkler es ist, also muss die Ringeltaube wirklich sehr bitter schmecken.

»Na gut, dein Pech«, sagt Ferro. »So gibt es mehr für uns, nicht wahr, Kleiner?« Und er schaut Zot an, der neben mir sitzt.

»Zot, isst du diesen armen Vogel etwa?«, frage ich und verstehe erst jetzt, warum er bisher still geblieben ist, ohne sich ins Gespräch einzubringen wie sonst immer.

Und tatsächlich bleibt er regungslos, Messer und Gabel bereits in der Hand, das Gesicht zum Teller. Dann sagt er leise: »Luna, einst waren Wildvögel das Essen der Könige.«

»Hast du das gehört?«, meint Ferro. »Einst haben Könige so was gegessen, und du probierst es nicht einmal. Weißt du, was dir guttäte, Kleine? Ein bisschen Krieg täte dir gut. Oder an einem so beschissenen Ort geboren zu sein wie er hier. Was du dann für Freudensprünge machen würdest, wenn du dieses Düftchen hier riechst.«

Ich presse erneut die Lippen zusammen und versuche bloß nicht an dieses Düftchen zu denken, das kein bisschen duftet, sondern eigentlich das größte Problem darstellt. Denn wenn etwas hässlich ist, kann man die Augen schließen und sieht es nicht mehr, man kann ihm fernbleiben und es nicht anfassen. Aber Geruch fragt nicht um Erlaubnis, Geruch kommt und steigt einem in die Nase, und man kann nichts tun. Und dieser Geruch hier füllt die Küche aus und fährt meine Kehle herunter, bitter wie der schwarze, dürre Vogel.

»Ich esse das nicht«, sage ich. »Ich esse ein Stück Brot, wenn welches da ist, aber nicht die Ringeltaube.«

»Kein Problem, Luna«, sagt Mama. »Ich habe Fischstäbchen gekauft, ich zünde den Gasherd an und mache dir in einer Sekunde welche.«

»Fischstäbchen? Was zum Teufel ist das denn?«, fragt Ferro.

»Was Leckeres«, sage ich. Und ich denke an die goldene, knusprige Kruste, wie man sie mit der Gabel hochhebt und darunter der Fisch ist, so weich und ganz weiß.

»Und wo hast du die her?«

»Von Teresa, ich war einkaufen«, sagt Mama. »Willst du auch welche, Zot?«

Zot ist wie vom Donner gerührt, hält das Besteck fest umklammert. Er schaut Mama ganz bewegt an, dann schaut er Ferro an. Der antwortet: »Nein, er nicht! Sonst verzieht ihr ihn mir noch und er isst nicht mehr, was wir im Haus haben.«

»Opa, ich beschwöre dich, nur einmal, nur heute Abend!«

»Nichts gibt's.«

»Ich schwöre, dass ich nicht verzogen werde, ich schwöre auf den Herrn unseren Gott.«

»Das juckt mich nicht, heute Abend gibt es Ringeltaube, habe ich umsonst eine geschossen?«

»Du hast sie *geschossen*?«, frage ich.

»Klar, Kleine, ich habe versucht sie mit Worten dazu zu bringen, vom Baum runterzukommen, aber sie hat nicht auf mich gehört.«

Ich rühre mich nicht, sage nichts weiter, niemand sagt mehr etwas. Dann Mama: »Komm schon, Ferro, nur heute Abend, bloß ein Mal.«

Einen Moment rührt Ferro sich nicht, dann gibt er einen kehligen Laut von sich, irgendetwas zwischen Husten und Rülpser, was seine Art ist zu sagen: »Mir doch wurscht, mach, was du willst.« Und während Zot »Hurra!« ruft, gießt er sich ein randvolles Glas Wein ein, trinkt es in einem Zug aus und bekommt ein komisches Gesicht, wie einer, der einen so großen Gedanken denkt, dass es ihm weh tut. Dann öffnet er den Mund und rülpst wirklich.

»Fischstäbchen, was ein Scheiß. Und mit welchem Geld hast du sie gekauft?«

»Mach dir keine Sorgen, Ferruccio, es ist mein Geld«, sagt Mama. Sie kontrolliert noch einmal die Ringeltaube, und jedes Mal, wenn sie den Deckel vom Topf nimmt, steigt eine pilzförmige Dampf-wolke auf. Ein kochend heißer Pilz, der in die Luft steigt wie der von der Bombe in Hiroshima, von dem uns die Geschichtslehre-rin in der Schule ein Foto mitgebracht hat und es uns hat von Bank zu Bank rumgeben lassen, während sie die Gefahren der Kernenergie erklärte. Sie hat von der Bombe gesprochen und auch von Tschernobyl erzählt, wo ein so schlimmer Unfall pas-siert ist, dass sogar die Leute in der Toskana monatelang keinen Salat gegessen haben.

Da schauten alle Zot an, Maicol Silvestri hat zu ihm gesagt: »Dan-ke, dass du unser Essen vergiftet hast, du Bastard«, und sie haben ihn mit einem Buch, zwei Stiften und einem Taschenrechner be-worfen, und in diesem Chaos hat es jemand geschafft, einen Pim-mel auf das rumgehende Foto zu malen.

»Na, dass du es mit deinem Geld bezahlt hast, ist ja wohl das Min-deste«, sagt Ferro. »Aber wo treibst du das Geld auf, wenn du nicht arbeitest?«

»Wir haben noch etwas zur Seite gelegt.«

»Aha, dann kannst du dir auch ein hübsches Häuschen zur Mie-te suchen, oder?«

»Nein. Geld für Fischstäbchen haben wir, für Miete nicht.«

»So so, und weißt du, was man tut, wenn man kein Geld hat? Man sucht sich eine Arbeit!«

»Aber Mama hat doch schon eine Arbeit«, sage ich. »Sie ist Friseu-rin.«

»Ach ja? Da sieht man mal, dass sich auch der Friseurberuf seit meiner Zeit verändert hat. Einst, erinnere ich mich, gingen sie in den Friseursalon zum Haareschneiden. Heute dagegen bleibt man zu Hause und tut einen Scheißdreck?«

Mama schließt den Topfdeckel wieder, wischt sich die Hände an ihren Militärhosen ab. »Ich gehe schon seit einer Weile nicht hin«, sagt sie, ohne sich umzudrehen.

Seit März gehst du nicht mehr hin, Serena. Seit März machst du viele Dinge nicht mehr, und auch jetzt, wo du langsam wieder ein bisschen vor die Tür gehst, schaffst du es nicht zum Friseursalon. Da sind zu viele Leute, die du kennst, und schon die, die du nur flüchtig kennst, halten dich auf der Straße an. Wer dich früher nicht einmal gegrüßt hat, fühlt sich jetzt in der Pflicht, »Nur Mut!« zu dir zu sagen oder, noch schlimmer, dich mit diesem schmerzhaften Lächeln anzuschauen, wie wenn man jemanden im Rollstuhl oder einen Hund mit drei Beinen sieht.

Aber heute war es noch schlimmer. Heute hast du Ferro auf den Boiler hauen lassen, auf dass er daraus sein Barbecue machen würde, bist zur Teresa gegangen, um Fischstäbchen zu kaufen, und ausgerechnet Vera in die Arme gelaufen, einer Frau, deren Tochter im Sommer immer in einem Fischrestaurant an der Strandpromenade bedient hat. In der Nacht von Mariä Himmelfahrt hatte sie bis spät gearbeitet, Vera hatte zu Hause auf sie gewartet und irgendwie fühlte sich der Gedanke seltsam an, dass sie so spät mit dem Mofa nach Hause fahren würde. Also hatte Vera ihren Sohn gebeten, seine Schwester mit dem Auto abzuholen, er war wütend geworden, weil er schon im Bett gelegen und ferngesehen hatte, hatte viel geschnaubt, war dann aber schließlich losgefahren. Sie waren fast zu Hause angekommen, da hatte an einer Kreuzung ein Jeep nicht bei Rot angehalten, die Insassen waren so betrunken, dass sie die Ampel gar nicht gesehen hatten, und da waren Veras Kinder dahin. Seit jenem Tag streift sie durch die Straßen des Orts, und die Leute fliehen vor ihr, denn wenn sie einen erwischt, redet sie eine Stunde auf einen ein, davon, dass Jeeps nicht verkauft werden dürften und Alkohol auch nicht, und dass es unmöglich ist, dass Restaurants bis ein Uhr nachts geöffnet haben, wer denn um ein Uhr nachts zu Abend esse?

Kaum hatte sie dich den Lebensmittelladen betreten sehen, ist

Vera dir mit runden Augen entgegengetreten und hat dich fest umarmt, wie ein tonnenschwerer Stein, der dir um den Hals gebunden wird und dich zum Meeresgrund zieht. Als sie endlich losgelassen hat, sah sie dich mit ihren immer geröteten Augen an und sagte zu dir: »Nur Mut, es braucht Mut. Jetzt ist es hart, ich weiß, aber mit der Zeit wird es noch schlimmer. Sehr viel schlimmer.« Das sagte sie mit einem Lächeln, das nichts damit zu tun hatte. Dann starrte sie wieder den Käse und den Schinken hinter der Scheibe an, während du die Fischstäbchen geschnappt hast und nichts wie abgehauen bist, wobei dich dein Atem zwischen Magen und Hals im Stich gelassen hatte.

Und wenn du wieder zur Arbeit gehen würdest, Serena, wäre jede Minute so, das weißt du. Umarmungen, Blicke, Worte. Und das erträgst du nicht. Derzeit nicht. Eines Tages hoffentlich, vielleicht, aber du weißt es nicht. Du weißt nur, dass derzeit nicht.

Wie gut also, dass Gemma probeweise dieses Mädchen genommen hat. Sie hat gerade diesen Riesenmist abgeschlossen, der sich Friseurschule schimpft, und auch wenn sie nichts hinkriegt, strengt sie sich doch sehr an, arbeitet praktisch gratis, in der Hoffnung, dass Gemma sie eines Tages richtig anstellt, auch wenn die in Wirklichkeit nur darauf wartet, dass du zurückkommst, und dem Mädchen dann Tschüss sagt und sie wieder auf die Straße schickt, auf die Suche nach der nächsten Illusion.

Du öffnest das Gefrierfach, und nach dem kochend heißen Dampf aus dem Topf bringt dich die Kälte im Gesicht zurück ins Hier und Jetzt in der Küche des Geisterhauses. Du nimmst die Fischstäbchen, schließt das Fach wieder und hörst Ferro zu, der gerade sagt: »Kurz, so habe ich ihm zu fressen gegeben. Ich habe gut gekaut, dann hat er seinen Kopf in meinen Mund gesteckt und gefressen.«

Du verstehst nicht. Du hast einen Teil der Geschichte verpasst. Du fragst, wer aus seinem Mund gefressen habe, und die Kinder lösen dich mit ihren aufgeregten Schreien vom letzten Fetzen des Anderswo, wo du dich verirrt hattest.

»Checco, Mama! Er hat ihm wirklich aus dem Mund gefressen!«
»Und wer ist Checco?«, fragt Mama.
»Checco war die Ringeltaube vom Signor Ferro!«
»Eine lebende Ringeltaube oder was?«
Ich nicke mit dem Kopf und Zot genauso, ganz heftig und ganz oft.
»Er hat bei Opa gelebt. Stimmt's Opa? Erzähl es ihr!«
Ferro schnaubt: »Los, ich fange nochmal von vorne an, das Essen wird ja eh nie fertig. Aber ich mache es kurz, ich habe nämlich keine Lust.« Er macht es sich auf seinem Stuhl bequem, lehnt den Rücken an und nimmt die Servietten-Decke von seiner Brust, das Hemd darunter ist so voller Flecken, dass ich nicht verstehe, wozu er eine Serviette braucht.
»Also, eines Tages verlasse ich das Haus und gehe aufs Klo.«
»Ach«, meint Mama. »Hattest du eine Außentoilette?«
»Klar. Es war ein Verschlag, der war groß und funktionierte ausgezeichnet. Dann hat sich meine bekloppte Tochter beschwert, und ich musste drinnen ein Klo einbauen, ich habe einen Haufen Geld dafür ausgegeben, und sie ist trotzdem abgehauen. Und hat mich mit dieser unbequemen Toilette und dieser Nervensäge im Haus zurückgelassen«, sagt er und braucht dabei nicht extra auf Zot zu zeigen. »Jedenfalls gehe ich raus und zum Klo und finde auf dem Boden einen Fellknäuel. Eine Ringeltaube, die aus dem Nest gefallen ist. Ich habe sie aufgehoben, erst wollte ich sie gegen einen Baum hauen, damit sie aufhört zu leiden. Dann habe ich gesehen, dass sie einigermaßen lebendig war, sie hob den Kopf, schaute mich an ...«
»Und da hat Opa sie mit ins Haus genommen!«, begeistert sich Zot.

»Ja, ich habe sie mit ins Haus genommen und wollte sie großziehen. Aber das ist gar nicht so einfach, Ringeltauben sind nicht wie andere Vögel. Amseln und Buchfinken öffnen ihren Schnabel, die warten mit offenem Mund, dass ihnen ihre Mami Essen reinwirft. Und wenn man die großziehen will, reicht es, Kleienfutter auf einen Stock zu streichen, ihnen den in den Mund zu stecken, und sie schlingen es hinunter. Bei Ringeltauben ist das anders. Das sind taffe, stolze Vögel, gerade geschlüpft, wollen sie schon alleine fressen. Ihre Mama sitzt da mit Essen im Mund, sie recken ihre Hälse, stecken ihren Schnabel rein und nehmen es sich. Was habe ich also gemacht? Ich habe ganz normal zu Mittag und zu Abend gegessen, dann habe ich den letzten Bissen sehr gut durchgekaut und ihn im Mund behalten, habe mich Checco genähert, und er hat seinen Kopf gestreckt und es so gefressen.«

»Wirklich genau so, Opa? Wirklich aus dem Mund?«, fragt Zot, und versucht sich einen Finger in den Mund zu stecken, als wäre es Checcos Schnabel. Nur dass er die Gabel noch in der Hand hat und sie sich fast ins Auge sticht.

»Ja, so, anderthalb Monate lang. Und Checco wuchs, bekam Federn, fing an zu fliegen. Er folgte mir überallhin, war immer in meiner Nähe. Eine unglaubliche Geschichte. Ich bin in die Küche gegangen, und er kam mit. Ich habe mich in den Sessel gesetzt, und er hat sich auf einer der Armlehnen niedergelassen. Auch wenn ich aufs Klo gegangen bin, saß er da auf dem Boden vor der Kloschüssel, schließlich riechen Vögel nichts. Das heißt, glaube ich zumindest, denn sonst wüsste ich nicht, wie er es manchmal dort ausgehalten hat. Jedenfalls, er immer hinter mir her, wie ein Hund. Dann ist eines Tages, als wir im Garten Pilze suchen waren, eine andere Ringeltaube gekommen und hat sich oben auf einer Pinie niedergelassen. Checco hat es bemerkt, hat hochgeschaut, ist auf die Pinie geflogen und eine Weile dort geblieben. Er ist zu mir zurückgekommen, hat seinen Kopf an meinem Bein gerieben, wie er es immer tat, dann ist er mit der anderen weggeflogen, und tschüss, Checco«, sagt Ferro. Er schaut uns einen Moment an, dann senkt er die Augen auf seinen leeren Teller.

»Und weiter?«, fragt Zot.

»Nichts weiter, er ist weggeflogen. Aber das ist richtig, so ist die Natur. Doch wisst ihr, was passiert ist?«

Wir schütteln schnell den Kopf, erfreut, dass immerhin noch etwas passiert ist. Irgendetwas ist besser als Checco, der wegfliegt und nie mehr zurückkommt.

»Es wird ein Monat vergangen sein. Ich war im Garten, um Holz zu sägen, ich erinnere mich, als wäre es gestern gewesen. Ich höre einen Laut und erkenne Checcos Stimme. *Glu gluuu, glu gluuu.* Ich hebe den Kopf, und da saß er auf demselben Ast, zusammen mit dieser anderen Ringeltaube und zwei Kleinen. Er war gekommen, um mir seine Familie zu zeigen, versteht ihr? Er ist einen Moment heruntergekommen, hat mit seinem Kopf mein Bein berührt und gleichzeitig immer auf seine Familie da oben aufgepasst. Ich habe ihn gestreichelt und habe ihm gesagt, dass er eine gute Taube ist, dann sind alle zusammen fortgeflogen.«

»Und danach?«, frage ich mit so schwacher Stimme, dass sie fast erstirbt, bevor sie aus meinem Mund herauskommt.

»Was danach?«

»Danach ist er nie mehr zurückgekommen?«

Er schüttelt den Kopf.

»Signor Ferro, das tut mir sehr leid.«

Ferro antwortet nicht sofort, er nimmt sein Glas und führt es an die Lippen, obwohl es leer ist. Er hustet: »Was zum Teufel tut dir denn leid, Kleine? So ist die Natur, das ist schon in Ordnung. Er war mit Flügeln auf die Welt gekommen, also musste er auch fliegen. Außerdem gibt es seit jenem Tag einen Haufen Ringeltauben, die fest hier in der Gegend leben.« Ferro hebt seine Hand und wedelt damit in der Luft, als sei die Küche voller fliegender Tauben.

»Sind das Checcos Kinder?«, frage ich.

»Sicher. Und Enkelkinder.«

Ich drehe mich zu Mama und dem Topf um, der Dampf ablässt, während in ihm ein Sohn oder Enkel von Checco kocht. Jetzt bin ich wirklich sicher, dass ich ihn nicht esse. Ich denke an Ferro, der das Essen durchkaut und sich dann zu einem Vögelchen herabbeugt, um sich das Essen aus dem Mund nehmen zu lassen. Dann denke ich an Ferro, der das Gewehr lädt, zwischen die Zweige zielt und denselben Vogel herunterholt, vom Boden aufliest, rupft und ihn sich in Soße zubereitet. Derselbe Mensch, dieselben Vögel, was hat sich verändert? Ich weiß es nicht, aber ich bin nicht die Einzige, die es nicht weiß. Denn Mama hört auf umzurühren, sie kauert sich vor den Ofen, um die Fischstäbchen umzudrehen, dann sagt sie: »Aber Ferro, also, Checco hast du gerettet und wie einen Menschen gepflegt. Und seine Enkel dagegen schießt und isst du?«

»Ja und? Was ist daran so komisch?« Ferro gießt sich Wein nach und trinkt. Seine Stimme wird immer lauter und belegter, und die Worte, die er sagt, sind immer öfter Schimpfwörter. »So ist das Leben, Kinder, besser ihr lernt das gleich. Das Leben ist ein Gewitter, ein Sturm. Es ist ein Unwetter aus Ohrfeigen, unter die sich manchmal aus Versehen auch eine Liebkosung mischt. Aber das ist eine zu hunderttausend, alles andere sind nur ordentlich und fest ausgeteilte Ohrfeigen. Tatsächlich habe ich Checco geholfen, in dem Sinne, dass ich ihn zu mir genommen, aufgezogen und wieder mitten ins Leben gesetzt habe, aber das Leben ist so. Ich hatte ihn lieb, aber gleichzeitig war es sein Bier. Und das Bier seiner Kinder und Enkelkinder ... einen Tag gibt dir jemand zu fressen, einen anderen Tag erschießt er dich und kocht dich zum Abendessen. Solche Dinge passieren, sie passieren ständig. Das sind Ohrfeigen, Kinder, jeden Tag Ohrfeigen: Besser ihr lernt sofort, welche einzustecken.«

Ferro sagt das und wirft sich dann auf seinem Stuhl nach hinten, dreht sich zu Mama um und fragt, wann es Abendessen gibt, er stirbt vor Hunger.

»Ja, Opa, aber ...«, wirft Zot ein. »Aber meiner Meinung nach ist das Wichtige, sich nie an diese Ohrfeigen zu gewöhnen. Nicht den Punkt zu erreichen, an dem unser Gesicht gefühllos wird, denn wenn dann endlich jene wunderbare Liebkosung kommt, also, dann müssen wir sie gut fühlen können und sie bis zum Ende auskosten«, sagt er mit einem breiten Lächeln und auf seinen Teller starrend. Auch Mama dreht sich um, um ihn anzuschauen, und für einen Moment herrscht in der Küche nur ein großes Schweigen, das niemand brechen möchte.

Bis Ferros Stimme doch alles zerbricht: »Ich glaube es nicht, Kleiner, hast du gerade wirklich diesen Scheiß von dir gegeben? Du bist nicht normal, verdammt, du hast im Leben nur Ohrfeigen abbekommen, und wenn es keine Ohrfeigen waren, dann Arschtritte, und du kommst daher und erzählst mir was von Liebkosungen, einem feinfühligen Gesicht ... oh, aufgewacht! Du bist in Tschernobyl geboren, verflucht noch mal, sie haben dich in ein Waisenhaus gesteckt, sie haben dich hierhergeschickt und haben dich nicht wieder abgeholt ... was muss dir das Leben denn noch antun, um dich aufzuwecken? Ich weiß nicht, wie zum Teufel du das schaffst. Ich weiß nicht einmal, wie es diese Kleine hier schafft, deine Verlobte zu sein.«

Ich mache den Mund auf und bin kurz davor, zum millionsten Mal trocken zu antworten, dass ich nicht seine Verlobte bin. Aber Zots Kopf hängt schon ganz tief über seinem Teller, er hat die Gabel noch in der Hand, etwas zittert in seinem Gesicht, und ich glaube, das ist kein Lächeln. Also sage ich nichts und bleibe still.

Und Mama kümmert sich darum, die Situation zu entschärfen. Sie macht den Herd unter der Ringeltaube aus, die vielleicht nicht ganz hundertprozentig durchgegart ist, aber jetzt ist es in jedem Fall angebracht, sie auf den Tisch zu stellen und Ferros Bauch mit etwas anderem als Wein zu füllen.

Sie schließt den Deckel wieder, nimmt den Topf an den Henkeln und hebt ihn vom Herd hoch, sie kommt zu uns und sagt: »Na also, es ist so weit, passt auf, es ist hei…«

Das letzte Wort reißt ihr im Mund ab, als der Topf kippt und zu Boden fällt. Nein, nicht zu Boden, er fällt auf Mama. Mit der Ringeltaube und der kochend heißen Soße. Auf ihre Militärhose, auf ihre nackten Füße. Und die Soße tropft runter, und wo sie sie berührt, brennt sie, und Mama schreit.

Ich stehe ruckartig auf und laufe zu ihr, und Zot ebenfalls. Ich suche einen Lappen, Zot reicht mir schnell einen, ich lege ihn auf ihren Knöchel, und Mama schreit noch lauter.

»Entschuldige, Mama, Entschuldigung, Entschuldigung!«

»Kaltes Wasser«, meint Ferro, der versucht von seinem Stuhl aufzustehen. »Kaltes Wasser auf den Fuß!«

Zot rennt zum Waschbecken, nimmt einen anderen Topf und füllt ihn mit Wasser, dann kippt er ihn von oben auf Mamas Bein, aber nicht nur ihren Fuß macht er nass, sondern auch alles andere, ihre Hosen und ihr Hemd, und mich noch dazu.

»Was zum Teufel tust du denn da!«, schreit Ferro. »Das Wasser auf den Fuß, doch keine Wasserbombe!«

»Nein, Ferro, ist schon okay«, sagt Mama, »es ist okay so.«

Sie nimmt mir den Lappen aus der Hand und legt ihn sich auf den Fuß. Mit zusammengebissenen Zähnen macht sie ein Geräusch, als würde sie die Luft einsaugen.

»Kleine, verdammt«, sagt Ferro. »Sei vorsichtig mit dem heißen Zeug, das ist gefährlich.«

»Von wegen vorsichtig sein!«, antwortet sie. Und sie wedelt mit einem schwarzen Etwas, das sie in der Hand hat. »Der Henkel ist abgefallen, deine beschissenen Töpfe!«

Ferro sagt nichts, es kommt nur ein Geräusch aus seinem Hals, und er bleibt da, während Mama den Lappen ein wenig anhebt, um darunterzuschauen. Ich sehe nicht hin, das schaffe ich nicht. Ich sehe nur Zot an, und Zot sieht mich an. Die Augen starr, die Münder sperrangelweit offen. Wir sagen nichts, aber das ist nicht nötig, schließlich haben wir dieselben Gedanken im Kopf, die sich da herumwälzen, verstreut und kaputt und an manchen Stellen glänzend, wie die Töpfe, die Henkel und die Topfdeckel, die uns das Meer heute an Land gespült hat.

Das Meer hatte mir gesagt, dass ich vorsichtig sein soll. Es hat es versucht, und weil ich es nicht kapiert habe, hat es mich geradezu angeschrien, mit hunderttausend auf dem Strand verstreuten Töpfen und Deckeln. Ich sehe sie jetzt wieder vor mir, obwohl ich die Augen schließe und fest zusammenkneife. Vielmehr, je mehr ich sie zusammenkneife, desto mehr funkeln die Töpfe vor dem Dunkel dahinter, und wie lange ich es noch aushalte, die Augen geschlossen zu halten, weiß ich nicht.

Dante Alighieris nasse Unterhosen

Gucci ist ein Toy-Pudel, so groß wie eine Kanalratte, aber mit zwei riesigen runden Augen, die er dazu benutzt, aus der Tasche seines Frauchens heraus die Welt schief anzusehen, wenn sie durch die Läden der Innenstadt streift. Mami und Papi lieben ihn wahnsinnig, aber bei ihrem Leben zwischen London, New York und der Côte d'Azur können sie ihr Hündchen nur einen Monat pro Jahr genießen, in ihrer Villa in Forte dei Marmi, wohin sie ihn mit einem Privatjet aus Sankt Petersburg kommen lassen.

Gucci reist mit seinen Brillanthalsbändern, zwei großen Louis-Vuitton-Taschen voller Spielzeuge und maßgeschneiderter Mäntelchen und mit seinem Kindermädchen, das von den Philippinen kommt und dessen Namen niemand kennt. Gucci verabscheut sein Kindermädchen, wie er den Rest der Welt verabscheut, abgesehen von Mami und Papi. Eine Verachtung gegenüber der Gesamtheit der Existenz, die er auf eine einzige Art kundtut: Gucci bellt. Immer. Er öffnet seine mikroskopische Schnauze und spuckt diese schrillen und zugleich heiseren Töne aus, die sich wie spitze Nägel ins Hirn bohren.

Gucci bellt die Welt an, die so trist und mittelmäßig und minderwertig ist, die sich standhaft seinem gelangweilten Blick darbietet und dabei eine gute Figur zu machen versucht. Er bellt, wenn er seine Notdurft verrichtet, er bellt, wenn er seine Hühnchen-Bonbons mit Thunfischfüllung frisst, Gucci bellt sogar, wenn er schläft. Er bellt sein philippinisches Kindermädchen an, die Piloten im Jet, die Stewardessen und das Flughafenpersonal, wenn er in Pisa ankommt, er bellt den Fahrer an, der ihn nach Forte dei

Marmi bringt, und jeden einzelnen Laternenpfahl, dem sie auf dem Weg hierher begegnen. Und das zerstört das Leben derer, die in seiner Nähe sind, das philippinische Kindermädchen hat morgens immer größere Haarbüschel in seinen Händen.

Für Rambo dagegen ist dieses Bellen ein Segen. Denn so hört er aus einem Kilometer Entfernung, wenn Gucci mit seiner Familie nach Hause kommt, und kann aus dem Swimmingpool springen, über die Hecke klettern und gerade rechtzeitig verschwinden. Auch wenn das in den zwei Jahren, die er jetzt im Swimmingpool der Russen trainiert, nur ein einziges Mal vorgekommen ist. Die Villa ist immer leer und geschlossen, und der Swimmingpool ist ganz für ihn alleine da. Es reicht, wenn er alle fünf Bahnen kurz anhält, den Kopf aus dem Wasser reckt und in die Luft horcht: Wenn er dort nur die Gesänge der Amseln und Buchfinken hört, die sich umeinander ranken, dann ist alles in Ordnung, und Rambo schwimmt weiter.

Was ihm einfach zu gut tut. Seit er hierherkommt, fühlen sich seine Bauchmuskeln kräftiger an, seine Beine härter, wer weiß, zu was für einem geilen Typen er würde, wenn diese Bekloppten im Herbst den Arbeitern nicht anordnen würden, den Swimmingpool zu leeren.

Er schwimmt seine Bahnen fertig, dann wird er sich abtrocknen, in seinen Tarnanzug schlüpfen und Marino im Krankenhaus besuchen gehen, der darum gebeten hat, dass sie ihm ein Kreuzworträtselheft, eine Aufladekarte fürs Handy und Zwieback mitbringen. Kram, um den sich seine Mutter kümmern sollte, aber die Alte baut ab und vergisst alles. Und wenn Rambo daran denkt, wird er stinkwütend und schlägt mit seinen Armen ins Wasser, als wollte er es ohrfeigen, denn das Leben ist so beschissen: Man wird geboren, wächst, schießt in die Höhe, bis man schnell und stark ist, dann ändert sich eines Tages etwas, man ist oben angelangt, und von dort beginnt eine schlammige Abfahrt voller Schlaglöcher, bei jedem Loch verliert man ein Teil, und in kürzester Zeit wird man ein altes Wrack, das nur irgendwie weiterzukommen versucht. So läuft es, die Natur spielt dir einen Streich, die Natur und die Gesellschaft. Die eine macht einen alt, die andere erstickt einen mit ihren beschissenen Regeln und Konventionen. Aber da spielt Rambo nicht mit, Rambo kämpft, er bleibt in Form und pariert Schlag um Schlag den Angriff, indem er der Natur in den Arsch tritt und der Gesellschaft die Fresse poliert. Und tatsächlich trainiert er jetzt jeden Tag, er pausiert nur, um zu hören, ob dieser beschissene Köter im Anmarsch ist oder nicht, dann macht er weiter.

Seit einigen Tagen ist es sogar noch besser, denn Sandro ist mit ihm hier im Park der Villa. Rambo schwimmt, und derweil bleibt Sandro da unten an der meterhohen Hecke, die den Park von der Straße trennt, und steht praktisch Schmiere. Perfekt, auch wenn der Grund, der seinen Freund hierhergebracht hat, so traurig und pathetisch ist, dass sich Rambo theoretisch aufregen und ihm ins Gesicht spucken müsste.

Aber er hat keine Zeit, jetzt gibt es für ihn nur das Schwimmen, die Lungen pumpen wie Blasebalge, die Muskeln arbeiten hart und majestätisch, und das Wasser um ihn klingt wie ein besiegter Feind, der sich ergibt, Rambo stößt und fühlt innerlich diese Lust, von der es keine bessere geben kann. Er hat nie Liebe gemacht, also sollte er das wohl nicht sagen, aber es ist unmöglich, dass die Lust, wenn man mit einer Frau ins Bett geht, eine stärkere und prallere ist als diese hier.

Die Lorbeerhecke ist sehr hoch, drei Meter oder vielleicht vier, dick wie eine Mauer. Doch Lorbeer besteht aus Blättern und Zweigen, und wenn man sich anstrengt, kann man etwas sehen. Und genau deswegen ist Sandro hier, weil er, wenn er seinen Kopf zwischen die Blätter steckt, die Straße sehen kann, das Mäuerchen gegenüber, und Serena.

Die jeden Tag gegen drei Uhr zum Friedhof geht. Er hat es von Zot erfahren, der die ganze Katechismusstunde über absurdes Zeug erzählt, er unterbricht nur kurz, wenn die anderen Kinder ihm eine runterhauen oder ihm in den Arsch treten, dann legt er wieder los mit seinem wirren Gerede. Aber dieses Gerede ist wie der unnütze Sand am Meer, in dem man mit seinem Metalldetektor hin und wieder etwas Interessantes finden kann. So hat Sandro das hier entdeckt, dass Serena mittlerweile wieder das Haus verlässt und jeden Tag gegen drei Uhr zu Fuß zum Friedhof geht.

Und zum Friedhof kommt man nur über das Sträßchen jenseits der Hecke, das schmal und verlassen ist und passenderweise Via del Paradiso heißt, und deshalb kommt Sandro jeden Tag her und wartet auf sie. Rambo schwimmt und zählt laut die Bahnen, während Sandro seinen Kopf zwischen die dunklen, spitzen Zweige steckt und wachsam beobachtet.

Manchmal hört er Schritte, und sein Herz schlägt höher, aber dann ist es eine Alte mit Blumen in der Hand oder einem Hund an der Leine. Wenn dagegen wirklich Serena kommt, kann man sich unmöglich täuschen: Mal trägt sie Turnschuhe, mal Militärstiefel, aber ihre Bewegungen sind immer schnell und harmonisch, sie vermischen sich mit seinem Herzschlag, sofort spürt er einen Kloß im Hals und reißt seine Augen weit auf, um sie ganz genau betrachten, um von ihr so viel er kann auf seiner Netzhaut verteilen zu können, während ihre Schritte ihr langes, weiches Haar tanzen lassen, das sich von den Schultern an über den ganzen Rücken mit gleichmäßigen und einzigartigen Wellen bewegt, ruhige und zugleich unaufhaltsame Wellen, die die Luft ringsum anziehen und in ihren Strudel schicken. Sandro beobachtet sie, ohne zu atmen, er packt die Lorbeerzweige und drückt sie, bis er spürt, dass sie in seine Haut eindringen. Immer stärker wird die Versuchung, über diese Hecke zu klettern, sich auf Serena zu stürzen und – jenseits der Romantik von wellenartigen Haaren und verzaubertem Schritt – sie an den Hüften zu packen, sie gegen das Mäuerchen der Via del Paradiso zu stoßen und sie zu ficken, bis sein Schwanz sich in ihr abnutzt wie ein Radiergummi in einem Heft.

Ja genau, genau so, denkt Sandro. Aber er weiß, dass er es nicht tun wird und dass das nur ein vorgetäuschter Gedanke ist, ein letzter Spritzer seines wenigen verbliebenen männlichen Stolzes, ein kläglicher Versuch, ihn die Wirklichkeit seiner pathetischen Lage vergessen zu lassen. Dieser einsame Mann, der um sich eine Welt voller Aussichten und Gelegenheiten hat, sich aber hier versteckt und eine verlassene Gasse anstarrt, in der Hoffnung, dass früher oder später sie kommt. Ohne sich ihr dann in den Weg zu stellen, ohne über sie herzufallen, sie nur für einige Sekunden heimlich betrachtend. Ein unglaublicher Pechvogel, eine rekordverdächtige Trostlosigkeit, die des absoluten Meisters im Pech bei Frauen würdig wäre, welcher für Sandro immer der Dichterfürst Dante Alighieri gewesen ist.

Dante, der Beatrice liebte und ihretwegen den Kopf verlor, aber statt zu ihr hinzugehen und zu ihr zu sagen: »Hör zu, Beatrice, du turnst mich echt an, komm mal einen Abend mit zu mir, dann besorg ich es dir so richtig«, himmelte Dante sie heimlich an, in der Kirche oder auf der Piazza oder auf der Straße, er verging vor Liebe, schrieb hunderttausend Gedichte für sie, sagte ihr aber nichts. Schlimmer noch: Um keinen Verdacht aufkommen zu lassen, um sie im Dorf nicht in eine missliche Lage zu bringen, dachte sich Dante auch noch diesen Mist mit der vorgetäuschten Geliebten aus, hat sich also eine Tussi gesucht, die ihn nicht die Bohne interessierte, und so getan, als ob er sie liebt, so war Beatrice noch sicherer vor Gerüchten und Peinlichkeiten. Und diese mörderischen Liebesworte, mit denen er ganz Florenz und die gesamte Toskana hätte vögeln können, hat Dante bloß zu Papier gebracht, irgendwann ist Weltliteratur ersten Ranges daraus geworden, aber da auf der Stelle ist ihm keines der Worte rausgerutscht. Und als Dante zum Dichterfürsten wurde, war er schon unter der Erde, mit immer noch nagelneuem, doch zu einem Häufchen Staub und Schimmel verkommenem Schwanz.

Was für ein fürchterlicher Pechvogel, hatte Sandro gedacht, als er Dantes Leben studierte, aber zu der Zeit war er noch auf dem Gymnasium und konnte nicht wissen, dass er sich eines Tages in derselben Lage befinden würde. Oder einer vielleicht noch schlimmeren, denn Dante hatte als Abschirmung immerhin eine echte Frau, eine vorgetäuschte Geliebte, gewählt, während Sandro sich von einer Lorbeerhecke abschirmen lässt.

In der Tat wäre es das Einfachste, sie auf der Straße zu erwarten und sie dort anzuhalten, Sandro weiß das, aber er weiß auch, dass Serena ihn beim letzten Mal im Krankenhaus fast hat einliefern lassen, jetzt, wo sie zum Friedhof geht, ist es wahrscheinlich, dass sie ihn direkt unter die Erde bringt.

Außerdem hat Sandro noch mehr als vor Hieben und Tritten, die er abbekommen könnte, vor etwas anderem Angst: Er weiß nicht, was er tun soll, er weiß nicht, was er sagen soll, und durch jedes Wort, jede falsche Geste könnte sich diese großartige Frau, die die letzte Gelegenheit ist, seinem Leben einen Sinn zu geben, für immer von ihm abwenden. Daher ist es besser, erst einmal gut zu beobachten, bevor er sie trifft, es ist besser, auf dieser Seite der Hecke zu bleiben und das Einzige zu tun, was Sandro ausgezeichnet kann: Zeit schinden und nichts tun.

»Vierzig! Oh, Sandro, vierzig!«, ruft Rambo aus dem Pool, mit einen Arm in der Luft wedelnd und dem anderen auf dem Rand aus weißem Marmor abgestützt. »Vierzig Bahnen, das ist Rekord! Das ist Rekord!«

Sandro dreht sich um, mit dem Daumen bedeutet er Rambo, dass er großartig sei, um ihm dann aber sofort mit der ganzen Hand zu bedeuten, nicht so zu schreien oder, noch besser, einfach ganz still zu sein. Da Serena jeden Moment kommen kann.

»Na los, komm schon, hüpf auch mal rein, was machst du denn da! Hüpf rein, lebe das Leben, verdammt! In Kürze werden sie das hier leeren, spring jetzt, wo es noch geht!«

»Ich habe keine Badehose dabei«, sagt Sandro mit erstickter und schiefer Stimme, die versucht leise zu bleiben und zugleich bis zu Rambo zu tragen.

»Hä?«

»Ich habe keine Badehose dabei.«

»Was kümmert dich das? Hüpf halt in Unterhosen rein!«

»Klar, und dann gehe ich mit nassen Unterhosen ins Krankenhaus.«

»Hä?«

»Dann mache ich meine Unterhosen nass.«

»Ich versteh dich nicht, sprich lauter, was ist?«

»Ich mache meine Unterhosen ganz nass!«, ruft Sandro, diesmal wirklich laut und mit einer Menge Wut in der Stimme. Wut wegen dieses riesigen Parks, bei dem man schreien muss, um sich zu verstehen, wegen Rambo, der Wasser in den Ohren hat und ihn nicht hört, wegen seines Rückens, der ihm vom langen Kauern hinter der Hecke weh tut, in Erwartung einer Frau, die ihn hasst und nie kommt. »Ich mache meine Unterhosen ganz nass, ich mache meine Unterhosen ganz nass!«, ruft er, so laut er kann.

Dann ist plötzlich alles ringsum Stille. Auch die Vögel hören auf zu singen, und der Wind hört auf, die Blätter wie tausend kleine Beifallsstürme in der Luft zittern zu lassen.

Sandro dreht sich wieder zur Hecke um, bereit, das übliche Sträßchen zu betrachten, das übliche Mäuerchen, das abgewetzte Gras, das darauf wächst. Und doch weiß Sandro schon, kurz bevor er scharf stellt, dass er all das nicht sehen wird. Dass sich zwischen seinen Augen und dem gewohnten Bild jetzt zwei Beine, ein Oberkörper und ein Gesicht mit wunderbaren, auf ihn fixierten Augen befinden. Denn es ist klar, dass das der absolut schlechteste Moment ist, in dem es geschehen könnte, also geschieht es: Serena ist ausgerechnet jetzt vorbeigekommen, ganz still und allein zum Friedhof gegangen, um ihren Sohn zu besuchen, hat aber hinter der Hecke eine Stimme gehört, die schrie: »Ich mache meine Unterhosen ganz nass, ich mache meine Unterhosen ganz nass!«

Schlaff wie eine Plastiktüte im Regen versucht sich Sandro an einem Lächeln, schafft aber nur einen Mundwinkel hochzuziehen, wie nach einem Schlaganfall. Dann hebt er die Hand, nicht viel, mehr oder weniger bis zur Schulter. Er öffnet sie und wiegt sie hin und her, drei, vier Male. Aber Serena antwortet nicht auf seinen Gruß, sie starrt ihn nur weiter durch die Zweige an, und mit ihrer warmen und musikalischen Stimme fragt sie ihn: »Was zum Teufel machst du denn da?«

»Serena! Hallo, ich ... nichts, ich bin hier im Garten, um mich zu entspannen.«

»Und dir die Unterhosen einzunässen.«

»Nein! Nein, absolut nicht, das war nur so gesagt, sie sind ganz trocken.«

»Ist das dein Haus?«

»Ja. Nein. Das heißt, es gehört Freunden, ich war hier am Pool und ... und wenn du Lust hast reinzuhüpfen, dann komm gerne her. Gerne jetzt sofort oder wann du Lust hast, kurz in den Pool hüpfen wäre doch jetzt das Richtige«, fährt Sandro fort, der nicht weiß, was er sagt, und nur den Worten lauscht, die aus seinem Mund kommen, wie auch Serena ihnen lauscht. Vielmehr nein, Serena hört ihm gar nicht zu, sie unterbricht ihn, sagt: »Mach, was du willst«, und rückt von der Hecke ab, um weiterzugehen.

»Nein! Serena, warte!« Und vielleicht, weil er sie so nicht gehen lassen kann, vielleicht, weil er nicht mit den Händen durch die

Hecke greifen kann und sie deshalb mit seiner Stimme aufzuhalten versucht, macht Sandro den Mund auf und stößt alles aus, was da ist: »Serena, hör mich an, nur einen Moment. Ich sage dir das hier, und dann schick mich zum Teufel und auf Nimmerwiedersehen, aber hör mir erst zu. Ich muss dir etwas sagen. Ich muss dir sagen, dass ich bloß ein Trottel bin.«

»Das wusste ich schon.«

»Ja, ja, aber das Wichtige ist, dass ich *bloß* ein Trottel bin. Ich bin kein Scheißkerl, kein anmaßender Lehrer, der denkt, alles über das Leben zu wissen, und der die Kinder nimmt und sie tun lässt, was er will. Ich glaube nicht, alles über das Leben zu wissen, im Gegenteil, ich weiß einen Scheißdreck, und ich bin nicht einmal ein richtiger Lehrer. Wenn ich Luca gesagt habe, dass er fahren soll, dann nur, weil ich es nie gemacht habe und es hinterher bereut habe. Es ist nur, dass ich bei ihm Eindruck machen wollte. Und bei dir. Es ist, weil ich ein Trottel bin, Serena. Ich bin bloß ein Trottel, ein ziemlicher Trottel. Das ist alles.«

Sandro stockt mit offenem Mund, denn er würde gerne weiterreden. Aber so, wie er nicht beschlossen hat, diese Worte auszusprechen, hat er auch nicht beschlossen aufzuhören. Sie sind von alleine rausgekommen, bis zum letzten, und jetzt haben sie ihn still und leer zurückgelassen, hoffend, dass Serena nicht fortgehen möge.

Und sie geht nicht fort, im Gegenteil, sie kommt zur Hecke zurück, bückt sich, starrt ihn durch die Blätter an, so heftig, dass sie vielleicht gleich verbrennen, die Hecke Feuer fängt und man die Feuerwehr rufen muss.

»Hör zu, Professore. Oder Katechet oder was du willst. Ich denke nicht, dass du ein Scheißkerl bist, ich gebe dir nicht einmal die Schuld an ... ich gebe dir an nichts die Schuld. Im Gegenteil, schön wär's. Wenn ich dir die Schuld geben könnte, wärst du wenigstens zu etwas gut. Aber von wegen, ich bin es, die ihn hat fahren lassen. Ich wollte es ihm verbieten, ich hätte es ihm verbieten *sollen*, wie es alle ernsthaften Mütter der Welt tun. Stattdessen habe ich ihm nie irgendetwas verboten. Aber wie sollte man Luca auch irgendetwas verbieten? Das war nicht möglich, Luca hatte immer recht, immer. Bis auf das eine Mal da. Das eine Mal hatte ich recht, und in der Tat hätte ich Nein sagen sollen. Luca hätte eine Mama gebraucht, die Nein sagt. Ich habe es richtig gespürt, ich habe es in den Knochen gespürt. Stattdessen habe ich ihn fahren lassen, ich habe auf dich gehört, der du mir dasselbe gesagt hast, was ich selber dachte, und ich habe Ja gesagt, wo ist das Problem, fahr nur. Und jetzt ist Luca nicht mehr da. Ich weiß, dass du nicht böse bist, dass du nicht grausam bist, du bist nichts, verdammt. Du bist eben bloß ein Trottel. Aber das ist sogar schlimmer, denn so wird mir nur noch klarer, wie bescheuert ich war, einem Trottel wie dir recht zu geben. Je bescheuerter du bist, desto größer ist meine Schuld. Verstanden?«

Sandro antwortet nicht, er verharrt, wie er ist, in die Hecke gebeugt. Ohnehin hätte es keinen Sinn, etwas anderes zu tun, denn Serena hat aufgehört zu reden, sich umgedreht und ist gegangen, und jetzt hat er nur die leere Straße und das Mäuerchen vor sich, zusammen mit dem unbequemen Gefühl, sich tatsächlich eingenässt zu haben. Während Rambo im Hintergrund wieder aufgetaucht ist und ruft: »Fünfzig! Fünfzig Bahnen, stell dir das mal vor! Sandro, stell dir das mal vor!«

Im Tempel der Göttin Luna

»Ehrlich gesagt, hatte ich es mir voller vorgestellt«, sagt Zot, als wir auf dem Parkplatz der Ausgrabungsstätte aus dem Schulbus steigen, außer uns ist auf der Zementfläche mit den vielen Parkplätzen niemand.

Heute hat uns ein Schulausflug nach Luni geführt. Luni ist eine ganz alte Stadt in Ligurien, direkt oberhalb der Toskana, und ich bin froh, auch wenn Zot die gesamte Fahrt über neben mir gesessen und versucht hat mit mir zu reden, während ich das nicht wollte, weil ich sowieso schon weiß, worüber er reden will.

»Die Töpfe am Strand waren ein Zeichen, Luna, sie waren eine Botschaft.«

»Lass mich in Ruhe, Zot, nichts waren sie.«

»Wie, nichts?! Na komm, nach diesem kaputten Henkel müssen wir absolut daran glauben.«

Von wegen, ich darf nicht daran glauben. Sonst stecken sie mich in eine Zwangsjacke, und ich lande wirklich im Irrenhaus. Ausgerechnet jetzt, wo es Mama besser geht und wir sogar so etwas wie ein Zuhause haben. Nein, ich will nicht.

Es stimmt, da waren sehr viele Töpfe am Strand, aber vielleicht ist ja ein Schiff untergegangen, das Küchenkram geladen hatte, und in den nächsten Tagen finden wir auch noch Besteck, Gläser und Tabletts. Wie es auch Zufall war, dass der Walfischknochen in meinen Haaren gelandet ist. Schließlich leben Wale ja im Meer, wo sollen ihre Knochen also sonst sein? Wenn ich nach einem Ausflug in die Berge einen Walfischknochen in meinen Haaren gefunden hätte, na, das wäre seltsam gewesen, aber so nicht.

Ich habe Seltsamkeiten satt, ich will normale Sachen, ganz viele normale Sachen, die normalen Menschen passieren, wie ich einer sein will. Und an dieses Zeug da will ich nicht mehr glauben, ich will, dass das alles Unsinn ist. Ich will lachen und denken, dass man wirklich bescheuert sein muss, um an so was zu glauben. Bescheuert wie Zot, der in einem Waisenhaus aufgewachsen ist und sich im Irrenhaus vielleicht sogar wohlfühlen würde, aber ich nicht. Ich glaube nur an das, was ich sehe, und jetzt sehe ich den Eingang von Luni und bin froh, dass wir einen Ausflug an einen antiken Ort machen. Sie werden uns viele Daten und Zahlen nennen, da werden Steine und Reste von Sachen herumliegen, die seit diesen fernen Zeiten überdauert haben, echte und praktische Sachen, und das ist gut so.

Auch wenn der Eingang der Ausgrabungsstätte nicht sonderlich hübsch ist, eine Art Sporthalle, etwas kaputt und mit drei Stangen auf dem Dach, eine mit einer ganz zerrissenen italienischen Flagge, eine mit einer ausgeblichenen, dreckigen Europaflagge, und an der dritten Stange hängt gar nichts. Zum Eingang führen ein paar Stufen, von denen die erste kaputt ist, die Fagiana überspringt sie und steigt bis zur Tür dort oben hoch, aber die Tür ist abgeschlossen, und es ist niemand da.

Die Fagiana, unsere Vertretungslehrerin für Italienisch und Geschichte, hat diesen Ausflug organisiert. Sie ist jung, mir sehr sympathisch, und eigentlich heißt sie Professoressa Binelli, aber wir nennen sie Fagiana, die Fasanin, weil sie am ersten Tag in einem ganz langen Rock erschienen ist mit lauter Bildern von Fasanen darauf, die herumspazierten, herumflogen oder herumstanden und einen anschauten. Auch die Hausmeisterin nennt sie so. Einmal ist sie in die Klasse gekommen und hat gesagt: »Es gibt eine Mitteilung des Rektors, Fagiana.« Wir haben alle gelacht, und die Lehrerin hat gesagt, dass sie nicht Fagiana heißt, dass sie sie nicht so nennen kann, und die Hausmeisterin hat geantwortet: »In Ordnung, entschuldigen Sie, ich habe mich versprochen«, dann hat sie uns, als sie wieder ging, angeschaut und dabei die Arme wie zwei Flügel ausgebreitet und einen Laut von sich gegeben, der eher nach einer Krähe klang als nach einem Fasan, aber wir haben trotzdem gelacht.

Und auch jetzt lachen alle, denn gerade hat Settembrini ein benutztes Kondom auf dem Boden gefunden, hat es mit einem Stock hochgehoben und nähert es Zots Gesicht.

»Schau mal hier, Tschernobyl, wie lecker, mach den Mund auf!«

Zot flieht auf die Treppe und ruft mit Frauenstimme: »Settembrini, bist du verrückt? Hier geht es um Aids, hier geht es um sexuell übertragbare Krankheiten!«

Der Sportlehrer Venturi macht nichts, um Settembrini aufzuhalten, vielmehr lacht er mit den anderen mit. Nur die Fagiana ruft: »Settembrini, lass das!«, aber niemand hört auf sie.

Dann öffnet sich plötzlich die Tür vor ihr, und eine sehr dicke Frau kommt heraus und meint: »Was soll das ganze Durcheinander hier? Wir sind ein Museum, verdammt!«

»Entschuldigen Sie, Signora«, meint die Fagiana, »guten Tag, wir sind zur Besichtigung gekommen.«

»Wie viele sind Sie?«, fragt die Frau mit einem Besen in der Hand.

»Zwei Klassen. Siebzig Kinder«, sagt die Fagiana. »Nein, entschuldigen Sie, zweiundsechzig.«

»Haben Sie sich denn wenigstens angemeldet?«

»Ja, natürlich, letzte Woche per E-Mail.«

»Per was? Ich weiß von nichts. Ich mache Ihnen trotzdem auf, die Ausgrabungen sind dort.«

»Ja, danke, sehr schön. Ist der Guide schon drinnen?«

»Was für ein Guide, hier gibt es keine Führungen.«

»Ja, wie? Auf der Website heißt es ›Besichtigung mit Führung‹.«

»Was denn für eine Website?!«

Professor Venturi lacht von hinten und schüttelt den Kopf.

»Ihre Website«, sagt die Fagiana. »Da steht ›Besichtigung mit Führung von Montag bis Freitag, für Gruppen und ...‹, warten Sie, schauen Sie, ich zeige es Ihnen«, und sie holt ihr Telefon aus der Tasche.

»Lassen Sie es gut sein. Sie können mir zeigen, was sie wollen, schließlich ist hier außer mir niemand. Aber es ist alles offen, gehen Sie rein und viel Glück.« Die Dame verschwindet nach drinnen, legt einen Lappen auf den Boden und scheuert ihn mit dem Besen über den Boden.

»Entschuldigen Sie, Signora, wenigstens irgendein Faltblatt, irgendeine Einführung, irgendeinen Steckbrief, irgendeine Broschüre«, fragt die Fagiana. Die mit jedem »irgendein« weniger daran glaubt, bis zur Broschüre, die sie nur noch halblaut und kaum zu Ende ausspricht. Die Dame scheuert und antwortet ihr nicht einmal, Professor Venturi lacht erneut und läuft mit den Klassen los.

Ich aber bleibe bei unserer Lehrerin und lächele sie an, denn es tut mir leid, dass der Ausflug so schlecht läuft, ich möchte ihr sagen, dass die anderen bescheuert sind, ich aber froh bin, dass wir an diesen Ort gekommen sind, der fast so heißt wie ich. Aber ich schäme mich und bleibe still.

Wir erreichen die Ausgrabungen, und die Sonne brennt auf uns herab, für eine Weile sehe ich nichts und muss stehen bleiben. »Luna, vergiss nicht, dich einzucremen«, sagt die Lehrerin. Und Zot ebenfalls. Er hat es mir schon vor der Schule gesagt, bevor wir in den Bus gestiegen sind, und heute früh hat es mir die Mama gesagt. Ich nicke, nehme die Tube und verteile ein bisschen Creme auf meinem Gesicht und meinen Armen, auch wenn ich mich vor fünf Minuten schon eingecremt habe. Denn so ist es nun einmal, alle sagen mir das ständig, und wenn ich antworte, dass ich mich schon eingecremt habe, hören sie nicht auf mit ihrem Gerede. Besser noch einmal eincremen und amen.

Doch wir müssen langsam mal in die Gänge kommen, denn die anderen sind mit Venturi schon am Anfang der Ausgrabungen, mit Geländer drum herum und einem Blechdach darüber. Aber wenn es nach mir geht, müssen wir sie eigentlich nicht unbedingt einholen, wir sind ohnehin schon zwei getrennte Gruppen, weit voneinander entfernt und grundverschieden. Eine ist die von Venturi mit fast allen anderen, sie lassen die erste Ausgrabung hinter sich, ohne sie eines Blickes zu würdigen, halten auf dem freien Platz dahinter an, und den Geräuschen nach glaube ich, dass sie den Ball schon rausgeholt haben. Die andere Gruppe dagegen ist meine, mit der Fagiana, Zot und zwei Jugendlichen, die die Lehrer »besonders« nennen. Einer ist Allegria, seine Augen sind verdreht und nach oben gerichtet, er lacht die ganze Zeit und spuckt, als ob ihm jemand einen Witz nach dem anderen erzählen würde, aber diese Witze hört nur er in seinem Kopf. Die andere ist ein Mädchen mit ganz langen roten Haaren, ich sehe sie in der Pause immer gekrümmt in den Winkeln des Flurs oder kniend im Hof auf den Boden starren. Sie spricht nie, ist immer ganz ernst, und ich schwöre, dass ich beim Einsteigen in den Bus ihre Mama leise zur Fagiana habe sagen hören: »Ich bitte Sie eindringlich, lassen Sie sie nicht zu viele Ameisen essen.« Ich schwör's, ich habe sie gehört, so hat sie das gesagt.

Und wie auch immer, ich weiß, dass man Menschen nicht beurteilen sollte, vor allem nicht nach ihrem Äußeren, aber tja, wenn das hier das Grüppchen der Besonderen ist, dann erscheint es mir nicht gerade das Tollste, besonders zu sein. Ich wäre lieber normal, stinknormal.

»Professoressa Binelli«, sagt Zot, »ich bin bewegt. Wenn ich mich nicht irre, ist diese erste Ausgrabung wahrhaftig das antike Forum von Luni.«

Beim Wort »Forum« bricht Allegria in lauteres Lachen aus, dann lacht er wieder normal. Die Fagiana schaut sich dieses Viereck aus Erde und aufgereihten Steinen hinter dem Geländer an und versucht das Schild mit den Erläuterungen zu lesen, aber es steht da ganz weit unten und ist ganz verblichen, so alt, dass die antiken Römer es vielleicht zusammen mit den Mauern des Forums dort aufgestellt haben. Was aber gar nicht das Forum ist.

»Nein, Zot«, meint die Lehrerin. »Das ist das berühmte Haus der Mosaike.«

Zot studiert die aufgereihten Steine da, dann sagt er: »Entschuldigen Sie, Professoressa, sind Sie sicher? Ehrlich gesagt habe ich mir das Haus der Mosaike anders vorgestellt.«

»Und wie hast du es dir vorgestellt?«

»Ich weiß es nicht, vielleicht mit irgendeinem Mosaik?«

»Na ja, die gab es einmal. Herrliche Mosaike. Wahrscheinlich waren sie dort, und da hinten, rund um dieses Gebiet. Doch damit wir uns gleich verstehen, wenn ihr hier etwas sehen wollt, müsst ihr es mit Fantasie anschauen, sonst seht ihr nichts«, sagt die Fagiana und lächelt. Und ich lächele ebenfalls, denn das mache ich immer so, ich sehe, was ich sehen kann, und dann benutze ich meine Fantasie.

»Jedenfalls bin ich tatsächlich sicher, Zot. Ein paar Dinge über Luni weiß ich. Ich erinnere dich daran, dass ich deine Geschichtslehrerin bin. Außerdem habe ich einen Hochschulabschluss in Archäologie.«

»Ach ja?«, frage ich. »Und warum arbeiten Sie nicht als Archäologin?«

»Na ja, das ist nicht einfach. Ich habe es versucht, aber dann musste ich mir eine andere Arbeit suchen.«

»Und Sie haben angefangen zu unterrichten.«

»Nein, für eine Weile habe ich bei Decathlon gearbeitet. Dann wurde ich in die Schule berufen.«

»Besser, oder?«

»Nun ja, bei Decathlon habe ich mehr verdient.«

»Ja«, meint Zot. »Aber welche Genugtuung, Professoressa genannt zu werden!«

»Ach ja, was für eine Genugtuung, Zot. Außerdem nennen mich bisher alle Fagiana.«

Als die Lehrerin das sagt, sind wir einen Augenblick still. Ich starre auf den Boden und schäme mich sehr, doch dann lacht die Fagiana, holt Luft und legt mit anderer, voller Lehrerstimme wieder los: »Also, in Ermangelung offizieller Guides werde ich heute eine Führung für euch machen. Willkommen in Luni, Kinder, aber vor allem dich, Luna, heiße ich willkommen, willkommen zu Hause!«

Und ich lächele. Vielmehr lache ich richtig und habe den Impuls, mir die Hand vor den Mund zu halten.

»Diese Stadt ist die einzige auf der Welt, die gänzlich der Göttin Luna gewidmet ist, der Tempel, der der Göttin geweiht war, war der größte und blickte vom höchsten Punkt des Orts aufs Meer. Daher ist es eine Ehre, mit dir hier zu sein, Luna«, sagt die Fagiana zu mir und deutet einen Knicks an. Ich lache und knickse auch ein wenig.

Das Ameisenmädchen dagegen bleibt regungslos und still, und Allegria lacht weiter vor sich hin. Keiner der beiden hört zu, aber als wir das Haus der Mosaike hinter uns lassen, kommen sie uns nach, das ist ja schon was.

Und dort, nach dem Schutzdach, das diesen Ausgrabungsteil überdeckt, ganz vor uns ausgebreitet, endlich die Stadt: Man erkennt die Straßen, die Fundamente der Häuser und einen runden Platz mit kaputten Säulen. Die Fagiana erzählt uns, dass Luna eine wichtige und sehr reiche Stadt war. Dass vor den Römern viele andere Völker hier gewohnt haben, die Italiker, die Ligurier, die Etrusker …

Auch die Etrusker! Ich versuche mir nicht anmerken zu lassen, dass mich das erregt.

Aber vor Zot kann man ohnehin nichts für sich behalten. Er nimmt mich am Arm, brüllt: »Die Etrusker, Luna! Hier waren die Etrusker!«, und schaut mich mit runden Augen an. Ich versuche mich an einem Lächeln, auch wenn es schief wird, und nicke nur ein einziges Mal.

»Klar waren die Etrusker hier«, spricht die Fagiana weiter. »Erst waren hier die eingeborenen Völker, dann die Etrusker, dann sind die Römer gekommen und haben alles eingenommen. Aber einige Etrusker sind geblieben. Die Priester im Römischen Reich waren immer Etrusker. Sie waren in bestimmten Dingen große Experten, nur sie kannten die Magie. Wenn seltsame Erscheinungen auftraten, wie beispielsweise eine Statue, die weinte, ein Blitz, der einen Baum spaltete, ein Schaf, das mit sechs Beinen geboren wurde ... kurz, in solchen Fällen mussten die Römer trotz all ihrer Macht einen Etrusker aufsuchen und ihn fragen, was das zu bedeuten hatte. Die Etrusker waren immer nützlich. Und hier in Luna natürlich erst recht, einer magischen Stadt, wo ständig seltsame Dinge geschahen.«

»Luna?«, frage ich. »Hieß es denn nicht Luni?«

»Später schon, aber der wahre Name war Luna. Wie die Göttin Luna. Wie du«, und sie lächelt. »Apropos, kommt, ich zeige euch etwas Wunderbares.«

Wir gehen an einem Kiesplatz vorbei, auf dem der Rest der Gruppe ist. Die Jungen spielen Ball, und die Mädchen sitzen in der Nähe und machen Fotos mit ihren Handys. Die Fagiana sagt zu Venturi, dass wir weitergehen, er antwortet, dass sie eben das Spiel beenden und nachkommen. Die Jungs rufen irgendetwas, und er sagt: »Okay, okay, wir beenden diese Partie, spielen dann eine Revanche, und dann kommen wir.«

Die Fagiana lässt uns einen Pfad mitten durchs Gras absteigen und erklärt uns, dass alle nach Luni kamen, weil es ein wunderbarer natürlicher Hafen war, perfekt, um ihn mit dem Schiff anzufahren. Es gab eine Einbuchtung in der Küste, wo das Meer immer ruhig war. »Und welche Form hatte diese Einbuchtung eurer Meinung nach?«

Zot sagt topfförmig und stubst mich dabei mit dem Ellbogen an. Die Fagiana lacht und schüttelt den Kopf. Ich dagegen errate es, ich sage, dass der Hafen mondförmig war, und die Lehrerin lobt »Bravo« und erklärt uns, dass die Küste hier vom Meer bis zum Herzen der Stadt wie ein großer abnehmender Halbmond geformt ist.

Dann ist Schluss, dann laufen wir nur noch, bis wir zu einer Stelle des Pfads gelangen, wo die Mäuerchen und die Schutzdächer enden, die Fagiana bleibt stehen und ich hinter ihr, und ich frage mich, warum sie mit Gehen und Sprechen aufgehört hat. Doch dann kneife ich die Augen zusammen, schaue mich um, und schlagartig verstehe ich. Da vorne, oben auf einem Hügel, sehe ich etwas Großes und Blendendes, größer als alles Übrige: Zwischen den Steinen, Gruben und Mauerresten steht ein Palast. Er ist zu weit weg, und da ist zu viel Sonne, als dass ich ihn richtig sehen könnte, aber er ist weiß und riesig, und unter lauter Häusern und Plätzen, die man sich bloß vorstellen kann, ist das etwas Echtes und Großes, genau vor uns.

»Seht hier, das ist der Tempel der Göttin Luna«, sagt die Fagiana, und sie legt mir eine Hand auf die Schulter.

Ich bleibe einen Augenblick regungslos. Ich könnte vieles fragen, aber ich bin still. Und statt zu sprechen, laufe ich los, ich gehe Richtung Tempel, aber nach einigen Schritten erkenne ich, dass darum ein Netz ist und der Pfad genau an einem Schild endet, auf dem ZUTRITT VERBOTEN steht.

Ich drehe mich um, um die Fagiana zu suchen und sie zu fragen, ob wir trotzdem reingehen können, aber die Antwort kommt schon in Form eines Tritts, den die Lehrerin der Gittertür verpasst und der diese schlagartig öffnet.

»Aber ... dürfen wir das?«, fragt Zot.

Die Fagiana lässt mich eintreten, nimmt Allegria und das Ameisenmädchen an der Hand und sagt zu Zot, dass es hier Guides, Aufseher und Forscher geben sollte, um alles über diesen Ort zu erfahren und uns zu helfen. Stattdessen ist hier niemand, und das Positive daran ist, dass also auch niemand hier ist, uns auf die Nerven zu gehen.

Jetzt ist das Gras hoch, und im Gras liegen hier und da große Steine, die ich nicht gut erkennen kann. Ich rutsche, falle fast hin, schaffe es aber, stehen zu bleiben und weiterzugehen, und je näher ich ihm komme, desto höher steigt der Tempel in den Himmel und verdeckt alles und wirkt, als wachse er um mich herum. Das Gras endet, und unter meinen Füßen spüre ich etwas Hartes, Flaches, den ersten Marmorblock der Freitreppe, die bis da oben führt. Ich bleibe stehen, drehe mich zur Fagiana um, die mich leicht anschiebt und mir bedeutet hochzusteigen.

Die Sonne ist stark und brennt auf den weißen Marmor, es kommt mir vor, als bewege ich mich in einem Blitzlichtgewitter, das nie aufhört, es ist, als würde mich dieses Licht tragen und die Stufen hinaufführen. Ich gelange zum Ende der Treppe und schaue von oben auf den Ort hinab, und auch wenn alles weiß und glänzend ist, spüre ich, dass ich am höchsten Punkt von Luni stehe, oder von Luna, wie es wirklich hieß. Ich nehme meine Sonnenbrille ab, das Licht ist eine Mauer vor mir, und doch kommt es mir so vor, als könnte ich gut sehen. Ich sehe die Stadt, wie sie war, als alles wie geschmiert lief und die Leute reich waren und arbeiteten und zum Baden in die Therme gingen und auf die Schiffe warteten, die kostbare Dinge aus unbekannten Ländern brachten. Ich sehe den Hafen und dann den Hauptplatz, auch er halbmondförmig, dann eine lange Allee mit vielen Säulen zu beiden Seiten, die den Ort durchquerte und vor dem Tempel endete, und all die Menschen, die von der Straße und vom Meer bis zum Fuß der Marmortreppe liefen und dort stehen blieben, um die Göttin Luna hier oben anzubeten. Und worum sie sie baten, weiß ich nicht, denn damals gab es viele Götter, jeder für irgendein Fachgebiet zuständig, und deshalb frage ich, als die Fagiana sich bei mir erkundigt, ob alles in Ordnung ist, was die Göttin Luna genau machte.

»Wie meinst du das?«

»Für was war sie als Göttin verantwortlich?«

»Luna war die Göttin der Nacht und des Jenseits. Sie war die Göttin, die unsere Welt mit derjenigen der Toten in Verbindung brachte.«

So sagt die Fagiana das, ich schwör's, und Zot, der auf halber Treppe stehen geblieben ist, holt Luft und ruft mir dann zu: »Hast du gehört, Luna? In Verbindung mit der Welt der Toten, mit der Welt der Toten!«, ganz aufgewühlt.

Ich dagegen bin völlig ruhig. Vielleicht, weil ich wirklich verrückt bin. Ich bin verrückt und ruhig. Ich stecke eine Hand in die Tasche meiner Jeans und spüre meinen Walfischknochen dort in Sicherheit, glatt und ein bisschen rau. Ich habe den Impuls zu lächeln, ich lächele.

Unterdessen erzählt die Fagiana uns weiter, wie Luni entstanden ist und wie es damit zu Ende ging, und wie ein Wikingerkönig die Stadt mit seinen Schiffen angegriffen hat, weil er dachte, es wäre Rom ... aber ich höre nicht mehr richtig zu, ich habe zu viele Dinge im Kopf, die da herumwirbeln, wie diejenigen, die mir das Meer mit seinen Wellen schickt, sie tanzen hierhin und dorthin, und ich sehe nur sie.

Zot dagegen hört zu und stellt einen Haufen Fragen, und schließlich muss die Fagiana zugeben, dass sie bestimmte Antworten nicht geben kann. »Aber nicht, weil ich sie nicht wüsste, diese Dinge weiß niemand, das sind immer noch Mysterien.«

»Mysterien?«, fragt Zot.

»Ja, dieser Ort ist voller Mysterien. Viele alte und unbekannte magische Riten, die sicherlich mit dem Volk der Luna zusammenhängen.«

»Dem Volk der Luna?«, frage ich. Davon habe ich noch nie gehört, aber es klingt wunderbar.

»Ja, das ist ein prähistorisches Volk, das in den Wäldern der Lunigiana lebte, vor Tausenden von Jahren. Man weiß fast nichts über sie, sie hatten nicht einmal einen Namen. Sie haben nur die Statuenmenhire hinterlassen, in Hinkelsteine gehauene Skulpturen, die sie mitten in den Wäldern aufstellten, mit menschlichem Körper und einem halbmondförmigen Kopf. In Pontremoli gibt es ganz viele davon. Es ist klar, dass der Luna-Kult dann auf die Etrusker und die Römer übergegangen ist ...«

Die Lehrerin fährt fort, aber ich kann ihr nicht folgen, denn das ist zu viel, um alles beisammen zu halten. Mysteriöse Völker aus der Urgeschichte, Statuen mit mondförmigen Köpfen, magische Riten ... hallen in mir wider, und für eine Weile höre ich nicht mehr zu. Und als ich mich ihr wieder zuwende, ist die Fagiana dazu übergegangen, von einer anderen Skulptur zu sprechen, die Volto Santo, also heiliges Antlitz, heißt. Sie sagt, dass sie in Lucca hängt, aus Holz ist und Jesus darstellt, sie ist seltsam, dunkel und sehr alt, seit tausend Jahren kommen Pilger aus ganz Europa dorthin, weil der Holzjesus Wunder bewirken soll. Er stammt wohl wahrhaftig aus den fernen Ländern, wo Jesus geboren ist, und wurde von einem Herrn geschnitzt, der kein Bildhauer war, sondern ein normaler Mann, allerdings der letzte noch lebende Mensch, der Jesus kennengelernt hatte, deshalb hatte er unbedingt sein Gesicht schnitzen wollen. Nur dass er eben kein Bildhauer war und es ihm nicht gelingen wollte, aber er blieb hartnäckig, Tag und Nacht, Tag und Nacht, wer weiß, warum.

Ich höre zu und sage nichts, aber vielleicht weiß ich, warum er das tat. Es ist wie bei Mama und mir, wir sammeln Fotos von Luca, stellen sie zusammen und gehen seine Freunde fragen, ob sie noch andere haben. Denn seltsamerweise vergisst man, wie eine Person aussieht, wenn man sie eine Weile nicht sieht, und zwar umso mehr, je mehr man sie liebt. Man vergisst wirklich das Gesicht, das gesamte Aussehen. Es ist merkwürdig, aber so ist es. Vielleicht weil einem so viele andere Dinge von der Person in den Kopf kommen: die Stimme, was sie sagt und wie sie es sagt, ihr Duft und ihre Gangart, das Gesicht dagegen vergisst man. Deshalb also wollen wir alle Fotos von Luca und suchen immer welche und bitten diejenigen um welche, die ihn gekannt haben. So sehe ich auch diesen Mann, der Jesus sehr lieb gehabt hat und dabei war, seine Gesichtszüge zu vergessen, und auch wenn er kein Bildhauer war, behaute er das Holz mit einem Schlägel oder einem Beitel und dem, was er zur Hand hatte, denn zu der Zeit gab es ja noch keine Fotos.

Der Arme, ich denke an diesen Typen, und er tut mir leid. Aber zum Glück erzählt die Fagiana weiter, dass eines Tages etwas Unglaubliches passiert ist. Dass nach langem Arbeiten ohne Essen und Schlafen dieser Mann irgendwann zusammenbricht, wie eine Birne zu Boden fällt und einen ganzen Tag und eine ganze Nacht durchschläft. Und als er wieder aufwacht, hebt er die Augen zu dem Stück Holz, und das Gesicht des Volto Santo ist dort, perfekt und haargenau wie das Gesicht von Jesus.

»Das ist ja wunderbar!«, meint Zot. »Das ist wunderbar, nicht wahr, Luna? Stimmt's?«

Ja, das stimmt, wirklich wunderbar. Doch eines habe ich nicht verstanden: »Aber wenn das Volto Santo in Palästina geschnitzt wurde und jetzt in Lucca hängt, was hat das mit Luni zu tun?«

»Nun«, meint die Lehrerin, »nach Lucca haben sie es erst später gebracht, anfangs war es hier nach Luni gekommen.«

»Ja? Und wie ist es hierhergekommen, wer hat es hergebracht?«

Die Fagiana antwortet mir, und obwohl ihre Stimme die gleiche ist wie zuvor, obwohl sie sich beim Sprechen über das Ameisenmädchen beugt, das sich auf den Boden zu werfen versucht, bohrt sich jedes Wort tief in mein Hirn und meine Knochen und in alle Stellen meines Körpers, an die der Herzschlag reicht: »Niemand, Luna, das Meer hat es hierhergebracht.«

Ich bin sprachlos, die Geschichte ist so unglaublich, dass nicht einmal Zot etwas dazu sagen kann. Und die Lehrerin erklärt uns, dass damals viele Leute gegen heilige Skulpturen waren, sie hielten sie für eine Todsünde, nahmen und verbrannten sie. Und da hat unser Freund das Volto Santo genommen, hat es auf eine Barke gelegt und es fahren lassen. Ohne jemanden an Bord, ohne Ruder, ohne Segel, im Meer treibend. Das Boot ist über das gesamte Mittelmeer geschippert und bis hierher gelangt, ist alleine in den Hafen eingefahren und hat am Ufer haltgemacht.

Zot und ich starren uns regungslos an, so wie Allegria in den Himmel starrt und das Ameisenmädchen ihre Augen auf den Boden pflanzt. Und ich glaube, von außen betrachtet sind wir gar nicht normaler als sie.

Aber zum Kuckuck nochmal, das ist ja nicht unsere Schuld: Ist das, was die Fagiana da erzählt, etwa normal? Diese Geschichte, die haargenau wie der Walfischknochen, wie die Töpfe am Strand ist? Nein, das sind alles absurde, unmögliche Dinge, und man strengt sich vielleicht an, nicht daran zu denken und nicht daran zu glauben, aber sie geschehen hartnäckig weiter, zu allen Zeiten, ständig. Sie geschehen so oft, dass ich jetzt echt nicht mehr weiß, warum sie eigentlich nicht normal sein sollen.

Ich stehe also hier, Zot steigt weiter die Treppe hoch, aber nicht bis ganz oben, er bleibt auf der letzten Treppenstufe stehen und spricht nicht, schließlich braucht er das nicht, das wissen wir beide. Wir sind still und schauen die Stadt da vor uns an, ausgebreitet zu den Füßen des Tempels der Göttin Luna mit all ihren Mysterien, die von dem Meer da unten herangetragen werden.

Und ich hoffe sehr, dass sie uns in zwei anständige Zimmer stecken und dass es da Fenster gibt, vielleicht mit Gitterstäben, aber dass man jedenfalls den Himmel draußen sehen kann, und dass die Zwangsjacken einigermaßen bequem und sauber sind.

Denn das Irrenhaus erspart uns jetzt niemand mehr.

Dieses Bonbon ist für Gott

»Wie widerlich, stell dir das mal vor! Ist dir bewusst, wie weit es mit unserer Welt gekommen ist?«

Sandro nickt. Schon seit einigen Minuten. Seit er mit Rambo vor Marinos Zuhause steht, das in einem der beiden hohen Wohnhäuser ist, deren zehn Stockwerke ausreichen, um sie die Wolkenkratzer von Querceta zu nennen.

Marinos Wohnung ist im neunten Stock, fast im Dachgeschoss. Als Kinder kamen Sandro und Rambo immer hierher, um die Versilia von oben zu betrachten, die von dort vor ihnen ausgebreitet und ergeben wirkte. Sie dachten über die tausend Arten nach, auf die sie dieses Land eines Tages wirklich beherrschen würden, von den Bergen da hinten bis zu der blauen Fläche des Meeres, und währenddessen lehnten sie sich aus dem Fenster und spuckten den Vorbeigehenden auf den Kopf.

Doch dann gingen sie nicht mehr hin, denn Marinos Mama war zwar schon immer eine Nervensäge, aber mit der Zeit ist es schlimmer geworden, und irgendwann reichte es ihr nicht mehr, sie die Schuhe ausziehen zu lassen, sie mussten Filzpantoffeln tragen, und ihre Mäntel mussten sie draußen lassen, sonst würden sie ja Keime und Verschmutzung in die Wohnung einschleppen ... jetzt jedoch steigen Sandro und Rambo nach vielen Jahren wieder da in den neunten Stock hoch. Über die Treppen. Denn Rambo nimmt keinen Aufzug.

»Das hier ist ein Erdbebengebiet, in einen Aufzug zu steigen ist Selbstmord«, sagt er. Nicht, dass neun Stockwerke Treppensteigen sehr viel anderes wäre. Zumindest für Sandro, denn Rambo

353

nimmt die Stufen schnell und ruhig und hat dabei noch genug Luft zu wiederholen, dass alles widerlich sei, dass die Welt mittlerweile so weit herabgesunken sei, dass sie sich jetzt in der Kanalisation des Universums um sich selbst drehe, und bald würden sich alle gegenseitig bekriegen.

Das sagt er immer, aber heute könnte Rambo tatsächlich recht haben. Denn sie steigen die Treppen hoch, um Marinos Krankenkassenkarte zu holen, die sie im Krankenhaus schon seit dem ersten Tag haben wollten, jetzt wird er bald entlassen, und sie können nicht länger darauf warten.

»Deine Mutter hat sie dir immer noch nicht gebracht?«, hat Rambo ihn heute gefragt, während Sandro beim Katechismus war. Und Marino hat geantwortet, dass seine Mama nicht mehr ganz fit im Kopf sei und die Karte immer vergesse. Aber diesmal ist Rambo wirklich stinkwütend geworden. Er hat Marino gesagt, er solle sofort seine Mutter anrufen und sie die Krankenversicherungskarte gleich während des Telefonats in ihre Handtasche stecken lassen. Marino hat den Kopf geschüttelt und wiederholt, dass er das besser nicht tue, Rambo ist hartnäckig geblieben, und schließlich hat Marino diese absurde Geschichte gestanden, mit hauchdünner, verzerrter Stimme, weil er vor Scham sein Gesicht im Kissen vergraben hatte: Seine Mama kommt ihn nie besuchen, sie kümmert sich nicht um ihn, weil sie einen Liebhaber hat und immer bei dem ist. Sie ist also eine Sklavin ihrer Leidenschaft. Marinos Mama.

»Stell dir das mal vor, wie widerlich! Ich muss gleich kotzen«, sagt Rambo. Und Sandro antwortet nicht, aber auch er hat das leichte Gefühl, gleich kotzen zu müssen. Vor allem wegen der Anstrengung, um Rambo auf der Treppe hinterherzukommen, aber auch wegen der Vorstellung von Marinos Mama, die ganz verschwitzt und verwelkt jemanden umschlungen hält, von ihrer runzeligen Haut, die sich an einer anderen runzeligen Haut reibt.

»Außerdem«, meint Rambo, »ist es ja schon furchtbar, wenn man in dem Alter noch an so was denkt, aber dass es so weit geht, den eigenen Sohn zu vernachlässigen, das ist echt nicht okay, verdammt. Hast du diese Schlampe je gesehen, seit Marino im Krankenhaus ist?«

Sandro antwortet weiterhin nicht, er hat nicht genug Luft. Endlich kommen sie im richtigen Stockwerk an, er lehnt sich an die Wand, krümmt sich und versucht sich zu erinnern, wie man atmet. Unterdessen hält sich Rambo an der Klingel fest und lässt sie eine ganze Weile klingeln, aber niemand macht auf. Rambo klingelt noch einmal, wieder Stille. Er klopft an die Tür, mit Schlägen und Tritten, aber nichts passiert.

»Die Nutte ist nicht da«, sagt er. »Sie wird aus sein, um sich ficken zu lassen«, und derweil sucht er in seinen Taschen nach Marinos Schlüsseln. Was für einen normalen Menschen eine schnelle Angelegenheit wäre, aber Rambo hat Hosentaschen, Jackentaschen, Taschen in seiner Militärweste: Bis er sie alle sondiert hat, braucht es eine Weile. Und indessen hat er Zeit zu bekräftigen, wie widerlich das sei, dass es fünf Uhr nachmittags ist und die da Sauereien anstellt, während ihr Sohn im Krankenhaus liegt, und im Grunde seien auch seine Eltern nicht besser, sie gehen jeden Samstag zu den Festen des Altenvereins *Filo d'Argento* tanzen, was die Alte-Leute-Version der Nächte in Privatclubs sei, und nach dem Tanz stiegen nur deshalb keine Orgien, weil die Beine sie nicht mehr tragen würden, und … »Und gottverdammte Scheiße, ich hab die Schlüssel im Jeep gelassen.«

Rambo fährt einen Jeep, einen Defender aus den Achtzigern, praktisch einen Mannschaftswagen der Armee. Er hat ganz wenig dafür bezahlt, weil er alt und verbeult ist, ein ausrangiertes Fahrzeug des Katastrophenschutzes, an das er dank des Freundes eines Freundes herangekommen ist, mit Leiter hinten, einem Spaten, tausend kleinen Scheinwerfern, und der Auspuff kommt aus dem Dach wie eine Art Schornstein, so kann er auch bedenkenlos in einen afrikanischen Fluss mit Hochwasser eintauchen und mit Wasser vor den Scheiben weiterfahren. Und tatsächlich nimmt Rambo jeden Tag mit schönem Wetter und trockenen Straßen resigniert hin, in Erwartung des Herbstes und der schrecklichen Überschwemmungen, die an der toskanischen und ligurischen Küste nie fehlen. Unglücksfälle, die für ihn zu wahren Festen werden: Ganz aufgeregt schlüpft er in seine hohen Stiefel und startet den Jeep, um in den Katastrophengebieten Hilfe zu leisten.

Aber während der Jeep mitten in Überschwemmungen und Hochwasser führenden Flüssen wie geschmiert läuft, ist er an einem sonnigen Samstag wie heute nicht angesprungen. Also hat Rambo ihn zu Hause gelassen. Und Marinos Schlüssel sind da drin.

»Und wie zum Teufel bist du hergekommen?«

»Mit dem Rad«, sagt Rambo mit gesenktem Blick.

»Und was machen wir jetzt?«

»Na, wir gehen die Schlüssel holen.«

»Einen Scheiß werde ich tun, ich bleibe hier und warte auf dich.«

»Ach, komm schon, auf, leiste mir Gesellschaft.«

»Einen Scheiß werde ich tun!«, wiederholt Sandro und rutscht mit seinem Rücken an der Wand entlang nach unten, bis er auf dem Boden sitzt. Er verschränkt die Arme vor der Brust und bleibt dort.

Rambo fängt wieder an zu fluchen, legt sich die Militärjacke um und geht zur Treppe, und erst verschwindet er, dann nach und nach auch die Schritte seiner Militärstiefel auf den Stufen, die widerhallen, als kämen sie aus einer immer enger werdenden Röhre. Schließlich bleibt nur noch die Stille der Wände, der drei Türen auf diesem Treppenabsatz und der drei Fußmatten davor, von denen zwei stumm sind und eine ganz verlogen HERZLICH WILLKOMMEN sagt.

Sandro bleibt alleine im Halbschatten, der nach tausend zusammengerührten Mittag- und Abendessen vermischt mit Reinigungsmitteln riecht. Es tut ihm leid, Rambo schlecht behandelt zu haben, der ja nichts getan hat. Er hat nur die Schlüssel im Auto vergessen, was ist schon dabei, auch er vergisst ständig alles. Doch Sandro konnte ihn nicht bis nach Hause begleiten, das hätte er wirklich nicht gekonnt, und ihm war nicht danach zu erklären, warum. Ihm zu erzählen, dass auch seine Vespa nicht funktioniert, dass er nach dem Katechismus den Weg von Forte dei Marmi nach Querceta hat anschieben müssen, im Abgasgestank der L K W, die von den Bergen zum Meer kommen und gehen, wobei er bei dem Anstieg der Überführung geschwitzt hat wie ein Tier. Nein, ihm war nicht danach, Rambo davon zu erzählen, er würde am liebsten nicht einmal selbst daran denken. Sandro hätte am liebsten, dass es nicht so wäre.

Dass ihre Motoren nicht immer ins Stottern gerieten, nicht immer defekt, verkrustet, voller Staub und ohne Benzin wären und sie im Stich ließen. Er hätte gerne brillante Motoren, kraftvoll und zugleich sauber, wie jene, die das restliche Europa und die ganze zivile Welt vorantreiben. Motoren, die sich mit neuen Technologien schnell drehen und nie kaputtgehen, und wenn sie hin und wieder ein etwas seltsames Geräusch von sich geben, werden sie sofort in Werkstätten gebracht, die aussehen wie Kliniken, wo ehrliche und seriöse Automechaniker in weißen Hemden ein Teil auswechseln, und alles fährt wieder, vielmehr bleibt alles im Fluss, ohne je zu stocken, und sie tun nicht so, als hätten sie zwei Teile ausgewechselt, wenn sie nur eins ausgewechselt haben, sie verlangen nicht von einem, dass man sie schwarz bezahlt, sie lassen einen nicht hier vor einer verschlossenen Tür sitzen und sich fragen, warum die Vespa stehen bleibt und nicht mehr läuft, warum der Jeep stehen bleibt und verreckt, warum wir immer anschieben und schwitzen und wütend werden und uns die Hände mit Motoröl dreckig machen müssen und ab und zu wieder ausprobieren, den Motor anzulassen, in der Hoffnung, dass er jetzt durch ein Wunder vielleicht anspringt und man ein Stückchen weiterkommt, nur ein Stückchen, gerade mal so viel, um dem Tag einen Sinn zu geben.

Sandro bleibt in einer Stille sitzen, die sich um ihn zuzuziehen scheint, immer enger und enger. Um nicht zu ersticken, klammert er sich an das Einzige, was er dabeihat, die zusammengefalteten Blätter in seiner Jackentasche, und versucht sie zu lesen.

Es sind die Seiten, die Zot ihm heute beim Katechismus abgegeben hat, weil Sandro letzte Woche einen Aufsatz als Hausaufgabe aufgegeben hatte. So würden sie, hatte er sich gedacht, in der nächsten Stunde wenigstens darüber sprechen können, und er wüsste, womit er die anderthalb Stunden füllen sollte, die sonst nie zu Ende gehen. Das Thema war *Der schönste Tag meines Sommers*: sonnig, sauber und perfekt. Von wegen, ein Idiot ist Sandro, mehr nicht, denn am Ende der Stunde war Luna zu ihm gekommen und hatte ihn ganz bedauernd gefragt, ob sie ihn sich ausdenken dürfe, diesen schönen Tag, denn schöne Tage hatte ihr Sommer keine. Sieh mal an, bravo Sandro, großartige Idee, dieses Aufsatzthema, als würde man ein Waisenkind bitten, vom letzten Abenteuer mit seinem Papa zu erzählen, ein Kind im Rollstuhl, von seinem letzten Ballspiel zu berichten.

»Aber klar kannst du ihn dir ausdenken!«, hat er zu Luna gesagt. »Oder, weißt du was? Jetzt, wo ich nochmal drüber nachdenke, ist das mit der Hausaufgabe eigentlich Quatsch, mach sie einfach nicht, wen juckt das schon. Nutze die Zeit lieber für etwas, was dir Spaß macht, okay?«

Luna hatte gelächelt, mit diesem immer leicht versteckten Lächeln, und die Hausaufgaben dann wirklich nicht gemacht, aber ohnehin hatten auch die anderen Jugendlichen keine gemacht. Außer Zot, der ihm diese Blätter überreicht hat, mindestens zwanzig, wofür er um Entschuldigung bat, er habe sich mitreißen lassen.

Und jetzt klammert sich Sandro an diese Blätter, um sich abzulenken. Er nimmt sie, an einer Ecke sind sie seltsam dick. Er blättert zur letzten Seite, und unter Zots Unterschrift ist da mit Tesafilm ein Bonbon festgeklebt. Ein Bonbon mit Milch-und-Honig-Geschmack, Sandro löst es ab, packt es aus und steckt es sich in den Mund, und das Geräusch zwischen seinen Zähnen füllt einen Moment lang die Stille, während sich seine Augen in jene schiefen und krummen Zeilen vertiefen und Zots Aufsatz zu lesen beginnen.

In dem sich Zot zunächst über eine ganze Seite dafür entschuldigt, dass die Erzählung nicht wirklich auf diesen Sommer zurückgeht, aber diesen Sommer habe er damit verbracht, abwechselnd mit seinem Opa beim Haus Wache zu schieben, wobei die Wachrunden in der schönen Jahreszeit länger seien, weil mehr Russen unterwegs sind. Deshalb erzähle er in seinem Aufsatz von letztem Dienstag, einem wirklich wunderschönen und wichtigen Tag, einem sonnigen Tag mit einem schönen Ausflug, obwohl der Ort, an den sie gefahren sind, besser gepflegt und wertgeschätzt werden könnte, die Schilder könnten lesbarer sein, und es wäre schön, wenn Führungen angeboten würden und ... und Sandro, der sich schon langweilt, ist kurz davor, ein paar Seiten zu überspringen. Aber einige Zeilen weiter unten sieht er Lunas Namen, er hält inne und kehrt wieder dorthin zurück, wo Zot schreibt, dass es weniger die Schönheit des Tages sei, von der er ihm erzählen wolle, sondern vielmehr die extrem mysteriösen Dinge, die da passiert seien.

Denn in letzter Zeit passieren uns viele seltsame Sachen, Luna und mir, und vielleicht ist es besser, sie geheim zu halten, aber ich denke, wenn ich Sie Ihnen als Katecheten erzähle, ist das ja

praktisch wie eine Beichte, nicht wahr, Signor Sandro? Jeden-
falls beichte ich Ihnen diese Dinge, weil ich auf die Geheimhal-
tung des Sakraments vertraue und auf die Tatsache, dass Ihre
Augen nur ein Mittelsmann und meine Worte nur für den
Herrn bestimmt sein werden. Das Milch-und-Honig-Bonbon
dagegen, das Sie am Ende finden, ist für Sie.
Ich schweife ab, entschuldigen Sie bitte, was mich in Wirklich-
keit drängt, Ihnen zu erzählen, ist, dass uns in letzter Zeit sehr
besondere Sachen passieren, und mit uns meine ich Luna und
mich, und nunmehr ist es unmöglich, sie weiterhin als Beiläu-
figkeiten und zufällige Zusammentreffen zu betrachten. Luna
versucht es immer noch, aber seit letztem Dienstag ist alles viel
zu klar. Denn, nun, das möge unter uns bleiben, Signor Sandro,
vielmehr zwischen mir und dem Herrn, aber …

Und Zot legt los, vielmehr hebt er richtig ab, mit seitenweise Geschichten über die Stadt Luni, über die Göttin Luna, die die Le-
benden und die Toten miteinander in Verbindung brachte, über
die Römer und die Etrusker, über ein Kind mit weißen Haaren,
das Tages hieß, über Priester, die Blitze und Vogelflug studierten.
Über das Meer und die Wellen, die Dinge bis an den Strand tragen, Töpfe und Deckel und Serena mit einem verbrannten Fuß,
über den Walfischknochen in Lunas Haaren und über Luca, der
diese Dinge schickt, wer weiß, von wo, wer weiß, warum.

Kurz, Signor Sandro, das sind Zeichen, das sind Vorkommnis-
se, an die wir nicht nicht glauben können. Denn als Jesus auf-
erstanden und seine Freunde besuchen gegangen ist, hat der
heilige Thomas erst geglaubt, dass es wirklich Jesus ist, als die-
ser zu ihm gesagt hat: »Komm her, berühre meine Hände, lege
deine Finger in die Male der Nägel.« Und Thomas hat es getan,
und danach hat er es geglaubt, aber Jesus war gar nicht zufrie-

den und hat ihm erklärt, dass wenn einer nur glaubt, wenn er Beweise hat, er kein wahrer Gläubiger sei. Wer weiß also, wie sehr er sich über Luna und mich ärgern würde, wenn wir mit diesem Haufen an Beweisen immer noch nicht daran glauben würden!

Daher glauben sie daran, und wenn sie nichts täten, läge das nur daran, dass sie zu klein seien. Wenn sie ein Auto hätten, würden sie sofort nach Pontremoli aufbrechen, wo es Statuen mit halbmondförmigen Köpfen gibt. Denn alles ist miteinander verbunden, das habe die Professoressa Fagiana gesagt, aber auf welche Art es miteinander in Verbindung stehe, wüssten sie nicht, weil sie noch nicht hingefahren seien.

Wir haben meinen Opa gefragt, ob er uns hinbringt, und er hat mit Worten geantwortet, die ich hier nicht aufschreiben kann, denn es ist ja eben, als würde ich dem Herrn schreiben, und der Opa hat den Herrn hunderttausendmal beleidigt.
Wir haben auch die Professoressa Fagiana gefragt, aber sie ist nur eine Vertretungslehrerin und zählt nicht, also haben wir den Professor Venturi vom Sportunterricht gefragt, aber als ich ihm die Gründe des Ausflugs nach Pontremoli darlegte, haben mich zwei Jungs an den Armen festgehalten und ein anderer hat mir die Hosen heruntergezogen und mit Filzstift etwas auf meinen Hintern geschrieben. Ich habe ihn gefragt, was er geschrieben habe, aber er hat es mir nicht gesagt, sie haben bloß gelacht, ich habe den Professor Venturi gefragt, aber der hat auch nur gelacht.
Und wissen Sie, was mir am meisten missfällt, Signor Sandro? Dass ich früher überzeugt davon war, dass die ganzen Kinder böse und dumm sind und es ihnen Spaß macht, andere schlecht zu behandeln, aber dass ich nur Geduld aufbringen und es ertragen müsste, denn Kinder sind eben so, aber dann, wenn sie

groß werden, hören sie damit auf und werden gut und intelligent. Daran habe ich wirklich geglaubt. Doch lassen mich der Professor Venturi und andere Personen wie er nun denken, dass das nicht passieren wird, dass es immer gleich bleiben wird, dass auch die Erwachsenen grässlich sein können und schreckliche und böse Dinge tun.

Hierbei belasse ich es. Ich danke Ihnen, dass Sie mein Mittelsmann zum Herrn waren.

Herzlich,

Zot

Sandro liest die letzten Zeilen noch einmal, dann faltet er die Seiten zusammen und kehrt mit dem Blick ins Dunkel des Treppenabsatzes zurück. Aber er sieht ihn nicht wirklich. Stattdessen sieht er eine Art Riesenaquarium da vor ihm, und im trüben Wasser voller Algen bewegen sich leuchtende, verlorene Fischlein, das sind Luna, Luca, Serena, der Walfischknochen, die Etrusker, Pontremoli ... sie schwimmen zufällig hin und her, aber alle landen schließlich verfangen in den weichen und faserigen Algen, sie vermischen sich und vereinen sich zu einem einzigen Ding, das immer größer wird, immer kompakter. Es ist dunkel, glitschig und eklig, und Sandro schämt sich fast, es anzuschauen, denn dieses Ding ist die teuflische Idee, die in seinem Kopf aus den zusammengedrängten Gedanken Form annimmt. Sie dehnt und breitet sich immer mehr aus, bedeckt alles und bleibt alleine da vor ihm.

Denn wie Zot geschrieben hat, können Erwachsene schreckliche Dinge tun. Und wie recht er damit hat, weiß der Junge noch nicht.

Tiefgekühlte Existenzen

Wenn eines Tages wirklich eine Methode erfunden würde, um ein U-Boot zu verkleinern, wie es in diesem Film aus den Sechzigern passiert, und man es nicht auf Mission in einen menschlichen Körper, sondern zum Erkunden auf den Grund eines Aschenbechers in einer türkischen Bar am Ende eines Samstagabends schicken würde, also, dann könnte der Gestank nicht schlimmer sein als der, der Sandro und Rambo jetzt entgegenschlägt, als sie Marinos Wohnung betreten.

Denn seine Mama raucht vier Päckchen am Tag, vier Stück, und nur im Mai, dem Monat der Madonna, raucht sie nur drei, als kleine Kasteiung für die Heilige Jungfrau von Montenero. Und alles in der Wohnung ist mit diesem beißenden, kranken Geruch überzogen, wie eine verdorbene Lackschicht, die die Wände, die Möbel, das Sofa, die Spitzenkissen und die ebenfalls mit Spitze versehenen Vorhänge vergiftet und innerhalb weniger Sekunden auch schon in den Kleidern von Sandro und Rambo hängt, während sie durch das Wohnzimmer schweifen und versuchen, so wenig zu atmen wie möglich.

Marinos Papa ist schon vor einer ganzen Weile gestorben, an einer dieser hässlichen Krankheiten, die die Raucher unter die Erde bringen. Die Ärzte hatten ihn geröntgt und ihm gesagt, dass er sofort mit dem Rauchen aufhören müsse, nur, dass er in seinem Leben nie eine Zigarette angefasst hatte. Wie Marino, der aber nach dem langen Zusammenleben mit seiner Mutter eines Tages genauso enden wird wie sein Papa, während sie weiter ihre vier Päckchen am Tag quarzt und topfit ist. Im Wohnzimmer liegen tausende Flyer für Busreisen zu Wallfahrtsorten, irgendwo in Umbrien verstreuten Städtchen und Kurorten: Ein- oder Zweitagesreisen, die sie sich einmal pro Monat gönnt, um die darauffolgenden Wochen dann damit zu verbringen, sich mit ihrer teerhaltigen Stimme zu beschweren, wie unbequem die Sitze waren, wie lästig und aufdringlich die anderen Leute und wie sie schlecht gegessen und noch schlechter geschlafen habe. Und während sie meckert, liest sie Werbeflyer, um den nächsten Ausflug zu planen. Das Wohnzimmer ist voll von diesen bunten Blättchen, auf denen das Foto eines Kreuzes, eines Olivenbaums vor einer Mauer oder von Padre Pio mit erhobener Hand abgebildet ist.

Aber Marinos Krankenversicherungskarte ist nicht hier.

In der Tat konnte er sich nicht erinnern, ob sie in einem der Möbel im Wohnzimmer oder in seinem Zimmer ist. Als Sandro und Rambo Letzteres betreten, bleiben sie einen Augenblick regungslos stehen, wie zwei, die aus einer Zeitmaschine steigen und erst einmal eine Weile innehalten, um herauszufinden, in welcher Epoche sie gelandet sind. Denn Marinos Zimmer sieht immer noch so aus wie damals, als sie in der Mittelstufe waren: dieselben weißen Möbel mit denselben Aufklebern drauf, das Kopfende des Bettes mit Rosen bemalt und oben einer Schwalbe, und an der Wand direkt darüber ein Jesusbild, das sein Onkel Terzo gemalt hat, Besitzer einer Eisenwarenhandlung und leidenschaftlicher Maler von Landschaften mit Meeren und Bergen. Nur dass die niemand haben wollte, statt nach Landschaftsbildern fragten seine Verwandten nur nach Jesusbildern, die sie den Kindern zur Kommunion oder zur Firmung übers Bett hängen wollten. Terzo hat sich immer mordsmäßig darüber geärgert und sich abreagiert, indem er hinter Jesus ein riesiges, schwarzes Kreuz malte und ihn mit Blut bedeckte, das ihm in Strömen von der Dornenkrone über sein Gesicht und seinen Hals bis zur Brust heruntertriefte. Eine Splatterszene, die ihm vielleicht dabei half, nicht verrückt zu werden, ihm aber zugleich immer seine rote Farbtube aufbrauchte.

An der gegenüberliegenden Wand hängen dagegen immer noch die Poster von Bon Jovi und von Kelly LeBrock im Film *L. I. S. A. – Der helle Wahnsinn*, in dem sich zwei Jungs an ihrem Computer eine supergeile, gefügige Frau erschaffen, ein sicherlich kompliziertes Unterfangen, aber immer noch wahrscheinlicher als die klassische Alternative, das heißt, eine echte Frau zu finden, die einen will und mit einem kommt.

Während Rambo die Nachttischschublade öffnet und die Krankenversicherungskarte sucht, schaut Sandro weiter das ganze Zeug an, dieses Zimmer, das immer noch so aussieht wie vor fast dreißig Jahren, als er hier gespielt hat. Es so vorzufinden kommt ihm ein bisschen komisch vor, aber irgendwie auch vollkommen normal.

Dann lässt er Rambo dort und geht sich in der Küche ein Glas Wasser holen. Er trinkt, es schmeckt ein bisschen nach Rost, aber immer noch besser als der alte Zigarettenrauch, der sich an seinen Gaumen geheftet hat, er hustet, tritt ans Fenster mit Blick auf die Versilia da unten und versucht an nichts zu denken.

Er stellt das Glas im Waschbecken ab und will gerade zu Rambo zurückgehen, als er an der riesigen Kühltruhe neben der Tür vorbeikommt, anhält, ruckartig den Griff packt, sie öffnet und hineinschaut.

Einfach so, ohne irgendetwas zu suchen, ohne irgendetwas zu verstehen, ohne auch nur irgendetwas geahnt zu haben. Die dreckigen Teller im Waschbecken, bei denen das Rot der Soße von Schimmel bedeckt ist, waren ihm nicht aufgefallen, er hatte sich auch nicht über die verdurstete Basilikumpflanze daneben gewundert, die verdorrten Blätter rund um den Blumentopf. Nicht einmal diese Riesenkühltruhe kommt ihm komisch vor, weil sie schon da steht, seit sie klein waren und sie immer benutzt haben, um sich selbst Granita zu machen, indem sie Wasser, Zucker und Zitronensaft in Plastikbechern gemischt haben. Die haben immer widerlich geschmeckt, aber sie haben trotzdem den ganzen Sommer über welche gegessen. Und an diese Granita denkt Sandro, nur daran und nichts weiter, als er die Kühltruhe öffnet, der eisige Dampf gen Decke fortströmt und ihn ganz allein lässt, als er dort hineinschaut.

Zwei Packungen Tiefkühlpizza, Einmachgläser mit hausgemachtem Ragout, eine kleine Packung Sofficini, Teigtaschen mit Tomaten und Mozzarella, und dann dieses Ding, gerade, hart und dick, das alles bedeckt und mit etwas Kugeligem an einer Seite endet.

Marinos Mama mit einem Plaid um die Schultern.

Marino weint, das Gesicht unter der Bettdecke vergraben, und gibt einen tiefen und andauernden Ton von sich, der an sich schon beängstigend ist, für Sandro aber noch mehr, weil es genauso klingt wie diese verfluchte Kühltruhe. Der Ton dringt in seine Ohren ein und steigt hoch bis zum Hirn, wo er sich für immer einpflanzt, zusammen mit Marinos Mama, ihrem harten, blauen, mit Eis bedeckten Gesicht.

Kaum waren Rambo und er in seinem Zimmer im Krankenhaus angekommen, hat Marino mit zitterndem Lächeln gefragt, ob sie die Krankenversicherungskarte gefunden hätten. Sie haben nicht geantwortet, sondern ihn auf eine Weise angeschaut, die offenbar sehr eindeutig war, denn er hat sich die Bettdecke über den Kopf gezogen und angefangen in diesem gleichförmigen Ton zu weinen, der nun schon seit zehn Minuten anhält und vielleicht nie mehr aufhören wird.

Da hört er plötzlich doch auf, als Rambo fragt: »Also, hast du sie umgebracht?«

Einen Moment Stille, dann nimmt Marino das Laken von seinem Gesicht und enthüllt zwei aufgerissene Augen: »Was? Seid ihr bescheuert? Ihr seid meine besten Freunde, ihr seid meine Brüder, habt ihr wirklich geglaubt, dass ... dass ich ... seid ihr denn verrückt geworden!?«

»Oh«, meint Rambo, »wir waren gerade in deiner Wohnung, und da liegt deine Mama tot in der Tiefkühltruhe. Wer ist hier verrückt?«

Marino starrt ihn an, starrt Sandro an, dann richtet er den Blick leicht über sie, verengt die Augen zu Schlitzen und bleibt regungslos so liegen. Sein Mund zittert nicht mehr, die Arme sind gerade zu seinen Seiten ausgestreckt, und als er spricht, tut er das mit flachem und entrücktem Tonfall, wie wenn im Film Leute spiritistische Sitzungen halten und in Trance fallen.

»Ich war es nicht«, sagt er. »Ich schwör's. Es war diesen Sommer, als wir ins Wäldchen der Versiliana gegangen sind, um die Pinien zu untersuchen.«

Sandro nickt. Und gleichzeitig begreift er, dass es nicht wichtig ist, was passiert ist, er kann Marino nichts Böses wollen, einem, der seine Mama zwar tot in der Kühltruhe aufbewahrt, aber von Ausflügen ins Wäldchen und dem Untersuchen von Pinien spricht, weil er sich schämt zuzugeben, dass sie Pinienzapfen klauen waren, um die Kerne an Restaurants zu verkaufen.

»Dann bin ich zurück nach Hause, ganz dreckig vom Harz, ich habe Mama begrüßt, die auf dem Sofa saß, rauchte und fernsah. Auf dem Tisch stand schon die Gemüsesuppe, wo es die bei uns doch immer als Vorspeise gibt, sie tut gut und öffnet den Magen. Ich hatte einen Mordshunger, denn an dem Tag hatten wir uns mit den Pinien ganz schön abgemüht.«

»Tja, und es sind nicht einmal viele Pinienkerne zusammengekommen«, kommentiert Rambo. Sandro schaut ihn böse an und bedeutet ihm, die Klappe zu halten, aber Marino scheint ihn gar nicht gehört zu haben.

»Ich habe sie begrüßt und bin duschen gegangen, ich war eine ganze Weile unter der Dusche, weil das Harz nicht abging. Dann bin ich zurück ins Wohnzimmer, und Mama saß immer noch da. Sie rauchte nicht mehr, aber es roch komisch. Verbrannt. Sie hatte einen ganz schwarzen Stummel zwischen den Fingern, und auch die Finger waren schwarz. Die Zigarette war am Ende angekommen und hatte sie verbrannt, aber sie hielt sie immer noch fest, die Augen starr auf den Fernseher gerichtet. Ich rief sie und versuchte dabei, ihr den Zigarettenstummel aus der Hand zu nehmen. Aber ich habe ein Weilchen gebraucht, weil sie ihn weiter festhielt, die Hand war ganz steif, sie wirkte künstlich. Ich habe zu ihr gesagt: ›Lass locker, Mama! Du verbrennst dich! Nun lass schon los!‹ Und ich habe feste gezogen, aber sie hat nicht locker gelassen, ich habe gezogen und geschwitzt, habe mich an ihre Hand geklammert und nichts kapiert. Das heißt, vielleicht hatte ich es kapiert, aber wollte es nicht. Ich wollte nicht den Krankenwagen oder die Polizei rufen, ich wollte niemanden rufen, ich wollte nicht, dass mir jemand antwortet, dass ich ihm sagen müsste, was passiert ist. Ich wusste ja selbst nicht, was passiert war, wie hätte ich es jemandem erklären sollen? Es war nämlich alles aus, das war passiert«, sagt er. Dann hält er inne. Seine zusammengekniffenen Augen sind weiter auf diese vage und zugleich exakte Stelle gerichtet, er verzieht den Mund, hält ihn aber geschlossen.

»Und was hast du dann gemacht?«, fragt Sandro. Und Marino holt tief Luft, man sieht wie sein dürrer, ausgestreckter Körper sich unter dem Laken aufbläht. Schließlich nutzt er diesen Atem zum Antworten: »Dann habe ich mich an den Tisch gesetzt und die Suppe gegessen.«

»Warte mal«, meint Rambo. »Deine Mutter saß tot auf dem Sofa, und du hast angefangen zu Abend zu essen?«

Marino nickt nur einmal, den Blick immer noch starr nach oben.

»Verdammt, ich hatte echt Hunger, Mann.«

Eine Zeit lang sagt niemand etwas. Nur das Kühltruhengeräusch, das wieder aus Marinos Hals kommt, und die Schauer, die Sandro wieder unter der Haut entlanglaufen.

»Ich habe meinen Teller aufgegessen und auch ihren. Und dabei habe ich ihr von der Versiliana erzählt. Dass das ein wunderschöner Park sei und ich sie da eines Tages hinbringen würde. So habe ich den ganzen Abend weitergemacht, und ich denke ... ja, ich denke, dass es dieser Moment da gewesen ist. Das heißt, wenn ich sofort jemanden gerufen hätte, selbst euch, wäre es vielleicht anders gewesen. Oder wenn ich geweint und geschrien hätte. Stattdessen habe ich mich an den Tisch gesetzt, die Suppe gegessen und mit meiner Mutter geredet. Und dabei habe ich über alles nachgedacht, was passieren würde. Jetzt würden sie kommen und sie aus der Wohnung bringen, für immer. Und ich würde sie nie mehr sehen. Und auch ich würde so enden. Das heißt, sie würden mich nicht wegbringen, aber ich würde trotzdem gehen müssen, wer soll ohne Mamas Rente die Miete zahlen? Und wo sollte ich dann hin? Für Mama war es einfach, sie würde in eine Holzkiste gelegt werden und nicht mehr daran denken, aber ich?«

»Also hast du sie in die Kühltruhe gesperrt«, schlussfolgert Rambo.

Und Marino sagt nichts, das ist nicht nötig. Er antwortet nur Sandro, als der ihn nach dem Plaid fragt.

»Was?«

»Das Plaid, sie hatte ein Plaid um die Schultern.«

»Ach ja, das war ich. So ist ihr weniger kalt.«

Er sagt das mit Überzeugung. Rambo und Sandro schauen sich an, sie sagen nichts, was sollten sie sagen? Erst nach einer Weile gelingt es ihnen zu fragen, wie es kommt, dass noch niemand nach ihr gesucht hat.

»Wer soll schon kommen? Mama hat sich nie mit jemandem getroffen und ist nie ausgegangen. Die Einkäufe habe ich immer gemacht, die Zigaretten habe ich ihr gekauft, ihre Rente habe ich von der Bank geholt. Das heißt, ich hole sie noch immer.«

Dann hört Marino auf zu sprechen. Er bleibt mit dem Blick zur Decke liegen, haargenau wie einen Moment zuvor, und doch ist es, als wäre etwas gesprungen, als wäre die Leitung zwischen ihm und der Welt unterbrochen worden und gute Nacht.

Rambo geht zu Sandro, und zusammen nähern sie sich dem Fenster, entfernen sich von ihm.

»Stell dir das mal vor!«, flüstert er ihm halblaut zu. »Sandro, ist dir das bewusst?«

Und Sandro weiß nicht, ob es ihm bewusst ist, aber er antwortet Ja.

»Ist dir bewusst, was er für ein Bastard ist? Seit zwei Monaten hat er die ganze Wohnung für sich und hat uns kein Sterbenswörtchen davon erzählt«, meint Rambo und schüttelt angewidert den Kopf.

Sandro dreht sich zur anderen Seite, Richtung Fenster, und schaut nach unten auf die Wiese vor dem Krankenhaus voller Ärzte und Krankenschwestern, die sie zertrampeln, während sie rauchen oder mit dem Handy telefonieren, voller Leute, die kommen und gehen, um irgendwelche Verwandten, Freunde oder Bekannten zu besuchen, ihnen Kekse, Schokolade, Blumen oder Zeitungen mitzubringen und »Kopf hoch, gut siehst du aus« zu ihnen zu sagen, mit den Kranken zu sprechen und ihnen ein Weilchen zuzuhören. Und auch wenn sie es sich nicht anmerken lassen, haben sie es eilig, eilig, sich zu verabschieden und so bald wie möglich wieder nach da draußen zu gehen, die Pinien im Park, die Mauer und das Gitter hinter sich zu lassen, dahin zu gehen, wo die Leute etwas zu tun haben und Tage zu füllen, um ihr Leben voranzubringen, das bei allen ein bisschen gleich ist, aber jedes auf seine Weise absurd.

Wie bei Marino, den Sandro kennt, seit sie in der Grundschule waren, und der der liebste Mensch der Welt ist, und doch hat er seiner Mutter ein Plaid um die Schultern gelegt und sie dann in eine Kühltruhe gesteckt. Wie bei Rambo, der die Geschichte nur deshalb skandalös findet, weil ihn niemand eingeladen hat, davon zu profitieren. Wie bei ihm selbst, der in diesem ganzen Chaos zuschaut, wie die Sonne draußen vor dem Fenster untergeht, und sich nur fragt, ob die Geschäfte wohl noch offen sind, weil er aus einem Grund, der sein Geheimnis ist, einen Meißel kaufen muss.

Wir sind alle normal, solange man uns nicht gut genug kennt.

Schmutzig und froh

Oh, heute sehe ich wirklich gut. Denn der Himmel ist eine einzige Wolke, die die Sonne wegsperrt, das Meer darunter ist dunkel und glänzt nicht und hat dieselbe Farbe wie der Himmel, und tatsächlich treffen sie sich da hinten am Horizont wie eine einzige graue Mauer. So ist es immer, ich sehe gut, wenn es nichts zu sehen gibt.

Na ja, aber heute laufe ich am Wasser über den Strand und erkenne die Holzstücke, die auf dem Sand liegen bleiben und den Rand der Welle nachzeichnen, von der sie angespült wurden, die Algenbüschel, die wie klebrige Perücken aussehen, und die gestrandeten Quallen, die große Lupen mit violettem Rand sind. Und doch bin ich nicht froh, ich mag die Sonnentage in jedem Fall lieber. Mit der Sonne sehe ich zwar schlechter, aber ich fühle mich besser. Und das will Zot einfach nicht schlucken.

»Die Sonne tut dir nicht gut, Luna, gar nicht gut. Wie kann sie dir da gefallen?«

»Hör zu, die Sonne ist schön, sehr viel schöner als die Wolken. Sie tut mir nicht gut, okay, aber was hat das damit zu tun? Die Unglücklichen, die keine Süßigkeiten essen dürfen, leiden im Stillen und sagen nicht etwa, dass Schokolade widerlich schmecken würde. Sonst wären sie nicht nur unglücklich, sondern auch bekloppt.«

»Du bist nicht unglücklich, Luna.«

»Nein. Aber vielleicht bin ich bekloppt.«

Zot nickt mit dem Kopf, dann schüttelt er ihn, dann starrt er auf den Sand und untersucht wieder die geheimnisvollen Holzstücke, Spielzeugteile und Getränkedosen, die das Meer heute ans Ufer gespült hat. Ich versuche dasselbe zu tun, aber ich habe wirklich keine Lust still zu sein.

»Es lebe die Sonne, Zot! Es lebe der blaue Himmel und das Licht und die brennende Haut. Ich möchte mich hier in die Sonne legen und mich so sehr verbrennen, dass ich am Ende Feuer fange. Weißt du, wie schön das ist? Demnächst tue ich das wirklich!«

»Bravo, ja, mach du nur deine Witze. Bis einer weint. Ihr jungen Leute von heute seid so, ihr seid gerne rebellisch. Was ihr tun sollt, tut ihr nicht, und was ihr nicht tun sollt, gefällt euch wahnsinnig gut. Liederliche Flegel.«

»Wir sind doch gleich alt, Zot.«

»Das kannst du nicht sagen, Luna, das weißt du«, meint Zot und läuft etwas schneller. Ich sage nichts weiter, denn es weiß ja wirklich keiner, wann er geboren ist. Jedenfalls nicht genau. Anfangs hatte er mir gesagt, dass sein Geburtstag am 23. Oktober ist, aber nur, weil da das Fest von Sankt Ignatius gefeiert wird, dem das Waisenhaus gewidmet war, weshalb da immer elegante Damen kamen und Süßigkeiten und Kleidung brachten, was für Zot einem Geburtstag am nächsten kam.

»Na gut«, sage ich, »du bist mehr oder weniger so alt wie ich, also hör auf, so altherrenmäßig daherzureden.«

»Da haben wir es, *mehr oder weniger*, diese Tendenz zur Ungenauigkeit und Schlamperei ist eine der großen Plagen eurer Generation. Ah, wo werden wir noch enden, Luna, wo wird das alles enden ...«

Ich halte mir den Mund zu und starre auf den Sand am Ufer, wo sich die Wellen einen Augenblick hineindrücken und wieder zurückgehen. Ich weiß nicht, wo wir noch enden werden, aber vielleicht ist es mir auch nicht sonderlich wichtig. Erst möchte ich wissen, wo ich jetzt hingehen soll. Doch ich habe wirklich keine Ahnung, also laufe ich geradeaus am Ufer entlang, den Blick auf den Sand gerichtet, in der Hoffnung, dass mir das Meer irgendeinen Rat gibt. Denn hier auf der Erde gibt es meiner Meinung nach niemanden mehr, der das tun könnte.

Vorher gab es Luca, klar, meinen großen Bruder, der wusste unheimlich viel, und jetzt weiß er sogar noch mehr. Wenn man stirbt, weiß man plötzlich lauter neue und sehr wichtige Sachen: Vor allen Dingen findet man heraus, was nach dem Tod kommt, und nachdem man sich eine Weile umgeschaut hat, wird man auch wissen, ob es Außerirdische gibt. Denn wenn man stirbt und dort drüben nur Seelen von uns Erdbewohnern vorfindet, dann heißt das, dass es Ufos wirklich nur in der Fantasie gibt. Oder dass die Außerirdischen allesamt so böse sind, dass sie durchweg in der Hölle landen, und Luca kann sie nicht sehen, weil er im Paradies ist. Und wer weiß, ob er zwischen all den wunderbaren Dingen, die er um sich hat, ab und zu an mich denkt.

Doch während ich immer weiter in meine blödsinnigen Gedanken eintauche, bringt mich der Schmerz plötzlich zurück an den Strand. Er kommt von einem Stück Holz, auf das ich getreten bin: etwas Flaches, wie eine dünne Baumscheibe. Ich hebe sie auf, puste den Sand weg, drehe sie zum Himmel und sehe darauf etwas Dunkles. Ich nähere es meinem Gesicht, fast berühre ich es mit den Augen, während Zot ankommt und wir es Wange an Wange betrachten, so nah beieinander, dass unser Atem ein einziger werden würde, wenn es uns denn gelingen würde zu atmen.

Doch es geht nicht mehr, uns bleibt die Luft weg, denn was wir da sehen, ist zu verrückt, und doch ist es da genau vor uns. Ich bin hier entlangspaziert und habe mich gerade gefragt, ob Luca auch ein wenig an mich denkt. Und da hat mir mein Bruder vom Meer aus geantwortet.

»Ja, verdammt, ja!«, denkt Sandro, und er spricht es sogar aus und haut mit der Faust gegen das Holz der Badekabine. Schließlich kann ihn niemand sehen, niemand hören. Er hat sich hinter den Badekabinen oben am Strand versteckt, und von dort spioniert er den beiden Jugendlichen da unten am Wasser nach, die an der richtigen Stelle stehen bleiben, Luna hebt irgendetwas vom Boden auf, sie betrachten es und bleiben darüber gebeugt, genau wie er es gehofft hatte. »Bravo, Kinder, verdammt!« Er haut noch einmal gegen die Badekabine, und ihm wäre nach noch ein paar Fausthieben, aber er muss aufhören, da ihm seine Hand noch von neulich weh tut und der kleine Finger der rechten Hand vielleicht gebrochen ist.

Steine zu behauen ist gar nicht so leicht. Es ist sogar echt gefährlich. Das hat Sandro Samstagabend gelernt, als er nach dem Krankenhaus zur Eisenwarenhandlung gefahren ist und am Ende des Ladens voller Gerätschaften und Motorsägen und Heckenschneider und anderem ernsthaftem Zeug ein Regal mit zarteren Dingen wie Pinsel und Farben gefunden hat, auf dem FÜR FRAUEN stand. Er hat eine Art Meißel gekauft, dann ist er zum Fluss gegangen und hat den dicksten Stein geholt, den er forttragen konnte, hat zu Hause im Internet nach Fotos von diesen Steinstatuen mit halbmondförmigem Kopf gesucht, die in Pontremoli stehen, und hat die Nacht damit verbracht, eine zu meißeln.

Das heißt, er hat die Nacht damit verbracht, sich die Hände zu zerschlagen, und während er versuchte, dem Kopf dieser Missgeburt, die er da hervorbrachte, eine Mondform zu geben, hat er sich so auf den kleinen Finger gehauen, dass ihm die Tränen kamen. Noch immer ist der Finger geschwollen und lässt sich kaum beugen, er wirkt wie ein unnützer Körperteil, der aus Versehen am Ende der Hand entsprungen ist.

Wie van Gogh sein Ohr hat Sandro einen Finger der Kunst geopfert, und dieses Opfer hat nicht einmal zu irgendetwas genutzt. Denn er muss zugeben, dass diese primitiven Menschen kein bisschen primitiv waren. Wenn man die Statuenmenhire so anschaut, mögen sie zwar einfach wirken, wie Felsplatten mit rundem Kopf, Händen, in der Mitte einem Messerrelief und manchmal Brüsten, doch nach einer Nacht Arbeit hat sein Werk immer noch zu sehr an einen Stein vom Fluss erinnert, der stundenlang mit dem Hammer behauen worden ist. Und morgens ist Sandro wirklich wütend geworden, hat ihn schließlich zerschlagen und ihn dann in die Tonne getreten, zusammen mit seinem Plan, der kläglich gescheitert war, bevor er überhaupt in Gang gesetzt wurde.

Doch eigentlich gab es gar keinen Grund sich zu ärgern, im Gegenteil, es war sogar besser so. Das hat ihm nachmittags Marino von seinem Schmerzenslager aus erklärt. Sandro hat sich über seinen kleinen Finger beschwert, den er nicht mehr gespürt hat, hat erzählt, wie er ihn sich kaputt gemacht hat, und wo er schon so weit war, hat er seinen Freunden den ganzen Plan enthüllt, und Marino hat eine halbe Stunde lang wiederholt, wie grauenhaft, schrecklich und moralisch verwerflich seine Idee und wie egoistisch er sei, dass er aus niederen persönlichen Beweggründen zwei arglose, träumerische Kinder täuschen wolle, die noch von der schweren, über sie hereingebrochenen Trauer benommen seien. Wie habe er nur daran denken können, wie habe er entscheiden können zu ...

Und Marino hätte wer weiß wie lange so weitergemacht, wenn Sandro ihn nicht an seine tote Mama erinnert hätte, die er in der Kühltruhe eingeschlossen hat, um weiter ihre Rente zu beziehen. Da war Marino kurz still, hat zur Decke geblickt, um dann wieder mit dieser spiritistischen Trancestimme vom Vortag zu sprechen, abwesend und entrückt. Und statt den schamlosen Plan seines Freundes weiter zu kritisieren, hat er ihm nun äußerst nützliche Ratschläge gegeben, wie er ihn vorantreiben könnte.

»Ein Stein hat keinen Sinn. Erstens ist es viel zu schwierig, einen Stein zu behauen. Zweitens ist ein Stein so schwer, wie soll er da mit den Wellen gereist sein? Und außerdem diese Inschrift, wer soll die deiner Meinung nach da reingemeißelt haben? Luca im Paradies? Ich bitte dich, erzähl mir keinen Unsinn, die beiden sind zwar klein, aber doch nicht bescheuert.«

Sandro hat ihm zugehört, stumm angesichts der Lektion dieses neuen Marino, praktisch und kalt wie ein KGB-Killer. Und fast stotternd hat er ihn gefragt: »Was soll ich denn dann tun?«

»Ganz einfach. Ein Stück Holz nehmen, eine flache Scheibe, die ist leichter zu bearbeiten. Du musst ihr die Form der Statuenmenhire geben, dann machst du sie mit etwas Erde und einigen Schlägen abgenutzter, sodass sie älter aussieht, dann klebst du Moosstücke und Holzspäne darauf, als ob das Sachen wären, die auf dem Meeresgrund daran hängengeblieben sind. Dann gehst du zum Kiosk vor dem Rummelplatz, zu diesem Arsch, der Lederarmbändchen mit Namen drauf verkauft, du lässt dir eines mit Sandro drauf machen und eines mit ... wie heißt Lunas Mama, Serena, stimmt's? Also, dann nutzt du auch die ein bisschen ab, nimm eine Reibe, das funktioniert gut, oder Schmirgelpapier. Dann klebst du sie auf das Holz, als wäre das alles Zeug, das lange zusammen auf dem Meeresgrund herumgelegen und sich dann alles vermengt hat, und amen.«

So hat Marino das gesagt, mit einem schnellen und vollen Amen, das jegliche Diskussion beendete. Sandro war wie betäubt und hat versucht sich an all die Anweisungen zu erinnern, dann hat er sich bedankt und ist losgelaufen, um eine Holzscheibe und die Armbändchen zu besorgen.

Nur dass auch Holz bearbeiten gar nicht so leicht ist, er hat versucht es zuzusägen, aber es kam nur Mist dabei heraus, und auch mit den aufgeklebten Armbändern schien es ihm nicht viel besser. Das hat ihm Rambo bestätigt, der sich das Ergebnis angeschaut und kommentiert hat: »Was ist das denn für ein Scheiß?«

Er hat es hinten in seinen Jeep geworfen und zu ihm gesagt, dass er sich darum kümmern würde, wenn er ihm zwei weitere Armbänder und eine Sperrholzplatte besorgt.

Und in der Tat ist Rambos Arbeit hundertmal besser. Man kann die Namen lesen, und man erkennt die Form der Statue, Sandro konnte dort am Meer gar nicht aufhören, es zu bewundern. Dann hat er die Kinder auf ihren Fahrrädern ankommen sehen, ist zum Ufer gelaufen und hat das Holz da platziert, erst aufrecht stehend, dann liegend, was glaubhafter war, er ist zurück zu den Badekabinen, um von dort seinen Triumph zu beobachten.

Und jetzt sieht er die Jugendlichen, die dieses unglaubliche Etwas studieren, welches ihnen das Meer gebracht hat, diese geheimnisvolle und glasklare Botschaft, die Luca ihnen geschickt hat: Sie müssen nach Pontremoli fahren, um die Statuen mit den mondförmigen Köpfen zu sehen. Und sie müssen zusammen mit Serena und mit ihm, ihrem Katecheten, dem Signor Sandro, da hin.

Es sei denn, es gäbe noch einen anderen Sandro in ihrem Leben, vielleicht irgendeinen Onkel, vielleicht irgendeinen Freund, wer weiß. Um das nicht zu riskieren, war ihm in den Sinn gekommen, SIGNOR SANDRO auf das Armband schreiben zu lassen, nur dass das dann vielleicht verdächtig gewesen wäre, also lieber doch nicht. Lieber den Jugendlichen vertrauen, die immer so viel Fantasie haben und an die Dinge glauben, und Luna und Zot glauben nun wirklich an alles. Sie sind wahnsinnig naiv, sie sind Lämmer, bereit, in der Hölle geschmort zu werden, sie sind zwei Hirschkälber, die die Autobahn überqueren und regungslos stehen bleiben, um den Laster anzustarren, der auf sie zufährt, und dabei lächeln, weil sie denken, dass die Scheinwerfer funkelnde und freundschaftliche Sterne seien.

Und wirklich fühlt sich Sandro, der am Steuer dieses Lasters sitzt und aufs Gas tritt, teils beschwingt, und teils fühlt er sich beschissen: Es war eine Sache, die Klappe zu halten, als Luna den

Wildschweinknochen für einen Walfischknochen gehalten hat, den ihr Bruder ihr geschickt hat, aber es ist eine andere Sache, sich aus dem Nichts diese Geschichte auszudenken, um ihre Wege für seine eigenen Zwecke irgendwohin zu lenken.

Deshalb hatte er ja viel darüber nachgedacht, bevor er diesen Plan in die Tat umgesetzt hat. Das heißt, nicht wirklich, eigentlich hatte er nur ein paar Minuten darüber nachgedacht, und dabei schon eine Liste mit dem Zeug runtergekritzelt, das er dafür bräuchte. Aber es ist nicht seine Schuld, er muss Serena einfach wiedersehen, ein bisschen mit ihr zusammen sein und mit ihr sprechen, sie verstehen lassen, was momentan nicht einmal er versteht.

Denn es ist an der Zeit, etwas zu tun, irgendetwas. Sandro ist vierzig Jahre alt, verdammt, vierzig. Als kleiner Junge hat er an das Jahr zweitausend gedacht und sich vorgestellt, seine Kinder im Raumschiff zur Schule zu bringen und sie dort Roboterlehrern zu überlassen. Stattdessen ist das Jahr zweitausend schon seit einer ganzen Weile verstrichen, und wir hocken immer noch in Autos, die Öl und Gift spucken, Roboter mixen einem höchstens Obst und lassen die Rasensprenger in den Gärten losspritzen, und in jedem Fall hat Sandro keine Kinder, die er zur Schule bringen könnte, und nicht einmal eine richtige Arbeit. In seinem Leben ist nie wirklich was passiert. Keine Wendung, keine Entscheidung, die wenigen Dinge, die sich geändert haben, haben sich geändert, weil sie nicht mehr da sind. Liebschaften, die sich verbraucht haben, Lokale, die geschlossen haben oder abgebrannt sind, Felder, die zu Einkaufszentren geworden sind, Menschen, die irgendwo anders hingezogen sind oder gar aufgehört haben zu leben. Sandros Leben ist kein Verlauf, es ist nur ein Verlieren von Teilen unterwegs und der Versuch, trotzdem weiter vorwärtszukommen.

Etwas zu tun, zu entscheiden, sich einen Ruck zu geben ist also in jedem Fall verdammt nochmal etwas Neues und Richtiges. Es mag schlecht sein, die Naivität und den Schmerz eines Mädchens und ihres dusseligen Freundes auszunutzen, aber wenn Sandro einer werden will, der die Dinge anpackt, einer, der sich ins Leben wirft, muss er die Tatsache akzeptieren, dass die Welt so ist, voller Löcher und Pfützen, und es zum Spiel gehört, sich schmutzig zu machen.

Also schaut Sandro jetzt, hinter den Badekabinen versteckt, den Jugendlichen zu, die an seiner Angel anbeißen, und er fühlt sich sehr schmutzig, und sehr froh.

Paris oder Pontremoli

»Schläfst du, Mama?«

»Nein, du?«

»Nicht wirklich.«

»Wieso?«

»Ich weiß es nicht. Und wieso du nicht?«

»Hm. Du solltest aber schlafen.«

»Und du nicht?«

»Schon, aber du hast morgen Schule.«

»Stimmt. Ich schlafe jetzt auch wirklich gleich. Aber kann ich dich vorher noch etwas fragen?«

»Schieß los.«

»Vielmehr, zwei Sachen, Mama.«

»Schieß los«, sagst du zu ihr. Du spürst ihren Atem auf deinem Hals, hörst, wie sie an der Haut um ihre Fingernägel kaut.

Und dann: »Warst du schon einmal in Pontremoli?«

»In Pontremoli? Nein, ich glaube nicht. Ich bin einmal mit dem Zug durchgefahren. Das ist mitten in den Bergen auf dem Weg nach Parma. Warum denn?«

»So halt. Hättest du Lust, da hinzufahren?«

»Nein.«

»Wieso nein?«

»Hm, ich weiß es nicht, nein halt. Bei all den schönen Orten, die es auf der Welt gibt, reizt mich Pontremoli kein bisschen.«

»Aber du gehst ja ohnehin nirgendwo mehr hin.«

»Okay, aber wenn ich irgendwohin ginge, würde ich nicht nach Pontremoli fahren.«

»Warum denn nicht?«

»Keine Ahnung, aber was interessiert dich denn plötzlich an Pontremoli?«

»Nichts. Doch meiner Meinung nach ist es da schön, ein sehenswerter Ort.«

»Gut, und meiner Meinung nach nicht, Frieden.«

Du drehst dich auf die Seite, stößt mit dem Ellbogen gegen einen der Kartons, die neben dem Bett gestapelt sind. Du musst sie besser sortieren, darum könntest du dich morgen mal kümmern, morgen kannst du sie aufmachen, das Zeug herausholen und Ordnung schaffen. Dazu bedarf es wenig, du steckst zum Beispiel die Kleider in die Schubladen und schmeißt einige Kartons weg. Doch schon der Gedanke versetzt dich in Aufregung, nimmt dir den Atem. Einen ganzen Nachmittag damit zu verbringen, das zu tun, Schritt für Schritt. Das schaffst du nicht, jetzt nicht. Vielleicht morgen, oder übermorgen, vielleicht ...

»Und die Statuenmenhire?«

»Hä?«

»Die Statuenmenhire, möchtest du die nicht sehen?«

»Was zum Kuckuck sind denn die Statuenmenhire?«, fragst du.

Auch wenn du schon davon gehört hast, vielleicht hast du irgendwo etwas darüber gelesen, vielleicht etwas dazu im Fernsehen gesehen.

»Das sind wunderschöne Skulpturen, die vor ganz, ganz langer Zeit gemacht wurden, vor dreitausend Jahren und sogar noch mehr. Die sind in Pontremoli, und ich würde sie sehr, sehr gerne sehen.«

»Ach herrje, Luna, muss ein Mädchen in deinem Alter, bei allem, was es auf der Welt gibt, ausgerechnet an so was denken. Gefällt Paris dir etwa nicht? Widert New York dich etwa an?«

»Nein, aber jetzt würde ich gerne nach Pontremoli fahren.«

»Du Glückliche, Luna, du Glückliche. Jetzt schlaf aber mal.«

»Ja, und also?«

»Was also?«

»Fahren wir hin oder nicht?«

»Ich weiß es doch nicht. Irgendwann vielleicht schon. Jetzt schlaf aber mal.«

Und für einen Moment breitet sich im Zimmer die Stille der Nacht aus, zusammen mit den tausend Geräuschen, die darin enthalten sind. Das Käuzchen mit diesem geraden, immer gleichen Pfiff, irgendetwas, was sich da draußen zwischen dem aufgehäuften Zeugs im Garten bewegt, wahrscheinlich eine Maus, aber es ist besser, nicht darüber nachzudenken.

»Ich muss dir aber noch die zweite Frage stellen.«

»Die zweite waren die Statuen.«

»Nein, die Statuenmenhire waren der zweite Teil der ersten Frage. Die wirkliche zweite Frage lautet: Was passiert deiner Meinung nach, wenn man stirbt?«

So sagt Luna das, ganz trocken, dann wieder Stille. Das Käuzchen, die Sachen, die im Garten verrücktspielen, Blechstücke im Wind. Nichts schläft heute Nacht, alles wälzt sich herum und ist aufgeregt, auch du. Nachts ist es am schlimmsten, denn tagsüber passiert hin und wieder etwas, was dich für ein oder zwei Sekunden an etwas anderes denken lässt, nachts dagegen ist da nur Luca. So stark, dass du gar nicht erst versuchst zu widerstehen, du spürst richtig, wie der Kopf arbeitet und arbeitet und die Gedanken immer wirrer werden, sie triefen einer auf den anderen, und am Ende sind es keine Gedanken mehr, sondern nur noch Bilder, Satzfetzen, Gerüche und Farben, die dir von deinem Sohn erzählen. Du starrst sie mit geschlossenen Augen an, in einem Zustand, der nur von außen wie Schlaf aussehen mag.

So sind deine Nächte, ganz um Luca gewickelt, alle an ihn geklammert, der nicht mehr da ist. Wie dann erst, wenn Luna dich so etwas fragt.

»Was ist das denn für eine Frage? Wie kommt dir das um diese Uhrzeit in den Sinn?«

»Ja, also, wenn wir sterben, was passiert dann deiner Meinung nach, Mama? Ist es deiner Meinung nach möglich, dass wir dann noch da sind, dass wir sehen, was auf der Welt passiert ... das heißt, wenn man stirbt, stirbt man dann, oder sind wir dann vielleicht immer noch ein bisschen am Leben?«

»Ich weiß es nicht, Luna, woher soll ich das wissen? Ich weiß es nicht, du weißt es nicht, niemand weiß das. Das wissen wir erst, wenn wir sterben«, sagst du.

»Stimmt, das denke ich auch. Wenn wir sterben, wissen wir unheimlich viel. Das heißt, glaube ich zumindest, sicher bin ich mir nicht. Aber wenn ich tot wäre, wäre ich mir sicher.«

»Gewiss, aber bloß keine Eile. Auch weil du, wenn du stirbst, nicht mehr nach Pontremoli fahren kannst.«

»Stimmt! Doch wir sind ja am Leben, Mama, fahren wir also hin, solange wir am Leben sind? Da gibt es die Statuenmenhire, die sind halbmondförmig, man weiß nicht, wer sie gemacht hat, und auch nicht, warum, sie sind ein Mysterium, stell dir mal vor, wie schön, gehen wir sie anschauen?«

Jetzt, wo sie dir das mit den halbmondförmigen Köpfen gesagt hat, ist dir eingefallen, um welche Statuen es geht. Und du weißt nicht, wo du davon gehört hast, aber man hat vor Kurzem erst wieder eine gefunden, ein Bauer hat sein Feld bestellt, um Mais zu pflanzen. Er hat sie voll mit dem Traktor erwischt und in zwei Teile zerbrochen, aber dann wurde sie wieder zusammengesetzt und in ein Museum gebracht. Du hast jemanden davon reden hören, du hast es geträumt, du weißt es nicht. Du weißt nur, dass du jetzt nicht nach Pontremoli fahren willst, du kannst nicht hinfahren, und auf Lunas »Fahren wir, Mama? Fahren wir?« musst du antworten: »Es reicht jetzt, schlaf, es ist schon spät.«

»Wir müssen aber da hinfahren, wir müssen. Fahren wir hin? Na komm schon, sag, dass wir hinfahren.«

»Ja, irgendwann die Tage.«

»Ach nee, Mama, ich weiß schon, dass es, wenn du ›irgendwann die Tage‹ sagst, eigentlich Nein heißt. Warum denn nicht? Wir machen einen kleinen Ausflug, sehen was Schönes, warum willst du denn nicht?«

»Es ist nicht, dass ich nicht will, Luna, es ist ...« Du wartest einen Augenblick, und als die Stimme wieder herauswill, stößt sie auf einen Knoten im Hals, der sie ganz verzerrt herauskommen lässt.

»Es ist, dass ich nicht kann. Jetzt kann ich nicht. Fahr mit der Schule hin, erkundige dich, ob sie einen Ausflug organisieren, ich kann nicht mitkommen.«

»Ich will aber mit dir dahin, Mama, was kostet dich das? Ich bitte dich darum.«

»Nein, Luna, ich habe Nein gesagt. Sei nicht so stur, zwing mich nicht. Zwinge ich dich je zu etwas?«

Luna antwortet nicht mit Worten, schüttelt aber den Kopf, du spürst es, weil ihre Haare deinen Arm streicheln.

»Na also. Schlaf jetzt, schließlich hast du morgen Schule. Und wenn du keine Lust hast hinzugehen, zwinge ich dich nicht. Sag es mir nur, dann mache ich sofort den Wecker aus. Willst du zu Hause bleiben?«

Wieder dieses Streicheln mit den Haaren, das Nein bedeutet.

»Oh, sehr gut, also schlaf, schließlich musst du morgen früh aufstehen.«

Und für eine Weile scheint die Diskussion wirklich beendet, wieder Stille, das Käuzchen und die Maus und die Nacht. Aber Luna ist noch nicht fertig, du spürst es daran, wie sie gegen deine Brust atmet.

»Warum denn, Mama? Ich bin nicht stur, ich zwinge dich nicht, aber sag mir, warum. Ist es wegen Luca?«

Sein Name. Du denkst immer an Luca, er ist immer in deinem Kopf, er ist unter deiner Haut und brennt, während dein Leben etwas Wirres ist, das hinter ihm bleibt, dort ganz im Hintergrund. Und doch verwirrt es dich, seinen Namen zu hören, und wer ihn verwendet, macht dich fast wütend. Als ob er ihn aufbrauche, ihn abnutze. Selbst ein wenig, wenn Luna ihn nennt. Es wäre dir lieber, wenn nicht, aber so ist es.

»Was hat Luca denn jetzt damit zu tun?«

»Nichts. Das heißt, meiner Meinung nach fände es auch Luca nicht gut, dass du immer hierbleibst, Mama. Ihm hat es gefallen, immer ganz viel zu unternehmen. Erinnerst du dich, als er einmal am Kiosk war, dieser LKW angehalten hat, der nach Deutschland fuhr, und er aufgesprungen ist und sich hinten versteckt hat, weil er neugierig war und sehen wollte, wie Deutschland wohl so ist?«

»Sicher, ich erinnere mich sehr gut«, sagst du. Und dieses »Sehr gut« kommt etwas bitter hervor. Denn du würdest gerne sagen, dass in Wirklichkeit nur du dich erinnerst, Luna kann sich gar nicht erinnern, sie war noch zu klein, und diese Geschichte kennt sie nur, weil du sie ihr erzählt hast. Er ist auf diesen LKW gesprungen und bis Bozen gekommen, dort ist er bei einer Autobahnraststätte abgesprungen, weil es zu kalt war, hat eine Familie, die nach Bologna fuhr, gefragt, ob sie ihn mitnimmt, und von dort ging es mit einem LKW-Fahrer bis nach Florenz weiter, wo du ihn abgeholt hast, nach einem Tag in Angst und Schrecken. Und als er ins Auto gestiegen ist, hast du sogar versucht ihm etwas davon zu sagen, ihm von dort bis nach Hause eine lange Strafpredigt zu halten. Aber er hat dich mit einer Umarmung begrüßt und ein ganz überraschtes Gesicht gemacht, als er deinen wütenden Ausdruck gesehen hat, er hat wirklich nicht verstanden, warum. Er hat dich angelächelt, hat es sich auf dem Sitz bequem gemacht und angefangen, dir von der Gegend da oben zu erzählen, die gar nicht schlecht sei, die Autobahnraststätten seien sauber und mitten in Wäldern, die Musik klinge ein bisschen wie der Gesellschaftstanz der Romagna, aber übermütiger, und … kurz, es war wirklich nicht möglich, ihm böse zu sein.

Aber jetzt ist er nicht da, und deshalb ist deine Wut stärker denn je. Auch wenn du sie lieber nicht spüren würdest, ist sie auch heute Nacht bei dir, sie sitzt hinten im Mund, als du deine Tochter fragst, was zum Teufel diese Geschichte mit dem LKW jetzt damit zu tun habe.

»Es hat damit zu tun, dass er froh wäre, wenn du ein bisschen herumkommst, Mama. Luca will nicht, dass du dich hier im Haus verkriechst. Luca will, dass du nach Pontremoli fährst.«

»Was zum Teufel erzählst du denn da, Luna?!«

»Ja, Mama, er hat es mir gesagt. Ich schwöre es dir, ich habe auch nicht daran geglaubt, aber so ist es, Luca spricht zu mir, das ist unglaublich, aber ich schwöre dir, dass es so ist.«

»Bist du denn bescheuert? Bist du verrückt geworden? Wann spricht er zu dir? Wie?«

Die Wut mischt sich mit einem boshaften und zugleich verzweifelten Lachen, und vielleicht würdest du eigentlich gerne fragen: »Und warum spricht er nicht zu mir?«

»Er spricht nicht wirklich zu mir, er schickt mir Sachen. Er schickt mir Sachen ans Meeresufer, und ich verstehe, was er mir sagen will. Hast du den Walfischknochen gesehen, den ich in meinen Haaren hatte? Das war sein Geschenk, er hätte mir einen aus Frankreich mitbringen sollen. Und er hatte mir auch von dem Topf erzählt, der kaputtgegangen ist und dir den Fuß verbrannt hat. Und jetzt hat er mir gesagt, dass du nach Pontremoli fahren sollst. Und ich komme mit dir. Und Zot auch, und der Signor Sandro, unser Katechet, muss auch mitkommen, und …«

Luna redet lawinenartig weiter: jedes Wort absurder als das vorige, sie schüttet sie alle auf dich, und du versuchst dich abzuschirmen, aber sie reißen dich mit und lassen dich vor Wut erzittern. Wie immer, wenn dir jemand etwas von Luca erzählen will. Wie diese alte Freundin deiner Mama, genauso fies wie sie, die am Tag der Beerdigung angekommen ist und zu dir gesagt hat: »Weine nicht, Serena, weine nicht, Luca ist jetzt ein Engelchen, das dir vom Himmel aus zuschaut«, und du hast ihr geantwortet, dass sie sich verpissen solle, was zum Teufel sie schon davon wisse, was diese bescheuerten Worte sollten, nur so dahingesagt, um sich gut und tiefgründig zu fühlen, hingeworfen, bevor man sich umdreht und alles vergisst, dir, die du dagegen jede Sekunde daran denkst, jeden Augenblick deines Lebens.

Und auch Luna macht dich wütend, ihre Worte machen dich wütend, die dich jetzt gekrümmt erreichen, als sie aufsteht, aus dem Bett steigt und etwas holen geht. Im Dunkeln findet sie sich gut zurecht, geht, kommt zurück und sagt: »Schau hier, schau, was ich heute gefunden habe.« Aber du weißt nicht, was du anschauen sollst, denn du siehst nur die Dunkelheit, die Dunkelheit und diese absurden Worte, bis du nach langem Herumhauen auf den Karton, der dir als Nachttisch dient, den Lichtschalter triffst, und im Licht, das plötzlich das Zimmer entflammt, siehst du deine zerzauste Tochter, deren eine Hand sofort hochschnellt, um sich die Augen abzuschirmen, in der anderen hält sie ein verdrecktes Stück Holz.

Es ist etwas Flaches, Pilzförmiges, mit einem runden Kopf und zwei Augen darauf. Es ist sehr schlecht gemacht, wie Werke von Kindergartenkindern, und daran hängen zwei dunkle Streifen aus Gummi oder Leder oder so etwas. Luna nimmt einen davon, hält ihn dir hin und sagt: »Lies hier, Mama, lies ...«, und du nimmst ihn, und da steht SANDRO. »Ach, nein, entschuldige, also lies den anderen«, und auf dem anderen steht SERENA.

Na, was wird das schon heißen. Du bist nicht die Einzige, die es ertragen muss, Serena genannt zu werden. Und was soll das außerdem für einen Sinn haben? Was soll so ein Mist mit Luca zu tun haben, Luca hat nur prachtvolle Dinge gemacht, was hat dieser Scheiß mit deinem Sohn zu tun? Während du das denkst, schwellen deine Hände an vor Wut, du hältst das Holz fest, drückst immer fester, hörst, wie es knarrt und fast nachgibt, und da schreit Luna: »Nein!« Aber du bleibst hartnäckig: Du beißt die Zähne zusammen und umschließt das Holz mit den Händen, du hast gar nicht wirklich etwas gegen diesen Mist und auch nicht gegen deine Tochter, es ist eine blinde Wut ohne Ziel, die nicht weiß, wohin, und deshalb überall herauskommt, sie will nur packen und ziehen und zerbrechen und zerstören, bis gar nichts mehr übrig bleibt.

Nicht einmal deine Tochter, die jedoch noch da ist, das Holz packt und es dir wegzunehmen versucht, aber das Licht der Nachttischlampe ist stark und blendet sie, sie setzt ihren Fuß ungünstig auf, rutscht vom Bett herunter und fällt nach hinten, und während sie fällt, reißt sie die Augen auf, um zu verstehen, was passiert, aber sie sieht immer noch nichts, versucht sich an irgendetwas festzuhalten, aber um sie ist nur Luft, dann der harte Schlag des Fußbodens unter ihrem Kopf. Den hörst auch du, während Luna verschwindet, eine Zeit über, die sehr lange dauert, sehr viel länger als diese verfluchte Nacht.

Du stürzt dich auf sie, dein Kind hat die Augen geschlossen, du nimmst ihren Kopf zwischen deine Hände und drückst sie an dich, du drückst sie ganz fest an dich, du bittest sie um Entschuldigung und drückst sie, du weinst und drückst sie an dich.

»Entschuldige, *Lunetta mia*, meine kleine Luna, entschuldige mich. Deine Mama ist ein Dummkopf, deine Mama ist ein bekloppter und schwachsinniger Dummkopf, wie zwei so wunderbare Kinder aus einer so bescheuerten, bekloppten, schwachsinnigen Mama kommen konnten, weiß ich nicht. Ich schwöre, dass ich es nicht weiß. Wir fahren nach Pontremoli, ja? Wir fahren zusammen hin und schauen uns die Statuen an und machen alles, was du willst, und wir schmieren uns zu Hause Brötchen und essen auf der Wiese zu Mittag, hast du verstanden, Luna, bist du zufrieden? Sag bitte Ja, antworte mir, sag, dass du zufrieden bist, sag es mir, Luna, sag es mir!«

Dann brichst du mit dem Sprechen ab und versuchst auch das Weinen zu lassen, denn du möchtest nur deine Tochter hören. Die sich jedoch nicht regt, nicht die Augen öffnet und nicht spricht, während die Stille der Nacht ringsum zu einer wahren Stille geworden ist, ohne Käuzchen und Mäuse und Zeug, das sich bewegt. Alles hält inne und lauscht.

Und dann, endlich, die Stimme von Luna, die fest in deiner Umarmung liegt und sagt: »Ja, Mama, ich bin zufrieden, sehr. Aber wenn der Katechet mitkommt, könntest du ihn dieses Mal bitte nicht schlagen?«

Verdammter Höllenhund

Sandro und Rambo steigen die Treppen des Wolkenkratzers bis in den neunten Stock hoch, ganz gekrümmt unter dem Gewicht der Einkaufstüten. Sie sind zum Eurospin gefahren und haben Tiefkühlpizzen, Chips, Billigbier, ein schuhkartondickes Stück gekochten Schinken, Milchkartons, geschälte Tomaten und Bohnen und Sardellen und vier verschiedene Sorten Pecorino, Cornflakes und Schokokekse und eine Fünf-Liter-Plastikflasche Weißwein gekauft.

Einen Haufen Geld aus ihrem gemeinsamen Fonds für das zukünftige Zusammenleben haben sie ausgegeben, Geld, das nicht angerührt werden sollte, aber bald wird Marino aus dem Krankenhaus entlassen und kann nicht alleine hierbleiben, also werden sie alle in seine Wohnung ziehen und deshalb musste das Geld ausgegeben werden, und es ist nichts Schlimmes dabei.

Außer Marinos Mama, mausetot und steif in der Kühltruhe.

»Ich sag dir's ehrlich: Auf mich macht das kein bisschen Eindruck«, sagt Rambo, als sie die Wohnung betreten. »Weißt du, wie viel diese beschissenen Beerdigungsunternehmen verlangen? Sie profitieren vom Schmerz der Menschen und hauen einen im großen Stil übers Ohr. Der Sarg, der Transport, die Blumen, so viel Lärm, um jemanden in ein Loch zu stecken. Was macht das im Grunde schon für einen Unterschied, unter der Erde zu liegen oder in der Kühltruhe?«

Sandro nickt. »Vorige Woche war im Tirreno so eine Meldung. Einer aus Poggibonsi, der zu Hause durch einen Stromschlag gestorben ist. Man hat ihn nach einem Monat gefunden, weil er die

Miete nicht bezahlt hat, sie sind rein, und er lag tot in der Wanne, aber in der Kühltruhe lag tiefgekühlt sein kriegsinvalider Papa.«

»Tja, klar, bei dem, was eine Beerdigung kostet. Außerdem, weißt du, wie viel Geld der als Kriegsinvalider jeden Monat bekommen hat? Und wenn man stirbt, kriegt man dieses Geld ja nicht mehr, tschüss und amen. Nein, nein, Sandro, wenn dir heutzutage jemand wegstirbt, lohnt es sich, ihn zu Hause zu behalten, das scheint uns jetzt noch etwas seltsam, aber da gewöhnen wir uns dran. Oh, diese Finanzkrise hat unser Leben verändert, wie soll sie da nicht auch unseren Tod verändern.«

Sandro nickt und stellt die Tüten auf dem Wohnzimmertisch ab, während Rambo seine auf das Sofa fallen lässt, und vorerst hat keiner von beiden Lust, sie in die Küche zu bringen.

»Hör zu, wo tun wir die Tiefkühlpizzen hin?«

»Hm«, meint Rambo. »In den Kühlschrank. Im Kühlschrank gibt es doch ein Gefrierfach, oder?«

»Ich hoffe, denn wenn nicht, tue ich sie bestimmt nicht in die Kühltruhe zu Marinos Mama.«

»Aber nein, das ist klar! Diese Kühltruhe ist heilig, wir müssen sie uns wie ein Grab denken, was für eine Vorstellung, die Pizzen auf Marinos Mama zu legen. Also, das wäre wirklich falsch und würde uns vom Recht ins Unrecht kippen lassen.«

Sandro schaut Rambo an, Rambo schaut Sandro an, und sie nicken sich zu, als wollten sie einander überzeugen, dass, wenn sie die Pizzen dagegen woanders unterbringen, alles in Ordnung sei.

Aber das ist gar nicht Sandros Problem. Marinos Mama ist tot und liegt in der Küche mit einer Decke um die Schultern auf Eis, und fertig. Was wirklich auf ihm lastet, ist die Geschichte mit der kleinen Statue, die er die Jugendlichen am Meer hat finden lassen, sein perfekter Plan, wegen dem er sich immer beschissener fühlt, je mehr er darüber nachdenkt. Erst hat er Luca, einem fabelhaften Jungen mit großartigen Zukunftsaussichten, geholfen, all diese Zukunft auf einen Schlag zu verlieren. Jetzt nutzt er seinen Tod aus, um zwei Kinder in die Irre zu führen und sich der Frau zu nähern, die ihm gefällt. Kurz, erst bringe ich dich um, dann suche ich dich im Jenseits auf und nutze dich aus, um deine Mama ins Bett zu kriegen. So steht die Sache, diesmal hat er keine Ausreden, da gibt es kein Wenn und Aber. Das ist die Lage, hart und steif und auf ewig so, wie Marinos Mama im Gefrierschrank.

Sandro denkt darüber nach und wird unruhig, der Atem schwillt in seinem Hals an, und das Herz schlägt noch stärker als zuvor beim Ersteigen der neun Stockwerke. Auch wenn er unterschwellig ganz genau weiß, dass er nicht wirklich ein Problem damit hat, die beiden Kinder hereingelegt zu haben. Das eigentliche Problem ist, dass Zot und Luna ihn noch nicht angerufen haben.

Vielleicht sind sie nicht so bescheuert und haben kapiert, dass dieses hölzerne Ding ein Scheißdreck ist? Oder sie kennen vielleicht einen anderen Sandro, einen Onkel, einen Nachbarn oder, schlimmer noch, einen Trottel, der Serena den Hof macht, und haben nicht an ihn gedacht? Auf das Armbändchen hat er SANDRO geschrieben, aber das ist nicht genug, er hätte KATECHET SANDRO darauf schreiben sollen. Er hatte sogar darüber nachgedacht, aber es schien ihm übertrieben. Also hat er gefragt, ob man nach dem Namen ein Kreuz eingravieren könnte, aber der Trottel, der die Armbänder macht, hat zu ihm gesagt, dass das nicht möglich sei, er könne höchstens ein X machen. Tja, genau daran geht alles zugrunde: Desorganisation gepaart mit Ungenauigkeit gepaart mit Mittellosigkeit. Italiens Geschichte, Sandros Geschichte. Armes Vaterland, armer Sandro.

»Armes Vaterland«, sagt er laut, während er sich Mut macht und in die Küche geht, um nachzuschauen, ob es einen Ort für die Pizzen gibt.

Rambo folgt ihm und fügt hinzu: »Ach ja, unser Vaterland ist wirklich so was von im Arsch.«

Und aus irgendeinem Grund, vielmehr ohne sinnhaften Grund, schauen sich Sandro und Rambo einen Augenblick an und brechen dann in Lachen aus. Aber so richtig heftig, sie können gar nicht mehr aufhören. Mit den Tiefkühlpizzen stehen sie da in der Küche und lachen, sie nehmen zwei Gläser und machen Anstalten zu trinken, das Wasser kommt mit einem seltsamen Geräusch und ganz braun aus der Leitung, und im Kühlschrank sind nur zwei, drei schlecht gewordene Sachen, und was sich hier drin am besten hält, ist eine tote Alte im Gefrierschrank, also tun Sandro und Rambo das Einzige, was sie tun können: Sie lachen weiter. Und vom vielen Lachen kommen ihnen die Tränen, und sie könnten den ganzen Tag und die ganze Nacht so weitermachen, bis die Nachbarn kommen und sich über den Lärm beschweren, doch sobald die eintreten, fangen auch sie an zu lachen und zu weinen, ohne Grund und zugleich aus allen Gründen der Welt, ohne je aufzuhören.

Aber stattdessen hören Sandro und Rambo doch auf, ganz plötzlich, als es an der Tür klingelt.

Es ist ein hysterischer und schiefer Ton, im nachmittäglichen Nichts klingt er wie eine Bombe, die hochgeht. Rambo presst sich an die Wand, gibt Sandro ein Zeichen, ruhig zu sein, und beide halten den Atem an.

Kurz darauf klingelt es noch einmal an der Tür, und noch einmal. Das ist keine Bombe, das ist ein Bombardement. Und als sie hoffen, dass alles vorbei ist, dass die Nervensäge an der Tür endlich aufgegeben hat, erreicht sie der einzige Klang, der noch schrecklicher ist als die Klingel: eine menschliche Stimme, die ruft: »Ich weiß, dass du da bist, ich habe es lachen hören, ich weiß, dass du da bist!«

Es ist die Stimme eines Mannes, der immer stärker an die Tür klopft, irgendwann wissen sie nicht mehr, ob er klopft oder die Tür einzutreten versucht.

Sie müssen sich etwas einfallen lassen, und zwar sofort, denn dieser Bekloppte trommelt das ganze Gebäude zusammen. Sie rennen ins Wohnzimmer, Rambo schickt Sandro mit dem Zeigefinger zur Tür, platziert sich mit geballten Fäusten mitten im Zimmer und sagt halblaut zu ihm: »Los, mach auf, ich gebe dir Rückendeckung.«

Sandro versucht durch den Spion zu schauen, sieht aber nichts, er öffnet die Tür ein kleines Stück und blockiert sie dann mit dem Fuß, steckt seinen Kopf in den offenen Spalt, und da steht winzig im Dunkel des Treppenabsatzes ein Mann um die siebzig, klein und mit einer gestreiften Schürze, dünn, mit runden Augen unter einem abgewetzten Toupet.

»Guten Tag«, sagt Sandro zu ihm.

»Guten Tag«, antwortet der Herr.

»Sie wünschen?«

»Ich ... ich nichts ... aber entschuldige, wer bist du denn eigentlich?«

»Wer sind Sie denn, bitte schön?«

»Ich bin Franco. Vom Obst und Gemüse hier unten. Ich wollte zur Signora Lidia.«

»Die Signora ist nicht da, tut mir leid.«

»Und wo ist sie?«

»Nicht da, sie dreht eine kleine Runde.«

»Verdammter Höllenhund, sie ist schon seit zwei Monaten nicht da, wie lang ist denn diese Runde?«

Sandro nickt, dann schüttelt er den Kopf, immer noch durch den Türspalt. Dann kommt Rambo von hinten, reißt die Tür auf und stellt sich mit rausgestreckter Brust neben ihn. »Hören Sie zu, haben Sie vielen Dank, aber Obst und Gemüse brauchen wir nicht, wir waren gerade beim Eurospin einkaufen.«

Signor Franco schaut ihn an, schaut Sandro an, senkt den Kopf und fährt mit einer Hand darüber, um die Haare von der Schläfe wieder auf den Schädel zu kleben. Dann fällt die Hand vors Gesicht und bedeckt seine Augen, während Franco nur herausbringt: »Ja, ich verstehe«, und in Tränen ausbricht. Dumpfe Schluchzer, die wie Husten klingen, und seine Schürze zum Beben bringen.

»Aber nein doch, verstehen Sie uns nicht falsch«, sagt Sandro. »Wir waren halt beim Eurospin, und wo wir schon mal da waren, haben wir auch Gemüse gekauft.«

»Das war praktisch«, sagt Rambo, »außerdem sind die Preise supergünstig.«

»Ich weiß«, meint Franco unter Schluchzern. »Das ist eine Frage der Menge. Sie … sie sind ein großer Konzern, machen große Bestellungen, sie können sich diese Preise erlauben. Ich nicht. Ich bin alleine, verdammter Höllenhund, ich … bin … alleine«, und seine Stimme wird von einem noch stärkeren Tränenschwall ertränkt.

»Auch wir sind alleine«, sagt Sandro. »Und beim nächsten Mal kaufen wir Obst und Gemüse bei Ihnen. Rambo isst ganz viel Obst.«

»Stimmt«, meint Rambo, »Obst und Gemüse sind die Grundlage eines gesunden Körpers. Nächstes Mal kommen wir zu Ihnen. Und auch die Signora kommt, wenn sie zurück ist.«

Franco schüttelt den Kopf: »Nein, sie kommt nie zum Einkaufen, sie schickt immer ihren Sohn.«

»Marino?«

»Ja. Doch den habe ich auch schon seit einer ganzen Weile nicht gesehen.«

»Kein Wunder, er ist im Krankenhaus.«

»Was? Verdammter Höllenhund! Und weshalb?«

»Er ist von einem Auto überfahren worden, aber alles in Ordnung, übermorgen kommt er nach Hause«, sagt Sandro.

»Aha«, meint Franco, löst die Augen vom Boden und starrt sie wieder an. »Übermorgen kommt er zurück?«

Sandro bestätigt es, und er versteht nicht genau, warum, aber er fühlt, dass er das besser nicht gesagt hätte.

»Also ist die Signora bei ihm im Krankenhaus.«

»Ja ... sicher, ja.«

»Also kommt sie auch übermorgen zurück.«

»Nein, sie nicht. Sie war bei Marino im Krankenhaus, aber dann musste sie wegen eines Notfalls weg«, schaltet sich Rambo ein. Dann ein Moment Stille.

»Aber wie, ihr Sohn ist im Krankenhaus, und sie fährt weg?«

»Ja, ein Notfall, der Tante der Signora geht es nicht gut, eine Tante in Mailand.«

»Verstanden, aber, verdammter Höllenhund, ihr Sohn wird von einem Auto überfahren, und sie fährt nach Mailand?«

»Ja, genau. Schließlich sind wir ja hier, um Marino zur Hand zu gehen«, meint Rambo. »Ihre Tante dagegen ist allein, und die Signora hat sie sehr lieb. Die Tante hat ihr das Leben gerettet, im Zweiten Weltkrieg. Die SS wollte sie erschießen und vergewaltigen, aber ihre Tante hat sie hinten in einem Schrank versteckt, und sie haben sie nicht gefunden.«

»Und warum wollten sie sie erschießen?«

»Weil ... weil sie in der Resistenza war, die Signora Lidia war Partisanin. Man nannte sie die Füchsin der Versilia. Sie wird in vielen Büchern erwähnt, Geschichtsbüchern ...«, sagt Rambo. Dann hält er inne, schaut kurz zu Sandro, aber das ist ein schrecklicher Anblick, also kehrt er zu Franco zurück. Der ihn mit weniger weit aufgerissenen Augen anstarrt.

»Hört zu, Jungs, ihr erzählt mir doch keinen Unsinn, oder?«

»Was? Was denn für einen Unsinn, Signor Franco«, meint Sandro.
»Über die Resistenza macht man keine Witze.«

»Sicher? Denn die Lidia ist Jahrgang 46, die Füchsin der Versilia kann höchstens ihre Mutter gewesen sein, verdammter Höllenhund.«

Darauf nichts, nur Stille. Sandro, der Rambo anschaut, Rambo, der Sandro anschaut, dann ein paar angeschlagene Worte, um zu antworten, dass das stimme, sicher, die Füchsin war ihre Mutter.

»Ja, die Tante hat nicht sie gerettet, klar, sondern ihre Mama. Aber die Lidia war ihr trotzdem etwas schuldig. Das heißt, wenn ihre Mama gestorben wäre, wäre die Lidia ja gar nicht geboren worden, also ist es ein bisschen, als hätte sie auch sie gerettet, so ist es.«

Signor Franco studiert die beiden, den Kopf gesenkt, die Augen ganz ernst hinter dem Dickicht der Augenbrauen, die aussehen wie zwei behaarte Raupen auf der Durchreise über seine Stirn.

»Jungs, bitte, sagt mir, wie die Dinge wirklich stehen.«

»Aber wir haben es Ihnen ja gesagt, so ist es, es ist ...«

»Ich bitte euch, Jungs, hört auf mit dem Quatsch, ich habe das Recht, zu erfahren, wie die Dinge stehen, verdammter Höllenhund.«

»Hören Sie zu«, meint Rambo, »jetzt reicht's. Wir haben Ihnen bereits gesagt, wie die Dinge stehen. Außerdem, welches Recht haben Sie denn? Was geht Sie das an? Muss eine Frau, wenn sie ein paar Tage wegfährt, dem Gemüsehändler Bescheid sagen?«

Franco antwortet nicht sofort, erst durchkämmt er mit den Fingern noch einmal sein Toupet, bevor er ein paar Mal Luft holt, dann kommen die Worte wie ein Seufzer aus ihm heraus, wie etwas, das seit zu langer Zeit da drinnen eingesperrt war und von hinten gegen die Zähne gedrückt hat, um ans Tageslicht zu kommen. »Ja, aber ich bin nicht nur der Gemüsehändler. Lidia und ich sind Geliebte.«

Einfach so, und diese absurden Worte prallen zwischen den Wänden des Treppenabsatzes hin und her wie verrückt gewordene Murmeln. Und hin und her bewegen Rambo und Sandro ihre Köpfe beim Versuch, ihnen zu folgen oder sie nicht ins Gesicht zu bekommen.

»Jungs, so ist es, da ist nichts Schlimmes dabei. Wir sind uns über den Weg gelaufen und haben uns gefallen, eine oberflächliche Beziehung. Ohne Verpflichtungen, es sich einfach gut gehen lassen. Wir sind mittlerweile im einundzwanzigsten Jahrhundert, so was ist normal, Lidia und ich sind Fickfreunde.«

Rambo und Sandro sagen nichts, sie regen sich nicht, sie bleiben nur an der Tür hängen. Vorher hielten sie die Tür fest, um sie nicht ganz zu öffnen, jetzt hält die Tür sie fest.

»Doch jedenfalls sind es jetzt zwei Monate, dass wir uns nicht sehen, nicht mal eine SMS, nichts. Eine Weile habe ich gewartet, ich wollte nicht hierherkommen, wo ich am Ende noch ihren Sohn antreffen würde. Doch nach einer Weile habe ich Angst bekommen, dass es ihr vielleicht schlecht geht oder irgendetwas passiert ist, also habe ich meinen Mut zusammengenommen und bin hergekommen, aber es ist nie jemand zu Hause. Und, verdammter Höllenhund, ich verstehe schon, dass es keine Verpflichtungen gab, aber es ging uns gut zusammen, es ging auch ihr gut, oder so schien es mir jedenfalls. Ist es möglich, dass eine dann einfach so verschwindet?«

»Tja, die Frauen sind schlecht«, sagt Rambo, streckt einen Arm aus und macht Anstalten, ihn Franco auf die Schulter zu legen, stützt ihn im letzten Moment aber nur gegen die Wand.

Franco nickt, den Blick zu Boden, die Hand vor dem Gesicht, um sich den Schweiß abzuwischen, der von der Stirn in die Augenbrauen rinnt. »Ach ja, Jungs, sie sind wirklich schlecht, verdammter Höllenhund, alles Huren. Seid ihr gekränkt, Jungs? Seid ihr mit ihr verwandt?«, und sie schütteln den Kopf. »Kann ich euch erzählen, wie die Dinge stehen?«, und sie nicken, auch wenn sie es in Wirklichkeit lieber nicht hören würden. »Also, ihr müsst wissen, dass die Signora ein abgefahrenes Luder ist, eine wildgewordene Stute.«

»Die Signora Lidia?«, meint Rambo mit einem eingeschnürten, klagenden Laut.

»Ja, verdammter Höllenhund. Sie ist immer zu mir in den Laden gekommen, hat das Rollgitter heruntergelassen, und ab ging's.«

»Aber hat nicht Marino immer die Einkäufe gemacht?«, fragt Sandro.

»Ja, ja. Er ist morgens gekommen, um die Sachen zu holen, sie kam dann am Nachmittag, um sich zu beschweren, dass sie schon verdorben seien. Ihr werdet sagen, aber wäre es dann nicht einfacher gewesen, wenn sie sofort gekommen wäre, ohne ihren Sohn zu schicken?«

Rambo und Sandro hatten in Wirklichkeit nicht darüber nachgedacht, sie können an nichts denken, doch sie bleiben still und hören zu.

»Nein, verdammter Höllenhund. Sie hat ihren Sohn geschickt, weil sie das mehr erregt hat. Sie ist nachmittags mit der Tüte in der Hand angekommen und hat gesagt: ›Hören Sie, Franco, was für widerliches Obst haben Sie meinem Sohn, diesem Trottel, da angedreht?‹ Und hinterher, wenn ich sie harpuniert habe, hat sie immer geschrien: ›Ja, ja, du nutzt diesen Trottel aus, was, du nutzt ihn aus, stimmt's?‹«

Francos Worte dringen in Sandros und Rambos Ohren ein und versuchen sich einen Weg bis zum Hirn zu bahnen, obwohl die beiden alles tun, um sie aufzuhalten, um sie weder jetzt noch jemals zu verstehen.

»So etwas! Kapiert?« Signor Franco wirft wieder den Blick zu Boden, die Hand vors Gesicht. »Doch ich kriege sie nicht aus meinem Kopf, verdammter Höllenhund ...«

Sandro würde gerne irgendetwas sagen, um ihn zu trösten, aber er weiß nicht, was, er versucht ihn zu umarmen, aber nachdem er sich Lidia und ihn nackt vorgestellt hat, kommt ihm bei der Vorstellung von Körperkontakt das Kotzen, also bleiben seine Arme steif nach vorne in Richtung des kleinen und verzweifelten Männchens gestreckt, wie eine Mumie in diesen alten Horrorfilmen. Aber wenige Filme sind so schreckenerregend wie diese Geschichte hier.

»Entschuldigung, Jungs, entschuldigt mich«, sagt Franco mit stockender Stimme. »Das sind meine eigenen Probleme, ich hätte nicht ... nicht ...«

»Machen Sie sich keine Sorgen, im Gegenteil, es tut uns sehr leid, und wenn wir Ihnen irgendwie helfen können ...«

Franco versucht zu lächeln, er schüttelt den Kopf. »Danke, ich brauche nichts, Jungs.« Dann muss er husten, dann noch einmal. »Vielmehr, doch, könnte ich ein Glas Wasser haben?«

Er sagt das und macht Anstalten einzutreten. Aber Rambo stellt sich schnell mitten in die Tür und breitet die Arme aus.

Franco schaut ihn an und hustet noch einmal.

»Ein Glas Wasser, und ich gehe zurück in den Laden«, und er versucht, an Rambo vorbeizugehen, der ihn aufhält und »NEIN« sagt.

Und wenn man hinterher darüber nachdenkt, auch nur eine Sekunde danach, wird man sagen, er hätte einfach antworten sollen: »Aber bitte, Franco, kommen Sie rein, setzen Sie sich«, ihn im Wohnzimmer Platz nehmen lassen und ihm ein großes Glas frisches Wasser bringen oder von dem gerade gekauften Bier. Dann Schulterklopfen, männliche Worte des Trosts, Variationen der Tatsache, dass alle Frauen Huren sind, vor allem diejenigen, die abhauen, dann Guten Abend und tschüss.

Aber das ganze Leben wäre so einfach und richtig, wenn man es eine Sekunde nachdem es passiert, leben könnte. Nur, dass eine

Sekunde später eine Ewigkeit ist und die grauenhaften Fehler, die falschen Entscheidungen und die unglücklichen Worte treulose Bestien sind, die in den Falten des Jetzt leben, sie schlüpfen da hinein und zerstören es, und eine Sekunde später ist es zu spät, die Sekunde kommt und findet schon eine alte Klapperkiste Leben vor, die geflickt werden muss.

Und Sandro versucht es, indem er in die Küche Wasser holen geht, während Rambo weiter die Tür blockiert. Das Wasser ist braun und eisenhaltig, aber wen kümmert das, er füllt das Glas und kehrt zu den beiden zurück, die sich anstarren und nichts sagen. Er reicht Franco das Glas, der es nimmt, aber nicht trinkt.

»In der Wohnung ist jedenfalls alles in Ordnung, ja?«

»Ja, ja, alles bestens. Wir putzen gerade, weil Marino zurückkommt.«

»Ah, das freut mich. Lidia ist aber nicht da, stimmt's?«

»Nein. Das haben wir Ihnen bereits gesagt, sie ist in Mailand bei ihrer Schwester.«

»War es nicht ihre Tante?«

»Ja, ihre Tante, klar.«

»Ich verstehe«, meint Franco. »Und wann kommt Ferdinando, um seinen Neffen zu besuchen?«

»Welcher Ferdinando?«

»Kommt schon, Jungs, Ferdinando Cosci, Marinos Onkel. Den kennt ihr bestimmt, das ist der Polizeichef von Forte dei Marmi. Ein guter Freund von mir«, sagt Franco, und in seinen Augen ist jetzt keinerlei Freundlichkeit mehr. Stattdessen funkelt darin ein Licht, ein anderes als zuvor, wo er von Fickfreunden und vom Harpunieren erzählt hat. Es ist kälter und schneidender, und es leuchtet weiter, als er rückwärts zum Aufzug geht, die Taste drückt und die Türen sofort aufgehen, als ob sie ihn erwartet hätten. Franco tritt ein, und die Türen schließen sich vor ihm, vor seinem Toupet, vor seinem starren und stechenden Blick.

Und Sandro und Rambo bleiben da, allein und erschreckt wie zwei Lockvögel in einem Käfig in der Nacht vor Beginn der Jagdsaison.

Verdammter Höllenhund.

Alle auf Tour

Die Straße ist staubig und voller Schlaglöcher, aber sie führt direkt zur Glückseligkeit.

Endlich sind Luna und Zot zu Marino ins Krankenhaus gegangen und haben nach Sandros Nummer gefragt, sie haben ihn angerufen und ihm von einer Reise erzählt, von der sie das Gefühl hätten, sie unternehmen zu müssen, eine religiöse Bildungsfahrt, die seine Anwesenheit als ihr Seelsorger erfordere. Und deshalb ist Sandro jetzt hier, um ihnen als geistlicher Hirte den Weg zu weisen, aber auch als Fahrer des übermächtigen Jeeps, er umklammert das Lenkrad mit beiden Händen, die Kühlerhaube frisst den Asphalt da vor ihm, den seine Augen übergehen, sie sind direkt auf den Horizont gerichtet, die Kraft des Vierradantriebs beißt sich in die Straße, der Motor macht Wind wie ein Hubschrauber, der irgendeine zu Tode erschrockene Bevölkerung angreift, und ihm läuft ein überwältigendes Gefühl von Macht über den Rücken.

Obwohl Rambo vom Beifahrersitz aus nicht aufhört, ihm auf den Sack zu gehen.

»Entschiedener mit dem Schaltknüppel. Tritt die Kupplung gut durch. Vergeude keine Zeit mit Blinken, wenn dieses Raubtier abbiegen will, merken das alle, da braucht man diese bescheuerten Lichtchen nicht anzumachen.«

Und Sandro, der ihm normalerweise sofort den Stinkefinger zeigen würde, gibt ihm heute mal recht und fragt ihn sogar noch wahllos nach weiteren unnützen Informationen. Denn Rambo leiht ihm gerade seinen geliebten Jeep und rettet ihm so das Leben: Er hätte ja wohl kaum alle auf seiner Vespa nach Pontremoli bringen können, oder schlimmer noch, Serena fragen, ob sie ihr Auto nehmen könnten. Nein, das wäre schon das Ende gewesen, bevor es überhaupt losgegangen ist.

Ein Mann kann die fürchterlichsten Fehler der Welt haben, und es ist kein Problem. Männer, die sich nicht waschen, Männer, die nicht zuhören und durch einen hindurchschauen und nur den Mund aufmachen, um einem zu sagen, was sie denken und wie das Leben ist und was man selbst machen sollte, um besser zu sein: Die Frauen mit ihrem Hang zum Leiden finden immer einen Weg, sie zu ertragen. Aber das Einzige, was eine Frau nicht akzeptieren kann, ist einer, der es nicht versteht, ein richtiger Mann zu sein. Dann macht sich ein bitteres Mitleidslächeln breit, und jegliche aufsteigenden Hormone ersticken im Keim. Und so will Sandro nicht enden, Sandro will in Serenas Augen ein Mann sein, ein richtiger Mann, der mit einem richtigen Auto ankommt. Deshalb ist dieser Jeep ja so perfekt, und Rambo, der ein Freund ist, leiht ihm den.

Und zum Dank lässt Sandro ihn allein. Ausgerechnet heute, wo Marino aus dem Krankenhaus entlassen wird, sie ihn nach Hause bringen und man auf ihn aufpassen muss, wie auch auf den Signor Franco, der jeden Moment die Treppen hochkommen könnte, vielleicht gar zusammen mit seinem befreundeten Polizeichef.

Kurz, Sandro sollte heute hierbleiben, doch das kann er nicht. Also kann er auch Rambo nicht schlecht behandeln, der ihm seit einer halben Stunde vorhält, dass er ihn im Schützengraben allein lasse, dass nun der Augenblick der Schlacht gekommen sei und er ihn vor dem Feind sitzenlasse, um eine flachzulegen.

Rambo hat recht. Vor allem, was das Alleinlassen im Schützengraben angeht. Was das Flachlegen von Serena angeht, dagegen sehr viel weniger. Es gibt Männer, die beim ersten Date mit einer

Frau darauf abzielen, mit ihr im Bett zu landen, andere hoffen, ihr einen Kuss und eine zweite Verabredung zu entlocken, Sandro würde sich heute schon damit begnügen, keine Prügel auf die Nase zu bekommen.

Das mag manchem elend erscheinen, aber er hält das Lenkrad fest, spürt, wie die Räder den Asphalt packen und die Mietskasernen, Plätze und Lagerhallen aus Blech hinter sich lassen, und er weiß nicht genau, wo sie hinfahren, und auch nicht, was passieren wird, aber verdammt, heute hat Sandro einen Weg vor sich und eine Richtung im Herzen. Und mehr braucht es nicht für einen Mann, der hoffen möchte.

»Hurra! Hurra!«

Zot steht schon am Straßenrand, hüpft und schreit. Er hat eine italienische Flagge in der Hand, einen blauen Beutel über der Schulter, ein Tuch um den Hals und einen riesigen Strohhut auf dem Kopf. Er hat den Jeep gesehen und ist aufgesprungen, beim ersten Sprung hat er seinen Hut verloren, und bei jedem folgenden fliegt irgendetwas aus seinem Beutel, schlägt mit einem Scheppern auf dem Boden auf, als ginge etwas kaputt, aber wenn man die Augen schließt, ähnelt es doch dem klapprigen Klang des Glücks.

»Hurra! Luna, Luna, komm und schau dir an, was für ein wunderbares Gefährt! Es ist ein Militärtransporter, ein Militärtransporter! O mein Gott, welch fantastischer Tag, o Herr, welch wichtiges Datum, o seliger Jesus, wie stark mein Herz schlägt!«

Sandro und Rambo steigen von da oben herunter, und Zot ist sofort bei ihnen. Erst drückt er ihnen die Hand, aber ein Händedruck ist zu wenig für das, was er in sich hat, also umarmt er sie fest, auch wenn Rambo so breit ist, dass es schwierig ist, ihn komplett zu umarmen.

Dann kommt Luna durch das Gittertor, bleibt ebenfalls wie angewurzelt stehen, um den Jeep zu bewundern, und Zot rennt ihr entgegen.

»Oh«, meint Rambo, »ich lade das Fahrrad aus und mache mich vom Acker.«

Aber Sandro antwortet nicht. Sandro hat nicht einmal mitbekommen, dass Rambo etwas gesagt hat. Er starrt auf das Gittertor, die Hände mal in den Hosentaschen, mal hinter dem Rücken, wie etwas, das er auf der Straße gefunden und im ersten Moment aufgehoben hat, aber von dem er jetzt nicht weiß, was er damit soll. Er wartet darauf, Serena zu sehen.

Unterdessen spürt er etwas wie Ameisen, die von der Straße auf seine Füße krabbeln und unter seinen Hosen die Beine nach oben, sie laufen über seine Hüften und hoch bis zur Brust, und dort beginnen sie gemächlich, ihm den Atem zu nehmen.

Aber da ist sie endlich. Aus dem Dickicht des Gartens kommt ein Schatten, der sich auf das Gittertor und die Straße wirft, immer länger, und Sandro braucht nichts weiter, um sie zu erkennen. Er muss sie gar nicht erkennen, er weiß einfach, dass sie es ist. Diese Gangart, wie sie den Kopf leicht zur Seite neigt, Sandro weiß nicht, ob er die Augen weit aufreißen oder halb geschlossen halten soll, denn es gibt keine richtige Art, sich auf den Anblick von etwas so Prachtvollem und Fabelhaftem vorzubereiten.

Nur, dass es gar nicht sie ist und alles andere als prachtvoll. Es ist ein Alter in Pantoffeln, mit Schlafanzughose und darüber einem ganz fleckigen Camouflage-Hemd, und wenn man bei einem Camouflage-Hemd merkt, dass es fleckig ist, heißt das, dass es sich um wirklich ernsthafte Flecken handelt. Er trägt außerdem eine rote Kappe, auf der irgendetwas steht, was Sandro noch nicht lesen kann, aber es interessiert ihn auch nicht besonders, denn im Moment ist das Wichtigste, dass der Alte ein Gewehr auf ihn richtet.

»Was zum Teufel ist hier los, was wollt ihr, verdammt!?«

Rambo sieht die Waffe und wirft sich hinter dem Defender auf den Boden. »Wirf dich hin, Sandro, los runter! Volle Deckung! Die Lunte brennt!«

Sandro dreht sich um und schaut ihn an, bleibt aber mit schlaffen Armen wie angewurzelt auf der Straße stehen. Er ist mit der Angst gekommen, einen weiteren Fausthieb von Serena einzustecken, stattdessen bekommt er einen Gewehrschuss von einem Alten im Schlafanzug. Das Leben ist voller Überraschungen.

»Das ist ein Privatgrundstück, Hände hoch!«, sagt der Alte mit einer Stimme wie Schmirgelpapier, das über anderes Schmirgelpapier reibt. Er nähert sich, und Sandro hebt seine Hände so hoch er kann, und die letzten Worte, an die er denken wird, bevor er stirbt, sind diejenigen, die auf der Kappe des Alten stehen und die er nun lesen kann: EISENWARENHANDLUNG MALEREIBEDARF GIANNOTTI PARIDE. Wenn es noch schlimmere Arten zu sterben gibt, fallen sie ihm gerade nicht ein.

Aber derweil bleiben Zot und Luna ganz ruhig und bringen weiter Beutel und Tüten zur Rückseite des Jeeps, wobei sie aufpassen, nicht auf Rambo zu treten.

»Das ist mein Haus«, meint der Alte. »Geht zurück, von wo ihr gekommen seid, geht zurück nach Russland.«

»Aber wir sind gar keine Russen«, bringt Sandro irgendwie heraus.

»Aha, von Russen bezahlte Söldner, was? Noch schlimmer.«

»Nein, in Wirklichkeit sind wir ...«

»Jedenfalls kommt ihr hier nicht durch, der Garten ist vermint.«

Und Luna bleibt stehen, ein blauer Beutel schon halb im Jeep. »Wie, der Garten ist vermint?«

»Nein, nein, ganz ruhig«, sagt Zot zu ihr. »Nur ein kleiner Teil, aber an einer Stelle, wo wir nie durchgehen.«

»Sei du still, Spion!«, schreit der Alte. »Der ganze Garten ist vermint, ein Schritt, und die Krähen lesen euch stückchenweise auf!«, schreit er, und je mehr er schreit, umso mehr regt er sich auf, und umso mehr wippt die Gewehrmündung hoch und runter, aber immer auf Sandro gerichtet, der mit erhobenen Händen stehen bleibt und auf den Schuss wartet, der in seinem Bauch einschlagen wird, dann in seiner Brust, im Hals, dann unten zwischen den Beinen, dann wieder im Bauch.

Und vom vielen Hoch und Runter, um der Bewegung zu folgen, ist Sandro wie hypnotisiert, gelähmt vor Schreck und von dem Tanz dieser engen, dunklen Metallmündung, die von einem Moment auf den anderen für immer seinen Weg abschneiden kann, ausgerechnet jetzt, wo es endlich so aussah, als habe er einen gefunden.

Aber in Wirklichkeit glaubt er gar nicht so sehr daran, dass er jetzt wirklich stirbt. Denn schließlich mag der Alte so verrückt sein, wie man will, aber nicht so verrückt, dass er schießen wird, und die Jugendlichen da beim Jeep lächeln weiter fröhlich, sogar Rambo ist wieder aufgestanden und schaut hinter dem Wagen hervor. Denn wir sind doch alles ruhige und vernünftige Leute, und vor allem sind wir alle Italiener. In Amerika könnte es vielleicht wirklich schlimm ausgehen, denn die Amerikaner mögen die Finale im großen Stil, voller Explosionen. In Deutschland vielleicht, wo die Deutschen doch, wenn sie etwas anfangen, mit gesenktem Kopf stur darauf beharren und weder schneller noch langsamer werden, sondern geradlinig ihre Arbeit zu Ende bringen. Aber hier bei uns nicht, auf diesen eher nach Pi mal Daumen asphaltierten Straßen, zwischen Häusern, die zur Hälfte mit Erlaubnis, zur Hälfte ohne hochgezogen worden sind, hier weint man und kann vielleicht auch mal hinfallen, aber dann steht man wieder auf, schaut, ob man sich schmutzig gemacht hat, und geht dann ans Meer oder Wein trinken, und alles wird eine schöne Geschichte in der Bar, lang und detailreich, aber ohne ein wahres Finale, ohne ein …

Und dann aus dem Nichts schießt das Gewehr wirklich.

Ein ohrenbetäubender Schuss, der zwischen den Baumkronen widerhallt und sogar einige Blätter löst, Blätter, die langsam durch die Luft herabsegeln, und als sie den Boden berühren, dort schon Sandro vorfinden, der auf dem Asphalt liegt.

»Was zum Teufel machst du denn da, Mädchen!?«, schreit der Alte.

Sandros Ohren pfeifen, aber er hört diese kratzige Stimme. Und dann eine sehr viel glattere, die antwortet: »Deine Hand hat zu sehr gezittert, Ferro, du hast mir Angst gemacht.«

Und wenn er all diese Worte hört, heißt das, dass er nicht tot ist. Er öffnet die Augen und sieht den Alten da stehen, und neben ihm das nach oben gerichtete Gewehr, umklammert von den wunderschönen Händen Serenas, prachtvoll und wild. Und wo er sie so sieht, von unten und ohne Lorbeerhecke zwischen ihnen, wäre ihm danach, aufzuspringen, sie an sich zu drücken, sie zu küssen und sie ins Haus zu bringen und Liebe zu machen, bis sich ihre Körper vom vielen Aneinanderreiben verzehren und nur zwei Schweißflecken, Lust und der volle Duft des Glücks übrig bleiben.

Aber vorerst ist es besser, wenn Sandro sich damit begnügt aufzustehen, wo ihm mit seinen zitternden Beinen schon das schwerfällt.

Derweil holt sich der Alte das Gewehr zurück und behält es an seiner Seite, starrt ihn aber weiterhin böse an. »Na gut, sagt ihr mir jetzt aber mal, was hier los ist, verdammt?«

»Sicher, Opa!«, meint Zot, während er ihm entgegenläuft. Serena geht zu Luna, und Rambo macht sich daran, das Zeug auf den Jeep zu laden. Und plötzlich achtet niemand mehr auf Sandro, der fast den Minuten zuvor nachtrauert, als der Lauf eines Gewehrs, aber auch die allgemeine Aufmerksamkeit auf ihn gerichtet waren.

»Ich erkläre dir alles, Opa! Luna und ich brechen zu einem großartigen Abenteuer auf! Uns erwarten tiefgründige Mysterien, Geheimnisse, die von Jahrtausenden der Geschichte begraben sind, antike Legenden an Orten, wo die Magie herrscht und wo wir vielleicht eine Antwort auf die vielen ...«

»Erklärt es mir jemand, der sich kürzer fasst?«

»Wir fahren nach Pontremoli, Ferro«, sagt Serena.

»Nach Pontremoli? Und was zum Teufel wollt ihr in Pontremoli?«

»Die Kinder haben es sich in den Kopf gesetzt, dass sie dorthin wollen, und ich bringe sie.« Luna neben ihr hat ein so breites Lächeln, dass ihr die Sonnenbrille über die Wangen rutscht und ihr fast von der Nase fällt. Sie hält sie mit einer Hand fest, als sie sich zu Sandro umdreht, und jetzt ist dieses wunderschöne Lächeln für ihn. Sie hat es von ihrer Mama, und Sandro starrt es an.

»Vielen Dank für den geistlichen Beistand, Signor Sandro, ich bin glücklich, dass Sie die Zeit gefunden haben, uns zu begleiten.«

Auch er lächelt, und er würde gerne etwas Schönes und Kluges antworten, aber er hat sich noch nicht wieder ganz gefangen.

Und dann ist der Alte schneller. »Ja, aber was zum Teufel wollt ihr in Pontremoli machen?«

»Einen Ausflug«, meint Serena. »Wir machen eine kleine Tour. Die Kinder wollen da hinfahren, sie haben ein hölzernes Ding am Meer gefunden, und da ist ihnen in den Sinn gekommen, dass ... kurz, das ist eine lange Geschichte, aber sie bestehen darauf, und am Ende ist es besser, wenn ich sie hinbringe, so hören sie wenigstens auf, die ganze Zeit davon zu reden.«

Ferro nickt. Er macht den Mund nicht auf, nickt nur ganz ernst.

Dann dreht er sich zum Jeep um, klopft auf die Karosserie, tritt ein paar Mal gegen einen Reifen, schaut durchs Fenster, rümpft die Nase und nickt noch einmal, wie um das Auto zu billigen. Er geht zu Serena zurück, schaut sie an, schaut die Wipfel der Bäume da oben an und nickt weiter. Erst nach einer Weile spricht er endlich, und es sind gerade mal drei Wörter, wie eine trockene Antwort auf eine Frage, die ihm gar keiner gestellt hat: »Gut, fahren wir.«

Und darauf: Stille. Denn vielleicht haben sie es nicht verstanden, vielleicht wollen sie es nicht verstehen. Aber es dauert nur einen Moment, da fängt Zot wieder an zu hüpfen und seinen Hut zu verlieren, und er schreit glücklich: »Großväterchen! Kommst du auch mit, heiß geliebter Opa?«, die Augen so weit aufgerissen, dass die Augenbrauen seine Haare berühren. »Machst du uns dieses wunderbare Geschenk?«

»Notgedrungen. Du bist in meiner Obhut, wenn du dir weh tust, wenn du dich verirrst, kommen sie und steigen mir aufs Dach. Ich kann dich keinesfalls mit dieser Schwuchtel da alleine lassen«, und er zeigt auf Sandro.

Der zu antworten versucht: »Nun, also, da Sie mich ins Spiel bringen, ich weiß ehrlich gesagt nicht, ob es nötig ist, dass Sie uns begleiten«, sagt er. In seinem Kopf hatte er sich schon alleine mit Serena gesehen, sie und er, zwei Erwachsene zusammen mit zwei Kindern unterwegs, praktisch Ehemann und Ehefrau. Stattdessen droht jetzt dieser durchgeknallte Alte alles zu ruinieren. »Wir sind schon zu viert, mit Gepäck ist kein Platz.«

»Bist du schwachsinnig? Da passen mindestens sechs Personen rein, es gibt jede Menge Platz.«

»Ja, aber abgesehen vom Platz fahren wir an einen Ort, der praktisch in den Bergen liegt. Da wird es steile Wege, Steine und Geröll geben ... kurz, bei allem Respekt, das scheint mir für jemanden Ihres Alters etwas gefährlich.«

»Von wegen gefährlich! Was glaubst du, mit wem du sprichst, Kleiner? Ich habe auf diesen Bergen solche Wildschweinmassaker veranstaltet, dass wir am Ende welche zum Verschenken übrig hatten.« Ferro schüttelt den Kopf und schaut Serena an. »Ich komme mit, Schluss, aus. Denn wenn ich nicht mitkomme, kommt auch der Junge nicht mit, für den ich Sorge trage«, und er legt eine Hand auf Zots Schulter, so stark, dass er ihn fast umwirft.

»Außerdem halte ich es nicht mehr aus, hier festgewachsen zu sein, ich möchte ein bisschen was von der Welt wiedersehen, sogar so ein beschissenes Fleckchen wie das da.«

Und Zot ruft: »Hurra! Hurra!«, umarmt den Opa und läuft zu Luna, die schon im Jeep sitzt, dann schauen sie durchs Fenster und von da oben die Erwachsenen an, die Zeit verlieren.

»Das einzige Problem ist das Haus«, sagt Ferro. »Ich kann es keinesfalls unbewacht lassen. Auf nichts anderes warten sie, fünf Minuten, und schon weht auf dem Dach die russische Flagge.«

»Tja, in der Tat«, meint Sandro sofort, »in der Tat besteht auch meiner Meinung nach diese Gefahr, vielleicht ist es doch besser, wenn Sie hierbleiben und Wache halten.«

»Was hast du denn immer noch zu quasseln? Sieh mal, wenn ich nicht mitkomme, kommt auch der Junge nicht mit, verstanden? Folglich müssen wir eine Lösung finden, die alle zufrieden stellt. Mir würde ein treuer Freund reichen, der ein wenig nach dem Haus schaut. Aber diese Bastarde sind alle tot. Man bräuchte einen wahren Mann, einen mit Eiern in der Hose, einen Kämpfer, der ...«

»In Ordnung, Signor Ferro, ich bleibe hier.« Die Stimme ist voll, stark, so tief und fest, dass im ersten Moment nicht einmal Sandro sie wiedererkennt. Sie kommt von der Rückseite des Jeeps, von derselben Stelle, an der einen Moment später Rambos Militärjacke hervorkommt.

»Und wer bist du?«, fragt Ferro. Aber mit anderem Tonfall, der nichts mit dem zu tun hat, was er Sandro hinwirft.

»Die Leute nennen mich Rambo.«

»Na super, das fehlte gerade noch«, meint Serena. Dann dreht sie sich zum Gittertor um, verschwindet wieder im Wald und lässt die Männer hier draußen sich gegenseitig mustern.

»Rambo, was?«, meint Ferro. »Schöner Name, ausgebufft. Aber was hast du davon, wenn du das für mich tust, Rambo?«

»Bei mir geht es gerade drunter und drüber, Signore. Heut kommt ein Freund von mir aus dem Krankenhaus, ein treuer Freund, und es ist besser, in ihrem Haus, wo uns keiner finden kann, die Dunkelheit abzuwarten.«

»Gibt es jemanden, der euch auf den Sack geht?«

»Alle gehen mir auf den Sack, Signore, seit ich geboren bin. Aber sie wissen nicht, was sie tun, denn ich bin einer, der zurückschießt. Mehr noch, ich erwidere das Feuer mit dem Flammenwerfer.«

Rambo sagt das ganz ernst, und Ferro nickt mit vorgeschobenem Kiefer. »Und weißt du, wie man ein Haus verteidigt?«

»Ja, Signore. Und die Wut von damals, als sie mein Haus geraubt haben, steckt noch in mir.« Rambo hebt die Augen zu den Platanen und spricht nun mit schmerzverzerrtem Mund. »Ich bin in Forte dei Marmi geboren, Signore, wie Sie, aber meine Eltern haben das Haus verkauft. ›Das Geld kommt uns gelegen, es ist eine hübsche Summe ...‹, und weg war das Haus meiner Geburt, ich habe es mit eigenen Augen einstürzen sehen, jetzt steht da eine widerliche Villa mit Säulen und Mosaiken. Und ich habe nichts dagegen tun können, Signore, zu der Zeit war ich noch zu klein, ich ...«

»Zu der Zeit warst du fünfunddreißig«, sagt Sandro. Der danebensteht, aber niemand beachtet ihn.

»Es war mein Zuhause, Signore, es war mein Boden. Und wissen

Sie, was meine Eltern mit diesem Geld gemacht haben? Sie haben ein Haus in Massarosa gekauft. Wissen Sie, wo Massarosa ist, Signore?«

»Ja, mein Sohn, das weiß ich«, meint Ferro voller Schmerz.

»Na also, an diesem verlorenen Ort scheint nie die Sonne, nie! Ich bin am Meer geboren worden, Jesus Christus hat es so gewollt, aber wegen ein paar Groschen muss ich jetzt an diesem dunklen Ort leben, und die Leute sind anders, die Traditionen sind anders, das Klima ist anders, die Sprache ist anders, und ...«

»Massarosa ist eine Viertelstunde von hier«, sagt Sandro. Der weiterspricht, aber mittlerweile aufgehört hat zu existieren.

»Ich bin ein Fremder, Signore. Ich bin ein Fremder auf fremdem Boden, immer auf der Suche nach meinem Zuhause. Aber das ist absurd, denn ich weiß es ja, verdammt, ich weiß, wo mein Zuhause ist. Mein Zuhause ist das hier, dieser Ort, in dem ich geboren bin und in dem ich nicht leben darf. Deshalb, wenn Sie mich fragen, ob ich bereit bin, Ihr Haus zu verteidigen, Signor Ferro, antworte ich Ihnen, dass ich bereit bin, für Ihr Haus mein Leben zu geben! Eher zünde ich es an und sterbe im Feuer, aber ich werde es nie dem Feind überlassen!«

Ferro hört ihm mit angehaltenem Atem zu, nickt so heftig, dass ihm die Kappe vom Kopf fliegt, dann streckt er seinen Arm aus und ergreift Rambos Hand mit einem so leidenschaftlichen Händedruck, dass nur deshalb keine Umarmung daraus wird, weil sie wahre und ernsthafte Männer sind und Männer sich nicht umarmen. Aber die Energie, der Blick, das Zittern auf beider Haut entsprechen einer langen und intensiven Umarmung und vielleicht sogar einem kurzen Zungenkuss, so geladen sind sie mit Bewunderung füreinander und Groll gegen die restliche Welt.

Inzwischen ist Serena mit zwei Flaschen Wasser zurückgekommen, gerade rechtzeitig, um dem Ende dieses liebevollen Händedrucks beizuwohnen.

»Auf, Rambo«, sagt Ferro. »Nur Mut. Das hier ist die Begrenzung dessen, was du verteidigen musst.«

Rambo schaut sich um und nickt, dann geht er einen Moment hinter den Jeep, um sein Fahrrad zu holen. Und er hört es ans Fenster klopfen, hebt den Kopf, und da ist das weiße Mädchen, das ihn durch die Scheibe anstarrt und ihm ein Zeichen gibt, näher zu kommen.

»Signor Rambo, also, ich glaube nicht, dass daran irgendetwas Schlimmes wäre. Im Gegenteil, das ist wunderbar so. Aber, also, Ferro ist schon sehr alt und versteht bestimmte Dinge nicht, deshalb denke ich, sie sollten ihm besser nicht erzählen, dass Sie auf Männer stehen.«

Rambo verschlägt es die Sprache, das Fahrrad noch halb in der Luft. Das heißt, ihm entfährt nur ein Wort, ein kurzes, also wiederholt er das: »Aber ... aber ...«

»Ich weiß, dass das etwas ganz Normales ist, doch er ist alt und etwas eigen. Wenn Sie hierbleiben, sind wir glücklich, und wenn auch Ihr Freund aus dem Krankenhaus kommt, ist das wunderbar. Aber sagen Sie es Ferro lieber nicht, sonst wird er noch wütend und überlässt Ihnen das Haus nicht und Zot darf nicht mitfahren.«

»Aber ich ... aber seht mal, das stimmt gar nicht, ich bin nicht ... wer hat dir denn so was erzählt, hä? Sandro hat dir das erzählt, stimmt's? Worüber zum Teufel redet der mit euch denn beim Katechismus?«

»Nein, niemand hat mir das erzählt, Signor Rambo, ich weiß es von alleine.«

»Du weißt gar nichts, das stimmt nämlich gar nicht! Sehe ich etwa aus wie einer, der auf Männer steht? Schau mich an und antworte mir, sehe ich aus wie einer, der Männer mag?«

»Ich ... nun, ich denke schon, ja.«

»Ja? Wie, ja?«

»Ärgern Sie sich nicht, Signor Rambo«, sagt Zot da neben ihr mit einem ruhigen Lächeln. »Da ist nichts Schlimmes dabei, dass Sie auf Männer stehen. Vielleicht stehe ich auch auf Männer, wo ist das Problem?«

Luna dreht sich schlagartig um: »Zot, warst du denn nicht in mich verliebt?«

»Ja, sicher, du bist die Schönste, Luna. Aber es ist nicht so, dass mir Frauen im Allgemeinen gefallen, nur du gefällst mir, weil du ein außergewöhnliches Geschöpf bist. Doch wer weiß schon, was passiert, wenn ich groß bin, ob ich auf Männer oder auf Frauen oder auf beide stehe, wer kann das schon wissen.«

Zot sagt das so, und Luna verzieht den Mund und denkt einen Augenblick darüber nach, dann lächelt sie, und beide schauen wieder Rambo an. Der mit weit aufgerissenen Augen einen Schritt zurück macht und das Fahrrad vor sich stellt, als wollte er sich verteidigen, den Kopf schüttelt und sagt: »Ihr habt wirre Ideen im Kopf, Kinder, wisst ihr das? Äußerst wirr, ein richtiges Wirrwarr. Was wollt ihr schon davon wissen? Ihr seid nur Kinder, ihr wisst gar nichts, ihr liegt vollkommen daneben. Ihr könnt nicht ... ihr ...«

»Rambo! Rambo! Komm, ich zeige dir das Arsenal!«, ruft Ferro vom Gittertor. Rambo schnellt mit dem Kopf in seine Richtung: »Ich komme!«, ruft er mit der kräftigsten Stimme, die er hat. Er wirft noch einen Blick auf die beiden verfluchten Kinder, nimmt das Fahrrad und geht, aber auch Zot steigt aus und läuft los, um Ferro ganz fest zu umarmen.

»Oh, was zum Teufel machst du denn da? Bist du bekloppt?«

»Opa, Großväterchen, lass mich dich umarmen!«

»Was willst du von mir, geh mir vom Hals, du Zecke!«

»Nein, lass dich ein wenig umarmen, Opa, du wirst mir sehr fehlen, weißt du?«

»Du hast wohl nichts verstanden, ich komme mit euch.«

»Ja, ich weiß, und das ist wunderbar. Das ist ein großartiges Gefühl und ein großes Geschenk, das du uns machst. Doch, also, es handelt sich nun einmal um ein wahres Abenteuer, um ein wichtiges Unterfangen, und keinem von uns ist unbekannt, was passiert, wenn eine Gruppe Menschen ein wichtiges Unterfangen angeht. Wie die Forscher, die den Everest erklimmen, oder diejenigen, die den Nordpol entdeckt haben. Wir ziehen ins Abenteuer, und das Abenteuer hat seinen Preis, und dieser Preis ist immer der Tod von jemandem. Die anderen werden das Unterfangen vollenden, und sie werden glücklich sein, aber auch ein wenig traurig, wenn sie an ihren Gefährten denken, der es nicht geschafft hat. Und in Anbetracht des Alters, Opa, ist es nun einmal klar, dass du der Gefährte sein wirst, der nicht nach Hause zurückkehren wird. Und deshalb lass mich dich umarmen, Großväterchen, bevor es zu spät sein wird ...«

»Was willst du von mir, du Schwachkopf!«, sagt Ferro, schafft ihn sich vom Hals und fasst sich mit beiden Händen an die Eier. »Scher dich zum Teufel, verfluchter Unglücksbringer!«

Schließlich fängt er sich wieder, geht zu Rambo und gibt ihm die Hausschlüssel, sie verabschieden sich mit militärischem Gruß, und dann geht er zum Jeep zurück, öffnet die Wagentür des Beifahrersitzes und steigt ein. So, mit Schlafanzughosen, dem fleckigen Hemd, der Kappe und weiter nichts.

»Warten Sie«, meint Sandro. »Ich würde Serena vorne sitzen lassen, da sitzt sie bequemer.«

Er weiß, dass es nichts bringt, aber er sagt es trotzdem. Denn schließlich ist das nicht gerecht, er hatte sich diese Reise mit ihr an seiner Seite vorgestellt, mit der Sonne, die ihre Haare zum Glänzen bringt, ihren Blicken, die sich ab und zu zufällig treffen, den Beinen, die sich streifen ... aber das sind Träume, die im fantastischen Traumland wohnen, und wenn man versucht, sie die einsturzgefährdete Brücke überqueren zu lassen, die von diesem Paradies in die Wirklichkeit führt, dann werden sie zu einem Alten im Schlafanzug, der sich auf den Sitz wirft und meint: »Los, schnell, ich kann nicht lange sitzen, sonst platzen meine Hämorriden.«

Dritter Teil

Und wenn du glaubst, dass du
eine überwältigendere Geschichte erzählen kannst,
schwöre ich bei Gott, dass du eine Lüge erzählen musst.

Tom Waits

Schornsteinfeger

Es gibt Männer, die Frauen mit dem Spruch erobern: »Ich fahre mit dir an die Côte d'Azur, da kenne ich mich gut aus, das ist praktisch mein zweites Zuhause.« Und wenn es nicht die Côte d'Azur ist, ist es die Costa Smeralda, der Comer See oder Venedig oder einer dieser Orte, bei denen man schon ziemlich cool ist, wenn man sie nur erwähnt, und wenn einer sie gut kennt, bedeutet das, dass er in Saus und Braus lebt und man sich an ihn klammern sollte, vielleicht wird das Leben dann auch für einen selbst schön, einen Tag am See, einen Tag an der Riviera und einen Tag irgendwo anders, du kannst dir jetzt nicht einmal vorstellen, wo, aber er wird noch fantastischer sein als die anderen.

Der einzige Ort, den Sandro wirklich gut kennt, ist die Autobahn. Was nicht einmal ein Ort ist, vielmehr der gerade und langweilige Streifen, der einen Ort vom anderen trennt, aber so ist es für ihn. Schon seit er klein war, das eine Mal, als er mit Papa und Mama nach Madonna di Campiglio gefahren ist, oder nach Piacenza, wo seine Tante Gina im Krankenhaus lag, oder zum Zoo von Pistoia, um Eisbären zu sehen, die einen verzweifelt anstarren, während sie in der Sonne schmoren. Sie fuhren auf die Autobahn und ein unglaubliches Abenteuer begann, das wieder endete, wenn sie ihr Ziel erreicht hatten. Die anderen sind aus dem Wagen gestiegen, haben sich gereckt und gestreckt und waren froh, dass der Ausflug nun losging, während für Sandro das Beste schon vorbei war. Die Räder hatten aufgehört, sich zu drehen, Häuser, Bäume und Menschen flitzten nicht mehr vorbei, also konnte Sandro sehen, dass sie weniger schön und interessant waren als vorher, als sie jenseits der Scheibe vorbeigezogen und ihm wie ein langer, bunter Kondensstreifen im Kopf geblieben waren.

Dann ist Sandro endlich achtzehn geworden, hat seinen Führerschein gemacht und fährt seitdem auf die Autobahn, wann ihm danach ist. Es ist so schön, bei der Zahlstation anzukommen, ein Ticket zu ziehen und diese fabelhafte Welt zu betreten. Und alle Italiener meinen, dass es ein Skandal sei, für die Autobahn bezahlen zu müssen, dass sie in den entwickelteren Ländern gratis sei, weil man die Kosten mit seinen Steuern abdeckt, aber für ihn ist das kein Skandal. In Holland, in Schweden, an all diesen zivilisierten und pedantischen Orten, wo das Geld der Bevölkerung für Arbeiten ausgegeben wird, die der Bevölkerung dienen, ist die Autobahn zwar gratis, aber sie hat nicht denselben Zauber. Bei uns gibt es dagegen eine Schranke an der Auffahrt und eine, wenn man wieder abfährt, die Autobahn ist wirklich eine andere Welt, ein fantastisches Schauspiel, das nichts mit dem Rest zu tun hat, und für so ein Schauspiel ein Ticket zu bezahlen ist nur richtig. Man bezahlt im Kino, man bezahlt für Konzerte, und Sandro erinnert sich an keinen Film und keine Band, die ihn so bewegt hätten, wie stundenlang geradeaus zu fahren und dabei die immer anderen und schiefen Ebenen, Buckel und Falten dieses verworrenen Landes zu durchqueren.

Seine schönsten Nächte hat Sandro so verbracht. Und das mag vielleicht einiges über sein Sozialleben aussagen, aber es bringt jedenfalls nichts, so zu tun, als wäre es nicht wahr. Die besten Samstagabende in seinen Zwanzigern waren, wenn er ins Auto gestiegen ist, an der Zahlstation Versilia aufgefahren ist und per Zufall entschieden hat, ob es nach Norden oder Süden geht. Einmal, eines Nachts, als er geradezu körperlich dieses Bedürfnis verspürte, von jeglichem Ort zu verschwinden, ist Sandro Richtung Florenz gefahren, dann Richtung Bologna, und von dort ist er weiter bis nach Rimini. Von Küste zu Küste, vom Tyrrhenischen Meer bis zur Adria, und als er nach Hause zurückkam, dämmerte es schon. Seine Mama hatte sich Sorgen gemacht, sein Papa dagegen hatte ein Lächeln im Gesicht, das gar nicht mehr aufhören wollte, hat ihm auf die Schulter geklopft und ihm zugezwinkert, froh, dass sein Sohn die Nächte damit verbringt, zu tun, was er nicht mehr tun konnte. Und Sandro hat mit einem schelmischen und komplizenhaften Lächeln geantwortet, denn das war besser so, lieber seinen Vater glauben lassen, er habe das Geld in einem guten Restaurant und für Kondome ausgegeben, um die heiße Braut zu züchtigen, die er ins Restaurant ausgeführt hatte. Stattdessen war es für die Autobahngebühr und Benzin draufgegangen, um nirgendwo anzukommen, und für ein Brötchen und ein Bier ganz allein an der Raststätte von Rimini, wo sich Sandro so fernab von allem gefühlt hatte, so gut.

Und er fühlt sich auch jetzt gut in Rambos Jeep, auch wenn er nicht allein ist, im Gegenteil, da sind ein Haufen Leute und viel Lärm. Er schaut in die Seitenspiegel und sieht diese beiden kleinen Hände, eine hier und eine dort, die von Zot und die andere, ganz weiße von Luna, winzige Händchen, draußen vor den offenen Fenstern in der Luft tanzend, die sie hoch und runter fliegen lässt wie Vögel mit ihren Flügeln im Wind. Auch Sandro wäre gerne so leicht, so frei und umgeben von so viel Luft, die ihn durchschüttelt und fortträgt. Aber vorerst genügt es ihm zum Wohlfühlen, die Hände der Kinder in den Seitenspiegeln zu betrachten, und ab und zu hebt er die Augen zum Rückspiegel, wo er Serenas Gesicht vorfindet. Und er würde es lieber nicht zu oft anstarren, aber seine Augen hören nicht auf ihn, er schickt sie auf die Straße, und sie springen jeden Moment wieder dahin zurück. Und wenn es einen besseren Ort als hier und jetzt gibt, mit dem Lenkrad in der Hand, der Straße vor und diesem bestaunenswerten Wunder da hinter sich, also, dann müsst ihr ihn Sandro nennen, denn er kennt wirklich keinen.

Vielmehr, sagt es ihm nicht, es ginge ihm ohnehin am Arsch vorbei.

Die anderen plaudern und studieren die Schilder und Orte, die ihnen entlang der Straße entgegenkommen, und Sandro, dieser Bekloppte, schaut dich im Rückspiegel mehr als alles andere an. Du dagegen schaust ihn nicht an, Serena, du richtest den Blick starr auf den Sitz vor dir und versuchst nicht darauf zu achten, wie die anderen Autos euch überholen, wie die Camper euch überholen, wie euch sogar die LKW mit voller Ladung und die Alten mit Hut überholen. Alles fährt schneller als dieser Jeep, der ruckelt und wie fünfzig kaputte Waschmaschinen klingt, die versuchen einen Stein zu waschen, aber in Wirklichkeit rührt ihr euch kaum vom Fleck.

Und das ist gut so. Es wäre dir sogar noch lieber, wenn der Jeep wirklich anhielte oder, noch besser, wenn der Rückwärtsgang eingelegt würde und er dich zurück nach Forte dei Marmi brächte.

Zum ersten Mal entfernst du dich so weit von deinem Zuhause. Das heißt, zum ersten Mal in deinem Leben nach Luca. Was kein Leben ist, aber du weißt nicht, wie du es sonst bezeichnen sollst, also nennen wir es so, außerdem hat es ja auch wenig Sinn von deinem Zuhause zu reden, da du kein Haus mehr hast. Also wer weiß, wovon du dich eigentlich nicht entfernen willst, Serena, das weißt nicht einmal du. Vielleicht von den Straßen, die dir von Luca erzählen, vom Schmerz, der sich mitten in deinen Atem bohrt, wenn du etwas siehst, was dich an deinen Sohn erinnert, wenn du hörst, schnupperst oder berührst ... alle fünf Sinne arbeiten zusammen, um dich nicht einen Augenblick in Frieden zu lassen, um dir diesen Schmerz zuzuführen und dich verloren fühlen zu lassen, und doch beruhigt es dich aus irgendeinem erschreckenden Grund, wenn er um dich ist, denn er ist das einzig Sichere deiner Tage geworden. Vielleicht willst du dich deshalb nicht entfernen, um deinen Schmerz nicht da alleine und unbewacht zurückzulassen. Auch wenn sicherlich niemand Lust hat, ihn dir zu stehlen, außerdem ist es unmöglich, ihn irgendwo zurückzulassen: Dieser Schmerz folgt dir immer, du trägst ihn auch hier auf der Autobahn mitten im Apennin an dir, zwischen Wäldern und Tälern und kleinen Dörfern, die vor wer weiß wie vielen Jahrhunderten auf den Berggipfeln gebaut wurden, dort oben zusammengedrängt, um der Welt ringsum fernzubleiben, die vielleicht nie besonders gut gewesen ist. Und das Meer ist nicht mehr zu sehen, du versuchst dich zu orientieren, herauszufinden, wo es ist, aber du weißt es nicht, auch nicht, wo Forte dei Marmi ist, wo deine Straße, wo der Friedhof.

Denn das ist nunmehr deine Mitte. Vielmehr ist es nicht einmal eine Mitte, es ist das einzige Fleckchen Welt, auf dem du es irgendwie schaffst, aufrecht zu stehen. Es ist wie früher im Sommer, wenn der Jahrmarkt und auch der Zirkus kamen und du das einerseits bedauert hast, weil plötzlich nach und nach die Katzen des Dorfes verschwanden, deine Mama hat immer gesagt, dass die Zigeuner sie stehlen würden, um sie den Löwen und Tigern zu fressen zu geben, dir schien das Unsinn, und du hast nicht daran geglaubt, aber die Katzen verschwanden wirklich. Zugleich warst du aber froh, denn zusammen mit dem Zirkus kam der Jahrmarkt mit den Karussells, und in der Ecke vor dem Meer stand dein Lieblingskarussell, das Tagada hieß und praktisch eine Art Plattform oben auf einem Pfahl war, wo sich die Jugendlichen alle außen im Kreis hinsetzten, und das Karussell drehte und wendete sich, und ihr musstet sitzen bleiben und euch gut festhalten. Aber da war immer dieser kleine Angeber mit Jeansweste und Cowboystiefeln, einem Haifischzahn um den Hals und Vokuhila-Frisur, der, sobald das Karussell losdrehte, aufgestanden ist und sich mitten ins Tagada gestellt hat, er hielt die Hände in den Hosentaschen und pfiff, um zu zeigen, dass er ganz ruhig war, und er bewegte die Füße auf eine Weise, dass sich das gesamte Karussell um ihn drehte, er aber unbeweglich in der Mitte stehen blieb. Du weißt nicht, wer dieser Geck war, du hast ihn sonst das ganze Jahr über nie irgendwo gesehen, dann kam das Tagada, und er tauchte da aufrecht in dessen Mitte auf. Und wer weiß, wo er jetzt abgeblieben ist, seit der Jahrmarkt nicht mehr kommt, ob er wohl noch lebt und was er macht, ob er eine andere Mitte gefunden hat, wo er aufrecht stehen und so tun kann, als sei er ruhig. Du weißt es nicht, Serena, du weißt nur, dass du ihm jetzt sehr ähnelst, mit dieser Welt, die sich ganz schnell und chaotisch um dich dreht, und du versuchst in deiner Mitte aufrecht stehen zu bleiben, die aus einem Bett, einer Straße und einem Friedhof besteht, und wenn du auch nur einen Schritt abrückst, da bist du dir sicher, fällst du und schlägst auf dem Boden auf, und die Welt spuckt dich ins Nichts aus.

Und eigentlich solltest du auch jetzt dort sein, im Bett, mit geschlossenen Fensterläden und dem Kopf auf dem Kissen. Stattdessen ziehen die Straße und die Dörfer vorbei, und Sandro zeigt den Kindern ein Schild mit der Aufschrift WILLKOMMEN IN DER LUNIGIANA, darüber ein gemalter Mond und ein Foto dieser Statuen aus Stein, von denen dir die Kleine erzählt hat, also schauen Luna und Zot hin und rufen »Yeeeeeeeeeeeeee!«. Denn sie glauben fest an diese Geschichte mit den Nachrichten von Luca, du aber nicht, das kannst du dir nicht erlauben: Luna ist klein und kann sich, wenn sie älter wird, immer noch berappeln, du hast dagegen ein Alter erreicht, in dem man Stöße nicht mehr ausbessern kann, es bleiben nur Beulen, die sich vermengen und zu einem einzigen, klapprigen Etwas werden, und diese Klapperkiste bist du. Du darfst dich nicht gehen lassen, Serena, du musst dich fest an etwas Standhaftes und Echtes halten. Nur, dass es in diesem Jeep nichts dergleichen gibt, alles ruckelt und wackelt, während ihr nun offiziell die Lunigiana erreicht habt. Also versuchst du dich an das glückliche »Yeeeeeeeeeeeeeee« der Kinder zu halten und an jedes kleine Dorf und an Lunas Augen, die du siehst, obwohl sie sich hinter den dunklen Gläsern der Sonnenbrille verstecken. Du musst sie nicht sehen, um zu wissen, wie die Augen deiner Tochter aussehen. Sie sind glücklich, weit aufgerissen und voller Aufregung, während sie alles aufsaugt, was da draußen vorbeizieht, und glücklich ist auch ihre Stimme, als sie dir jetzt eine Hand auf den Arm legt und dich etwas fragt.

Aber du hast nicht gehört, was. Du schaust sie an, holst Luft. »Luna, entschuldige, ich habe dich nicht verstanden«, sagst du und versuchst deine Tochter anzulächeln, du versuchst dich gut an ihr festzuhalten.

»Luna, entschuldige, ich habe dich nicht verstanden«, sagt Mama zu mir.

Also frage ich sie noch einmal, ob sie zufällig irgendeine Kassette eingepackt hat, die wir hören könnten.

»Kassetten? Wer hört denn noch Kassetten?«

Signor Sandro da vorne meldet sich, das Auto habe kein Radio, aber er habe einen Kassettenrekorder und drei Kassetten mitgebracht, die er extra für die Reise aufgenommen hat. Nur, dass auch Zot welche mitgebracht hat, eine volle Plastiktüte, in die Ferro seine Hände steckt, um die richtige zu suchen. Er drückt sie so fest, dass das Plastik klingt, als gehe es kaputt, hält sie sich direkt vor die Augen und studiert, was darauf zu lesen ist: »Gino Latilla, Giorgio Consolini, Nilla Pizzi, das Quartetto Cetra ...«

»Gibt es nichts, was nach dem Zweiten Weltkrieg aufgenommen wurde?«, fragt Mama. Und Signor Sandro sagt sofort, auf seinen Kassetten schon, die seien moderner, ziemlich modern. Aber Mama antwortet ihm nicht, und es gibt sowieso nichts mehr zu diskutieren, Ferro wirft die Tüte mit den Kassetten weg und hält eine in die Luft.

»Oh, seht mal hier! Verneigt euch vor dem König!«

Ich erkenne nicht, was es ist, da nimmt Ferro die Kassette und reicht mir die Hülle, ich nähere sie meinem Gesicht, lese CLAUDIO VILLA, DER KAISER DES ITALIENISCHEN SCHLAGERS, und sehe das Foto eines Herrn, der wie ein Torero gekleidet ist, mit diesem Hut, den die Toreros tragen, wie eine auf den Kopf gestellte Vase.

»Oh nein, nicht Claudio Villa!«, meint Mama verzweifelt.

»Aber Signor Villa ist ein ganz Großer«, sagt Zot. »Seine Triller werden euch erobern.«

»Ja, schon klar«, antwortet Mama. Und sofort gibt Signor Sandro ihr recht und sagt, dass man Villa nicht mehr hören könne und dass seine Kassetten besser wären, die er extra für diesen schönen Ausflug aufgenommen habe, und ...

»Behalt deine Kassetten für die Partys, die ihr unter euch Schwuchteln feiert«, sagt Ferro. »Und jetzt hört auf, den großen Claudio zu beleidigen, seid still und lasst uns ins Paradies der Melodie eintreten.«

Er versucht die Kassette in den Rekorder zu stecken, nach langem Drücken gelingt es ihm, und ein ohrenbetäubender Lärm kreischender Geigen setzt ein, mit einer Stimme, die noch lauter kreischt und mir den Kopf schwirren lässt.

Quando in ogni paesello l'inverno viene
e la neve il suo mantello vi distende pian piano,
abbracciando il mio fardello di cenci e pene
sospirando un ritornello me ne vado lontan...

Wenn in jedem kleinen Dörfchen der Winter bricht herein
und der Schnee mit seinem Mäntelchen es langsam bedeckt,
ja dann nehme ich mein Bündelchen mit Lumpen und Pein
und seufzend ein Verschen, ziehe ich weit fort ...

»Oh ja, verdammt«, sagt Ferro. Er hebt eine Hand und bewegt sie durch die lärmerfüllte Luft, und Zot hier neben mir tut dasselbe. »Ah, *Spazzacamino*, das ist wirklich mal ein Meisterwerk. Wie dreht man denn lauter bei diesem Gerät?«

Mama macht ihn darauf aufmerksam, dass ihr gleich die Ohren platzen, und Signor Sandro, dass das Gerät schon voll aufgedreht ist. Also steigert Ferro die Lautstärke, indem er mit schiefer Stimme bei Signor Villa mitsingt:

Come rondine vo, senza un nido né raggio di sol
per ignoto destino, il mio nome è lo spazzacamino.
Della mamma non ho la carezza più tenera e lieve,
i suoi baci non so, la mia mamma è soltanto la neveee.

Wie die Schwalben zieh ich, ohne Nest oder Sonnenstrahl,
unbekanntem Schicksal entgegen, mein Name ist der
Schornsteinfeger.
Von meiner Mama hab ich nicht die allerzarteste
Liebkosung,
ihre Küsse kenn ich nicht, meine Mama ist allein der Schnee.

Er dreht sich zu uns hier hinten um und schaut Zot an, der als einziger seine Freude teilt. Doch Zot hat aufgehört, seine Hand durch die Luft zu bewegen, und hält sich nun beide Hände vors Gesicht.

»Zot, geht es dir gut?«, frage ich. Aber er antwortet nicht.

»Kleiner, oh, was ist los?«

»Nichts, entschuldigt mich«, seine Stimme zittert so sehr, dass man ihn kaum versteht. »Aber dieses Stück, diese Stelle über die Mama … spul vor, Opa, bitte«, dann hört er auf zu sprechen, und er wird von Zuckungen im Rücken durchgeschüttelt, die vielleicht Huster sind. Aber das ist kein Husten, Zot weint. Und das scheint mir unmöglich. Zot lächelt immer, wenn er ausnahmsweise mal nicht lächelt, liegt es daran, dass er richtig lacht. Jetzt dagegen ist er ganz gekrümmt und auf seinem Sitz zusammengefaltet, wegen der Geschichte eines Jungen, der Schornsteine fegt und keine Mama hat.

Und ich weiß nicht, was ich sagen oder tun soll, doch ich versuche es. Ich lege ihm eine Hand auf die Schulter und meinen Arm um seine Hüfte. »Komm schon, Zot, das ist doch nur ein Lied.«

È Natale e non badare, Spazzacamino,
ogni bimbo ha un focolare e un balocco vicino,
io m'accosto per giocare, quando un bambino
mi dà un urto: »Non toccare, va a spazzare il camìn.«

Weihnachten ist, doch kümmer dich nicht,
                                        Schornsteinfeger,
jedes Kind hat Heim und Licht und ein Spielzeug bei sich,
um zu spielen, näher' ich mich, als mir ein Junge
einen Stoß gibt: »Berühr das nicht, geh den Schornstein
                                        fegen.«

»Was für ein Hurensohn«, sagt Ferro. »Dieser scheißverwöhnte Junge mit seinen Spielzeugen am warmen Kamin. Der Schornsteinfeger sollte ihm den Arsch aufreißen.«

Keiner kommentiert. Das heißt, nur ich, die ich antworte: »Sie haben recht, Signor Ferro.« Ich wollte das gar nicht sagen, aber es ist mir so herausgerutscht, denn dieses reiche Kind macht mich wirklich wütend. Und ich weiß, dass es ein Lied ist und es diesen Jungen nicht gibt, aber in der Wirklichkeit gibt es viele, die noch bösartiger sind als er, und niemand tut ihnen je was, sodass sie weiter so böse sein können, wie sie wollen. Wenn also wenigstens der hier aus dem Lied schlimm enden würde, gefiele mir das wirklich. Aber nichts dergleichen, stattdessen singt der arme Schornsteinfeger bloß.

Die Geigen steigen in die Höhe und mit ihnen die Stimme von Signor Villa, und sie versetzen uns noch einen letzten Stoß, um sich tief ins Hirn zu bohren, dann ist das Lied zu Ende.

Die Mama sagt mit einem Seufzer: »Halleluja«, Zot trocknet sich die Augen, und auch Ferro wischt sich seine mit den Händen, dann fragt er, wie man zurückspult.

»Warum?«, fragen wir alle gleichzeitig, zu Tode erschrocken, da wir durchaus ahnen, was er will. Und leider ist das tatsächlich der Fall: »Weil wir es nochmal hören müssen, das steht außer Frage, verdammt.«

Aber niemand hilft ihm, also versucht er es alleine, mit Stößen und Schlägen, wobei ihm nur gelingt, das Gerät für eine Weile auszuschalten.

»Das ist aber überhaupt nicht gerecht«, sage ich. Ich denke das nicht nur, ich spreche es wirklich aus. Denn schließlich ist das echt nicht gerecht, Mensch.

»Was denn, Luna?«

»Dass sie ihn so schlecht behandeln, den Armen.«

»Wen denn?«

»Den Schornsteinfeger. Wieso behandeln sie ihn denn so?«

»Weil er schwarz ist«, sagt Ferro. »Vom vielen Arbeiten in den Schornsteinen ist er ganz schwarz, und deshalb halten sich die Leute von ihm fern.«

»Na gut, das habe ich verstanden, aber von mir halten sich die Leute fern, weil ich ganz weiß bin. Wie muss einer denn sein, damit die Leute ihn mögen?«

Als ich das sage, antwortet erst einmal niemand, auch weil es wohl keine Antwort darauf gibt. Doch dann meint Signor Sandro: »Weißt du, Luna, ich glaube, wenn man in dieser Welt den

Leuten gefallen will, muss man so grau sein wie sie. Wir sind nicht grau, und das zahlen sie uns jeden Tag heim.«

So sagt er das, und ich glaube, er hat gar nicht gemerkt, dass er etwas sehr Schönes gesagt hat. Aber dann doch, denn hier hinten bleiben wir alle still und schauen auf ihn, er dreht sich kurz um, um zu sehen, was los ist, und ich lächele ihn ganz doll an, und Zot bestimmt genauso, und die Mama dreht ihren Kopf zur Seite, aber nicht sofort, einen Augenblick hat auch sie ihn angesehen, und diese Stille ist wirklich schön und könnte sehr gut bis Pontremoli andauern.

Stattdessen dauert sie nur ein paar Sekunden, dann schlägt Ferro wieder auf den Kassettenrekorder ein und schafft es auf irgendeine Weise tatsächlich, das Lied zurückzuspulen. Und wenn auch nicht ganz von Anfang, singt Claudio Villa erneut von diesem armen Schornsteinfeger.

»Ah, was für eine goldene Kehle, verdammt gut. Villa ist der Größte, da kann man nichts machen, die anderen Sänger sind Scheiße unter seinen Schuhsohlen.«

»Er war wahrlich ein ganz Großer, Opa. Auch wenn dieses Lied mir besser gefällt, wenn Robertino es singt.«

Als Zot das sagt, dreht sich Ferro ruckartig um, wobei er sich mit den Händen am Sitz festhält: »Was hast du da gesagt? Robertino?«

»Ja. Meiner Meinung nach ist seine Version von *Spazzacamino* intensiver.«

»Warte mal kurz, du willst den König Claudio Villa mit dieser halben Niete Robertino vergleichen? Ich schmeiß dich gleich aus dem Wagen, hörst du?«

»Entschuldigt«, frage ich, »wer ist denn Robertino?«

»Luna, du musst wissen, dass Robertino in den ruhmreichen Sechzigern sehr berühmt gewesen ist«, sagt Zot. »Er war ein Kind mit paradiesischer Stimme.«

434

»Hört ihn euch an, *paradiesisch*«, Ferro spuckt ein Lachen aus.
»In Italien hat nie jemand Robertino gehört. Erfolg hatte er in
Dänemark, Deutschland, diesen Ländern da oben.«
»Auch bei uns in, ähm, Russland war er sehr beliebt.«
»Na, eben, was wisst ihr schon davon? Das war Scheißdreck für
den Export, wie der Mozzarella mit Dioxin und Olivenöl aus Oliven samt Kern. Claudio Villa dagegen war ein großer Künstler.
Wisst ihr, was auf seinem Grab steht? Keine Engelchen, kein Unsinn aus dem Evangelium, wie er eurem Katechetenfreund hier
gefällt. Da steht nur ein Satz des großen Claudio: ›Leben, bist du
schön, Tod, du widerst mich an.‹ Schluss, aus. Was für ein Meister, was für ein Poet. Und was er für eine Stimme hatte, hört hier ...
wie stellt man dieses Ding lauter?«
»Es ist schon auf voller Lautstärke, voll aufgedreht!«
Ferro streckt sich auf dem Sitz aus und hört seinem König Claudio Villa zu, der singt und noch einmal zum traurigen Ende dieses tieftraurigen Liedes kommt.
Nur dass Signor Claudio Villa, wie alle Künstler, ein unvorher-
sehbarer Mensch ist und dieses Mal entscheidet, das Ende ganz
anders zu gestalten. Er beginnt zu diesen hohen, halssprengen-
den Tönen von vorhin aufzusteigen, aber plötzlich geht er wieder
runter, seine Stimme senkt sich, zittert und versinkt in einem
tiefen, verzerrten Ton, dann erstirbt sie schlagartig zusammen
mit der ganzen Musik.
»Oh, was ist denn da los!«, ruft Ferro. Der schon eine Hand auf
dem Herzen hatte, um das Finale mitzusingen, und die nun mit
seiner anderen um den Kassettenrekorder gelegt hat, wie um ihn
zu erwürgen.
»Langsam!«, meint Sandro. »Es werden die Batterien sein, die
Batterien sind alle.«
»Dann setzen wir neue ein, sofort!«
»Ich habe keine.«

»Verdammte Scheiße, und ihr?«

Wir schütteln den Kopf.

»Dann müssen wir bei einer Raststätte halten.«

»Aber nein doch«, meint Mama. »Wir kaufen in Pontremoli welche, eine Weile können wir auf Musik verzichten. Sieh mal, das ist sogar angenehmer.«

Ferro dreht sich um, verzieht den Mund, schüttelt noch einmal den Kassettenrekorder, aber der klingt nur nach Teilen, die gegen andere Teile schlagen.

Und da, aus dem Nichts ruft Zot: »Ah!« Er stürzt sich hinten in den Jeep und sucht zwischen all dem Zeug, das wir eingeladen haben. Ferro schaut ihn voller Hoffnung auf Batterien an. Mama schaut ihn an, ohne zu verstehen, was er tut. Ich schaue ihn nicht einmal an, denn leider habe ich es schon verstanden.

Und auch die anderen verstehen, als Zot mit seinem rissigen, überall von herumbaumelnden Tesafilmstreifen bedeckten Akkordeon im Arm wieder auftaucht.

»Überraschung! Wir müssen nicht auf Musik verzichten!«

»Ich kann nicht glauben, dass du diesen Scheiß mitgenommen hast!«

»Doch, doch, Großväterchen! Und dafür brauchen wir keine Batterien, es braucht bloß Enthusiasmus!«

Er legt seine Hände auf die Tasten und bereitet sich vor. »Also, ich möchte mit einem Originalstück einsetzen, einem Lied, das ich letzte Nacht komponiert habe, diesem unserem gemeinsamen Abenteuer gewidmet. Es heißt *Ein Versprechen an meinen Opa*. Und eins, und zwei, und eins-zwei-drei-vier«, und voller Inbrunst fängt Zot an, sein Akkordeon zusammenzuquetschen, das anfangs nur ein Zischen von sich gibt, dann wird das Zischen einem Husten ähnlicher, dann kommen langsam Klänge heraus wie von sehr kleinen, sich zankenden Hunden. Und in dieses Gezanke stürzt sich Zots Stimme, die Folgendes singt:

»Ach welch ein Glüüück, ist dieser Ausflug zusammen,
Luna, Serena, Sandro und Zot, wie lieb wir uns habeeen,
doch ein Versprechen gab ich, mit taubengleicher
                              Stimmeee,
Opa, dir werd' ich, eine Blume ans Grab bringeeen.«

»Jetzt reicht's aber, verdammt!«, ruft Ferro, mit einer Hand klopft
er dreimal auf Holz und mit der anderen greift er sich fest zwischen die Beine. »Wenn ich sterbe, nehme ich dich mit mir, du
Scheißkerl, dann nehme ich dich mit!«
»Ja, Großväterchen, so werden wir auch im Paradies zusammen
sein!«, und Zot setzt wieder zu spielen an. Ferro streckt seinen
Arm nach hier hinten aus und versucht ihn zu packen, und Signor Sandro wiederholt: »Seid brav, seid ruhig«, aber er erntet
nur ein: »Du, sei still und fahr, Arschficker« und einen Ellbogen,
der ihn gegen die Schulter stößt, der Wagen schleudert zu einer
Seite und wird ganz durchgeschüttelt, ich halte mich an Mama
fest, und Mama ruft ganz laut: »Es reicht! Hört auf damit! Halten
wir von mir aus bei der nächsten Raststätte, aber es reicht jetzt.
Und wer als Erster Radau macht, dem schlage ich die Zähne ein,
ich schwör's!«
Und niemand bewegt sich mehr, niemand sagt noch etwas, wir
schauen nur auf die Straße vor uns und fahren so geradeaus weiter, ohne je anzuhalten. Das heißt, wir halten an der Raststätte.

Vietnam ist überall

»Das Haus gehört dem Alten.«

»Welchem Alten denn?«

»Dem Alten, von dem ich dir vorhin erzählt habe, der mit Sandro weggefahren ist.«

»Ach, ja, entschuldige«, meint Marino und starrt wieder die Luft zwischen sich und den Mauern ringsum an, die dunkel und feucht und zur Hälfte von einer Menge angehäuftem Zeug verdeckt sind. »Stimmt, das hattest du mir schon gesagt.«

Klar hatte Rambo ihm das schon gesagt. Und er hat ihm auch erklärt, wieso sie hier sind. Dass es nicht sehr vorsichtig wäre, mit dem Krankenwagen bei Marino zu Hause anzukommen. Da gibt es zu viele Neugierige, lieber ihn hier abladen lassen, und heute Abend, wenn es dunkel ist und Sandro von seinem kleinen Ausflug zurückkommt, bringen sie Marino in seine Wohnung, ohne die Gefahr, dass jemand kommt und nervt.

»Wer soll denn schon kommen?«

»Keine Ahnung, zum Beispiel dein Onkel, der ausgerechnet Polizeichef ist.«

»Ach was. Er war der Bruder meines Papas, möge er in Frieden ruhen, mit Mama spricht er nicht einmal. Da besteht keine Gefahr, lass uns bitte zu mir nach Hause gehen.«

»Nein, das können wir nicht, Marino, finde dich damit ab.«

»Bitte, Rambo, dieser Ort hier macht mir Angst. Es ist das Geisterhaus, erinnerst du dich nicht an die Geschichte mit den erhängten Partisanen? Man hat sie an diesen Bäumen da draußen aufgehängt, stell dir das mal vor, an diesen Bäumen da. Lass uns zu mir nach Hause gehen, ich bitte dich inständig darum.«

Und Rambo hat Nein gesagt. Und Marino Doch. Und Rambo Nein. Und Marino Doch. Und da hat ihm Rambo alles erzählen müssen. Vom Obstverkäufer, der hochgekommen war, um nach seiner Mutter zu fragen, und warum er nach ihr gefragt hat. Und Marino hat fünf Minuten ganz regungslos und still die Decke dieses dunklen Zimmerchens angestarrt. Dann hat er Rambo wieder gefragt, wo sie sind. Als ob sein Hirn versuchen würde, all diese Scheußlichkeiten auszulöschen und wieder von null anzufangen, nur dass jedes Mal dieselben Scheußlichkeiten erneut passieren.

Noch schlimmer, denn jedes Mal kommen Marino neue Details in den Sinn, und es sind die Details, die einen aufreiben. Die schlimmen Geschichten, Unfälle, Niederlagen, Menschen, die man liebt und die einen aber verlassen und fortgehen ... große Schmerzen brennen mit der Zeit etwas weniger, denn es gelingt einem, sie mit Abstand zu betrachten und als allgemeine Tatsachen zu denken, in einem erweiterten Kontext, der sie rechtfertigt und mildert, insofern es sich um charakterbildende Erfahrungen handelt, an denen man wächst, denn im Grunde sind es gar nicht so tragische Ereignisse, nein, es sind notwendige Schritte des Lebens, die alle betreffen, die das ganze Universum betreffen und nicht nur einen selbst, im Gegenteil, einen selbst betreffen sie kaum ... Und dieses Gerede könnte sogar funktionieren, der Überlebensinstinkt verblödet einen so sehr, dass man daran glaubt. Doch dann kommen die Details, und die reiben einen auf. Die kleinen Details, die da in den Hirnfalten versteckt sind, und wenn man versucht, ein sauberes, ruhiges und glückliches Leben zu führen, da kommen sie wieder hervor und werfen einen in den schwärzesten Abgrund der Realität. Der Geruch des Ragouts im Flur, wo sie dir Lebewohl gesagt hat, die schweren Hosen, die du getragen hast und derentwegen deine Beine gejuckt haben, der Schnitt ihrer Augen, als sie gegangen ist und du sie gefragt hast, ob sie schon einen anderen habe ... die Details sind winzige, spitze Wirklichkeitssplitter, sie bohren sich in dein Hirn und erinnern dich daran, dass diese Momente nicht allen gehören, sie sind nicht das Leben oder die Erfahrung der Welt, dieses scheußliche Ereignis ist an einem bestimmten Ort und zu einem bestimmten Zeitpunkt passiert, es ist genau dir passiert, und diese Details heften es dir für immer an deine Seele.

Und so passiert es jetzt Marino, mit seinem Kopf auf dem Kissen und dem Blick wahllos um sich schweifend. Er sollte brav und still sein, die Decke anstarren und so wenig wie möglich nachdenken. Stattdessen kämpft er immer noch, um nicht bis ins Letzte daran zu glauben, und er tut sich damit weiter weh: »Aber, Entschuldigung, das ergibt doch keinen Sinn«, sagt er, wobei er sich ruckartig zu Rambo umdreht. »Wieso hat sie dann immer mich in den Laden geschickt? Sie hätte doch alleine da hingehen können, oder?«

»Hm, keine Ahnung. Vielleicht hatte sie morgens keine Lust, ihn zu sehen«, denkt sich Rambo aus. »Vielleicht hatte sie morgens nur Lust auf frisches Obst und hat dich geschickt, welches zu besorgen.«

»Nein, Mama hat nie Obst gegessen, sie ließ mich welches essen, weil mir das guttut. Doch sie hat sich immer aufgeregt, dass der Signor Franco mir verdorbenes Zeug gibt. Und wirklich habe ich gesagt: ›Mama, das Obst von Franco ist dir doch nie recht, morgen hole ich es woanders.‹ Und sie: ›Nein! Auf keinen Fall.‹ Und sie hat mich immer dorthin geschickt, und mit dem Obst gab es immer irgendein Problem, und jeden Tag ist sie zu ihm runter, um es zurückzubringen, und ...«

Und Marino fährt nicht fort. Obwohl, vielleicht schon, aber nur in seinem Kopf, und dort sieht er Dinge, die ihm die Stimme verschlagen. Dinge, von denen Rambo weiß und von denen auch Sandro weiß, aber sie haben beschlossen, sie ihrem Freund nicht zu erzählen. Welchen Sinn hat es, die Wahrheit zu sagen, wenn sie zu nichts dient, wenn sie so schrecklich ist, dass sie einem unmöglich irgendetwas Gutes bringen kann. Also schaut Rambo Marino an und bleibt still, dann geht er zum Fenster und kontrolliert, was draußen los ist, in einem schwer lastenden Schweigen.

Aber es wird noch schlimmer, als Marino erneut spricht und ihn um die Pfanne bittet.

Die haben ihm die Krankenpfleger überlassen, sie nennen es Pfanne, aber es ähnelt eher einer weißen Plastikschaufel, Rambo hat gefragt, was er damit tun solle, und sie haben zu ihm gesagt, dass er es dann schon verstehen würde, wenn sie gebraucht werde.

Und jetzt wird sie gebraucht, und Rambo versteht, dass er sie zwischen Marinos Beine schieben muss, warten, dass er ablädt, was er abladen muss, alles wegwerfen und sie abspülen, und gut ist.

Klar, aber von wegen gut.

»Hör zu, Marino, ich schließe die Augen und schiebe sie dir unter den Arsch, aber den Rest machst du selber, verstanden?«

»Ja, wenn ich es hinkriege, ja.«

»Du musst es hinkriegen. Dann reiche ich dir ein Handtuch, und du putzt dich ab und das war's, okay?«

»Ich weiß nicht, ob ich das schaffe.«

»Klar schaffst du das. Auch, weil du sonst sehen musst, wie du zurechtkommst. Entschuldige, das ist keine Boshaftigkeit, es ist nicht, dass ich kein wahrer Freund wäre. Im Gegenteil, es ist ja gerade, weil wir Freunde sind. Denn, wenn ich deine Scheiße aufsammeln und dir den Arsch abwischen muss, nachdem du dein Geschäft gemacht hast, also, dann sind wir alles andere als Freunde, danach schaffe ich es nicht einmal, dir ins Gesicht zu sehen. Das verstehst du doch, oder?«

Marino verzieht den Mund, er nickt. Rambo hebt das Laken hoch und sieht Marinos Beine, ausgestreckt und leicht gespreizt. Er stellt die Pfanne zwischen Marinos Füße und lässt sie nach oben gleiten, er gelangt auf die Höhe der Knie und schließt die Augen, nun nimmt er sie mit nur zwei Fingern und schiebt sie noch weiter hoch, dann spürt er etwas, das sie aufhält, also lässt er sie dort.

»Also los, Marino.«

»Warte, du hast sie mir unter einen Schenkel geschoben«, sagt Marino, das Laken abtastend.

Rambo öffnet sein rechtes Auge einen kleinen Spalt, nimmt Marinos ausgestreckten, nackten Körper ins Bild, sieht das Weiß der Pfanne, die ganz schief unter dem Bein steckt, das seltsamerweise ziemlich in Form ist für jemanden, der keinerlei Sport macht und seit einer ganzen Weile im Bett liegt. Nicht muskulös, aber doch gut gebaut. Aber daran darf Rambo jetzt nicht denken.

Er streckt wieder seine zwei Finger aus, die nun kontaminiert sind, holt die Pfanne da raus und versucht diesmal, ohne die Augen zu schließen, sie direkt dahin zu schicken, wo sie hinsoll. Aber die Pfanne bewegt sich nicht. Sie blockiert kurz unterhalb und bleibt stecken. Also muss Rambo einen weiteren Finger opfern, er gesellt ihn zu den anderen und schiebt, aber nichts passiert. Er nimmt das Plastik mit der ganzen Hand und spürt etwas Warmes, was vielleicht die nackte Haut an Marinos Bein ist, also befördert er die Pfanne mit einem kräftigen Schubser weiter hoch, einem sehr kräftigen Schubser, und er treibt sie so tief, dass Marino schreit und sich die Hände zwischen die Beine legt, auf dieses nackte Ding da in der Mitte, das er sich nun selbst festhält, das Rambo aber kurz vorher, für einen Augenblick, der ein Jahrhundert gedauert hat, in seiner Hand wiedergefunden hatte.

»Aua! So ist es zu weit, zu weit oben!«, beschwert sich Marino, und es gelingt ihm von allein, die Pfanne ein bisschen zu verrücken.

Rambo bittet nicht um Entschuldigung, er springt nur zurück zur Wand, die Augen weit aufgerissen und die Hand ganz weit von sich am Ende des nach vorne gestreckten Arms. Wie in diesem Film, den er als kleiner Junge gesehen hat, wo es einen gab, der eine Hand verloren hatte, und man hatte ihm diejenige eines ultrabösen Mörders angenäht, der am Vorabend hingerichtet worden war, und im ersten Augenblick hat es gut funktioniert, und alles war perfekt, aber dann hat die Hand angefangen, Leute umzubringen, und am Ende wollte sie sogar ihren neuen Besitzer töten. Der sie genauso angeschaut hat, wie Rambo jetzt seine Hand am Ende seines Arms anschaut: Sie gehört ihm, seit er geboren wurde, aber plötzlich erkennt er sie nicht mehr.

»Rambo, bitte, geh raus, sonst kann ich nicht.«
Und Rambo antwortet nicht einmal, er flieht bloß aus dem Zimmer und schlägt die Tür hinter sich zu.
Er läuft durch den Flur und gelangt immer noch rennend in die Küche, wo die Wände weniger schwarz sind und es ein großes Glasfenster gibt, welches das Nachmittagslicht hereinlässt. Und unter dem Fenster an die Wand gelehnt erwartet ihn ein weiteres Gewehr.
Aber Rambo nimmt es nicht sofort, er kann nicht. Erst dreht er den Wasserhahn komplett auf und hält seine Hand unter den starken Wasserstrahl, die Handfläche, den Handrücken, dann schüttet er eine halbe Karaffe Spülmittel darüber, reibt seine Hand ab und lässt sie in einer Schaumwolke mit Zitronenaroma verschwinden, dann nimmt er einen Spülschwamm und schrubbt sich die Hand mit der rauen Seite, stark, so stark, dass es weh tut. Doch Rambo hört nicht auf. Denn die Keime sind zwar seit einer Weile tot, und auch jede Spur von Ekel ist dabei zu verschwinden, Ekel, Marino dort angefasst zu haben, etwas Warmes und Klebri-

ges gespürt zu haben, das seine Handfläche gestreift hat. Doch etwas anderes geht dagegen nicht weg. Etwas, das dem Wasser, der Seife und dem Willen, sich die Hand zu häuten, widersteht. Es bleibt da, und Rambo schrubbt, aber er spürt es immer noch, in einem Schauer, der alle Muskeln seines Körpers beben lässt. Ein absurdes und erschreckendes Gefühl, das zu sehr der Lust ähnelt.

Ja, der kranken Lust, diese nackte Haut berührt zu haben, zusammen mit dem noch kränkeren Begehren, sie wieder und wieder zu berühren.

Aber nein, das ist unmöglich, und eigentlich ist das gar nicht wahr. Das ist alles die Schuld dieser beiden Kinder, die mit dieser Geschichte herausgeplatzt sind, dass er auf Männer stehe. Das haben sie so zu ihm gesagt, zu Rambo. Was zum Teufel wollen die beiden denn? Ein weißes Mädchen, das aussieht wie ein Gespenst, und ein radioaktiver Spast, was wissen zwei solche Missgeburten schon davon, von Männern und Frauen, vom Leben, von normalen Dingen. Bei den beiden hat sich die Natur einen Scherz erlaubt, und deshalb glauben sie, dass die anderen genauso krank und sonderbar sein müssen wie sie. Wie abstoßend, wie irrsinnig. Er steht nicht auf Männer. Er denkt ja nicht einmal an Frauen, schaut sie nicht an, wenn sie vorbeigehen, und hat in seinem ganzen Leben keine berührt. Und wenn er schon nicht auf Frauen steht, wie sollte er da auf Männer stehen.

In Wahrheit ist Rambo einer, der kämpft, er steht allein gegen alle, es gibt in seinem Leben keine Liebe, nur Krieg, nur Kampf gegen die Welt, die ihn unterdrückt. Es gibt für ihn keine Frau, keine Zwillingsseele. Er ist ein wahrer Rebell, nicht wie diese falschen, die die Coolen spielen und den Mädchen gefallen. Und wenn er hin und wieder dieses seltsame Gefühl hat, wenn er fernsieht, wenn er vor den Läden in der Innenstadt vorbeiläuft, als er noch ins öffentliche Schwimmbad gegangen ist und sich mit den anderen umgezogen hat, ist das normal. Das passiert, da spielt ihm sein Kopf einen Streich, die Gesellschaft, die sich unter Rambos harte Schale schleicht. Der Trick ist, sie zu meiden, ihr fernzubleiben und sie abzuschrubben wie jetzt.

Er dreht den Wasserhahn wieder zu, bleibt so stehen, den Blick aus dem Fenster, und atmet durch. Und schließlich kann er das Gewehr da unten nehmen.

Eine Benelli-Doppelflinte, sehr betagt, aber bereit, ihren Dienst zu tun. Genau wie Rambo, falls der Alte recht hat und jemand ins Haus eindringen und es erobern will. Russen, Chinesen, aber auch Amerikaner, Deutsche, Araber oder Italiener, anmaßende Milliardäre findet man auf der ganzen Welt, Moral dagegen herrscht nirgendwo mehr.

Also braucht es Männer wie ihn, die im Schützengraben standhalten und nicht fliehen, auch wenn dieses Haus hier nicht seins ist, auch wenn diese Begrenzungslinie wirklich hart zu verteidigen ist. Dichteste Bäume ringsum, wie ein Wald. Vielmehr wie ein Dschungel, wo man nur mit Guerillamethoden gewinnen kann. Kurz, dieser Ort hier ist praktisch Vietnam, und Rambo weiß alles über Vietnam, denn er ist zwar vielleicht nicht dort gewesen, aber er hat einen Haufen Filme über diesen entsetzlichen und zugleich wunderbaren Konflikt gesehen. Und na gut, in Wirklichkeit wurden sie fast alle in irgendeinem Hollywood-Studio gedreht und die italienischen Filme mitten im Apennin, aber das heißt nichts. Im Gegenteil, das ist noch besser, denn es bedeutet eben, dass Vietnam nicht nur in Vietnam ist, sondern überall. Vietnam ist eine chaotische Lage, wo es sein kann, dass man aus dem Nichts angefallen wird und den Hals durchgeschnitten bekommt, und leider ist das das Porträt der gesamten Welt. Die Feinde und die Gefahren sind überall, bereit, einen zu zerstören. Auf der Straße, vor Marinos Wohnung, zwischen den verschlungenen Zweigen dieses Dschungels, aber auch hier im

Haus, sogar in den eigenen Händen, unter der eigenen Haut, im Kopf. Vietnam ist überall. Und Rambo weiß das. Und er verbringt sein Leben mit Kämpfen.

Der Tanz des ersten Schritts

Los, Sandro, das ist deine Gelegenheit.

Die Kinder haben um zehn Euro gebeten, damit sie einen Reiseführer für die Lunigiana kaufen können, weil es aber zwei davon gibt, werden sie eine Stunde brauchen, um sich für einen zu entscheiden. Der Alte dagegen ist zur Toilette gegangen, hat vorher allerdings aus irgendeinem Grund, den man lieber nicht wissen will, nach Zettel und Stift gefragt.

Also seid ihr alleine, Serena und du, zwischen den Regalen der Autobahnraststätte.

Sie ist an einer Stelle stehen geblieben, wo ein Spiegel sowie Lippenstifte, Lidschatten und dieses Zeug sind, mit dem Frauen sich schön machen, also ist das vielleicht ein gutes Zeichen. Sie verrückt Schachteln, bückt sich, und derweil beobachtet Sandro sie vom Ende des Gangs und versucht festzustellen, was diese Frau so wunderbar macht, wie es ihre Schönheit schafft, auf all die Ohrfeigen zu pfeifen, die Serena ihr gibt, mit ihren Männerklamotten, der dem Zufall überlassenen Frisur und diesen Militärstiefeln an den Füßen, die allen Frauen dieses Planeten die Schenkel zunichtemachen würden. Allen außer ihr, denn ihre Schönheit hält all diesen Demütigungen stand, fällt einen vielmehr noch wilder an, wie bei einem Wildschwein, das man lieber beim ersten Schuss erlegen sollte, denn wenn man es nur verwundet, tobt es los und reißt einen mit, schleudert einen in die Luft und quirlt einen dann auf dem Boden durch, und man dreht sich und dreht sich, und wenn ein heiler Arm übrig bleibt, wedelt man damit, um sich von der Welt zu verabschieden, und tschüss.

Serenas Schönheit ist genau so, und Sandro kann ihr jetzt zwar nicht erklären, dass sie einem verwundeten Wildschwein ähnelt, aber irgendetwas muss er sich schon einfallen lassen, um sofort zu ihr hinzugehen und es ihr zu sagen.

Los, Sandro, das ist deine Gelegenheit.

Und Sandro sollte sie sofort nutzen. Denn normalerweise würde er gar nichts tun. Nein, Sandro würde eine Stunde damit verbringen, sie zu beobachten und über das Geheimnis ihrer Schönheit nachzudenken, wobei er sich die Geschichte zurechtlegen würde, dass sie immerhin einen Nachmittag zusammen verbracht haben und dass sie vielleicht nicht miteinander gesprochen haben, sie ihn aber auch nicht geschlagen hat und man also sagen kann, dass es nicht schlecht gelaufen ist. Dass es ein erster Schritt war. Und genau davon hat Sandro sich immer hereinlegen lassen, von der Geschichte mit dem ersten Schritt. Denn er könnte jetzt sehr gut zufrieden nach Hause zurückkehren, sich an diesen zwar nicht sehr großen, aber realen ersten Schritt klammern und deswegen ruhig schlafen und auf morgen hoffen und dann auf übermorgen, dann auf die kommende Woche, dann auf den Frühling, der in nur fünf oder sechs Monaten die Seelen zum Schmelzen bringen und in Serena die Lust zu lieben entfachen wird … und so weiter, bis es irgendwann zu spät sein wird und ihm als Einziges der Ärger über sein Unglück übrig bleibt und der Versuch, Serena aus seinen Gedanken zu verbannen.

Aber diesmal nicht, nein, wenn es diesmal schlecht läuft, ist es nur seine Schuld, seine und die von diesem Unsinn mit dem ersten Schritt. Der nur Sinn hat, wenn danach der zweite kommt, dann der dritte und so weiter, und alle diese Schritte in eine bestimmte Richtung führen, die einen am Ende da hinbringt, wo man hinwill, oder zumindest ungefähr. Wenn der zweite und dritte dagegen ausbleiben, ist der erste Schritt nur ein Fuß, der vor den anderen gesetzt wurde, und was zum Teufel tut er da?

Nichts tut er da, und in der Tat ist Sandros Leben genau so, ein Schritt nach rechts, einer nach links, einer vor, einer zurück ... wie ein improvisierter Tanz, und beim Tanzen wippt und federt man, und vielleicht schwitzt man auch ein bisschen, aber am Ende steht man immer noch am selben Fleck.

Anfangs war das so in Ordnung, es war ein Fest mit vielen Leuten, schönen Frauen, interessanten Menschen und super Hits, die Tanzfläche war voll, und alle haben getanzt und sich aneinander gerieben. Dann sind nach und nach einige gegangen, Pärchen, die sich in die dunklen Ecken des Lokals zurückgezogen haben, auf die Polsterbänke zum Schmusen, auf die Toilette zum Vögeln, draußen zu den Autos, um die Scheiben einzuschlagen, und dann los, auf die Straße, Richtung Zukunft. Und Sandro? Sandro ist immer noch hier, sieh an, alleine mitten auf der leeren Tanzfläche, ein Schritt vor, einer zurück, rechts-links, vor-zurück, beweg die Hüften, heb die Hände ... die bunten Lichter gehen aus, die Musik ist zu Ende, und die Tanzfläche ist so leer, dass ein Schritt allein wirklich nichts verändert, egal, in welche Richtung man ihn setzt, man bleibt immer ein Bekloppter, der da ganz allein mitten im Nichts Wurzeln geschlagen hat. Und deshalb reicht es jetzt, verdammt. Jetzt stürzt Sandro sich ins Leben, Sandro lebt es. Er versucht das zu tun, was er Luca geraten hat, ja, und wenn es gut läuft, hurra, wenn nicht, was soll's, er hat es verdient. Der erste Schritt kann ihn mal, Sandro macht zwölf hintereinander, so viele, wie es braucht, um durch den Gang an Wurst, Käse und Gartengeräten vorbeizulaufen und bei dieser wunderschönen Frau anzukommen, deren Haut das ganze Jahr julifarben ist, die gebückt nach irgendetwas sucht, wer weiß, wonach, aber das ist jetzt nicht wichtig, denn Serena weiß es zwar noch nicht, aber in Wirklichkeit sucht sie ihn.

»Kann ich dir helfen?«, fragt er mit nicht zu hoher Stimme, in glaubhaftem Tonfall und sogar mit einem halben Lächeln auf den Lippen. Kurz, es fehlt nichts. Außer Serenas Antwort, die ihn nicht einmal anschaut.

»Diese Raststätte hier ist voller absurdem Zeug, stimmt's?«

»...«

»Ich meine, also zum Beispiel, was zum Kuckuck macht denn einer, der auf der Autobahn unterwegs ist, mit einem ganzen Schinken? Oder mit einem Riesenstück Parmesan oder einer Satellitenschüssel oder einem Schlagstock ... Glaubst du etwa, das kauft irgendwer?«

Serena antwortet nicht, doch sie schaut ihn eine Sekunde lang mit ihren wunderbaren Augen an und zieht ihre Mundwinkel zu etwas hoch, das man, wenn man optimistisch sein will, für ein Lächeln halten könnte. Aber man muss schon extrem positiv denken, auf dem Niveau seines Freundes Marino, bei dem einen Mal, als er am nächsten dran war, mit einer Frau zusammen zu sein, das heißt, an dem Abend, als er in einem Lokal eine getroffen hat, die ihm gefiel, und unglaublicherweise den Mut hatte, sie anzusprechen. Er hat Hallo zu ihr gesagt, und sie hat ihn sofort gefragt, ob er alleine da sei, er hat geantwortet, dass er mit seinen Freunden gekommen sei, und sie hat gesagt: »Na, sehr gut, dann geh zurück zu deinen Freunden.« Und er ist zu Sandro und Rambo zurückgegangen, aber ziemlich zufrieden, und hat ihnen alles erzählt, und sie haben ihn gefragt, was daran denn zufriedenstellend sei, verdammt, und er hat geantwortet: »Wie nett von ihr, sie hat sich Sorgen gemacht, dass ich allein sein könnte ...«

Also, um Serenas Grimasse als Lächeln zu interpretieren, müsste Sandro dieses Optimismuslevel erreichen, einen positiven Charakter haben, der einen glücklich in einer rosarot funkelnden Welt leben lässt. Sicher, mit den Jahren lässt das wahre Leben mit all seinen Schlägen diese Welt einstürzen, und man steckt unvermittelt seine Mutter in die Kühltruhe, aber das ist eine andere Geschichte, und Sandro darf jetzt nicht daran denken. Jetzt muss

Sandro nur hartnäckig bleiben. Schritt um Schritt, Sandrino, Schritt um Schritt ...

»Mal im Ernst, wenn du Batterien suchst, die gibt es an der Kasse«, legt er wieder los. »Aber du brauchst keine zu kaufen, der Kassettenrekorder gehört mir, also kaufe ich welche. Wenn du dagegen Hunger hast, dort drüben gibt es Pizza, wenn du Durst hast, die Getränke sind in den Kühlschränken da hinten oder ...«

»Hör zu, Katechet, danke, aber ich brauche nichts. Das Einzige, was ich von dir gebraucht hätte, wäre ein Nein den Kindern gegenüber gewesen, aber jetzt ist es zu spät.«

Sandro schaut sie an, er würde gerne antworten, aber die Sätze, die er sich zurechtgelegt hatte, betreffen andere Produkte der Raststätte und passen vielleicht nicht mehr so recht.

»Weißt du denn, warum sie nach Pontremoli fahren wollen? Haben sie dir von diesem Stück Holz erzählt, das sie gefunden haben, mit den Armbändchen dran?«

»Ja. Das heißt, na ja, nicht viel.«

»Eben. Ich habe notgedrungen Ja gesagt, Luna ist meine Tochter, was hätte ich tun sollen. Aber du, ich hatte gehofft, dass wenigstens du Nein sagen würdest, dass das absurd sei, dass du arbeiten müsstest. Schließlich, mit vierzig einen Ausflug an einem Mittwoch, so auf Anhieb ohne Probleme ... hast du denn keine Arbeit, keine Termine, was zum Teufel machst du eigentlich?«

»Ich ... also, ich ...«, Sandro zermahlt Wortfetzen, dann nicht einmal die. Er schüttelt bloß noch den Kopf, dann nickt er, dann eine seltsame Bewegung mit dem Hals, wie diese künstlichen Hunde mit gefedertem Kopf, die sein Papa auf dem Armaturenbrett hatte. Aber das ist kein Problem, denn Serena schaut ihn ohnehin schon nicht mehr an, also muss er sich keine Gedanken machen, wie er seinen Kopf bewegt. Besser noch, er tritt ein wenig zurück, ein paar Schritte, drei, vier, und verschwindet. Vielleicht geht er Batterien kaufen, so können sie dann zurück zum

Auto, und er legt seine Kassetten auf, wo er doch die ganze Nacht wach geblieben ist, um sie aufzunehmen. Drei Kassetten à neunzig Minuten mit einem Mix aus wohlbedacht ausgewählten Songs, die in Serenas Ohren eindringen und bis zu ihrem Herzen herunterrinnen sollen, um sie verstehen zu lassen, dass man Gefühle nicht aufhalten kann. Wenn sie an deiner Tür klopfen, kannst du sie nicht zum Teufel schicken wie sonntagmorgens einen Zeugen Jehovas.

Ja, genau, nur das muss Sandro jetzt tun, sich von Serena entfernen, auf die Macht der Musik vertrauen und warten und warten … nur dass er sie, bevor er abhaut, eine letzte Sekunde lang ansieht, als sie ein Haargummi von ihrem Handgelenk löst, ihre Haare zusammennimmt und sich eilig einen schiefen Zopf macht. Und es geschieht irgendetwas, etwas, was er gar nicht beschlossen hat: Während ihre Haare in diesem schlecht sitzenden Zopf verschwinden, geht Sandros Mund auf und spricht von alleine. Und er sagt: »Jetzt hör aber mal auf damit, Serena!«

Da dreht sie sich ruckartig um, mit weit aufgerissenen Augen. Sie kann nicht glauben, was sie da gehört hat, und Sandro genauso wenig. Aber er fährt fort: »Du kannst mich ruhig schlecht behandeln, mir sagen, dass ich ein Trottel bin und nichts zustande bringe, gib mir noch einen Fausthieb oder einen Tritt oder was du willst, wenn es dir gefällt. Aber hör auf damit, dir die Haare so zusammenzubinden. Und hör auf damit, dich beschissen zu kleiden, mit zu weitem Zeug und diesen Militärklamotten und -stiefeln. Hast du dich mal angeschaut? Seit wann hast du nicht mehr in den Spiegel geschaut? Hier ist ein Spiegel, da, schau dich an, weißt du, wie du aussiehst, Serena?«

Serena starrt ihn immer noch regungslos an, abgesehen von ihrem Kopf, den sie nur einmal schüttelt, um zu antworten, dass sie es nicht weiß.

»Du bist wunderschön, verdammt. Du bist die schönste Frau der

Welt oder zumindest der Welt, die ich gesehen habe, ich bin nicht viel gereist, aber so eine tolle Frau habe ich jedenfalls nirgendwo gesehen. Die anderen schminken sich, pflegen sich, achten auf ihre Kleider und ihre Frisur, du dagegen machst nichts und bist trotzdem wunderschön. Weißt du, was mich wirklich wütend macht? Dass du jetzt noch schöner bist als vorher. Jedes Mal, wenn ich dich sehe, bist du schöner, verdammte Scheiße, und das hast du nicht verdient, Serena, das hast du kein bisschen verdient. Doch so ist es, und du kannst nichts dagegen machen. Also tu mir wenigstens den Gefallen und hör auf, dir die Haare so zufällig zu binden und dich so anzuziehen, hör auf, Zeit damit zu vergeuden, dich so abzuwetzen und dich hässlicher zu machen, denn das schaffst du sowieso nicht, du bist nur lächerlich und pathetisch. Und wunderschön.«

Das hat Sandro gesagt, kaum zu glauben, aber er hat all das gesagt, Wort für Wort ist eines nach dem anderen aus seinem Mund entwischt, so machtvoll, dass sie für einen Moment zwischen Serena und ihm in der Luft hängen bleiben. Und er möchte, dass sie sofort verschwinden, wie die Riesenunterhosen seines Papas, als er klein war und irgendein Freund zum Spielen kam und seine Mama diese serviettengroßen Unterhosen auf der Leine vor dem Haus hängen ließ, Sandro hat sie gesehen und ist vor Scham im Boden versunken. Genauso bei diesen aus seinem Mund entwischten und zwischen Serena und ihm hängenden Worten, die sie in einer tödlichen Verlegenheit schweigend anstarren.

Dann kommen zum Glück Zot und Luna, rennend und schreiend, sie rütteln die Luft durch und füllen sie mit neuen Worten.

»Mama, Mama, wir bräuchten noch ein paar Euro.«

Serena antwortet nicht sofort, eine Weile schaut sie Luna an, dann gelingt es ihr, zu sprechen: »Noch mehr? Wie viel kostet dieser Reiseführer denn?«

»Nein, den Reiseführer haben wir schon gekauft, aber wir müssen noch Schlangenserum holen.«

»Und was zum Kuckuck sollen wir mit Schlangenserum?«

»Ja ja«, meint Zot mit erhobenem Zeigefinger, »das ist der klassische Satz, den man dann in seinem Kopf widerhallen hört, während das Gift einem das Herz zum Stillstand bringt.«

»Hört zu, Kinder, wir gehen ein Museum besuchen, und mag sein, dass das Gebiet mitten im Wald liegt, aber wenigstens in einem Museum werden wohl keine Schlangen sein, okay? Außerdem, wenn uns doch eine Schlange beißen sollte, reicht es, Ruhe zu bewahren und einen Arzt zu rufen. An einem Schlangenbiss sterben wir nicht.«

»Wir nicht«, sagt Zot, »aber ...«

»Aber?«

»Nichts, ich habe Angst, dass ...«, und er neigt den Kopf ein paar Mal in Lunas Richtung.

»Angst wovor? Ich verstehe dich nicht.«

»Ja, also, Luna ist empfindlich, ich weiß nicht, ob sie dem Gift so standhält wie wir ...«

»Leck mich doch, Zot!«, sagt Luna. Und mit ihrem Mund, mit ihrer feinen Stimme, die immer mit etwas Mühe herauskommt, passt dieses »Leck mich doch« rein gar nicht zusammen, wie ein Seestern auf dem Gipfel des Montblanc. »Ich bin kein bisschen empfindlich. Und das sagst ausgerechnet du, der sich einen Pulli umlegt, wenn er zur Toilette geht.«

»Das liegt daran, dass in Toiletten häufig große Feuchtigkeit herrscht! Ist das meine Schuld? Signor Sandro, Signora Serena, ich bitte Sie, Luna zu erklären, dass man ab einem gewissen Alter Rheuma bekommt und mit Feuchtigkeit nicht zu scherzen ist.«

Serena schaut ihn an, sie macht Anstalten, etwas zu sagen, dann bleibt sie still und schüttelt den Kopf, sie seufzt.

Da spürt Sandro, dass erneut seine Gelegenheit gekommen ist, er sucht in sich eine sichere, feste Stimme, wie von einem Mann, der die Lage im Griff hat, und erklärt den Jugendlichen, dass sie an der Raststätte jedenfalls kein Schlangenserum bekommen. Das ist ein Medikament, das wird in Apotheken verkauft.

»Ach ja? Und gibt es Apotheken in Pontremoli?«

»Ja. Das heißt, eine Apotheke muss es geben.«

»Oh, sehr gut, dann besorgen wir es uns dort«, sagt Zot. »Bist du zufrieden, Luna? Jetzt musst du dir keine Sorgen mehr machen.«

»Ich habe mir doch gar keine Sorgen gemacht«, geht Luna sofort an die Decke. Dann sagt sie plötzlich, dass es spät sei, und läuft Richtung Ausgang. Zot folgt ihr und fasst sie am Arm, um sie zu leiten, aber sie schlägt wild um sich und verjagt ihn wie eine Fliege.

Sandro schaut ihnen einen Moment zu und sieht nicht, dass Serena sich von den Regalen löst und ebenfalls geht. Er hört sie bloß, als sie an ihm vorbeigeht und meint:»Na bravo, jetzt müssen wir auch noch zur Apotheke.«

Aber da ist keine Bosheit in ihrer Stimme, oder jedenfalls weniger als vorher. Oder vielleicht will Sandro es nur so hören, um sich besser zu fühlen, als sie die Raststätte verlassen und in den Jeep steigen, mit Ferro, der schon dort ist, stinkwütend, weil heutzutage in den Toiletten alles automatisiert ist und das Wasser aus dem Hahn kommt, wann es will, und die Spülung von alleine losgeht, sobald man sich bewegt und einem einen Schrecken einjagt. Und an den Mauern stehen keine Telefonnummern von Huren mehr, vielmehr gibt es nicht einmal mehr Mauern, jetzt sind da diese glatten, dunklen Holzwände, und die wenigen Kritzeleien darauf sind alle von Schwulen, und Ferro ist angewidert, denn früher gab es die nicht, oder wenigstens haben sie nicht geschrieben, dass sie schwul sind, sie haben nur ihre Nummer hingeschrieben und dass sie einen Mann suchen, und vielleicht haben sie hinterher, wenn man sie angerufen hat, gehofft, einen zu überzeugen, aber während man die Kritzeleien gelesen hat, hat man sich eine hübsche, heiße Frau vorgestellt. Früher konnte ein Mann noch träumen. Jetzt dagegen schreiben sie wirklich: »Schwuler sucht Gesellschaft«, »Junger Mann sucht Spatz für feurige Nacht«. In was für einer Welt leben wir, in was für einer widerlichen Welt leben wir bloß. Und er legt einen Zettel auf das Armaturenbrett, auf dem er sich die Nummern einiger Transen notiert hat.

»Los, legt wieder Musik auf, ich brauche ein bisschen Gefühl!«, sagt er, während der Jeep ruckelnd zurück auf die Autobahn fährt. Doch statt mit Musik füllt sich der Wagen mit Schweigen. Ferro dreht sich um, und die Blicke aller treffen die Blicke aller anderen, aber niemand spricht, niemand hat daran gedacht, Batterien zu kaufen.

Also legt der Alte mit einer Ladung Beleidigungen Gottes, der Madonna und diverser Heiliger los, von denen manch einer vielleicht nicht einmal existiert, indem er sie mit verschiedenen Tierarten kombiniert, die durch den Schlamm kriechen und Krankheiten übertragen.

Serena versucht nicht einmal, ihm zu sagen, dass er die Klappe halten solle, und die Kinder reißen die Augen auf und lernen diese neuen, fürchterlichen Schimpfwörter. Nur Sandro sagt irgendwann Schluss, denn schließlich ist er Katechet und muss denjenigen spielen, der Anstoß nimmt. Er bittet Ferro aufzuhören und zeigt mit dem Finger auf etwas da oben, wo das Dach des Jeeps ist, aber weiter darüber auch der Himmel.

»Was willst du, zum Teufel, lass mich Dampf ablassen.«

»Ich bitte Sie darum, auf eine andere Art Dampf abzulassen, als zu fluchen.«

»Und warum, weil Gott sonst beleidigt ist? Glaubst du wirklich, dass da oben einer mit weißem Bart sitzt, der sich unangenehm getroffen fühlt, wenn ich ihn zum Teufel schicke? Glaubst du wirklich, dass da oben so einer ist?«

Sandro antwortet nicht sofort, für eine Weile hört er nur das Geräusch der Reifen auf der Straße und spürt die Aufmerksamkeit aller auf sich. »Also, nun, ich glaube, dass es irgendetwas Höheres gibt.«

»Na gut, das ist kein Ding«, meint Ferro. »Höher als du ist ja nun nicht so schwer.«

Es lebe das Campen

»Aufgepasst, werte Reisende, eine wichtige Durchsage«, sagt Signor Sandro, als wir an der Zahlstation ankommen. Er zahlt mit Kleingeld, das im Aschenbecher liegt, obwohl Mama von hier hinten mit einem Fünf-Euro-Schein wedelt, dann fahren wir wieder los, und da sind Schilder und dahinter eine große Kurve und noch weiter entfernt ein Fluss und alte Steinhäuser. Und Sandro sagt mit komischer Stimme, als wäre er ein Radiosprecher: »Meine Damen, meine Herren, die wichtige Durchsage lautet, dass wir in dem lieblichen Städtchen ... Pontremoli angekommen sind!«

Da schauen Zot und ich uns an, heben die Hände und rufen: »Yeeeeeeeeeeeeeee!«

Ich drehe mich zu Mama um, lege eine Hand auf ihr Bein und umarme sie, und auch sie umarmt mich ganz fest, und Ferro sagt: »Was gibt es denn da zu feiern, wir sind im Loch vom Arsch der Welt angekommen, und dafür haben wir auch noch einen halben Tag gebraucht.«

In der Tat hätten wir nach dem Mittagessen hier sein sollen, stattdessen verschwindet die Sonne gerade schon hinter den Häusern, zwischen denen wir jetzt hindurchfahren, denn es ist schon fast sechs Uhr. Aber das ist nicht unsere Schuld, es liegt daran, dass fünf Minuten nachdem wir von der Raststätte wieder auf die Autobahn gefahren waren, diese ganzen Autos vor uns stillstanden, also haben auch wir angehalten und sind drei Stunden lang so stehen geblieben.

Sandro hat den Motor ausgemacht, Ferro hat Schimpfwörter gebraucht, Mama dagegen hat geschwiegen, aber ich habe gespürt, dass sie sich aufgeregt und ihre Hände auf den Beinen auf und ab gerieben hat, als wollte sie sie abtrocknen, dabei waren sie überhaupt nicht nass. Zot hat Sandro gefragt, ob wir die Zeit nutzen könnten, um die Zehn Gebote, die Sieben Todsünden, die drei Göttlichen Tugenden und die anderen Fragen zu wiederholen, die uns der Bischof vor der Firmung stellen könnte. Niemand hat ihm geantwortet, also hat er alleine mit den Geboten losgelegt, alle direkt aneinandergehängt, als wären es nicht zehn, sondern ein einziges, ganz langes und unmöglich zu befolgendes: »Ich bin der Herr dein Gott du sollst keine anderen Götter haben neben mir du sollst den Namen des Herrn deines Gottes nicht missbrauchen ...«

Da hat Ferro sich an die Wagentür geklammert und sehr oft den Namen Gottes gebraucht, und dabei fast immer missbraucht, dann ist er ausgestiegen und hat einen Herrn angesprochen, der vor uns im Stau an einem Lastwagen lehnte. Und nach einer Weile, während Zot die Liste der Sünden und Tugenden wiederholte, sind nach und nach auch wir ausgestiegen, dann sind wir wieder eingestiegen, sind erneut ausgestiegen, und schließlich sind wir alle schnell in den Jeep zurück, weil in die Autoschlange Bewegung gekommen ist, und langsam sind auch wir angerollt.

Wir hatten Hunger und Durst, und ich musste Pipi, aber das habe ich alles vergessen, als wir an der Stelle vorbeigefahren sind, wo diese lange Schlange angefangen hatte. Das Metallding, das die Autobahn in zwei Richtungen teilt, war zerbrochen, da war ein richtiges Loch, und der LKW-Fahrer von vorhin hatte Ferro erklärt, dass ein Auto aus der Gegenrichtung irgendwo angeprallt, auf unsere Seite geflogen ist und einen anderen Wagen voll erwischt hat. Da lagen immer noch ganz viele Glasscherben und kaputtes Zeug am Straßenrand, und da waren Polizei und Herren in Orange und seltsame große, dunkle Flecken auf dem Asphalt. Wir sind langsam vorbeigefahren, und Zot hat gesagt: »Heiliger Christophorus, Schutzpatron der Autofahrer, ob es wohl Verletzte gegeben hat?«, und Ferro hat ihm geantwortet, dass es vermutlich keine Verletzten gegeben hat, es wäre wahrscheinlicher, dass alle tot sind.

Dann ist die Straße breiter geworden, wir sind schneller gefahren, und Ferro hat gesagt: »Oh, endlich. Drei Stunden Lebenszeit in der Schlange vergeudet. Wenn wir nicht an der Raststätte gehalten hätten, wären wir vor dem Unfall durchgekommen und wären schon längst in Pontremoli.«

Mama hat daraufhin gesagt, dass er es war, der an der Raststätte halten wollte, und er hat geantwortet: »Ja, aber wir hätten nur Batterien kaufen sollen und wieder los, stattdessen seid ihr herumgelaufen, um euch den ganzen Quatsch anzuschauen, und die Batterien habt ihr dabei obendrein vergessen. Wenn wir früher wieder losgefahren wären, hätten wir den Unfall hinter uns gelassen und wären jetzt schon in Pontremoli.«

»Ja«, habe ich gesagt, »oder dieses Auto von der Gegenrichtung wäre auf uns geflogen.«

Denn schließlich ist das meiner Meinung nach so, und ich glaube, dass ich recht habe, denn eine Weile hat niemand was gesagt. Ich habe eine Hand in meine Jeanstasche gesteckt und den Knochen berührt, den Luca mir geschenkt hat, ich habe ihm gedankt und ihn mit dem Finger gestreichelt, und auch wenn dieser Unfall wirklich schlimm war und mir sehr leidtut, muss ich immer lächeln, wenn ich ihn berühre.

Und jetzt lächele ich noch mehr, als wir den Jeep auf einem großen, quadratischen Platz stehen lassen und alle aussteigen, um endlich zu sehen, wie dieses berühmte Pontremoli so ist. Und es mag daran liegen, dass der Platz groß ist und ich nur ganz viel verschwommenes Grau ringsum sehe, aber es scheint mir, als sei nicht einmal Forte dei Marmi im Winter so leer. Doch das macht nichts, ich bin nicht hergekommen, um einen Haufen neue Freunde zu finden, ich will jetzt nur die Statuen des Volks der Luna sehen, und bald werde ich sie wirklich sehen. Ich will diese Straße hochrennen, an deren Ende dem Schild zufolge das Castello del Piagnaro mit dem Museum drin ist, ich will da rein, und ich will, dass diese antiken Statuen uns erklären, warum uns Luca hierher hat kommen lassen, und ich will, dass es einen schönen Grund dafür gibt, der uns viele andere schöne Dinge begreifen lässt, dass alles klar wird, auch die dunkelsten Sachen, die passiert sind, und dass Mama und ich uns fest umarmen und ein bisschen weinen, aber nur kurz, denn dann wird gelacht, und wir sind glücklich, und sie geht wieder zur Arbeit, und dienstags wird Pizza am Meer gegessen, und ich mache die Firmung, beende die Mittelstufe, und mir wachsen Brüste, und ich ziehe mir Sachen an, bei denen man die Brüste ein wenig sieht, und dann schauen mich die Leute hoffentlich deswegen an statt wegen meiner weißen Haare und durchsichtigen Augen, und sie halten sich nicht mehr von mir fern, sondern wollen in meiner Nähe sein, und man unterhält sich, scherzt, und es ist, wie es sein sollte, wenn es einem gut geht. Das ist, was ich will.

Was wirklich passiert, will ich dagegen nicht. Dass wir vor dem Tor der Festung anhalten, das Tor zu ist und da dieser verblichene Zettel hängt, Sandro liest ihn mir vor und sagt, dass das Museum gar nicht hier drin sei, wegen Restaurierungsarbeiten haben sie es ins Dorf verlegt, an einen Ort im Rathaus, das im Zentrum liegt.

Aber wo genau, weiß man nicht, und nicht einmal ungefähr, und hier ist niemand, den man fragen könnte. Wir gehen zurück zu dem quadratischen Platz, und dort ist ein Mann, der die aushängenden Traueranzeigen liest. Wo die Statuenmenhire sind, weiß er nicht, aber er weiß, wo das Rathaus ist, das steht an einem anderen, kleineren Platz, und um dorthin zu gelangen, laufen wir unter etwas durch, das für mich nur eine dunkle Überdachung zu sein scheint, aber offenbar eine Reihe Bögen ist, denn während wir durchgehen, sagt Zot, dass diese Bögen wunderschön sind. Dahinter steht das Rathaus, und dort lehnt eine Dame am Eingangstor, die wir nach den Statuenmenhiren fragen, und sie sagt zu uns, dass sie hier sind, aber sie weiß nicht, wo, weil sie nicht dafür zuständig ist. Also gehen wir in eine Bar, die hier nebenan ist, aber kein Schild hat, weshalb wir sie gar nicht gesehen hatten, Ferro hat aber gewusst, dass da eine ist, denn, wie er sagt, gibt es neben jedem Rathaus immer eine Bar, sonst wüssten die Angestellten der Gemeinde nicht, wo sie sich den ganzen Tag aufhalten sollten.

Und tatsächlich gibt es die Bar, aber darin ist nur eine Dame hinter der Theke, die Gläser spült, ansonsten ist der Raum so leer, dass ich mich frage, wer diese Gläser eigentlich dreckig gemacht haben kann. Doch mehr noch interessiert mich, wo die Statuen sind, und die Dame weiß es, sie sind in einem Raum im Rathaus genau hier nebenan. »Es ist eine Art Keller. Geht am Gebäude vorbei, da gibt es eine Treppe, die unter die Erde führt. Ihr müsst euch aber beeilen, denn es schließt gleich, rennen müsst ihr.«

Wir bedanken uns und laufen zur Tür, bleiben aber einen Augenblick auf der Schwelle stehen, denn da draußen fährt einer auf einer frisierten Vespa vorbei, der Lärm macht, einmal hupt und davondüst, die Dame hinter der Theke ruft ihm »Ciao Silvano« zu und sagt dann zu uns, dass wir uns nicht mehr beeilen müssen, wir können es uns bequem machen und etwas trinken: Silvano ist der Museumswärter, wenn er nach Hause fährt, hat er schon zugeschlossen.

Also hören wir auf, zu lächeln und uns zu bedanken, und bleiben einfach nur stehen. Dann frage ich, ob ich Pipi machen kann, gehe zur Toilette und mache Pipi, die Toilette riecht nach Rosenblättern und Medizin, und als ich wieder rauskomme, stehen alle schweigend da auf der Straße, niemand sagt etwas, und ich vermute, sie haben auch während ich im Bad war nichts gesagt, sie haben nur dem Wind zwischen den Bäumen zugehört und dem Fluss, der über die Steine gleitet.

»Das tut mir leid, Kinder«, sagt Mama nach einer Weile. Und mit der Hand macht sie eine Bewegung in meine Richtung, die ich nicht genau erkenne, die mir aber vielleicht bedeuten soll, zu ihr zu kommen, dann nimmt sie mich und drückt mich fest.

»Es tut mir sehr leid, Luna, wirklich sehr.«

»Mach dir keine Sorgen, Mama, wirklich ...«

»Es tut mir sauleid. Wir sind nach Pontremoli gefahren, wie du gesehen hast, wir haben es versucht. Es tut mir echt megaleid.«

»Mir auch«, sagt Signor Sandro von hinten. »Es ist traurig, Kinder, aber manchmal laufen die Dinge nicht so, wie wir wollen.«

»Das weiß ich«, sage ich. »Doch für mich ist das echt kein Problem. Im Gegenteil, ehrlich gesagt gefällt es mir so noch besser.«

Und mir scheint das die normalste Sache der Welt, aber vielleicht ist es nur für mich normal, denn die Mama hört auf, mich zu drücken, hält zwar weiter meine Arme, löst sich aber ein wenig und schaut mich an. »Wie? So gefällt es dir noch besser, Luna?«

»Ja, Mama, sehr viel besser. Und Zot auch, stimmt's, Zot?«

Zot antwortet nicht. Er gibt mir immer recht, doch diesmal nicht. Das heißt, er versucht es, er versucht mit dem Kopf zu nicken, aber ich sehe nur seine Haare, die sinnlos hin und her fliegen.

»Oh, Kleine«, meint Ferro, »bist du verblödet?«

»Aber nein, aber nein«, sagt Sandro. »Versteht ihr nicht: Das ist ein wunderbares Beispiel christlicher Annahme. Das irdische Leben erlegt uns manchmal Bitterkeit und Enttäuschungen auf, aber das christliche Wesen weiß sie mit Heiterkeit anzunehmen und durchlebt sie wie Prüfungen des Glaubens. Ich bin voll Bewunderung, Luna, und auch ein bisschen stolz auf unsere gemeinsame Arbeit.«

»Danke, Signor Sandro, aber ich verstehe nicht ganz. Das heißt, es ist ja klar, dass ich glücklich bin, wenn überhaupt, dachte ich, es sei ein Problem für euch.«

»Für uns doch nicht, wirklich«, meint Mama. »Wenn es dich nicht stört, wie dann uns?!«

»Oh, na dann, hurra!«, sage ich. »Ins Museum gehen wir morgen früh, und ich bin superglücklich, dass wir die Nacht hier verbringen, das ist wirklich zu schön!«

Und ich habe fast den Impuls, vor Glück in die Luft zu springen. Aber die anderen bleiben alle ganz starr und still, also höre auch ich auf.

»Warte mal kurz, Luna«, meint Mama. »Warte, wir ... wir bleiben nicht über Nacht hier, wir fahren jetzt nach Hause zurück.«

»Hä? Wie sollen wir das machen, Mama, wir haben die Statuen doch noch gar nicht gesehen.«

»Ich weiß, aber wir kommen ein anderes Mal wieder. Irgendwann die Tage.«

»Klar, und dann kommen wir nie wieder her!«

»Sei nicht so stur, Luna, irgendwann die Tage kommen wir wieder her, Schluss, aus.«

»Aber jetzt sind wir hier. Und weißt du, wie schön das ist, in den Bergen zu übernachten. Es ist wie ... wie Campen!«

»Ja, es lebe das Campen!«, meint Zot.

»Wir haben nie Camping gemacht, Mama. Mit Luca haben wir immer davon geredet, haben es aber nie gemacht. Auch als er nach Frankreich gefahren ist, haben wir zu ihm gesagt, dass es nicht gerecht ist, wenn wir beide zu Hause bleiben, und erinnerst du dich, was er uns geantwortet hat? Er hat gesagt, dass wir diesen Sommer alle zusammen campen gehen, erinnerst du dich, Mama?«

»Ja, aber jetzt, jetzt nicht ... mit Luca, wir wollten doch mit ihm campen gehen.«

»Aber Luca bringt uns nicht mehr zum Camping, also müssen wir alleine campen gehen. Wir machen das zu zweit, du und ich, komm schon, Mama, du und ich.«

»Ich auch«, sagt Zot. »Und als Vorsichtsmaßnahme im Falle eines Unheils habe ich sogar ein Zelt mitgebracht!«

Während er spricht, reiße ich die Arme hoch, und auch er hebt sie, und wir fangen an zu hüpfen, und hüpfend nähern wir uns einander, und ich weiß nicht, ob den letzten Schritt ich mache oder er, aber unsere Arme kreuzen sich, und am Ende umarmen wir uns. Und Zot hört sofort auf zu hüpfen, er flüstert mir drei oder vier Worte ins Ohr, aber ich verstehe sie nicht, vielleicht ist eines mein Name, aber ich bin nicht sicher. Denn nach einem Moment löse ich mich und gehe Mama umarmen, und auch sie regt sich nicht, doch das ist schon in Ordnung. Ich hüpfe für uns beide, für uns drei, und auch für Signor Sandro und Ferro, die wir, wo ich jetzt darüber nachdenke, gar nicht gefragt haben, was sie davon halten. Aber das brauchen wir gar nicht, es gibt Dinge, die sind so wunderbar, dass es keinen Sinn hat zu fragen, es hat nur Sinn zu hüpfen.

Ich bin kein Koch

Die neun Stockwerke Treppen zu Marinos Wohnung sind zu wenig, Rambo hätte am liebsten neunzig Stockwerke, oder neunhundert, sie sollten nie enden. Denn obwohl er sich mit Spezialtraining totrackert, sind seine Schenkelstrecker kein bisschen ausgeprägt. Im Gegenteil, aus irgendeinem unmöglichen Grund sind die Schenkel von Marino kräftiger, der Flipper für Sport hält und seit fast einem Monat ans Bett gefesselt ist.

Diese schlanken, aber starken Beine, die Wärme dieser glatten Haut, die er berührt hat, ohne es zu wollen, und die er immer noch auf seinen Fingern spürt, wie wenn man aus Versehen in Brennnesseln fasst und es weiter brennt, und je mehr man sich kratzt, desto schlimmer wird es.

Inzwischen hat Rambo den neunten Stock erreicht, schaut sich um und durchsucht die dunklen Winkel des Treppenabsatzes, aber da ist niemand. Er nimmt die Schlüssel, öffnet die Tür und betritt Marinos Wohnung, wo das ganze Essen ist, das er mit Sandro zusammen eingekauft hat, als sie dachten, sie würden hier einziehen. Das ist gar nicht lange her, doch es wirkt wie eine andere Epoche, eine ruhige und glückliche Epoche. Das heißt, vielleicht nicht wirklich glücklich, aber in jedem Fall glücklicher als jetzt, wo der verfluchte Obsthändler sie im Auge hat, und noch besser war es vorher, als Sandro und er nicht einmal von Marinos Mama in der Kühltruhe wussten. Denn so ist das Leben, jeden Tag einen Tritt in den Arsch oder in die Fresse, und die schmerzhaftesten sind diejenigen, die man abkriegt, wenn man sich entspannt und denkt, das alles in Ordnung wäre.

Deshalb also öffnet Rambo die Tür und betritt die Wohnung, ohne das Licht anzuschalten, duckt sich und rückt lautlos und vorsichtig stoßweise an der Wand entlang vor. Er ist bereit, das Feuer zu erwidern, und wenn hinter den Vorhängen oder dem Sofa eine Polizeieinheit im Dienste von Marinos Onkel lauert, tut es Rambo leid für sie und ihre armen Familien, die sie vergeblich zu Hause erwarten.

Aber im Wohnzimmer ist niemand und in der Küche auch nicht, nur der alte Geruch nach Zigaretten und das Brummen der Kühltruhe, das in seinen Ohren extrem laut klingt, auch wenn das vielleicht nur sein Eindruck ist. Keine Gefahr, Rambo muss nur ein paar Lebensmittel nehmen, sie in eine Tüte stecken und zurück zum Geisterhaus. Und doch ist er gar nicht zufrieden. Ein schöner Hinterhalt käme ihm jetzt gelegen, würde ihm jemand auflauern, zwänge ihn das, alles andere auszublenden, Körper und Geist würden sich wie spitze Pfeile auf den Feind konzentrieren, kein Platz mehr für andere unnütze und eklige Gedanken, an die nackten Beine eines Mannes etwa, die Haut, die Haare, die sie bedecken.

Nein, all der Unsinn, der ihm im Kopf herumschwirrt wie ein Karussell, das er nie besteigen würde. Denn es ist nicht so, dass Rambo andere Männer begehrt, bestimmt nicht, er möchte nur so sein wie sie. Muskulös, kräftig, das hätte er verdient, so viel wie er trainiert. Kurz, es ist eine Frage der Gerechtigkeit, der Anstrengung und des Lohns, den solche Anstrengung verdient, und er ist ein Mann, der noch an gewisse Werte glaubt, das ist alles. Wenn er also an diese nackten Körper denkt, an die anschwellenden Muskeln, an die Wärme, die von diesen Muskeln ausströmt, dann denkt Rambo eben an Gerechtigkeit.

Die Gerechtigkeit füllt seinen Kopf ganz aus, und er kann an nichts anderes denken, allein deswegen gelingt es ihm nicht, einen anständigen Grund dafür zu finden, dass ausgerechnet die schmächtigen, blassen und zarten Körper am meisten Eindruck auf ihn machen, ja, ihn richtiggehend anziehen. Das dürfte nicht sein, vielmehr darf es nicht so sein, Rambo darf nicht daran denken, es wäre besser, irgendetwas anderes im Kopf zu haben, was auch immer.

Deshalb also ist Rambo, als er gerade mit einer Tüte voller Zeug die Wohnung verlassen will, fast erfreut, die Augen zur Tür zu heben und dort aufrecht und regungslos in der Dunkelheit eine schwarze Gestalt zu sehen, die ihn anstarrt. Er lässt die Tüte fallen, schaltet mit einem Schlag gegen die Wand das Licht an und sieht an der Tür das schiefe Lächeln des verfluchten Obstverkäufers, der einzutreten versucht.

Da schaltet Rambo das Licht wieder aus, nimmt die Tüte und geht ihm entgegen, Brust an Brust schiebt er ihn hinaus, und dieser Körperkontakt hat keinerlei Wirkung auf ihn, kein Schauder unter der Haut, nur der primitive Zusammenstoß zweier menschlicher Wesen. Und das ist gut so.

»Lass mich rein, verdammter Höllenhund, lass mich rein!«

Rambo schiebt ihn auf den Treppenabsatz, schließt die Tür hinter sich und dreht den Schlüssel um.

»Es reicht!«, sagt er. »In der Wohnung ist niemand, jetzt stinkt es mir wirklich.«

»Aber wieso, ich …«

»Franco, es reicht jetzt, tut mir leid, aber ich kann Ihnen nicht helfen.«

»Doch, sehr wohl, verdammter Höllenhund, lass mich in die Wohnung. Nur eine Minute.«

»Aber die Signora ist nicht da, ich schwöre es Ihnen, sie ist nicht da!«

Signor Franco schaut ihn an, schaut die Tür hinter ihm an. »Lass mich eine Kontrollrunde machen, dann bin ich beruhigt.«

»Glauben Sie mir, da gibt es nichts zu kontrollieren, nichts …«

»Hör zu, Junge, reden wir Klartext«, sagt Franco da und bohrt seine Augen erneut in Rambos, »ich habe schon verstanden, was da drin los ist, weißt du?«

Rambo hält einen Moment inne, er hält sich an der Einkaufstüte fest, zittert aber so, dass das Plastik zu knistern anfängt. »Wieso, entschuldigen Sie, was gibt es da zu verstehen?«

»Warum haltet ihr sie versteckt?«, fragt Franco.

Und Rambo würde gerne antworten, dass das Marino war, dieser Schwachkopf hat sie versteckt. Er hat von nichts gewusst, hat nichts damit zu tun.

»Hör zu, Junge, da ist doch nichts Schlimmes dabei, hey.«

»Ach, nein?«

»Aber nein! Du siehst mich vielleicht und denkst, dass ich ein scheinheiliger Alter bin, aber mittlerweile sind wir im einundzwanzigsten Jahrhundert, weißt du, wie viele Männer sich gegenseitig mögen und zusammenziehen? Auch mein Neffe ist wie du, er lebt in Mailand mit einem Koch, was kann ich da machen?«

»Aber ich ... aber nein! Was zum Teufel reden Sie denn da, nennen Sie mich eine Schwuchtel?«

»Nein, natürlich nicht, das fehlte noch. Homosexueller sagt man, richtig? Oder Schwuler.«

»Ich polier dir gleich die Fresse, du Arschloch! Was willst du von mir, verdammt!«

»Aber da ist doch nichts Schlimmes dabei, das sieht man halt, und es hat keinen Sinn, das zu verstecken.«

»Was zum Teufel sieht man denn?«, meint Rambo, er regt sich auf und schüttelt seine Arme so sehr, dass nach und nach Sachen aus der Tüte fallen. »Das hier ist ein Tarnanzug der Fallschirmjäger, der echte, den sie in der Schlacht tragen. Und die Militärstiefel, die abrasierten Haare ... was zum Teufel sieht man denn da, was reden Sie da, verdammt?!«

»Nun ja, auch der Freund meines Neffen kleidet sich so, haargenau so.«

»Ja, aber der ist Koch, ein schwuler Koch! Ich bin nicht schwul, ich finde Kochen scheußlich, ich kann mir nicht mal einen Teller Spaghetti machen!«

»Bist du sicher? Sicher, dass du nicht hier mit deinem Freund einziehen wolltest?«

»Aber nein doch! Wie widerlich! Ich lebe zu Hause bei meinen Eltern!«

»Aha. Also sind die Einkäufe in der Tüte nicht für euch.«

»Nein! Die sind nicht für uns.«

»Na gut«, sagt Franco, »gut gut, gut gut gut.« Und je öfter er das sagt, desto weniger klingt es nach etwas wirklich Gutem. »Wenn du aber gar nicht hier wohnst und Lidias Sohn im Krankenhaus ist, für wen sind denn dann die Einkäufe, die ihr ständig anschleppt?«

Rambo wartet kurz, schaut die Tüte an, schaut den Provola-Käse und das Stück Schinken an, die herausgefallen sind. »Das heißt, ja, es ist für mich. Aber ich habe es nicht hergebracht, das sind Sachen, die ich hier geholt habe, um sie mitzunehmen.«

»Ja klar, wie könnte es anders sein, du gehst in den Wohnungen anderer Leute einkaufen.«

»Ja. Das heißt, nein, die Sachen sind für Marino. Er wird bald entlassen und ...«

»Klar, sie entlassen ihn aus dem Krankenhaus, und seine Mama pfeift darauf, sie kümmert sich um ihren eigenen Kram und lässt schön grüßen, stimmt's? Diesen Mist glaube ich nicht. Lass mich rein und nachschauen.«

»Nein«, sagt Rambo. Und er baut sich vor der Tür auf.

»Aber entschuldige mal, wenn alles in Ordnung ist, was kostet es dich? Ich gehe rein, schaue mich überall um, nur zwei Minuten, so findet mein Herz wieder Frieden, und ich komme nicht mehr, um dir auf den Sack zu gehen.«

»Nein, tut mir leid, aber ich kann Ihnen das nicht erlauben. Das ist Privateigentum, schon vorhin, als Sie an der Tür standen, war das fast Hausfriedensbruch, wissen Sie?«

»Ah, ich verstehe«, meint Franco. »Na gut, dann muss ich wohl warten, bis mein Freund Ferdinando sich von der Arbeit losreißt. Denn mit dem Polizeichef darf ich eintreten, richtig?«

»Nein! Das können Sie immer noch nicht, Mussolini ist nicht mehr da, es gibt Gesetze, Privatbesitz ist privat und ...«

Und Rambo redet nicht weiter, er starrt Franco nur an, die Augen zu Schlitzen, die Zähne zusammengebissen. Hier muss etwas getan werden, und zwar sofort. Aber was, weiß er nicht.

»Hören Sie, ich muss jetzt gehen, ich habe Verpflichtungen.«

»Ich auch, der Laden wartet auf mich«, sagt Franco. Und er lächelt wieder. Er geht zum Aufzug, drückt den Knopf, die Türen öffnen sich sofort, und er gibt Rambo ein Zeichen, zuerst einzutreten.

»Nein, danke, ich nehme lieber die Treppe.«

»Ah, klar«, meint Franco und hebt dabei die Hände. Er betritt den Aufzug, langsam schließen sich die Türen. »Auch mein Neffe nimmt immer die Treppen. Das strafft die Gesäßmuskeln ungemein.«

Panda Italia 90

Beim Fahren umschließt Rambo das Lenkrad so fest, als wollte er jemandem das Genick brechen, aber nach einer Rechtskurve muss er seinen Griff etwas lockern, denn ein Knacken des Plastiks macht ihn darauf aufmerksam, dass er es gleich wirklich durchbricht. Das wäre kein großer Schaden, aber, so wie es gerade aussieht, hat er schon mehr als genug Probleme, und es ist unangebracht, sich noch weitere zu schaffen, er muss sich umschauen und vor allem hinter sich darauf achten, dass ihm niemand folgt, und auf direktem Weg und heile beim Geisterhaus ankommen. Ausgerechnet heute Abend, wo er Sandro den Jeep geliehen hat, ist die Hölle los, und er muss sie in dieser schlecht geöffneten Thunfischdose durchqueren.

Ein Fiat Panda in der Sonderausgabe von 1990 für die Weltmeisterschaft in Italien, weiß, mit einem Trikolore-Streifen, der die Karosserie in zwei Hälften teilt, mit Plastikkreisen aus weißen und schwarzen Rauten wie Fußbälle und auf der Autotür das Maskottchen von Italia 90, eine Art Stabmännchen aus weißen, roten und grünen Würfeln, das Ciao hieß und wirklich zum Kotzen war. Aber dieses ganze Auto ist fürchterlich, die mörderischen Planer, die es sich ausgedacht haben, sind gut darin gewesen, in seinen Zügen das Wesen dieser beschissenen Weltmeisterschaft einzufangen, die nach langer Zeit mal wieder in Italien ausgetragen wurde, also hätten wir auf jeden Fall gewinnen sollen, aber wie immer, wenn alles geregelt ist und es reichen würde, die Dinge geordnet und sauber und ohne Scheiß einfach zu tun, hat Italien eine todtraurige Figur abgegeben. Denn wir sind nur für

Wunder gut, für Verzweiflungsschläge, wenn man wirklich nichts mehr tun kann, dann kommt die Eingebung eines letzten inspirierten und unglücklich grandiosen Wurfs. Wenn dagegen alles einfach ist und man bloß geradeaus laufen und das Ergebnis einfahren müsste, ertrinken wir in unserer verheerenden Unfähigkeit, anständig zu sein, konstant zu sein, durchschnittlich zu sein. Und das hat Rambo immer stinkwütend gemacht, doch heute Abend nicht, heute Abend klammert er sich genau an diese Gewandtheit in der Verzweiflung, denn wenn es einen verzweifelten Moment gibt, ist es dieser hier, in dem er eine nach Rauch stinkende Dose fährt und in der Luft die Asche der Zigaretten tanzt, jahrelang geraucht von Marinos Mama, die wiederum in zwei Decken gewickelt auf der Rückbank liegt.

Das ist Wahnsinn, das weiß Rambo, er denkt darüber nach und spürt einen eisigen Schauer über seinen Rücken laufen, der teils von der Angst kommt, teils davon, dass Marinos gefrorene Mama kalte Luft ablässt, wie diese Plastikdinger, die man bei Ausflügen in die Kühltaschen tut. Aber diese Dinger halten nicht lange, man öffnet die Tasche in der Vorfreude auf eine kühle Cola und bemerkt, dass sie mittlerweile eine lauwarme Brühe ist, und dasselbe wird mit der Signora Lidia passieren, die, als Rambo sie geholt hat, noch ganz hart und gar nicht loszubekommen war, weil ihr Arsch am Boden der Kühltruhe festklebte, aber jetzt wird sie nach und nach schmelzen, und das Chaos wird noch größer. Doch was hätte er tun sollen? Er hat Sandro angerufen, er hat Marino angerufen, das Telefon hat geklingelt, aber keine befreundete Stimme ist ihm zu Hilfe gekommen. Rambo hat weiter angerufen, aber nichts. Sandro ist damit beschäftigt, bei einer den Trottel zu spielen, die auf ihn pfeift, Marino ist ans Bett gefesselt oder schläft vielleicht von den Medikamenten, die er ihm gegeben hat, bevor er los ist, und von denen er ihm aus Versehen zu viele gegeben hat, aber na ja, besser zu viele als zu wenige, so spürt er den Schmerz wenigstens nicht und schläft. Denn so ist Rambo, er denkt an die anderen, in der Schlacht deckt er den Freunden den Rücken und rettet sie, aber wenn er dann einmal Hilfe braucht, ist niemand da.

Er ist wieder hochgelaufen, hat die Wohnung betreten und nicht gewusst, was er tun sollte, er wusste nur, dass etwas getan werden musste, denn die Zeit verging und jede Minute konnte der Polizeichef Feierabend machen und mit Franco hier hochkommen, und dann wäre es aus. Für Marino, aber auch für ihn und Sandro, Komplizen dieser Scheußlichkeit, alle bis zum Hals in der Scheiße. Ausgerechnet jetzt, wo die Dinge besser zu laufen schienen, wo sie eine Wohnung hatten und eine feste Rente, um weiterzukommen. Daran hat Rambo gedacht und ist durch die Zimmer der Wohnung gelaufen, die nicht groß, aber gemütlich sind, perfekt für sie drei. Und jedes Geräusch, jede Bewegung des Aufzugs, hat ihn erzittern lassen. Dann ist er ins Wohnzimmer gekommen und hat die Autoschlüssel gesehen, noch mit dem originalen Schlüsseletui aus Stoff von Fiat, zusammen mit einem Schlüsselanhänger mit Padre Pios Gesicht drauf und der Aufschrift FUSS VOM GAS, DENK AN MICH. Und statt an Padre Pio hat er an den Fiat Panda Italia 90 von Marinos Mama gedacht, der immer noch da unten parkt, mit diesen scheußlichen fußballartigen Kreisen. Er hat die Schlüssel geschnappt, hat sich die Alte geschnappt und ist die Stufen runter, wobei ihn nach jeder Treppe ein Zittern überlief, er ist ins Auto gestiegen, hat den Schlüssel umgedreht und los.

Und jetzt drückt er aufs Gaspedal, presst es ins Gummi darunter, und das ganze Auto vibriert. Obwohl er kalte will, kommt warme Luft durch die Öffnungen und beschleunigt das Auftauen der Alten. Das mag vielleicht nur in seiner Vorstellung passieren, aber Rambo hat das Gefühl, dass es schon nach Verfaultem riecht. Also öffnet er das Fenster, spuckt aus und rast durch die Gassen Richtung Geisterhaus, auf der Flucht vor der Gefahr und auf der Flucht vor dem Tod. Nur, dass beide heute Abend mit Rambo im Auto reisen, und das sehr viel bequemer als er.

Warum gibt es Affen

»Aber hier sind Steine«, sagt Ferro zu Sandro, nun, da der Jeep die Straße verlässt, auf diesem freien Platz langsamer wird und der Schotter unter den Reifen knirscht. »Oh, du Genie, willst du auf Steinen das Zelt aufschlagen?«

»Nein, Ferro, *nein*. Wir halten bloß an, um etwas zu essen zu holen. Denn vielleicht ist es nicht schlecht, vor dem Schlafen noch etwas zu essen, oder?«

»Na klar. Wolltest du mich etwa ohne Abendessen ins Bett schicken, du Genie?«

»Ich weiß schon, wo ich Sie hinschicken würde«, meint Sandro, leicht verschluckt vom Motor, den er dann mitten auf diesem Platz voller weißer Kieselsteine ausmacht, vor einer Kirche, die ebenfalls aus Steinen gebaut ist, aber aus größeren, einen über dem anderen bis zum Dach da oben, das auch aus Steinen ist, und je näher ich komme, desto älter wirkt sie und von Leuten gebaut, die nicht viel Lust hatten, Zeit mit Verzierungen zu vergeuden, sie brauchten eine Kirche, um darin zu beten, und ein rechteckiges Loch, um reinzukommen, und darüber ein anderes mehr oder weniger kreuzförmiges Loch, um Licht hineinzulassen, das war's.

Und neben der Kirche ist die Straße, die es vermutlich noch gar nicht gab, als die Kirche gebaut wurde, und sicherlich gab es dieses leuchtende Etwas auf der anderen Straßenseite noch nicht, das für mich nur nach einem verschwommenen Lichtstreifen im abendlichen Dunkel aussieht, wogegen die anderen darin etwas lesen, denn Signor Sandro überquert die Straße und hält mittendrin an, um uns zu fragen, was wir auf unseren Brötchen haben möchten.

Ich sage Käse, Zot auch, dann sagt er: »Vielmehr Käse und gekochten Schinken.« Ferro will Pecorino und Sardellen, viele Sardellen, und da sagt Zot, dass er es sich anders überlegt hat und gekochten Schinken, Käse und Sardellen möchte. Mama hingegen ist alles recht, Hauptsache, das Brot ist kein dunkles Vollkornbrot. Sandro zu guter Letzt steht da mitten auf der dunklen Straße und sagt, dass es spät ist und wir nehmen müssen, was übrig ist, und dann Mama: »Also gut, nimm, was du denkst, ich weiß ohnehin schon, dass du alles durcheinanderbringst.« Und Sandro ernst: »Du hast recht, Serena, ich bringe bestimmt alles durcheinander, ich habe jetzt schon alles vergessen, komm mit, dann kannst du mir helfen.« Sie antwortet nicht sofort, schließlich sagt sie, dass sie dann auch alleine gehen kann, und er antwortet, nein, sie gehen zusammen, und läuft wieder zu dem einzigen Licht im Dunkel.

Mama bleibt stehen, und ich sage zu ihr, dass es schön wäre, wenn sie ginge, denn sie wisse, welche Käsesorten ich mag, ich mag ja wirklich nicht alle Sorten. Außerdem möchte ich, während sie in den Laden gehen, schauen, wie die Kirche von innen aussieht.

»Du hast die Wahl, Mama, entweder gehst du Brötchen holen, oder du kommst mit mir die Kirche besichtigen«, sage ich. »Vielleicht gibt es Gemälde, heilige Bilder, wir schauen uns die Säulen und die Symbole genau an ...«, und ich habe nicht einmal fertig gesprochen, da läuft Mama schon los, überquert die Straße und verschwindet schließlich hinter Signor Sandro im Laden.

Zot und ich betreten die Kirche. Ich mache einen Schritt, zwei, und es passiert, was immer passiert, wenn ich einen geschlossenen Raum voller Dunkelheit betrete: Im Nu fühle ich mich ganz ruhig. Es gibt kein Licht, das mich die Augen schließen lässt, meine

Haut brennt nicht, ich kann gut sehen oder jedenfalls besser als sonst. Ich betrete diese uralte, dunkle Kirche mit wenigen brennenden Kerzen entlang der Mauern und einem Geruch nach Feuchtigkeit, der einem den Atem nimmt, und ich spüre, dass ich wirklich hierhergehöre. Und das macht mich stinkwütend.

Denn ich bin gar nicht froh, ich will in der Sonne und im Licht sein, mit einer Brise um mich, die meine Kleider flattern lässt. Ich will den Geruch des Meeres und das Rauschen der Wellen und die Möwen, die nah an mir vorbeifliegen und diesen seltsamen Laut von sich geben, ich will barfuß sein und Wasser spüren, das meine Füße nass macht und dann wieder abhaut, sie nass macht und wieder abhaut. Ich will dort das Gefühl haben, dazuzugehören, statt in diesem dunklen Loch.

Hier drinnen kann ich die Augen offen und entspannt lassen, ich habe keine Kopfschmerzen, ich spüre kein Brennen, und das Licht blendet mich nicht, aber wer zum Kuckuck hat behauptet, dass man sich gut fühlt, wenn man nichts fühlt? Das ist, als würde man sagen, Spaß haben ist, wenn man nicht müde wird, glücklich sein ist, wenn nichts Schlimmes passiert. Und ich weiß, dass viele so leben, aber das heißt nur, dass sie bescheuert sind. Und je mehr ich hier drin das Gefühl habe, herzugehören, desto mehr Wut steigt in mir auf, und tatsächlich drehe ich mich sofort wieder um, gehe Richtung Tür und mache Anstalten rauszugehen. Aber kaum habe ich mich umgedreht, sehe ich dieses quadratische, graue Etwas in der Ecke da hinten, und ich vergesse alles andere. Ich gehe hin und bleibe vor dem riesigen, rauen Stein stehen, schaue ihn an, und er schaut mit seinen runden Augen mich an, und ich werde zu Stein wie er. Das Schild daneben ist winzig geschrieben, und ich kann es nicht lesen, aber das ist gar nicht nötig. Ich weiß von alleine, dass ich vor einer Statue des Volks der Luna stehe.

Sie steht hier, an die Kirchenmauer gelehnt. Ich strecke eine Hand aus und berühre sie. Sie ist kalt und ganz hart, ich streiche über ihre Finger, und es fühlt sich rau und glatt an, wie der Walfischknochen, den Luca mir geschenkt hat. Ich schaue ihr in die Augen, diese zwei tiefen kleinen Kreise, und ich schwöre, dass sie mich anschaut. Auch wenn ich mich dämlich fühle, mache ich tatsächlich den Mund auf und sage halblaut »Hallo« zu ihr. Und ich bin sogar ein wenig enttäuscht, dass sie mir nicht antwortet.

Dann Zots Schritte, der hierherrennt und neben mir stehen bleibt.

»Ist sie das?«

Ich nicke.

»Was macht sie denn hier?«

Ich mache ihn auf das Schild darunter aufmerksam, er bückt sich, studiert es und liest laut vor, dass diese Statue sehr, sehr alt sei, ein Krieger, gehauen vom geheimnisvollen Volk der Luna vor dreitausend Jahren. Sie ist hier in der Kirche wiedergefunden worden, vielmehr war sie eigentlich ein Teil der Kirche: Man hatte sie zusammen mit den Steinen verwendet, um die Mauern hochzuziehen.

Ich schaue sie an und denke an diesen Ort vor dreitausend Jahren, an die Wälder, wo geheimnisvolle Menschen lebten, die nichts hinterlassen haben, nicht einmal einen Rest von einem Haus oder eine Inschrift, denn sie haben nicht die Zeit gehabt, schreiben zu lernen, und nicht einmal, sich einen Namen zu geben. Sie haben die Tage nur damit verbracht, diese riesigen Steine zu bearbeiten, um sie platt und glatt zu machen und ihnen die Form von Männern und Frauen zu geben, unsere Form, und sie aufrecht in die Wälder an bestimmte Stellen zu setzen, aus Gründen, die wir nicht kennen, die aber bestimmt magisch waren. Und ich frage mich, wie es dann die Menschen, die diese Kirche gebaut haben, fertigbrachten, sie wie einen Stein zu behandeln. Das ist nicht möglich, das glaube ich nicht, wenn man diese Statue sieht, sie fühlt, hat man sofort den Impuls, sie zu respektieren, sie zu bewundern von ganzem ...

»Was ist denn das für ein Scheiß?«, sagt Ferro, als er sich nähert.

»Das ist ein Statuenmenhir«, antworte ich, so trocken ich kann.

»Hmm, für mich sieht er aus wie ein Spastiker.«

»Aber Opa«, meint Zot, »du hast vor dir einen antiken Krieger des untergegangenen Volks der Luna, das waren tapfere und starke Männer und ...«

»Die mussten ja untergehen, wenn sie sich von solchen Spastikern verteidigen ließen.«

Zot versucht ihm noch etwas zu erwidern, aber ich nicht. Ich möchte nur, dass Ferro geht und woanders eine Runde dreht, wo irgendetwas ist, was ihn mehr interessiert. Stattdessen bleibt er hier und veräppelt die Statue, sagt, sie sieht genauso aus wie ein Junge aus Florenz, der immer ans Meer kam, als er noch Bademeister war, und dessen Eltern darauf bestanden, dass er normal wäre, dabei war er bekloppt, und jedes Mal, wenn er versuchte, im Meer zu baden, musste Ferro sich hineinstürzen und ihn retten, weil er sofort unterging wie dieses Stück Stein hier. Ich sage zu ihm, dass es kein Stück Stein ist, und er sagt, klar ist das ein Stück Stein, und er fängt an, mit der Faust dagegenzuklopfen.

Deshalb bin ich froh, dass Mama und Sandro zur Kirchentür hereinkommen, mit einer Tüte Brötchen und einer weiteren, in der, glaube ich, die Getränke sind. Und mit ihnen kommt etwas Seltsames und Unglaubliches herein, nämlich ein Lachen von Mama, seltsam, weil es in der ganzen Kirche widerhallt, aber auch, weil ich es schon seit sehr, sehr langer Zeit nicht mehr gehört habe.

»Aber in dem Laden war kein Licht«, sagt Sandro, »es sah aus wie Pecorino.«

Und sie: »Ja, schon klar, haargenau gleich.«

480

»Aber es war dunkel in diesem beschissenen Laden, man hat nichts erkannt.«

»Ach was, man hat genau gesehen, dass es ein Stück Speck ist. Also isst du jetzt ein Brötchen voller Speck.«

»Aber ich finde Speck eklig!«

Mama lacht noch lauter, sie erreichen uns, und da senken sie ihre Stimmen und werden ganz still, es bleibt nur das Knistern der Plastiktüten. Aber ich bin froh, dass Mama gelacht hat, und auch Ferro hat aufgehört, schlecht von der Statue zu sprechen. Doch das hält nicht lange an, die Zeit, bis sie sich an den Halbschatten hier drin gewöhnt haben, dann sagt Sandro: »Was ist denn das für eine Statue? Die sieht ja aus wie der Panizzi!«

»Welcher Panizzi?«, frage ich, aber ich weiß nicht, ob ich es wirklich wissen will.

»Das war der Direktor des Gymnasiums, als ich noch zur Schule gegangen bin. Einer aus Carrara, er kam immer mit einem schwarzen Ledermantel, der ihm bis zu den Füßen reichte, wie Dracula sah er aus.«

»Ja, den kenne ich!«, meint Mama. »Den Direktor Panizzi hatte ich auch!«

»Na klar, wir waren ja auf demselben Gymnasium.«

»Hä?«

»Klar, Serena, im selben Jahrgang, ich war in der B und du in der C.«

»Ich war in der C, ja, aber woher weißt du das?«

»Weil ich da war! Wir sind fünf Jahre lang in dieselbe Schule gegangen. Wir haben auch zusammen den Ausflug nach Recanati gemacht, zum Geburtshaus von Leopardi.«

»Ja, daran erinnere ich mich«, sagt Mama, und sie löst sich einen Moment, um Sandro zu betrachten, als hätte sie ihn zum ersten Mal vor sich. »An dich erinnere ich mich dagegen überhaupt nicht, weißt du?«

»Tja, ich merk's. Sehr freundlich, wirklich. Fünf Jahre!«

»Aber es ist sehr viel Zeit vergangen, vielleicht hast du dich stark verändert, und ich erkenne dich einfach nicht wieder.«

»Nein, nein, nein, ich habe mich überhaupt nicht verändert, es ist nur, dass wir in unterschiedlichen Welten gelebt haben. Du warst da oben auf dem Gipfel, die Schönste der Schule, ich war leider unter den armen Schweinen am Boden. Aber Menschenskind, wenigstens vom Sehen, wenigstens jetzt, wo ich es dir gesagt habe ... Mensch.«

»Seien Sie nicht enttäuscht, Signor Sandro, und machen Sie sich keine Sorgen«, sagt Zot. »Hier mit uns können Sie sich unter Freunden fühlen, auch Luna und ich sind unter den armen Schweinen der Schule.«

»Sprich für dich«, sage ich. »Ich bin kein armes Schwein, ich bleibe für mich.«

»Ja richtig«, sagt Sandro. »Ich auch. Ich war ein Rebell, ich war anders, ich habe Wert darauf gelegt, mich nicht unter die Masse der Siegertypen wie deine Mama zu mischen.«

»Nein, nein«, meint sie. »Das würde dir gefallen, aber du warst wirklich bloß ein verdammt armes Schwein.«

»Du erinnerst dich doch nicht einmal daran, dass ich da war.«

»Eben. Einen Rebellen hätte ich bemerkt, Rebellen sind cool. Du dagegen warst sicher ein armes Schwein.«

Für eine Weile spricht Signor Sandro nicht, er nickt nur mit dem Kopf, dann: »Ich weiß, Serena, ich weiß. Und doch, stell dir vor, dass du eines Tages im Gymnasium etwas gemacht hast, woran ich mich noch als eines der schönsten Ereignisse in meinem Leben erinnere. Stell dir das mal vor«, sagt er, und weiter nichts. Er nähert sich der Statue und beginnt sie zu studieren.

»Das heißt? Wann denn, was habe ich gemacht?«

»Nichts, nichts, ich bin ein zu armes Schwein, um mit dir zu sprechen, besser, ich behalte es für mich.«

»Komm schon, los, sag es mir.«

Signor Sandro schüttelt den Kopf, steckt seine Hände in die Taschen und beugt sich vor, um den Stein zu betrachten, das mit Stein auf Stein gehauene Muster, dann die Füße, die Hände, die runden Augen da oben, die den Blick erwidern.

»Aber der hier sieht echt aus wie der Panizzi.«

»Erzählst du mir, was ich gemacht habe? Wann denn, in der Schule? Beim Ausflug?«

»Haargenau wie der Panizzi. Kinder, es tut mir leid, dass ich kein Foto habe, denn das ist er wirklich.«

Und da hakt Ferro ein, der sich auf eine Bank gesetzt und nichts gesagt hatte. »Hmm, meiner Meinung nach sieht er aus wie ein Junge aus Florenz, damals als ich Bademeister war. Auch diese dürren Beinchen hatte der, genau die.«

»Und doch, Großväterchen mein, stell dir vor, dass dieser unerschrockene Krieger hier dreitausend Jahre alt ist. Scheint dir das nicht unglaublich?«

»Sicher, und in der Tat ist diese Geschichte mit den Giraffen wirklich großer Mist.«

»Welche Geschichte mit den Giraffen?«

»Das, was sie im Fernsehen erzählen, dass Giraffen einen langen Hals bekommen haben, weil die, die mit langem Hals geboren wurden, sich besser durchgeschlagen haben und dann deshalb alle so geboren wurden.«

»Die Evolutionstheorie, Opa. Die Evolutionstheorie von Professor Charles Darwin.«

»Ich weiß nicht, wie das heißt, ich weiß nur, dass das Scheißdreck ist. Wie konnten die Leute denn an so was glauben? Früher hat man wirklich an alles geglaubt.«

»Aber man glaubt immer noch daran, Opa! Das heißt, es ist wahr, es ist eine der wichtigsten Entdeckungen der Weltgeschichte des Universums.«

»Jetzt hör aber mal auf. Es reicht, die Augen aufzumachen, und man sieht sofort, dass es überhaupt nicht wahr ist. Schau dir diese Statue hier an, wie alt ist die?«

»Dreitausend Jahre.«

»Schau an, und sie sieht aus wie ein Junge, der zu mir ans Meer kam. Und sie sieht außerdem aus wie der Schulleiter von diesen beiden hier. In dreitausend Jahren haben wir uns kein bisschen verändert, und wieso?«

»In welchem Sinne?«, fragt Signor Sandro.

»In dem Sinne, dass wir irgendwann aus den Affen hervorgegangen sind, richtig? So behauptet das diese Geschichte da, da waren erst die Affen, und dann haben sie nach und nach ihr Fell verloren und ihren Rücken aufgerichtet, und dann sind die Menschen gekommen, nicht wahr? Wieso sind wir dann also stehengeblieben? Der hier ist genauso wie wir, verdammt, wir haben uns nicht mal ein kleines bisschen verändert.«

»Ja, na gut, aber es braucht mehr Zeit, um sich zu verändern.«

»Mehr Zeit? Hast du den Jungen nicht gehört? Dieses Ding da ist dreitausend Jahre alt. Außerdem bei den Giraffen, wieso wird der Hals der Giraffen nicht immer länger? Wieso ist der irgendwann stehengeblieben?«

»Nun ja«, meint Sandro. »Man kann ja nicht unendlich weitermachen, nicht …«

»Das ist alles ein Märchen, Leute, ein bescheuertes Märchen, an das manche glauben, weil sie keine Lust haben, zu viel darüber nachzudenken, und deshalb sagen, aber ja doch, was soll's, es wird schon stimmen. Dabei ist es Mist. Geh weg. Erst waren da die Fische, dann verlassen die Fische plötzlich das Wasser und gehen an Land, weil die Vorderflossen Arme werden, und sie hören auf, Wasser zu atmen, und atmen stattdessen Luft, ihnen wachsen Beine, und sie gehen eine kleine Runde drehen … geht mir weg, Leute, scheint euch das möglich?«

Sandro schaut Zot an, Zot schaut vielleicht mich an, doch Mama und ich sind schon am Anfang still geblieben, was sollten wir dann erst jetzt sagen. Also redet Ferro alleine weiter und erklärt uns, wie das Leben im Universum funktioniert, und seine Stimme wird immer lauter und hallt zwischen den Steinmauern der Kirche wider. Es wird daran liegen, dass sie so ernst klingt.

»Und wieso sind die Dinosaurier ausgestorben, die doch so stark waren, und die Flöhe, Kakerlaken, Zecken und Kanalratten dagegen sind noch da, hä? Und schaut euch diese beiden da an«, und er wedelt mit seinem Arm in Zots und meine Richtung. Ich wusste ohnehin schon, dass es so enden würde, ich wollte nicht in dieser Geschichte landen, ich wollte nur ruhig die Statue des Volks der Luna anschauen. Von wegen. »Die beiden da hätten, wenn diese Geschichte mit der Selektion stimmen würde, fünf, höchstens sechs Minuten überdauert. Stattdessen seht ihr sie hier, sie laufen herum und schlafen heute Abend sogar im Zelt und haben Spaß, und vielleicht verarscht sie der ein oder andere, ja, aber was ist das schon, sie pfeifen drauf und gehen unbeirrt ihrer Wege. Denn es läuft ohnehin alles, wie es das Schicksal will, die Evolution ist ein Scheißdreck. Stark oder schwach, richtig oder falsch, alles geschieht, wie es geschieht, weil es so geschehen muss.«

»Ja«, sage ich, »also sind Zot und ich wie Flöhe und Zecken?«

»Exakt«, meint Ferro. »Genau so. Da habt ihr's, seht ihr, dass die Kleine es kapiert hat? Und jetzt reicht es mit dem Gerede, mein Hals wird ganz trocken, habt ihr mir Wein mitgebracht?«

Signor Sandro schaut Mama an, Mama schaut vielleicht ihn an, und sie holen zwei große Flaschen hervor, stilles Wasser. Ferro streckt seinen Arm aus und man sieht, dass er kurz davor ist, irgendeinen Heiligen zu beleidigen, dann erinnert er sich, wo er ist, also verlässt er zuerst die Kirche.

Im Laufschritt erreicht er die Kirchentür, aber dort hält er plötzlich an und dreht sich noch einmal zu uns um. Und mit dem

Licht der Nacht hinter sich wird er zu einer dunklen, aufgerichteten Gestalt, die uns anstarrt.

»Ach, und noch etwas. Wenn wir von den Affen abstammen, wieso gibt es die dann immer noch, die Affen?«

Die Partisanen sind für uns gestorben

Wenn abends ein Horrorfilm lief, schaute Marinos Mama ihn sich immer an, und weil es in der Wohnung nur einen Fernseher gab, hatte er keine Wahl. Vielmehr hatte er schon eine, in dem Sinne, dass Marino in seinem Zimmer blieb, Bon Jovi hörte und weiter Hausaufgaben machte. Doch manchmal wollte seine Mama Gesellschaft und sagte zu ihm: »Hör auf, diese Schwulen mit Frauenfrisuren zu hören.« Und er hat geantwortet, dass die von Bon Jovi nicht schwul seien, sondern im Gegenteil jedes Mal, wenn sie das Haus verlassen, fliehen müssten, weil da hunderttausend Frauen stünden, um über sie herzufallen, und sie hat geantwortet: »Ja klar, hauen die ab, weil sie halt schwul sind. Hör auf zu träumen, Marino, komm her, wir schauen uns mal an, wie das Leben in echt ist.« Marino gehorchte, setzte sich neben sie, und sie schauten diese Geschichten von verfluchten Schlössern, Zombies, Vampiren und ägyptischen Mumien, die wiederkehren, um sich wahllos an Menschen zu rächen, im dunklen Wohnzimmer voller Zigarettenqualm, der aussah wie der gespenstische Nebel in den Filmen.
Und alles machte ihm Angst, auch wenn nichts passierte, auch wenn es eine Szene des Glücks gab. Vielmehr war es dann noch schlimmer, denn Marino wusste, dass diese glücklichen Menschen kurz davor waren, im Horror zu versinken, dann kam der Horror, und er hielt sich die Augen zu, aber das nutzte nichts, denn da war diese furchtbare Musik, die ihn noch mehr in Schrecken versetzte.
Dann war der Film zu Ende, und für Marino begann eine Alp-

traumnacht. Wie er im dunklen Zimmer lag, wurden die Dinge um ihn plötzlich unheimlich und schreckenerregend. Ein weißes Hemd auf dem Stuhl wallte wie ein Gespenst, die Schlümpfe-Sammlung im Regal schien aus kleinen, blauen und Unheil stiftenden Monstern zu bestehen, sogar die von Bon Jovi starrten ihn von dem Poster, das neben dem Schrank hing, wie Dämonen mit toupierten Haaren an.

Wie soll er sich da also jetzt erst fühlen, ganz allein im abendlichen Dunkel, auf einem schimmeligen Bett im Geisterhaus liegend. Wo er ja nicht hatte bleiben wollen, er wollte zusammen mit Rambo in seine Wohnung zurück, und stattdessen ist Rambo da hin und hat ihn hiergelassen, hat ihm eine Schmerztablette und eine Schlaftablette gegeben, und tschüss. Übrigens haben sie ihm im Krankenhaus von beidem jeweils nur eine halbe gegeben, aber Rambo hat gesagt, dass das keinen Sinn habe, dass, wenn eine halbe Tablette reichen würde, sie halbiert in Schachteln verpackt würden. Daher hat er Marino zwei ganze Tabletten schlucken lassen, und jetzt spürt Marino den Schmerz nicht, gar nichts spürt er, außer schwerer Müdigkeit, die ihm die Augen zufallen lässt, zusammen mit einer schrecklichen Angst, die sie offen hält. Und im Kampf zwischen den beiden bleibt er regungslos und starrt die Schatten des Waldes da draußen an, die vom Vollmond getrieben durch die Fensterluke hereinfallen.

Seltsam und lang breiten sie sich auf dem dreckigen Boden bis zur Wand aus, und dort richten sie sich auf und steigen hoch bis zur Decke, spitz und bedrohlich und tiefschwarz. Marino dreht sich um, um sie anzuschauen, dunkle Schatten, die sich leicht in der abendlichen Brise bewegen, er starrt sie an und spürt, wie seine Augen zufallen, spürt, wie er in den Sand des Schlafs einsinkt. Doch dann ruft ihn etwas, ein Wispern oder ein Funke, er schaut sich um, und sein Herz schlägt ihm bis zum Hals.

Fünf aufrechte Gestalten stehen am Fuß des Bettes, regungslos und böse. Fünf mit Gewehren bewaffnete Männer, die in Lumpen gekleidet sind und ihre zu Schlitzen verengten, leuchtenden Augen auf ihn richten.

»Oh«, sagt der Größte von ihnen, und seine Stimme ist tief und entrückt, sie kommt aus der Tiefe der Nacht, aus der Mitte der geheimnisvollen Spirale des Schicksals. »Hallo, du Arsch.«

»Wer seid ihr?«, fragt Marino mit zitternder Stimme. »Tut mir nichts Böses, ich bitte euch.«

»Du weißt genau, wer wir sind.«

»Nein, ich ... wirklich nicht. Seid ihr die Hausbesitzer? Ich wollte gar nicht herkommen, ich schwör's, das ist Rambos Schuld. Ich wollte zu mir nach Hause, ich habe eine Wohnung in Querceta, in den Wolkenkratzern. Ein Penthouse, in aller Bescheidenheit.«

»Was sind denn die Wolkenkratzer von Querceta?«, fragt ein anderer Schatten, mit einem weißen Tuch um den Hals. »Ich bin aus Querceta und habe nie von ihnen gehört.«

»Wie das? Die sind berühmt. Sie stehen schon ewig, in den sechziger Jahren werden sie gebaut worden sein.«

»Ach, deshalb kenne ich sie nicht, wir sind 44 gestorben.«

Stille. Oder eine Art Stille, überdeckt von Marinos Herz, das ihm nun bis zu den Ohren schlägt, so heftig, dass es ihn fast aus dem Bett wirft.

»Na komm schon, Marino, los, hast du immer noch nicht kapiert, wer wir sind.«

»Nein, tut mir leid. Seid ihr Freunde von Mama? Vom Obst-und-Gemüse-Franco?«

»Nein, wir sind niemandes Freunde. Wir sind die fünf Partisanen«, sagt der Größte ernst. Und er starrt Marino mit einem Auge an, das zu sehr aus seiner Augenhöhle hervorquillt.

»Wie? Welche Partisanen?«

»Die fünf Partisanen, die auf tragische Weise umgebracht wurden.«

»Hä? Wie jetzt?«

»Hör zu, wie heißt dieses Haus?«

»Das Geisterhaus.«

»Na also, sehr gut. Das hier ist das Haus, und die Geister sind wir. Kapiert?«

Marino nickt, doch nicht allzu überzeugt. »Etwa diese erhängten Partisanen?«

Sie nicken mit ihren Köpfen, langsam, nur einmal und alle gleichzeitig.

»Aber ... aber ich dachte, es waren vier Männer und eine Frau. Wieso seid ihr alles Männer?«

»Ich bin eine Frau!«, sagt der mit dem weißen Tuch um den Hals.

Marino schaut ihn an, betrachtet ihn genau. »Ach ja?«

»Ja, du Arschloch.«

»Entschuldigen Sie. Vielleicht hat sich der Schönheitskanon gewandelt. Außerdem der Krieg, die Leiden ... kurz, ich glaube Ihnen.«

Der Geist mit dem Tuch macht ruckartig einen Schritt nach vorne. Der neben ihm hält ihn auf.

»Schaut euch dieses Arschloch an. Wir kommen, um ihn zu retten, und er behandelt uns so.«

»Um mich zu retten?«

»Ja, auch wenn du es nicht verdient hast.«

»Aber wovor wollt ihr mich denn retten? O Gott, was ist los?«

»Bleib ruhig und hör zu. Du weißt, wie wir gestorben sind, stimmt's?«

»Sicher, erhängt an den Bäumen da draußen.«

»Genau. Wir hatten uns hier versteckt, da war das Gerücht zu uns gedrungen, dass ein deutsches Kommando uns suchte und wir fliehen müssten, doch es regnete stark, und wir beschlossen, noch eine Nacht zu bleiben. Wir würden uns etwas ausruhen, dann im Morgengrauen alle auf die Beine und hoch in die Berge. Nur, dass die Deutschen genau in jener Nacht gekommen sind, und das Morgengrauen haben wir nie gesehen.«

Nachdem das Gespenst mit dem Tuch, das eine Frau sein soll, das gesagt hat, senken alle fünf den Kopf und bleiben still, während das Mondlicht sie in einem kalten Schein glänzen lässt, wie an Wintermorgen das Eis auf dem Gras. Dann legt der Größte wieder los: »Kurz, du sollst nicht denselben Fehler machen wie wir. Wir haben noch eine Nacht gewartet, aber diese eine Nacht gab es für uns nicht mehr. Und die gibt es auch für dich nicht, Marino.«

»Hä? Inwiefern, entschuldigt, aber was wollen denn die Deutschen von mir?«

»Aber doch nicht die Deutschen! Der Krieg ist zu Ende, die Deutschen haben nun anderes zu tun, sie arbeiten mit voller Kraft und hauen uns in die Pfanne. Was scheren sich die Deutschen um dich?«

»Na also, wo ist dann das Problem?«

»Das Problem ist, dass du keine Zeit zu verlieren hast, Marino, du musst dich in Bewegung setzen. Und morgen wird es zu spät sein.«

»Was soll ich denn machen, seht ihr nicht, was für ein Wrack ich bin?«

»Keine Ausreden. Vierzig Jahre lang ging es dir gut, und was hast du zustande gebracht? Rein gar nichts. Also musst du dich halt jetzt darum kümmern, wo es dir schlecht geht. Befreie dich von totem Ballast, Marino, oder er zieht dich mit sich in den Abgrund. Was tot ist, existiert nicht mehr, wirf es weg, Marino, wirf es weg.«

»Das sagt ihr, die ihr 44 gestorben seid und immer noch hier seid.«

»Hör zu, du Schwachkopf«, meint der, der behauptet, eine Frau zu sein, »wir sind schließlich für dich gestorben. Wir haben uns geopfert, um den Generationen nach uns eine freie Zukunft zu geben. Und ehrlich gesagt, wenn ich mir anschaue, was ihr mit all dieser Freiheit anfangt, weiß ich nicht, ob ich es wieder tun würde.«

Die anderen schauen sich an und nicken ebenfalls. »Wir haben uns für euch geopfert, und ihr verbringt die Tage damit, euch mit Handys, Computern und Fernsehern zu verblöden. Es wäre besser gewesen, wenn wir in einem Loch das Kriegsende abgewartet hätten, und ihr könntet uns mal.«

Marino schaut sie an, aber sie schauen ihn nicht mehr an. Sie halten den Blick gesenkt und seufzen, sie haben keine Lust mehr zum Reden, sie haben zu nichts mehr Lust.

»Hört zu, ich bitte euch um Entschuldigung. Wir haben das nicht extra gemacht. Das ist nicht unsere Schuld. Als ihr jung wart, gab es noch kein Internet, es gab noch keine Handys und keine Videospiele und nichts dergleichen. Wenn es die schon gegeben hätte, hättet ihr sie vielleicht genauso benutzt wie wir jungen Leute von heute.«

»Was für junge Leute denn, Marino. Du bist nicht mehr jung, du solltest ein Mann sein und bist nicht einmal das. Du bist wirklich gar nichts. Du hast die vierzig schon erreicht und musst mit dem Leben erst noch anfangen. Aber wenn du heute Nacht nicht sofort zur Tat schreitest, endet dein Lauf, noch bevor du gestartet bist. Verstanden?«

»Ja. Das heißt, nein. Das heißt, ich weiß es nicht. Aber ...«

»Nichts ›aber‹, Marino. Wir haben dich gewarnt, jetzt mach, was du willst. Aber denk dran, dass es keine Zeit zu verlieren gibt. Heute Nacht oder nie mehr. Heute Nacht oder nie mehr.«

Diese letzten Worte werden von einem Echo begleitet, als ob sie von weiter weg kommen. Das flimmernde Mondlicht senkt sich, die fünf Profile verschwimmen immer mehr und scheinen eins mit der Wand hinter ihnen zu werden, bis vor Marinos Augen nur die Mauer bleibt. Eigentlich ist gar nichts vor Marinos Augen, denn er hat die Augen geschlossen.

Er reißt sie erst jetzt auf, als er diesen starken Griff spürt, der ihn schüttelt. Und über ihm, ja direkt auf ihm, ist ein weiteres Gespenst. Weiß wie die anderen, ebenfalls mit aus den Augenhöhlen hervorquellenden Augen und mit denselben Worten auf den Lippen: »Marino, wach auf, wir haben keine Zeit zu verlieren, wir müssen zur Tat schreiten!«

Marino rappelt sich auf, so gut er kann, lächelt und versucht seinen Freund Rambo scharf zu stellen. »Ich weiß, das habt ihr mir schon gesagt.«

»Hä? Wann denn?«

»Gerade, seit drei Stunden sagt ihr mir das.«

»Na gut, wie auch immer, jetzt hör mir gut zu. Es ist alles drunter und drüber gegangen, ich habe dich angerufen, aber du bist nicht rangegangen, ich habe Sandro angerufen, aber der ist nicht rangegangen, also habe ich alleine entscheiden müssen. Ich musste, Marino. Und ich habe deine Mama hergebracht.«

»Wirklich? Wie schön, Rambo, und wo ist sie? Wieso kommt sie mich nicht begrüßen?«

Rambo schaut ihn an und verzieht den Mund. »Sie ist tot, Marino, nicht?«

»Ja, sicher, aber ich dachte, dass … hmm, wie die Partisanen gekommen sind, also …«

»Sie ist da, in der Küche. Entschuldigung, aber es ging nicht anders, aus deiner Wohnung musste sie verschwinden. Aber sie muss auch von hier verschwinden. Wir müssen uns sofort in Bewegung setzen, es tut mir leid, mein Freund, aber wir müssen notgedrungen.«

»Ich weiß, Rambo, wir müssen, und zwar sofort. Das schulden wir den Partisanen.«

Rambo rückt vom Bett ab, starrt aber weiter seinen Freund an.

Sein Gesicht, den Ausdruck, der sich darauf abzeichnet.

Manchmal ist nichts beunruhigender als ein Lächeln.

Pilze aus Transsilvanien

»George läuft weiter durch die Dunkelheit, er schaut sich um und sieht nichts, er ist verzweifelt und weiß nicht, was er tun soll. Mittlerweile sucht er keine Pilze mehr, er versucht nur noch seine Freunde und den Weg zu finden, doch er weiß nicht, in welche Richtung er gehen soll, deshalb bleibt er einen Augenblick stehen. Und in diesem Augenblick hört er es. Es klingt wie ein Seufzen, aber vielleicht sind es halblaut gesprochene Worte. Doch von wem? Und was sagt die Person? George weiß es nicht, und er will es auch nicht wissen, er will bloß abhauen. Sofort rennt er los, aber er irrt planlos in diesem verschlungenen Wald umher, und er fühlt sich immer erschöpfter, und dieses unheilvolle Seufzen kommt immer näher und näher ...«

Signor Sandros Gesicht verzieht sich auf ganz komische und fürchterliche Weisen, während er mit der Taschenlampe unter seinem Kinn erzählt. Ringsum ist alles dunkel, da ist nur dieses Licht, das ihm das Gesicht verzerrt, und sein riesiger Schatten dahinter, an der Zeltwand, noch schreckenerregender durch die Tatsache, dass diese eigentlich gespannt und gerade sein sollte, stattdessen aber schlaff ist und aussieht, als falle sie jeden Moment auf uns.

Ferros Zelt ist uralt, und es ist nicht einmal wirklich seins. Deutsche Touristen haben es vor vielen Jahren zurückgelassen: Sie hatten versucht, nachts am Strand zu campen, aber das ist verboten, und Ferro ist zu ihnen hin, um zu sagen, dass sie da wegmüssen, aber da es dunkel war und man ja nie weiß, auf wen man trifft, hatte er sicherheitshalber ein Ruder im Arm. Er weckte sie mit ein paar Schlägen aufs Zelt, und sie sind so wie sie waren abgehauen und wurden nicht wiedergesehen. Die Schläge mit dem Ruder dagegen sieht man immer noch, da sind zwei oder drei Löcher auf einer Seite, und einige kleinere von Mäusen.

Aber wie auch immer, schlaff und zerlöchert hält das Zelt trotzdem, und wir sitzen hier im Kreis, während Signor Sandro uns von diesem armen George erzählt, der mit seinen Freunden Pilze suchen gegangen war, sich aber in einem schreckenerregenden Wald verirrte.

»Und plötzlich hört er oben aus einer Kastanie ein anderes unheimliches Geräusch, er hebt den Kopf und sieht eine große Fledermaus, die über ihm Kreise zieht und im Sturzflug herunterkommt, um ihn zu treffen. Da schleudert George den Korb für die Pilze auf sie, in dem ohnehin keine Pilze waren, er rennt zwischen den Bäumen umher, und jeder Schritt führt in die Finsternis und ins Geheimnis, und George ist verzweifelt, weil er weiß, dass die Berge des Apennins unsicher und gefährlich sind, und wer weiß, was sich da verbirgt, hinter jedem Schritt in diesem ...«

»Des Apennins?«, fragt Zot mit zitternder Stimme. »Entschuldigen Sie, Signor Sandro, aber befanden wir uns nicht in Transsilvanien?«

»Ja, entschuldige, habe ich Apennin gesagt? Ich wollte Transsilvanien sagen. Aber jedenfalls ...«

Und aus dem Nichts hören auch wir wie George ein seltsames Geräusch, es klingt wie ein Waschbecken, in dem irgendein Mist gelandet ist, weshalb ein Teil des Wassers abfließt, ein Teil wieder hochkommt. Aber es ist kein Waschbecken, es ist Ferro, der hinten im Zelt liegt und zu sprechen versucht.

»Da wachsen ... bestimmte Steinpilze ... so dick wie Tischbeine.«

»Wo, Opa, in Transsilvanien?«

»Nein, nein, auf dem Apennin.«

»Aber hier sind wir nicht im Apennin, wir sind in Transsilvanien.«
Ferro sagt nichts weiter, er hebt einen Arm und wedelt ziellos damit herum, dann fällt der Arm wieder schlaff neben ihn, er schnaubt und schläft vielleicht ein, und das Zelt füllt sich mit seinem Gifthauch. Denn da sie ihm keinen Wein gekauft hatten und er Wasser nicht ausstehen kann, hat er sein Pecorino-Sardellen-Brötchen mit einer halben Flasche Herber Tod hinuntergespült, die er mit auf den Ausflug genommen hatte, und jetzt lässt sein Atem meinen Kopf schwirren.

»Jedenfalls rennt George durch diesen verfluchten Wald Transsilvaniens, vor ihm verschlingen sich die Bäume ineinander, und die Zweige wirken wie dürre Arme von Skeletten, die ihn fangen wollen, und da hinter ihm verfolgt ihn immer noch die Fledermaus, und ringsum hört er Klageschreie und Kettenrasseln, immer näher. Doch als er gerade denkt, dass sein Stündchen geschlagen hat, landet George an einer Stelle, wo der Wald sich lichtet, und von dort sieht er den Himmel, und da oben scheint der Mond. Ein riesiger Vollmond, genau wie heute Nacht, Kinder, und da hält George an und spürt eine Kraft, die unter seiner Haut brennt, er spürt, wie die Haare anfangen zu wachsen, ganz viele harte Haare am ganzen Körper, er spürt, wie sich sein Gesicht verformt und länger wird, er spürt, wie die Fingernägel ausfallen und an ihrer Stelle lange, spitze Krallen hervorkommen, er hebt den Kopf zum Mond und stößt ein furchterregendes Geheul aus ... AAAUUUUUUUUUUHHH!«

»Dann ist es also eine Werwolfgeschichte!«, meint Zot mit dem wenigen Atem, der ihm bleibt. »Am Anfang hatte es alle Merkmale einer Gespenstergeschichte.«

»Es ist auch eine Vampirgeschichte«, sage ich. »Mit dieser Riesenfledermaus.«

»Na ja«, meint Ferro, da hinten hingefläzt, »vor allem ist es eine Scheißgeschichte.«

497

Signor Sandro antwortet ihm nicht, er meint nur: »Also gut, dann sage ich euch nicht, wie sie ausgeht«, nimmt die Taschenlampe unter seinem Kinn weg und schaltet sie aus, und auf einen Schlag ist es im Zelt sehr, sehr dunkel. Zot und ich hätten gerne, dass er sie wieder anschaltet, dass er weitererzählt, damit wir erfahren, was passiert, aber vielleicht ist es besser, wenn nicht, denn es könnte zu gruselig sein. Deshalb bleiben wir still, und Mama hat das letzte Wort: »Vor allem war das keine Geschichte für Kinder, die gleich die Nacht mitten im Wald verbringen.« Dann macht sie Anstalten aufzustehen. »Jedenfalls bin ich jetzt müde und gehe schlafen. Kinder, seid ihr immer noch überzeugt, dass ihr hier in diesem stinkigen Ding bleiben wollt?«

Wir antworten nicht sofort, aber kaum habe ich Ja gesagt, schließt sich auch Zot an. Nur wir beide schlafen hier, die Großen legen sich hinten in den Jeep nebenan, da ist Platz, und sie passen einigermaßen gut rein. Ich mochte diese Idee, im Zelt zu schlafen, und mag sie immer noch, aber nach und nach sehe ich im Dunkeln die Schatten der Bäume, die sich auf der Zeltwand bewegen, und etwas Angst machen sie mir schon.

Und dennoch ist dieser Wald wunderbar, und es war wirklich gut, hierherzukommen. Wir haben den Vorplatz der Kirche verlassen, und da war ein Schild mit einem Pfeil, auf dem FORST VON FILETTO – PICKNICKPLATZ stand. Und wir sind zwar nicht zum Picknicken hier, aber Brötchen hatten wir immerhin, außerdem, wo man Picknick machen kann, gibt es auch Platz, also sind wir hierhergekommen. Und während wir hergefahren sind, hat Zot den Lunigiana-Reiseführer aufgeschlagen, bis zu der Seite über diesen Forst geblättert und nachgeschaut, dann hat er gesagt: »Heilige Katharina von Siena!«, hat mich am Arm gepackt und ihn mir so stark gedrückt, dass meine Haut geprickelt hat, dann hat er es auch mir vorgelesen:

»Der Forst von Filetto ist die Goldgrube der Statuenmenhire. In diesem alten Wald wurden viele Exemplare aufgefunden, einige davon noch aufrecht an ihrem ursprünglichen Platz stehend, wo das Volk der Luna sie bewusst aufgestellt hatte, vielleicht zum Schutz dieses tausendjährigen Waldes, der schon in der Urgeschichte ein magischer Ort war, als die Stämme sich nachts für Riten und heidnische Kulte hier versammelten.«

So stand es im Reiseführer, also hat niemand etwas hinzugefügt, sogar Mama hat aufgehört zu protestieren. Schließlich war klar, dass wir die Nacht hier verbringen müssen.

Nur dass mir dieser Wald jetzt, nach der Geschichte von Signor Sandro, doch ein bisschen Angst macht, und als er und Mama aufstehen und Anstalten machen, uns alleine zu lassen, bin ich froh, Ferro schwer schnarchen zu hören, selbst wenn man ihn wecken wollte, wäre es unmöglich, ihn aus dem Zelt zu bekommen.

»Bleibt ihr trotzdem hier, Kinder?«, fragt Mama.

»Ja, wir rücken ein bisschen zusammen ...«

»Luna, möchtest du, dass ich auch hierbleibe?«

»Nein, wirklich nicht, Mama, Ferro ist ja da, nicht nötig.«

»Gut. Aber ich bin direkt nebenan, ja, wenn irgendwas ist, bin ich da.«

»In Ordnung, ist aber nicht nötig.«

»Und morgen gehen wir das Museum mit den Mondstatuen anschauen, okay?«

»Ja, Mama, hurra. Aber stell dir vor, dass die fast alle hier waren. Das Volk der Luna hatte sie alle hierhergestellt, wo wir jetzt sind.«

»Genau«, meint Zot, »und wer weiß, wie viele es davon noch zu entdecken gibt.« Und das wollte ich auch gerade sagen. Ich drehe mich zu ihm um, und wir nicken uns eine Weile zu. Erst Mama unterbricht uns, die sich bückt und mir einen Kuss gibt, dann gibt sie auch Zot einen, der im ersten Moment zurückzuckt, weil er nicht erraten kann, was Mama will, ihm vielleicht eine Ohrfeige geben oder ihn anspucken. Sie küsst ihn auf die Wange, und Zot entwischt ein gerührtes, schiefes Lachen, dann ist er ganz still.

»Gute Nacht, Kinder, der Herr sei mit euch«, verabschiedet sich Sandro.

»Gute Nacht«, sage ich. »Morgen erzählen Sie uns aber, wie die Geschichte von George ausgeht, ja?«

Sandro lacht und nickt, dann macht er den Reißverschluss des Zelts zu, und Mama und er sind bloß noch zwei ellenlange Schatten, die sich in Richtung Jeep entfernen. Und wir bleiben hier in der Stille.

Was heißt Stille, Ferro schnarcht, und hin und wieder murmelt er irgendetwas, vielleicht Wörter, die aber eher nach kaputten, in einer Schachtel umherrollenden Teilen klingen. Ich lege mich auf den Rücken, und Zot legt sich neben mich, und wir schauen ins Mondlicht, das auf dem schlaffen, löchrigen Zeltdach rot wird. Ich ziehe die Decke heran, und da drunter geht es einem deutlich besser. Auf dem Boden liegend, über uns die Decke, dann das Zelt, dann die Bäume des Waldes, der genau vor uns beginnt, dann der Mond da oben ganz rund und schön.

»Zot, was meinst du, wie es ausgeht?«, frage ich halblaut.

»Wie was ausgeht, das Abenteuer von George oder unseres in der Lunigiana?«

»Das von George.«

»Ach nein, das weiß ich leider nicht. Vielleicht kann er als Werwolf schneller fliehen, oder der Instinkt gibt ihm den nötigen Eifer zum Kämpfen oder … ich wüsste es nicht, es gibt zahlreiche Möglichkeiten.«

»Und unseres? Wie geht unseres aus?«

»Nun, tja, unseres, wer weiß das schon, Luna, wer weiß.«

Und so bleiben wir, in der Stille der Nacht, mit den Grillen ringsum, die ihr Lied singen, um die Weibchen verliebt zu machen. Und wie stellt es das Weibchen an, inmitten dieser ganzen Musik herauszufinden, wer am besten spielt, es ist ein einziger und immergleicher Klang überall, und vermutlich hat das Grillenweibchen irgendwann einfach genug davon, zuzuhören, wählt nach dem Zufallsprinzip und springt auf den Erstbesten, den sie findet, und es ist gut so.

Und auf die Musik der Grillen springt auch Ferro mit seinem Schnarchen auf, das alles überdeckt und nur hin und wieder unterbricht, und wenn es unterbricht, kommen aus seinem Mund Töne, die manchmal wie Wörter klingen.

Doch irgendwann werden es wirklich Wörter, ich verstehe sie, und Zot versteht sie auch, denn er drückt unter der Decke meinen Arm. Und atemlos hören wir dieser verzerrten Stimme zu, die nicht einmal wie seine klingt. Sie ist tiefer, als komme sie von weit weg, sie hebt und senkt sich ganz komisch. Doch noch komischer ist das, was sie sagt: »Die Kastanie ... unter der Kastanie ... sofort ... ich erwarte dich unter der V-förmigen Kastanie.«

Ich schwör's, das hat er gesagt.

Da oben sind alle glücklich

Ein schwaches, kratzendes Geräusch, es hält an, seit sie beim Geisterhaus losgefahren sind, und für einen Moment dachte Rambo, dass es aus dem Sack auf dem Sitz neben ihm kommt. Vielleicht ein Klagen, vielleicht die Fingernägel von Marinos Mama, die auftaut, sich langsam wieder bewegt und am Plastik kratzt, um sich zu befreien. Dem ist nicht so, klar ist dem nicht so, es ist absurd, das auch nur eine Sekunde gedacht zu haben. Aber es ist nun einmal schwierig, gedanklich nüchtern zu bleiben, wenn man mit einer Toten neben sich Auto fährt.

Jedenfalls ist der Grund für das Geräusch einfach, es sind die Reifen des Panda, die unter dem Gewicht der Ladung an der Karosserie schleifen. Das erklärt ihm Marino, halb ausgestreckt auf der Rückbank, mit leidender, aber präziser Stimme. So ist er, seit Rambo mit der Alten beim Geisterhaus angekommen ist. Auf dem Weg dahin hatte er sich tausend Arten überlegt, wie er seinem Freund die Situation erklären könnte, ihm klarmachen, dass sie sich in Bewegung setzen müssten, dass es keine Alternative gebe und sie keine Zeit hätten und sofortiges Handeln nötig sei. Doch Marino war schon überzeugt, dass etwas getan werden muss, vielmehr hatte er sogar schon genau geplant, was.

Tatsächlich hat er Rambo losgeschickt, schwarze Säcke und Seile zu holen sowie die Zementblöcke vor der Gelateria Ice Dream.

»Welche Zementblöcke?«

»Die, die die Sonnenschirme halten.«

»Was sollen wir denn damit?«

»Wir brauchen Gewichte, und die beim Ice Dream sind am

schwersten. Schwer sind auch die von der Bar vor dem Zeitungs-kiosk, aber das ist leider im Zentrum, wo du gesehen werden könntest. Das Ice Dream ist der perfekte Kompromiss zwischen Gewicht und Risiko. Hol vier davon.«

»Okay, auch fünf.«

»Das ist übertrieben, vier reichen. Aber los jetzt.«

Und Rambo ist los, und wirklich war vor der Gelateria alles öde und leer, und die Zementblöcke waren tonnenschwer. Er lud sie in den Kofferraum des Panda und fuhr zurück zum Geisterhaus, ruinierte seinen Rücken vollends, indem er erst Marino und dann seine Mama trug, er platzierte sie im Panda, und sie sind losge-fahren. Und da hat dieses furchtbare Geräusch eingesetzt, das aber nicht von ihr kommt, die am Plastiksack kratzt, sondern von den Reifen, die das Schutzblech dieses beschissenen Autos be-rühren, in dieser beschissenen Nacht, von der Rambo wirklich nicht weiß, wie sie enden wird. Zum Glück weiß Marino alles, auf schreckenerregende Art praktisch und klar, bis auf irgend-ein Gerede von den Partisanen hin und wieder, das Rambo nicht versteht, aber gerade gibt es Wichtigeres.

»Lass uns zum Bagno Italia fahren. Dort haben wir Zugang zum Meer, wir kommen direkt an den Strand und nehmen das Ruder-boot, das am nächsten am Wasser liegt.«

»Okay. Hoffentlich finden wir ein Boot, bei dem die Ruder bereit-liegen.«

»Derzeit ist alles voll mit Ruderbooten, die Tintenfisch-Saison hat begonnen, wir finden so viele wir wollen. Wir nehmen das, was dem Ufer am nächsten ist.«

Und so weiter, bis sie zur Strandallee gelangen, die in Sommer-nächten voller Lichter und Lärm ist, dann rasen die Autos und sind so zahlreich, dass die tausend Scheinwerfer, wenn man etwas getrunken hat, im Vorbeifahren zu einem einzigen leuchtenden Fluss werden, der dich ins Leben führt, zu all den Möglichkeiten und der Zukunft. Jetzt dagegen, einen Monat später, ist da nur der Panda Italia 90, der sie mit Mühe durchfährt, und sonst nichts, und auf diesem ellenlangen Asphaltstreifen, umgeben von geschlossenen Strandbädern und geschlossenen Restaurants und geschlossenen Lokalen, sind nur sie beide. Oder sie drei, wenn man auch Marinos Mama mitzählt, aber vielleicht zählt sie nicht.

»Bist du sicher, dass das Meer das Beste ist?«

»Ja«, sagt Marino.

»Aber ist es nicht besser, wenn wir zum Beispiel ... hm, entschuldige, nimm es mir nicht übel, aber ist es nicht besser, wenn wir sie verbrennen oder so?«

»Nein. Nun übertreib mal nicht. Mama muss verschwinden, aber mit einem Höchstmaß an Würde. Sie in Brand zu setzen steht außer Diskussion.«

»Du hast recht, aber, also, angenommen, es kommt eine starke Sturmflut und bringt sie zurück an Land.«

»Mit diesen Zementblöcken ist das nicht möglich. Sie wird auf dem Grund festgehalten, und nach und nach wird sie von Sand bedeckt sein. Wenn man darüber nachdenkt, ist es ein waschechtes Begräbnis, unten im Blauen statt unter der Erde zwischen den Würmern. Sieh mal, Mama hat zwei Dinge geliebt: am Meer zu sein und Probleme von mir fernzuhalten.« Marino sagt das und hebt dann seinen Daumen hoch und lächelt. »Weißt du, Rambo, ich spüre, dass Mama da oben gerade glücklich ist. Und ich bin es auch. Und die Partisanen ebenfalls.«

Quallensex

»Wenn du alleine schlafen möchtest, überlasse ich dir den Wagen und bleibe hier draußen. Echt jetzt, das ist kein Problem«, sagt Sandro, als er die große Hecktür des Jeeps öffnet.

Und jedes Mal wundert er sich über dieses magische Loch, das der Mund doch ist, wie der Zylinder eines Zauberers, aus dem Kaninchen, Blumen oder Tauben herauskommen können. Auch aus dem Mund kann alles Mögliche herauskommen, außer das, was man wirklich denkt.

Doch Serena antwortet nicht, sie steigt bloß in den Jeep, also steigt auch er ein, aber nur, um die Sitze umzuklappen, die extra dafür vorgesehen sind, um Spaten, Heugabeln, Maschinengewehren, Munitionskisten und sonstigen Werkzeugen Platz zu machen, die dem Besitzer eines solchen Wagens nützlich sein könnten. Oder, damit sie beide sich dort hinlegen können, wenn diese wunderbare Frau, deren Haare im Mondlicht tanzen, ihm denn antworten würde, dass es ihr nichts ausmache, wenn auch er hier drinnen schläft. Bloß kommt nichts, sie breitet ein Tuch aus, setzt sich hin und schaut sich um, das Blech der Karosserie, die großen Seitenfenster und die Dachluken, die die Sterne einrahmen. Dann gleiten Serenas Augen über ihn, und auch wenn so wunderbare Augen einem hundert Millionen Dinge gleichzeitig erzählen, die alle erschreckend tiefgründig sind, sagt Serena in Wirklichkeit kein einziges Wort. Also versucht Sandro zu lächeln, wedelt mit der Hand, steigt vom Jeep herunter und macht Anstalten, die Tür wieder zu schließen.

»Wo zum Kuckuck willst du denn hin?«

»Hm, hier nach draußen. Oder ins Zelt zu den Kindern.«

»Im Zelt ist kein Platz mehr.«

»Stimmt. Dann also hier draußen auf dem Boden. Das ist kein Problem, so kalt ist es ja nicht.«

»Ja, schon klar«, sagt Serena. Sie legt sich hin, verschränkt die Arme hinter dem Kopf und schaut ihn von da, hinter so viel Schönheit, an. »Wo willst du denn hin, komm her.«

Sandro schluckt ein paar Male, nickt und versucht nicht so breit zu lächeln, wie es ihn eigentlich drängt. Los Sandro, los Sandrino, das ist deine Nacht. Sie hat zu dir gesagt, dass sie mit dir schläft, »Komm her« hat sie zu dir gesagt, mit dieser Stimme da, die einen erhitzt wie die Heizkörper in der Wohnung von Tante Gilda und Onkel Athos, der im Krieg in Russland war und so viel Kälte hatte ertragen müssen, dass er nie mehr leiden wollte, weshalb sie die Heizung das ganze Jahr über voll aufgedreht hatten. In ihrer Wohnung wurde Obst nach fünf Minuten faul, und einmal hatten sie sich einen Goldfisch gekauft, der quasi sofort gestorben ist, in seiner Glaskugel auf kleiner Flamme geköchelt. So also erhitzt ihn die Stimme dieser wahnsinnigen Frau, die eindeutig die Frau seines Lebens ist, und sie liegt dort ausgestreckt im Mondlicht und lädt ihn ein, zu ihr zu kommen. Eine Frau, die bis vor Kurzem nur Tritte und Prügel für ihn übrig hatte, lässt sich jetzt darauf ein, mit ihm zu schlafen. Das heißt, nicht wirklich miteinander, aber sehr nah beieinander. Und Sandro muss ruhig bleiben und vorsichtig vorgehen. Schritt für Schritt, Sandrino, Schritt für Schritt.

Er steigt in den Wagen und schließt die Tür hinter sich, und es ist, als verjage er den Rest der Welt. Hau ab, Universum, schlag woanders Krawall, lass uns heute Nacht allein.

Sandro legt sich neben Serena, und er würde gerne irgendetwas Kluges sagen, aber ihm fällt nichts ein. Also sucht er nach etwas, was vielleicht nicht ganz so klug ist, aber immerhin dieses Schweigen bricht, aber auch da fällt ihm nichts ein. Und zum Glück kümmert sie sich schließlich darum.

»Hör zu, jetzt erzählst du es mir aber ausführlich, ja.«

»Was bitte soll ich dir erzählen?«

»Die Geschichte von vorhin, du kannst nicht so anfangen und dann einfach aufhören, sag mir, wie es gelaufen ist.«

»Ach, nichts, in Wirklichkeit habe ich sie aus dem Stegreif erfunden. Vielleicht endet sie so, dass er ein Werwolf wird und die Fledermaus umbringt, oder er findet seinen Weg wieder und rettet sich, oder ...«

»Aber nein doch, wen interessiert schon diese olle Geschichte, ich meine das mit der Schule.«

»...«

»Komm schon, das von vorhin in der Kirche, das, was ich im Gymnasium gemacht habe und wovon du behauptet hast, es sei einer der schönsten Augenblicke deines Lebens gewesen. Was war das? Ich erinnere mich nicht daran.«

»Na ja, du hast dich ja nicht einmal daran erinnert, dass ich überhaupt auf deiner Schule war.«

»Nein, es ist nicht so, dass ich mich nicht an dich erinnere, ich bin überzeugt, dass du nicht auf dem Gymnasium warst.«

»Was?«, fragt Sandro und sucht nach einem beleidigten Tonfall, aber er muss lachen. »Das heißt, du erinnerst dich nicht nur nicht an mich, sondern willst auch noch fünf Jahre meines Lebens auslöschen.«

»Aber nein doch, es ist nur, dass ich wirklich nicht ...«

»Ach, lösche sie ruhig aus. Du tust mir damit eigentlich einen Gefallen, fünf beschissene Jahre.«

»Ach ja?«

»Ja, es lief alles genau anders herum, als ich es wollte. Ich wollte, dass die Mädels hinter mir her sind, und stattdessen habt ihr mich, wie man sieht, nicht einmal wahrgenommen, und im Ge-

genzug waren die Jungs hinter mir her, um mich zu verprügeln.«

»Dich verprügeln? Warum das?«

»Weil ich nicht wie sie war. Ich war ein Rebell, ich war Punk.«

»Ah, warte mal! Warst du also der Typ mit dem roten Iro auf dem Kopf und der Nadel im Ohr?«

»Nein, das war der Bindi.«

»Da siehst du's, an ihn kann ich mich erinnern. Der war ziemlich cool. Hattest du auch einen Iro?«

»Nein, ich nicht ... ich hatte lange Haare. Das heißt, etwas längere. Und ich hatte eine Lederjacke mit Buttons drauf.«

»Na ja, ich glaube, du warst kein Rebell. Sonst hätte ich dich bemerkt. Rebellen haben mir immer gefallen, leider.«

»Ach nein, dir gefielen diejenigen, die nur so taten, als wären sie Rebellen, wie dein kleiner Freund Fiori. Man kann leicht abgerissen herumlaufen und auf der Straße Gitarre spielen, wenn der Papa Notar ist und das philippinische Hausmädchen einem das Essen warm macht, wenn man nach Hause kommt. Weißt du, was aus Fiori geworden ist? Was aus allen wie ihm wird, er trägt immer Anzug und Krawatte, sogar beim Frühstück, und organisiert die Abendessen beim Lions Club. Ist dir nun klar, was für ein großer Rebell dein Freund war?«

Sandro ist jetzt geladen, dieses Thema macht ihn stinkwütend, er ist sogar laut geworden. Und Serena bleibt still. Ein Schweigen, das nur einen Moment dauert, aber ausreicht, seine Angst zu wecken. Dummkopf, er hätte doch nur reden und sie zum Reden bringen sollen, zwei nette witzige Bemerkungen, ein Lächeln und ein langsames Annähern. Stattdessen hat er die Kontrolle verloren, als er an diesen beschissenen Fiori gedacht hat, der ihm einmal vor allen anderen den Button der Dead Kennedys vom Rucksack abgemacht, drauf gespuckt, ihn dann wieder zurückgesteckt und zu ihm gesagt hat: »Du kannst gehen, morgen wasche ich dir einen anderen.« Und noch heute, nach mehr als zwanzig Jahren, ruiniert ihm dieses Arschloch weiterhin sein Leben, indem er ihm bittere Worte in den Mund legt, die Serena von ihm entfernen.

Doch nein, zum Glück ist es nur ein Moment, dann spricht sie wieder: »Ich weiß, dass er reich und traurig ist, aber weißt du, was wirklich traurig ist? Dass ich ein Jahr mit ihm zusammen war und ihn ausgerechnet da verließ, als ich herausgefunden hatte, dass er reich ist. Sag du mir, ob ich nicht bekloppt bin.«

»Nein, Serena, du bist nicht bekloppt, das hast du gut gemacht. Vielleicht hättest du einen Haufen Geld gehabt, aber was für ein deprimierendes Leben du geführt hättest.«

»Ach, schau nur, wie es stattdessen ist, die reinste Freude«, während sie das sagt, richtet sie ihren Oberkörper auf, nähert sich der Fensterscheibe und schaut hinaus, in die Nacht und zum Zelt inmitten all dieser Nacht. Wo es offenbar ruhig und alles in Ordnung ist, denn kurz darauf löst sie sich vom Fenster und legt sich wieder neben ihn. Und vielleicht kommt es ihm nur so vor, aber es scheint, als sei Serena ihm nun etwas näher, mit einer Hand auf der Fußmatte, die ihn fast berührt.

»Jedenfalls reicht's jetzt, erzähl mir, was ich im Gymnasium gemacht habe, was dir so gut gefallen hat.«

»Ja. Also, eigentlich nichts Großartiges, vielleicht hast du es nicht einmal bemerkt.«

»Bestimmt, aber jetzt will ich es wissen.« Sie legt sich auf die Seite und nähert sich noch einen Millimeter, was wenig sein mag, doch Sandro spürt es sofort auf seiner Haut.

Und vielleicht weiß er deshalb nicht, wo er anfangen soll. Er atmet tief ein, bis ihm seine Lungen weh tun, aber zusammen mit der Luft hat er auch Serenas Duft eingeatmet, deshalb fängt er völlig aufgewühlt an zu erzählen.

»Es war das Jahresabschlussfest, als wir im letzten Schuljahr waren. In diesem Lokal an der Strandallee, wo jetzt alles voller Apartments ist.«

»Die Caravella.«

»Sehr gut, genau da. Du warst da mitten auf der Tanzfläche und hast getanzt, während alle um dich herum versuchten, mit dir zu tanzen.«

»Aha«, meint Serena trocken. Sie bleibt einen Augenblick still und schaut ihn an, dann: »Und eines dieser armen Schweine warst du.«

»Nein, ich stand mit meinen Freunden in einer Ecke, in der Nähe der Toiletten.«

»Und was hast du da gemacht?«

»Es ist doch nicht wichtig, was ich gemacht habe. Ich erinnere mich nicht. Bestimmt haben wir über die Leute gelästert, die an uns vorbeigelaufen sind, und über die kommerzielle Musik, die aufgelegt wurde.«

»Netter Abend.«

»Oh, es gab nichts anderes zu tun. Auch weil uns niemand beachtet hat. Du jedenfalls hast getanzt und getanzt, und um dich waren alle Jungs der Schule, die Eindruck zu machen versuchten. Unglaublich triste Leute. Und irgendwann ... irgendwann ist einer auf der Tanzfläche in Ohnmacht gefallen, er ist hingefallen.«

»Was? Aber ich habe ihn gar nicht gesehen, das habe ich nicht bemerkt.«

»Aber natürlich, du warst die Erste, die zu ihm hingerannt ist, du bist hin und ...«

»Nein, hör zu, es mag sein, dass ich bekloppt bin, aber daran würde ich mich erinnern. Wenn vor mir einer in Ohnmacht fällt, werde ich das ja wohl kaum vergessen.«

»Nein, aber eigentlich ist er nicht wirklich in Ohnmacht gefallen. Vielleicht ist er nur ausgerutscht, aber du bist hingelaufen und hast ihn im Flug gepackt, denn sonst ... sonst, hm, hätte er sich vielleicht den Kopf angeschlagen und ...«

»Na ja, abgesehen davon, dass es mir nicht sonderlich fantastisch erscheint, ist es meiner Meinung nach gar nicht passiert.«

»Aber sicher! Vor meinen Augen ist es passiert, ich erinnere mich, als wäre es gestern gewesen.«

»Ach ja? Und was hatte ich an?«

Sandro antwortet nicht sofort, er schaut Serena an, starrt sie mit ganzer Kraft an, als wollte er durch die Zeit schauen. Er darf keinen Fehler machen, er muss ruhig bleiben und keinen Fehler machen.

»Also, du hattest wie jetzt Militärhosen an, ein Unterhemd drunter und ein Hemd, ich erinnere mich nicht mehr, ob auch ein Militärhemd oder eins aus Jeansstoff.«

»Ach, was für eine Leistung, so laufe ich immer rum.«

»Nun ja, ist ja nicht meine Schuld, aber du siehst, dass ich mich erinnere.«

»Von wegen«, sagt Serena. Aber sie sagt es seltsam. Mit anderem Tonfall, und als Sandro den wahrnimmt, hört er auf, ihre Hüften zu studieren, und schaut ihr wieder in die Augen. In der Dunkelheit sieht er etwas in ihnen aufblitzen, das ihm gar nicht gefällt.

»Wieso denn nicht?«

»So war ich nicht angezogen. An dem Abend trug ich einen Schlafanzug und Frotteesocken.«

»Aber nein, das stimmt nicht, du wirst ja wohl kaum im Schlafanzug zu der Feier gekommen sein.«

»Eben, zu der Feier bin ich tatsächlich nicht gegangen, ich bin zu Hause geblieben.«

»Was? Aber nein, das ist nicht möglich, in dem Jahr warst du da. Oder vielleicht war es das Jahr davor ...«

»Ich bin nie hingegangen. Diese armen Schweine musste ich ja schon in der Schule sehen, da hatte ich wohl kaum Lust, sie abends wiederzutreffen. Außerdem hat der Schulleiter immer verkündet, wer die Wahl zur Miss Gymnasium gewonnen hat, und jedes Jahr war ich das, glaubst du etwa, ich hätte da auf die Bühne steigen wollen und ... nein, tut mir leid, das ist dir misslungen. Übrigens musst du wirklich bekloppt sein. Da sagst du, ich hätte dir so gut gefallen, und dann hast du nicht einmal bemerkt, dass ich nie zu diesen Festen gekommen bin?«

Sandro schaut sie an, er antwortet weder Ja noch Nein. Er denkt über die richtige Antwort nach, die es offensichtlich nicht gibt. Am Ende hebt er die Hände, senkt den Blick. »Ich weiß es nicht, Serena, ich bin da auch nie hingegangen.«

Ein unendlicher Augenblick des Schweigens. Dann: »Sieh an. Und warum erzählst du dann diesen Mist?« Serena setzt sich sprungartig auf, starrt ihn an, und vielleicht macht sie beinahe Anstalten aufzustehen, doch dann bleibt sie da. »»Weißt du, im Gymnasium hast du etwas Wunderschönes gemacht, was ich nie im Leben vergessen werde‹, und dann erfindest du diesen Unsinn mit dem Jahresabschlussfest. Was hat das denn für einen Sinn, verarschst du mich? Hm? Macht dir das Spaß?«

Sandro antwortet nicht, er sagt nichts, schaut sie nur an. Er ist ein Schwachkopf, das weiß er selbst. Diese Geschichte vom Tanzen, die er da aus dem Stegreif erfunden hat, hatte wirklich keinen Sinn, sie war dafür geboren, schlecht auszugehen, aber er hat sie ihr trotzdem erzählt, um ihr nicht verraten zu müssen, wie die Dinge wirklich stehen. Das ist nämlich sein Problem, dass bei ihm die Dinge immer kümmerlich und armselig sind, deshalb versucht er, drum herum anderes Zeug aufzubauen, und häuft es in der Hoffnung an, eine etwas weniger traurige Figur zu machen. Aber dann fällt das Zeug drum herum in sich zusammen, und es bleibt nur die schäbige Wahrheit übrig, ganz verstaubt von diesem Durcheinander.

Aber jetzt nicht, jetzt darf es nicht so enden. Sandro fühlt sich komisch, ihm fehlt der Atem, er setzt sich mit dem Rücken zum Fenster, und plötzlich kommt aus seinem Mund etwas Wahnsinniges und Fürchterliches, wie in diesem Dokumentarfilm, wo einer nach Costa Rica gefahren war, im Wald eine Frucht gegessen hatte, in der eine Art Larve war, und das Insekt in seinem Körper gewachsen ist, und eines Tages hat er aus dem Nichts etwas in seinem Hals gespürt, hat seinen Mund aufgemacht, und eine riesige Kakerlake ist herausgekommen.

Genauso erlebt es nun Sandro. Nur dass aus seinem Mund dieses absurde Etwas kommt, das sich Wahrheit nennt.

»Hör zu, Serena«, sagt er, wobei er ihr in die Augen zu schauen versucht. »Ich bin ein Trottel, aber das wusstest du ja ohnehin schon, also sei bitte nicht wütend. Die Geschichte mit dem Tanzen habe ich mir ausgedacht, das stimmt, aber nur, um dir einen genauen Tag nennen zu können, etwas Wunderschönes, das du ein einziges Mal gemacht hast. Dabei warst du nicht so, du warst immer schön. Es ist zu einfach, ab und zu mal etwas Schönes zu machen. Nimm die Serienmörder, wenn die geschnappt werden, sagen die Nachbarn im Fernsehen immer, dass sie es nicht glauben können, dass das so nette Leute waren, einmal haben sie ihnen Milch geborgt, einmal haben sie eine Katze vom Dach heruntergeholt. Einmal, ja, dann haben sie am nächsten Tag irgendwelche Leute mit der Motorsäge aufgeschlitzt. Auch im Gymnasium gab es einige, die ich nachmittags auf der Straße getroffen habe, weißt du, allein, und die mich gegrüßt und mir zugelächelt haben. Dann am nächsten Morgen in der Schule unter den anderen haben sie mich verarscht oder mir Schwänze und Hakenkreuze auf meine Vespa gemalt. Du dagegen nicht, Serena. Du warst anders, denn du warst immer gleich, du warst in jedem Moment, in dem ich dich angeschaut habe, du. Und hey, ich habe dich ziemlich oft angeschaut. Um Fotos von dir zu machen, wollte ich mir einmal sogar einen winzigen Fotoapparat kaufen, den man in einer Zeitung bestellen konnte, einen, den Spione benutzen, wie es hieß. Ich schäme mich nicht. Das heißt, doch, ein bisschen schon, aber ich sage es dir, ich habe darüber nachgedacht, ich habe ihn dann nur deshalb nicht gekauft, weil man einen Monat darauf hätte warten müssen, es war schon Mai und die Schule bald vorbei. Jedenfalls wollte ich Fotos von dir machen, aber nicht, weil du schön warst. Das heißt, du warst schön, du warst wunderschön, und jetzt bist du es noch. Es ist absurd, aber eigentlich bist du jetzt noch schöner, so ist es, und du weißt es, und behaupte nicht das Gegenteil. Na, jedenfalls war das aber nicht der Grund, weshalb ich Fotos von dir machen wollte. Ich wollte nicht deinen Arsch oder deine Brüste fotografieren und mich dann nachts anfassen. Das heißt, vielleicht auch das, doch das war nicht der Hauptgrund. Der Grund war, dass ich fotografieren wollte, wie du warst, wenn du in der Schule ankamst, wie du warst, wenn du das Klassenzimmer verlassen hast, wenn der Schulleiter zu dir gesagt hat, dass du die Schärpe der Miss Gymnasium tragen sollst, und du ihm nicht einmal geantwortet hast. Ich wollte ein Foto davon machen, wie du du selbst warst, immer und allein, nur so, wie du es wolltest, überall und mit allen, ohne dir Gedanken zu machen, ob du nicht zum Rest passt, vielmehr, ohne es überhaupt zu bemerken, du bist deinen Weg gegangen und hast deine Schönheit den Leuten ringsum geschenkt, die bekloppt und dumm und blödsinnig sind, aber ich schwöre dir, dass sie diese Schönheit bemerkt haben. Davon wollte ich ein Foto machen, denn ein Foto lässt einen Augenblick ewig andauern, den man sonst nicht mehr wiederfindet. Und tatsächlich habe ich so etwas nie wieder gesehen, über Jahre und Jahre, die alle flach und immer gleich waren. Bis letzten Winter, als ich zurück in die Schule gegangen bin und Luca kennengelernt habe. Also, Luca war so, genau wie du, und ich habe keine Lira, aber wenn ich eine hätte, würde ich alles darauf setzen, dass auch Luna, wenn sie größer wird, so sein wird, das merkt man jetzt schon. Zwei wunderbare Kinder, ohne Papa oder sonst was, du hast sie alleine großgezogen, und sie sind so geworden. Und was habe ich dagegen gemacht, nun, einen Scheiß habe ich gemacht. Ich kann nicht einmal behaupten, dass mir nicht gelungen ist, das zu tun, was ich im Leben wollte, denn ich habe es nicht einmal versucht, ich habe bloß alles aufgeschoben. Aber wirklich alles, verstehst du. Auf meiner Kommode habe ich einen Brief von einem Grundschulkind, den habe ich eines Tages im Pinienwäldchen gefunden, er hing an einem Luftballon, hat eine wahnsinnige Reise hinter sich gebracht und ist dann hier gelandet, und der Junge bat bloß darum, eine Postkarte zur Antwort zu bekommen. Aber nach dieser langen Reise hat der Luftballon das Pech gehabt, bei mir zu landen. Ich nahm ihn mit nach Hause und sagte: ›Morgen kaufe ich eine Postkarte und schicke sie los‹, dann ist aus morgen übermorgen geworden, dann der Tag darauf ... und so sind neun Jahre vergangen, Serena, neun! Was hätte es mich gekostet, eine Postkarte zu besorgen, zu schreiben ›Ciao und leck mich am Arsch‹ und sie loszuschicken? Doch nichts dergleichen, stattdessen habe ich es bloß aufgeschoben, immer weiter, wie alles, bis es eines Tages zu spät ist und man es nicht mehr erleben kann, man kann nur noch daran denken und den Kopf schütteln. Man schaut sich um und hat nichts von dem, was man wollte, und man weiß nicht einmal, was es ist, was man wollte, und vielleicht will ich wirklich nichts. Nein, jetzt weiß ich, was ich will, Serena. Ich will dich.«

So, Sandro hat das gesagt, und jetzt sind ihm die Worte ausgegangen und auch der Atem, ihm bleiben nur die heftigen und verrückt gewordenen Schläge seines Herzens. Dieses seltsame Etwas, das er im Hals gespürt hatte, ist nun fort, er atmet besser, als ob diese Worte beim Rauskommen verkantetes und quersitzendes

Zeugs mit sich gezogen hätten. Er legt sich auf die Seite, mit dem Rücken zu Serena. Und er sagt nichts, nur Schweigen, das nach all diesen Worten sehr schwer lastet, nur Schweigen und die Grillen da draußen. Und das Rascheln von Serenas Kleidern, als auch sie sich hinlegt. Vielleicht will sie schlafen, vielleicht tut sie so, wie er. Hm. Das ist nicht wichtig.

Wichtig ist nur, dass es schlecht gelaufen ist, Sandro hatte Hoffnungen, aber es ist schlecht gelaufen. Das kann passieren, wenn man zu handeln versucht. Und jetzt kann er sich nur dazu zwingen, unbeweglich neben Serena liegen zu bleiben, und er starrt auf die Karosserie des Wagens, so intensiv, dass er Gefahr läuft, sie mit seinem Blick zu verbeulen, was Rambo zum Kochen bringen wird.

Der im Übrigen schon am Kochen sein wird, weil er ihn heute Abend zehn Mal angerufen und ihm eine SMS geschickt hat, in der stand »Ruf zurück, hier geht alles drunter und drüber«, aber Sandro ist nicht rangegangen und hat nicht zurückgerufen. Denn er ist kein Freund, er ist ein Scheißkerl, der nur an sich selbst denkt und daran, was er selbst will. Oder daran, was er wollte, und jetzt weiß er, dass er es nicht haben kann. Und deshalb ist es vielleicht besser, wenn er sofort aus diesem verfluchten Jeep aussteigt und Rambo anruft und hört, was los ist, und ...

Aber nichts dergleichen. Denn das ist Gerede, und Gerede ist Luft, und es verfliegt alles, kaum spürt Sandro dieses leichte und zarte Etwas, das aber zugleich so wirklich ist, wie nur die Dinge, die man berührt. Vielmehr, die ihn berühren. Ein Streicheln vielleicht, am Arm, eine Hand, die ihn streift. Serenas Hand. Und Sandro wird zu Stein. Ein brodelnder Stein mit weit aufgerissenen Augen, der versucht nach hinten zu schauen, aber ohne sich umzudrehen, ohne sich zu bewegen, denn Steine bewegen sich ja nicht. Außerdem ist es vielleicht nur Zufall, vielleicht schläft

Serena schon und hat sich im Schlaf bewegt. Ja, so muss es sein. Doch er spürt sie weiter, sie streichelt ihn, sie berührt ihn, und Sandro fängt an zu glauben, dass sie ihn vielleicht ein wenig ruft. Wenn also diese fabelhafte Hand ihn ruft, dann antwortet sogar ein Stein. Sandro dreht sich ruckartig um, und Serena ist wirklich da, ihre funkelnden Augen senken sich, ihr prächtiger Mund, diese Art zu lächeln, die kein Lächeln ist, weil Serena es immer auf ihren Lippen hat, zittert jetzt und verändert sich zu etwas Neuem und weniger Sicherem, das Sandro zu betrachten versucht, aber nicht mehr sieht, weil Serenas Mund jetzt zu nah ist, er ist auf seinem, wie sie auf ihm ist, oder er auf ihr, Haut an Haut, die sich sucht, sich so sehr aneinander reibt, dass sie zu einem einzigen salzigen, heißen und lebendigen Ganzen wird.

Sie küssen sich, dann beißt sie ihm auf die Unterlippe, dann kehrt sie mit ihrer Zunge wieder in Sandros Mund zurück, der sie küsst und zugleich nicht genau weiß, was er tut, denn seine Lippen sind auf ihren, und unterdessen streifen seine Finger über ihre Hüften, und Serenas Bein drängt zwischen seine ... und auf einen Schlag wird Sandros Leben an vielen Stellen zugleich höchst interessant, nach Jahren immer gleicher Tage, an denen es nichts gab, was sie aufgerüttelt hätte, gibt es jetzt überall wichtige Gelegenheiten, die seine Aufmerksamkeit fordern. Ab und zu löst sie sich von ihm und sagt etwas, aber vielleicht sind das keine Worte, es ist heißer Atem und zugleich eine Art Klage in Sandros Ohr, der mit seinem Mund bis zu ihrem Hals gleitet, um ihn zu küssen und zu lecken, aber vor allem, um die Augen zu öffnen und zu schauen, diese wunderbare Frau anzuschauen, auch wenn das Licht schwach ist und dieses Wunderwerk bloß andeutet. Und vielleicht gefällt einer Frau dieser Halbschatten, er schafft eine verschwommene und romantische Atmosphäre, aber Sandro gefällt er nicht. Er hätte gerne die volle Mittagssonne, die die Ameisen auf der Straße verbrutzelt, er hätte gerne einen dieser Scheinwerfer, welche die Schiffe benutzen, um über Meilen hinweg Signale an die Küste zu senden, hier oben aufgehängt und genau auf Serena gerichtet. Denn er hat nie seine Hände auf eine so prächtige Frau gelegt, vielleicht hat er nicht einmal seine Augen je auf so eine Frau gerichtet, deshalb möchte er sie ganz genau sehen. Jedes Profil, jede glatte und perfekte Stelle, die er mit den Händen spürt, er würde sie gerne mit einer Fernsehkamera aufnehmen und sie sich ewig wieder ansehen können, sich auf ein Sofa setzen und sein Leben vor dem Bildschirm verbringen und dort mit offenen Augen sterben, wie Marinos Mama.

Genau daran denkt Sandro. Während er mit einer Hand den Baumwollstoff des Militärhemds entlangfährt und bis zu Serenas weichen Hüften gelangt, während er unter ihr Hemd und wieder nach oben fährt, denkt Sandro an Marinos Mama, tot auf dem Sofa. Wie als er zwanzig war und ihm gesagt wurde, dass er, um nicht sofort zu kommen und ein bisschen länger durchzuhalten, an schreckliche Sachen denken müsse, etwa an tote Leute oder zerbrochene Glieder oder zerquetschte Hunde und Katzen oder an eine Altenheimtoilette am Ende des Tages. Mag sein, dass er damals zwanzig war und jetzt doppelt so alt ist und es eine andere Geschichte sein sollte, aber, damit es einen Unterschied gibt, müsste dazwischen viel Erfahrung liegen, die alles verändert, doch Erfahrungen hat er nicht gesammelt, also muss Sandro immer noch an die tote Signora Lidia denken, während seine Hände Serenas Rücken hochfahren, die sich biegt und erbebt. Er spürt, wie sich ihre Beine öffnen und sich an seine schmiegen, und sofort packt er sie, und jetzt liegt Serena nicht mehr auf der Seite, sondern auf ihm, und es stimmt, dass sie beide Hosen anhaben, aber diese beiden hauchdünnen Schichten Jeans und Militärzeug existieren praktisch kaum, Sandros Spatz da drunter weiß das und versteht nichts mehr. Auch weil Serena ihm jetzt über den Hals streichelt, wobei sie sich vorbeugt und Sandro ihre Brüste spürt, die unter ihrem Hemd seine Brust streifen, sie bewegt ihr Becken, hoch und runter, hoch und runter, und er versucht weiter an Marinos mausetote Mutter zu denken, deren Haut sich von den verfaulten Knochen löst. Aber Serenas Haut, Serenas Duft und die kleinen Töne, die sie aus dem Mund ausstößt, sind so heiß, dass sogar Marinos Mama in der Kühltruhe sinnlich und aufreizend wird.

Also wird Sandro klar, dass er nichts tun kann, er beißt die Zähne zusammen und klammert sich mit beiden Händen an Serenas Hintern, er betatscht sie und schiebt sie vor und zurück, vor und zurück, und nun ist es nicht mehr möglich zu widerstehen, er kann sich nicht mehr halten. Sandro läuft Gefahr, ihn sich kaputt zu machen, ihn in zwei Teile zu spalten, also löst er seine Hände von Serenas Hüften und verspricht sich, in Kürze wieder dorthin zurückzukehren, nur die Zeit, seine Jeans aufzuknöpfen und ...

Und unterdessen fragt ihn Serena mit einem Seufzer ins Ohr, ob es eine Decke gebe. Denn Sandro ist jetzt zwar auf zweitausend Grad, aber eigentlich ist es klamm, und die Fenster des Jeeps lassen Zugluft durch. Doch eine Decke gibt es nicht, es gibt nur eine Öljacke da hinten, die Rambo für den Fall eines Tsunamis und sonstiger Naturkatastrophen bereithält. Das sagt er ihr, und Serena versucht dorthin zu gelangen und dabei auf ihm sitzen zu bleiben, sie wölbt den Rücken aus der unerhörten Schönheit ihrer Hüften heraus, noch absurder unter diesen Militärhosen, die dafür gedacht sind, in den Krieg zu ziehen oder auf die Jagd zu gehen oder in den Wäldern zu überleben, sicher nicht, um eine solche Pracht zu enthalten. Sie räumt die Säcke beiseite und tastet zwischen dem Zeug, mit einer langen reibenden Bewegung, die Sandro am ganzen Körper spürt, die er gut spürt, zu gut spürt. Also taucht er mit seinen Gedanken erneut in die schrecklichsten Dinge der Welt ein, um diesen Moment, der für immer andauern sollte, nicht sofort zu beenden.

Er stellt sich Marinos Mama vor, wie sie mit dem Obsthändler hinten im Laden Liebe macht, aber jetzt ist auch er dabei, und es wird zu einem grauenvollen Dreiecksverhältnis. Obendrein ist die Signora Lidia tot, und während Sandro und der Obsthändler es sich besorgen, fallen ihre Augen heraus, und aus den Löchern kommen Würmer und Riesenspinnen und ...

Aber obwohl Sandro Millionen Horrorfilme gesehen hat, obwohl er sehr gut darin ist, sich schlimme Sachen auszudenken, kann nichts von dem, was ihm in den Sinn kommt, mit dem mithalten, was wirklich passiert: Als Serena endlich die Öljacke nimmt, sie sich um die Schultern legt und sich wieder aufrecht auf ihn setzt, fällt etwas aus der Jacke und schlägt hart auf den Boden, auf das Aluminium des Jeeps.

Sandro kümmert sich nicht darum und fängt wieder an, sie zu betasten, während Serena das Zeug nimmt und Anstalten macht, es aus dem Weg zu räumen. Doch sie wirft es nicht weg, sie schaut es kurz an und reibt sich immer langsamer an ihm, dann hört sie gänzlich auf, sich zu bewegen.

Und auf einen Schlag sieht Sandro nicht mehr ihren Körper, ihren Hintern, ihre Beine, die sich unter den Militärhosen abzeichnen. Nein, alles ist von Serenas Augen bedeckt, die auf ihn gerichtet sind, hart wie zwei Hammerschläge.

»Und das, was ist das für ein Mist?«, fragt sie.

Sandro richtet seinen Oberkörper auf und schaut. Und eine unsichtbare Hand fährt durch den weit geöffneten Mund in seinen Hals, schlüpft in diese Röhre, die die Luft zu den Lungen führt, und raubt ihm allen Atem.

»Was für ein Mist das ist!«, sagt Serena und hebt dieses Ding auf, wedelt damit, als wollte sie es ihm gegen den Kopf schlagen. Und das täte ihm sehr weh, denn das Holz ist schwer und voller Splitter. Es ist das Holz des Statuenmenhirs, den er zu schnitzen versucht hatte, mit den Armbändchen daran, und zugleich sind da noch die Laubsäge und die anderen Gerätschaften, die Rambo benutzt hat, um eine bessere Statue zu machen. Altes Zeug, vor wenigen Tagen erst haben sie es gebraucht, aber ihm scheint es aus einem anderen Jahrhundert zu stammen, von einem anderen Sandro, der nicht mehr existiert.

Er sucht nach einer Möglichkeit, es Serena zu erklären, sie verstehen zu lassen, dass das nichts ist, dass sie es einfach wegwerfen und nicht darüber nachdenken soll, ihn wieder lieben und sich für immer an ihm reiben soll wie gerade eben noch. Doch alles ist vorbei, alles, und nur Sandro hat es noch nicht verstanden. Serenas Augen dagegen schon, und auch die Luft um sie, auch die Grillen draußen, die aufgehört haben zu singen. Auch Sandros Spatz, der dem Tod keinen Widerstand entgegengesetzt hat und nun leblos da hängt, weich wie eine Qualle, die an den schrecklichen Klippen des Schicksals zerschellt ist.

Wenn sie fällt, dann schreit sie

»Da, hast du es jetzt gehört?«

»Nein, was hat er gesagt?«

»Ich weiß es nicht, es schien mir nur so, als ob«, sagt Zot halblaut, dann hören wir wieder dem schlafenden Ferro zu. Seit einer Stunde sitzen wir jetzt schon vor ihm, oder vielleicht nicht wirklich eine Stunde, aber auch zehn Minuten sind schon viel, wenn man sie damit zubringt, einem alten schnarchenden Mann zuzuhören, dessen Schnarchgeräusche manchmal klingen, als würde jemand einatmen, der kurz vorm Ersticken ist, und manchmal wie ein kaputtes Auto, das nicht anspringt. Doch vorhin hat Ferro unter all diesen Geräuschen etwas gesagt. Wir haben es genau gehört, er hat gesagt: »Die Kastanie ... unter der Kastanie ... sofort ... ich erwarte dich unter der V-förmigen Kastanie.« Und manch einer mag denken: »Nun ja, viele Leute reden im Schlaf, das passiert halt«, aber es ist klar, dass der nicht hier im Zelt war, denn sonst hätte er Ferros tiefe, reine Stimme gehört, so ganz anders als sonst, und es hätte ihn gefröstelt wie uns.

»Das ist nicht seine Stimme, das wird ihm eingegeben!«, hat Zot gesagt. Denn zu Tages' Zeiten und in jener ganzen wunderbaren Vergangenheit, als die Leute noch auf die Natur und die Blitze und den Vogelflug gehört haben, kam es vor, dass jemand sich betrank oder verrückt wurde und anfing, mit seltsamer Stimme die seltsamsten Dinge zu sagen, und heute würde er sofort ins Irrenhaus gesteckt, aber damals haben sie ihm zugehört, denn seine Worte waren Nachrichten aus dem Jenseits, und man musste ihm Gehör schenken.

Und genauso machen wir es. Wir sitzen hier still mit der Taschenlampe in der Hand, bereit, erneut die Stimme zu hören, die aus Ferros Mund gesprochen hat, ob sie vielleicht noch irgendetwas hinzuzufügen hat.

»Da, da!«, meint Zot wieder. »Hast du das gehört? Er hat ›Kastanienbaum‹ gesagt, diesmal habe ich es genau gehört. Oder vielleicht ›kastanienbraun‹, in jedem Fall war es ein Wort, da bin ich mir sicher.« Wir beugen uns über Ferro, aber da ist nur das Geräusch eines kaputten Autos und der Gestank des Herben Tods, der mir in den Augen brennt. Das Zelt ist voll von diesem Geruch, und wenn ich mir vorstelle, dass er aus Ferros Magen kommt, halte ich die Luft an, ich versuche aufzustehen, aber das Zelt ist niedrig, ich stoße mit dem Kopf gegen die Zeltwand, und alles wackelt.

»Vorsicht, Luna, hast du dir weh getan?«

Nein, es ist nichts passiert. Doch hier drin halte ich es nicht mehr aus. In meinen Beinen prickelt es, sie wollen einfach nicht liegen bleiben. Und ich genauso wenig.

»Zot, es reicht, Ferro sagt ohnehin nichts mehr. Gehen wir.«

»Aber wohin denn?«

»Du hast die Stimme doch gehört, wir müssen unter den V-förmigen Kastanienbaum. Und er hat gesagt ›sofort‹.«

»Ja, aber erstens: Was ist eine V-förmige Kastanie überhaupt? Und zweitens: Wie finden wir die in einem Wald voller Kastanien?«

»Ich weiß es nicht, aber wenn wir hierbleiben, finden wir sie bestimmt nicht. Wir müssen los.«

Während ich das sage, höre ich mir zu und überzeuge mich selbst davon. Ich suche den Reißverschluss des Zelts, fahre mit den Händen über die Zeltwand, finde ihn aber nicht, ich dachte, er wäre hier unten, aber da ist er nicht. Also fange ich an, alles abzutasten, immer stürmischer, immer wahlloser, ich fühle mich eingesperrt, in diesem Plastikkäfig eingepfercht, der nach Schimmel und Grappa stinkt. Dann steht Zot auf, und ich höre, wie der Reißverschluss geöffnet wird, kurz darauf stecke ich endlich den Kopf nach draußen, in die wahre Welt, ohne Gestank, ohne Dächer und mit einem Vollmond da oben, so groß wie ich ihn noch nie gesehen habe.

»Gehen wir, Zot?«

»Ganz ehrlich, Luna, das scheint mir keine wohlbedachte Idee zu sein.«

»Mir auch nicht, klar. Aber wir sind hier, wir haben auf ein Zeichen gewartet, und das Zeichen ist gekommen, ich habe es genau gehört, und du hast es auch gehört. Also, wenn du nicht mitkommst, verabschiede ich mich, ich gehe jetzt auf jeden Fall«, und ich verlasse das Zelt.

Ich ziehe mir die Kapuze meines Pullovers über und laufe los, die Sterne da oben brennen so hell, dass sie am Himmel brutzeln. In Wirklichkeit sehe ich gar nicht jeden für sich, ich sehe ein einziges Licht, das über das Schwarz geschmiert ist, aber Mama und Luca haben mir immer gesagt, dass es eigentlich viele leuchtende Pünktchen sind, und das muss schön sein, aber meiner Meinung nach ist es so, wie ich es sehe, noch schöner, ein einziges, unermessliches, magisches Licht.

Dann löst mich ein Geräusch vom Himmel da oben, es ist Zot, der stolpert und taumelt, aber schließlich bei mir ankommt, mit Mantel und Schal. »Warte Luna, ich komme auch mit!«

Ich schaue ihn an und muss lächeln. Aber nicht darüber, wie er angezogen ist, sondern weil ich froh bin, dass er mich nicht alleine lässt. Ich bedeute ihm, leise zu sprechen, denn der Jeep steht nur ein paar Schritte entfernt, und wenn sie uns hören, lässt Mama uns vielleicht nicht gehen. Besser sie bleibt ruhig zusammen mit Signor Sandro da drin, vielleicht schlafen sie, aber das hoffe ich nicht, ich hoffe, dass sie reden, dass sie sich einander erklären, dass sie sich kennenlernen. Und wer weiß, ob dann nicht so was passiert, dass sie ein Paar werden oder so, auch wenn ich das nicht glaube, weil Mama nie einen Freund gehabt hat, doch vorhin, als sie zu uns in die Kirche kam, habe ich diesen seltsamen Klang ihres Lachens gehört, den ich schon so lange nicht mehr gehört hatte. Also ist es besser, wenn sie mit Signor Sandro im Jeep bleibt und lernt, diesen Klang wieder öfter von sich zu geben.

Nur, dass ich mich dem Wagen nähere und von da drinnen ein anderer, ohrenbetäubender Klang kommt. Es ist wieder Mama, aber sie lacht nicht. Im Gegenteil, sie schreit richtiggehend. Und ich weiß, dass man so was nicht tut, aber ich lehne mich ans Heck des Jeeps und Zot genauso, und wir lauschen.

Im ersten Moment amüsiert mich das sogar ein wenig, so als wären wir zwei Spione, die im Herzen der Nacht supergeheime Gespräche belauschen. Ich sehe zu Zot, gebe ihm ein Zeichen zu schweigen, und er erwidert es, und wir müssen die Lippen zusammenpressen, weil wir lachen müssen.

Dann höre ich, was sie da drinnen sagen, und mir vergeht das Lachen für immer.

»Aber nein, Serena, ich bin ihnen doch nicht gefolgt! Sie haben es mir selbst erzählt, beim Katechismus, du weißt doch, wie viel Zot plappert. Er hat mir all diese Geschichten erzählt, von den Dingen, die das Meer bringt, von den Nachrichten am Strand, von Luni, von den etruskischen Zauberern, von den Statuen in Pontremoli ...«

»Und da ist dir diese abscheuliche Idee in den Sinn gekommen«, sagt Mama und wedelt mit einem dunklen Ding vor ihm herum, das ich aber nicht erkennen kann. »Warum nur, was zum Teufel wolltest du?!«

»Nichts, Serena, nichts Schlimmes, ich schwör's! Ich wollte sie nur nach Pontremoli fahren lassen.«

»Aber was interessiert es dich, ob sie nach Pontremoli fahren?«, fragt Mama. Und Sandro sagt zu ihr, dass es ihn interessiert habe, weil er mit uns hierherkommen wollte, und mit ihr.

»Deshalb hast du die Armbändchen mit den Namen drangehängt?«

Und Sandro sagt nichts, aber vielleicht nickt er mit dem Kopf. Auch Mama sagt nichts, und dieses Schweigen tut mir in den Ohren weh. Ich atme ein und spüre etwas in mir, wie im Auto auf einer Bergstraße, wo man ganz plötzlich aussteigen und kotzen muss.

»Du bist krank, Sandro, das weißt du, oder? Schau hier, du hast ihm sogar Augen gemacht, einen Mund ... du bist vierzig Jahre alt, weißt du das? Andere Leute arbeiten mit vierzig, andere Leute haben Familie. Du dagegen, schau dir an, was du machst, sogar Händchen hast du ihm gemacht. Du bist echt krank, Sandro. Geisteskrank, vollkommen krank. Du solltest gar nicht frei herumlaufen, dich sollte man einsperren.«

»Serena, ich schwöre, ich wollte nichts Böses, es hat alles ganz zufällig angefangen. Mit diesem Knochen, bei dem ich es wirklich nicht absichtlich gemacht habe, das schwöre ich dir.«

»Welcher Knochen?«

»Der Walfischknochen, den Luna gefunden hat. Der außerdem von einem Wildschwein ist. Ich hatte ihn ihr mit ins Krankenhaus gebracht, es war ein Geschenk, aber sie hat geschlafen. Deshalb habe ich ihn ihr dagelassen und wollte ihr später sagen, dass es ein Geschenk von mir ist, aber dann bist du gekommen und hast auf mich eingeschlagen, und ...«

»Klar, also ist es meine Schuld!«

»Nein! Natürlich nicht. Aber jedenfalls wollte ich das nicht, es ist zufällig passiert.«

»Aber natürlich, und zufällig hast du ein Stück Holz genommen und diese kleine Statue daraus gemacht, zufällig hast du Armbändchen mit Namen drangehängt und hast dafür gesorgt, dass sie am Meer gefunden wird, stimmt's? Ist dir bewusst, was für ein Scheißkerl du bist? Das sind zwei Kinder, sie glauben ganz fest daran, was haben sie dir denn Schlimmes getan?«

»Nichts! Eigentlich mag ich sie gerne, eigentlich ...«

»Sie sind so arglos, vielleicht etwas eigen, aber was ist schon Schlimmes dabei, eigen zu sein? Nichts, das Schlimme ist, dass es auf der Welt Scheißkerle wie dich gibt, die das ausnutzen.«

»Aber ich wollte das nicht, ich ...«

»Und warum hast du dir dann diesen ganzen Mist ausgedacht, verdammt, na, was zum Teufel wolltest du!?«

»Nichts, ich ... ich wollte, also, ich wollte dich, Serena, dich. Ich habe es gemacht, weil ich dich sehen musste, weil ich mit dir sprechen musste. Weil ich Zeit mit dir verbringen wollte. Ich habe es für uns gemacht.«

Als Sandro das so sagt, antwortet Mama nicht sofort. Es vergeht eine Sekunde, vielleicht zwei, dann kommt ihre Stimme wie eine Lawine: »*Für uns?* Fick dich, was zum Teufel willst du von mir, und was willst du von meinen Kindern? Lass uns in Frieden, Sandro, lass uns in Frieden, verschwinde für immer und fick dich!«

Sandro versucht etwas zu sagen, aber die Worte kommen nur bruchstückhaft, und dann kommen sie gar nicht mehr. Und ich bleibe an den Jeep geklebt, meine Beine zittern, das Ohr ist gegen die Scheibe gepresst, meine Augen starren durch die Tränen nur Zot an, und Zot starrt nur mich an.

Notgedrungen, wir können ja nichts anderes anschauen, es gibt nichts mehr, die Welt um uns ist Stück für Stück zusammengebrochen und hört auf zu existieren. Alles zerbricht und zerbröselt, die Erde öffnet sich und verschwindet und trägt mich nicht mehr, ich fühle, wie ich ins Nichts falle, und in Kürze werde auch ich zu Nichts, ich verliere mich zusammen mit allem Übrigen in diesem Abgrund, wie die Dinge, die im Meer treiben und treiben und nach hierhin und nach dorthin schaukeln, und wo sie landen, landen sie nur durch Zufall und ohne Sinn.

Also ist es in Ordnung so, es ist in Ordnung zu fallen und für immer zu verschwinden, wie die Etrusker und die Stadt Luni für immer verschwunden sind, wie Tages verschwunden ist und auch mein Bruder. Ich spüre, wie ich falle, und ich habe den Impuls, mich festzuklammern. Ich halte die Klinke am Heck des Jeeps ganz fest, und ich ziehe, und die Hecktür öffnet sich.

Das wollte ich nicht, oder vielleicht doch, ich weiß es nicht. Aber ganz sicher will ich nicht hineinschauen, ich will nicht, dass sie mich sehen. Mein Mund geht auf, aber es kommt nichts heraus. Die Lippen verziehen sich und zittern. Denn ich habe nichts zu sagen, nichts, ich hätte mich nur fallen lassen sollen, aber nun bin ich hier und fühle mich total bekloppt und ganz allein, und Mama öffnet die Arme, sie steht auf und will mich umarmen, aber ich will das nicht. Schließlich erdrücken einen Umarmungen ohnehin bloß und halten einen hier fest, bereit für die nächste Boshaftigkeit, die nächste Lüge.

Mama sagt irgendetwas, aber ich höre sie nicht, alle sagen irgendetwas, aber es sind immer schwächere Stimmen, immer entfernter da hinter mir, während ich die Kapuze meines Pullis enger ziehe und renne, ich renne mit aller Kraft, die ich habe, und auch noch anderer, von der ich nicht weiß, woher sie kommt. Ich renne in die Dunkelheit, schließlich ist das mein Ort, auch wenn es mir nicht gefällt und ich das nicht möchte, dort gehöre ich hin. Wo man nichts sieht und nichts existiert. Nicht einmal ich.

Die Finsternis vor sich

Ich laufe weg, ich laufe weg, so schnell ich kann, wohin ich die Füße setze, sehe ich nicht, und auch nicht, wohin ich laufe. Aber das ist mir scheißegal. Wenn man wegläuft, ist es nicht wichtig, wohin man läuft, nur, dass man weit weg läuft. Weg vom Jeep, von den scheußlichen Dingen, die ich gehört habe, von Sandro, der mir sagen will, dass er das nicht extra gemacht hat, und von Mama, die mir sagen will, dass sie mich lieb hat, obwohl ich bekloppt bin. Ich höre sie da unten, wie sie mich rufen, aber ich antworte nicht, ich laufe einfach weg.

Mit einem Fuß trete ich in ein Loch, falle beinahe hin, und mein Knöchel tut mir sauweh, aber ich denke nicht darüber nach. Wie ich nicht ans Atmen denke, nicht an mein Herz, das so stark schlägt, dass es mir von innen gegen die Augen drückt. Ich beiße bloß die Zähne zusammen und laufe weg, über dieses finstere und feuchte Feld, und ich will nie mehr anhalten.

Und doch bleibe ich fast wie angewurzelt stehen, kaum hört das Feld auf, ich befinde mich plötzlich vor einer enormen schwarzen Wand.

So fängt der Wald an, aus dem Nichts, eine Million dicht an dicht gedrängter Bäume, Stämme und Zweige, die sich ineinander verschlingen und zu einer einzigen Übermacht werden, die den Himmel verdeckt und die Sterne verschlingt und sogar den Mond, und es sieht für mich wirklich so aus, als würde ich gegen eine Wand rennen.

Aber das ist schon okay, wenn es eine Mauer ist, will ich dagegenrennen und daran zerschellen, und wenn es eher so eine Art schwarzes Loch ist, ist das auch okay, dann zieht es mich in seinen Sog und schickt mich an einen anderen Ort im Universum, wer weiß wohin, aber wenigstens weit weg von den Statuenmenhiren, von den Tagen, an denen ich am Meeresufer Müll begutachtet habe, von Tages, von der Stimme des schlafenden Ferro, vom Walfischknochen, von dieser kleinen Statue aus Holz, die so hässlich ist, dass man wirklich die Dümmste der Bekloppten sein muss, um daran zu glauben, geisteskrank muss man sein, ich muss man sein.

Also halte ich nicht an, sondern renne noch schneller, gelange zum Schwarz des Waldes und springe hinein. Ich schließe die Augen und halte mir mit einer Hand die Nase zu, als würde ich ins Wasser springen, und als ich den Boden berühre, siehe da, da schwimme ich im Schwarzen, und nichts existiert mehr. Nur meine Beine, die weiterrennen, und meine Arme, nach vorne gestreckt, um den Baumstämmen rechtzeitig ausweichen zu können, auch wenn mir das nicht immer ganz gelingt, ich sie streife und weiter.

Ich will hier mittendrin leben, ich will für immer hierbleiben und nie mehr hinaus. So entsteht die Legende des Gespenstermädchens, das man ab und zu in Vollmondnächten umherirren sieht, und wenn mich jemand wirklich trifft, läuft er zu Tode erschrocken fort und wird dann erzählen: »Ich habe sie gesehen, ich schwöre es, ich habe sie gesehen, sie ist ganz weiß, mit weißen Haaren und durchsichtigen Augen, sie ist wirklich ein Gespenst!« Denn im Grunde bin ich das, ein Gespenst, das noch nicht tot ist. Ich habe keine Zauberkräfte, ich kann nicht die Zukunft voraussagen oder mit dem Jenseits sprechen. Und Mama und die Signora Gemma und alle miteinander sagen mir, dass ich ein einzigartiges Geschöpf bin, dass ich besonders bin. Aber das stimmt nicht, ich bin nicht besonders, ich bin nur seltsam, ich bin schlecht geraten, alles andere sind Lügen.

Den Großen gefällt das echt, Lügen zu erzählen. Wie die Geschichte vom Weihnachtsmann, an die ich bis zur Mittelstufe geglaubt habe, und danach habe ich an Tages geglaubt, an das Volk der Luna, an das Meer, das mir Geschenke bringt ... Okay, es ist meine Schuld, dass ich bekloppt bin, aber warum macht es den Großen überhaupt Spaß, all diesen Mist zu erzählen?

Ich denke weiter darüber nach, ich renne weiter, hin und wieder packt ein Zweig meine Haare, hin und wieder stoße ich gegen einen Kastanienbaum, aber es tut mir nicht weh. Oder vielleicht doch, ich weiß es nicht, es ist unwichtig.

Auch Luca, auch mein fabelhafter großer Bruder, wie viel Unsinn er sich für mich ausgedacht hat. Ich bin mit seinen Augen aufgewachsen, mit seiner Stimme, die mir die Welt erzählt hat. Und alles war ein Wunderwerk, jede Sekunde geschahen vor uns Wunder und Zauber: Die Berge sind gute, aber strenge Riesen mit steinerner Haut, auf der Bäume aufrecht und dicht wachsen wie Haare, und sie schicken das Wasser bis zum Meer, das unser Vater ist, das Meer, das mit uns spricht und uns ruft und uns mit seinen Strömungen und Wellen umarmt ... Von wegen, nichts davon ist wahr. Die Berge sind Felsen und weiter nichts, das Meer bringt mir kein einziges Geschenk, es ist nur eine riesige Badewanne voller Schmutz und Plastiktüten und darin abgelassener Gifte, und die Bäume sind diese verfaulten, nach Schimmel und Pilzen stinkenden Dinger hier, die ich streife, während ich weiterrenne und mein Herz mir bis ins Hirn hämmert und zu den Ohren herauskommt. Und tatsächlich glaube ich an all das jetzt nicht mehr, und ich will nicht aufhören zu rennen, ich will an keinem Ort dieser widerlichen Welt anhalten, und ...

Und dann stoße ich geradewegs gegen eine Kastanie, die ungeheuer groß ist, aber ich schwöre, ich hatte sie überhaupt nicht gesehen. Ich schlage mit einer Schulter und zum Glück nur einem kleinen Teil meines Kopfs, mit Ohr und Schläfe, dagegen und falle zu Boden, wo es nach Feuchtigkeit und Pfützen riecht. Ich stehe wieder auf, indem ich mich am Stamm hochziehe, mein Ohr brennt und tut weh, aber gleich renne ich wieder los, gleich ...

Dann dringt plötzlich etwas ganz Lautes an mein Ohr, genau über mir, und in der Stille des Waldes sterbe ich deswegen fast vor Angst. Es klingt wie eine Explosion, oder viele Explosionen hintereinander, es sind zwei schwarze, schlagende Flügel und ein spitzer Schrei. Eine Fledermaus, aber eine riesige. Und da ich dämlich bin, kommt mir für einen Moment der Vampir aus Transsilvanien oder aus dem Apennin wieder in den Sinn, von dem Sandro vorhin erzählt hat, und ich habe den Impuls, meinen Hals zu bedecken. Aber es ist kein Vampir, es ist eine normale Fledermaus, und statt mich anzugreifen, fliegt sie weg, ohne mich überhaupt gesehen zu haben.

Fledermäuse sehen nämlich ganz wenig, sie reisen ein bisschen wahllos durch die Finsternis. Und ich genauso, wie die Fledermäuse, wie die Maulwürfe, wie diese weißen Würmer, die unten in den Höhlen leben ... eine wirklich nette Gesellschaft.

Ich spüre, wie all diese Viecher auf mir herumspazieren, und es überläuft mich eiskalt. Doch kurz darauf höre ich etwas, und aus dem Nichts ist da plötzlich Freude in mir.

»Ah! Ein Vampir! SOS, SOS!«, ein zitternder und verzweifelter Schrei.

Ich lächele, ich kneife die Augen zusammen, um etwas zu sehen, sehe aber nichts, ich rufe: »Zot!«

»Luna! Bist du das, Luna? O heiliger Genesius von Brescello, danke! Luna, wo bist du?«, ruft er. Aber ich bin schon bei ihm. »Hallo Zot.«

»Luna, bist du das?«

Ich antworte Ja. Ich sollte sagen »Klar bin ich das, wer denn sonst?« Nur, dass ich ihn fast dasselbe gefragt hätte, ob er es sei, deshalb antworte ich nur Ja. Und Zot umarmt mich. Ich schwöre es. Ganz fest, mit einer Kraft, die er meiner Meinung nach in seinen Armen gar nicht hat, und doch kriege ich kaum Luft, als ob da jemand anderes wäre, der ihn und mich zugleich umarmt. Doch so ist es nicht, es reicht mit dem Unsinn, es ist bloß Zot, der glücklich ist, mich gefunden zu haben, und ich bin glücklich, dass er hier ist. Doch jetzt kann er es sich abschminken, dass ich mit ihm zu den Großen zurückgehe.

»Ich denke nicht einmal daran, Zot, ich komme nicht mit«, sage ich. Und er fragt mich, wohin.

»Zum Jeep, dahin gehe ich nicht zurück. Ich bleibe hier, es hat keinen Zweck, dass du darauf bestehst.«

Zot löst sich von mir, schaut mich an, auch wenn wir uns im Dunkeln nicht sehen. »Luna, entschuldige mal, glaubst du etwa, mein Wunsch ist es, dorthin zurückzukehren?«

»Ja. Das heißt, hm, ich denke schon.«

»Da denkst du falsch. Du bist weggelaufen, aber auch ich bin weggelaufen. Was geschehen ist, verletzt mich ebenso sehr wie dich, weißt du? Vielleicht erinnerst du dich nicht, aber auch ich habe an … an alles geglaubt. Also habe ich ja wohl kaum die Absicht, zum Jeep zurückzukehren. Du willst nicht dahin zurück, obwohl du dort deine Mama hast, warum sollte ich, der ich niemanden habe.«

»Nun, das stimmt nicht, du hast Ferro.«

»Darauf würde ich nicht zu sehr bauen. Ich habe ihn gefragt, ob wir an Weihnachten ein schönes Festmahl machen, und er hat zu mir gesagt, dass er mich bei einem Müllcontainer abstellt, wenn ich vor Weihnachten nicht wieder abgeholt wurde.«

Wir bleiben einen Moment still, nur unsere Atemgeräusche, dann marschieren wir gemeinsam los und laufen weiter vorwärts. Das heißt, wir wenden uns zufällig einem Punkt im Dunkeln zu, beschließen, dass das vorne ist, und laufen darauf zu.

»Ja, Zot, aber ... also, mich hat das noch stärker getroffen als dich, denn ich dachte, dass es mein Bruder wäre, der mit mir sprechen wollte, verstehst du?«

»Und dasselbe gilt für mich! Wenn dein Bruder mit dir spricht, hätte auch meiner mir eines Tages etwas sagen können, oder?«

»Hast du denn einen Bruder?«

»Wer weiß das schon. Einen Bruder, eine Schwester ... alles ist möglich. Das wissen nur meine Eltern. Aber ich kann sie nicht fragen, weil ich nicht einmal sie kenne. Ich schäme mich, das zuzugeben, Luna, aber zuweilen hoffe ich fast, dass sie tot sind, denn wenn sie doch am Leben sind, heißt das, dass ich ihnen gar nichts bedeute.«

»Aber nein, Zot, was sagst du denn da, das ist nicht wahr. Dein Geigerpapa weiß nicht einmal, dass er dein Papa ist, und wer weiß, was deiner Mama angetan wurde, du weißt doch, wie böse die Adligen sind.«

»Luna, ich bitte dich«, sagt Zot. Er bleibt stehen, ich ebenfalls. »Ich bitte dich, erzähl mir wenigstens du keine Märchen. Sonst hat Signor Sandro recht, und wir machen weiter mit der Lügerei.«

»Nein, das ist doch keine Lüge, das ist die Wahrheit. Das hat dir diese Nonne erzählt, oder?«

»Luna, weißt du, was die Wahrheit ist? Dass ich nicht weiß, wer meine Eltern sind und wo sie sind, ich weiß nur, dass sie mich nach meiner Geburt bei den Nonnen abgegeben haben. Dann sind die Nonnen mit mir und anderen Kindern nach Italien gekommen, und als sie nach Hause zurückgefahren sind, haben sie mich vergessen. Hast du das verstanden, Luna? Das ist die Wahrheit. Du hast deinen Bruder wenigstens kennengelernt, und ihr habt euch viele Jahre lang lieb gehabt, und du hast eine Mama, die dich auch unendlich lieb hat. Es tut mir leid, was passiert ist, ich bin voller Schmerz deswegen, aber sieh mal, ich höre dir immer zu und verstehe dich, Luna, aber versuche hin und wieder auch mich zu verstehen.«

Das sagt er. Und die Stimme gehört ihm, aber die Worte haben wirklich nichts mit Zot zu tun. So wenig, dass mir in dieser Finsternis fast Zweifel kommen, ob er es wirklich ist. Doch er ist es, ich spüre es, ich weiß bloß nicht, was ich sagen soll, ich weiß nicht, was ich tun soll. Das Einzige ist, dass ich weinen muss, meinetwegen, aber seinetwegen sogar noch mehr. Und ich will nicht, dass er mich weinen sieht, also umarme diesmal ich ihn, und er umarmt mich, und das Einzige, was ich herausbringe, ist: »Entschuldige, Zot, entschuldige.«

»Du musst dich nicht entschuldigen, Luna. Doch erinnere dich bitte daran, dass du nicht immer die ganze Welt gegen dich hast, dass du nicht immer alleine bist. Im Gegenteil, du bist eigentlich nie alleine. Ich schon.«

»Auch du nicht, Zot, auch du bist nicht allein.«

»Ich weiß«, sagt er, und er umarmt mich noch fester. »Jetzt nicht mehr.«

So bleiben wir, und ich weine und lache und nicke, und auch wenn ich es nicht sehe, weiß ich, dass Zot dasselbe tut. Wir brauchen uns nicht anzuschauen, wir brauchen nicht zu reden. Die Stille ist so absolut wie die Finsternis, und es kommt mir komisch vor, nichts zu hören, nicht einmal den Wind in den Blättern, nicht einmal die Stimmen der Großen, die uns rufen. Vielleicht suchen sie uns auf der falschen Seite, oder dieser Wald ist so dicht, dass nicht nur das Licht, sondern auch die Geräusche der Welt da draußen nicht eindringen können. Also ist es wirklich der perfekte Ort für uns.

»Doch was machen wir jetzt?«, fragt Zot.

»Jetzt ... jetzt schlage ich vor, dass wir beide ab heute nur noch an das glauben, was wir sehen. Okay?«

»Hochundheilig. Nur, dass man hier nichts sieht«, sagt Zot. Und wir sind noch eine Weile still und schauen uns in der finstersten Finsternis des Waldes um.

Die jedoch gar nicht mehr so finster ist. Nicht mehr so wie vorhin, als ich mich hier hineingestürzt habe. Es ist seltsam, es kam mir auch im Zelt sehr dunkel vor, dann bin ich hinausgegangen und habe gemerkt, dass die wahre Dunkelheit da auf dem Feld war, dann bin ich hier vor dem Wald angekommen, und im Vergleich lag das Feld unter einem Lichtregen. Und jetzt lässt mich auch diese Dunkelheit etwas sehen. Vielleicht läuft das so, vielleicht ist es nicht möglich, in der wahren Finsternis zu sein, die Finsternis ist immer und bloß vor einem, dann kommt man dort an und findet heraus, dass es nicht so finster ist, wie man dachte. Man macht einen Schritt, und sie ist nicht mehr da, sie ist ein kleines Stück weitergerückt und wartet, dass man ankommt, um erneut zu verschwinden.

Tatsächlich sperre ich jetzt die Augen weit auf, und es gelingt mir, ringsum etwas zu erkennen. Schatten, dunklere Streifen, Blätter. Und da hinten etwas Flackerndes, das keine Finsternis ist und nicht einmal dunkel: Da ist wirklich ein Licht.

»Was ist das denn!?«, meint Zot. Seine Hand drückt meine, und langsam gehen wir hin. Auch wenn es nicht leicht ist, dorthin zu gelangen, die Bäume werden immer dichter, und dazwischen ist etwas gespannt wie Leinen, nämlich Brombeersträucher mit Dornen, einer verfängt sich in meinem Pulli, löst sich aber, als ich ziehe. Das Licht kommt näher, und als nur noch wenige Schritte fehlen, sehen wir, dass es rund ist und von oben kommt, wie ein Scheinwerfer, der vom Himmel eine bestimmte Stelle anstrahlt. Und auf einen Schlag ist da kein Kastaniendickicht mehr, in der Mitte öffnet sich eine Lichtung mit nur einem ganz allein stehenden Baum, angestrahlt von dem Licht, das die Erde ringsum und seine riesige Krone glänzen lässt. Vielmehr seine beiden Kronen, denn es sind zwei Stämme, sie kommen zusammen aus dem

Boden hervor, aber einer steigt hierhin, einer dorthin auf, jeder auf seiner Seite krumm, zusammen formen sie ein riesiges, unglaubliches V.

»Jesus, Maria und Josef«, meint Zot. Und wir bleiben wie angewurzelt stehen, regungsloser als dieser dunkle, unfassbare Baum. Und erst nach einer Weile bringe ich heraus: »Nein, das glaube ich nicht.« Denn zum Kuckuck, ich will nicht daran glauben.

»Ich auch nicht, Luna. Aber ich sehe es. Sag mir bitte, dass du es nicht siehst.«

»Doch, ich sehe es. Nicht gut, aber ich seh's.«

Zot schnaubt, und ich schnaube ebenfalls: Ausgerechnet jetzt, wo wir uns so angestrengt haben, an nichts mehr zu glauben, steht da die V-förmige Kastanie, von der Ferros Stimme gesprochen hat, der Ort, an den wir sofort kommen sollten. Aber warum? Was erwartet uns da im Dunkeln unter diesem Baum? Was hat dieser Wald mit allem zu tun, und vor allem, was haben wir mit alldem zu tun? Ist es das Volk der Luna, das mit uns sprechen muss, oder ist es vielleicht wahrhaftig Tages? Und was wollen sie, was ...

Ich weiß es nicht, und vielleicht will ich es auch nicht wissen, ich zwinge mich zu denken, dass das alles Unsinn ist und Zot und ich jetzt nur unseren Weg fortsetzen sollten, ohne es weiter zu beachten. Doch einen Weg haben wir nicht, außerdem, auch wenn ich es nicht will, kommt mir der Gedanke, also, dass mich da unten vielleicht Luca erwartet. Ich weiß nicht, wie, ich weiß nicht, warum, aber nachzuschauen ist so leicht, der Kastanienbaum steht genau dort, also beschließe ich es zwar nicht, ich will es nicht, aber ich setze mich in Bewegung.

Ich laufe vorwärts und Zot mit mir, wir verlassen den Wald und bleiben im Licht um den Baum stehen, aber darunter ist es finster, und man sieht nichts. Einige weitere Schritte, ich kneife die

Augen zusammen, und genau da zwischen den Stämmen schaut etwas hervor. Vielmehr jemand, eine dunkle Gestalt. Da steht eine Person, die uns erwartet.

Zot sieht sie etwas besser, er sagt zu mir, dass sie einen komischen Kopf habe, groß und oben abgerundet. »Vielleicht ist es ein Hut, oder vielleicht ...« Er hält inne, er lässt eine Art Schrei los und hält sich den Mund zu, und zwischen den Fingern sagt er: »Ach herrje, das Volk der Luna!«

Was absurd ist, aber der Kopf ist nun einmal dieser da, rund und halbmondförmig. Ich mache den Mund auf, heraus kommt nichts. Ich hole noch einmal Luft, versuche es noch einmal und bringe ein »Guten Abend« heraus.

Die Gestalt antwortet nicht, sie bewegt sich nicht. Sie bleibt da stehen und starrt uns an.

»Ich ... ich bin Luna. Und das ist Zot. Hast du auf uns gewartet?«

Immer noch nichts. Nur der Wind lässt die Blätter zittern, die im Vergleich zu uns beiden aber still und ruhig wirken. Wir machen noch einen Schritt, dann einen zweiten.

»Sollen wir noch näher ran?«, fragt Zot. Nicht mich, sondern die Person da. »Oder bleiben Sie lieber für sich? Falls ja, verstehen wir das natürlich, das fehlte noch ...«

Aber immer noch Stille, immer noch nichts. Also reicht es jetzt, verflixt, ich gehe. Ich gehe und weiß nicht, was passiert, aber das ist egal. Denn vielleicht ist es ein Geist des Volks der Luna, vielleicht ist es Tages, der da aus der Erde gekommen ist, aber Luca ist es bestimmt nicht. Mein großer Bruder war sehr viel größer, sehr viel stärker und schöner. Und vor allem hätte Luca seine Arme ausgebreitet und wäre zu mir gerannt, und wir hätten uns ganz fest umarmt. Wenn er es also nicht ist, wen kümmern die anderen schon. Ich gehe einfach hin. Zot ruft mir zu, stehen zu bleiben, aber er bleibt genauso wenig stehen. Und wir gelangen zu der Person, die uns unter der Kastanie erwartet. Doch sie bewegt sich nicht, spricht nicht. Es ist nicht einmal eine Person.

»Was ist das denn?«, frage ich. »Ist das eine Statue?«

Denn es ist etwas Hartes, Eckiges und Flaches. Und verflixt, vielleicht ist es wirklich ein Statuenmenhir. Der hiergeblieben ist, um den Wald zu beschützen, ganz allein für tausende von Jahren. Bis heute Nacht, wo wir ihn entdeckt haben.

»Nein«, sagt Zot. »Es ist ein Schild.«

»Wie, ein Schild?« Ich bücke mich, schaue es an, darauf steht etwas, aber ich kann es nicht erkennen.

Zot liest vor: »PIZZERIA GRILL LUNAS KÖSTLICHKEITEN, 500 METER. Und da ist ein Pfeil. Das heißt, da war mal ein Pfeil, aber darüber hat jemand einen Pimmel gemalt.«

»Aha«, sage ich. Und weiter nichts, mehr bringe ich nicht heraus.

Ein Schild. Bloß ein Schild. Ein beschissenes Schild eines beschissenen Grillrestaurants, das 500 Meter von diesem beschissenen Kastanienbaum entfernt ist, der missraten und V-förmig gewachsen ist.

Ich setze mich hin. Plötzlich merke ich, wie stark meine Beine zittern. Aus dem Nichts bin ich todmüde, ich kann keine Sekunde mehr stehen. Ich setze mich auf den Boden, den Rücken an dieses verfluchte Schild gelehnt.

»Geht es dir gut, Luna?«

»Ja. Aber ich bin müde.«

»Ich auch«, meint Zot, er hält sich an der künstlichen Statue fest und setzt sich neben mich. »Und mir ist kalt, die Feuchtigkeit ist schrecklich, und ich habe auch ein bisschen Hunger.«

So bleiben wir, Seite an Seite, die Blicke geradeaus gerichtet, in den Wald voller Kastanien und Fledermäuse und so viel Finsternis, aber sonst nichts. Und so bleiben wir eine ganze Weile. Ich weiß nicht, wie lange, aber lange genug, dass auch mir kalt wird.

»Weißt du, Luna«, meint Zot schließlich, eng in seinen Mantel geschlungen. »Wenn es von mir abhinge, würde ich für immer hierbleiben. Es ist kalt, und wir haben nichts zu essen, und wer weiß, wann diesen Winter der Schnee kommt und was wir dann machen. Doch alles in allem geht es mir hier sehr gut. Aber die Großen, da beim Jeep, was sollen die nur ohne uns machen?«

Ich sage nichts, aber ein wenig hatte auch ich gerade darüber nachgedacht.

»Geben wir es zu, alleine sind sie aufgeschmissen. Deiner Mama ging es gerade langsam besser, ohne dich wird sie sich, fürchte ich, wieder im Haus einschließen, und tschüss.«

»Stimmt. Und Ferro genauso, was macht er ohne dich?«

»Meinst du, ich fehle ihm?«

»Machst du Witze, Zot? Du fehlst ihm sehr. Er ist nicht der Typ, der dir so was sagt, aber doch.«

»Das denke ich auch, weißt du? Und auch Signor Sandro.«

»Ja, aber der ist mir egal.«

»Mir auch. Aber bedenke, dass er am schlechtesten von allen dasteht.«

Ich nicke, und mehr sagen wir nicht. Sitzend und frierend, an das Schild eines Grillrestaurants gelehnt, mit einem gemalten Pimmel anstelle eines Pfeils. Nur ein radioaktives Waisenkind und ein völlig weißes Mädchen, die an alles glauben. Vielmehr glaubten. Und stattdessen ist das da die Wahrheit, ohne das Meer, das einem Sachen schenkt, ohne geheimnisvolle Völker, die einen rufen, ohne Zauberkräfte der Etrusker und ohne Brüder, die aus dem Jenseits mit einem sprechen.

Ich halte mich am Schild fest und stehe auf, und Zot ebenfalls. Wir wissen nicht, wo wir hingehen sollen, wir wissen ja nicht einmal, wo wir sind. Na ja, eigentlich ist klar, wo wir sind: in der Nähe eines Grillrestaurants.

»Weißt du, Zot«, sage ich, während wir dem Pfeil folgen, »ich glau-be, das Problem sind nicht die Lügen. Das Problem ist die Wahr-heit, die wirklich scheußlich ist.«

Wer die Wellen schickt

»Was für ein fantastischer Traum, Kinder«, sagt Ferro ganz schief auf dem Beifahrersitz. »Ei der Daus, was für ein fantastischer Traum.«

Während das Auto zwischen Bäumen und Feldern den Kurven folgt, hat Zot ihn gefragt, ob er zufällig etwas über einen V-förmigen Kastanienbaum wisse. Ferro ist einen Moment still geblieben, dann hat er sich ruckartig umgedreht: »Sicher, sicher! Ich habe sogar heute Nacht davon geträumt! In den sechziger Jahren habe ich eine gebumst, die Giovanna hieß und mit einem verheiratet war, der oben auf den Bergen in Giustagnana eine Bäckerei hatte. Er war nachts mit Brotbacken beschäftigt, und wir trafen uns in einem Wald, der direkt vor dem Ort liegt, genau unter einem V-förmigen Kastanienbaum. Da war eine Lichtung, und dort legten wir uns hin, vielmehr legten wir uns manchmal nicht einmal hin, denn sie war ziemlich geil, und kaum war ich angekommen, nahm sie ihn schon und ...«

»Ferro«, unterbricht Mama ihn. »Ich bitte dich.«

»Oh, aber sie haben mich doch gefragt. Kinder, was für wilde Nächte unter jenem Baum, und was für ein fantastischer Traum letzte Nacht. Man sieht, dass sie mir durch all diese Kastanien wieder in den Sinn gekommen ist. Ei der Daus, Giovanna war ja schon in der Wirklichkeit eine kleine Schlampe, stellt euch mal vor, was sie dann im Traum für einen Job gemacht hat.«

Zot nickt, ohne zu lächeln oder sonst etwas, dann dreht er sich nach hinten, um ein Stück Zelt zu verrücken, das ihm gegen den Kopf stößt, wenn das Auto bremst. Um es aufzubauen, haben wir

Stunden gebraucht, zum Abbauen fünf Minuten. Sandro und Mama haben Ferro wiederbelebt und ihn herausgezogen, dann haben sie das Zelt aus der Erde gerissen und es so, wie es war, in den Kofferraum geworfen. Aber das ist okay, das Wichtigste war abzufahren, und zwar sofort. Wen juckt es, dass es jetzt wie ein Haufen Müll mit Grashalmen und Blättern aussieht und bei jeder Kurve hin und her rollt und scheppert, als ob es schon kaputt ist. Ich höre ihm mit der Stirn gegen die Scheibe gelehnt zu, und alle Steine und Schlaglöcher lassen meinen Kopf vibrieren, und vielleicht helfen sie mir dabei, etwas weniger zu denken.

»Ihr beide seid jedenfalls wirklich bekloppt«, bleibt Ferro dran. »Wie zum Teufel bringt man es fertig, sich in einem Kastanienwäldchen zu verirren?«

Ich antworte nicht, Zot auch nicht. Darum kümmert sich Sandro, der bis jetzt still geblieben ist.

»Das kann sehr wohl passieren«, sagt er mit stockender Stimme, wie einer, der bei jedem Wort erwartet, zum Teufel gejagt zu werden, und sich wundert, dass man ihn beim nächsten ankommen lässt. »Alle verirren sich mal, aber das ist nichts Schlimmes. Nur wenn man sich verirrt, kann man die schönsten Sachen finden. Ich habe mich auch mal in einem Wald in den Bergen verirrt, und an dem Tag habe ich den größten Steinpilz der Apuanischen Alpen gefunden.«

»Ach, hör doch auf«, sagt Ferro. »Den größten Steinpilz haben zwei Rentner aus Seravezza gefunden, das stand sogar im Tirreno.«

»Das stimmt nicht! Sie behaupten, dass sie ihn gefunden hätten, aber eigentlich habe ich ihn gefunden, ich schwör's.«

»Wenigstens schwören solltest du nicht«, meint Mama. »Wenigstens nicht schwören.«

»Doch, ich schwöre es dir, Serena, ich schwöre bei Gott.«

»Signor Sandro, man schwört nicht bei Gott«, tadelt ihn Zot. »Das ist eine Sünde. Damit missbrauchen Sie den Namen Gottes. Ausgerechnet Sie, der Sie doch Katechet sind.«

Einen Moment nichts, dann sage ich: »Ja, wenn das mit dem Katecheten nicht auch eine Lüge ist.«

Ich sage das nicht zu ihm, denn mit Sandro rede ich nicht. Ich sage es zur Luft im Jeep. Aber Sandro fährt und antwortet nicht, und dieses Schweigen sagt mehr als genug.

Wie auch immer, es ist mir völlig egal. Wen juckt es, ob er Katechet ist oder nicht, ob er wirklich Sandro heißt oder ob das ein erfundener Name ist, ob es stimmt, dass er sich im Wald verirrt und diesen Riesenpilz gefunden hat. Mir ist nur wichtig, dass auch ich mich im Wald verirrt, außer dem Schild eines Grillrestaurants aber nichts gefunden habe.

Doch daran will ich nicht denken, ich presse meinen Kopf stärker gegen die Scheibe, und die Straße schüttelt ihn durch und bringt ihn durcheinander. Ich möchte nur die Augen schließen und schlafen, etwas Schönes träumen oder immerhin nichts träumen. Und auch wenn ich kein bisschen daran geglaubt habe, gelingt es mir am Ende wohl doch.

»Nein, lasst uns einfach direkt nach Hause fahren, mein Kopf platzt gleich.«

Ferro sagt das, aber ich weiß nicht, wem er antwortet und wieso. Ich öffne die Augen, wir haben angehalten, ich löse mich von der Fensterscheibe und merke, dass ich viel Gesprochenes verpasst habe, aber auch einiges an Wegstrecke. Denn es ist zwar noch dunkel, und ich sehe nichts, aber die Luft riecht nicht mehr nach Blättern und Erde, ich rieche den Duft von Salz, frischem Sand und lackiertem Holz. Also haben wir das Meer erreicht.

»Es reicht, Sandro, bring uns nach Hause«, sagt Mama, eher müde als verärgert.

»Ja, klar, nur eine Sekunde, ich hole die Schlüssel, und wir fahren wieder los.«

Ferro fragt, wo zum Kuckuck seine Hausschlüssel sind, Sandro antwortet ihm, dass Rambo und Marino sie hätten, hier am Meer. Ferro wird wütend, weil sie doch das Haus bewachen sollten, was machen sie um diese Uhrzeit am Strand?

Sandro hält einen Augenblick inne, mit halb geöffneter Wagentür, dann sagt er nur, dass er gleich wiederkommt, steigt aus und geht.

Wir bleiben hier, still und regungslos im Jeep, und durch Sandros Tür kommt salzige Luft und zugleich das ruhige Geräusch der Wellen herein, die über das Ufer rollen. Und da öffne ich, fast ohne es zu merken, meine Tür und steige ebenfalls aus.

»Können wir auch an den Strand gehen, Mama?« Ich weiß nicht, was sie mir antwortet, ob Ja oder Nein oder ob sie mich vielleicht gar nicht gehört hat, denn ich frage es und laufe schon los.

Ich sehe fast nichts, aber mit meiner Hand berühre ich die Blätter der Oleander, die Kügelchen der Klebsamen und die harten Arme der Palmenreihen, und wenn sie aufhören, heißt das, dass dort der Durchgang zum Meer sein muss. Aber ich finde ihn nicht, stattdessen spüre ich eine Hand in meinem Rücken, die ich mittlerweile gut kenne. Es ist Zot, der mich noch ein Stückchen weitergehen lässt, dann sagt er »Jetzt«, und wir schlüpfen in einen Durchgang, der nach Sand und zugleich nach alten Zigaretten und Pipi riecht. Es ist dunkel und eng, fast wie gestern Nacht, als wir uns mitten zwischen den Kastanien im Wald von Filetto verirrt haben. Doch tief in diesem Wald haben wir nur das Schild eines Grillrestaurants mit einem draufgeschmierten Pimmel gefunden, hier dagegen machen wir ungefähr zehn Schritte, und dann geschieht das Wunderbare: Der Tunnel hört schlagartig auf, und am Ende dieser dunklen, engen Röhre öffnet sich die Welt und nimmt den Deckel ab, es gibt keine Mauern oder Dächer mehr, die einem den Blick beschränken, wir sind am Strand, und um uns ist nur der Himmel und das Meer, und ich habe das Gefühl, einer dieser Astronauten zu sein, die in den Weltraum fliegen und frei in der Leere schweben. Nur dass ich noch freier bin, da ich nicht einen dieser riesigen weißen Anzüge und keinen der Helme auf dem Kopf trage, die aussehen wie ein Goldfischglas. Im Gegenteil, ich ziehe mir sogar die Schuhe aus, spaziere einige Schritte über den kühlen Sand und renne dann los Richtung Wasser, auch wenn ich nichts sehe, aber es ist ja schließlich alles frei und dafür gemacht, hinzurennen, wohin man will, Richtung Himmel, mit dem verschmierten Licht der Sterne, und Richtung Meer, das dieselbe Farbe hat und dieses Licht widerspiegelt, wobei die Wellen es hoch und runter tanzen lassen.

»Luna! Warte auf mich, Luna, warte!« Mamas Stimme kommt zusammen mit Zot und einer Schimpfwortwolke aus Ferros Mund bei mir an. Und ich bleibe stehen, aber nicht, weil ich auf sie warte, es ist nur, dass ich das Wasser erreicht habe, das Schwarz des Meeres, aus dem ab und zu ein weißer Strich aufsteigt, der Kamm der langsamen und ruhigen Wellen, die eine nach der anderen hier ankommen und meine Füße berühren.

Aber da ist noch etwas anderes Weißes etwas weiter drüben im Wasser, es schüttelt sich und schwankt, und Sandro ruft ihm zu, ans Ufer zu kommen.

»Was zum Teufel machen die denn um diese Uhrzeit im Ruderboot«, meint Ferro.

»Sie waren ... sie sind, ja, sie sind Tintenfische angeln gegangen«, sagt Sandro.

»Und kommen jetzt zurück, wo der beste Zeitpunkt dafür ist? Tintenfische fängt man im Morgengrauen.«

Als Ferro das sagt, berührt Zot meinen Arm und zeigt auf etwas hinter mir, ich drehe mich um, und da hinten am Himmel ist wirklich ein erstes Licht zu sehen, vor dem sich die dunkle Bergkette abzeichnet, schwarze, spitze Dreiecke. Es ist nicht so, dass ich sie wirklich sehen würde, aber Luca hat das immer zu mir gesagt. Er hat zu mir gesagt, dass die Berge im Morgengrauen aussehen wie die Zähne im Maul eines Haifischs, und wie der Hai sind die Berge da hinten die Ersten, die morgens aufwachen. Vielmehr wacht der Hai gar nicht auf, er schläft überhaupt nicht, denn zum Atmen muss er sich ununterbrochen bewegen und Wasser in seine Kiemen eintreten lassen, wenn er anhält, stirbt er. Also bewegt sich der Haifisch vielleicht nur ganz wenig, aber eben doch immer vorwärts.

So hat Luca es mir erzählt, und ich habe ihm zugehört und diese unglaubliche, wunderbare Welt auch selbst ein wenig gesehen. Und jetzt, wo mein großer Bruder nicht mehr da ist, wende ich meine Augen wieder dem Meer und den leichten Wellen zu, mit ihrem Rauschen, das aus tausend verschiedenen, miteinander vermischten Klängen besteht, und es kommt mir so vor, als würde ich darunter auch ihn hören, wie er mir von dort aus den Wellen immer noch seine fantastischen Geschichten erzählt.

Doch jetzt klingt die Stimme, die ich vom Meer höre, anders, sie schreit und sagt nichts Tiefgründiges, sondern: »Halt an, du Trottel, halt ...«

Und gleich darauf geschieht etwas, das ich nicht sehe, aber die anderen schon, denn vom Ufer aus schreien alle, und Ferro meint: »Nein, nicht mit der Seite gegen die Wellen, nicht ...«

Dann ein Plumps ins Wasser, eine Stimme, die »Hilfe« ruft, eine andere, die einen seltsamen Ton von sich gibt, abbricht und verschwindet. Wie Mama verschwindet, die eben noch neben mir stand, aber plötzlich nicht mehr hier ist. Sie ist da vorne, mit ihrem flatternden Militärhemd und dem dunklen Wasser bis zu ihren Hüften, kurz bevor sie ganz hineinspringt.

»Was machst du denn da, du Verrückte?!«, ruft Ferro und rennt auch ins Meer, wobei er den Sand und eine Staubwolke Flüche aufwirbelt. Und dahinter springt noch einer ins Wasser, was, da Zot noch hier neben mir steht, zwangsläufig Sandro sein muss. Aber genau sehe ich ihn nicht, ich sehe nur die Lichter auf dem Wasser vor uns, die zittern und dann fliehen, so wie Frösche einen Wassergraben entlanghüpfen, wenn sie jemanden kommen hören.

Und ich weiß hier am Ufer nicht, was ich machen soll, also mache ich es wie der Hai: Ich bewege mich vorwärts. Der Sand wird immer feuchter, dann umarmt eine größere Welle meine Füße, und als sie sich zurückzieht, zieht sie auch mich mit ins Meer. Ich spüre genau, dass sie mich mitnimmt und mich begleitet, mit einer so seltsamen Umarmung, die mich kurz erschreckt: Ich hätte erwartet, einzufrieren, vor Kälte zu sterben, doch stattdessen habe ich in meinem Leben das Meer noch nie so warm erlebt wie jetzt, ich schwör's.

Es reicht mir bis zur Hüfte, ich ziehe meinen Pulli aus und werfe ihn Richtung Ufer, wo Zot steht und ruft, dass ich zurückkommen soll, dass ich verrückt bin und mir so ein weiteres Leiden zuziehe. Dann höre ich ihn nicht mehr, denn ich atme tief ein, halte die Luft an und stürze mich ins Wasser.

Das Meer ist warm und glitschig und weich. Es mag daran liegen, dass ich diesen Sommer überhaupt nicht baden war, aber ich hatte es nicht so angenehm und schmeichelnd und freundschaftlich in Erinnerung. Ich schwimme, und es streicht über meine Haut und bringt mich zum Lächeln, als würde es mich kitzeln, als würde es mich streicheln. Dann tauche ich wieder auf und höre den Signor Marino da hinten, der mit stockender Stimme sagt: »O mein Gott, ich glaubte, ich würde sterben, danke o Herr, ich war kurz davor zu sterben, wirklich.« Ferro antwortet, dass das kein großer Verlust gewesen wäre, während Zot mir vom Strand aus weiter zuruft, dass ich so wieder im Krankenhaus lande.

»Es ist gar nicht kalt«, sage ich. »Es ist total warm!«

»Ja, klar, natürlich! Komm raus, Luna, komm raus, umgotteswillen!«

»Na gut, ich komme«, schnaube ich und schwimme wieder zum Strand. Und in der Tat lässt mich die eisige Luft zittern, kaum komme ich aus dem Wasser heraus. »Hilf mir, Zot, ich habe keine Kraft mehr, ich bin todmüde.«

»Da siehst du's! Das sind die Symptome der Unterkühlung! Hast du Tremor? Lass mich sehen, ob du blass bist«, dann bemerkt er, dass dieses Symptom bei mir schlecht funktioniert, also ist er still. Er nimmt nur meine Hand und versucht mir zu helfen, aus dem Wasser zu kommen, aber ich nehme seinen Arm und reiße ihn mit all meiner Kraft nach hinten, und Zot fällt mit mir zusammen ins Meer, mit Mantel und Schal und allem Drum und Dran. Und beim Fallen schreit er, geht unter, taucht wieder auf und schreit noch einmal, zappelt mit den Armen und versucht sich den tonnenschweren und wie eine Boa eng um den Hals geschlungenen Schal auszuziehen. Als es ihm gelingt, zappelt er etwas weniger, dann hält er wahrhaftig inne und schaut sich verloren um. Und in seiner Atemnot meint er zu mir: »Entschuldige, Luna, aber wieso ist es so warm?«

Ich lache, ich sage nichts und lache, dann packe ich ihn am Mantel, und wir schwimmen zu den anderen, während das Ruderboot ganz alleine, auf den Wellen schaukelnd zum Ufer zurückkehrt.

Uns dagegen lassen die Wellen auf und ab treiben, auf und ab, und wir lassen uns im spätseptemberlichen Meer einweichen, mit der Sonne, die hervorkommt, und dem Vollmond, der noch ein bisschen bleibt und zuschaut, was passiert, und das Absurdeste von allem ist, dass mir das ganz normal erscheint. Wir sind hier, nur die Köpfe schauen heraus, unsere Füße sind auf dem weichen Sand am Grund mit härteren Stellen hier und da, den Muscheln, Einsiedlerkrebsen und Krabben und allen Wesen, die dort unten leben und jetzt unsere Riesenfüße anschauen und sich denken: »Was machen diese Bekloppten denn, was ist ihnen heute Morgen in den Sinn gekommen?« Und sie rücken ab und entfernen sich, denn für sie ist es eben komisch. Aber für uns nicht, wir lassen uns hier im warmen Wasser einweichen, und ich hoffe, dass es auch den anderen so geht wie mir, denn mir geht es echt gut.

Dem Signor Marino aber nicht so recht. Rambo und Sandro halten ihn an den Armen, und er sagt, dass ihm der Rücken weh tut und er an Land muss. »Aber erst muss ich mich bei Ihnen bedanken«, sagt er zu Mama. »Sie haben mir das Leben gerettet.«

»Das ist übertrieben. Außerdem ist es auch Ferros Verdienst.«

»Sicher, ja, ich danke Ihnen beiden, von Herzen danke.«

»Keine Ursache«, meint Ferro. »Ich bin Bademeister, ich habe das im Blut. Außerdem, wenn du auf deine Freunde, diese Schwuchteln, gewartet hättest ...«

»Jetzt reicht es aber!«, sagt Rambo. Vielmehr schreit er, sehr laut sogar. »Schwuchtel können Sie mich nicht nennen, das akzeptiere ich nicht!«

»Reg dich ab, Junge. Und akzeptiere es einfach, denn du bist es nun mal.«

»Nein!«, sagt Rambo, der schreit und sogar mit der Faust aufs Wasser haut. Doch er ist nicht wütend, er will niemanden schlagen. Er wirkt eher wie einer, der gerade aus einer Prügelei kommt und sich ziemlich weh getan hat. »Ich akzeptiere es nicht, weil es überhaupt nicht wahr ist! Warum behauptet ihr sowas? Ich gehe zur Jagd, ich mag Rallyes, ich mag Waffen, wie soll ich schwul sein? Ich kann LKW-Reifen wechseln, ich bin sehr geschickt mit meinen Händen.«

»Ja, ich weiß, was du mit deinen Händen alles anstellen kannst«, sagt Ferro. Und vielleicht würde Rambo gerne noch etwas erwidern oder ihm an die Gurgel gehen oder wer weiß was, aber Signor Marino gibt einen Klagelaut von sich, er sagt, dass ihm der Kopf schwirrt und er an Land muss. Also nimmt Rambo ihn auf den Arm, fragt Sandro, was er macht, und der sagt, dass er gleich nachkommt, aber erst mal bleibt er hier bei uns.

»Klar, lass uns wieder allein, bravo«, meint Rambo, während er mit Marino im Arm rückwärts durchs Wasser läuft. »Da habt ihr's, nur weil ich nicht so tief sinke wegen einer Frau, nur weil ich ein bisschen Stolz habe, deshalb soll ich gleich schwul sein? Na dann, wisst ihr, was ich euch sage? Also dann ja, dann bin ich halt schwul. Besser, als so armselig zu sein, da bin ich lieber schwul!«

»Ja«, sagt Ferro. »Wir haben's kapiert, aber das wussten wir ohnehin schon.«

Er fügt nichts mehr hinzu und Rambo auch nicht, außer abgerissene und nur für sich ausgesprochene Wortfetzen, die sich zwischen den Wellen verlieren und mit ihnen zusammen am Ufer landen.

Wir bleiben hier im Wasser. Erst waren wir in den Wäldern oben in den Bergen, nur einen Augenblick später sind wir jetzt hier, eingeweicht im Meer. In diesem warmen und ganz seltsamen und schönen Wasser, das über meine Haut streicht und mich zum Lächeln bringt. Ich muss sogar richtig lachen, will es aber nicht. Schließlich bin ich wütend, also presse ich die Lippen zusammen und versuche dieses Lachen bei mir zu behalten, ohne dass es jemand hört. Und stattdessen hören wir kurz darauf diesen schrecklichen Schrei.

Wir schauen uns um, um herauszufinden, was los ist, alle außer Sandro, der nämlich derjenige ist, der schreit und hüpft und einen Fuß zu heben versucht, um zu sehen, was passiert ist. Aber mit dem Wasser bis zum Hals ist das schwer, er kann nur hüpfen und jammern. »Aua, tut das weh!«

»Was hast du denn?«, fragt Mama.

Sandro antwortet nicht, er gibt nur mit geschlossenem Mund ein ganz verzerrtes Geräusch von sich. Doch ich weiß, was passiert ist.

»Ein Petermännchen!«, sage ich. Sandro nickt mit aufgerissenen Augen und hüpft immer noch.

Ferro lacht, und Mama auch, und da kann ich endlich auch lachen, und ich lache ganz laut, weil Signor Sandro bei all dem Meer ringsum seinen Fuß ausgerechnet auf ein Petermännchen gesetzt hat.

Was ein kleiner, dunkler Fisch ist, der immer unter dem Sand bleibt, das Einzige, was rausguckt, sind die Stacheln auf seinem Rücken. Drei schwarze und giftige Stacheln, an denen man sich wirklich weh tun kann, wenn man drauftritt.

»Aua, wie das brennt, wie das brennt, verdammt!«

»Ist das denn tödlich?«, fragt Zot. »Heiliger Christophorus, sei gesegnet, ich hab's ja gesagt, dass am Ende dieses Abenteuers jemand mit dem Leben bezahlen würde, ich hab's ja gesagt!«

»Bravo, Junge, du hattest recht«, meint Ferro und lacht mit mir zusammen.

»Hört auf zu lachen, das brennt wie Sau!« Sandro spricht mit vor Schmerz zusammengebissenen Zähnen.

»Klar, brennt das, wenn du im Wasser bleibst«, sagt Ferro. »Du musst etwas Warmes drauftun. Man bräuchte heißen Sand, der ist perfekt. Nur dass er jetzt kalt ist.«

»Was dann?«

»Dann hast du Pech gehabt.«

»Oder pinkel drauf«, sagt Mama. »Pipi geht auch, oder? Bei Quallen nimmt man Pipi.«

»Richtig«, meint Ferro, »Pipi geht auch.«

Da reiße ich die Arme hoch und rufe: »Ja! Pinkeln wir Sandro an, los!«

Und er: »Aha! Ausgerechnet du, Luna! Du redest nicht einmal mit mir und willst mich anpinkeln?«

»Ja! Und zwar sofort, denn ich muss mal!«, sage ich. Ich schäme mich, sage es aber trotzdem, bevor ich plötzlich innehalte, denn ich erinnere mich, dass ich ja wirklich nicht mehr mit Sandro rede.

»Okay«, meint Mama, »alle pinkeln Sandro an, los!«

»Meine Herrschaften, ich bitte euch«, sagt Zot, dessen Mantel vom Wasser ganz aufgebläht ist und sich um seinen Mund windet. »Ehrlich gesagt erscheint es mir, als überschritten wir die Grenzen des guten Geschmacks.«

»Der Junge hat recht«, sagt Ferro. »Außerdem hole ich mein Ding nicht vor dem da raus, der sich dann noch verliebt und wer weiß was anstellt.«

»Ihr macht Witze«, meint Sandro, immer noch mit dieser vom Schmerz erstickten Stimme.

»Na gut, hör zu«, sagt Mama. »Heißer Sand ist keiner da, angepinkelt werden willst du nicht, dann geh wenigstens aus dem Wasser und denk dir was aus.«

»Ja, ich gehe«, sagt Sandro. Doch er bewegt sich nicht von der Stelle.

»Los, worauf wartest du noch? Gehst du nun oder nicht? Geh raus und schau nach, vielleicht steckt noch ein Stachel drin.«

»Ja, ich gehe gleich, jetzt nicht.«

»Wieso nicht?«

»Weil ich Angst habe, dass ihr mich nicht mehr wollt, wenn ich gehe. Dass wir zwar diesen schönen Ausflug zusammen gemacht haben, wir uns aber, da er ausgegangen ist, wie er ausgegangen ist, nun nicht mehr sehen.«

Als Sandro das gesagt hat, spricht einen Augenblick niemand.

Dann meint Mama: »Na ja, wer weiß das schon. Meiner Meinung nach kann das nur Luna entscheiden.«

Obwohl ich sie nicht gut sehe, spüre ich, dass mich nun alle anschauen.

Und ich sage nichts, denn ich weiß nicht, was ich sagen soll, weil ich mich hier in diesem warmen Wasser so wohlfühle, dass es mir nicht gelingt, auf Signor Sandro oder sonst irgendwen auf der Welt sauer zu sein. Und doch ist das nicht gerecht, eigentlich sollten alle Götter der Etrusker und des Volks der Luna zusammenkommen und über Sandro Feuerregen und Killerheuschrecken und alle göttlichen Flüche ablassen, die es gibt. Dann kommt mir in den Sinn, dass im Grunde ja etwas davon schon angekommen ist, nämlich der Fluch des Petermännchens. Ich schaue Sandro an, und der wartet darauf, dass ich etwas sage, versucht still und ruhig zu bleiben, aber in Wirklichkeit entwischen seinem Mund gequälte Laute und ab und zu hüpft er auf einem Bein. Ich habe wieder den Impuls zu lachen und mich wohlzufühlen, also bleibe ich einfach still.

Doch zum Glück sagt Zot etwas. Etwas, das wie immer nichts damit zu tun hat: »Aber entschuldigt mal, stirbt das Petermännchen jetzt?«

»Hä?«

»Ich habe mich gefragt, ob das beim Petermännchen wie bei den Bienen ist, bei denen sich, wenn sie gestochen haben, der Stachel löst und sie sterben.«

»Junge«, meint Ferro, »wenn bei dir keiner stirbt, bist du nicht zufrieden, was?«

»Ja. Das heißt, nein. Na jedenfalls scheint mir das wahrscheinlich. Weshalb ich mich außerdem frage, ob das Petermännchen nicht abhauen konnte. Hat es nicht gesehen, wie der riesige Fuß von Signor Sandro ankam?«

Und da fängt Ferro an, ihm von dem einen Mal zu erzählen, als

554

ihn ein Rochen gestochen hat, und es mag vielleicht eine wunderschöne Geschichte sein, aber ich höre ihr nicht zu. Ich kann nicht. Denn diese Geschichte mit dem Petermännchen, das Sandro nicht gesehen hat, erinnert mich aus dem Nichts an etwas anderes von Luca, das mir nicht mehr in den Sinn gekommen war, seit es passiert ist, ich schwör's.

Es wird letztes Jahr gewesen sein, im Sommer. Wir sind über den Strand spaziert, er und ich, und bis dahin gekommen, wo der Sand für eine Weile aufhört und der Mündung des Flusses Versilia Platz macht, dessen Wasser die Apuanischen Alpen hinunter ins Meer rutscht. In der Mündung waren riesige Fische, ich habe nur die dunklen Schatten ihrer Rücken gesehen, aber sie waren genau da, regungslos in der Strömung mit dem Maul in Richtung der Berge.

Und wir sind von hinten bis auf einen Schritt an sie herangekommen, und das fand ich sehr komisch, denn Fische wissen wie alle Tiere nur eines über die Menschen, nämlich, dass es besser ist zu fliehen, sobald sie welche sehen. Aber diese Fische sind nicht geflohen, sie blieben da mit ihrem Maul zur Strömung, und Luca hat mir gesagt, dass die Fische immer so verharren. Denn die Strömung bringt ihnen kleine Teilchen und kleinere Fische zum Fressen, aber auch Hölzer, Plastiktüten und größere Fische, denen sie aus dem Weg gehen sollten. Kurz, sie leben so, den Blick immer auf das gerichtet, was ankommt. Und was hinter ihnen passiert, auch wenn es nur einen Schritt entfernt ist, beachten sie überhaupt nicht.

»Schau, Luna, wir sind hier, wir sind ganz nah dran und betrachten sie, doch für sie existieren wir nicht.«

»Entschuldigung, aber können sie sich denn nicht umdrehen und nachsehen?«

»Vielleicht schon, hm, aber sie drehen sich nicht um. Denn die Strömung kommt von dort vorn. Die guten und die schlechten

Dinge, alles kommt von da vorn. So ist das Leben der Fische, Luna, und vielleicht denken sie ja darüber nach, dass wir hier hinter ihnen sind, vielleicht kommt ihnen der Verdacht. Doch sie blicken immer der Strömung entgegen und machen so weiter, leben weiter.«

Das hat Luca mir letzten Sommer erzählt, doch weil es mir seitdem nicht mehr in den Sinn gekommen war, ist es ein wenig so, als würde er es mir jetzt erzählen. An diesem absurden Morgen, an dem wir im Meer sind, alle mit dem Gesicht zur Morgenröte da vorne, und die leichte Brise streicht vom Land zwischen den schlafenden Häusern und geschlossenen Geschäften und leeren Straßen hindurch und bringt uns den Geruch frisch gebackener Croissants, die aus den Bäckeröfen der Küste kommen, so intensiv, dass mir ist, als hätte ich sie im Mund. Einatmen ist ein wenig wie essen.

Ich denke an diese Fische in der Mündung und an uns direkt hinter ihnen, während Ferro zum Ende seiner Rochen-Geschichte kommt, das ich nicht verstehe, weil ich nicht zugehört habe, dann sagt Sandro, dass er ans Ufer gehen muss, weil er sein Bein nicht mehr spürt, aber er fragt mich erneut, ob er wiederkommen darf, wenn es ihm besser geht.

Ich hole Luft, schaue kurz Mama an und antworte Nein, es liegt nicht an mir, sie muss das entscheiden. Da schaut Mama mich an, und wir machen genau das Gleiche, wir heben die Arme zum Himmel und sagen: »Hm, wer weiß das schon, wir werden sehen.« Und wir lachen, wir lachen ganz laut. Außerhalb des Wassers ist es aber kalt und unsere Arme frieren, also tauchen wir sie wieder ins Meer, in diese warme, fabelhafte Umarmung.

Sandro bricht humpelnd zum Ufer auf, Ferro folgt ihm schwimmend, und Zot versucht sich ebenfalls im Schwimmen, kann es aber nicht besonders gut, er planscht dem hinterher, den er

Opa nennt und der meiner Meinung nach am Ende wirklich sein Opa ist.

Und es bleiben nur Mama und ich, die aufgehende Sonne, der Himmel, der sich gänzlich entzündet, und das Wasser, das voller Lichtspiegelchen perlt.

»Luna, gehen wir auch?«

»Nein, komm, Mama, es ist zu schön hier.«

»Ja, aber wir können ja nicht unser ganzes Leben hier verbringen.«

»Nein, aber wir können noch ein bisschen hier bleiben.«

Und so machen wir es. Wir sind nah beieinander im Wasser und schauen die Sonne an, die da vorne herauskommt.

Und was hinter uns ist, sehen wir nicht, aber etwas ist da. Das ganze riesige Meer mit seinem Wasser, das nie schläft, und den Wellen, die seit jeher und für immer ankommen, eine nach der anderen, sie berühren das Ufer, und es scheint, als enden sie dort, doch sie enden nicht. Sie kehren nur wieder um, um weitere und weitere Wellen aufsteigen zu lassen, mit einem Antrieb, von dem ich nicht weiß, woher er kommt, den es aber gibt, er ist da hinten und schickt uns hoch und runter, hoch und runter, in dieser warmen Umarmung, sodass man sich nicht umzudrehen braucht, um ihn zu spüren, er ist rings um uns, während wir den Blick nach da vorne gerichtet lassen, auf das, was uns die Strömung bringt, auf einen neuen Tag, dieses enorme, orange eingeschlagene Geschenk, das darauf wartet, ausgepackt zu werden.

Einen Monat später

Nashorn

Ivan betrachtet den Regen, und für einen Augenblick betrachtet der Regen ihn, dann zerschellt er auf der Windschutzscheibe und stirbt. Aber ihm ist das egal, er umfasst den Gasgriff so fest, als wollte er den Lenker zerbrechen, und vielleicht will er ihn wirklich zerbrechen. Denn genau der ist sein Feind. Das heißt, nicht allein der Lenker, sondern diese ganze Ape 50, die auf ihren drei Rädern um ihn vibriert, während sie ihn nach einem weiteren höllischen Vormittag in der Schule nach Hause bringt.

Wie sein ganzer Sommer höllisch war, an dem die anderen lange ausgeschlafen haben und dann ins öffentliche Schwimmbad gegangen sind oder sich herumgetrieben und die Blöden gespielt oder sich jedenfalls vergnügt haben, wie es richtig ist, wenn es Sommer und man sechzehn ist. Ivan dagegen ist um halb sieben aufgestanden und war um sieben schon auf dem Vorplatz von Getränke-Alga, hat Wasser- und Cola-Kästen auf die Pritsche einer Ape geladen und bis zum Abend die Familien in Reggio Emilia mit Getränken versorgt, am ganzen Körper schwitzend und mit nur einem Ziel im Kopf: sich einen Scooter zu kaufen.

Denn die anderen hatten fast alle einen, stellten sich schlau an und nahmen die Mädels mit, doch Ivans Papa hatte gesagt, dass es harte Zeiten seien und sie sich wegen der Krise nichts leisten könnten, und da hatte er verstanden, dass er das selbst in die Hand nehmen musste. Er hat sich die ganzen Ferien über den Arsch aufgerissen, und als er im September schließlich mit dem Geld für den Scooter zum Vertragshändler gegangen ist, hat er stattdessen diese gebrauchte Ape vor sich gehabt, die aber wie neu aussah. Und diesen Sommer hatte es ihm Spaß gemacht, mit der Ape herumzufahren, außerdem bleibt man im Winter in der Kabine im Warmen, statt von Villa Cadè bis ins Zentrum von Reggio den Nebel einzuatmen. Und wenn es dazu noch regnet, also, wenn es regnet, ist es in deiner Ape natürlich noch viel besser. Jedenfalls hat Ivan sie sich gekauft, und zum ersten Mal in seinem Leben hat er den Schulbeginn wie eine Feier herbeigesehnt, die Feier seines neuen Lebens als supercooler motorisierter Typ.

Er kam beim Gymnasium an und parkte ganz nah am Tor, öffnete die Wagentür und stieg vor den weit aufgerissenen Augen der ganzen Schule aus, und in Erwartung des allgemeinen Applauses machte sich Ivan auf den Weg zum Hof, in seinen Ruin.

Ja, seinen Ruin, denn alle versammelten sich um ihn und sein Fahrzeug, wie Ivan es erwartet hatte, nur dass sie loslachten, auf seine prächtige Ape zeigten und sie mit Beleidigungen überschütteten. »Was ist das denn für ein Scheiß? Hat dein Opa dir die geliehen? Hast du sie dem Hausmeister geklaut?«, riefen sie und machten Handyfotos, und die größten Arschlöcher fielen sich in die Arme, zu glücklich, eine so leichte und riesige Zielscheibe zum Verarschen zu haben.

Und diese Zielscheibe war er, Ivan, Morgen für Morgen immer zerstörter, immer niedergeschlagener und gedemütigter. Seine letzte Hoffnung war, dass früher oder später ein Regentag kommen würde. Dann wollte er sehen, wie es den anderen erging, triefnass und fröstelnd, während er trocken und zufrieden in seiner Ape ankäme und endlich cool wäre, wenigstens ein bisschen.

Deshalb also war Ivan heute Morgen, als er diese Wassermassen vom Himmel hat prasseln sehen, das einzige glückliche Gesicht an den gelben Fenstern von Villa Cadè. Er rannte schnell hinunter, sprang in seine Ape und kam mit dem Gedanken an das Desaster der anderen bei der Schule an, sicher, dass die Mädels ihn am Ende des Tages fragen würden: »Entschuldigung, Ivan, es war dumm von uns, uns über dich lustig zu machen, bringst du uns bitte nach Hause?« Und er würde die Schönste aussuchen, oder vielleicht nicht die Schönste, vielleicht wäre es besser, die mit den größten Titten zu nehmen, so würde er unterwegs zuschauen können, wie sie hoch und runter hüpfen.

Nur dass nach dem Unterricht keine zu ihm gekommen ist, weder Schöne noch Hässliche. Sie sind einfach in den Bus gestiegen oder die Verwöhnteren in die Autos ihrer Eltern, und Ivan hat sein Angebot fürs Mitnehmen seinem einzigen Freund Maicol machen müssen. Der ihm antwortete: »Danke, Ivan, aber in der Ape, hier vor allen ... sie foppen mich so schon genug ...«

Ivan nickte, zog sich in die Einsamkeit seiner Ape zurück und blickte durch die beschlagenen Fensterscheiben auf seine Niederlage. Dann fuhr er los, zurück nach Villa Cadè, und nun lässt er diese Karre vor dem Haus stehen, ohne sie abzuschließen, eine Ape klaut ohnehin keiner.

Er geht ins Haus, und Papa sagt zu ihm, dass Mama sich verspäte, ob es für ihn in Ordnung sei zu warten, damit sie die Nudeln nur einmal ins Wasser werfen müssten. Ivan antwortet, dass er keinen Hunger habe, er wirft seinen Rucksack aufs Sofa und macht Anstalten, in sein Zimmer zu gehen, aber Papa reicht ihm etwas Seltsames.

Flach, rechteckig, ganz weiß. Es ist ein Umschlag aus Papier mit einer Briefmarke darauf und seinem mit Füller geschriebenen Namen, Ivan Cilloni, über seiner Adresse.

»Was ist das denn?«

»Es ist ein Brief.«

»Für mich? Wie das?« Er hat noch nie einen Brief aus Papier bekommen.

»Hm, wenn du es nicht weißt. Er kommt aus Forte dei Marmi.«

Ivan nickt, aber in Forte dei Marmi kennt er niemanden, in Forte dei Marmi machen Fußballspieler mit diesen Schlampen Urlaub, mit denen sie zusammen sind, mehr weiß er nicht darüber.

Er geht in sein Zimmer, schließt die Tür hinter sich und hofft, damit den Regen draußen zu halten, wie auch die Ape, das Gelächter dieser Bastarde in der Schule und den Gedanken an seinen höllischen Sommer, während die Fußballspieler keinen Finger krumm gemacht haben, mit wunderschönen Frauen nach Forte dei Marmi gefahren sind und genug Geld hatten, um sich eine Million Ape Cars zu kaufen, was sie aber keineswegs getan haben, denn Fußballspieler mögen vielleicht nicht sonderlich intelligent sein, aber bekloppt sind sie nicht.

Er dagegen schon, er ist wirklich der letzte Arsch, und er wirft sich aufs Bett, als wollte er sich wegwerfen. Er öffnet den Brief. Er reißt den Umschlag auf, schaut hinein und findet darin vier Rechtecke aus Pappe, vier Postkarten aus Forte dei Marmi, auf einer sieht man einen Strand von oben, mit Sand und vielen bunten Kreisen, Sonnenschirme, auf den anderen ist eine beleuchtete Brücke im Sonnenuntergang zu sehen und Leute, die darüberspazieren, und Möwen und das Meer ringsum.

Dann dreht er sie um, und auf der Rückseite sind die Postkarten eng und etwas schief beschrieben, in vielen verschiedenen Handschriften. Und während es draußen weiter regnet, fängt Ivan auf seinem Bett zu lesen an.

Forte dei Marmi, 22. Oktober
SANDRO – *Hallo Ivan, du kennst mich nicht, aber ich habe deine Karte an einem Ballon gefunden, den du hast fliegen lassen, als du in der Grundschule warst, erinnerst du dich? Ich bin hier bei uns im Pinienwäldchen auf sie gestoßen, in der Versilia, und ich weiß, dass seitdem neun Jahre vergangen sind. Ich könnte behaupten, dass ich sie gerade erst gefunden habe oder dass ich*

viele andere Probleme hatte oder dass ich sie vielleicht verloren hatte und erst gestern wiedergefunden habe. Doch das ist nicht wahr, also behaupte ich es nicht. Ich schreibe dir erst jetzt, weil ich mich bis heute nie aufraffen konnte, eine Postkarte zu besorgen und dir zu schreiben. Sieh mal, ich sag's dir, wie's ist, wenn das nicht schön ist, tut es mir leid, aber ich habe keine Lust mehr, Geschichten zu erfinden, also ist die einzige Möglichkeit, von schönen Dingen zu erzählen, wirklich damit anzufangen, schöne Dinge zu tun. Und so fange ich heute damit an, indem ich dir schreibe. Ich weiß nicht, ob die Adresse noch stimmt, aber ich hoffe es. In deiner Nachricht hattest du geschrieben, dass du demjenigen, der dir antwortet, eine Nashornzeichnung schicken würdest, aber das ist viele Jahre her, und ich verstehe, wenn du darauf keine Lust mehr hast, das braucht es auch nicht, mir reicht es, dir endlich diese Postkarte geschickt zu haben. Ciao, Sandro.

SERENA – Ich weiß nicht, warum ich dir auch noch schreiben soll. Hallo, freut mich, dich kennenzulernen, aber ich habe damit wirklich nichts zu tun. Sandro war es, der dir ewig nicht geschrieben hat, und jetzt ist es ihm plötzlich ganz wichtig, dir diese Postkarten zu schicken. Ich habe ihm erklärt, dass du jetzt sechzehn bist und dir das am Arsch vorbeigehen wird, dass du dich an diese Geschichte mit dem Ballon gar nicht mehr erinnerst, doch er wollte sie dir schicken und schickt sie dir, und es ist ihm wichtig, dass ich dir auch schreibe, auch wenn ich nicht weiß, warum. Ich habe versucht Nein zu sagen, aber es ist hart mit dem da, das Wort Nein versteht er einfach nicht, er macht stur weiter, und am Ende ist es manchmal besser zu sagen, okay, hör zu, geht klar, und zu sehen, was passiert. Na, jedenfalls habe ich dir jetzt auch geschrieben. Ciao, Ivan, sei brav. Vielmehr, sei, wie du willst, das ist besser. S.

FERRO – *Mein Junge, ich weiß nicht, wer du bist, es ist mir scheißegal und in Reggio Emilia kenne ich niemanden, auch wenn ins Strandbad immer eine Besucherin aus Reggio Emilia kam, die tierisch versaut war, und morgens bin ich immer zu ihr in die Kabine, aber das ist kein Problem, denn das ist viele Jahre her, und deine Mama kann es nicht gewesen sein. Vielleicht deine Oma. Aber das ist jetzt nicht wichtig. Das einzig Wichtige ist, dass du schön bei dir zu Hause bleibst und nicht auch noch hierherkommst, wo es mir allein so gut ging und wir jetzt zu viert sind, und dann ist da auch noch dieser Trottel von Sandro, der abends herkommt und mir auf die Eier geht. Ciao, mein Junge, und tu mir den Gefallen, bleib, wo du bist.*

LUNA UND ZOT – *Hallo Ivan! Hör nicht auf Ferro, wenn du uns besuchen kommst, sind wir superfroh und Platz für dich finden wir schon. Wir haben auch ein Zelt, das man auf der Wiese aufstellen kann, die ist schön, und es gibt Bäume, und Opa hat sogar die Minen entfernt. Wir warten auf dich, los, wenn du herkommst, bringen wir dich ans Meer und drehen zusammen eine Runde in dem tollen Schlauchboot, das wir gefunden haben. Und diese Nashornzeichnung, die du so gut kannst, also, wenn du die immer noch hast, wären wir neugierig, sie zu sehen, außerdem schwören wir, dass wir sie uns dann ins Zimmer hängen. Ciao, wir erwarten dich,*

Luna und Zot.

Ivan liest alles bis zum Ende durch, dann liest er alles noch einmal, dann dreht er die Postkarten um, schaut sich den Strand, das Meer und die Brücke an, legt sie zusammen mit dem Briefumschlag, den sein Name ziert, auf das Bett und starrt an die Decke.

566

An diese Geschichte mit dem Luftballon erinnert er sich echt nicht mehr. Sie wird schon stimmen, ja, in der Grundschule lassen sie einen einen Haufen bescheuerte Sachen machen. Kleine Bilder mit aufgeklebten Makkaroni zum Muttertag, Briefe, die man anderen Kindern in einer Partnerstadt von Reggio Emilia in Kalabrien schicken soll, so einen Mist halt. Aber an den Ballon erinnert er sich nicht. Oder vielleicht doch, hm, das ist neun Jahre her, da war er ein kleiner Junge, wer weiß das schon?

Niemand, aber Ivan denkt trotzdem darüber nach, und während er darüber nachdenkt, steht er vom Bett auf und nimmt einen Handzettel, den er vor der Schule als Werbung für einen neuen Pizzaladen zugesteckt bekommen hat. Er dreht ihn um, auf der Rückseite ist er leer, er legt ihn auf die Bettdecke, nimmt einen blauen Stift, hält ihn darüber und lässt ihn sich dann hin und her bewegen.

Unterdessen sucht er mit der anderen Hand in der Hosentasche nach seinem Handy, er kontrolliert, ob ihm jemand eine Nachricht oder sonst irgendwas geschickt hat, aber da ist nichts. Also schaut er aus Neugier nach, wo Forte dei Marmi ist und wie man da hinkommt, und er denkt über die weite Reise nach, die der Luftballon hinter sich gebracht hat, von der Kennedy-Grundschule in Villa Cadè hoch zu den Gipfeln der Berge, darüber hinweg, bis er dann zur Küste hinuntergesegelt ist und in ein Pinienwäldchen am Meer. Dann schaut sich Ivan auch noch den normalen Weg an, den Menschen nehmen müssen, um dorthin zu gelangen, er schlängelt sich den Apennin hoch, und dann geht es die ganze Zeit bergab bis zur Ebene dort auf der anderen Seite. Zu Fuß schafft man das nicht, mit dem Fahrrad auch nicht, und mit dem Scooter ist es oben in den Bergen vermutlich arschkalt. Doch mit der Ape, ja, mit der Ape schafft man das Ivans Meinung nach ganz bestimmt, man muss sich nur Zeit nehmen und losfahren.

Und während er der Straße und all ihren Biegungen und Kurven folgt, zeichnet er mit dem Stift auf dem Papier dieselben Kurven nach, die auf den ersten Blick zufällig und spontan hingekritzelt aussehen, ohne Sinn und Richtung, wie ein Ballon, der sich in der Luft verliert.

Aber wenn du dich von dem Blatt löst, einen Schritt zurücktrittst und es anschaust, siehst du es plötzlich vor dir: dein Nashorn.

Dank

Vier Jahre hat es gebraucht und fabelhafte Menschen, die mich in diesen Jahren mehr oder weniger aufrecht erhalten haben.

Das sind Giulia Ichino, Marilena Rossi, Antonio Franchini, Riccardo Cavallero, Antonio Riccardi, Mario de Laurentiis, Marta Dosi, Giacomo Callo, Beppe Del Greco, Camilla Sica, Elisa Martini, Emanuela Canali, Nadia Focile, Francesca Gariazzo. Sie haben außergewöhnliche Arbeit geleistet, und zugleich haben sie es mit sehr viel Herzblut getan, was mit der Arbeit nichts zu tun hat. Isabella Macchiarulo, wertvolle Reiseführerin in die Welt der Albinos. Teresa Martini, Roberto Mancinelli, Francesca Giannelli, Carlotta und Edoardo Nesi, Michele Pellegrini, Giada Giannecchini, Matteo Raffaelli, Michael Moore, Debora Di Nero, Gipi, Sandro Veronesi, Teresa Ciabatti, Chiara Valerio, Antonio Troiano, Aldo Grasso, Mariarosa Mancuso, Federica Bosco, Simone Lenzi, Michele Boroni, Daniele Bresciani, Marta Caramelli, Mauro Corona, Fabio Guarnaccia, Michele Dalai. Meine Freunde vom Landungssteg, die oft zu mir gesagt haben: »Du Glücklicher, der du immer nur rumhängst.« Und all jene, die mich in diesen Jahren verstanden haben, auch wenn es nichts zu verstehen gab.

Man sieht sich.

Quellen

Dante-Motto Teil I:
Dante Alighieri: Die Göttliche Komödie, Paradies I, Verse 112- 114.
In der Übersetzung von Thomas Vormbaum. Berliner Wissen-
schaftsverlag 2005.

Inhalt